Berthold Auerbach

Sämtliche Schwarzwälder Dorfgeschichten

Dritter Band

Berthold Auerbach

Sämtliche Schwarzwälder Dorfgeschichten
Dritter Band

ISBN/EAN: 9783741130632

Hergestellt in Europa, USA, Kanada, Australien, Japan

Cover: Foto ©Andreas Hilbeck / pixelio.de

Manufactured and distributed by brebook publishing software
(www.brebook.com)

Berthold Auerbach

Sämtliche Schwarzwälder Dorfgeschichten

Berthold Auerbachs

Sämtliche

Schwarzwälder Dorfgeschichten.

Volksausgabe in zehn Bänden.

Dritter Band.

Stuttgart.

Verlag der J. G. Cotta'schen Buchhandlung.

1884.

Inhalt.

Die Frau Professorin.

Es kamen zwei fremde Gesellen.

Da sitzt der Wadeswirt am Gartenfenster im Stüble, er hat den Ellbogen auf den Sims gestemmt und den Kopf in die Hand gestützt; nach seiner Gewohnheit hat er die Füße hinter die vorderen Stuhlbeine geschlagen, als wollte er da festwurzeln; denn wo er einmal sitzt, da braucht's fast eine Wagenwinde, um ihn wieder in die Höhe zu schroten.

Freilich sitzt er nicht mehr da, es thut ihm schon lang kein Finger mehr weh, seinerzeit aber haben seine Finger manchem weh getan; die Rede ging, wo der Wadeswirt einen an den Kopf trifft, da wächst kein Haar mehr nach, darum versetzte er auch aus Barmherzigkeit seine Schläge ins Genick, da gibt's auch kein Blut und thut doch wacker weh. — War der Wadeswirt so ein Raufbold? Ihr werdet ihn schon kennen lernen, daß er ein Mensch war, so lammfromm und gutmütig wie nur einer; das hindert aber nicht, daß man zu guter Stunde einem, der's begehrt, gesalzene Faustknöpfe austeilt: kurzum, der Wadeswirt war, wie man's nimmt, ein absonderlicher Mensch oder auch nicht. Eigentlich hieß er nicht Wadeswirt, sondern Lindenwirt, wozu er durch die Linde vor dem Hause und auf dem Schilde das klarste Recht hatte. Jener Name aber — ja, das ist eine schlimme Sache, man redet nicht gern davon, es schickt sich nicht, und doch ist das, worauf es sich stützt, nichts Geheimes, man macht dort, wo der Mann her ist, gar kein Hehl daraus, also: vom inneren Kniegelenke bis gegen die Knöchel — rund heraus, die Wade war beim Lindenwirt tapfer bestellt, und darum wurde er so genannt.

Jetzt können wir uns schon ruhiger beim Wadeswirt niederlassen, wir müssen aber damit eilen, denn es gibt bald großes Halloh im Hause und im ganzen Dorfe und alles durch einen einzigen Menschen oder zwei.

Der Wadeswirt sitzt also still da und läßt seine Gedanken um sich her schwirren wie die Fliegen, die summend die Stube

durchschwärmen. Freilich hat man nicht viel Gedanken, wenn
man so müde ist und wie der Wadeleswirt eben vom Feld
heimkommt, wo man einen Wagen Heu aufgeladen; da thut's
wohl, geruhig zu verschnaufen und die Gedanken, wenn man
deren hat, machen zu lassen, was sie wollen. Der Katze, die
auf dem äußeren Fenstersims hockte und gar viel mit sich
zu thun hatte, nickte er einmal zu, dann kehrte er sich um
und rief:

„Lorle!" Aus der Kammer antwortete eine Stimme:
„Was?"

„Ich mein', du machst's auch wie die Katz; die putzt sich,
wie wenn wir Fremde bekämen."

„Mir ist's auch so," antwortete es von innen.

„Mach' dich nur fertig, und wenn du verkühlt bist, hol'
mir einen Trunk (Most) aus dem Keller; ich verdurst' schier."

„Gleich, gleich," antwortete es wieder aus der Kammer.
Man hörte eine Kiste zuschlagen, dann jemand die Treppe hinab-
laufen und bald wieder heraufkommen, die Thüre öffnete sich,
da . . . da fiel hart am Fenster ein Schuß, ein gellender Schrei
entfuhr dem Mund des Mädchens, das Glas mit dem Most
lag auf dem Boden, und die Katze sprang in die Stube ganz
nahe vorbei an dem Gesichte des Wadeleswirts. Dieser stand
auf und fluchte, und das Mädchen war in der halbgeöffneten
Thür verschwunden.

Wir aber müssen dem seltsamen Ereignis nachgehen . . . .

Zwei junge Männer schreiten durch den Bergwald; der
eine in grauer Tirolerjuppe mit grünen Schnüren, groß und
breitbrüstig, mit braunrotem unverschorenem Bart, einen grauen
Spitzhut, breitkrämpig und vielfach zerdrückt auf dem Kopfe; der
andere mit bescheidener Mütze, unter der ein feingeschnittenes
Gesicht mit wohlgezogenem Backenbart sichtbar wird, seine kleine
Gestalt etwas nach vorn gebeugt mit einem zertragenen schwarzen
Ueberrock bekleidet. Die beiden wandern wortlos dahin. Ein
alter Bauer trägt ihnen zwei Ränzchen, eine Zither, einen
Malerstuhl und eine Flinte nach. Jetzt treten sie aus dem
Walde, und im Thale vor ihnen zieht sich ein langes Dorf hin,
wie man sagt, nur auf einer Seite gebacken, denn die Häuser
stehen längs des Baches, der murrend und wildrauschend über
und zwischen Felsen wegrollt; ein Steg führt über den Bach,
wo jenseits auf einsamem Hügel die Kirche steht.

„Da hast du's, das ist Weißenbach," sagte der Große mit
klangvoller Bruststimme.

„Ille terrarum mihi praeter omnes angulus ridet,"

fagte der Kleine, in deffen schwarzem Gewande wir mit Recht
einen abgetragenen Schulrock vermutet haben.

„Laß deinen Horaz,“ erwiderte der Große, dem wir ohne
Scheu den Malerstuhl zuerkennen dürfen.

„Gern,“ verfetzte der Kleine, und sich umschauend fuhr er
lächelnd fort: „Ite, missa est, ihr Bücher follt mir nicht
zwischen die Beine laufen in der freien Natur, still! Bruder,
das follteft du malen, oder ich will ein Märchen schreiben, wie
das Steckenpferd des Autors, das in jedem Buche aufgezäumt
an die Krippe gebunden ist, lebendig wird und mit dem Buch
davonjagt; es müßte herrlich fein, wenn fo ein Rudel Bücher,
eine ganze Bibliothek, da den Berg hinunterritte, huffa! huffa!
Ich will das Märchen schreiben.“

„Du thuft's doch nicht, du fpeift dir immer in die Hände
und greiffst nie zu.“

„Leider haft du recht, aber hier will ich frisches Leben holen.
Sieh, wie das Dorf hier fo friedlich im Mittagsschlummer da-
liegt, als wär's ein großes Wafferungeheuer, das fich am Ufer
fonnt; die Strohdächer find wie große Schuppen. Sieh dort
die Kirche! Ich liebe die Kirchen auf den Bergen, fie gehören
nicht mitten in den Häusertrödel. ‚Auf diesen Felsen will ich
meine Kirche erbauen‘ — das ist schön! Auch leiblich follen
die Menschen auffteigen, fich erheben zur geistigen Erhebung.
Wie diese Kirche hier jenseits des Steges auf dem Berge steht,
ift fie die wahrhaft transcendente, fupranaturaliftische.“

Nach einer Paufe fuhr er fort: „Hörst du die Hunde bellen
und die kapitolinischen Wächter schnattern? Hörst du die Kinder
dort jauchzen? Die guten Kinder! Sie ahnen nicht, daß du kommst,
ihre Jugend im Bilde zu verewigen. Schon Virgil fagt fehr
schön: O fortunatos nimium, sua si bona norint, agricolas.
Das Bolk ist doch wie die stille Natur, es weiß nichts von der
Schönheit feines Lebens, es ist vegetabilisches Dasein, und wir
kommen, die Geistesfürsten, und verwenden ihre gebundene Welt
zu freien Gedanken und Bildern.“

„Und wer weiß,“ erwiderte der Große endlich, „wie der
Weltgeist uns verwendet, zu welchen Gedanken und Bildern
wir ihm dienen.“

„Du bift frommer, als du glaubst, das ist ein großer Gedanke,“ entgegnete der Gelehrte, und der Maler fuhr auf:
„Numero A 1. Gib doch nicht gleich allem, was man
fagt, ein Schulzeugniß.“

Die beiden schwiegen. Der Maler, der feinen Kameraden
doch zu hart angelaffen zu haben glaubte, faßte feine Hand und

sagte: „Hier bleiben wir nun, schüttle allen Schulstaub von
dir, wie du dir's vorgenommen, denk' nichts und will nichts,
und du wirst alles haben."

Der Kleine erwiderte den Händedruck mit einem unendlich
sanften Blicke, und der Maler fuhr fort: „Ich muß dir den Mann
schildern, bei dem wir bleiben."

„Nein, thu's nicht, laß mich ihn selber finden," unterbrach
ihn der Kleine.

„Auch gut."

Als sie sich jetzt dem Dorfe näherten, schlug der Maler
den Fußweg ein, der hinter den Häusern hecläuft; der Kleine
bemerkte: „Es liegt ein tiefes Gesetz darin, daß die Naturstraßen
nirgends gerablinig sind; der Bach hat einen unbulierenden,
einen wellenförmigen Weg, und die Straßen von Dorf zu Dorf
ziehen sich selbst durch die Ebene in Schwingungen dahin. Die
Philosophie der Geschichte kann davon lernen, daß Natur und
Menschheit sich nicht nach der logischen Linie bewegen."

„Bei den Straßen hat das einen einfachen Grund," be=
merkte der Maler, „ein Gefährt geht viel leichter, wenn es durch
eine Biegung wieder einen Schwung bekommt; bei einem schnur=
geraden Wege liegt auch das Pferd zu gleichmäßig und er=
müdend im Geschirr. Das ist Fuhrmannsphilosophie."

Mit diesen Worten waren die beiden in einen Baumgarten
getreten; der Maler nahm dem Bauer die Flinte ab und schoß
damit in die Luft, daß es weithin widerhallte, dann schrie er:
„Juhu!" sprang die Treppe hinauf und hinein in die Stube . . .

Da sind wir also wieder beim Wadeleswirt, in dem Augen=
blick, da die Katze ihm am Gesicht vorbeigesprungen und das
Glas Most auf den Boden gefallen war. Der Wirt steht da,
hat beide Fäuste geballt und flucht:

„Kreuzmillionenheidelucuck, was ist denn das? Was gibt's
ins —"

„Ich bin's," rief der Maler, die Hand zum Willkomm
ausstreckend.

Die Faust des Wirtes entballte sich, und er rief: „Wa...
Was? Ja, bigott, er ist's. Ei Herr Reinhard, sind Ihr auch
wieder aufe gelaufen?[1] Das ist ein fremder Besuch, da sollt'
man ja den Ofen einschlagen."[2]

„Weil's Sommer ist, alter Kastenverwalter," erwiderte der

---

[1] Zum Besuch gekommen, sonst nur von ganz nahen Nachbarn ge=
bräuchlich.

[2] Eine gewöhnliche Redensart, wenn ein unerwarteter Freund kömmt.

Begrüßte, indem er derb die Hand des Wabeleswirts schüttelte, der jetzt fragte:

„Seid Ihr's gewesen, der im Garten geschossen hat?"

„Nein, nicht ich, da mein Weib," sagte der Maler, die Flinte aufhebend, „kann das Maul nicht halten."

„Ihr seid noch allfort der Alte, aber der Mann muß fürs Weib bezahlen; es kostet Straf, wenn man schießt."

„Weiß wohl, ich bezahl's gern."

Reinhard stellte nun seinen Freund, den Bibliothekskollaborator Reihenmaier vor.

„Reihenmaier," sagte der Wabeleswirt, „so haben wir hier auch ein Geschlecht."

Der Kollaborator erwiderte lächelnd:

„Es können weitläufige Verwandte von mir sein, ich stamme auch von Bauern ab."

„Wir stammen alle von Bauern ab," sagte der Wabeleswirt, „der Erzvater Adam ist seines Zeichens ein Bauer gewesen."

„Wo ist denn Eure Eva, alter Adam?" frug Reinhard.

„Sie kommt gleich mit dem Heuwagen, ich bin dieweil voraus. Lorle! Lorle! Wo bist?"

„Da," antwortete eine Stimme von unten.

„Mach' hurtig die Scheuer auf, daß sie mit dem Wagen gleich 'rein können, es wird einen Regen geben, und komm hernach 'rauf."

„Die Grundel? Ich bin begierig, die Grundel [1] wieder zu sehen," sagte Reinhard; der Wabeleswirt erwiderte schelmisch lächelnd und mit dem Finger drohend:

„Oha, Mannle! Das ist keine Grundel mehr, das kann sich sehen lassen, es ist ein lebfrisches Mädle; bigott, aber Ihr könnet Euch nicht sehen lassen, man meint, Ihr wäret ein alter Hauensteiner Salpeterer, Ihr habt ja einen ganzen Wald im Gesicht, Rottannen und Blutbuchen, was kostet das Klafter? Saget einmal, lassen denn die Kesselflicker und Scherenschleifer in den Kanzleien so einen Bart ungerupft und ungeschoren? Machen sie's ihm nicht auch wie den Büchern und Zeitungen —"

„Mann! Um Gotteswillen, Mann!" unterbrach ihn Reinhard, „kommt Ihr jetzt auch mit diesen Geschichten an? Hat man denn nirgends mehr Ruhe vor der verdammten Politik?"

„Ja gucket, das geht einmal nimmer anders; wir dummen

---

[1] Grundel, Gründling, kleiner Fisch.

Bauern sind jetzt halt auch einmal so dumm und fragen da=
nach, wo unsere Steuern hinkommen, für was unsere Buben
so lang Soldaten sein müssen und —"

„Weiß schon, weiß schon alles," beteuerte Reinhard.

Der Kollaborator aber faßte die Hand des Wirts, klopfte
ihm auf die Schulter und sagte:

„Ihr seid ein ganzer Mann, ein Bürger der Zukunft."

Der Wadeleswirt schüttelte sich, hob beide Achseln, schaute
den Kollaborator mit gerunzelter Stirne an und sagte dann,
indem er lächelnd nickte:

„Einen schönen Gruß, und ich ließ' mich schön bedanken."

Der Kollaborator wußte nicht, was das bedeuten soll. Es
gab aber nicht lange Bedenkzeit, man vernahm Peitschenknallen
auf der Straße, der Wadeleswirt ging nach der „Laube", dem
bedeckten Söller, der das Haus mit Ausnahme der Gartenseite
umschloß; die beiden Fremden folgten.

„Fahr' besser hist," rief der Wirt dem jungen Manne zu,
der auf dem Sattelgaule vor dem Heuwagen saß; „noch schärfer
hist, sonst kommst du nicht herein, du lernst's dein Lebtag nicht;
so, so, jetzt frischweg, fahr zu!"

Der Wagen war glücklich herein; freier atmend ging man
wieder nach der Stube.

Der Kollaborator fragte bescheiden:

„Warum lasset Ihr denn das Scheunenthor nicht weiter
machen, da es doch so mühsam ist, hereinzufahren?"

Der Wadeleswirt, der zum Fenster hinausgesehen hatte,
kehrte sich um, dann schaute er wieder ins Freie und sprach
hinaus:

„Das junge Volk braucht's nicht besser zu haben als wir,
es soll eben auch lernen, die Augen bei. sich haben und ge=
schickt sein und wissen, was hinter ihm drein kommt. Ich bin
mehr als dreißig Jahre da hereingefahren und bin nie stecken
blieben." Jetzt wendete er sich nach der Stube und fuhr fort:
„Was ist denn eigentlich Euer Geschäft, Herr Kohlebrater?"

„Ich bin Bücherverwalter."

Nun kam die Frau, der Sohn, der Knecht und die Magd
in die Stube. Alle bewillkommten Reinhard, und die Frau be=
merkte, auf den Bart deutend:

„Ihr seid recht verwildert in den zwei Jahren, wo wir
Euch nicht gesehen haben."

„Unser Tambourmajor," sagte Stephan, der Sohn, „hat
auch so einen gottsjämmerlichen Bart gehabt, er hat ihn aber
alle Morgen schwarz gewichst."

„Wenn ich jung wäre, mich dürftet Ihr mit dem Bart
nicht küſſen,“ ſagte Bärbel, eine bejahrte, ſtarkknochige Perſon,
die als Magd im Hauſe diente; Martin, der Knecht, der hinter
ihr ſtand, war ihr Sohn. Dieſer hatte ſeine beſondere Mei=
nung, die er nun auch preisgab:
„Und ich ſag’, der Bart paßt ihm ſtaatsmäßig, er ſieht
aus, wie der heilig’ Joſeph in der Kirch’!“
„Und du wie der Mohrenprinz,“ endete der Wadeleswirt;
„aber wo ſteckt denn das Lorle? Alte, hol’ mir einen Trunk
aus dem Keller und gib mir ein Mümpfele[1] Käs und dann
richteſt du dem Herrn Reinhard ſein altes Zimmer her, und der
andere fremde Herr kann auf dem Tanzboden ſchlafen.“
Der Wadeleswirt bekam nun doch endlich ſeinen Trunk; er
ging lieber eine Stunde in brennendem Durſt umher, ehe er die
zwei Treppen hinab= und wieder hinaufſtieg. Der Kollaborator
ſetzte ſich zu ihm.
Reinhard machte einen Gang durch das Dorf; alle Kinder
liefen ihm nach, und einige mutvolle riefen ſogar aus ſicherem
Verſteck:

Roter Fuchs, dein Bart brennt an,
Schütt’ ein bißle Waſſer dran.

Reinhard ging in das Haus, wo der Baber wohnte, die
Kinder warteten vor der Thür, bis er wieder geſchält heraus=
käme; als er aber mit vollem Bartſchmucke wieder erſchien,
lachten und jubelten ſie aufs neue.
Im Hauſe des Babers wohnte noch jemand, dem Reinhard
einen Auftrag gegeben hatte, es war der Dorfſchütz, der jetzt
mit der Schelle herauskam. Er klingelte an allen Ecken und
ſprach dann laut und deutlich: „Der Maler Reinhard iſt wieder
angekommen mit einem großmächtigen roten Bart. Wer ihn
ſehen will, ſoll in die Linde kommen, allda iſt der Schauplatz.
Eintrittspreis iſt, daß jeder ein groß Maul machen und ſeine
Zähne weiſen muß, wenn er hat. Um halb neun Uhr geht die
Fütterung an. Kinder ſind frei.“
Ein unaufhörliches Gelächter zog durch das ganze Dorf,
die Kinder folgten jubelnd und johlend dem Schütz auf dem
Fuße, ſie waren kaum ſo lang zum Schweigen zu bringen, daß
man die Verkündigung hören konnte.
Als es bereits Nacht geworden und der Himmel mit

---

[1] Mümpfele = Mundvoll.

ſchweren Regenwolken überzogen war, ſaß Reinhard auf der
Steinbank unter der Linde vor dem Wirtshauſe; er lachte vor
ſich hin, der urplötzlichen Heiterkeit gedenkend, mit der er unverſehens die Seelen aller Einwohner erfüllt hatte. Da hörte
er ein verhaltenes Schluchzen in der Nähe, er ſtand auf und
ſah ein Mädchen, das nach der Scheune ging.

„Lorle?“ ſagte er in fragendem Tone.

„Grüß Gott,“ antwortete das Mädchen, die dargebotene
Hand faſſend, ohne aufzuſchauen und ohne die Schürze vom
Geſicht zu nehmen.

„Du haſt ... Ihr habt ja geweint; warum denn?“

„Ich, ich ... hab’ nicht geweint,“ erwiderte das Mädchen
und konnte vor ſchnellem Schluchzen kaum reden.

„Warum gunnet Ihr mir denn keinen Blick und ſehet mich
nicht an? hab’ ich Euch was Leids than?“

„Mir? mir, nein.“

„Wem denn?“

„Euch.“

„Ja wieſo?“

„Es gefällt mir nicht, daß Ihr Euch ſo zum G’ſpött vom
ganzen Dorf macht, das iſt nichts, und uns habt Ihr doch auch
zum Narren; das hätten wir nicht von Euch denkt.“

„Ihr ſeid recht groß und ſtark geworden, Lorle; kommet
’rein in die Stub’, daß ich Euch auch ſehen kann.“

„Brauchet nicht jetzt noch mit mir Euern beſondern Poſſen
haben,“ endete das Mädchen, raffte ſich ſchnell zuſammen und
ſprang davon durch das Hofthor nach der Straße.

Reinhard ſaß mit zuſammengekniſſenen Lippen vor ſich
niederſchauend wieder auf der Bank. Was ihm vor einem
Augenblicke noch wie ein übermütiger, aber harmloſer Scherz
vorgekommen war, das hatte jetzt eine ganz andere Geſtalt.
Von ſich ſah er bald ab und dachte: das Kind hat recht, es
iſt ein Stück Ariſtokratie in dieſem Scherze; wir wiſſen nicht,
wieviel von ſchmählichem Hochmut in jedem von uns ſteckt.
Ich habe das ganze Dorf zu meinem Spaß verwendet.

Der Kollaborator kam jetzt auch herab und ſagte:

„Ein ſonderbarer Mann, unſer Wirt! Ich bin doch ſchon
durch alle Examina geſiebt worden, aber der hört gar nicht auf
mit Fragen, und dabei hat er ſo was Mißtrauiſches.“

„Das iſt’s nicht,“ ſagte Reinhard, „die Bauern haben
eine alte Regel: wenn man mit einem fremden Löffel eſſen will,
ſoll man vorher dreimal hineinhauchen, verſtehſt du?“

„Ja wohl, das iſt ein tiefſinniger Gedanke.“

„Einen schönen Gruß und ich ließ' mich schön bedanken, Herr Koblebrater," entgegnete Reinhard lachend.

Viele Männer und Burschen aus dem Dorfe sammelten sich, von allen ward Reinhard herzlich bewillkommt; die heitere Weise, die sie herbeigelockt, erhielt eine entsprechende Fortsetzung. Man ging nach der Stube, und Reinhard wußte den ganzen Abend allerhand schnurrige Geschichten von seinen Fahrten in Oberitalien und Tirol zu erzählen, das Gelächter wollte kein Ende nehmen. Reinhard gab sich selbst mehr zum besten, als es eigentlich seine Art war; er wollte indes ein übriges thun, weil er sie alle zum besten gehabt hatte, wie er in ge= steigerter Selbstanklage sich vorwarf. Nach und nach geriet er aber aus innerer Lustigkeit auf allerlei tolle Seltsamkeiten, denn er konnte sich, namentlich in zahlreicher Gesellschaft, wahrhaft in eine Aufregung hineinarbeiten.

Reinhard war so voll Lustigkeit unter den Menschen ge= wesen, und allein auf seinem Zimmer ward er verstimmt und düster; die Welt erschien ihm doch gar zu nüchtern, wenn er nicht selber sie etwas aufrüttelte.

Lorle war den ganzen Abend nicht in die Stube ge= kommen.

Tief in der Nacht „schlurkte" noch jemand in Klapp= pantoffeln durch das ganze Haus und drückte an allen Thüren; es war der Wabeleswirt, der nie zu Bett ging, bevor er nicht alles von oben bis unten durchgemustert hatte.

Das war ein Sonntagsleben.

Am andern Morgen stand der Kollaborator ganz früh vor dem Bette Reinhards und sang mit wohlgebildeter, kräftiger Stimme, die man ihm nicht zugemutet hätte, das Lied aus Preziosa: „Die Sonn' erwacht" mit Webers taufrischer Me= lodie. Reinhard schlug murrend um sich.

„Ein Mann wie du," sang der Kollaborator recitando, „der das herrliche Bild ‚Sonntagsfrühe' abkonterfeit, darf einen Morgen nicht verschlafen, wie der heut, bum, bum."

Reinhard war still, und der Kollaborator fuhr sprechend fort: „Was fangen wir heut an? Es ist Sonntagmorgen, es hat heut nacht geregnet, als ob wir's bestellt hätten; alles glitzert und flimmert draußen. Was treiben wir nun? Gibt's keine Kirchweihe in der Nähe? Kein Volksfest?"

„Brat dir ein Volksfest," entgegnete Reinhard, „trommle

dir die Maſſen zuſammen, die du brauchſt, und ſattle dein Geſicht mit einem Opernguder; wirf Geld unter die Kinder, daß
ſie ſich raufen und übereinander purzeln, dann haſt du ein
Volksfeſt mit ipse fecit.“

„Du warſt geſtern abend ſo luſtig und biſt heute ſo
mürriſch.“

„Ich war nicht luſtig und bin nicht mürriſch; ich bin nur
ein Kerl, der eigentlich allein ſein ſollte und verdammterweiſe
doch keinen Tag allein ſein kann. Paß auf, wie ich's meine.
Es iſt mir lieb, wenn du bei mir biſt; ein Freund wie du,
der's ſo treu meint, iſt, wie wenn man Geld im Schrank hat;
braucht man's auch nicht, es unterſtützt doch, weil man weiß,
man kann's holen, wenn Not an Mann geht. Alſo bleib die
noch übrigen Tage deiner Ferien da, aber laß mich auch ein
bißchen mir.“

„Ich begreife dich wohl. Hier empfängſt du den Kuß der
Muſe, und da darf kein fremdes, betrachtendes Auge dabei ſein.
Ich will dich gewiß ganz dir überlaſſen, ſtets zurücktreten, wo
ſich dir irgend ein Motiv zu einem Bilde bieten könnte; da
darf man nicht mit Fingern hindeuten, nicht einmal profanen
Auges hinſchauen. Die Wurzel, die ſchaffende Triebkraft alles
Lebens, ruht im Dunkel, wo kein Sonnenblick, wo kein Auge
hindringt.“

„Das auch,“ ſagte Reinhard, „und für dich ſelber merke
dir: will nicht von jedem Augenblicke etwas, ein Reſultat,
einen Gedanken und dergleichen; lebe, und du haſt alles. Wir
ſtecken in der Gedankenhetzjagd, die uns gar nicht mehr in Ruhe
das Leben genießen läßt, du vor allen, aber ich kann auch
ſagen wie jener Pfarrer in ſeiner Strafpredigt: ‚Meine lieben
Zuhörer, ich predige nicht nur für euch, ich predige auch für
mich.‘ — Laß uns leben! leben! Der Holunder blüht, er blüht
und nicht bloß, damit ihr euch einen Thee daraus abbrüht,
wenn ihr euch erkältet habt.“

„Entſchuldige, wenn ich dir ſage,“ bemerkte der Kollaborator in zaghaft rückſichtsvollem Tone, „es ſteckt mehr Romantik
in dir, als du glaubſt; das war ja auch die blaue Blume der
Romantiker: ohne alle Reflexion zu ſein, im Vollgenuß des
Nichtwiſſens.“

„Bin nicht· ganz einverſtanden, aber meinetwegen heiß' es
Romantik, wenn das Kind einen Namen haben muß.“

Reinhard ſtand halb angekleidet am Fenſter und ſog die
Morgenluft in vollen Zügen ein; plötzlich prallte er zurück, der
Kollaborator ſprang ſchnell an das leere Fenſter und ſah hinaus.

Das Wirtstöchterlein ging über den Hof, lustig gekleidet, ohne Jacke und barfuß. Eine Schar junger Enten umdrängte sie schnatternd.

„Ihr Fresserle," schalt sie und verzog damit trotzig den Mund, „könnet's nicht verwarten, bis eure Kröpfle vollgestopft sind? Euch sollt' man alle Viertelstund' anrichten, nicht wahr? Nur stet, ich hol's ja, nur Geduld, ihr müsset halt auch Geduld lernen; aus dem Weg! ich tret' euch ja."

Die jungen Entchen hielten an, als ob sie die Worte verständen, das Mädchen ging nach der Scheune und kam mit Gerste in der Schürze wieder. „Da," sagte sie, eine Handvoll ausstreuend, „g'segn' euch's Gott! Gunnet's euch doch, ihr Reibteufel, und purzelt nicht übereinander weg, scht!" scheuchte sie und warf eine Handvoll Gerste weiter abseits, „ihr Hühner, bleibt da drüben." Der Hahn stand auf der Leiter an der Scheune und krähte in die Welt hinein. „Kannst's noch, akkurat wie gestern," sagte das Mädchen sich verbeugend, „komm jetzt nur 'runter; bist halt grad' wie die Mannsleut', die lassen immer auf sich warten, wenn das Essen auf dem Tisch steht."

Der Hahn kam auch herbeigeflogen und ließ sich's wohl schmecken, plauderte aber viel dabei; wahrscheinlich hatte er eben etwas Geistreiches oder Possiges gesagt, denn eine gelbe Henne, die gerade ein Korn aufgepickt hatte, schüttelte den Kopf und verlor das Korn. Der Galante sprang behende herzu, holte das verlorene und brachte es mit einem Kratzfuße, einige verbindliche Worte murmelnd.

„Guten Morgen, Jungferle," rief jetzt der Kollaborator in den Hof hinab; das Mädchen antwortete nicht, sondern sprang wie ein Wiesel davon und ins Haus; die jungen Enten und die Hühner schauten bedeutsam nach dem Fenster hinauf, sie mochten wohl ahnen, daß von dorther die Störung gekommen war, die ihnen die fernere Nahrung entzog.

„Das ist ein Mädchen! ach, das ist ein Mädchen!" rief der Kollaborator in die Stube gewendet und ballte beide Fäuste zum Himmel; er durchmaß hierauf zweimal, ohne zu reden, die Stube, stellte sich dann vor Reinhard und begann wieder:

„Da hast du's, ich kann weiter nichts sagen, als: das ist ein Mädchen. Kein Epitheton genügt mir, keines. Hier haben wir ein Gesetz der Volkspoesie, sie gibt den vollsten Ausdruck, macht die tiefste Wirkung oft bloß durch das einfache Substantiv, ohne Epitheton; meiner Sprache steht jetzt in solcher Entzückung nicht mehr zu Gebote, als der eines Bauernburschen."

„Was hältſt du davon, wenn wir uns mit dem Epitheton ‚göttlich‘ begnügten?“

„Spotte jetzt nicht, das Mädchen mußt du malen, wie es daſtand, eins mit der Natur, zu ihr redend und von ihr begriffen, die vollendete Harmonie.“

„Es wäre allerdings etwas nie Dageweſenes: ein Mädchen im Hühnerhofe.“

„Nun, wenn auch nicht ſo, das Mädchen mußt du malen, hier iſt dir ein ſüßes Naturgeheimnis nahegeſtellt, du“ —

„Ins Teufels Namen, ſo ſchweig doch ſtill, wenn es ein Geheimnis iſt. Du ſchwatzeſt ſchon am frühen Morgen, daß man nicht mehr weiß, wo einem der Kopf ſteht.“

Die beiden Freunde ſaßen eine Weile lautlos bei einander; endlich ſagte der Kollaborator aufſtehend:

„Du haſt recht, der Morgen iſt wie die ſtille Jugendzeit, da muß man den Menſchen allein laſſen, für ſich, bis er nach und nach aus ſich erwacht; man ſoll ihn nicht aufrütteln. Ich gehe in den Wald, du gehſt doch nicht mit?“

„Nein.“

Der Kollaborator ging, und Reinhard ſaß lange ſtill, das viele Reden und Rütteln des Kollaborators hinterließ ihm die Empfindung, als ob er von einer geräuſchvollen Reiſe käme; die ruhige Spiegelglätte des Morgenlebens war ihm zu haſtigen Wellen aufgehetzt. Reinhard war verſtimmt und nervengereizt, er legte ſich nochmals auf das Bett und verfiel in leiſen Schlummer. Die Glocken des Kirchturmes weckten ihn, es läutete zum erſtenmal zur Kirche. Reinhard ging hinab in die Küche; die Bärbel, ſeine alte Gönnerin, die ſonſt ſo freundlich mit ihm geplaudert hatte, war unwirſch, ſie ſagte, er ſolle nur in die Stube gehen, ſie hielte ihm ſchon ſeit drei Stunden den Kaffee bereit, und man könne ja das Feuer nicht ausgehen laſſen von ſeinetwegen. Reinhard war eben im Begriffe, ihr eine barſche Antwort zu geben, er hatte es genug, ſich über den geſtrigen Scherz hart behandeln zu laſſen, da hörte er die Stimme Lorles von der Laube:

„Bärbel, komm auße, guck, ob's ſo recht iſt.“

„Komm du 'rein, iſt grad ſo weit; mach' nur fort, es wird ſchon recht ſein.“

Ohne eine Antwort gegeben zu haben, verließ Reinhard die Küche, er ging aber nicht in die Stube, ſondern faſt unhörbar nach der Laube. Ungeſehen von dem Mädchen konnte er daſſelbe eine Weile beobachten; er ſtand betroffen beim erſten Anblick. Das war ein Antlitz voll ſeligen, ungetrübten Frie-

dens, eine süße Ruhe war auf den runden Wangen ausge=
breitet; diese Züge hatte noch nie eine Leidenschaft durchtobt,
oder ein wilder Schmerz, ein Reuegefühl verzerrt, dieser feine
Mund konnte nichts Heftiges, nichts Niedriges aussprechen, eine
fast gleichmäßige zarte Röte durchhauchte Wange, Stirn und
Kinn, und wie das Mädchen jetzt mit niedergeschlagenen Augen
das Bügeleisen still auf der Halskrause hielt, war's wie der
Anblick eines schlafenden Kindes; als es jetzt die Krause empor=
hob, die großen blauen Augen aufschlug und den Mund spitzte,
trat Reinhard unwillkürlich mit Geräusch einen Schritt vor.

„Guten Morgen, oder bald Mittag," nickte ihm Lorle zu.

„Schön Dank, seid Ihr wieder gut?"

„Ich bin nicht bös gewesen, ich wüßt' nicht, warum. Habt
Ihr gut geschlafen?"

„Nicht so völlig."

„Warum? Habt Ihr was träumt? Ihr wisset ja, was
man in der ersten Nacht in einem fremden Bett träumt, das
trifft ein."

„Aber mein Traum nicht."

„Nun, was ist's denn gewesen? Dürfet Ihr's nicht
sagen?"

„Ganz wohl, und Euch besonders, ich hab' von Euch
träumt."

„Ach, von mir, das kann nicht sein. Gucket, machet mir
keine Flattusen; es hat mich verdrossen, wenn Ihr mich früher
Grundel geheißen habt, aber es wär' mir noch lieber, wenn
Ihr so saget, als wenn Ihr mir so was Gaukliches vor=
machet."

„Ich kann ja auch was träumt haben, das gar kein'
Flattuse ist. Machet aber nur kein Gesicht, es ist nichts Böses,
es ist bloß dumm. Mir hat's träumt, ich sei mit Euch auf dem
Bernerwägele gesessen, und Euer Rapp war angespannt und hat
eine großmächtige Schelle um den Hals gehabt, die hat geläutet
wie die Kirchenglock', und der Rapp ist nur so durch die Luft
dahingeflogen, seine Mähne ist hoch aufgestanden, und man hat
kein Rad gehört, und wir sind doch immer fort und fort. Ich
hab' den Rapp halten wollen, er hat mir aber schier die Arme
aus dem Leib gerissen, und Ihr seid immer ganz ohne Angst
neben mir gesessen und so immer fort; plötzlich legt sich der
Wagen ganz sanft um, und wir sind auf dem Boden gelegen,
da ist mein Kamerad kommen und hat mich geweckt."

„Das ist ein wunderlicher Traum, aber in den nächsten
vier Wochen fahr' ich nicht mit Euch. Was ich hab' sagen wollen,

Euer Kamerad ist ein wunderlicher Heiliger, mein Vater sagt, er sei stolz und hochmütig, ich mein' eher, er sei zimpfer und ungeschickt."

„Ihr habt ihm doch seine Störung verziehen?"

„Ja. Seid Ihr auch schon auf gewesen?"

„Nicht ganz. Mit meinem Kameraden habt Ihr recht, er ist nicht stolz, im Gegenteil scheuch und furchtsam."

„Ja, das hab' ich auch denkt, und grad' weil er scheuch und furchtsam ist, da geht er so auf die Leut' 'nein und thut, wie wenn er sie zu Boden schwätzen wollt'. Wie ich vorlängst bei der Broni auf der Hohlmühle gewesen bin, Ihr wisset ja, sie ist mit meinem Stephan versprochen, sie heiraten bis zum Herbst, und er übernimmt die Mühle; Ihr seid doch auch noch da zur Hochzeit?"

„Kann sein, aber Ihr habt mir was erzählen wollen?"

„Ja, das ist recht, daß Ihr einen beim Wort behaltet, ich schwätz' sonst in den Tag 'nein. Nun wie ich drunten in der Hohlmühle bin, da wird's Nacht, und da haben sie mir das Geleit geben wollen, ich hab's aber nicht zugeben, und es wär' mir doch recht gewesen. Ich bin halt jetzt allein fort, im Wald da ist mir's aber kaphimmelmäuslesangst worden, und weil ich mich so gefürcht't hab', da hab' ich allfort pfiffen, wie wenn ich mir aus der ganzen Welt nichts machen thät. Ja, wie komm' ich denn aber jetzt da drauf, daß ich Euch das erzähl'?" schloß Lorle, die Lippen zusammenpressend und die Augen nachdenklich einziehend.

„Wir haben von meinem Kameraden gesprochen und" —

„Ja, Ihr bringet mich wieder drauf; der pfeift auch so lustig, weil er Angst hat, nicht wahr?"

„Vollkommen getroffen. Ihr müßt nun aber recht freundlich gegen ihn sein, er ist ein herzguter Mensch, der's verdient, und es wird ihn ganz glücklich machen."

„Was ich thun kann, das soll geschehen. Ist er noch ledig?"

„Er ist noch zu haben, wenn er Euch gefällt."

„Wenn Ihr noch einmal so was sagt," unterbrach Lorle, das Bügeleisen aufhebend, „so brenn' ich Euch da den Bart ab. Ja, daß ich's nicht vergiß', lasset Euch Euern Bart nicht abschwätzen, er steht Euch ganz gut."

„Wenn er Euch gefällt, wird er sich um die ganze Welt nichts scheren."

„Was gefällt? Was ist da von gefallen die Red'?" ertönte eine kräftige Weiberstimme, es war die der Bärbel.

„Das Lorle ift in meinen Kameraden verfchoffen," fagte Reinhard.

„Glaub' ihm nichts, er ift ein Spottvogel," rief das Mädchen, und Bärbel entgegnete:

„Herr Reinhard, ganget 'nein und trinket Euern Kaffee; ich g'wärm ihn Euch nimmer."

„Geht Euer Goller da in die Kirch'?" wendete fich Reinhard an Lorle und erhielt die Antwort:

„Nein, das gehört der Bärbel, die geht, ich bleib' daheim; Ihr geht doch auch?"

„Ja," fchloß Reinhard und trat in die Stube. Er hatte eigentlich nicht die Abficht gehabt, in die Kirche zu gehen, aber er mußte und wollte jetzt; er mußte, weil er's verfprochen, und wollte, weil Lorle allein zu Haufe blieb. Und wie wir unfern Handlungen gern einen allgemeinen Charakter geben, fo redete er fich auch ein, er gewinne durch die Teilnahme an dem Kirchengange aufs neue die Grundlage zur Gemeinfamkeit des Dorflebens und ein Recht darauf.

Während Reinhard in der Stube dies überdachte, fagte Lorle draußen auf der Laube: „Denk' nur, Bärbel, er hat heut nacht von mir träumt."

„Wer denn?"

„Nu, der Herr Reinhard." Lorle verfehlte nie, auch wenn fie von dem Abwefenden fprach, das Wort „Herr" zu feinem Namen zu fetzen.

„Laß dir von dem Fuchsbart nichts aufbinden," entgegnete Bärbel.

„Und der Bart ift gar nicht fuchfig," fagte Lorle voll Zorn, „er ift ganz fchön kaftenbraun, und der Herr Reinhard ift noch grad fo herzig, wie er gewefen ift, und du haft doch früher, wo er nicht dagewefen ift, immer fo gut von ihm geredet, und du haft Unrecht, daß du jetzund fo über ihn loszieheft. Wenn er auch den Spaß mit dem Ausfchellen gemacht hat, er ift doch nicht ftolz, er redt fo gemein und fo getreu." —

„Ich kann nichts fagen als: nimm dich vor ihm in acht, und du bift kein Kind mehr."

„Ja, das mein' ich auch, ich weiß doch auch, wie einer ift, ich . . ."

„Gib mir mein Goller, du zerdrückft's ja wieder," fagte Bärbel und ging davon.

Reinhard wandelte fonntäglich gekleidet mit Stephan und Martin nach der Kirche. Alles nickte ihm freundlich zu, manche lachten noch über die feltfame Bartzier, aber der Träger derfelben

war ihnen doch heimiſch; ſie fühlten es dunkel, daß er zu ihnen
gehörte, da er nach demſelben Heiligtume, zu derſelben Geiſtes=
nahrung mit ihnen wallfahrtete.

Auf dem Wege fragte Martin: „Nun, was ſaget Ihr aber
zu unſerem Lorle? nicht wahr, das iſt ein Mädle?“

„Ja,“ entgegnete Reinhard, „das Lorle iſt grad wie ein
feingoldiger Kanarienvogel unter grauen Spatzen.“

„Es iſt ein verfluchter Kerle, aber recht hat er,“ ſagte
Martin zu Stephan.

Reinhard ſaß bei dem Schulmeiſter auf der Orgel, der
brauſende Orgelklang that ihm wunderſam wohl, er durchzitterte
ſein ganzes Weſen wie ein friſcher Strom. Die Bärbel, die
ihn jetzt von unten ſah, dachte in ſich hinein: Er iſt doch brav!
Wie ſeine Augen ſo fromm leuchten! Reinhard hörte nur den
Anfang der Predigt. An den Text: „Laſſet euer Brot über
das Meer fahren,“ wurde eine donnernde Strafrede angeknüpft,
weil das ganze Dorf ſich verbunden hatte, nichts für das zu
errichtende Kloſter der barmherzigen Schweſtern beizuſteuern.
Reinhard verlor ſich bei dem eintönigen und nur oft urplötzlich
angeſchwellten Vortrage in allerlei fremde Träumereien. Drunten
aber lag die Bärbel auf den Knieen, preßte ihre ſtarken Hände
inbrünſtig zuſammen und betete für Lorle; ſie konnte nun ein=
mal den Gedanken nicht los werden, daß dem Kinde Gefahr
drohe, und ſie betete immer heftiger und heftiger; endlich ſtand
ſie auf, fuhr ſich mit der Hand betreuend über das Geſicht
und wiſchte alle Schmerzenszüge daraus weg.

Der Orgelklang erweckte Reinhard wieder, er verließ mit
der Gemeinde die Kirche. Nicht weit von der Kirchenthüre ſtand
die Bärbel ſeiner harrend; indem ſie ihr Geſangbuch hart an
die Bruſt drückte, ſagte ſie zu Reinhard: „Grüß Gott!“ Er
dankte verwundert, er wußte nicht, daß ſie ihn erſt jetzt will=
kommen hieß.

Als Reinhard nun noch einen Gang vor das Dorf unter=
nahm, begegnete ihm der Kollaborator mit einem geſpießten
Schmetterling auf dem Mützenrande.

„Was haſt du da?“ fragte Reinhard.

„Das iſt ein Prachtexemplar von einem papilio Machaon,
auch Schwalbenſchwanz genannt; er hat mir viel Mühe gemacht,
aber ich mußte ihn haben, mein Oberbibliothekar hat noch keinen
in ſeiner Privatſammlung; es waren zwei, die immer in der
Luft mit einander koſ'ten, immer zu einander flatterten und
wieder davon; ſind glückſelige Dinger, die Schmetterlinge! Ich
hätte ſie gern beide gehabt oder bei einander gelaſſen, habe aber

nur einen bekommen, und schau, wie ich aussehe; in dem Moment, wie ich ihn haschte, bin ich in einen Sumpf gefallen.“

„Und Stecknadeln hast du immer bei dir?“

„Immer; sieh hier mein Arsenal,“ er öffnete die innere Seite seines Rockes, dort war ein R aus Stecknadelköpfen gesetzt.

„Aber daß ich's nicht vergesse,“ fuhr er fort, „ich habe das Wort gefunden.“

„Welches Wort?“

„Das Epitheton für das Mädchen: wonnesam! Es ist ein Vorzug unserer Sprache, daß dieses Wort transitiv und intransitiv ist, sie ist voll Wonne und strahlt jedem Wonne in die Seele. Aber halt! Eben jetzt, indem ich rede, finde ich das Urwort, das ist's: marienhaft! Was die Menschheit je Anbetungswürdiges und Wonniges in der Erscheinung der Jungfrau erkannte, das drängte sie in dem Wort Maria zusammen. Das kann keine andere Sprache, solch ein nomen proprium allgemein objektivisch bilden. Marienhaft! das ist's.“

Reinhard ward still; nach einer Weile erst frug er:

„Warst du die ganze Zeit im Walde?“

„Gewiß, o! es war himmlisch, ich habe einen tiefen Zug Waldeinsamkeit getrunken. Sonst wenn ich den Wald betrat, war mir's immer, als ob er schnell sein Geheimnis vor mir zuschließe, als ob ich nicht würdig sei, durch diese heiligen Säulenreihen zu schreiten und den stillen Chor der ewigen Natur zu vernehmen; mir war's immer, als ob beim letzten Schritte, den ich aus dem Walde thue, jetzt erst hinter mir das süße geheimnisvolle Rauschen beginne und unerfaßbare Melodien erklingen. Heute aber habe ich den Wald bezwungen. Ich bin emporgedrungen durch Gestrüpp und über Felsen bis zum Quellsprung des Baches, wo er zwischen großen Basaltblöcken hervorquillt und ein breites rundes Becken ihn sogleich aufnimmt, als dürfte er da zu Hause bleiben. Du warst gewiß noch nicht dort, sonst müßtest du's gemalt haben; das muß nun dein erstes Bild sein. Die Bäume hangen so sehnsüchtig nieder, als wollten sie das Heiligtum zudecken, daß kein sterbliches Auge es sehe, in jedem Blatt ruht der Friede; der rote und weiße Fingerhut läßt seine Blütenkette zwischen jeder Spalte aufsteigen, es ist eine Giftpflanze, aber sie ist entzückend schön! Die sanfte Erika versteckt sich lauschend hinter dem Felsen und wagt sich nicht hervor an das rauschende Treiben. Dort lag ich eine Stunde und habe Unendlichkeiten gelebt. Das ist ein Plätzchen, um sich ins All zu versenken. Morgenglocken tönten von da und dort, mir war's wie das Summen der Bienen, die sich heute bei der Sicherheit

deß ſchönen Wetters weit weg vom Hauſe wagten. Ich war
emporgeklommen, hoch hinauf auf Bergeshöhen, die die Kirch-
türme weit überragen, ich ſtand über Zion auf den Spitzen
des unendlichen Geiſtes; da fühlte ich's wie noch nie, daß ich
nicht ſterben kann, daß ich ewig lebe; ich faßte die Erde, die
mich einſt decken wird, und mein Geiſt ſchwebte hoch über allen
Welten. Mag ich freudlos über die Erde ziehen, klanglos in
die Grube fahren, ich habe ewig gelebt und lebe ewig." . . .

Reinhard ſetzte ſich auf den Wegrain unter einen Apfelbaum,
er zog auch den Freund zu ſich nieder. „Sprich weiter," ſagte
er dann; der Angeredete blickte ſchmerzlich auf ihn, dann ſchaute
er vor ſich nieder und fuhr fort:

„Ich lag lange ſo in ſelig wehmütigem Entzücken, ich ſah dem
unaufhörlich ſich ergießenden Quell zu. Wie ätherklar ſpringt er
hervor aus nächtiger Verborgenheit; wie rein und hell ſchlängelt
er ſich in die Schlucht hinab, bald aber noch bevor er den
ruhigen Thalweg erreicht, wird er eingefangen; was ficht's ihn
an? Er ſpringt keck über das Mühlrad und eilt zu den Blumen
am Ufer. In der Stadt aber dämmen ſie ihn ein, da muß er
färben, gerben und verderben; er kennt ſich nicht mehr. Es
kann auch einem reinen klaren Naturkinde ſo ergehen. Was
thut's? Du einzler Quell vom Felſenſprung! ſtröme zu bis in
das unergründliche, unbezwungene Meer, dort iſt neue, dort
iſt ewige Klarheit und unendliches Leben, ein Ruhen und ein
Bewegen in ſich . . . . Bei dem erſten, was ich dachte, war
mir's nicht eingefallen, es feſtzuhalten, jetzt aber wollte ich alles
in melodiſche Worte faſſen; ich quälte mich in allen Versarten,
hin war meine Ruhe. Da fielſt du mir wieder ein: wozu ein
Reſultat? Ich hab's gelebt, was braucht es mehr?" . . . .

„Ich kenne dein Waldheiligtum ſchon lange," ſagte Reinhard auf dem Heimwege, „ich habe auch genug dort geträumt,
aber mit dem Pinſel konnte ich ihm nicht beikommen; ließen
ſich deine Gedanken malen, ja dann wär's anders. Ich habe
mich von der Landſchaft entfernt, und doch ſo oft ich hieher
komme, iſt mir's, als ob hier eine tiefere Offenbarung noch meiner
harre, beſonders jetzt; vielleicht iſt's dein Waldheiligtum, vielleicht
auch nicht."

„Wo warſt denn du während meines Waldganges?"

„Ich war in der Kirche; du hätteſt eigentlich auch dort ſein
ſollen; das einigt mit dem Bauernleben."

„Ja, ja, du haſt recht, ei, das thut mir leid; nun, ich
gehe heut mittag." —

Im Wirtshauſe war eine große Veränderung.

Als der Kollaborator neu beschuht herunterkam, rief ihm
Lorle freundlich zu: „Das ist schön, Herr Kohlebrater, daß Ihr
nicht auf Euch warten lasset. Wo seid Ihr denn gewesen?"

„Im Walde droben. Saget aber nicht Kohlebrater, ich heiße
mit meinem ehrlichen Namen Adalbert Reihenmaier."

„Ist auch viel schöner. Nun erzählet mir auch 'was, Herr
Reihenmaier."

„Ich kann nicht viel erzählen."

„Ja, wir wollen warten bis Mittag, Ihr gehet doch auch
mit auf die Hohlmühle? und Ihr könnet ja so schön singen."

„Ich bin bei allem, absonderlich wo Ihr seid; ich hab' im
Walde an Euch gedacht."

„Müsset mich nicht so zum Possen haben, ich bin zu gut
dazu und Ihr auch, es schickt sich nicht für so einen Herrn, wie
Ihr seid. Hübsch ordelich sein, das ist recht. Ihr müsset aber
auch Euren Sonntagsrock anziehen. Habt Ihr denn keinen?"

„Mehr als einen, aber nicht hier."

„Ja, Ihr habt's doch gewußt, daß Ihr am Sonntag bei
uns seid? Nun — schad't jetzt nichts. Ich will Euch den
Martin schicken, er soll Euch ein bißle aufputzen."

Jubelnd sprang der Kollaborator die Treppe hinauf und
holte eine Sammlung Volkslieder — (die er zu etwaigen Er-
gänzungen und Varianten mitgenommen hatte) — aus seinem
Ränzchen; er warf das Buch an die Zimmerdecke in die Höhe
und fing es wieder auf. „Hier," rief er, das Buch hätschelnd,
als wäre es etwas Lebendiges, „hier seid ihr zu Hause, nicht
in der Bibliothek eingepfercht; heut sollt ihr wieder lebendig
werden."

Beim Essen herrschte die alte Gewohnheit nicht mehr, für
Reinhard und seinen Freund war in dem Verschlag besonders
gedeckt. Reinhard sagte dem Wirt, daß er wie ehedem am
Familientisch essen wolle. Der Alte aber schüttelte den Kopf,
ohne ein Wort zu erwidern, nahm die weiße Zipfelmütze ab und
hielt sie zwischen den gefalteten Händen auf der Brust, damit
das Gebet beginne.

„Bärbel, traget nur die zwei Gedecke heraus, wir essen
nicht allein," rief Reinhard. Der Wadeleswirt setzte schnell die
Mütze wieder auf, schaute, ohne eine Miene zu verziehen, rechts
und links und sagte:

„Nur stet."[1]　Er machte dann eine ziemliche Pause, wie
jedesmal, wenn er dieses Wort sagte, das als Mahnung galt,

---

[1] Langsam, ruhig.

daß keiner mucksen dürfe, bis er weiter redete; endlich und end=
lich setzte er hinzu:

„Drin bleibt's. Es ist kein Platz da für zwei." Er hob
die Arme bedachtsam auf, strich die Hände wagrecht über die
Luft, wie den Streichbengel über ein Kornmaß, was so viel
hieß als: abgemacht.

Die Freunde setzten sich in den Verschlag, Lorle trug
ihnen auf.

„Kann denn das die Bärbel nicht?" fragte Reinhard, und
der Kollaborator ergänzte: „Ihr solltet uns nicht bedienen."

„O du liebs Herrgöttle," beschwichtigte Lorle, „was machen
die für ein Gescheuch von dem Auftragen. Ich thu's ja gern,
und wenn Ihr einmal eine liebe Frau habt, Herr Reihenmaier,
und ich komm' zu Euch, und Ihr gunnet mir ein warm Süpple,
da soll mich Euer Weible auch bedienen."

„Woher wisset Ihr denn, daß ich heiraten möcht'?"

„Da kann man mit der Pelzkappe darnach werfen, so groß
steht's Euch auf der Stirn geschrieben; ich glaub', daß eine Frau
mit Euch rechtschaffen glücklich wird."

„Woher wisset Ihr denn das?"

„Ihr seid so ordelich mit der Handzwehle [1] umgangen."

Alles lachte, und draußen am Tische sagte der Vater: „Es
ist ein Blitzmädle, und es hat sonst in einem Jahr nicht so viel
geschwätzt, wie jetzt seit gestern."

„Ja," sagte die Mutter, nachdem sie mit besonderer Zu=
friedenheit einen Löffel Suppe verschluckt, jetzt mit dem Löffel
auf den ihres Mannes klopfend, „du wirst's noch einsehen, was
das für ein Mädle ist; das ist so gescheit wie der Tag."

„Das hat es von dir und von unserem Vorroß, von der
Bärbel da," schloß der Wadeleswirt, den Schlag zurückgebend.

Die beiden Freunde unterhielten sich vortrefflich mit Lorle,
das immer ein Auge für jegliches Erfordernis hatte, seltsamer=
weise aber alles mit der linken Hand anfaßte; der Kollaborator
sah sie mehrmals scharf darob an, und Lorle sagte:

„Nicht wahr, es ist nicht in der Ordnung, daß ich so links bin?
Ich hab' mir's schon abgewöhnen wollen, aber ich vergeß' es immer."

Schnell nahm Reinhard das Wort: „Das schadet nichts!"
Leiser, daß man es in der Stube draußen nicht hören konnte,
setzte er hinzu: „Ihr machet alles prächtig. Wer kann's be=
weisen, daß die rechte Hand die geschicktere ist? Eure Linke ist
flinker als manche Rechte, und mir gefällt's so ganz wohl."

---

[1] Handtuch.

Bei diesen Worten richtete sich Lorle grad auf, eine eigen=
tümliche Majestät lag in ihrem Blicke.

„Sind keine Musikanten im Dorf?" fragte der Kollaborator.

„Freilich, sie sind alle bei einander."

„Die sollten uns heut abend einige Tänze spielen, ich be=
zahle gern ein Billiges."

„Ja, das geht nicht, der Schultheiß ist heut verreist, und
es ist vom Amt streng verboten, ohne polizeiliche Erlaubnis
Musik zu halten; in Eurer Stub' droben hängt die Verordnung."

„O Romantik! Wo bist du?" sagte der Kollaborator und
Lorle erwiderte: „Das haben wir hier nicht, aber ein Klavier
steht droben, das darf man —"

Die beiden Freunde brachen in schallendes Gelächter aus,
so daß sie sich kaum auf ihren Sitzen halten konnten. Reinhard
faßte sich zuerst wieder, denn er sah, wie es plötzlich durch das
so friedliche Antlitz des Mädchens zuckte und zitterte, Pulse
klopften sichtbar in den Augenlidern, und ein tiefschmerzlich fra=
gendes Lächeln lag auf den Lippen. Lorle stand da mit zittern=
dem Atem; sie wand das festangezogene Schürzenband um einen
Finger, daß es tief einschnitt; dieser körperliche Schmerz that ihr
wohl, er verdrängte einen Augenblick den seelischen. Reinhard
gebot in barschem Tone seinem Freunde, mit dem „einfältigen
Lachen" endlich aufzuhören. So sehr sich nun auch der Kollabo=
rator entschuldigte und sich Mühe gab, Lorle zu erklären, was
er gemeint habe, das Mädchen räumte schnell ab und blieb ver=
stimmt, so verstimmt wie das Klavier, das der Kollaborator
alsdann in seiner Stube probierte.

Das war eine grausam zerstörte Harmonie, fast keine Saite
hatte mehr den entsprechenden Klang, da mußten viele Menschen
darauf losgetrommelt haben. „Ja," dachte der Kollaborator,
„wenn ein Wesen einmal zur Mißstimmung gebracht ist, dann
arbeitet jedes zum Scherze oder mutwillig darauf los, es noch
mehr und vollends zu verstimmen, und haben sie's vollbracht, dann
lassen sie es vergessen im Winkel stehen." Der Kollaborator sah
darin nur ein Bild seines Lebens, er dachte nur an sich. — Von
den vielen Wanderungen und Empfindungen ermüdet, verschlief
er dann richtig die Mittagskirche, zu seinem und vielleicht auch
zu unserem Frommen. Wer weiß, ob das Waldheiligtum vom
Morgen ungestört geblieben wäre.

Als Lorle aus der Mittagskirche kam, ging sie mit ihrem
Bruder rasch nach der Hohlmühle. Der Vater, das wußte sie,
war nicht so bald loszueisen, er versprach, mit der Mutter nach=
zukommen. Freilich hatte sich's Lorle heute morgen schön aus=

gedacht, wenn auch die Fremden mitgingen. Es lief auch ein bißchen Stolz mit unter. Das war aber nun alles vorbei. Nach vielem Drängen folgte das alte Ehepaar mit den Freunden zwei Stunden ſpäter. Der Kollaborator war wieder ganz auf= geräumt.

„Ihre Uhren hier gehen falſch,“ bemerkte er dem Wirte, „ich habe die meinige nach dem Meridian auf der Bibliothek geſtellt. Sie könnten ſich hier auch eine Sonnenuhr einrichten, etwa an der neuen Kirche, die jetzt gebaut wird; à propos, warum bauen ſie die neue Kirche nicht mehr drüben auf dem Hügel, das war ja ſo ſchön, daß man ſich erhebt, wenn man zur Kirche geht?“

„Ja, wir wollen jetzt die Kirch’ bei der Hand haben zu allen Gelegenheiten, wo man’s braucht.“

„Da habt Ihr auch recht, die Religion und die Kirche ſollen nicht mehr oberhalb, fern von dem Leben ſtehen, ſondern mitten unter demſelben. Ach, da blüht ſchon vorzeitig die Genziana cruciata,“ unterbrach ſich der Kollaborator und ſprang über den Weggraben nach der Blume.

Der Wadeleswirt ſchaute ihm lächelnd nach und ſagte zu Reinhard: „Das iſt ein ſonderbarer Menſch! Hat man nicht gemeint, er will mit aller Gewalt die Kirch’ wieder auf den Berg ſetzen, und wenn man’s ihm anders auslegt, gleich iſt es ihm auch recht; bei dem iſt’s wie bei dem Verwalter auf der Saline drunten, der hat einen Schlafrock, den man auf all beiden Seiten anziehen kann. Grauſam gelehrt muß er aber ſein; was hat er denn eigentlich g’ſtudiert?“

„Zuerſt geiſtlich und dann viele Sprachen; jetzt iſt er auf dem Bücherkaſten angeſtellt, und da hat er von allem was weg= kriegt. Er hat im ganzen wohl feſte Meinungen, und grund= brav iſt er, das könnet Ihr mir glauben.“

„Ja, ja, glaub’s ſchon.“

Der Kollaborator war wieder herbeigekommen. Er konnte ſich nicht enthalten, auf jedem Schritte Reinhard auf die Schön= heiten des Weges aufmerkſam zu machen; da war eine Baum= gruppe, eine Durchſicht, ein knorriger Aſt, alles rief er an, „und ſieh,“ ſagte er wieder, „wie das Sonnenlicht ſo herrlich in Tropfen durch die Zweige und von den Blättern rinnt!“

„Laß doch dein ewiges Erklären!“ fuhr Reinhard auf; der Kollaborator ging ſtill, um ſich wieder eine Blume zu holen, und zerſchnitt ſie mit dem Federmeſſer.

„Ihr müſſet ihn nicht ſo anfahren,“ ſagte der Wadeles= wirt, „das iſt ja ein glücklicher Menſch; wo ein anderes gar nichts mehr hat, hat der noch überall Freude genug, an der Sonn', an einer Blum', an einem Käfer, an allem." —

Man war endlich am Mühlgrunde angekommen: dort wandelten zwei Mädchen durch die Thalwiese Hand in Hand und sangen. „Lorle!" rief die Mutter, das Echo hallte es wider, Vroni blieb stehen, und Lorle sprang den Kommenden entgegen. Der Wadleswirt stand da, weitspurig und die Hände in die Seiten gestemmt, er nickte nur einmal scharf mit dem Kopfe, und hier sprach sich sein ganzer Vaterstolz aus: zeiget mir noch so ein Mädle landaus und landein, sagten seine Mienen.

Reinhard ward auf der Mühle herzlich bewillkommt, auch sein Freund wurde traulich begrüßt, denn hier, wo alles in der Sippschaft lebt, werden die Freunde wie Familiengenossen angesehen. Um den Tisch unter dem Nußbaum saß die Gesellschaft, der alte Müller zeigte Reinhard, wie sein Name, den er vor Jahren in die Rinde geschnitten, groß geworden war.

Der Kollaborator wendete keinen Blick von dem alten Manne, für dessen Antlitz er später die eigene Bezeichnung erfand, indem er es ein „geschmerztes Gesicht" nannte; es war eines jener edlen, länglichen Gesichter, hohlwangig, mit breiten Backen- und Stirnknochen und großen blauen Augen, voll Demut und langen Harmes, darauf die Leidensgeschichte des deutschen Volkes geschrieben ist.

„Ja," sagte der Alte, Reinhard mit dem Finger drohend, „der Schelm soll mich ja, wie sie sagen, in einem besondern Bild gemalt haben. Ist das auch ehrlich und recht?"

„Das macht der Katz' keinen Buckel," lachte der Wadleswirt, „mich dürft' er meinetwegen malen, wie er wollt', ich behielt' mich doch."

„Eingeschlagen, bleibt dabei," rief Reinhard, die Hand hinstreckend; als er aber keine Hand erhielt, setzte er lachend hinzu: „Es war nur Spaß, es gibt gar keine so dicken Farben, wie Ihr seid."

Unter dem allgemeinen Gelächter sagte dann der Müller: „Jetzt saget's frei, was habt Ihr denn aus mir gemacht?"

„Nichts Unrechtes. Wie ich damals die Mühle abgezeichnet hab', da geh' ich einmal abends weg, die Sonne ist grad im Hinabsinken, da geht Euer Fenster auf, Ihr gucket 'raus, ziehet die Kapp' vom Kopf, haltet sie zwischen den Händen und betet laut in die untergehende Sonne hinein. Da hat mich's heilig angerührt, und ich hab' Euch so gemalt, nur mit der Aenderung, daß Ihr unter der Halbthür statt am Fenster stehet."

„Das ist nichts Unrechtes, das kann man sich schon gefallen lassen," sagte die Wirtin.

Man ſaß ruhig und wohlgemut beiſammen, und Reinhard
vertraute unter dem Gelöbnis der Verſchwiegenheit, daß er in ,
die neue Kirche ein Altarbild ſtiften wolle. Der Wabeleswirt
bot ihm freie Zehrung in ſeinem Hauſe an, ſo lang er hieran
arbeite, und der Müller wollte auch etwas thun, er wußte nur
noch nicht, was.

Eine Weile herrſchte Stille in dem ganzen Kreiſe, niemand
fand, nachdem man ſo gute und fromme Dinge beſprochen, etwas
anderes. Der Kollaborator verhalf zu einer andern Stimmung.
Die Mädchen waren ab= und zugegangen und hatten Eſſen auf=
getragen, die Gläſer waren eingeſchenkt, aber niemand griff zu,
weil die Gedanken aller in der Kirche waren. Lorle hatte den
Kollaborator offenbar vermieden. Dieſer fragte nun Broni:
„Hat man keine Sagen von dem Mühlbache? Baden ſich
keine Nixen droben im Quell?"

„Ja, nix badet ſich drin," erwiderte Broni; alles kicherte
in ſich hinein.

Der Kollaborator ließ aber nicht ab und wendete ſich an
den Alten: „Erzählt man ſich denn gar nichts von dem Bache?"

„Ach was! das ſind Sachen für Kinder, das iſt nichts
für Euch."

„Ich bitte, erzählet doch, Ihr thut mir einen Gefallen damit."

„Nun, man berichtet allerlei, ſo von dem Waſſerweible,
und ſo."

„Ja, davon erzählet, ich bitte."

„So hat im Schwedenkrieg ein Schwed' hier der Tochter
vom Haus Gewalt anthun wollen, und da iſt ſie auf den Frucht=
boden entlaufen und hat die Leiter nachzogen, und da hat der
Schwed' die Mühle geſtellt und iſt am Rad 'naufgeſtiegen, und
wie er halb droben iſt, da iſt das Waſſerweible kommen, hat
die Mühle in Gang bracht, und patſch! iſt mein Schwed' unten
gelegen und iſt verſoffen."

„Das iſt eine herrliche Sage."

„Ja, Aberglaube iſt's," eiferte der Müller, „der Schwed'
hat die Mühl' nicht recht ſtellen können, und da iſt ſie halt wieder
von ſelber in Gang kommen."

Der Nachmittag ging unter mancherlei Geſprächen vorüber,
man wußte nicht, wie. Die beiden Mädchen machten ſich über
den Kollaborator auf alle Weiſe luſtig, ſie hielten ihn für aber=
gläubiſch und erzählten ihm Spuk= und Geiſtergeſchichten; be=
ſonders Lorle war froh, ihm ſeinen gelehrten Hochmut heim=
zahlen zu können, und machte ihn ſo „gruſeln", daß er gewiß
in der Nacht nicht ſchlafen könne; ſie ſtellte ſich, als ob ſie an

alles glaube, um ihm rechte Furcht einzujagen. Der Kollaborator war ganz glückselig über diese reiche Fundgrube und merkte nichts von der versteckten Schelmerei.

Auf dem Heimwege sagte der Wabeleswirt ein gar weises Wort zu Reinhard: „Euer Kamerad ist doch grad wie ein Kind, und er ist doch so gelehrt.“

Stephan war auf der Mühle geblieben, Lorle ging neben der Mutter, der Kollaborator begleitete sie und sagte einmal: „Da kann man nun Vergangenheit und Zukunft sehen, so wie das Lorle müsset Ihr einmal ausgesehen haben, Frau Wirtin, und das Lorle wird auch einmal so eine nette alte Frau, wie Ihr.“

Die Wirtin schmunzelte, es war ihr aber doch unbehaglich, so von sich sprechen zu hören; denn wenn die Bauern auch noch so gern ein Langes und Breites selber von sich reden, ist es ihnen doch unlieb, wenn ein anderer sie in ihrem Beisein schildert oder gar kritisiert.

Unser gelehrter Freund aber begann wieder: „Saget doch, woher kommt's, daß man so selten schöne ältere Leute auf dem Dorfe sieht, besonders wenig schöne ältere Frauen?“

„Ja gucket, die meisten Leut' haben ein kleines Hauswesen und können keinen Dienstboten halten, und da muß oft so eine Frau schon am vierten, fünften Tag, nachdem sie geboren hat, an den Waschzuber stehen oder aufs Feld. Wenn man sich nicht pflegen und warten kann, wird man vor der Zeit alt.“

„Ihr solltet einen Verein zur Wartung der Wöchnerinnen stiften.“

„Ja wie denn?“

Der Kollaborator erklärte nun die Einrichtung eines solchen Vereins, die Wirtin aber machte viele Einwendungen, besonders, daß manche Frauen sich ungern von Nichtverwandten in ihre unordentliche Haushaltung hineinsehen lassen; endlich aber stimmte sie doch bei und sagte: „Ihr seid ein recht liebreicher Mensch,“ und Lorle bemerkte: „Aber die Mädle können auch bei dem Verein sein?“

„Gewiß, der Verein verpflichtet sich, jede Wöchnerin mindestens vierzehn Tage zu pflegen.“

Es war Dämmerung, als man im Dorfe anlangte; Reinhard schloß sich einem Trupp Burschen an und zog mit ihnen singend durch das Dorf. Als es längst Nacht geworden war, kam er heim, sprang schnell die Treppe hinauf und wieder hinab. Der Kollaborator saß auf seiner Stube und notierte sich einige der heute vernommenen Sagen; als er aber von der Straße herauf Zitherklang hörte, ging er hinab.

Unter der Linde saß Reinhard, die Zither auf dem Schoße, die ganze Männerschaft des Dorfes war um ihn versammelt. Er spielte nun zuerst eine sanfte Weisung, er wußte das lieb= liche Instrument so zart zu behandeln, daß es, bald schmelzend, bald jubelnd, alle Gemütsregungen verkündete. Die Zuhörer standen still und lauschend, es gefiel ihnen gar wohl, und doch, als er jetzt geendet, fürchteten sie, er möchte immer bloß spielen. Martin sprach daher das allgemeine Verlangen aus, indem er rief: „Ihr könnet doch auch singen, gebt was los."

„Ja, ja," stimmten alle ein, „singet, singet."

Reinhard gab nun viele kurze Lieder preis, die er auf seinen Wanderungen aufgehascht hatte; hell klang seine Stimme hinein in die stille Nacht, und die Jodeltöne sprangen wie Leuchtkugeln hinauf zum Sternenhimmel und stürzten sich wieder herab.

Lorle, die sich eben hatte zu Bett legen wollen, schaute zum Fenster heraus und horchte hinab; die Worte mit den Lippen sprechend, aber nicht der Luft anvertrauend, sagte sie:

„Es ist doch ein prächtiger Mensch, so gibt's doch gewiß keinen mehr auf der ganzen Welt."

Nun sang Reinhard das Lied:

Und wann's emol schön aber [1] wird
Und auf der Alm schön grüen,
Die Böckle mit de Geisle führt,
Die Sendrin mit de Küehn;
Die Wälder werden grün von Laub,
Die Wiesen grün von Gras,
Und wann i an mein' Sendrin denk',
No g'freut mi halt der G'spaß.

Der Kollaborator kannte das Lied und begleitete es im Grundbaß, Lorle oben machte aber bei den nachfolgenden Versen das Fensterchen zu und legte sich still zu Bett. Gegen das Ende des äußerst naiven Stelldicheins, welches im Liede besungen wurde, konnten schon fast alle Burschen mitsingen; der elfte und letzte Vers wurde unter hellem Lachen noch einmal wiederholt:

Der Bue, der sait, heut kann's nit sein,
Heut hab i goar koan Freud,
Wann i das nächstmal wieder kumm,
Heut hab i goar koan Schneid.

---

[1] Aber = frühlingshell, sonnig.

Er thut en frifchen Juchzer drauf,
Das hallt im ganzen Wald;
Die Sendrin hat ihm nachig'weint,
So lang fie hört den Schall.

„Und das Lied hat eine Sennerin gemacht!" fchrie der Kollaborator in vollem Entzücken.

„Ihrem Herzliebften zur guten Nacht, gut Nacht," fchloß Reinhard und ging in das Haus. Die Burfchen fangen das neue Lied noch weit hinein durch das Dorf und lachten unbändig.

„Das war ein genußvoller Tag," fagte der Kollaborator auf der Stube zu feinem Freunde. „Wie fchön ift Mufik in der Nacht! Das Licht ift ein Nebenbuhler des Gefangs, es liebt ihn nicht, die dunkle Nacht aber wiegt ihn fanft auf ihren weichen Armen. Du verftehft's mit dem Volke umzugehen, man follte ihm die neuen Offenbarungen im Gefange mitteilen, da ift alles wieder eins, die erfte und letzte Bildungsftufe ift im Gefange wieder geeint."

Da Reinhard nicht antwortete, fuhr der Redner fort: „Du haft mir diefen Abend ein Gefetz von der Völkerwanderung der Lieder, ich wollte fagen, von der Wanderung der Volkslieder konkret erklärt. Man hat fo oft Volkslieder von ganz lokaler Färbung an fremden Orten gefunden. Menfchen wie du find die Schmetterlinge, die den befruchtenden Blumenftaub von der einen Blume zur andern bringen. Wir hatten heute alles: ein Müllerstöchterlein, ein Wirtstöchterlein, ein Maler und Mufikant, es fehlte nur noch ein Jäger, dann hätten wir die vollftändige Romantik."

„Laß die Romantik, du bift heut fchon übel damit gefahren."

„Du folltest unfere heutige Verfammlung unter dem Nuß= baum malen."

„Du haft mir verfprochen, mich nicht aufmerkfam zu machen."

„Ja, verzeih, gute Nacht."

Reinhard richtete noch bis fpät in der Nacht feine Werk= ftätte ein, er hatte etwas im Sinne und wollte am andern Morgen frifch an die Arbeit.

Bergaus und bergein.

Nachdem der Kollaborator am andern Morgen die unter= brochene Aufzeichnung der Sagen vollendet hatte, fuchte er feinen Freund auf und fand denfelben vor einer faft fertigen Farben=

skizze: ein Tiroler, der oberschwäbischen Burschen und Mädchen ein neues Lied vorsingt.

„Da hast du ja mein Gesetz verbildlicht," bemerkte der Kolla=borator, „das Bild gewinnt eine tiefe Tendenz."

„Bleib mir vom Hals mit deiner Tendenz," entgegnete der Maler, „die Menschen haben den Teufel zur Welt hinausgejagt, aber den Schwanz haben sie ihm ausgerissen, und der heißt Ten=denz. Wie in dem Märchen von Mörike legen sie ihn als Merk=zeichen ins Buch, in alles. Ich möchte einmal etwas machen, bei dem sie gar keine Tendenz herausquälen könnten, wo sie bloß sagen müßten: das Ding ist schön."

„Du hast recht, das Symbolische und Typische, was jedes Kunstwerk in sich hat, muß sich auf naturwüchsige Weise gestalten."

„Naturwüchsig? Ein schönes Wort; warum sagst du nicht naturwuchsig oder naturwachsig?"

„Spotte nur, meine Behauptung steht doch fest: in jedem Kunstwerke ist Symbolisches und Typisches; die Situation, das Ereignis ist für sich da, bedarf keiner äußern Ideenstütze, ist selbständig; in der tieferen Betrachtung aber muß sich ein sinn=bildlicher oder vorbildlicher Gedanke darin offenbaren, das Kon=krete wird an sich ein Allgemeines. Das ist nicht Tendenz, wo man in die magere Milch Butter gießt, um glauben zu machen, die Kuh gebe von selbst Milch mit solchen Fettaugen, das Ge=dankliche ist vielmehr als Saft und Kraft in jedes Atom ver=trieben. Dein Bild hier kann ganz vortrefflich werden, nur ist die Frage, ob das Musikalische, das punctum saliens gegen=ständlich werden kann für die Malerei. Du mußt Lessings Laokoon studieren, dort sind die Grenzen der Kunst haarscharf gezogen. Ich sehe wohl, daß der Tiroler mit der Zither auf dem Schoße, wie er mit der einen Hand die Finger schnalzt, wie er den Mund öffnet, ein lustiges Lied singt; du hast in der Gruppe zwischen dem Burschen und dem Mädchen, die sich hinter dem Rücken des Alten zuwinken und hier zwischen den Hand in Hand stehenden, staunenden beiden Mädchen gezeigt, daß eine Liebes=strophe gesungen wird, ob aber —"

„Du wolltest ja heute das Klavier stimmen," unterbrach ihn Reinhard.

„Das will ich. Hier an dem Klavier habe ich auch wieder ein Symbol des deutschen Volksgemüthes: alle Saiten sind noch da, keine braucht frisch aufgezogen zu werden, aber fast alle sind von rohen, ungeschickten Händen verstimmt, nur einige tiefe Töne sind noch rein. Auch das ist bezeichnend, daß ich mir jetzt vom Schulmeister den Stimmhammer holen muß. Ich gehe nun."

„Grüß' mir den Schulmeister," schloß Reinhard und schaute
eine Weile nach der Thür, die er hinter dem Störenfried ver=
schloffen hatte. Zur Staffelei gewendet, versank er in Gedanken;
er hatte so rüstig und zuversichtlich begonnen, und jetzt war's
ihm doch, als ob das Musikalische nicht wohl zu malen sei. Er
erinnerte sich nun, daß er ein Bild für die neue Kirche ver=
sprochen, und ging nach dem neuen Bau, um sich Räumlichkeit
und Größe zu betrachten; einmal aus der Werkstatt, ging er
nicht wieder zurück, sondern wanderte ins Feld. Als er hier die
arbeitenden Bauern betrachtete, zog der Gedanke durch seine
Seele: wie glücklich sind diese Menschen in der Stetigkeit ihrer
Arbeit. Sie wissen nichts von Stimmungen und Zwiespältig=
keiten des Berufs, ihre Arbeit ist so fest und unausgesetzt, wie
das ewige Schaffen der Natur, der sie dienen. Wär' ich ein
Bauer, ich wäre glücklich. — Nun fiel ihm auch eine Bäuerin
ein, er saß im freien Felde am hellen Mittag auf dem Pfluge,
ein Weib kam den Rain herauf, sie trug das einfache Essen im
tuchumwickelten Topfe, ihr Antlitz leuchtete, als sie ihren Mann
sah, der, die schirmende Hand an die braune Stirn gelegt, nach
ihr ausschaute; sie lächelte, und ihr Mund schwellte sich wieder
zum Kusse. — Wir sind genußsüchtige Menschen, dachte Rein=
hard, aus seinen Träumen auffeufzend; wie glücklich könnte ich
leben, vermöchte ich's, mich in die Beschränkung einzufrieden.
Aber — so sonderbar ist der Mensch in seiner Doppelnatur
geartet — Reinhard konnte wenige Minuten darauf sein Traum=
bild in flüchtigen Umrissen in sein Stizzenbuch zeichnen. Wohl
that er's nur zur Erinnerung, aber es war doch noch mehr, und
daß er überhaupt so bald eine Träumerei in eine Skizze ver=
wandeln konnte, mußte ihm zeigen, wie weit ab er davon war,
seinen Künstlerberuf hinter sich zu werfen. — Die Züge des
Weibes hatten unverkennbare Aehnlichkeit mit einem nicht gar
fernen Mädchen. Reinhard wollte sich selbst entfliehen, indem
er mit voller Kraft den Bergwald hinaufrannte: er schweifte
lange umher, da sah er in einer Schlucht die zur Trift abgeholzt
war, einen Hirtenknaben, der auf seinen Stock gelehnt über die
weidenden Kühe hinweg nach dem Thal schaute. Reinhard schlich
leise an ihn heran, nahm ihm den breiten schwarzen Hut vom
Kopfe und machte eine tiefe Verbeugung; der Knabe lachte und
dankte vornehm nickend, ein frisches Antlitz von feuerroten Locken=
traufen umwallt, schaute zu Reinhard auf.

„Nun? ist das alles?" fragte der Knabe keck; „her mit
dem Hut!"

„Nein, ich will dich abzeichnen, willst du still halten?"

„Ja, wenn Ihr mir einen Groschen gebt."

Reinhard ward handelseins, der Knabe aber wollte nichts vom Stillehalten wissen, bis er den Groschen in der Tasche habe. Reinhard mußte willfahren. Während der Arbeit erfuhr er nun, daß der Knabe beim Lindenwirt diente und hier dessen Kühe hütete.

„Wen hast du denn am liebsten im Hause?"

„Da sitzt er und hat's Hüetle auf," antwortete der Knabe schelmisch, was so viel hieß als: man wird dir's nur schnell sagen, ja, wart' ein Weilchen.

„Also die Bärbel?" fragte Reinhard.

„Nein, die gewiß nicht; ich kann's Euch meinetwegen auch sagen, aber wenn Ihr's verratet, werdet Ihr gestraft um sechzehn Ellen Buttermilch."

„Also wer ist's?"

„Versteht sich das Lorle. Du lieber Himmel! Wenn ich nur nicht erst dreizehn Jahr' alt wär', das Lorle müßte mein Weible sein; ich hab' aber nur fünf Gulden Lohn im Sommer und ein Paar Nägelschuh' und ein Paar Hosen und zwei Hemden, das gibt kein Heiratgut. Aber das Lorle, das ist ein Mädle, potz Heidekuckuck! Es kommt immer daher, wie wenn es aus dem Glasschränkle käm', und es schafft doch sellig, und da guckt es so drein, daß man nicht weiß, darf man mit ihm reden oder nicht; es hat so getreue Augen, daß man satt davon wird, wenn man's ansieht, und es sagt nichts, und es ist einem doch, wie wenn es über alle Menschen zu befehlen hätt', und wenn es was sagt, muß man ihm durchs Feuer springen, da kann man nimmer anders."

Reinhard sah den Knaben so verwirrt an, daß dieser die Hand an die Seite stemmte und herausfordernd fragte: „Was gibt's denn? Was wollet Ihr?"

„Nichts, nichts, red' nur weiter."

„Ja was weiter? Da habt Ihr Euern Groschen wieder, wenn Ihr mich zum Narren habt, und ich red' jetzt gar nicht, just nicht, gar nicht."

Reinhard beruhigte den Knaben, der sich in Zorn hineinarbeiten wollte, er schenkte ihm noch einen Groschen; das that gute Wirkung. —

Als die Zeichnung vollendet und Reinhard weggegangen war, jauchzte der Knabe laut auf, daß die Kühe, das abgegraste Futter im Maul haltend, nach ihm umschauten. Der Knabe setzte sich schnell auf den Boden und betrachtete mit unendlicher Befriedigung Wappen und Schrift an den beiden Groschen, dann zog er das in ein Knopfloch gebundene Lederbeutelchen vor, darin noch anderthalb Kreuzer waren, legte schmunzelnd das neue Geld hinein und sagte, den Beutel zubrehend: „So, vertraget euch gut und machet Junge."

Während sich dies im Walde zutrug, hatte der Kollaborator im Dorfe ganz andere Begebnisse. Er besuchte den Schullehrer und traf in ihm einen abgehärmten Mann, der schwere Klage führte, wie sein Beruf so viel Frische und Spannkraft erheische und wie der bitterste Mangel ihn niederdrücke, so daß er sich selber sagen müsse, er genüge seinem Amte nicht. Der Kollaborator gab ihm zwei Gulden, die er nach Gutdünken verwenden solle, den Schulkindern eine Freude damit zu machen, ausdrücklich aber verbot er, ein Buch dafür zu kaufen. — Der neuen Kirche gegenüber auf den Bausteinen saß ein hochbetagter Greis, der jetzt den Kollaborator um eine Gabe bat. Auf die Frage nach seinen Verhältnissen erzählte der Alte, daß ihn eigentlich die Gemeinde ernähren müsse und daß sie ihm auch Essen ins Haus geschickt habe; er habe es aber nur zweimal angenommen, er könne nicht zusehen, wie seine sieben Enkel um ihn her hungern, während er sich sättige. Die umstehenden Maurer bestätigten die Wahrheit dieser Aussagen. Der Kollaborator begleitete den alten Mann nach Hause und das Elend, das er hier sah, preßte ihm die Seele so zusammen, daß er zu ersticken glaubte; er gab hin, was er noch hatte, er hätte gern sein Leben hingegeben, um den Armen zu helfen. Lange saß er dann zu Hause und war zum Tode betrübt, endlich machte er sich an die Arbeit, das Klavier zu stimmen.

Mittag war längst vorüber, da kam Lorle zu ihm; sie hatte sich zwar gestern vorgenommen, mit dem „Ueberg'stubierten" zu trutzen, aber es ging nicht. Für ein gutes Gemüt gibt es keine schwerere Last, als erfahrene Unbill oder Kränkung in der Seele nachzutragen. Lorle hatte alles Recht dazu, wieder freundlich zu sein.

Da sehet Ihr's jetzt, wie der Herr Reinhard ist," sagte sie, „wenn er einmal vom Haus fort ist, muß man ihm das Mittagessen oft bis um viere warm halten. Das muß man sagen, schlecdig ist er nicht, er ist mit allem zufrieden; aber es thut einem doch leid, wenn das gut Sach' so einkocht und verdorrt, und man kann's doch nicht vom Feuer wegthun. Und, Herr Reihenmaier, ich hab' auch viel an Euch denkt; Ihr habt gestern so eine gute Sach' gesagt und so schön ausgelegt, jetzt lasset's aber nicht bloß gesagt sein, Ihr müsset's auch eingeschirren und ins Werk richten."

„Was denn?"

„Das mit dem Verein für die Kindbetterinnen; gehet zum Pfarrer, daß der die Sach' in Ordnung bringt."

„Gut, ich gehe."

„Ja," sagte Lorle, „jetzt nach Tisch ist grad die best' Zeit beim Pfarrer, und Euch wird Euer Essen noch viel mehr schmecken, wenn Ihr so was Gutes in Stand bracht habt."

Der Kollaborator traf den Pfarrer im Lehnstuhl, zur Tasse Kaffee eine Pfeife rauchend. Nach den herkömmlichen Begrüßungen wurde das Anliegen vorgetragen, der Pfarrer schlürfte ruhig die Tasse aus und setzte dann dem Fremden auseinander, daß der Plan „unpraktisch" sei, die Leute hälfen einander schon von selbst. Der Kollaborator entgegnete, wie das keineswegs der Fall sei, daß man deshalb die Wohlthätigkeit organisieren müsse, um zugleich frischen Trieb in die Menschen zu bringen. Der Pfarrer stand auf und sagte mit einer kurzen Handbewegung: man bedürfe hier der Schwärmereien von Unberufenen nicht. Jetzt gedachte der Kollaborator der Armut und Not, die er erst vor wenigen Stunden gesehen; immer heftiger werdend rief er:

„Ich kann nicht begreifen, wie Sie die Kanzel besteigen und predigen können, indem Sie wissen, daß Menschen aus der Kirche gehen, die hungern werden, während Sie sich an wohlbesetzter Tafel niederlassen."

Der Pfarrer kehrte sich verächtlich um und sagte: er würdige solche demagogische Reden — er war noch aus der alten Schule und hatte den Ketzerstempel kommunistisch noch nicht — kaum der Verachtung. Er machte eine Abschiedsverbeugung und rief noch: „Sagen Sie Ihrem Freunde, er möge seine Liederpropaganda unterlassen, sonst gibt's eine Polizei. Adieu."

Der Kollaborator kam leichenblaß zu Reinhard in das Wirtshaus und aß keinen Bissen. Als ihn Lorle nach dem Erfolge seines Ganges fragte, erwiderte er wie zankend: „Ich bin ein Narr!" dann preßte er wieder die zuckenden Lippen zusammen und war still.

Reinhard hielt Lorle sein Skizzenbuch hin und fragte: „Wer ist das?"

„Ei, der Wendelin. Lasset mir's, ich will's der Bärbel zeigen."

„Nein, das Buch gebe ich nicht aus der Hand."

„Warum? Ist jemand darin abgezeichnet, das ich nicht sehen darf?"

„Kann sein."

Lorle zog ihre Hand von dem Skizzenbuche zurück.

Auf dem Spaziergange, den die Freunde nun gemeinsam machten, schüttete der Kollaborator sein ganzes Herz aus; Reinhard verwies ihm sein Verfahren, und er erwiderte:

„Du bist zu viel Künstler, um dir die Not und das Elend vor Augen halten zu können; du suchst und hältst nur das Schöne."

„Und will's auch so halten, bis ich einmal durch ein Wunder auserfehen werde, die kranke Menschheit zu operieren."

„Ich kann's oft nicht fassen," fuhr der Kollaborator wieder auf, „wie ich nur eine Stunde heiter und glücklich sein kann, da ich weiß, daß in dieser Stunde Zahllose, berechtigt zum Genusse des Daseins wie ich, ihr Leben verfluchen und bejammern, weil sie am Erbärmlichsten, an Speise und Trank, Not leiden."

Die beiden gingen geraume Zeit still den Bergwald hinan; ein alter Mann, der ein Bündel dürres Holz auf dem Rücken trug, begegnete ihnen, der Kollaborator stand still und sah ihm nach, dann sagte er: „Der Instinkt, was wir mit dem Untermenschlichen gemein haben, das hilft uns noch am meisten. Wir müßten ohnedies vergehen im Kampf gegen die Welt, wohlweislich aber ist's von Gott in alle Wesen und in den Menschen besonders gesetzt. Hast du beobachtet, wie der Alte vorgebeugt seine Last trug? Er kennt die Organisation seines Körpers nicht, weiß nichts von Schwerpunkt und Schwerlinie, und doch trägt er seine Last ganz vollkommen mit den Gesetzen der Physik übereinstimmend — vielleicht trägt auch die Menschheit ihre Last auf naturtriebliche Weise, die wir noch nicht als Gesetz erkennen."

Auf diese Notbank des Vielleicht suchte der Kollaborator seine quälende Sorge abzusetzen; es gelang ihm nicht, aber er konnte doch verschnaufen, doch so viel freien Atem schöpfen, um neuen Eindrücken offen zu sein. Reinhard traf das rechte Mittel, um den Freund zu erlösen, er stimmte jetzt mitten im Walde das Weberfche „Riraro! der Sommer, der ist do" an, der Kollaborator begleitete ihn schnell im kräftigen Baß; sie wiederholten die Strophen mehrmals, und so ein Lied thut Wunder auf eine betrübte Seele, die sich nach Freiheit sehnt, es leiht dem Geiste Schwingen, daß er mit den Tönen frei über die Welt hinschwebt.

„Es gibt doch keinen festeren Halt, keine sicherere Freude als die Natur," sagte der Kollaborator wiederum, „selbst die Liebe, glaube ich, kann der namenlosen Wonnefeligkeit nicht gleichen, die wir in der Natur empfinden. Der Natur Dank, daß sie

ſtumm und gemeſſen fortlebt, uns nur ſieht und nur zu uns
ſpricht, wenn der Geiſt Natur geworden. Denke dir, wir könnten
die ganze Natur hineinreißen in den grauſen Wirrwarr unſerer
Philoſopheme, Theorien und Zwieſpälte, ſie unterbräche durch
dieſelben auch ihr Daſein, experimentierte mit in unſern Ideen —
wie unglücklich müßten wir werden! Nein, die Natur iſt ſtumm
und von ewigen Geſetzen gebunden. Es mag eine tiefe Deutung
darin gefunden werden, daß nach der Bibelurkunde Gott die
ganze Welt durch das Wort, aber ohne ausgeſprochenen Willen
ſchuf: erſt als er den Menſchen formte, ſprach er: wir wollen
einen Menſchen ſchaffen. Die Natur ſpricht nicht und will nicht,
wir aber ſprechen und wollen, wir werden uns ſelbſt zu Gegen=
ſatz und Kampf."

„Luſtig! Und wenn der Bettelſack an der Wand verzweifelt,"
rief Reinhard endlich dazwiſchen, ſchnalzte mit den Fingern und
begann zu ſingen:

> Jetzt kauf' i mir fünf Leitern,
> Bind's an einander auf,
> Und wann's mich unt' nimer g'freut,
> Steig' i oben hinauf.
> Hiubidäh u. ſ. w.

> Bin kein Unterländer,
> Bin kein Oberländer,
> Bin ein lebfriſcher Bue,
> Wo's mi freut, kehr' i zue.

> Drei 'rüber, drei 'nüber,
> Drei Federn aufm Huet;
> Sind unſer drei Brüder,
> Thut keiner kein guet.

> Sind unſer drei Brüder,
> Und i bin der klenſt,
> Hat e jeder ein Mädle,
> Und i han die ſchönſt.

> E ſchön's Häusle, e ſchön's Häusle,
> E ſchön's, e ſchön's Bett
> Und e ſchön's, ſchön's Bürſchle,
> Suſt heirat' i net.

Wenn i nunz ein Haus han,
Han i doch e schöne Ma'n,
Dreih ihn 'rum und dreih ihn 'num,
Schau ihn alleweil an.

Mein Schatz, der heißt Peter,
Ist e luftiger Bue,
Und i bin fein Schätzle,
Bin au lufti gnue.

Mit solchen „G'sätzle", die Reinhard schockweis kannte, über=
schüttete er seinen Freund; so oft dieser zu grübeln beginnen
wollte, sang er ein neues, und der Kollaborator konnte nicht
umhin, die zweite Stimme zu übernehmen. Wohlgemut kamen
sie zu Hause an und merkten nicht, wie die Leute die Köpfe
zusammensteckten und allerlei munkelten.

Am andern Morgen stand Reinhard vor dem Bett des
Kollaborators und sagte: „Frischauf! du gehst mit, wir wan=
dern ein paar Tage ins Gebirge, das wird dir das Blut
auffrischen, und ich kann doch nichts arbeiten, es gefällt mir
nichts."

Der Aufgeforderte war ohne viel Zögern bereit, er hatte
sich's zwar vorgesetzt, so viel als möglich sich in das Kleinleben
des Dorfes zu versenken; nun sollte sich's ändern.

Erkräftigende, sonnige Wandertage verlebten die beiden
Freunde; wie der Himmel in ungetrübter Bläue über ihnen
stand, so breitete sich auch eine gleiche einige Seelenstimmung
über sie. Was der eine that und vorschlug, war dem andern
lieb und erwünscht; nie wurde hin und her erörtert, und so
hatte jeder Trunk und jeder Bissen, den man genoß, eine neue
Würze, jedes Ruheplätzchen doppelte Erquickung. Freilich war
der Kollaborator noch immer der Nachgiebige, aber er war's
nicht aus rücksichtsvoller Behandlung, sondern unmittelbar in
freudiger Liebe. Da er es selten unterließ, einen gegenwärtigen
Zustand mit einer allgemeinen Betrachtung zu begleiten, sagte
er einmal: „Wie herrlich ist's, daß wir vom Morgen bis zum
Abend beisammen sind. Ich bin oft gern allein der stillen Natur
gegenüber, ist aber ein Freund zur Seite, so ist's eine höhere
Wonne, unbewußt durchzieht mich die Empfindung, daß ich nicht
nur mit der Natur, sondern auch mit den Menschen einig und
in Frieden bin, sein möchte." —

Reinhard gab auf diese Rede seinem Freunde einen derben
Schlag·auf die Schulter, er hätte ihn gern ans Herz gedrückt,

aber diese Form seines Liebesausdruckes war ihm genehmer und dünkte ihn männlicher. —

Sie kamen nun in eine geologisch höchst merkwürdige Gegend. Der Kollaborator vergaß eine Weile all das menschliche Elend, was ihn bedrückte, denn er machte in den Steinbrüchen manchen glücklichen Fund; er fand in einem Kalkbruch nicht nur einen Koprolith von seltener Vollkommenheit, sondern auch noch manche andere Seltenheit. Als er mehrere sehr schöne versteinerte Fischzähne gefunden, äußerte er seine eigentümliche Empfindung, hier Ueberbleibsel einer alten Welt zu haben, die viele tausend Jahre älter ist als unsere Erde. Reinhard hörte solche Auseinandersetzungen gern an, denn ihm ward jetzt auf den Wegen die Entstehungsgeschichte unserer Erde eröffnet. Der Kollaborator liebte es in komischen Darlegungen auseinanderzusetzen, wie dieser unser Erdball mehrmals durchs Examen gefallen, bis er den Doktor, den Menschen gemacht. Er wiederholte oft, daß die Geologie die einzige Wissenschaft sei, der er sich mit voller Lust widmen möchte, er liebte sie auch besonders, weil, wie er sagte: die Astronomie der Altgläubigkeit das Dach überm Kopfe abgehoben und die Geologie ihr den Boden unter den Füßen weggezogen habe.

Die Taschen des Kollaborators füllten sich übermäßig, er mußte manche schöne Versteinerung, deren Fund ihn ganz glücklich gemacht hatte, zurücklassen, er entschädigte sich aber dafür, indem er solche an ungewöhnlichen Orten versteckte; mit kindischer Freude malte er dann aus, wie nachkommende Stümper tiefe Abhandlungen über diese seltsamen Erscheinungen schreiben würden. Als ihm Reinhard bemerkte, daß er ja hierdurch die Wissenschaft verwirre, stand er stutzig da und half sich dann mit einem leichten Scherze darüber weg. Dennoch ließ er jede Versteinerung, die er nicht mitnehmen konnte, fortan an ihrem Orte liegen. Bei den naturgeschichtlichen Auseinandersetzungen hörte Reinhard willig zu; wenn es aber wieder an die Fragen vom Weltübel ging, begann er zu singen:

„Kollaborator! Kollaborator! Ihr Bäume, Vögel, Steine, der Kollaborator ist da und will euch eine Predigt halten. Sieh, ich lehre die Vögel im Walde deinen Titel, wenn du nicht einpackst."

Ueber eine Sache jedoch hörte Reinhard mit besonderem Wohlgefallen zu. Sie ruhten einst unter einem Nußbaume mitten im Walde, da bemerkte der Kollaborator: „Der Volksmund berichtet, einem Raben sei an solcher Stelle die Frucht, die er im Schnabel trug, entfallen, und sie sei zum Baume aufgewachsen. So steht auch oft mitten unter Menschen mit rauhen Sitten und Seelen ein zartes, hohes Gemüt.

„Aber ein schöner Leib muß auch dabei sein,“ bemerkte der Maler.

„Gewiß, wie glücklich ist ein schönes Menschenantlitz; freundlich lacht ihm die Welt entgegen, alle Blicke, die sich ihm zuwenden, erheitern sich, ein Widerstrahl des Wohlgefallens kehrt aus allen zu ihm zurück.“

Sie nannten Lorle nicht, und doch dachten beide an sie.

Sie sprachen einmal von Liebe, und Reinhard bemerkte: „Mir ist's oft, als wäre all das Singen und Sagen von der Liebe eitel Tradition; ich kann mir jenen süßen Wahnsinn, da der ganze Mensch in Liebe aufbrennt, nicht denken.“ —

Reinhard sagte dies selber nur als Tradition aus einer vereinsamten Vergangenheit, es hatte keine Wahrheit mehr für ihn, und doch wiederholte er's wie aus Gewohnheit; sein Freund mochte das fühlen, er sah ihn bedeutsam und traurig an, indem er dann erwiderte: „Solch ein Mädchen ist wie ein Lied, das ein ferner Dichter geschaffen und zu dem ein anderer die Melodie findet, die alles und hundertfältig mehr daraus offenbart.“

Als Antwort stimmte Reinhard das Lied an: „Schön Schätzichen, wach' auf!“

Der Kollaborator fand eine reife Erdbeere am Felsen, er hielt sie vor sich hin und sagte: „Wie duftig und voll würziger Kühle ist diese Beere, wie lange bedurfte das Pflänzchen, bis es Blüte und Frucht reifte, und nun steht es da zu unserer Erquickung. War sein ganzes Dasein nur ein stilles Harren auf mich? Hat der Schöpfer es bereit gehalten, bis er mich herführte?“

Reinhard betrachtete seinen Freund mit glänzenden Augen und sagte dann: „Wenn ich dich einst male, fasse ich dich so: die frische Frucht zum Genusse in der Hand und du sie betrachtend.“

In den Dörfern, wo man übernachtete, brachte der Kollaborator eine seltsame Bewegung unter die Bewohner; er ließ sich in der Nacht vom Küster die Kirche öffnen und berauschte sich im Orgelspiel, das er meisterhaft verstand. Noch viele Tage redete man in den Dörfern von dem wunderlichen, nächtlichen Orgelspieler, und der Kollaborator selber sagte auf dem Heimwege: „Es ist tief bedeutsam, wie in jedem Dorf ein großes, heiliges Instrument aufgerichtet ist, dessen harrend, der einst die freien Klänge daraus erwecke. Auch das: ich bin nicht der rechte Mann des Volkes, ich verstehe nur das höchste Instrument

des Dorfes, die Orgel, zu spielen, und zwar wesentlich zu meiner
eigenen Erholung." — —

Die Wandertage hatten die Freunde aufs neue aneinander
geschlossen; sie kehrten Freitag spät in der Nacht heim, am andern Mittag mußte der Kollaborator nach der Stadt in sein
Amt zurück.

In aller Frühe stimmte er noch vollends das Klavier und
sagte mit schmerzlichem Lächeln zu dem eintretenden Reinhard:
„Unter der Hand wird mir alles zum Sinnbilde. Ich habe
nun das Klavier gestimmt, werde aber morgen keine lustigen
Tänze darauf spielen. Après nous la danse. Nach uns geht
der Tanz der Weltgeschichte an. Diese Steine und die paar
Schmetterlinge, das ist alles, was ich aus dem Dorf mitnehme."

Er eilte nochmals zu der armen Familie, um zu sehen, wie
es ihr erginge; die Leute waren unwirsch, und er glaubte, sie
wüßten, daß er ihnen nichts mehr geben könne.

Von allen Hausgenossen war es Lorle allein, die innigen
Abschied vom Kollaborator nahm. Als er fort war, sagte sie
zu Reinhard: „Ich kann's nicht glauben, aber die Pfarrköchin
hat's im Dorf ausgesprengt, der Herr Reihenmaier sei ein gottloser Heid', er häb' beim Pfarrer auf das Predigen geschimpft
und den neuen Kirchenbau verflucht. Er kann aber nicht schlecht
sein, nicht wahr? Er hat doch so ein gut Herz."

Reinhard sah dankend auf Lorle. Der Abschied vom Freunde
that auch ihm wehe, und doch dünkte er sich jetzt erst recht frisch
und frei; er glaubte jetzt alle störsame Reflexion los zu sein, da
sie von seiner Seite gewichen war . . . .

In einem geheimen Buche der Residenz wurde mehrere
Tage darauf ein neues Konto für einen Kunden eröffnet. Darin
hieß es „Ministerium des Kultus. Der Kollaborator Adalbert
Reihenmaier, nach Denunziation des Pfarrers M . . . . zu
Weißenbach laut Bericht des Amtes zu G., atheistisch gesinnt,
Versuch zur Aufreizung des Volkes. Reg. VII. b. act. fasc.
14263."

Hoch zum Himmel hinau!

So wohl sich Reinhard jetzt fühlte, schaute er am andern
Morgen doch oft nach der Thür, als müsse der Freund eintreten.

Mit frischer Lust wurde nun die Ausführung der Farbenskizze fortgesetzt, es wurde noch ein Plätzchen für Wendelin er-
übrigt, der mit dem Hirtenstocke in der Hand stehen blieb,

während die Kühe sich im Hintergrunde verloren; hierdurch bekam das Abendliche, das über dem Ganzen liegen sollte, noch
ein weiteres Motiv. Einigen Zuhörern im Hintergrunde gab
Reinhard Lasten auf den Kopf, sie kehrten eben vom Felde heim
und blieben stehen; der Kollaborator würde sagen, dachte Reinhard lächelnd: das zeigt symbolisch oder typisch, daß das Volk
durch das Lied die bedrückenden schweren Lasten vergißt! . . . .
Nun ward auch noch der Kollaborator in eine Ecke gestellt, es
war offenbar, daß er das neue Lied aufschrieb.

Reinhard aß fortan wieder am Familientisch; er war doch
erst jetzt wieder in seinen alten Verhältnissen. Mit Lorle sprach
er oft und viel von dem fernen Freunde, und daß sie allein im
ganzen Dorf einen Menschen lieb hatten, den die anderen vergaßen oder schmähten, das gab ihrem Verhältnis noch eine geheime Besonderheit. Es ergab sich nun, daß der Kollaborator
allerdings in seinem tiefen Aufruhr sich zu heftigen Aeußerungen
eigentümlicher Art hatte hinreißen lassen; er hatte im Hause
des alten Klaus ausgerufen: „Man möchte an Gott verzweifeln,
daß er die Sonne scheinen und die Bäume wachsen läßt, daß
er's duldet, daß man ihm eine Kirche erbaut, während die
Menschen solches Elend ihrer Brüder ruhig mit ansehen." Lorle
entschuldigte ihn immer bis aufs äußerste und beklagte, daß
die Leute, denen er doch nur Gutes gethan, ihn dafür jetzt
beim Pfarrer verleumdet und angegeben hätten. Sie gönnte
sich jetzt auch fast keine Ruhe und keinen Genuß mehr, sie
wollte überall im ganzen Dorfe, wo es dessen bedurfte, beispringen und helfen.

Reinhard war überaus fleißig und, wie das immer Ursache
und Wirkung des schöpferischen Fleißes, auch überaus lustig; er
war zu Scherz und Schelmerei aller Art aufgelegt, es schien, als
ob das ganze Haus nur ihm gehörte. Man konnte nicht recht
sagen, was er trieb; in den Stunden, in denen er nicht arbeitete,
war's eben, als ob ein Kobold umherrenne und alles lachen und
springen mache.

Der Wadeleswirt sagte oft gar bedächtig: „Nur stet, lasset
mir nur das Haus überm Kopf stehen;" zwei Minuten darauf
mußte er aber selbst ganz ungewöhnliche Sprünge machen. Reinhard verstand nämlich zweierlei Künste besonders: zuerst die
Bauchrednerei; er brachte einst den Wadeleswirt so in Gang,
wie sich dessen Beine seit Jahren nicht erinnern konnten, denn
er ahmte die Stimme Lorles nach, die vom Speicher nach Hilfe
rief. Ueber ein anderes Kunststück Reinhards rief Bärbel einmal alle Hausbewohner zusammen. Die jungen Schweinchen,

die man erst vor kurzem eingethan, grunzten plötzlich auf dem
obersten Speicher, und als man hinaufkam, hatte Reinhard bloß
die Stimmen der bescheidenen Geschöpfe nachgeahmt. Man
konnte dem übermütigen Gesellen nicht gram sein, und Lorle
sagte einmal:

„In unserem Haus dürfet Ihr die Späß' machen, aber
nur nicht vor andern Leuten, die haben sonst keinen Respekt
vor Euch."

Reinhard war von diesem Augenblicke an ruhiger, und nur
wenn die Gelegenheit gar zu lockend war, vollführte er noch
einen Schabernack.

Lorle war viel im Dorf, aber nicht zu Hause, sondern bei
der Mutter Wendelins, die mit dem sechsten Kinde, einem Knaben,
niedergekommen war. Reinhard hatte sein Bild rasch untermalt
und wollte sich nun, so lange die Farben trockneten, Ruhe, das
heißt freies Umherschweifen in Wald und Feld gönnen. Er putzte
seine Büchse, um auf die Jagd zu gehen, aber er kam nicht
dazu, denn schnell drängte sich ein anderes Bild auf die Staffelei,
und mit frischem Eifer vollendete er die Farbenskizze zu demselben, es war das versprochene Altarbild. Reinhard hatte die
Hochzeit zu Kanaan dazu gewählt und malte mit fast immer
lächelndem Antlitz, denn er hatte die Figuren aus dem Dorf
genommen, die er gar nicht mit langen Bärten und Talaren
verkleiden wollte; es war eine einfache deutsche Bauernhochzeit,
unter die der Heiland trat: Stephan war der Bräutigam, die
Braut aber sah nicht Broni ähnlich, der Wabeleswirt und der
Hohlmüller nahmen sich als Schwiegerväter stattlich aus. Reinhard pfiff allerlei lustige Volkslieder während er malte, und als
er einmal das Ineinandertönen der Farben aus der Ferne betrachtete, dachte er vor sich hin: „Wie würde sich der Kollaborator
freuen, wenn er sähe, wie ich unser Bauernleben dem altjüdischen
als Kuckucksei ins Nest praktiziere. Was könnte er da für kultur-
geschichtliche Bemerkungen machen! Wie würde er mir beweisen,
daß auch Shakespeare dadurch Leben gewonnen, daß er die Römer
zu Engländern gemacht."

Nach Vollendung der Farbenskizze kam dennoch ein Mißmut
über Reinhard; ihm bangte wie so oft vor der Ausführung,
er hatte die Freude des Schaffens vollauf bei dem Entwurfe
genossen.

Es liegt eine tiefe Erfrischung in dem drängenden Treiben,
das die Künstlerseele tagtäglich zu neuen Gebilden erweckt; die
wahre, nachhaltige Erquickung liegt aber nur in der Treue, in
der unablässigen, sorgsamen Vollendung dessen, was man in der

Stunde der Weihe empfangen und begonnen. In dieser Treue
ersteht die Schaffensfreude, wiedergeboren durch den Willen, er-
höht und verklärt.

Reinhard gelobte sich Treue in seinem Berufe, und doch
ging er stets mit bewegtem Herzen, als suche er etwas, als müsse
er ein Ungeahntes finden, als stehe er auf der Schwelle einer
Offenbarung, deren Pforten sich plötzlich aufthun und Wunder
schauen lassen. Er wandelte auf dem Boden der gewohnten
Welt wie auf knospenden Geheimnissen, und doch war ihm
wiederum so wohl in Wald und Flur; Baum und Strauch und
Gras, alles stand ihm so nah wie noch nie, er lebte ihr Leben
mit, er hatte nicht Auge genug für diese unendlich reiche Welt,
die sich aufthat, als ginge er mit ihr eben aus der Hand des
Schöpfers hervor; alles war ihm wie neu, als sehe er's zum
erstenmale. Er stand einst vor einer Schlehdornhecke und versank in ihrem Anschauen in tiefe Betrachtung: Wie das hier
aus dem Boden steigt, Aeste treibt, Frucht und Blatt ansetzt,
wie schön gezackt und glänzend, und der Winter kommt, es
stirbt und fällt und grünt wieder — alles, das einfachste Naturleben war Reinhard ein neues Heiligtum geworden. „Was
soll aus mir werden?" sagte er dann, indem er zu sich zurückkehrte. „Heilige Natur! Mache aus mir, was du willst, laß
mich nur kein verpfuschtes Wesen sein, irr in sich — ich will
dir gehorchen."

So schwellte namenloses Sehnen die Brust Reinhards, und
selbst im Hause saß er oft stundenlang wie mit offenen Augen
träumend. Die Leute schüttelten den Kopf über ihn, sie kannten
ihn gar nicht mehr; aber jedes in der Welt hat zu viel für
sich zu thun, um den Gedanken eines andern nachgehen zu können,
zumal wenn diese eben derart sind, daß sie sich nicht fassen
lassen. Reinhard machte den Versuch, sich aus seinen Träumereien
herauszureißen, er ging auf die Jagd; das erheischte ein zu-
sammengehaltenes, geschlossenes Wesen und festen Blick nach
außen. Eines Mittags kehrte Reinhard mit der Büchse auf der
Schulter und zwei Birkhühnern in der Tasche nach Hause, da
sah er Lorle unter der Linde sitzen mit den zwei jüngeren Geschwistern Wendelins. Das kaum einjährige Kind stand auf
dem Schoße des Mädchens aufrecht, und Lorle schnalzte mit
den Fingern und lachte und kos'te, um das Kind zu erheitern;
der Knabe, der ihr zu Füßen stand, schaute aber trotzig drein.
Lorle nickte dem herzutretenden Reinhard freundlich zu und fuhr
dann fort, mit dem Kinde zu spielen, indem sie sang:

Ninele, Nanele,
Wägele, Stroh,
'z Kätzle ist g'storbe,
'z Mäusle ist froh.

Reinhard setzte sich auf einen Baumstamm Lorle gegenüber und starrte drein, sie ließ ihn gewähren, sie war's gewohnt, daß er sie oft anstierte, sie fragte nur:

„Wird denn der Herr Reihenmaier nicht schreiben?"

„Nein," sagte Reinhard.

Das war doch nur ein einfaches Nein, aber in dem Tone der Stimme lag ein Ausdruck, den die liebevollsten Worte nicht ersetzen mochten. Plötzlich fing der Knabe zu Füßen Lorles an zu weinen und schrie: „Ich will heim."

„Bleib," beschwichtigte Lorle, „dein' Mutter schlaft, und du kannst nicht heim." Auf ein Rotkehlchen deutend, das vor ihnen umherhüpfte, sagte sie: „Guck einmal, was der Vogel ein weißes Unterwämschen anhat, paß auf, wenn er auffliegt; scht!" Der Vogel flog auf, und man sah die weißen Federn unter seinem Flügel. „Hast's gesehen?" fragte Lorle, der Knabe ließ sich aber dadurch nicht zerstreuen, und erst als er das Versprechen erhielt, daß ihm Lorle eine Geschichte erzähle, schluchzte er still. Lorle trocknete ihm das thränennasse Gesicht und erzählte nun eine jener eigentlich inhaltlosen Geschichten, bei denen aber Ton und Gebärde eine ganze Seele voll Liebe ausspricht und erweckt. Es wurde weiter nichts berichtet, als daß ein Knabe eine schöne Kirsche hatte, die ihm ein Vogel wegnehmen wollte, die Mutter aber den Vogel verscheuchte.

Lorle und ihr Zuhörer lachten darüber laut auf, es waren eben Kinder, die sich über sich selbst und miteinander freuten. Der Knabe wollte aber immer wissen, wie es weiter ging, und fragte immer: „Und dann?" Bis Lorle sagte: „Und dann? dann lassen wir die Hödel und die Gizle heraus." Und so geschah es auch. Die Geis und die Zieglein wurden aus dem Stall geholt, Lorle freute sich wohl ebenso sehr an den Sprüngen derselben als die Kinder, die sie hütete.

Zu Hause lehnte Reinhard alle seine Bilder und Entwürfe mit dem Gesicht gegen die Wand, er wollte nichts sehen als ein Bild, das er im Geiste vor sich erschaute.

Am Abend hatte er im Stüble eine lange Unterhandlung mit dem Wabeleswirt, und besonders durch die Erinnerung an das großmütig zurückgegebene Versprechen auf der Hohlmühle ward Reinhard willfahrt. Der Vater rief endlich seine Tochter herein und sagte:

„Lorle, da der Herr Reinhard braucht dich zum Abmalen für das Kirchenbild; willst du?"

„Für die Kirch'?" fragte Lorle, sie schaute um und auf, als grüßte sie ein fremdes Wesen hinter ihr und über ihr.

„Was guckst du so?" fragte der Vater.

„Nichts, ich hab' gemeint, es wär' jemand hinter mir, ich weiß nicht."

Der Vater begann wieder: „Die Mutter bleibt von morgen an die ganz' Woch' zu Haus, wir bekommen Drescher, und da kann sie drauf achtgeben und auch bei euch sein. Willst du?"

„Ja," sagte Lorle mit fester Stimme; auf ihrer Kammer aber weinte und betete sie die ganze Nacht; sie wußte nicht recht warum, es war ihr so wohl und so weh zu Herzen.

Auch Reinhard war die ganze Nacht voll Unruhe, und als er mit dem ersten Sonnenstrahl erwachte, sagte er laut vor sich hin: „Marienhaft! er hat recht." — Still verließ er dann das Haus, er schwang den Hut, um das Haupt in der Morgenluft zu kühlen, und stand noch einen Augenblick so da, als grüßte er die heilige Frühe. Am Kirchberge begegnete er dem Küster, der eben hinanging, um zur Frühmette zu läuten; er begleitete ihn und stieg den Turm hinan, saß in der Glockenstube und schaute zur Luke hinaus ins Weite. Drunten im Thale kämpften noch Sonne und Nebel, die Sonne aber ward bald Meister. In der Kirche begann die Orgel zu brausen und zu dröhnen, Reinhard saß hoch oben und dachte Unendliches.

Als die Kirche zu Ende war, kam der Küster und bat Reinhard, hinabzusteigen, da er schließen müsse. Still ging Reinhard dahin, da begegnete ihm Lorle, die aus der Kirche kam.

„Ihr seid auch in der Kirch' gewesen?" sagte sie halb fragend.

„Ja, oben."

Die beiden konnten nicht reden, sie waren tief erschüttert, wie von einer überirdischen Macht erregt, und doch war es auch ihr eigener Wille.

Lorle sah blaß aus, die Mutter fürchtete, sie sei krank, da sie auch nichts über die Lippen brachte; Lorle konnte aber kaum eine Antwort geben, es war ihr, als sollte sie gar nichts reden.

Nun endlich saß sie bei der Staffelei, und Reinhard sagte: „Wir wollen lustig sein, warum denn traurig? Juhu!"

Er sagte: „wir wollen", und konnte doch nicht, auch ihn ergriff es, wie wenn jemand seine tiefste Seele gepackt hätte und festhielte.

„Meinet Ihr nicht auch, daß es eine Sünd' ist?" fragte Lorle, verschämt die Augen niederschlagend.

„Nein," antwortete Reinhard wieder mit jenem herzinnigen Tone, und Lorle sah heiter auf; diese einfache Beteuerung genügte ihr vollkommen.

Die Mutter ging ab und zu, während Lorle ruhig da saß. Anfangs war Lorle stets in der peinlichsten Verlegenheit, und wenn Reinhard geflissentlich Scherze machte, fragte sie: „Darf ich denn auch lachen? Darf ich denn auch schwätzen? Saget's nur, ich will Euch nicht aufhalten."

Reinhard versicherte, daß sie sich nur ganz natürlich benehmen solle, eines aber bat er, sie möge sich nicht so viel mit der Hand ins Gesicht langen, worauf Lorle bemerkte: „Ihr habt recht, ich merk's, ich hab' die üble Gewohnheit, ich will mir's gewiß abgewöhnen; aber es ist mir, als wenn ich's im Gesicht spüren thät, daß Ihr mich jetzt da malet und jetzt da. Ich bin dumm, nicht wahr? Ihr dürfet's frei 'raus sagen, ich nehm' Euch nichts übel."

Reinhard mußte an sich halten, Lorle nicht um den Hals zu fallen; die Mutter kam, stand von fern und hielt die Hände hart am Leibe, damit sie ja nicht vor Erstaunen das nasse Bild anrühre; sie konnte sich aber nicht genug verwundern, wie man Lorle schon ganz gut erkenne. — Es wurde ausgemacht, daß niemand im Dorf etwas von der Sache erfahren solle bis zur Einweihung der Kirche.

Wie still und friedsam flossen nun die Stunden hin, in denen die beiden bei einander waren. Von fern aus der Scheune hinter dem Hause vernahm man die Taktschläge der Drescher, und von der Straße hörte man bisweilen ein Kind schreien, einen Wagen rollen; und wieder war alles still und lautlos.

Lorle sagte einmal: „Ich mein', ich wär' gar nicht mehr im Dorf, oder ich schlaf' und hör' das alles nur so, ich weiß nicht wie. Ich weiß nicht, für keinen andern Menschen auf der Welt thät ich so da sitzen."

„Gutes Lorle," erwiderte Reinhard, „ich weiß, Ihr habt niemand auf der Welt so lieb als mich. Zittere nicht," fuhr er fort, ihre Hand fassend, ich kenne dein ganzes Leben; du hast, während ich in der Ferne umherschweifte, still meiner gedacht, du hast dich gegrämt, daß ich dich so oft genedt, und hast mich doch lieb gehabt; und als ich wiederkam, hast du an jenem Abend geweint, weil jemand auf mich schimpfte."

„Um Gottes willen, hat das die Bärbel verraten?"

„Also war's die Bärbel! nein, es hat mir niemand was

gesagt. Mir zulieb warst du so freundlich gegen den Kollaborator, und in jener Nacht, als ich unter der Linde das lustige Lied sang, hast du still getrauert in deinem Kämmerlein, weil ich mich so heruntergäbe."

„Heiliger Gott! woher könnet Ihr das alles wissen?"

„Weil ich dich lieb hab', weiß ich alles. Hast du mich auch recht lieb?"

„Ja, tausend tausendmal."

In einem seligen Kusse umschlangen sich die beiden.

„Jetzt, jetzt," rief endlich Reinhard, „jetzt möcht' ich sterben und du auch."

„Nein," rief Lorle, sich aufrichtend und Reinhard mit starken Armen fassend, „nein, erst recht leben, lang, lang leben." In ihrem Blicke lag eine Heldenkraft, eine stolze Spannung, als könne sie jeden Tod besiegen.

„Du willst also ewig mein sein?" fragte Reinhard.

„Ja, ja, in Gottes Namen, alles, alles."

Bei diesem Zusatze: in Gottes Namen — zuckte es fremd in den Mienen Reinhards; er glaubte, Lorle umfasse ihn nicht mit ganzer Seele, nicht mit freudigem Jubel; er bedachte nicht, daß auch Lorle mit sich gekämpft hatte und daß sie sich dieser Liebe demütig fügte, als einem Gebote Gottes.

„Was ist? Hab' ich was nicht recht gemacht?" fragte sie.

„Nein, nichts."

„Darf ich jetzt gehen und es meiner Mutter sagen?"

„Nein, bleib, wir wollen das Geheimnis noch still bewahren; glaub' mir, es ist besser so."

„Ja, ja," sagte Lorle zaghaft, „ich thu' gern alles; befiehl mir nur recht und immer, was ich thun soll, du guter Reinhard."

„Heiß mich nicht mehr Reinhard, nenne mich bei meinem Vornamen Woldemar."

Lorle lachte laut auf, und auf die verwunderte Frage Reinhards, was es gebe, sagte sie: „Verzeih, Woldemar! das ist so lächerig, Woldemar, das ist: wie wenn man die Treppe herunterfällt, Poldera, so macht's grad. Nein, darf ich nicht mehr allfort Reinhard sagen? Ich hab' dich so lieb bekommen, ich bin dich so gewohnt, laß mich so dabei."

„Auch gut," sagte Reinhard, halb verdrießlich lächelnd.

Es ist eine Kleinigkeit, aber doch hat fast jeder eine gewisse Liebe für seinen Vornamen, als wäre er nicht etwas Verliehenes, sondern ein Stück des eigensten Wesens; man verträgt's nicht leicht, daß man ihn unschön findet. Ist's ja auch dieser Klang,

der uns vor allem mit den Menschen verbindet, uns ihnen
kenntlich macht; liegen darin ja auch die süßesten Zauber der
Kindeserinnerung.

„Du mußt recht gut gegen mich sein," sagte Lorle, die
Hand auf die Schulter Reinhards legend, „sonst vergeh' ich vor
Angst; ich bin dich ja doch nicht wert, ich bin viel zu gering.
Ja, und was ich noch hab' sagen wollen, du mußt im Dorf
nichts von mir reden, gar nichts; du hast zum Martin gesagt,
ich sei ein Kanarienvögele, und jetzt heißen sie mich im ganzen
Dorf so; mir liegt nichts dran, wenn sie mich ausspotten, aber
es ist mir von wegen deiner, es weiß doch keins als ich —"

„Was denn?"

„Was du für ein lieber Kerle bist," sagte Lorle, die Zähne
zusammenbeißend und Reinhard am Barte zausend.

Wer kann all das süße Kosen und Plaudern wiedergeben,
das von diesem Tage an die sonst so stille Werkstatt Reinhards
in sich schloß? In Demut entfaltete Lorle eine Fülle des Liebes-
reichtums, daß Reinhard staunend und anbetend vor ihr stand.
Der Schluß ihrer Rede war aber fast immer: „Ach Gott! ich
bin dich nicht wert."

„Nein," rief Reinhard, „du bist millionenmal besser als
ich, als alle Männer, als alle Menschen. Ich möchte siebenmal
sieben Jahre um dich dienen."

„Da könntest du alt werden," sagte Lorle still lächelnd,
und Reinhard fuhr fort: „Sieh, ich habe schon oft die ganze
Welt und mich verloren gehabt, im Taumel hineingelebt, mitten
in der Reue ein Sünder — doch, du kannst nicht begreifen,
wie weit ich untergegangen war."

„Ich kann alles begreifen, sag' du mir's nur ordelich."

„O du herzige Liebe! Nimm dich in acht mit mir, ich habe
noch nie einen Herzfreund gehabt, den ich nicht quälte; der
Kollaborator ist der einzige, der mir treu ausharrte. Ich be-
reite den Menschen oft Schmerzen, denen ich nur Gutes und
Glückliches zufügen möchte. Erst seitdem ich dich sehe, seitdem
ich dein bin, sehe ich auf den alten Woldemar, und das ist
ein gar wüster Geselle, nicht wert, daß er den Saum deines
Kleides berühre. Ich kann dich glücklich machen, wie noch kein
Weib auf Erden war, und — unendlich unglücklich."

Lorle weinte große Thränen, aber sie trocknete sie bald und
sagte: „Hab' dich nur lieb, von da siehst du viel besser aus."
Sie deutete dabei auf ihre Augen und setzte nun schmollend
hinzu: „Und ich leid's nicht, daß jemand auf den Reinhard
schimpft, und du darfst auch nicht. Und jetzt mach' mich nur

nicht ftolz; komm her, wir wollen miteinander gut und brav
fein, Gott wird fchon helfen."

„Ja, du machft mich wieder ganz fromm," fagte Reinhard
und ftand mit gefalteten Händen vor ihr. —

Das Bild wurde rüftig gefördert, Lorle ermahnte immer
zur Arbeit, und Reinhard trug ihr noch auf, ihn nicht läffig
werden zu laffen. Niemand im Haufe ahnte etwas von der
neuen Wendung der Dinge, nur Broni ward ins Vertrauen
gezogen; man ging nun öfters nach der Mühle. Wie die Kinder jubelten die beiden Liebenden, wenn fie fich im Walde
hafchten und verftedten.

„O Welt voll Seligkeit!" rief einft Reinhard, als er fo
vor Lorle ftand, „das hat fich der Weltgeift allein vorbehalten,
die Liebe, fie kommt aus ihm: das läßt fich nicht machen und
nicht bilden. Da fteht ein Wefen und hält mich zauberifch gefangen; fchön ift alles, alles, was du bift. Und hätte ein
Wefen Seraphsflügel und ift die Liebe nicht, fpurlos zieht es
dahin. Dank dir, ewiger Weltgeift, du haft mir gegeben, was
ich nicht fuchte."

„Ich verftehe dich nicht recht," fagte Lorle.

„Ich verftehe mich ja felber nicht. Was braucht's? Komm,
fieh mich an, laß mich fchauen, ftumm, welch ein gutes Leben
in mir ift."

Das Bild reifte feiner Vollendung entgegen, die beiden
Liebenden fprachen von allem, nur nicht von der Zukunft; beiden
bangte innerlich davor, Reinhard, weil er nicht wußte, wie fie
fich geftalten folle, und Lorle, weil fie fühlte, wie fchmerzlich
fie aus dem elterlichen Haufe geriffen würde.

Nun ergab fich aber auch eine Mißhelligkeit zwifchen den
Liebenden. Lorle, die zu einer Madonna gefeffen hatte, follte
jetzt das Kind, mit dem fie unter der Linde gefpielt hatte,
wieder auf den Schoß nehmen; unter keiner Bedingung wollte
fie das thun: „Es ift eine Sünd', es ift eine gräßliche Sünd'!"
beteuerte fie immer, aber Reinhard war unbeugfam, und fie
willfahrte endlich, indem fie feufzend fagte: „Ich muß in
Gottes Namen alles thun, was du willft." Sie zitterte aber
am ganzen Leibe; fo daß das Kind laut fchrie, bis Reinhard
endlich beide befchwichtigte, das Kind mit Süßigkeiten und Lorle
mit liebreichen Worten.

Die Gewänder waren nur flüchtig untermalt, und nun
follte dem Kopf die letzte Zufammenftimmung der Farbentöne
gegeben werden; das fagte Reinhard eines Tages und bat Lorle,
daß fie beide noch diefe wenigen Stunden fich recht ftill ver-

balten wollten. Lorle nickte ſtill, ſie wagte ſchon jetzt nicht
mehr zu reden. Ihr Kopf war nach dem Wunſche Reinharbs
aufgerichtet, und ſie ſah hinauf nach dem blauen Himmel:
weiße Wolkenflocken zogen leicht dahin, ſtill und friedlich war's
im weiten Raume, kein Laut vernehmbar; da fließt eine Wolke
ſanft hin, ſie nimmt eine kleine mit und verſinkt mit ihr unter
den Geſichtskreis, eine andere ſtreckt ſchon ihr Haupt empor,
wer weiß, wie lang ſie iſt, wie dunkel ihr Grund, wie bald
ſie abbricht; nur wer am Himmelsbogen ſteht, kann ſie ermeſſen. Da drunten liegt die Welt, weitab, alles, alles zieht
vorbei, vorbei, die Erde iſt untergeſunken: ein Geiſt ſchwebt
über den Wolken . . .

So hatte Lorle ſich in den Himmel hineingedrängt. Rein=
harb ſie eine Weile ſtarr betrachtet und dann emſig gemalt.

Stille war's lange; die beiden wagten kaum zu atmen.

„Was haſt du ſo eben gedacht? Dein Antlitz war verklärt?"
fragte Reinharb.

„Ich bin geſtorben geweſen und allein," ſagte Lorle mit
geiſterhaltem Blicke, ihre Arme hoben und fielen wie leblos
wiederum nieder. Reinharb faßte ihre Hand, er konnte aber
nicht reden, er ſchaute ſie an wie eine überirdiſche Erſcheinung.

„Jetzt möcht' ich auch ſterben," ſagte Lorle endlich, und
Reinharb erwiderte: „Ich ſag' wie du: nein, erſt recht leben,
lang, lang leben."

„Bin ich jetzt fertig?" fragte Lorle aufſtehend.

„Ja."

„So will ich gehen, es wird jetzt ſchon wieder fröhlicher
werden."

Reinharb wollte ſie zum Abſchied küſſen, ſie aber wehrte
ſtreng ab und ſagte: „Jetzt nicht, nein, mir zulieb." —

Reinharb gönnte ſich nun auch wieder einige Erholung.
Auch ihm war ganz eigen zu Mute, da er ſeit vielen Tagen
in einer ſteten Spannung und Aufregung gelebt hatte. Als
er das Lorle erklärte, ſagte ſie: „Mir iſt auch ſo, wie wenn
ich aus der Fremde käm', wie wenn ich gar nicht daheim ge=
weſen wär'." —

Auf ſeinen Wanderungen begegnete Reinharb wiederum
Wendelin, der trübſelig ausſah. Reinharb fragte: „Was haſt?
Warum biſt ſo traurig? Weil du ein neues Brüderle bekom=
men haſt?"

„O nein, von deswegen nicht, mein Vater hat geſagt, wo
fünfe halb hungern, kann ein ſechſtes auch mitthun."

„Nun, was haſt du denn?"

„Ja, gucket, mein Scheck da (er wies auf eine stattliche
Kuh), der ist vorgestern verkauft worden für 53 Gulden; der
Metzger Heuberer von G. (er nannte die Amtsstadt) hat ihn
kauft und läßt ihn noch sechs Wochen laufen, nachher holt er
ihn. Ich krieg' einen Sechsbätzner Trinkgeld, aber es macht
mir kein' Freud; der Scheck ist mir doch der liebst' von allen,
und jetzt thut mir's so weh um den Scheck, der frißt jetzt da
fort, wie wenn er ewig leben sollt', und da kommt der Metzger
und schlägt ihm auf einmal auf den Kopf, und da liegt er,
tot ist er."

Der Knabe sah Reinhard gedankenvoll an, dann fuhr er
fort: „Mich freut's nur, daß der Metzger betrogen ist."

„Wie so denn?"

„Ja gucket, er hat den Scheck viel zu teuer 'kauft, aber er
möcht' gern dem Meister (Dienstherrn) das Maul süß machen,
weil er sein Lorle heiraten möcht', und da ist er doch angeführt."

„Warum? Denkst du nicht mehr so gut vom Lorle?"

„O Ihr," sagte der Knabe zornig, „wie er mich anguckt,
wie ein gestochener Bock mit seinem langen Bart; ja gucket nur
zu, ich fürcht' mich nicht, ich bin nicht in Euch vernarrt wie
das Lorle."

„Woher weißt du das?"

„Ja, ich bin nicht so dumm. Wie vergangenen Sonntag
der Martin nach der Stadt ist, hab' ich für ihn Eure Stiefel
'putzt, und da ist das Lorle kommen und hat gesagt, ich soll's
gut machen und hat die Stiefel anguckt mit ein paar Augen,
das waren Augen! Und da hab' ich's gleich gemerkt, was es
geläutet hat. Und gestern nacht, wie ich in der Kammer lieg',
da hör' ich, wie mein' Mutter dem Vater erzählt, daß das Lorle
in Euch verschossen ist. Und wenn das Lorle fort ist und mein
Scheck ist fort, und da geh' ich halt auch fort."

Reinhard suchte den Knaben zu trösten, es bedurfte dessen
kaum, denn er sang und jobelte hinter Reinhard lustig in die
Welt hinein.

Reinhard sah nun, daß ihr Verhältnis doch schon dorf-
kundig war; er ging nachdenklich das Thal entlang. Es wurde
Abend, die Mäher waren emsig, das launasse Oehmdgras zu
mähen, die sterbenden Gräser hauchten noch würzigen Duft aus,
Reinhard breitete oft die Arme aus, als wollte er tausend
Leben an seine Brust drücken. Jetzt befiel ihn aber ein Trübsinn: rasch, in voller Blüte ihrer frischen Liebe, wollte er Lorle
sein nennen, und doch war seine Zukunft so unsicher; er warf
die Sorge von sich, er wollte den Tag genießen, die fließende

Minute, und was gelingt nicht einem frischen Herzen im freien
Wandern? Reinhard sah eine Weile sein selbst vergessend den
Abendbremsen zu; sie zogen jetzt erst auf Nahrung aus und
schwebten oft ganz ruhig, unbewegt auf einem Fleck in der
Luft, wie an einem Abendstrahl aufgehangen, ihre Flügel drehten
sich wie leichte Wolkenrädchen zur Seite, bis sie wie angestoßen
auffuhren; sie hatten eine kaum sichtbare Beute erhascht und
hielten sich nun wieder ruhig auf ihrer neuen Stelle. Der ge=
räuschvolle Tag verstummte immer mehr, ein sanftes, nächtiges
Flüstern hauchte durch Zweig und Gras, Reinhard schweifte
immer weiter, es zog ein Lied durch seinen Sinn, er wußte
nicht was, ihm war traurigfroh zu Mute; da hörte er einen
einsamen Burschen jenseits des Baches singen:

> Ihr Sternle am Himmel,
> Ihr Tröpfle im Bach,
> Verzählet mei'm Schätzle
> Mein Weh und mein Ach.

O, die Liebe kann nicht genug Boten finden, ihre unnenn=
bare Seligkeit und ihr tiefes Leid zu verkünden. Und der Bursche
sang weiter:

> Die Sternle ins Wasser,
> Die Fischle in 'n See,
> Die Lieb' geht tief abe,
> Geht niemals in d' Höh'.

Und jetzt ward noch mit anderer Weisung der lustige
Schluß angehängt:

> Ganget weg, ihr Burgersmädle,
> Ganget weg, ihr Patschele,
> Da nehm' i mir e Bauernmädle,
> Das sind recht wackere.

Als Reinhard spät abends nach Hause kam, fand er einen
Brief aus der Stadt vor; er war vom Kollaborator und lautete:

„Kleinresidenzlingen, an einem der Hundstage.

Oft habe ich im Wald einem Vogel zugehorcht, der mir
seine Melodie hundertmal vorsang, als müßte ich sie verstehen,
und wenn ich mich endlich zum Fortgehen anschickte, war mir's,
als singe der lustige Kauz jetzt erst recht aus voller Seele, als

riefe er mir nach: Du verftehft doch nicht, was ich finge, und
Millionen werden nach dir kommen und werden's auch nicht
verftehen. So geht mir's jetzt auch mit dem Volksgeifte. Mir
ift's, als ob jetzt, da ich fort bin, es erft recht zu fingen und
zu klingen begänne. — Diefe romantifche Sehnfucht der mo=
dernen Menfchheit nach dem, was hinter ihr ift, verdreht ihr
den Kopf; ich habe auch einen krummen Hals.

Es ift nicht gut, daß diefer Menfch auf fich ftehe, drum
will ich ihm eine Anftellung fchaffen. So fprach Gott der Herr,
als er den deutfchen Menfchen gemacht hatte. Die Eichen im
Walde werden nächftens auch angeftellt und erhalten das aller=
höchfte Dekret, das fie zu einftweiligen Symbolen und Hütern
der deutfchen Kraft und deutfchen Freiheit ernennt; es gibt dann
Referendars=, Affeffors=, geheime und wirkliche geheime Eichen
mit eigenem Laub. Wir Deutfchen find die folidefte Nation der
Welt, es ift die fchändlichfte Verleumdung, daß man uns Ge=
meinfinn abfpricht; wer nur irgend ein gemachter Mann fein
will, fetzt fich auf den Befoldungsftuhl und fpeift aus der
Kommunfchüffel. Fichte hat das Wefen des deutfchen Gelehrten
zu fehr aus feinem fubjektiven Idealismus erfaßt, ich mache
mir jetzt Exzerpte, um in biographifchen Umriffen nachzuweifen,
welchen Einfluß die Staatsanftellungen auf die Geftaltung des
deutfchen Geiftes gehabt haben.

Ich habe für die vornehme Species der Menfchen einen
eigenen Namen gefunden, fie heißen: die eisfreffenden Tiere.
Heute morgen war ein Prachtexemplar bei mir, dein Gönner, der
dicke rote Table d'hotenkopf; der hochwohlduftende Comte de Fou=
lard, er hat fich fehr nach dir erkundigt; der Prinz ift aus Italien
zurück, hat dort viel Bilder gekauft, hat in Rom dein Lob gehört,
ift entzückt von deiner Waldmühle, kurz, man will eine Galerie
errichten, will dich feffeln, das heißt anftellen. Da haft du's alfo.
Wenn du kommft, ift die Sache abgemacht. Ich weiß nicht, wie
du darüber denkft; ich habe um meine Stelle auch fuppliziert in
der geheimen Hoffnung, daß nichts daraus wird, und nun weide
ich fchon bald fieben Jahre die geduldige Bücherherde und fchere
nur das eine und das andere um ein Exzerpt, fo was im Zaun
hängen bleibt. Lieb wär' mir's, wenn du einen Schleiftrog am
Bein hätteft, daß wir dich hier behielten. Mach' aber, was du
willft, ich rate nichts; haft du Luft, fo komm baldigft.

Ich habe mit meiner Schwefter eine neue Wohnung be=
zogen, fie hat endlich ihr Putzgefchäft aufgegeben und pflegt
nun mein Alter. Ich effe mittags und abends Suppe und kann
hundert Jahre alt werden, wenn ich's erlebe.

Grüße mir die Alpenrose, Gott sende ihr Tau und Sonnen=
schein genug und lasse sie gedeihen.

Ich schreibe dir diesen Brief auf dem neuen Katalog, den
ich anzufertigen habe; ich bin ganz allein, mein Oberwalfisch
wascht sich im Seebad.

Dein

Kohlebrater.

Beiwagen: Die sieben Gulden, die du mir zur Heimreise
geliehen, kann ich dir erst zum Quartal, den 1. Oktober, wenn
ich meine Löhnung fasse, erstatten. Brauchst du's früher, will
ich's anderweitig entlehnen.

Unser Schulkamerad R., das sogenannte durchlöcherte Prin=
zip, hat eine Vokation ins Departement des Jenseits bekommen,
er ist Assistent beim Weltgericht geworden.

Das Erdbeben, das wir vorgestern hatten, hat mich un=
endlich ergötzt; ach! wie haben sie hier alle gezittert! So muß
einem Floh zu Mute sein, der auf einem fieberkranken Pudel
haust."

Nachdem Reinhard diesen Brief gelesen, verkündete er, daß
er am Morgen nach der Hauptstadt abreise und bald wieder=
komme. Lorle schlief die ganze Nacht nicht, sie machte sich
allerlei Gedanken über die so schnelle Abreise; Reinhard hätte
sie durch ein einziges Wort beruhigen können, und er dachte
nicht daran. Am Morgen sah er Lorle noch einen Augenblick
allein und sagte ihr schnell: „Wenn ich ein Glück bekomme,
teilst du's mit mir?"

„Wenn ich dich nur ganz krieg'," war die Antwort, vom
Teilen sagte sie nichts.

Im Hause des Wabeleswirts war's nun wieder so still und
friedsam wie ehedem. Hatte Reinhard in der letzten Zeit auch
weniger tolle Streiche losgelassen, so machte er doch noch immer
Lärm genug im Hause; jetzt ging alles wieder seinen alten Weg,
kaum daß einer mehr des Fernen gedachte. Wie schnell schließt
sich der Strom des Lebens hinter einem Menschen, der aus
einem Kreise tritt! Nur Lorle hegte das Andenken Reinhards tief
im Herzen, Tag und Nacht. War sie früher stets liebreich und
gut gegen die Eltern und alle im Hause gewesen, so war sie's
jetzt doppelt; sie wollte immer alles thun und bereiten für jedes.
Niemand wußte, woher das kam, und man kümmerte sich auch
nicht viel darum; Lorle aber that dadurch im Innersten Abbitte,
daß sie die Ihrigen in Gedanken schon verlassen hatte und bald
ganz von ihnen scheiden werde, sie wollte ihnen noch Gutes
erzeigen, so viel sie vermochte.

In der Stadt betrieb Reinhard seine Anstellung mit allem Eifer. Als der Kollaborator seine Verwunderung darüber äußerte, erwiderte er: „Ich will dir's nur gestehen, ich bin mit Lorle verlobt."

„Was?" rief der Kollaborator gedehnt, Staunen und Kummer sprach aus seinem Antlitze; „wenn sie einer heiraten und aus ihrem Boden reißen dürfte, so wär' das nur ich, ich allein; ja lache nur, ich verstehe sie allein; du bist viel zu wild, du darfst eigentlich gar nicht heiraten. Hat dir denn der Vater das Mädchen gegeben?"

„Nein."

„O, so ist noch Hoffnung, daß sie keiner von uns beiden bekommt," schloß der Kollaborator schelmisch.

Reinhard ging nicht vom Fleck, bis er sein Ernennungsdekret erhalten hatte. Am Morgen, nachdem solches ausgefertigt war, sagte er beim Erwachen zu sich selber: „Guten Morgen, Herr Inspektor, mit dem Titel Professor; haben Sie wohl geruht? Hast dir nun auch ein Hundsband umbinden lassen, und war dir doch so wohl, als du frei umhergelaufen bist." Als er vor dem Spiegel stand, verbeugte er sich ganz höflich und sagte: „Ihr Diener, Herr Professor! Gehorsamer Diener siebente Rangklasse."

Dennoch freute sich Reinhard in dem Gedanken, wie ganz anders er nun vor den Wabeleswirt hintreten und um dessen Tochter freien könne, und wie glücklich auch Lorle sein werde.

Schnell packte er seine Gliederpuppe und einiges alte Seidenzeug zusammen, das er zur Gewandung gekauft hatte, und bald rollte er wieder dem Dorfe zu, wo seine Liebe wohnte.

Nur stet.

Auf dieser Fahrt machte ein Gedanke die Wangen Reinhards von einer fremden Glut entbrennen. Er kam soeben aus den Kreisen der teppichunterbreiteten Existenzen, alsbald überkam ihn ein besonderes Behagen an dieser verfeinerten Welt, an dieser Anmut heiterer Geistesspiele, voll tändelnder Musik und sprühender Witzfunken, fernab von der rauhen Wirklichkeit, ausschreitend aus der engbürgerlichen Umzäunung; er hatte das Gelüste rasch niedergekämpft, jetzt kam es in veränderter Gestalt wieder und zeigte ihm, wie Lorle diese Freiheit des Lebens nie verstehen werde, wie sie doch seinem ganzen künstlerischen Denkkreise fern stehe — er war in seinem eigenen Hause mit seinem tiefsten Wollen ein Fremder.

Das war ein böſer Blutstropfen in Reinhard; und er machte ihm die Wangen glühen.

Den Gedanken: Lorle nach und nach heranzubilden, warf er bald von ſich, und er rief faſt laut: „Nein, ſie ſoll das friſche Naturkind bleiben mitten im Trödel der Stadt; ſie bedarf keiner andern Welt, ich bin ihre ganze Welt.“ — Er bat ſie in Gedanken um Verzeihung, daß ſein Sinn nur einen Augenblick ſich von ihr entfernen konnte.

Für ein erregbares Gemüt haben weite Strecken, die von einer Lebenswendung bis zur andern zu durchmeſſen ſind, ihr Gutes und ihr Schlimmes; ſie dämmen oft die berauſchende Seligkeit des Gefühls, beſchwichtigen aber auch die leicht ſich eröffnenden Zwieſpältigkeiten.

Sorglos, als wäre das nicht der entſcheidendſte Lebensgang, fuhr Reinhard dahin; ſelbſt ſeine Sehnſucht war eine abgeklärte, friedſame. In der Amtsſtadt ließ er ſein Gepäck zurück und eilte auf dem Waldwege dem Dorfe zu. Je näher er kam, deſto heftiger loderten die Flammen der Liebe wieder in ihm auf; mit zitternden Pulſen rannte er dem Hauſe zu. Die Bärbel ſtand unter der Thür und reichte ihm die ſchwielige Hand: „Ihr kommet bald wieder, ich hätt’s nicht geglaubt,“ ſagte ſie; Reinhard konnte nicht antworten, zu Lorle wollte er ſein erſtes Wort ſprechen; er eilte die Treppe hinan, niemand war im Hauſe. Lorle war, wie Bärbel erzählte, mit den Eltern nach der Stadt gefahren, von wo Reinhard eben herkam.

Mit der Botſchaft der Lebenserfüllung auf den Lippen ſtundenlang harren zu müſſen, das war eine ſchwere Aufgabe.

Reinhard machte ſich bald wieder auf, den Ankommenden entgegenzugehen, aber als er ſchon eine Stunde den Waldweg gegangen war, beſann er ſich erſt, daß er ſo in Gedanken dahingeſchritten ſei, während doch das Wägelchen mit den Heimkehrenden bereits den Fuhrweg dahingerollt ſein konnte; er kehrte ſtill wieder um, traf jedoch auch die Erwarteten noch jetzt nicht zu Hauſe. Mit namenloſer Angſt quälte ihn der Gedanke, daß ihm Lorle mit Gewalt entzogen ſein konnte, die Eltern waren ja mit ihr in der Stadt, und er mußte ſich ſagen, daß er durch ſeine Zweifel ſolches verſchuldet haben konnte; aber die ganze Treue Lorles ſtand wieder vor ihm, und als es Nacht wurde, war es ihm, als ob das Bild auf der Staffelei hell leuchte; er zündete Licht an und betrachtete jetzt nach längerer Abweſenheit das Bild wieder; er ſtaunte faſt vor ſich ſelbſt, hier war ihm etwas gelungen, was ein anderer, ein Mächtigerer geſchaffen hatte.

Reinhard nahm die Zither und wollte ſpielen und ſingen,

aber er hörte bald wieder auf, er legte sich endlich angekleidet auf das Bett, er wollte heute noch die Seinigen sprechen, keine Stunde seines Glückes versäumen; er verschlief aber doch die Ankunft der Hausbewohner, die spät in der Nacht erfolgte.

Die Mutter war zu Bett gegangen, der Vater saß im Stüble und las die mitgebrachten Zeitungen, Lorle machte sich aber, trotz aller Ermahnungen, noch immer etwas in der Stube zu schaffen; endlich kam sie zaghaft zum Vater ins Stüble und sagte:

„Aetti, ich hab' ein' Bitt'. Machet das Licht aus und bleibet da."

„Nur stet, warum denn?"

„Ich bitt', ich hab' Euch was zu sagen, und ich kann's nicht so."

„Närrisches Kind, meinetwegen. Nun, jetzt ist das Licht aus, nun, jetzt red'."

Lorle legte die Hand auf die Schulter des Vaters und sagte ihm mit zitternder Stimme ins Ohr: „Der Herr Reinhard hat mich gern und ich ihn auch, und er will mich, und ich will ihn und keinen andern auf der ganzen Welt."

„So? Und das habt ihr unter euch ausgemacht?"

„Ja."

„Nur stet, gang jetzt schlafen, morgen ist auch ein Tag; wir reden ein andermal davon."

Kein Bitten und kein Betteln Lorles half, sie erhielt keinen andern Bescheid.

Als der Wadeleswirt nun noch gewohntermaßen das ganze Haus durchmusterte, fand er die Thüre Reinhards halb offen, er drehte von außen den Schlüssel um; Reinhard war eingeschlossen.

Am Morgen ward Lorle vom Vater „zeitlich" geweckt. Als sie herabgekommen war, sagte er: „Du gehst gleich auf die Hohlmühle und bleibst da, bis ich komm'."

Lorle mußte gehorchen, sie wußte wohl, da half keine Widerrede; sie durfte nicht mehr die Treppe hinauf, sondern mußte sich schnurstracks aufmachen.

Der Wadeleswirt ging umher und zankte mit Stephan und mit allen, weil sie eben keine so schlaflose Nacht gehabt hatten wie er; endlich saß er im Stüble und las die Fruchtpreise auf den verschiedenen Schrannen, aber trotz der hohen Sätze hatte er die Lippen zusammengekniffen und trommelte unwillig mit dem Fuße auf dem Boden. Von oben vernahm man jetzt mächtiges Pochen an eine Thüre, da erinnerte sich der Wirt, daß er Rein-

hard eingeschlossen habe, und befahl der Bärbel, ihm aufzu=
schließen; dadurch ersparte er sich's auch, dem Maler alsbald
frischweg die Meinung zu sagen. Reinhard kam zum Wirt und
streckte ihm beide Arme entgegen, dieser aber saß ruhig, hielt
it beiden Händen die Blätter und so darüber wegschauend,
sagte er: „Auch wieder hiesig?"

„Und ich hoffe zu Hause," sagte Reinhard.

„Nur stet. Ich sag's Euch grad heraus, packet Eure Sachen
zusammen und b'hüt Euch Gott."

„Und das Lorle?" fragte Reinhard zitternd.

„Das will ich schon wieder zurecht bringen, das ist mein'
Sach', da hat niemand nichts drein zu reden."

„Und ich geh' nicht aus dem Haus, bis mir das Lorle
selbst gesagt hat, daß ich gehen soll."

„So? Ist das der Brauch bei euch Herren aus der Stadt?
Ich kann auch anders ausgeschirren. Verstanden?" sagte der
Wabeleswirt aufstehend.

„Ich hätte den Bauernstolz nicht bei Euch vermutet," sagte
Reinhard.

Der Wabeleswirt schnaubte grimmig und ballte beide
Fäuste; er schaute Reinhard von oben bis unten stumm an,
wie wenn er sagen wollte: was glaubst? Bin ich der Mann,
mit dem man so redet?

Reinhard schüttelte den Kopf und sagte endlich: „Ihr seid
doch sonst ein gescheiter Mann, warum seid Ihr jetzt so wild?
Was hab' ich Euch Leids than?"

Diese sanft gesprochenen Worte verfehlten ihre Wirkung
nicht, und der Wabeleswirt sagte mit stockender Stimme: „So?
Und mein Kind, mein' einzige Tochter wegstehlen?"

„Lorle soll reden. Wo ist sie?" fragte Reinhard.

„In der Haut bis über die Ohren, wenn sie nicht da ist,
ist sie verloren. Das Lorle ist nicht da, so lang Ihr da seid."

Nach einer Weile, in der er das schmerzdurchwühlte Antlitz
Reinhards betrachtet hatte, fuhr der Wirt fort:

„Ich kann's Euch schon sagen, wo das Mädle ist: auf der
Hohlmühle."

„Ich verspreche Euch," sagte Reinhard schnell, „kein Wort
ohne Euer Wissen mit ihr zu reden."

„Glaub's, Ihr seid sonst allfort ein rechtschaffener Mensch
gewesen, und jetzt muß ich aufs Feld," sagte der Wabeleswirt
ruhiger.

Er ging fort und Reinhard auf sein Zimmer. Wie glücklich
war dieser jetzt, daß er nach der Gliederpuppe die Gewänder

malen konnte; er war unausgefetzt fleißig und ließ sich sogar
das Mittageffen auf sein Zimmer bringen.

Die Bärbel, die alles wußte, tröstete Reinhard und sagte,
er solle nur die Hoffnung nicht fahren laffen, der Alte sei zäh',
er müffe ein gut Weilchen am Feuer stehen, bis er weich werde.
Auch die Mutter kam leise herauf geschlichen, sie redete nichts
von der Hauptfache, aber an der Sorglichkeit, die sie für alle
Bedürfniffe Reinhards hatte, konnte er wohl merken, daß sie auf
seiner Seite war.

Am Abend erzählte Reinhard dem Vater, wie er bloß Lorle
zulieb sich eine Anstellung geholt habe und wie er sie ewig
glücklich machen wolle. Der Wadeleswirt war still und schaute
über das Glas weg, das er eben zum Munde führen wollte,
Reinhard bedeutsam an.

Als die Bärbel am andern Morgen Reinhard den Kaffee
brachte, sagte sie:

„Glück und Segen!"

„Wozu?"

„Ihr seid ja Professor geworden, der Alte hat gestern nacht
seiner Frau noch viel davon vorgeschwatzt; es gefällt ihm doch
wohl, das Waffer fangt schon zu sieben an."

Der Alte ging immer brummig im Hause umher und hatte
sogar, was sonst nie geschah, kleine Häkeleien mit seiner Frau;
er hätte gar zu gern gehabt, sie möchte ihm weiblich mit Reden
und Bitten zusetzen, daß er die Sache doch ins Reine bringen
möge; sie aber that, wie man sagt, „kein Schnauferle", sie wollte
die Verantwortung für spätere Tage nicht haben. Und dann
war's ihr doch auch wind und wehe, ihr Kind so weit weg unter
ganz fremde Verhältniffe zu geben; sie war von dem Sorgen
und Nachdenken so müde, daß sie bald da, bald dort, wo nur
ein Plätzchen war, sich niederfetzte und ausruhte.

Am dritten Tage kam der Wadeleswirt zu Reinhard auf
sein Zimmer, fetzte sich und redete lange nichts; endlich begann er:

„Ich hab' mich resolviert. Es geht mir ein Stück aus dem
Herzen, wenn ich das Kind so weit weg geb'; aber was ist da
zu machen? Ich thu' Euch also den Vorschlag, ich will mein
Lorle noch auf ein Jahr zu den Klosterfräulein thun, da soll's
lernen, was man in der Stadt braucht, und seid ihr beide dann
noch so gewillt wie jetzt, nun, so in Gottes Namen."

Reinhard widersprach und beteuerte, daß Lorle nichts zu
lernen habe, gerade so, wie sie jetzt sei, mache sie ihn glücklich;
der Alte lächelte und ging davon.

Drei Tage und drei Nächte hatte Lorle in schweren Ge=
danken auf der Mühle zugebracht; kein Bote kam, Stephan
wußte nichts, und oft war's in Wahrheit, als ob sie in eine
andere Welt versetzt wäre. Am vierten Morgen kam der Wadeles=
wirt und holte seine Tochter, er hatte ein unwirsches Ansehen,
und Lorle folgte ihm still wie ein Opferlamm. Der Vater
zürnte nicht auf das Kind, er zürnte nur mit sich selber, weil
er nun doch nachgeben müsse.

„Hast du den Reinhard noch gern?" fragte er einmal, als
sie schon eine gute Strecke miteinander gegangen waren.

„Ja, so lang ich leb'!" erwiderte Lorle. Und nun gingen
sie wieder still dahin, keines redete ein Wort. Der Wadeles=
wirt war durchaus der Mann nicht, der sorgfältig Ueberraschun=
gen zu bereiten strebte; das Kind mußte nur schweigen, so lang
er nicht zu reden begann, und er wollte nicht reden, weil's ihm
nicht darum war; auch war's ihm zu viel, das, was er zu
sagen hatte, zweimal vorzubringen.

Reinhard hatte indes von der Bärbel die Mitteilung er=
halten, daß Lorle mit dem Vater käme; er eilte den beiden ent=
gegen, und als sie sich jetzt zum erstenmale wieder sahen, flammte
ihre ganze Liebe auf, und Reinhard rief: „Vater, gebt mir das
Lorle jetzt, hier."

„Nur stet, das ist nichts so, wie Bettelleut' hinter der Heck;
wartet, bis wir heim kommen."

In diesem Schlußsatz lagen vielverheißende Worte. Hand
in Hand schritten die Liebenden dahin, sie bedurften keines Aus=
tausches der Worte. Als man gegen das Dorf kam, machte
sich Lorle etwas an ihrem Schurzbändel zu schaffen, sie ließ
dadurch die Hand Reinhards los und faßte sie nicht wieder.

Im Stüble war endlich die ganze Familie beisammen;
alles stand, nur der Vater saß, und nach einer seltsamen Pause
begann er:

„Alte, was meinst? sollen wir sie einander geben?"

„Wie du's machst, ist's recht," sagte die Frau.

„Guck, Lorle, so muß eine Frau sein, merk' dir das, bis
du einmal eine bist," sagte der Vater, und Lorle ward glühend=
rot, da sie ihre Zukunft sich vorhalten hörte. Der Vater sagte
nun aufstehend: „Ich mein', wir machen jetzt die Handreichung,
und wenn die Ernt' vorbei ist, halten wir Verspruch, und
übers Jahr könnet ihr in Gottes Namen heiraten. Hat mein
Bauernstolz recht?" fragte er, Reinhard derb auf die Schulter
klopfend.

„Guter Vater!" war alles, was dieser hervorstottern konnte.

„Nun, Ihr seid auch ein guter Mensch, ich will das nicht leugnen. Jetzt fertig."

Alles reichte sich nun die Hand, und Reinhard küßte noch die Mutter innig, den Vater konnte er nicht küssen, dieser schüttelte ihm nur starr die Hand.

Als die halb unterdrückte Rührungsszene noch nicht vorüber war, stellte sich der Wadeleswirt wieder breitspurig vor Reinhard und sagte:

„Jetzt hab' ich noch ein Wörtle mit Ihm zu reden, du Lump, du liederlicher! Und was ich dem Mädle geb', darnach fragt Er gar nicht und thut, wie wenn Er ein Bettelmädle beläm'? Und unser gut Sach', was wir erhauset haben, das ist Ihm ein Pfifferling, das ist Ihm gar nichts wert? Potz Heide= kuckuck, das ist ein' Lumpenwirtschaft. Ja, es ist mir ernst, es ist da nichts zum Lachen, Himmelheide —"

„Um Gottes willen sei doch still," rief die Mutter, „wenn's ja eins hört, so meint es, du thätest zanken, und wir hätten Händel."

„Lorle," erwiderte der Vater; „merk' dir das jetzt auch, das mußt du nicht thun; wenn der Mann red't, muß das Weib still sein. Jetzt genug, jetzt ganget ans Geschäft."

Alles entfernte sich, Lorle wollte mit Reinhard Hand in Hand weggehen, der Vater aber winkte ihr und sagte: „Bleib du noch ein bißle da." Lorle war allein mit dem Vater im Stüble und dieser sagte: „Jetzt bist doch zufrieden? Brauchst nicht heulen, darfst lustig sein; jetzt paß auf . . . ja, was ich doch sagen will, ja . . . mach', daß du dein Kränzle am Hoch= zeitstag mit Ehr' und Gewissen tragen kannst."

Lorle fiel dem Vater nicht um den Hals, sie verbarg ihr Antlitz nicht, frei und stolz schaute sie drein und sagte fest: „Aetti, Ihr wisset gar nicht, wie brav er ist."

„Glaub's, ist mir schon recht, wenn er brav ist, verlaß dich aber auf kein' andere Bravheit als auf die deinige; jetzt gang."

Das waren nun glückselige Tage, die den Verlobten auf= gingen. In Reinhard hatte das Offenkundige ihres Verhältnisses gar nichts geändert, Lorle dagegen fühlte sich jetzt viel freier; sie war stets voll Entzücken, wenn eins nach dem andern aus dem Dorf kam und ihr Glück wünschte. Fast jedes hatte etwas Besonderes an Reinhard zu loben, und man bedauerte nur, daß Lorle so weit weg käme; sie nahm aber jedem das Versprechen ab, daß es sie besuchen, bei ihr wohnen und essen müsse, wenn es nach der Hauptstadt käme.

Einige Besonderheiten Lorles zeigten sich schon jetzt. Fast nie ließ sie sich von Reinhard am Arme durch das Dorf führen, draußen aber faßte sie ihn von selbst, hüpfte und sang voll Freude. Nie war sie zu bewegen, an einem Werktage mittags mit Reinhard spazieren zu gehen, wenn aber der Feierabend kam, dann war sie bereit; das war der Dorfsitte gemäß, unter deren Herrschaft sie stand.

Ein Umstand veranlaßte viele Erörterungen zwischen dem Schwiegervater und Reinhard. Dieser wollte nämlich schon zum Frühherbst heiraten, er konnte nicht lange Bräutigam sein, sich nicht Monate und Jahre mit der Sehnsucht nähren; der Schwieger-vater wollte aber durchaus nicht, daß man die Sache so übers Knie abbreche. Das Weibervolk im Hause wußte indes, daß er schon nachgeben werde, und die Mutter ließ bei allen Webern in der Umgegend tuchen und bei allen Näherinnen schneidern, während die Schwester des Kollaborators nach einem genauen Maß die Stadtkleider für Lorle fertigte.

Lorle wollte durch ihre Brautschaft keinerlei Arbeit und Verbindlichkeit im Hause entledigt sein, ja, sie war emsiger als je; sie wollte noch alles in stand bringen und in Ordnung verlassen, es war ihr wie einem ehrenhaften Dienstboten, der, bevor er den Dienst verläßt, freiwillig das ganze Haus von oben bis unten scheuert und säubert. Reinhard mußte sie ge-währen lassen, dafür war sie aber auch auf den Abendspazier-gängen voll frischen Lebens.

„Mir ist allfort," sagte sie einmal, „wie wenn heut Samstag wär', und morgen ist Sonntag, und da kommt wieder ein Tag, und da kommt mir's wieder wie Samstag vor und so fort. Ich bin so froh, so froh, ich möcht' nur, ich weiß gar nicht, was ich möcht'."

Ein andermal, als sie durch den Wald gingen, flogen Lorle gar viele Nachtfalter ins Gesicht, sie ärgerte sich darüber, und Reinhard bemerkte: „Dein Gesicht ist so lauter Licht, daß sich die Nachtfalter drin verbrennen wollen; ich bin auch so."

Lorle faßte einen Baumzweig, schüttelte Reinhard den Nacht-tau ins Gesicht und sagte: „So, da ist gelöscht."

Ueber Zittergras und blaue Glockenblumen weinte Lorle die ersten Brautthränen.

Die Verlobten gingen miteinander über die Wiese; da raufte Reinhard jene Pflanzen aus und zeigte Lorle den wundersam zierlichen Bau des Zittergrases und die feinen Ver-hältnisse der Glockenblume; „das gehört zu dem Schönsten, was man sehen kann," schloß er seine lange Erklärung.

„Das ist eben Gras," erwiderte Lorle, und Reinhard schrie
sie an: „Wie du nur so was Dummes sagen kannst, nachdem
ich schon eine Viertelstund' in dich hineinrede."

Große Thränen quollen aus den Augen Lorles hervor,
Reinhard suchte sie zu beruhigen, aber innerlich war er doch
voll Aerger, denn er vergaß, daß nur, wer die Seltenheit und
Pracht der Zierpflanzen lange erschaut hat, wieder an den einfach schönen Formen des Grases sich ergötzen mag.

Dieser Abend bebte wehmütig in der Seele Lorles nach,
sie gab Reinhard keine Schuld, sondern ward nur fast irr an
sich; sie kam sich nun wirklich grausam dumm vor, und oft,
wenn er sie um etwas fragte, schreckte sie zusammen, aber lügen
konnte sie nicht, keine Teilnahme und kein Verständnis heucheln.
Die Liebe aber überwindet alles. Lorle nahm sich vor, recht
aufzumerken, wenn Reinhard etwas sagte, denn er war ja viel
gescheiter. So verlor sich nach und nach ihre Zaghaftigkeit
wieder, und sie war das harmlose Kind von ehedem.

Auch ein Schreckbild war Reinhard einmal für Lorle. Einst
saß er abends mit dem Vater überaus lustig beim Glase, Lorle
schnitt Brot ein zur Suppe und war ganz glückselig, daß die
beiden sich so lieb hatten, sie sah immer von einem auf den
andern und legte zuletzt die Hände fest zusammen, als wären
es die Hände der beiden treuen Menschen, die so traut bei einander saßen. Reinhard war wieder zu allerlei Schalkhaftigkeiten
aufgelegt, er taumelte nun in der Stube umher, sprach mit
lallender Zunge unverständliche Worte, ganz wie ein Betrunkener.
Lorle wußte doch, daß er nur scherze, aber sie rang die Hände
über dem Kopf und rief aus allen Kräften: „Um Gottes willen,
Reinhard, Reinhard! Laß das bleiben! So darfst du nicht
aussehen."

Reinhard hörte sogleich auf, aber Lorle zitterte noch lange
über diesen Scherz; sie war keineswegs so empfindsam, sie kannte
das Leben und seine Verunstaltungen und hatte schon manchem
Bruder Saufaus tüchtig den Marsch gemacht, aber Reinhard
kam ihr durch solche Nachahmung ganz verzerrt und entwürdigt
vor; sein hohes Wesen, zu dem sie so demütig aufschaute, durfte
auch nicht im Scherze so erniedrigt werden. Fast die ganze
Nacht konnte sie das häßliche Bild nicht vergessen, und erst, als
Reinhard ihr am andern Morgen versprach, nie mehr solchen
Scherz zu treiben, verschwand es aus ihrer Seele.

Diese beiden Zwischenfälle waren die einzigen Störungen in
dem Liebesleben; sonst ging stets Freude vor ihnen her, und Entzücken grüßte sie von jedem Baumblatt und aus jedem Gräschen.

Wer kann erfassen, wie eine Seele in sich jauchzt und jubelt, wenn sie stumm aufgeht in ihr Jenseits? Warum klingt uns allüberall in tausendfältigen Klängen die Kunde von den Schmerzen und Zwiespältigkeiten des Lebens entgegen? Ist's der Schmerz allein, der zum Bewußtsein ruft und drin haftet? Die Freude und das Entzücken sind das wahre Dasein, da ist das Einzelbewußtsein untergesunken, in Liebe aufgelöst, in ihr gestorben und lebt doch das wahre, das selig ewige Leben....

Die Madonna war vollendet und zur Ausstellung nach der Stadt geschickt. Zu seiner Betrübnis erhielt Reinhard die Nachricht, daß der Kollaborator unvorsichtigerweise verraten hatte, wer zur Madonna Modell gesessen. Ein in Rom katholisch gewordener Engländer, der sich eben in der Residenz aufhielt, bot eine namhafte Summe für das Bild; Reinhard gab es hin, sowohl weil er seine Frau nicht nach der Stadt bringen wollte, wo das Bild war, als auch aus einem andern Grunde. Die materielle Kehrseite fehlt keinem Verhältnisse. Reinhard bedurfte Geld zu seiner häuslichen Einrichtung, und er sah auch mit Wehmut das, was er aus tiefster Seele geschaffen, in eine verlassene Kapelle nach England wandern, um es nie wieder zu schauen; er ließ es ziehen.

Der Kollaborator mietete für Reinhard eine Wohnung, und seine Schwester richtete sie ein. Mit dieser Nachricht wurde nun der Wadeleswirt bestürmt, die baldige Hochzeit zu gestatten.

So voll Selbstgefühl und freigesinnt auch der Wadeleswirt war, so that es ihm doch besonders wohl, wenn er bei den Leuten im Dorfe: „Mein Tochtermann, der Professor," sagen konnte; auch hatte er Reinhard in der That von Herzen lieb gewonnen. Als nun die Frauen sich mit den Bitten Reinhards vereinten, sagte er:

„Ich seh' schon, ihr habt die Sach' miteinander gebestelt, ich weiß wohl, ich gelt' nichts im Hause; nun meinetwegen."

Reinhard lief sogleich zum Pfarrer und bat ihn, Sonntag das erste Aufgebot zu halten. An dem versprochenen Kirchenbilde arbeitete er nun mit erstaunlichem Fleiß, er warf es in derben Zügen für die Ferne hin und nur einzelnen Köpfen widmete er eine sorgfältige Ausführung. Auf den Sonntag vor der Einweihung der neuen Kirche war der Hochzeitstag bestimmt. Lorle bat, daß sie doch noch über die Festlichkeit bleiben möchten, aber Reinhard hatte keine Lust mehr, diesen Jubel mit zu feiern: er sehnte sich fort aus dem Dorf.

Sie ziehen in die weite Welt.

Vroni war von der Mühle hereingekommen und blieb die
ganze letzte Woche, sie schlief mit Lorle in einem Bette, und die
Mädchen verplauderten oft die halben Nächte. Lorle konnte der
Vroni nicht genug ans Herz legen, wie sie die Eltern pflegen
solle, wenn sie nicht mehr da sei.

Am Vorabend der Hochzeit stand Lorle bei der Bärbel und
weinte bitterlich, daß sie nun auch diese getreue Pflegerin verlassen solle; sie klagte, wie sie sich in der Stadt werde gar nicht
zu helfen wissen, da sagte die Bärbel:

„Ich kann's nicht mehr, ich hab' ihm versprochen, daß ich
nichts sagen will, aber es geht nicht. Sei ruhig, der Reinhard
hat so lange an mir bittet und zerrt, daß ich jetzt zu euch nach
der Stadt geh'. Sei heiter, ich bleib' bei dir, so lang du mich
behältst."

Lorle eilte zu Reinhard und umhalste ihn mit maßloser
Innigkeit; sie verscheuchte ihm dadurch auch den Mißmut, den
er soeben durch einen Brief des Kollaborators empfunden hatte;
er hatte ihn als seinen einzigen Freund zur Hochzeit einge-
laden; die abschlägige Antwort, die verweigerten Urlaub als
Grund angab, war voll grämlicher Bitterkeit auch gegen
Reinhard.

Am Hochzeitmorgen sah Reinhard Lorle nur einen Augenblick, und er sagte: „Mir ist so stolz und hoch zu Mut, wie
einem König an seinem Krönungstage."

„Nicht so, fromm sein," erwiderte Lorle, das waren die
einzigen Worte, die sie vor der Trauung mit ihm redete.

Lorle ließ sich noch in ihrer Dorftracht trauen. Als sie
aus der Kirche kam, ging sie auf ihr Kämmerlein, um die
Stadtkleider anzuziehen. Lange lag sie hier auf den Knieen und
betete weinend: „Heiliger, guter Gott, ich will gern sterben,
wann du willst, du hast mir bisher geholfen, ich will alles auf
mich nehmen, ich hab' das erlebt, du bist gut und hast mich
das erleben lassen, hilf mir gut sein, hilf!"

Sie richtete sich auf und rief Vroni, daß sie sie ankleide;
sie zog keines der weit ausgeschnittenen seidenen Kleider an,
sondern ein einfaches weißes, das bis an den Hals geschlossen war.

Ein jedes sah voll Freude auf Lorle, als sie so herabkam,
ihr Gang, jede Bewegung ihrer Hand, alles war so feierlich
wie ein heiliger Choral.

Bei Tische ging's lustig her, der Wadeleswirt war überaus aufgeräumt und machte allerlei Späße. Lorle war's, als
wäre sie verantwortlich für alle Reden ihres Vaters, und sie
fand manches nicht am Platze; sie gäbelte nur immer so auf
dem Teller herum, aß aber nichts, trotz aller Zureden. „Ich
bin satt, ganz satt," war ihre stete Entgegnung, die die vollste
Wahrheit enthielt.

„Lasset's in Fried'," rief endlich der Wadeleswirt, „wenn
das Lorle auch nichts ißt, meine Kinder sind g'fräßig und
g'süffig, es schmeckt ihnen alles, sie kommen aus einem rauhen
Stall; von deswegen, Professor, könnet Ihr mit meinem Lorle
bis Paris reisen, es ist nicht schleckig."

Nach dieser Rede schaute er rundum allen Leuten ins
Gesicht, sich den Beifall zu holen, weil er so etwas gar Gescheites gesagt hatte; als aber niemand Lob zunickte, rief er,
vom Wein erregt: „Zur Gesundheit, Herr Pfarrer, auf die neu'
Kirch', und daß sie auch von innen ... ja ich hab' was, aber
es wird nicht gesagt, von meinem Tochtermann, aber es wird
vorher nichts gesagt."

Die Tafelmusik spielte manche lustige Weise, und die Fröhlichkeit hatte noch lange nicht ihren Gipfelpunkt erreicht, als
man jetzt in einer Pause Peitschenknallen vor der Thür vernahm: Reinhard und Lorle standen auf, alles folgte ihnen.
Vor dem Hause stand das Wägelchen, das Gepäck war sorgsam
festgebunden, der Rapp war angespannt, und Martin stand da
und hielt das Leitseil.

Lorle sah immer auf den Boden, als sie über den Hof
ging, als wäre überall etwas, das sie aufhielte, über das sie
wegsteigen müsse. Die Hochzeitsgäste standen alle rings um
das Wägelchen, da kam der Wendelin und übergab Lorle
schluchzend eine Amsel, die er gefangen, in einem selbstver-
fertigten Käfig, Lorle solle sie mitnehmen; man versprach ihm,
daß die Bärbel sie mit nach der Stadt bringen werde, da sie
nicht für die Reise tauge. Der Knabe ging still mit seinem
Vogel davon. Der Wadeleswirt hatte die Peitsche vom Wägelchen genommen und hieb dem Rappen eines auf, daß dieser
sich hoch aufbäumte und ihn Martin kaum halten konnte.

„Paß auf," sagte jetzt der Wadeleswirt zu Reinhard, „wenn
man von Haus wegfährt, muß man dem Gaul ein Fitzerle geben,
daß er's auch weiß, daß man die Peitsch' bei sich hat; hernach
braucht man sie oft den ganzen Weg nicht mehr. So ist's auch
mit dem Weib. Man muß sie gleich von Anfang merken lassen,
wer Meister ist, nachher ist's gut, und man kann die Peitsche

ruhig neben sich hinstecken, aber das Leitseil muß man festhalten, rr! hu! Rapp! o oha!"

Der Wadeleswirt sah schmunzelnd auf ob seiner klugen Rede; er hatte heute Unglück, er konnte noch so Gescheites vorbringen, man hörte nicht recht darauf. Lorle stand an die Mutter gelehnt und weinte; es war, als wollte sie zusammenbrechen vor Schmerz. Die Mutter sagte: „Alter, du könntest auch was Besseres reden zum Abschied, wenn ein Kind fortgeht, kann sein auf ewig." — Sie preßte die Lippen zusammen, sie konnte nicht weiter sprechen.

Dem Wirt war's plötzlich, wie wenn man ihm einen Kübel Wasser über den Kopf schüttete; er legte die Peitsche auf das Wägelchen und sagte:

„Nu, nu, nu, nur stet. Lorle, ich will dir was sagen, heul' nicht; wenn du Geld brauchst, was dir fehlt, was es ist, du weißt, du hast einen Vater, und wenn's einen Buben gibt, weißt, wo du die Gevattersleut' holst, verstanden? Jetzt heul' nicht, ich kann das Heulen nicht leiden; heul' nicht, oder ich laß dich bigott nicht vom Fleck." — Er schlug sich den Hut tiefer in den Kopf, ballte beide Fäuste und fuhr fort: „Du bist mir nicht feil, nicht für ein' Million. Professor, komm her; wenn du noch Reu' hast, komm her, kannst mir mein Lorle da lassen, bleib daheim, Lorle!"

Die junge Frau schlug lächelnd die Augen auf und reichte dem Vater die Hand, dieser fuhr fort: „Professor, jetzt hör' noch eins, ich will dir was sagen, bleib da mit samt dem Lorle; wirf denen in der Stadt den Bettel vor die Thür, du brauchst's nicht, du bist mein Tochtermann und übernimmst die Wirtschaft, du kannst Lindenwirt sein, ich übergeb' dir alles, wir ziehen ins Unterstüble; laß abpacken, bleibet da."

„Und meine Kunst und mein Geschäft?" fragte Reinhard.

„Ja freilich, davon versteh' ich nichts," antwortete der Vater, er hielt Lorles Hand in der seinen und schärfte sich die Lippen mit den Zähnen; das sollte die Bewegung, die sich seines Antlitzes bemächtigte, zurückdämmen.

Die Mutter nahm Reinhard beiseite und sagte: „Habt nur immer ein getreu Aug' auf mein Lorle, so gibt's kein Kind mehr, soweit der Himmel blau ist; es hat ein gar lindes Herz, und wenn es einen Kummer hat, verdruckt es ihn in sich hinein, wenn's ihm auch schier das Herz abstoßt und . . . sorget dafür, daß es sich in den Stadtkleidern nicht verkältet, es ist nicht dran gewohnt, und lasset ihm ein Fleischsüpple kochen, wo ihr über Nacht bleibet, es muß sie essen, es muß, es hat heut noch keinen Bissen übers Herz bracht und .... und denket auch oft an Eure Mutter im Himmel ... und b'hüt Euch Gott."

Mit Lorle selbst sprach die Mutter fast gar nichts mehr, sie streichelte nur immer den schönen Mantel, den sie über hatte, und fragte: „Hast auch warm? Nimm dich nur in acht, es wird kühl gegen Abend, besonders im Fahren."

Lorle nickte bejahend, sie konnte nicht mehr reden.

Jetzt rief der Wabeleswirt: „Stephan! bring noch ein' Bouteille Altweiberwein auf den Gaul. Ich bring' dir's, Professor, trink, und Lorle trink auch, du mußt."

„Ja," sagte die Mutter, „trink, es g'wärmt."

Lorle mußte zuletzt noch trinken, eine Thräne fiel in das Glas.

Nun wurde sie in das Wägelchen gehoben, und als Reinhard eben auch hinaufwollte, gab ihm der Wabeleswirt noch einen derben Schlag und sagte:

„Mach', daß du fortkommst, du Lump, du schlechter Kerle, du Heidenbub', nimmst mir mein Mädle mit fort."

Das waren lauter Liebkosungen, und Lorle mußte unter Thränen lachen.

„Jetzt hü! in Gottes Namen, fahr zu!" rief der Wabeleswirt.

Die Musikanten, die bisher still zugeschaut hatten, spielten einen lustigen Marsch, und fort rollte das Wägelchen ...

Wer je dabei stand, wie ihm ein Liebes entführt wurde und die ganze Seele drängt sich den Entfernenden nach, der mag mitfühlen, wie es den Eltern zu Mute war, als ihr Kind dahinzog. Die Mutter stand da, und ihr war's, als wanke der Boden unter ihr, als werde sie ebenfalls fortgezogen, und nichts stehe mehr fest; ihr Kind, das sie unter dem Herzen getragen, über das ihr Auge wachte, so manches Jahr in stillen Nächten wie im Lärm des Tages, dahin, dahin — und doch hielt sie die Hand festgeschlossen, als fasse sie ihr fern hinziehendes Kind an einem Geistesbande. Endlich schrie sie laut auf und fiel ihrem Mann um den Hals. Alles sah gerührt auf die beiden. Der Pfarrer bemühte sich, die Trauernden durch Trostesworte aufzurichten; die Mutter wendete ihm ihr thränennasses Antlitz zu und schüttelte den Kopf verneinend, der Wabeleswirt aber sagte: „Das ist jetzt alles gut, ja, ja, aber da könnet Ihr nicht mitreden, Herr Pfarrer, das könnet Ihr nicht wissen, was das heißt, ein Kind, sein Kind weggeben."

Der Pfarrer schwieg.

„Komm 'rein, Alte," sagte der Wadeleswirt nun, seine Frau unterm Arm fassend, was er fast nie that, „komm, jetzt müssen wir uns halt wieder allein gern haben. Von Anfang wie wir gehaust haben, haben wir keine Kinder gehabt, und jetzt haben wir bald wieder keine daheim, komm, wir wollen noch ein Tänzle machen; Spielleut', hellauf!"

In der Wirtsstube war der Wadeleswirt froh, seinen Gram in Zorn verwandeln zu können; er schimpfte auf die neue Mode, daß man alsbald nach dem Hochzeitstisch wegfahre und den Tanz allein lasse: „das ist ja wie ein Kindbett ohne Kind," sagte er immer.

Lorle war indes mit Reinhard rasch dahingefahren, ohne sich umzuschauen, sie hielt sich fest am Wagensitz, es war ihr, als ob sie jetzt zum erstenmal in ihrem Leben auf einem Wä= gelchen sitze: da steigt man auf ein hohes Gestell und läßt sich fortrollen und bewegt sich nicht selber. „Wir fahren fort" — sagte sie zu Reinhard, er wußte nicht, was das zu bedeuten habe.

Vor dem Dorfe saß Wendelin mit seinem Käfig am Weg= raine. Als die Hochzeitsleute ihm nahe kamen, nahm er den Vogel heraus und hielt ihn hoch hinauf den Fahrenden hin. War's freiwillig oder von ungefähr? Der Vogel entwischte der Hand und flog davon. Wendelin kehrte mit dem leeren Käfig heim.

Wortlos fuhr das junge Ehepaar dahin, Lorle hatte so viele Gedanken, daß sie eigentlich keinen bestimmten hatte. Als man jetzt an der Steige hielt, wo gesperrt wurde, sagte sie: „Fahr nur stet, Martin. Warum hast du denn den Rappen eingespannt, der geht ja nicht gern in der Sanne? Komm, Rein= hard, wir wollen auch absteigen."

„Wollen wir nicht lieber sitzen bleiben? Doch, wie du willst."

Reinhard sprang vom Wägelchen, er half nun auch Lorle und hielt sie eine Weile auf beiden Händen frei in der Luft, bis sie rief: „So laß mich doch auf den Boden."

Im Weitergehen sagte Reinhard: „Wie ich dich frei in der Luft gehalten, so habe ich dich hinweggehoben von deinem Boden; ich allein halte dich, du bist mein, vor allen Menschen der Welt, vor allen."

Lorle wußte nicht recht, was er damit sagen wollte, sie meinte nur, er habe gesagt, daß er viel stärker als sie und ihr Herr sei; sie ließ sich das gern gefallen.

„Denkst du noch, was du träumt hast?" fragte sie jetzt.

Reinhard hatte den Traum von der ersten Nacht im Dorf

völlig vergeſſen, Lorle beteuerte aber bei der Wiedererzählung, daß ſie ſich deshalb nicht im mindeſten fürchte. „Ich glaub' nicht an Träum'," verſicherte ſie, „ich hab' ſchon mehr als zehnmal träumt, mein Vater ſei geſtorben und ich hinter der Leich' drein gangen, und er iſt doch mit Gottes Hilf' noch friſch und geſund, aber es macht mir doch bang, daß er ſo dick wird und nimmer gern laufen mag. Wenn ich nur wüßt', wie es ihm jetzt geht. Es iſt mir, wie wenn ich ihn ſchon ewig lang nicht geſehen hätt', aber nein, jetzt ſind ſie da= heim am Geſchirraufſpülen; da werden ſie vor zehn in der Nacht nicht fertig, und des Wendelins Mutter, die hilft, die iſt ſo ungeſchickt und läßt alles aus der Hand fallen."

„Laß jetzt die Bärbel am Spülſtein und ſei bei mir," ent= gegnete Reinhard.

„Ja, ja, jetzt ſchwätz' aber auch du, ich bring' ſonſt lauter dumm' Zeug vor."

„Wir brauchen gar nicht reden, wenn ich dich nur hab'."

„Iſt mir auch recht."

Man war in G., der nächſten Stadt angekommen; Rein= hard und Lorle aßen allein auf ihrem Zimmer, er gab ihr die erſten Löffel Suppe zu eſſen wie einem Kinde, ſie ließ ſich's gefallen, dann aber griff ſie ſelber tapfer zu. Als abgegeſſen war, ſtellte Lorle die Teller aufeinander, ſchüttelte das Tiſch= tuch zum Fenſter hinaus ab und legte es in die kenntlichen Falten.

„Da ſieht man die Wirtstochter," ſagte Reinhard lachend, „das brauchſt du nicht thun, das kann der Kellner."

„Laß mich nur," entgegnete Lorle, „ich kann's nicht leiden, wenn abgegeſſen iſt und das Geſchirr ſteht noch auf dem Tiſch."

Er ließ ſie gewähren und nannte ſie ſein Hausmütterchen, das ihm jede fremde Wohnung zur Heimat mache. Sie ſaßen nun ruhig aneinander gelehnt beiſammen, aber plötzlich fiel Reinhard vor ihr nieder, umfaßte ihre Kniee und rief ſchluch= zend und weinend:

„Ich bin dich nicht wert, du Reine, Holde."

Lorle hob ihn auf und tröſtete ihn, dann aber ſagte ſie: „Jetzt hab' ich auch eine Bitt', wir wollen weiter fahren, es iſt ja ſo ſchön mondhell; thu's mir zulieb, lieber Reinhard."

Die beiden fuhren weiter durch die mondbeglänzte Nacht in ſtillem Entzücken.

Lorle gedachte aber auch oft nach Hauſe, ſie hätte gar zu gern gewußt, ob ſie jetzt wohl ſchon ſchlafen gehen oder ob ſie noch tanzen. Einmal ſagte ſie zu Reinhard: „Kennſt du noch den schönen Dreher, den sie aufgespielt haben, wie wir daheim fortgefahren sind? Mir ist's allfort, wie wenn ich Musik hör'."

Zur selben Zeit war zu Hause die Mutter hinaufgegangen in Lorles Kämmerchen, und als sie hier das Bett des Kindes sah, konnte sie sich erst recht ausweinen; sie blickte lange hinein in den Mond und ging dann endlich still hinab.

Der Tanz hatte bald geendet, denn man mußte sich aufsparen für den nächsten Sonntag, da die Einweihung der Kirche stattfinden sollte.

Martin fuhr das junge Ehepaar noch drei Tage, und Lorle war's immer, als ob das nur eine Spazierfahrt wäre, von der sie morgen wieder nach Hause kehrten, und alles bliebe im alten Gange.

Hatte die Verlobung auf Lorle einen so tiefen Eindruck gemacht, während sie Reinhard nur wenig berührte, so war dies jetzt mit der Trauung umgekehrt. Durch die Verlobung sah sich Lorle dem ganzen Dorf gegenüber als eine ganz neue Person an, und für sie war schon damals der Bund unauflöslich geschlossen; Reinhard dagegen, der der weiten Welt angehörte, kam sich jetzt in ihr wie ein ganz anderer Mensch vor, durch ein unauflösliches Band mit einem Wesen außer ihm verbunden, er, der sonst so ganz allein war — ihm war's, als ob die Bäume und Berge ihn neu anschauten, als hätte alles ein anderes Leben gewonnen, weil er selber ein anderes begann.

Eine Eigenheit Lorles, die wohl zum Teil noch vom strengen Regiment ihres Vaters herrührte, wesentlich aber auch aus ihrem Mitgefühl für Mensch und Vieh stammte, war die, daß sie in fieberischer Unruhe war, sobald das Wägelchen vor dem Hause angespannt stand. „Es ist mir, wie wenn ich selber angespannt wär'," sagte sie auf die Zurechtweisung Reinhards. Um ihr solche Hast und Unruhe abzugewöhnen, zögerte Reinhard nun noch viel bequemer und behaglicher als sonst bei der Abfahrt, und Lorle entschuldigte sich jedesmal bei Martin, daß sie ihn so lang warten ließen.

Am dritten Abend, vom „Dreikönig" in Basel aus, machte sich Martin auf den Heimweg. Tief im Herzen weh that Lorle diese letzte Trennung von ihrem eigenen Wägelchen, vom Rapp und besonders vom Martin, und sie sagte: „Viel tausend Grüß' an alle daheim, so viel Grüß', als nur auf den Wagen gehen und der Rapp ziehen kann."

Während Lorle dem Wegfahrenden nachtrauerte, sagte Reinhard, sie tröstend: „Sei fröhlich, laß die ganze Welt hinter dir versinken; ich habe dich herausgetragen aus dem Strom des gewohnten Lebens, wir sind allein, ganz allein. Denk' jetzt nicht mehr heim." —

Heute zum erstenmal speisten sie auch an der öffentlichen Wirtstafel. Reinhard wollte Lorle zerstreuen, und doch ward er übellaunig, als ihm dies gelang. Lorles Tischnachbar, ein lustig aussehender junger Mann, sagte zu ihr: „Sie sind gewiß eine fertige Klavierspielerin, gnädige Frau?"

„Ei warum?"

„Die Klavierspielerinnen gebrauchen die linke Hand wie die rechte, sie reichen sie oft beim Gruße."

„Nein, ich kann nicht Klavier spielen, wir haben aber daheim ein eigen Klavier; mein Vater hat gewollt, ich soll's lernen, ich hab' aber kein' Geduld gehabt und hab' mich auch geschämt, so nichts zu thun. Das ist bloß eine üble Angewohnheit von mir mit der linken Hand."

Der junge Mann war äußerst verbindlich und verwickelte Lorle bei jedem frischen Gerichte in ein neues Gespräch, so sehr sich auch Reinhard Mühe gab, selber das Wort zu ergreifen und Lorle an sich zu ziehen; der Fremde hatte alsbald wieder Lorle zum Reden gebracht und machte sie oft laut lachen. Reinhard war fest überzeugt, daß der Fremde sich über sie lustig mache, obgleich er eigentlich keinen Grund dafür angeben konnte, er war voll Zorn und fand doch keine Gelegenheit, ihn auszulassen. — Auf dem Zimmer bedeutete er dann Lorle, daß es sich für eine Frau nicht schicke, an einer öffentlichen Tafel so laut zu lachen, und daß es überhaupt nicht passe, mit jedem Nachbar zu reden. Gegen letzteres wehrte sich Lorle, sie behauptete, wenn man mit jemanden von einer Schüssel esse, müsse man auch mit ihm reden, sie habe im Gegenteil die anderen bemitleidet, die für sich gegessen hätten, wie ein Krankes auf seinem einsamen Bette. Daß sie sich das Linkische abgewöhnen solle, gab sie zu, obgleich Reinhard das früher so schön gefunden habe.

„Bist du mir nun bös?"

„Ach Gott im Himmel, warum denn? Du bist ja so gut."

„Du mußt auch manches an mir ändern, du mußt mir nicht nachgeben; wir wollen uns vornehmen, einander zu bessern."

„Nichts so vornehmen, grabaus sein," entgegnete Lorle. Sie konnte sich nicht leicht eine Norm und Richtschnur machen, sie lebte und handelte aus der Sicherheit ihres Naturells; während Reinhard, von den besten Anflügen erfaßt, sich das Edelste vorsetzte, dabei aber doch meist, wenn's drauf und dran kam, aus der augenblicklichen Stimmung handelte.

Nun ging's hinein in die Pracht der Alpenwelt.

Beim Alpenglühen rief Lorle einmal aus: „Reinhard, sag', ist's denn im Himmel schöner?"

„Gutes, herziges Kind, das kann ich auch nicht wissen."

„Nicht Kind sagen," bemerkte Lorle.

„Nun denn, Engel, ja du bist's; ich weiß nun, wie's im Himmel ist, ich bin bei dir."

Die untergehende Sonne überglühte zwei selig Umschlungene.

Reinhard hatte eine willige Zuhörerin, indem er nun auf den Wanderungen die Schönheiten der Natur und die maleri= schen Gesichtspunkte erklärte; Lorle hörte ihn immer gern sprechen, auch wenn sie ihn nicht ganz begriff. Bisweilen machte sie auch eine Abschweifung, indem sie ihn auf den Stand der Kartoffeln aufmerksam machte, und wie die Ochsen ganz anders eingespannt seien als daheim. Schnitten solche Anmerkungen auch oft eine begeisterte Auseinandersetzung entzwei, so nahm Reinhard sie in Geduld wieder auf. Eine Eigentümlichkeit offenbarte sich bei diesen Auseinandersetzungen: Reinhard hatte bis jetzt durchaus im Dialekt mit Lorle gesprochen, zwar ohne Vorsatz, denn es ergab sich von selbst, auch war ihm wohl und heimisch dabei; nun aber war's ihm oft, als hätte er mit seiner Seele eine Fastnachtsmummerei vorgenommen, es war ihm ein fremdes Kleid für den Werktag, er fühlte, daß die ganze Welt der Re= flexion, der Allgemeingedanken, keine rechte Heimat im Dialekte hatte; alles Persönliche konnte er darin kundgeben, aber nichts, was darüber hinausging. Er bat daher auch Lorle, sich nach und nach mehr an das Hochdeutsche zu gewöhnen, und sie ver= sprach's willfährig; sie sah immer staunend an ihm hinauf, wenn er so Herrliches redete, und sie sagte einmal:

„Du hättest doch eine Gescheitere oder gar nicht heiraten sollen, aber nein, es hat dich doch niemand so lieb wie ich, du herziger Mensch."

Er bat sie nun, immer recht teil zu nehmen an dem, was er denke und erstrebe, sie war voll Demut zu allem bereit; sie wiederholte sich oft manche Worte, die er gesagt hatte und die gar schön geklungen hatten, mehrmals leise, um sie sicher zu behalten.

Seitdem Lorle den Modehut aufhatte, plagte sie die Sonne weit mehr als früher, da sie noch barhaupt ging, und doch ver= gaß sie beim Ausgehen fast jedesmal ihren Sonnenschirm, man mußte ihn oft nachholen, und war er nicht aufgespannt, so ließ sie ihn beispiellos oft fallen; es that ihr wehe, wenn Reinhard galanterweise ihn aufhob, und sie band sich ihn daher fest um

die Hand. — Mit dem großen Uebertuche konnte sie sich gar nicht
bewegen, ebensowenig mit der Scharpe; sie knüpfte ersteres, so=
bald sie aus der Stadt war, auf dem Rücken zusammen, und
letztere band sie wie eine Ritterschärpe an der Seite. Nie durfte
ihr Reinhard etwas abnehmen, ja sie wollte ihm bei Wande=
rungen seinen Rock tragen, wie die Bauernmädchen in der Regel
die Jacke ihrer Burschen am Arm hängen haben. So lange
sie Handschuhe an hatte, kam sie sich ganz fremd vor, sie konnte
nicht so gut reden als sonst; sobald sie nur konnte, wurden
daher die Handschuhe abgestreift. Diese Kleinigkeiten gaben zu
vielen heiteren Neckereien Anlaß.

Auf dem Züricher See weinte Lorle die ersten Frauenthränen,
und zwar über die neue Kirche zu Weißenbach.

Schon bei der Abfahrt sprach Lorle von nichts anderem,
als daß jetzt, an diesem hellen Sonntag, zu Hause die Kirche
eingeweiht werde; sie sah nichts von all der Herrlichkeit rings
umher, und Reinhard hörte ihr eine Weile ruhig zu, dann bat
er sie, doch auch umzuschauen nach dem, was sie hier umgebe;
sie ward still, Reinhard setzte sich auf ein einsames Plätzchen
auf dem Schiffe. Als nun die Kirchenglocken von nah und
fern erklangen, ging er zu Lorle und sagte: „Horch, wie schön!"

„Ja," sagte sie, „jetzt gehen sie daheim in die Kirch', und
die Vroni hat ihre neue Haub' auf, und der Wendelin hat die
neu' Jack' an, die ich der Bärbel für ihn geben hab'."

Reinhard sagte zornig: „Du kannst doch ewig nicht über
dein Dorf hinausdenken, das ist einfältig!"

Heiße Thränen rollten über die Wangen Lorles, und Rein=
hard ließ sie eine Stunde allein sitzen.

Am Abend war indes Lorle ganz glücklich durch die Mit=
teilung Reinhards, daß sie sich nun auf den Heimweg machen
wollten. Reinhard hatte dies beschlossen, weil er die Ueber=
zeugung hatte, daß Lorle erst im eigenen Haushalt sich voll=
kommen wohl fühlen werde, und er selbst sehnte sich auch nach
stiller Häuslichkeit. Seit vielen Jahren hatte er ohne Familie
frei sich in der Welt umhergetummelt, er mochte kaum ahnen,
mit welchen zarten und doch starken Wurzeln das Leben solch
eines Mädchens mit dem Heimatboden verwachsen war; jetzt
sollten sie beide gemeinsam auf neuem Grunde wachsen.

Vorher aber mußte Reinhard noch dafür zugestutzt werden.
Auf der letzten Station, wo man Halt machte, nahm er sich
seinen schönen Bart ab, denn der Oberhofmeister hatte ihm be=
merkt, daß sich dieser mit Reinhards Titulatur und Hofstellung
nicht vertrage. Scherzend, aber doch mit einer gewissen Weh=

mut, gab sich Reinhard die etikettmäßige Glätte. Lorle jammerte
gar sehr, indem sie sagte: „Du bist gar nimmer so schön wie
früher, heißt das: mir ist's gleich, aber es ist doch schad." Sie
strich ihm mit der Hand über das kahle Gesicht und beklagte,
daß er nun so rauh sei.

„Wenn das dein Vater sähe, würde er lachen; er hat's
prophezeit," sagte Reinhard. —

Lorle ahnte dunkel, welchen kleinlichen, engbrüstigen Ver=
hältnissen sie entgegen gingen; sie suchte aber sich und Reinhard
zu erheitern, und es gelang ihr.

Zwischen hohen Mauern.

Wie war Lorle voll Freude, als sie in ihrer Wohnung die
Bärbel schon fand. Man war in der Nacht angekommen, und
Lorle durchmusterte sofort alles, das war ja nun ihre neue
Welt. Mit einer immer sich steigernden Seligkeit ordnete sie
noch am Abend fast ihre ganze Aussteuer in die Schränke ein.
Wie viel Unerwartetes hatte die Mutter hinzugesellt, die gute
Mutter! Der Vater hatte sich's nicht nehmen lassen, nach altem
Brauch eine Wiege zu schicken, und Lorle ward feuerrot, als sie
diese gewahrte; dann war sie aber voll Freude über die vollen
Mehlschränke, über die umfangreichen Schmalztöpfe und alle
Bedürfnisse einer vollen Haushaltung, die Bärbel mitgebracht
hatte; jeden Topf in der Küche wollte sie beschauen als ihr
nunmehriges Eigentum. Reinhard wollte anfangs Einhalt thun,
dann aber ging er selber mit durch Küche und Kammer und
freute sich an dem Glücke seines lieben „Hausmütterchens".

Bis spät in die Nacht saßen dann die beiden noch bei=
sammen auf dem Sofa, und Reinhard erzählte, wie er, das
einzige Kind seiner Eltern, diese schon früh verloren, wie er in
einem Institut erzogen, später im Widerspruch mit seinem Vor=
munde die Studien aufgegeben und sich der Kunst gewidmet,
wie er, aller Bande los und ledig, frei in der Welt umher=
geschweift. „Nie," schloß er, „hab' ich's empfunden, was ein
Heimatherd ist; meine tiefe Sehnsucht ist nun erfüllt, freilich
mit einem schweren Opfer, ich habe mich in Dienst begeben,
aber freudig gebe ich einen Teil meines freien Künstlertums
hin, um eine Heimat, ein Nest zu haben."

Lorle umhalste ihn und sagte: „Du sollst gewiß immer gut
und gern daheim sein, du armer Mensch, den sie so in die
Welt hinausgestoßen haben."

Am andern Morgen kam der Kollaborator mit seiner
Schwester zur Bewillkommnung; er hatte gleich am Tage nach
der Hochzeit alle Thüren der neuen Wohnung mit Kränzen geschmückt; als aber die Ankunft der Erwarteten sich verzögerte
und die Kränze welk wurden, nahm er sie still wieder ab.

„Es wird mir auch mit der Zeitgeschichte so ergehen,"
sagte er, „ich winde meine Kränze zu früh für den Einzug des
neuen Lebens; die harrenden Blumen verdorren, und am Ende
zieht die neue Welt durch ungeschmückte Thore. Sei's, wenn
sie nur kommt."

Leopoldine, die Schwester des Kollaborators, ein von Natur
liebreiches, aber durch Jahre und Schicksale herb gemachtes Gemüt, hatte mit wahrhaft schwesterlicher Sorgfalt allem vorgesorgt; traf solches Anordnen und Einrichten auch mit ihrer
Neigung zusammen, so war doch nicht minder wirkliche Güte
dabei thätig. Unter dem wiederholten Danke des jungen Ehe-
paares führte sie nun Lorle in der Wohnung umher und zeigte
ihr den Gebrauch jedes Schränkchens, und wie man es in Ordnung halten müsse, wie man die Schlüssel umdrehe, die Schub-
lade ausziehe, alles. Lorle war eine willfährige Schülerin, zu
manchem aber bemerkte sie doch: „Das braucht Ihr mir nicht
sagen." Sie sprach das in reiner Ehrlichkeit, sie kannte die
Gesellschaftslüge noch nicht, derzufolge man sich unwissend stellen
muß, um dem andern in seiner Weisheit angenehm zu erscheinen; sie wollte der „guten Person" nur die unnötige Mühe
ersparen. Leopoldine sah aber hierin einen bäurischen Stolz,
der sich nicht gern zurechtweisen ließe; sie war indes zu erhaben,
um sich von dem Dorfkinde beleidigen zu lassen, sie widmete
ihr fortwährend mitleidvolle Gönnerschaft, zumal sie wirkliches
Bedauern fühlte, daß sich „das Kind" mit einem so wilden
Naturell, wie das Reinhards war, auf ewig verbunden hatte.

Der Kollaborator war in seltsamer Stimmung, er ging
scherzend und singend durch alle Zimmer und versuchte allerlei
Schabernack; es hatte den Anschein, als wollte er eine frühere
Weise Reinhards sich aneignen; er nötigte Reinhard schon am
frühen Morgen, eine Flasche Wein mit ihm auszustechen, obgleich die Schwester bemerkte, daß ihm das nie gut bekäme.
Als ihr Bruder aber dennoch nicht nachgab, verzerrten sich ihre
Züge auf eine höchst unangenehme Weise; mit Schrecken bemerkte dies Lorle, Leopoldine aber redete kein Wort mehr.

Nachdem „die beiden Junggesellen", wie sie Reinhard
nannte, sich verabschiedet hatten, kam es Lorle vor, als wäre
ein fremdes Leben durch ihre Zimmer geschritten, als ob die

Möbel anders stünden als früher; erst nach und nach heimelte
sie's wieder an in ihrer Behausung.

„Nun, was sagst du zu Leopoldine?" fragte Reinhard. —

„Die ist Weinessig, ist einmal Wein gewesen," erwiderte Lorle.

Reinhard bemühte sich, ihr eine bessere Anschauung beizubringen, und hier zum erstenmal erfuhr er eine ihm unerklärliche Schärfe des Urteils bei Lorle, die er der Zartheit ihres
liebevollen Gemütes nie zugetraut hätte. Er bedachte nicht, daß
es eine Menschenliebe gibt, die streng und rücksichtslos urteilt,
die aber, trotzdem daß sie die Mängel erkennt, in ungeschwäch-
tem Wohlwollen verharrt; daß ferner ein unverborgenes Naturell
ohne Rückhalt und unbarmherzig die augenblickliche Empfindung
als Urteil ausspricht.

Mit Bärbel hatte Lorle an diesem ersten Morgen auch schon
einen Kampf, denn die gute Alte deckte den Tisch nur für zwei
Personen; keine Ermahnung und keine Bitte, daß sie doch mit
am Tisch essen solle, fruchtete; denn sie behauptete, es schicke
sich nicht, ja sie verbot Lorle, ihren Mann irgend damit zu
behelligen, da er sie sonst für gar zu einfältig halten müsse.

Die Suppe stand endlich auf dem Tisch, Lorle betete still,
Reinhard betete nicht, und sie wiederholte das Gebet noch einmal
anstatt ihres Mannes.

Als sie nun beisammen saßen, fragte Reinhard: „Lorle,
sind die Teller unser eigen?"

„Ja freilich, wem denn?"

„Juhu! Wenn ich jetzt einen Teller zerbrech', brauch' ich
dem Wirt nicht zahlen; das ist mein, alles mein eigen." — Er
nahm einen Teller und warf ihn jubelnd auf den Boden.

„Er ist von einem ganzen Dutzend," sagte Lorle.

„Mein Dutzend hat nur zehn," rief Reinhard und warf noch
einen entzwei, dann tanzte er singend mit Lorle um den Tisch
herum.

„Du bist ein wilder Kerle," sagte sie, die Scherben zu-
sammenlesend, „ich will andere Teller holen."

„Nein, wir essen miteinander aus der Schüssel."

„Mir auch recht."

Die Bärbel kam, da sie das Zerschmettern vernommen hatte,
Lorle aber sagte: „Brauchst heut keine Suppenteller mehr bringen, wir essen aus der Schüssel, da haben wir's grad wie
daheim." —

Reinhard stellte seine Frau niemand vor, sie bedurfte ja
niemand außer ihm, er war ihr alles; er machte seine Antritts-
besuche bei Vorgesetzten, Gönnern und Bekannten, und wo man

ihm zu seiner Verheiratung Glück wünschte, dankte er einfach und
lenkte das Gespräch bald ab.

Die Galerieangelegenheit war noch keineswegs erledigt, wenn
auch schon ein Beamter dafür angestellt war; in diesem Winter
sollte ein außerordentlicher Landtag, und zwar wie man solche
am meisten liebt, ein bloßer Finanzlandtag einberufen werden,
um wegen der in Aussicht stehenden Verheiratung die Gelder
zum Baue eines Schlosses für den Thronerben zu bewilligen;
auch über die Kosten zum Baue des Galeriegebäudes sollte
dann mit den Ständen eine Vereinbarung getroffen werden;
eine Gesetzesvorlage über Wiesenberieselung sollte den Schein
des Gemeinnützigen hergeben.

Während Reinhard sich durch seine Besuche eine umfassende
Kenntnis des Staatskalenders verschaffte, konnte Lorle zu Hause
sich noch gar nicht in das Stadtleben finden. Wenn alles so
sehr gesäubert und in Ordnung war, daß sich nun durchaus
nichts mehr aufbringen ließ, vermochte es Lorle über die Bärbel,
daß sie sich zu ihr in die Stube setzte; es bedurfte hierzu vieler
Ueberredung, denn die Bärbel, die nun schon seit mehr als
dreißig Jahren diente, hatte ihre festen Ansichten, man möchte
sagen ihre Handwerksregeln für das Leben, von denen sie nicht
gern abging: sie sagte immer zu Lorle: „Herrschaft ist Herrschaft,
und Dienst ist Dienst." Erst wenn alles verschlossen war, gab sie
nach und setzte sich zu ihrer „Madam" in die Stube, aber weit
ab vom Fenster, daß man sie aus den Häusern gegenüber nicht
sehen konnte. Kam dann Reinhard, der den Schlüssel zur
Hausflurthür hatte, so wollte sie sich rasch auf ihren Posten
zurückziehen; sie mußte jedesmal dringend ersucht werden, doch
ungestört zu bleiben. Man durfte ihr hundertmal etwas zuge-
stehen, was außerhalb ihres Kreises lag, sie sah es dadurch nie
als ihr Recht an, stets mußte sie aufs neue dazu gebracht
werden; sie setzte einen gewissen Stolz darein, nicht in den ver-
traulichen Ton einzugehen, ihr Grundsatz war: geb' ich dir dein'
Ehr', mußt du mir mein' Ehr' geben, kannst mich nicht das
eine Mal an den Tisch setzen und das andere Mal hinter die Thür
stellen. — Reinhard aber sah in dieser fortgesetzten Haltung
eine bäurische Umstandsmacherei, er verlor wenig Worte mehr
mit der Bärbel. In seiner Abwesenheit saß sie nun bei Lorle,
emsig plaudernd. Die Wohnung war, obgleich in einem ganz
neuen Stadtviertel, dennoch im dritten Stock, da unsere weit-
greifende Zeit gleich von vornherein hoch baut.

„Ach Gott!" klagte Lorle einmal, „es ist so hoch oben,
wenn einmal Feuer ausgeht; und du bauerst mich auch, man

muß das Wasser so weit herauf holen. Es ist so unheimlich.
Da guck einmal 'nab, es schwindelt einem, und man sieht den
Menschen nur auf den Hutdeckel. Die Stadtleut' sind aber doch
pfiffig, sie bauen in die Luft hinein, da kostet's keinen Platz, da
spart man das Feld dabei. Ich laß' aber nicht nach am
Reinhard, bis er ein eigen Haus kauft, wo wir allein sind und
nicht so in einer Kasern'. Da guck, bloß da links können wir
noch ins Freie sehen, aber da liegen schon wieder mächtige
Grundmauern, übers Jahr haben wir nichts als Stein vor uns."

Bärbel, die früher, lange bevor Lorle geboren wurde, ein
halb Jahr in der Stadt gedient hatte, konnte die Ausstellungen
ihrer „Madam" in manchem berichtigen. — Lorle hätte gar zu
gern gewußt, wer denn die Leute seien, die mit ihr unter demselben Dach wohnen, wie ihre Haushaltung ist, wovon sie leben
und was sie treiben. Bärbel belehrte sie, daß das einmal in
der Stadt so sei; da habe jedes seinen abgeschlossenen Haus-
gang und kümmere sich nichts um das andere. Lorle konnte
sich aber dabei nicht beruhigen, und sie klagte: „Ich möcht'
jetzt nur wissen, wovon der Seiler da drüben lebt; ich hab'
nicht gesehen, daß er seit gestern morgen was verkauft hat.
Und wenn ich über die Straß' geh' und da sitzen die Leut' in
so einem kleinen Läble, und es kauft ihnen niemand was ab,
und da möcht' ich wissen, wovon die jetzt heut zu Mittag essen
und noch so viel Menschen, die so herumlaufen, und man weiß
gar nicht, was sie thun."

„Guts Närrle, das kann man nicht wissen; daheim da
kann man jedem in seine Schüssel gucken, aber hier geht das
nicht, und du siehst ja, daß die Leut' doch leben, so laß sie
machen." So tröstete Bärbel.

Vom Hause gegenüber hörte man ein Mädchen fast den
ganzen Tag Klavier spielen und singen, nur bisweilen wurde
dieses Thun unterbrochen, indem ein Lockenkopf am Fenster
erschien, straßauf und straßab schaute. „Das muß eine schöne
Hausfrau geben," bemerkte Lorle einmal, „und die kann ja
Sonntags an der Musik gar kein' Freud' haben, wenn sie's so
die ganz' Woch' hat, und horch nur, wie sie sich gar nicht
schämt und bei offenen Fenstern singt, daß man's die ganze
Straß' hinab hört; wie das nur die Eltern zugeben!"

Wenn Reinhard nach Hause kam, war er meist liebevoll
und zärtlich. Je tiefer er in das Getriebe der Staatsmaschine
und des Staatsdienerlebens hineinschaute, je mehr er die Be-
engungen erkannte, die es ihm auferlegte, daß ihm der Kopf
brauste, um so mehr erfaßte er den stillen Frieden, der in der

Luft seiner Häuslichkeit schwebte; er sog ihn in vollen Zügen ein und wollte sich ihn stets erhalten; für ihn hatte er ja die Freiheit seines Seins geopfert. Wenn er bisweilen gedankenvoll und betrübt drein sah und Lorle ihn um die Ursache fragte, antwortete er: „Gutes Kind; du sollst und wirst nie erfahren, wie wirr und kraus es in der Welt hergeht. Du mußt mich nicht immer fragen, wenn ich so in Gedanken bin; es geht mir vielerlei im Kopf herum. Sei jetzt nur heiter, sei froh, daß du vieles nicht weißt."

„Was du meinst, daß ich nicht wissen soll, das will ich nimmer fragen," entgegnete Lorle.

Auf den Gängen durch die Stadt und vor den Thoren begleitete der Kollaborator fast immer das junge Ehepaar. Lorle tastete noch immer an der ihr fremden Welt herum und konnte die rechten Handhaben nicht finden.

„Ich weiß nicht," sagte sie einmal, „mir kommen die Leut' in der Stadt gar nicht so lustig vor wie daheim; wenn's nicht einmal ein Schusterjung ist, sonst pfeifen und singen die Leut' gar nicht, wenn sie über die Straß' gehen, es ist alles so still, als wenn sie stumm wären."

Der Kollaborator gab ihr vollkommen recht und sagte: „Die Leute bilden sich ein, sie hätten Gedanken statt Gesang, es ist aber nicht wahr." Reinhard dagegen suchte Lorle klar zu machen, daß solche Ungezwungenheit in der Stadt nicht möglich sei; er knüpfte hieran eine weit abgehende Auseinandersetzung, daß das wahre gesunde Wesen in solcher Beschränkung nicht zu Grunde gehe, sondern sich in sich erkräftige. Der Kollaborator durchkreuzte solche Darlegungen durch schneidende Entgegnungen, und hier zeigte sich ein oft wiederkehrendes Zerwürfnis zwischen den beiden Freunden, unter dem zunächst Lorle leiden mußte. Wollte Reinhard seiner Frau Achtung vor der Bildung ein= flößen, sie zur Bewunderung und Nacheiferung solcher Zustände anleiten, von denen sie bisher keine Ahnung gehabt hatte, so suchte der Kollaborator alles in die Luft zu sprengen; denn es entwickelte sich bei ihm immer mehr die Ansicht, die er in seinem Unmute auch bisweilen geradezu aussprach: „Wir haben uns mit unserer ganzen Zivilisation in eine Sackgasse verrannt."

Lorle, die zwischen den Streitenden ging, gewann wenig Frucht aus diesen Erörterungen.

Einst bemerkte sie: „Ich mein', die Hunde bellen in der Stadt viel weniger als bei uns im Dorf; es ist wohl, weil sie mehr an die Menschen gewöhnt sind." Da lachte der Kolla= borator und sagte: „Deine Frau hat die tiefste Symbolik." —

Lorle, die nun schon Mut hatte und sich durch ein fremdes Wort nicht mehr verblüffen ließ wie damals zu Hause, sagte jetzt: „Ihr müsset nicht so g'studiert reden, wenn es mich angeht." Der Kollaborator erklärte nun, wie deutungsreich ihr Ausspruch war, und suchte seine ganze Verachtung dieses Lebens nachdrücklich geltend zu machen. Lorle erwiderte nur, sie hätte nicht geglaubt, daß er so grimmig bös sein könne. —

Als sie einst klagte, daß durch die neue Kanzlei ihrem Hause gegenüber die Aussicht ins Freie verbaut würde, wußte der Kollaborator auch dies sinnbildlich zu deuten. Lorle verstand den Kollaborator besser, als er glaubte, aber sie war doch ärgerlich, daß er ihr alle Worte im Munde verdrehe und immer etwas anderes daraus mache, als sie gewollt hatte. Einmal nach mehrtägigem, anhaltendem Regen gingen sie durch die Promenade; da sagte Lorle: „Es ist doch viel schöner in der Stadt, da braucht man die Wege nicht erst durch die Hecken treten, da sind überall Wege ausgehauen und werden schnell wieder gangbar." —

Der Kollaborator behielt diesmal seine symbolische Deutungslust für sich. War sie ihm etwa nicht genehm? . . .

Reinhard empfand nun erst recht die Wonne der Häuslichkeit, indem er wieder rüstig zu arbeiten begann. Arbeit macht selbst einsame fremde Räume zu heimisch trauten, und wie nun gar die gemeinsam bewohnte eigene Heimat! In dem kleinen Stübchen gegen Norden, das er sich zur einstweiligen Werkstatt eingerichtet hatte, ging er an die Vollendung des Bildes: „Das neue Lied," das er schon im Dorfe begonnen hatte.

Lorle war oft bei ihm, denn er hatte ihr gesagt: „Ich bitte dich, komm oft zu mir, wenn ich arbeite; ich thue alles besser und lieber, wenn du da bist. Wenn ich auch nichts mit dir rede, wenn ich auch deiner scheinbar nicht bedarf, du bist mir wie angenehme Musik im Zimmer; es thut sich alles besser dabei."

Als er nach vollbrachter Tagesarbeit bei ihr in der Stube saß, sagte er einmal: „Stricke und nähe nicht, arbeite nicht, gar nichts, wenn du bei mir bist; es ist mir, als wärest du nicht allein, nicht ausschließlich bei mir, als wäre noch ein Drittes bei uns Zweien, als wärest du nur halb bei mir."

„Hab' dich schon verstanden, brauchst's nicht so um und um wenden," entgegnete Lorle und legte das Strickzeug weg, „aber die Händ' da, die wollen was zu thun haben, und da muß ich dich halt beim Busch nehmen und zausen." Sie vollführte dies auch, schüttelte ihm den Kopf mit beiden Händen und gab ihm dann einen herzhaften Kuß.

Das war ein liebewarmes häusliches Winterleben.

Auch an kleinen Neckereien fehlte es nicht. Lorle hatte die Scheuersucht der Frauen in ungewöhnlichem Grade; die Stubenböden waren jetzt ihre Aecker, sie konnten nicht umgepflügt, aber doch sattsam aufgewaschen werden. Reinhard mahnte oft und oft zur Mäßigung, aber vergebens. Als er einmal unversehens nach Hause kam und richtig in kein trockenes Zimmer konnte, faßte er Lorle am Arm und tanzte mit ihr in der Stube herum, indem er sang:

> „In Schnitzelputzhäusel, da geht es gar toll,
> Da trinken sich Tisch' und Bänke voll,
> Pantoffel unter dem Bette."

Auch außer dem Hause wollte Reinhard seiner Frau das neue Leben eröffnen, er führte sie ins Konzert. Der Kollaborator unterhielt sie hier sehr eifrig, sie kannte sonst niemand. Nach einer Beethovenschen Symphonie fragte er einmal: „Nun sagen Sie mir ehrlich, wäre Ihnen ein schöner Walzer nicht lieber?"

Lorle antwortete: „Aufrichtig gestanden, ja."

Der Kollaborator kam freudestrahlend zu Reinhard und sagte: „Du hast eine herrliche, einzige Frau, sie hat noch den Mut, offen zu gestehen, daß sie sich bei Beethoven langweilt."

Reinhard kniff die Lippen zusammen, zu Hause aber sagte er ruhig zu Lorle: „Du mußt dich vom Kollaborator nicht irre machen lassen, der hat sich an den Büchern übergessen. Du mußt nie über etwas lachen oder aburteilen, wenn du's noch nicht ganz begreifst. Es gibt nicht nur eine Musik, nach der sich unsere Körper bewegen, es gibt auch eine solche, wo wir unsere Seele in Trauer und Lust emporsteigen und sinken und sich wiegen lassen, über alles erhoben — die Seele ganz frei und allein. Ich kann dir's nicht erklären, du wirst es schon finden; aber Respekt muß man vor Sachen haben, an welche so viele große Männer ihr ganzes Leben gesetzt. Hab' du nur die Achtung, und du wirst die Sache auch schon bekommen."

Lorle versprach, sich recht zusammenzunehmen.

Im letzten Winterkonzerte, als der Kollaborator nach einem Musikstücke fragte, was sie jetzt gedacht habe, sagte sie: „An alles, und ich weiß doch nicht. Wenn so die Flöten und Trompeten und Geigen miteinander reden und einander anrufen und nachher alle zusammen sprechen, da ist's doch, wie wenn andere als Menschen reden, und da thut's einem so wohl, an alles zu

denken, so geruhig; es ist, wie wenn die Gedanken auf lauter
Musik spazieren gingen, hin und her."

Der Kollaborator murrte in sich hinein: „O weh! die wird
nun auch gebildet."

Am Theater, wohin Reinhard sie in der ersten Zeit einige=
mal führte, fand Lorle keine nachhaltige Freude; die lustigen
Stücke kamen ihr gar zu närrisch vor, und bei den kreuzweis
gekörperten Intriguenstücken war's ihr zu Mute wie in einem
Wirbelwind, der von allen Seiten reißt und zerrt, so daß man
sich gewaltig zusammennehmen muß. Von zwei Stücken redete
sie aber noch lange. Das eine war die Stumme von Portici.
Es kam ihr grausam vor, daß die Hauptperson stumm ist und
die andern alle singen; auch meinte sie, es sei schon hart genug,
wenn ein Mädchen betrogen wird, es brauche keine Stumme zu
sein. Daß die Fischer, nachdem sie einige Soldaten nieder=
gemacht, unmittelbar vor dem Ausbruch der Revolution nieder=
knieten und beteten, kam ihr recht brav vor, aber sie hatte gräß=
liche Angst, es kommen jetzt andere Soldaten und schießen sie
alle nieder. An Schillers Tell hatte sie volle Freude. In der
versteckten Loge, wohin Reinhard sie immer führte, gab sie ihm
während der ganzen Vorstellung kaum eine Antwort; sie sah ihn
oft still an, mit der Hand begütigend, als dürfe man etwas nicht
wecken. Auf dem Heimwege sagte sie: „So wie der Tell, so
wär' mein Vater in seinen jungen Jahren gewiß auch gewesen."

Reinhard nahm ihr das Versprechen ab, über derartige
Dinge mit niemand anderem als mit ihm zu reden.

Lorle nahm die ganze Welt um sich her keineswegs als eine
gegebene hin; gerade weil ihr die Ueberlieferungen mangelten,
worauf sich so vieles stützt, erschien ihr alles, als ob es erst
heute und für sie entstünde; sie schmälzte und salzte nach ihrer
eigenen Zunge.

Reinhard unterließ es jedoch bald, Lorle in die Bildungs=
und Kunstsphären einzuführen, und sie hatte auch nie Sehnsucht
darnach; war's ihr nicht vor die Augen gerückt, war's für sie
nicht da. Reinhard sah sich nun selbst mitten im Strudel einer
ihm wesentlich neuen Welt, er trat in die sich vorzugsweise so
nennende „Gesellschaft", in der alles, was nicht dazu gehört,
als zusammengelaufenes, höchstens erbarmungswürdiges Volk gilt.
Bei der eigenen Unfruchtbarkeit der Gesellschaft an erfrischenden
Elementen ward Reinhard ihr Adoptivkind. In der ersten Zeit
betrachtete er das Frequentieren der Salons — eine Phrase, mit
welcher die kleine Residenz aufputzte — als einen Teil seiner
Amtspflichten; es kam ihm nicht in den Sinn, wie traurig es

sei, daß Lorle so allein zu Hause sitze; da waren ja noch so
viele andere, die sich mit einer Bürgerlichen und nicht wie er,
nun gar mit einem Bauernmädchen „mesalliiert" hatten, und
sie mußten sich's alle gefallen lassen, hier als ledige Burschen
zu gelten.

Anfänglich war es Reinhard oft, wie wenn man aus freiem
Felde in ein dumpfes Gemach tritt; die darinnen waren, wissen
nichts von der gepreßten Luft, aber dem Eintretenden beengt sie
die Brust. Bald jedoch bewegte er sich in diesem Treiben wie
in seiner eigenen Welt. Zwei Umstände förderten dies mit besonderer Raschheit. Der außerordentliche Landtag war einberufen.
Der Prinz hatte mit Reinhard oft den Plan durchsprochen, daß
man in dem neuen Palais die Bel-Etage des Mittelbaues mit
den schönsten Gegenden des Landes zieren müsse, die Reinhard
al fresco malen sollte: in dem Fries sollten die eigentümlichen
Volkssitten durch Figuren in den verschiedenen Volkstrachten
dargestellt werden. Reinhard ward voll Seligkeit, ein solches
Werk ausführen zu können, das als Erfüllung eines Lebens
gelten durfte; er stellte das Bild „das neue Lied" zur Seite
und machte allerlei Entwürfe. Die Vorlegung derselben gab
reichen Unterhaltungsstoff, und Reinhard ward dadurch vielfach
Mittelpunkt der Gesellschaft. Nun aber ergab sich, daß die
Landstände mit großer Mehrheit nicht nur die Gelder zum Bau des
neuen Palais, sondern auch für die Galerie verweigerten, weil die
Not des Landes so groß sei, daß sie keine derartigen Ausgaben
gestatte. Mit einer Mehrheit von bloß zwei Stimmen wurde
hierauf die angesetzte Summe zur Einrichtung der Zimmer über
dem Marstall für die Galerie und der Gehalt Reinhards be-
willigt. Dagegen nahm die Regierung Rache und verweigerte
eine Aufbesserung der Volksschullehrergehalte, die auf dem vorigen
Landtag schon beantragt war.

Ein tiefer Mißmut setzte sich infolge der ersten Behinde-
rungen in Reinhard fest, zu dem er noch die Ueberzeugung ge-
sellte, daß das ständische Wesen alle Kunst vernichte, diese daher
nur in dem monarchischen Prinzip einen Halt habe. Reinhard
hatte bisher ohne politische Ansicht gelebt, nun war sie ihm geworden. Aus diesen Gründen fühlte er sich heimischer in der
„Gesellschaft"; aber noch ein bedeutsames Motiv kam dazu.

Die junge Gräfin Mathilde von Felseneck, eine reizende
und vielbesprochene neue Erscheinung, schloß sich an Reinhard
auf besonders zuvorkommende Weise an; sie trat jetzt zum erstenmal in „die Welt", sie war einsam auf dem väterlichen Schlosse
aufgewachsen; denn ihr Vater, der die Tochter seines Rentamt-

manns geheiratet hatte, lebte seit zwanzig Jahren fern vom
Hofe und von seinen Standesgenossen. Erst jetzt, seit dem Tode
der Mutter, ward ihm Versöhnung; das Kind wurde willig auf=
genommen, zumal es eine blühende reiche Erbin war, von der
man mit Zuversicht erwartete, daß sie den Fehler ihrer Ab=
stammung durch eine standesgemäße Ehe ausgleichen werde.
Gräfin Mathilde, die das Schicksal ihrer Mutter im Herzen trug,
betrachtete sich in diesem Kreise nur als Geduldete, als Bürger=
liche; sie fühlte sich zu Reinhard hingezogen, wie man im fernen
Lande unter Fremden einen Heimatgenossen begrüßt; dazu ward
sie mächtig angesprochen von dem freien und doch so sichern
Benehmen Reinhards, der keine der Gesellschaftsformen verletzte,
sie aber doch, nur dem aufmerksamen Blicke sichtbar, mit einem
gewissen leichten Uebermute behandelte; namentlich bemerkte sie
dies dem Comte de Foulard gegenüber, der die Etikette mit
einer gewissen priesterlichen Andacht wie ein hochheiliges My=
sterium verwaltete. In der That zwang dieses ausgeprägte und
feststehende Formenleben Reinhard nur eine kurze Weile eine
gewisse Achtung ab, dann überließ er sich der freien Gebarung
seines Wesens.

Eines Abends, als man sich eben an verschiedenen kleinen
Tischen niederließ und die Bedientenschar mit märchenhafter
Schnelle alles ordnete und auftrug, sagte der Comte de Foulard
zu Reinhard: „Die Gräfin von Felleneck hat sich sehr geistreich
über Ihre heute vorgelegten Zeichnungen ausgesprochen; sie be=
merkte: die Künstler haben nicht nur in ihrer Schöpferkraft etwas
Gottähnliches, indem sie den vorhandenen Reichtum der Welt
vermehren, sie müssen auch etwas von der göttlichen Geduld
haben, ruhig über ihre Werke Kluges und Unkluges auskramen
lassen." Reinhard wendete sich unwillkürlich nach dem Mädchen
um, das an einem andern Tische saß.

„Wenn Sie meiner Cousine vorgestellt sein wollen, bin ich
bereit," sagte ein schmucker Gardeoffizier, der neben Reinhard
saß. Das Erbieten wurde mit Dank angenommen.

Von diesem Abend an gestaltete sich ein eigentümliches Ver=
hältnis zwischen Reinhard und Mathilde. Wenn sie sich bei
Hofe oder in den Salons trafen, kam eine gewisse ruhige Sicher=
heit über sie; so förmlich auch ihr beiderseitiger Gruß war, es
lag etwas Zutrauliches darin, als hätten sie sich ohne Ver=
abredung hier ein Stelldichein gegeben. Sie hatten beide die
Empfindung, als ob das eine mit schützender und vorsorgender
Hand dem andern diese Stunden zu genußreichen bereiten müsse;
jedes hegte gewissermaßen die Verantwortlichkeit für einen Miß=

griff oder ein Mißgeschick des andern in sich. Wenn Reinhard von seinem Gönner, dem Comte de Foulard, mit einem Kunst= gespräche in einer Nische festgenagelt wurde, empfand Mathilde die höchste Langeweile für ihn und merkte kaum auf die Artig= keiten und Aufmerksamkeiten, die sie umgaben; wenn dann die Gräfin Mathilde singen mußte, bebte Reinhard für sie; war die Reihenfolge ihrer Lieder eine unpassende, so machte er sich selbst Vorwürfe. Bald waren sie dann oft, in der gemessensten Hal= tung einander gegenüberstehend, in die launigsten Gespräche ver= wickelt. Nie lobte Reinhard den so seelenvollen Gesang Mathil= dens, er sprach nur bisweilen über die Schönheiten der Dichtung und Komposition; sie mochte daraus erkennen, wie sehr sie ihm zu Herzen gesungen hatte.

Der Vetter Arthur hatte verrathen, daß Mathilde „wald= frische Volkslieder" singen könne, und nun mußte sie, da der Prinz persönlich darum bat, eines derselben vortragen. Sie stand eine Weile an dem Piano und hielt sich krampfhaft an demselben, um Ruhe zu gewinnen; dann stimmte sie in kecken Tönen ein Jodellied aus den Bergen an, so hell und froh wie die Lerche, die mit taufeuchter Schwinge hineinjauchzt in das Morgenrot. Heute zum erstenmal lobte Reinhard ihren Gesang, Mathilde aber war betrübt; sie klagte, daß es ihr vorkäme, als ob sie das heilige Geheimnis ihrer Heimatberge verraten und profaniert habe; sie glaube, daß ihr dieses Lied entweiht sei, weil sie es hier unter Kerzenschimmer und ausgebälgten Uniformen als Kuriosität preisgegeben. Reinhard widersprach ihr und er= klärte, daß das wahrhaft Heilige, was wir in der Tiefe der Seele hegen, unberührt und unverletzt durch die ganze Welt schreite, daß das, was gestört oder gar zerstört werden kann, in sich und für uns keine rechte Wahrheit hatte. Mathilde war beruhigter.

Oft wollte sie auch, daß Reinhard ihr viel von seiner Frau erzählte; sie hegte offenbar den Wunsch, Lorle kennen zu lernen, aber Reinhard war in seinen Mitteilungen kurz und lehnte jenes nicht ausgesprochene Ansinnen, ohne es entschieden zu bezeichnen, mit Bestimmtheit ab; er sah darin doch mehr eine bloße Neu= gier und fürchtete zugleich, daß sich Lorle nicht, wie er wünschte, benehmen möchte.

Der Graf lud Reinhard auf Veranlassung seiner Tochter zu sich ins Haus, und Mathilde, die in Gesellschaft immer etwas Schmerzliches, Empfindsames hatte, war hier das heiterste Kind, voll sprudelnder Jugendlust; sie sang und spielte mit Fertigkeit und Geist, und ihre Zeichnungen verrieten ein ungewöhnliches

Talent. Alle Blüten der edelsten Bildung standen hier in schöner
Entfaltung, und wenn Reinhard etwas Derartiges bemerkte, sah
Mathilde mit andächtiger Hoheit auf und sagte: „Sie hätten
meine selige Mutter kennen sollen." — Bisweilen sangen sie
auch gemeinsam scherzhafte und schwermütige Volkslieder; von
solchen wohlgebildeten Stimmen vorgetragen, hatten diese Töne
noch eine ganz besondere Macht.

Wenn nun Reinhard aus der Gesellschaft nach Hause kam,
regte sich oft der alte böse Blutstropfen in ihm; seine Häuslichkeit kam ihm so eng, so kleinbürgerlich vor. Drückte dann Lorle
mit kindlichem Stottern ihre Gedanken und Empfindungen aus,
so hörte er selten darauf und gab sich noch seltener die Mühe,
sie zu ergänzen und zu berichtigen; er war es müde, das Abc
der Bildung vorzubuchstabieren. Auch fiel ihm jetzt eine eigentümliche Ungrazie Lorles auf: die Hastigkeit und Kräftigkeit
ihres Gebarens war nun unschön; sie faßte ein Glas, das
Leichteste, was sie zu nehmen hatte, nicht mit den Fingern,
sondern mit der ganzen Hand, ihre Bewegungen hatten in den
Stadtkleidern eine auffallende Derbheit, sie trat immer stark mit
den Fersen auf, und er bat sie einmal, den schwebenden und
sich wiegenden Gang auf den Zehen anzunehmen.

Lorle entgegnete: „Just alles brauch' ich nicht erst zu
lernen, ich hab' schon laufen können, wie ich noch kein Jahr alt
gewesen bin."

Zu den übrigen Residenzbewohnern hatte Reinhard keine
Beziehung, und er erfuhr erst spät, daß ihn viele den „Zivilkavalier" nannten und sich damit erhaben dünkten, während sie
doch selber die fürstliche Gnadenprobe vielleicht nicht besser bestanden hätten. Zu den wenigen Künstlern der Stadt war
Reinhard in eine schiefe Stellung geraten; er war so ohne alle
Vorbereitung zu seinem Amte gelangt: die einen glaubten in
der That, daß ihm dies nur durch Winkelzüge gelungen sei, die
andern verleitete Neid und Bitterkeit zu ungerechter Beurteilung
Reinhards und seiner Leistungen.

So hatte er außer der Hofgesellschaft nur den Kollaborator,
aber auch dieser zürnte ihm; er sprach offen seinen Grundsatz
aus: „Kein Ehrenmann darf von der innerlich angefaulten
Societät mit sich eine Ausnahme machen lassen, so lange sich
dort nur noch eine Spur von Exklusivem findet."

Der Kollaborator zürnte mit Reinhard doppelt, weil dieser
mit Lorle, dem frischen Naturkinde, kunstgärtnere. Das that
ihm wehe, aus persönlichen wie aus allgemeinen Gründen. Er
erkannte leicht im Kleinen und Vereinzelten ein allgemeines, ja

ein weltgeſchichtliches Geſetz. Lorle war ihm ein Typus des
Urmenſchlichen, des urſprünglich Vollkommenen, an ſich Voller=
deten, unberührt von den Zwieſpältigkeiten der Geſchichte und
der Bildung; es deuchte ihn eine Verſündigung, ſie durch alle
die Labyrinthe zu quälen, ohne ſicher zu ſein, daß ſie den jen=
ſeitigen Ausgang finde, der wiederum zur freien Natur führt —
ſie ſtand ja von ſelber darin, Anfang und Ende ſind hier eins.
Er behauptete, daß die Menſchen zu allen Zeiten das urſprüng=
lich Vollkommene, was ihnen in einem Menſchen nahe tritt,
martern und kreuzigen und zu Tode quälen, weil das Daſein
des abſolut Vollkommenen, des Urmenſchen, der nichts will und
nichts hat von dem ganzen Tröbel, den die Menſchheit nach=
ſchleppt, dieſer ein Greuel ſein muß. Und doch muß die Ge=
ſchichte von Zeit zu Zeit wiederum erfriſcht und begonnen
werden von ſolchen erſten Menſchen, die aus dem Urquell
des Lebens vollendet erſtehen.

Der Kollaborator wußte wohl, daß Lorle ſolchen höchſten
Ideale nicht entſpreche, aber er hatte eine faſt abgöttiſche Ver=
ehrung für die Urtümlichkeit ihres Weſens, gegenüber dem Un=
fertigen, Ringenden und Halben der Zivilifation, ihm hatte der
vielverbrauchte Ausdruck, daß ſie ein Kind der Natur ſei,
eine tiefere Bedeutung: er erfand dieſe Bezeichnung wiederum
für ſie.

Reinhard beſtrebte ſich, Lorle und Leopoldine miteinander
zu befreunden, er brachte ſie oft zu dieſer; Lorle war's aber
immer unheimlich. Leopoldine hatte die überfließende Rede=
fertigkeit einer Ladenfrau, ſie konnte alles, was ſie im Sinn
hatte, ohne Scheu aufzeigen, wie ehedem ihre Haubenmuſter;
dabei hatte die Vielgeprüfte etwas Entſchloſſenes, das ſie nament=
lich ihrem Bruder gegenüber in einer Weiſe geltend machte, daß
es Lorle in der nunmehrigen Zaghaftigkeit ihres Gemütes wie
Schärfe und Härte erſchien.

Ueber eine Bemerkung Lorles freute ſich Reinhard einſt über=
mäßig; ſie gingen von Leopoldine weg, und Lorle ſagte: „Ach,
was ſchöne Blumen hat die, und ſo im Winter.“

„Du ſollſt auch ſolche haben.“

„Nein, ich mag nicht, ich mein', ich könnt' und ich dürft'
mich nicht ſo freuen, wenn's wieder Frühjahr wird, weil ich ſo
gezwungene Blumen vorher in der Stub' gehabt hab', eh' ſie
draußen ſind. Laß mich lieber warten.“

Reinhard war von dieſer Aeußerung ſo entzückt, daß er
wieder einen ganzen Tag der Liebevolle von ehedem war.

An den vielen kleinen Sächelchen auf dem Nipptiſch Leopol=

dinens freute sich einst Lorle wie ein Kind; als ihr Reinhard
versprach, auch solche Sachen zu kaufen, sagte sie: „Nein, ich
möcht' lieber was Lebiges haben; wenn wir einen Stall hätten,
möcht' ich eine Geiß oder ein paar Schweinchen haben, oder in
meiner Stub' Turteltauben oder einen Vogel.“

Am andern Tage nahm Reinhard die Bärbel mit, als er
ausging, und brachte einen Kanarienvogel in schönem Käfig und
Goldfischchen in einem Glase. Lorle war voll Freude, und Reinhard erkannte aufs neue, wie leicht dieses anspruchslose Wesen
zu beglücken war.

Eines Abends, als Reinhard zum Maskenball beim Minister
der Auswärtigen geladen war, ging Lorle in die Theevisite zu
Leopoldinen. Auf dem Wege sagte sie zur begleitenden Bärbel:
„Ich wollt', ich könnt' bei dir daheim bleiben; ich komm' mir
oft vor wie ein Waisenkind, das unter fremden Leuten herum-
geschubt wird.“ —

Die Bärbel tröstete, so gut sie konnte.

Lorle trat zitternd in die Stube. Die Frau Professorin
Reinhard, die Kammersängerin Büsching, Frau Oberreviforin
Müller, Frau Handschuhfabrikantin Frank; so stellte Leopoldine
die Anwesenden vor. Die Frau Oberreviforin warf stolz den
Kopf zurück, ihr gebührte es, vor der pensionierten Kammersängerin
vorgestellt zu werden. Die alte Sängerin unterhielt sich schnell
mit Lorle, und bald war sie auf ihrem Lieblingskapitel, indem
sie von ihren ehemaligen Triumphen erzählte und daß sie die
erste hier in der Stadt war, die die Emmeline in der Schweizer-
familie gesungen. Ihre Bemerkung gegen Lorle, daß sie auch
Volkslieder sehr liebe, wurde schnell verdeckt, denn nun öffneten
sich die Schleusen der Unterhaltung, und alles auf einmal sprach
vom Theater, d. h. von dem Haushalt der Schauspieler und
Sänger und ihren Liebesbeziehungen. Unversehens lenkte sich
das Gespräch auf den heutigen Maskenball. Die Frau Handschuhfabrikantin (deren ganzes Personal, aus dem Ehepaar und
einem Lehrling bestehend, Leopoldine zur Fabrik erhoben hatte)
konnte die intimsten Nachrichten davon preisgeben; sie klagte
nur, daß, wenn die Fremden, die Engländer, nicht wären, man
wenig Handschuhe mehr verkaufte; sonst habe „ein nobler Herr“
zwei bis drei Paar an einem Abende verbraucht, jetzt zögen
selbst die Gardeoffiziere, die doch von Adel sind, nur bei den
ersten Touren frische Handschuhe an und ersetzten sie dann unversehens durch alte.

Die Frau Oberreviforin sagte: „Ich würde mich schämen,
mich um solche Dinge zu bekümmern.“

Nun brach der Zorn der Handschuhfabrikantin los, und sie bemerkte, es gebe viele Handwerksleute, die mehr verdienten als die Angestellten; man wisse wohl, da sei's oft außen fix und innen nix. Leopoldine, die den unverzeihlichen Mißgriff gemacht hatte, eine solche gemischte Gesellschaft zu laden, brachte die Sache schneller, als sie hoffen konnte, wieder ins Geleise durch die einfache Frage: ob wohl die Herrschaft bei dem heutigen Ball sein werde.

„Was ist das, die Herrschaft?" fragte Lorle. Alles sah sie erbarmungsreich an.

„Das ist der Hof, das ist die Herrschaft," erklärte man von allen Seiten.

Lorle aber entgegnete: „Warum denn Herrschaft? Mein' Herrschaft ist's nicht, ich bin kein Dienstbote, ich hab' meine eigene Haushaltung und ihr ja auch."

Kichernd und lachend erhob sich jedes himmelhoch über diese furchtbare Einfältigkeit; selbst die Frau Oberrevisorin konnte nicht umhin, der ihr vorgezogenen Kammersängerin etwas ins Ohr zu zischeln. Lorle atmete erst wieder frei auf, als der Kollaborator aus dem Bierhause kam und allerlei Scherze losließ.

„Mein' Lebtag geh' ich nimmer in so eine Gesellschaft," sagte Lorle auf dem Heimwege zu Bärbel.

Sie fühlte wohl die Erbärmlichkeit eines solchen Lebens, wo man, statt an eigener gesunder Kost sich zu erfreuen, nach den Brosamen und dem Abhub der vornehmen Welt hascht.

Während dieses Abends mußte Reinhard viele ergötzliche Neckereien bestehen; er wurde stets von zwei Masken gehänselt, die ganz in derselben Bauerntracht gingen wie einst Lorle. An= fangs war er erschrocken, denn beide Masken sprachen vollkommen den Dialekt; erst beim Entlarven konnte er in der einen die Gräfin Mathilde und in der andern ihre Gesellschafterin, ein armes adeliges Fräulein, erkennen.

Als Lorle ihm am andern Morgen die Ereignisse des gestri= gen Abends erzählte, hörte er ihr kaum zu; seine Gedanken tanzten noch auf dem Balle.

Dennoch blieb das Verhältnis zur Gräfin Mathilde ohne Fortschritt, fast auf demselben Punkte, auf dem es begonnen hatte; zumal da sie jetzt, nach Schluß der Saison, wieder mit ihrem Vater auf seine Güter zurückkehrte.

Vornehmes Leben, fürstliches Brot.

Lorle hatte ein vereinsamtes Leben, denn Reinhard war die meisten Abende außer dem Haus und trieb sich oft tagelang

auf den Hofjagden umher. Jetzt richtete er sich noch seine Werk=
statt in den obern Zimmern des Marstalls ein. Lorle war noch
nie dort gewesen.

Der Prinz hatte Reinhard beauftragt, eine Erinnerung an
die letzte Fuchsjagd zu malen; auf die Entgegnung Reinhards,
daß er sich nicht auf Jagdstücke verstehe, erhielt er die Antwort:
„Malen Sie nur ganz nach Ihrer Eingebung, ich lasse der Kunst
gern die vollste Freiheit.“

In unglaublich kurzer Zeit vollführte nun Reinhard ein
Werk, das er für sein bestes hielt; es war eine tiefe Wald=
einsamkeit, nur ein Fuchs saß ruhig auf seinem Baue unter den
alten knorrigen Stämmen und schaute sich klug um; es war der
Verstand des Waldes. Triumphierend ließ Reinhard das Bild
auf das Schloß tragen: es mißfiel allgemein. „Das ist ja bloß
eine Landschaft,“ hieß es, man hatte mindestens die Abbilder
der Hauptjäger und ihrer Hunde erwartet.

Das war also die „vollste Freiheit“ der Kunst, und doch
sollte nach Reinhards Ansicht das monarchische Prinzip ihre
einzige Stütze sein. Verstört und ingrimmig ging er umher.

Zu Hause war auch des Elendes genug, und gerade in seinem
Berufe hatte er die Erlösung gesucht. Er hatte ein gut Teil
jener Unabhängigkeit verloren, die in dem eigenen Bewußtsein
sich erhebt; seine gesellschaftliche Stellung verlangte notwendig
die Anerkennung als Künstler.

Die Bärbel kränkelte, und Lorle jammerte viel, daß sich die
Diensteifrige keine Ruhe gönne. Reinhard bemerkte einmal, die
Bärbel solle wieder heimkehren; da weinte Lorle so bitterlich,
daß er sie nur mit vieler Mühe beruhigen konnte. Er ließ Lorle
immer mehr für sich gewähren, und wenn er dann oft plötzlich
an ihr schulte, setzte sie ihm eine störrige Unnachgiebigkeit ent=
gegen. Sie war ihm demütig ergeben, so lang er sich ihr voll=
auf widmete, ihr ganzes Tagewerk war oft nur ein Warten auf
ihn, manche Arbeit kam ihr nur wie einstweilige Unterhaltung
bis zu seinem Wiederkommen vor; nun aber, weil er sonst wort=
karg und mürrisch war und fast nur sprach, wenn er etwas zu
tadeln und zu lehren hatte, hörte sie seine Auseinandersetzungen
an, ohne ein Wort zu erwidern. Reinhard fühlte sich dadurch
oft im Tiefsten unglücklich.

Die Bärbel erkannte mit schwerer Bekümmernis, wie so
bald das einige Leben der Eheleute sich schied; sie suchte Lorle
auf allerlei Weise zu beruhigen, und ihr Haupttrost war: „Es
wird schon alles besser gehen, wenn du einmal ein Kind hast.“

Da warf sich Lorle weinend an ihre Brust und sagte:

„Ich fürcht', ich fürcht', das wird nie geschehen; ich hab' mich versündigt, ich hab' ein Kind, das den Heiland vorstellt, auf den Schoß nehmen müssen, wie er mich damals abgemalt hat. Ich hab's nicht thun wollen, er hat's aber gewollt; Gott wird doch barmherzig sein und mir mein' Sünd' vergeben." —

Die Bärbel suchte ihr die schweren Gedanken auszureden, glaubte aber selbst mehr daran als die Unglückliche selber.

Als Reinhard einmal wieder auf einen ganzen Tag zur Jagd gegangen war, machte sich Lorle die heimliche Freude und half der Bärbel bei der Wäsche; beim Auswinden derselben drehte Lorle zuerst einen Ring, und die Bärbel versäumte nicht, den alten Waschweiberglauben anzubringen, daß Lorle sich eine Wiege drehe; Lorle spritzte nun der Bärbel einige Tropfen ins Gesicht und ging in die Stube.

Eine allerhöchste Laune brachte Lorle unversehens in Berührung mit dem Gesellschaftskreise Reinhards. Ungewöhnlich früh kam dieser eines Abends nach Hause und verkündete, daß der Prinz Lorle zu sprechen wünsche und daß sie daher andern Tages mit ihm auf die Galerie gehen müsse; daß man begierig war, das Urbild der Madonna zu sehen, verschwieg er wohlweislich.

„Ich mag aber nicht, ich hab' nichts beim Prinzen zu suchen," entgegnete Lorle.

„Ja, Kind, das geht nicht, einem fürstlichen Wunsche muß man gehorchen, sonst beleidigt man; da wird man nicht vorher gefragt, und ich hab's nun auch einmal versprochen."

„Wenn er noch eine Frau hätt', aber so zu einem ledigen Bursch', weil er's grad will!"

„Wie einfältig! Es ist vollkommen schicklich, ich geh' ja mit," sagte Reinhard heftig; Lorle sah auf, und schwere Thränen hingen in ihren Wimpern. Reinhard faßte ihre Hand und sagte: „Sei nicht bös, sei gut, glaub' mir, du verstehst das nicht, darum folge mir, du kannst's immer."

„Ja, ja, ich will's ja thun, aber ich darf doch auch was sagen. Wenn das so fortgeht, weiß ich gar nicht mehr, ob ich nicht närrisch bin, ich ... ich weiß gar nicht mehr, bin ich denn noch und was soll ich denn?"

Als ihr Reinhard Trost einsprach, entgegnete sie: „Gib jetzt du nur Fried', es ist alles gut, ja, ich bin zufrieden, sei du's nur auch; aber ich wollt', die ganz Welt ließ mich in Ruh, ich will ja auch nichts von ihr."

„Du bist mir doch nicht mehr bös?"

„Nein und zehnmal nein, ich thu' ja, was du willst, aber laß mich nur auch reden."

Reinhard ging nun in das Haus des Kollaborators und bat Leopoldine, am andern Morgen zu ihm zu kommen und Lorle für die Audienz vorzubereiten; dann schloß er sich dem Kollaborator an und ging mit ihm nach seinem ständigen Bierhause, wo in einem kleinen Stübchen mehrere jüngere Advokaten, Aerzte, Kaufleute und Techniker wohlgemut beisammen saßen, rauchten, tranken und plauderten. Anfangs war ein stummes Erstaunen, den „Zivilkavalier" in der Kneipe zu sehen; dann aber nahm das Gespräch seinen ungehinderten Verlauf. Die tiefsten Fragen von Welt und Zeit wurden hier mit einer Schärfe und Eindringlichkeit, mit einem Feuer verhandelt, daß Reinhard im stillen bemerken mußte, wie hier die frischeste Lebendigkeit herrschte, weil jeder bot, was ihn bewegte, weil man überhaupt nicht auf Unterhaltung ausging; es kam ihm vor, daß im glänzendsten Salon in einem Monat nicht so viel ursprünglicher Geist laut werde, als jetzt hier, in dem kleinen, spärlich erleuchteten Stübchen. Das Laute und die Derbheit mancher Formen war ihm wieder neu und fremd, denn er kam aus den Kreisen, wo man flüstert und lächelt und nicht streitet und lacht. An einem monarchischen Mittelpunkte fehlte es indes auch hier nicht, und seltsam genug war dies der Kollaborator; seine machtvolle Stimme und sein ausgebreitetes Wissen sicherten ihm diese Würde ohne alle Etikette. Reinhard blieb länger, als er gewollt hatte, er war wie in einer fremden Stadt: dort war ein Menschenkreis voll wirklicher und eingebildeter Interessen, der nie aus sich heraustrat und sich gebärdete, als ob er allein die Welt sei und so dem Geringfügigsten, einem Anreden oder Uebersehen, einem halben oder einem ganzen Lächeln eine Bedeutung beilegte. Und hier — hundert Schritte davon lebten Menschen aus einem andern Jahrhundert, die sich im Kampfe erhitzten, als ob sie vom Forum, aus der Volksversammlung kämen oder sich darauf vorbereiteten.

Wenn er an Lorle dachte, befiel ihn eine unerklärliche Angst; er meinte, es geschehe zu Hause ein großes Unglück, das Haus brenne ab, und jeden Augenblick müsse man die Sturmglocke hören; dennoch saß er wie festgebannt. Ahnte er vielleicht, in welchen schweren Gedanken Lorle in Schlaf gesunken war? Als er endlich nach Hause kam, atmete er leichter auf; da stand wie immer das Oellämpchen auf der Treppe; er ging leise in die Kammer. Lorle schlief ruhig, er betrachtete sie lange, sie sah so heilig aus in ihrem Schlafe, fast wie damals, als er

sie zum erstenmal auf der Laube wiedergesehen, nur lag jetzt
ein Zug des Schmerzes auf ihrem Antlitz, und ihre Lippen
zuckten öfters.

Ein Außerordentliches geschah. Reinhard war am andern
Morgen früher auf als Lorle, er hatte die Schlüssel gefunden
und legte nun die Kleider zurecht, die sie anziehen sollte. Als
er so über Kisten und Kasten kam, lobte er im stillen die
Ordnungsmäßigkeit seiner Frau; er freute sich auf ihren Dank
für seine Vorsorglichkeit und ging immer auf den Zehen umher;
es war ihm so leicht, als würde er getragen.

Als Lorle erwachte und die Kleider sah, rief sie: „Was
hast du gemacht? Ich bitt' dich um der tausend Gottswillen,
überlaß mir alles ganz allein. Denk' nur nicht immer, daß ich
gar nichts versteh'. Du hast mir gewiß alles untereinander
gerüstet. Ich bitt' dich, laß mich alles allein in Richtigkeit
bringen." —

In Reinhard wogte und brauste es, er hielt aber an sich
und ging in die Stube; dort stand er eine Weile, die Stirn
an die Fensterscheibe gedrückt, in tiefem, namenlosem Schmerz.
Schnell nahm er dann Hut und Stock und ging davon. Es
war ein frischer Morgen, im Schloßgarten blühten die Blumen
so schön, und die Vögel sangen so lustig, unbekümmert, in wessen
Garten sie sich so laut machten, und ob die Bäume, in deren
Zweigen sie saßen, einen Titel angehängt hatten oder nicht. Reinhard sah und hörte nichts; es kam ihm vor, als ob jemand
leibhaftig ihm das Wort aus Hebels Karfunkel ins Ohr geraunt
hätte: „Los, du buursch mi ... mittem Wibe hesch's nit troffe;"[1]
er suchte das Wort wegzubannen, aber es kam immer wieder
und sprach sich von selbst.

Als er heimgekehrt war, sagte er zu Lorle: „Wir wollen
gut sein."

„Ich bin ja nicht bös," entgegnete sie.

„Nun, es ist jetzt eins, ich bin gewiß viel schuld, aber
laß Friede sein."

Dieser war nun auch, bis Leopoldine kam. Sie half Lorle
ankleiden, lehrte sie einen Knicks machen, und wie man den Kron-
prinzen anreden müsse. Lorle schien zu allem willig; als aber
Leopoldine sich entfernt hatte, riß sie Haube und Chemisette
herunter und sagte: „Ich geh' nicht, ich geh' nicht, ich bin kein
Starmatz, und du läßt auch einen Narren aus mir machen,
und ich merk's wohl: wenn man mich dumm macht, und da

---

[1] Hör', du dauerst mich, mit dem Heiraten hast du's nicht getroffen.

werd' ich immer schlechter, und ich bin so jähzornig und so un=
geduldig ... Guter Gott! Was soll denn aus mir werden?"

Sie weinte laut auf. Reinhard sagte mit thränengepreßter
Stimme: „Nichts, du sollst nichts anderes werden, bleib du das
gute Kind."

„Ich bin kein Kind, das hab' ich dir schon hundertmal
gesagt. Jetzt will ich mich aber ordelich anziehen, und du wirst
sehen, ich mach' keinen Unschid."

Endlich gingen sie miteinander zur Galerie. Reinhard
wagte es kaum mehr, Lorle eine Verhaltungsregel zu geben.
Als sie nun hier zum erstenmal die Werkstatt Reinhards sah,
erschrak sie über die grausige Unordnung; sie wollte scheuern
und kehren, mußte aber der dringenden Bitte nachgeben, sich doch
ruhig zu verhalten und ihre glänzenden weißen Handschuhe zu
schonen. Vor Unruhe konnte sie keine Minute still sitzen, eine
fieberische Aufregung durchwogte sie, sie wollte sich nicht ver=
blüffen lassen, sondern dem Prinzen zeigen, daß sie auch nicht
auf den Kopf gefallen sei, und zugleich Reinhard beweisen, wie
sie mit jedem reden könne, sei er, wer er wolle. Mit Bangigkeit
bemerkte Reinhard diese Erregung, er ahnte die gewaltsame
Hast und Unruhe in Lorle, und daß sie diesem Ereignisse gegen=
über die Unbefangenheit und Harmlosigkeit ihres Wesens auf=
gegeben; aber er hatte die Zügel verloren, um dieses Naturell
zu halten, er konnte nichts thun, als um Ruhe bitten. Endlich
wurde der Prinz gemeldet, und man ging nach dem großen Salon.
Man mußte hier noch eine Weile warten, und dieses Kommen=
lassen, Warten, Melden und Wiederwarten machte Lorle doch etwas
bang; sie meinte, es müsse jetzt etwas ganz Besonderes vorgehen.

Der Prinz trat in Militärkleidung rasch ein, und auf die
sich verbeugende Lorle zu. In leutseligem Ton sagte er: „Seien
Sie willkommen, Frau Profefforin."

„Schön' Dank, Herr Prinz, Königliche Hoheit."

„Nun, wie gefällt es Ihnen bei uns in der Stadt?"

Lorle hatte, trotz der scharfen Blicke Reinhards, schnell ihre
Handschuhe abgestreift; sie mußte, daß sie so besser reden konnte,
und sie sagte: „Wo man verheiratet ist, da muß es einem ge=
fallen; es ist auch recht schön und sauber hier, aber so himmel=
hohe Häuser."

„Ich habe schon oft gedacht," begann der Prinz wieder,
„die Bauern sind doch die glücklichsten Menschen auf der Welt."

„Da hat der Herr Prinz Hoheit Unrecht, das ist nicht wahr;
man muß schaffen wie ein Taglöhner und Steuern zahlen mehr
als ein Baron, sagt mein Vater."

Reinhard stand wie auf Kohlen; das war unerhört, daß man einem Prinzen sagt: das ist nicht wahr.

Der Prinz fixierte Lorle lächelnd, dann lenkte er ab und sagte, auf die Madonna anspielend: „Ich habe Sie schon früher gesehen, Frau Professorin."

„Freilich, erinnert sich der Königliche Hoheit noch, wie wir klein gewesen sind? Er ist grad acht Wochen älter als ich, ich weiß seinen Geburtstag wohl, wir haben allemal an selbem Tag eine Bretzel in der Schul' kriegt. Weiß er noch, wie er durch unser Dorf kommen ist? Er hat dazumal lange blonde Locken gehabt und einen gestickten Kragen in Hohlfalten gelegt; damals haben wir uns daheim gesehen. Ach Gott! wir haben drei Wochen vorher von nichts anderem geredt und träumt als: der Prinz kommt durchs Dorf! Den Nachmittag vorher war kein' Schul' und an dem Tag erst recht nicht, und wie wir jetzt alle da gestanden sind mit Sträuß', und der Martin ist oben auf dem Turm, und wie der Prinz auf unser' Gemarkung kommt, da haben alle Glocken geläut't, und da hat man mit Böllern ge= schossen, und wir Kinder sind alle auf dem Platz in die Höh' gesprungen, und der Lehrer hat gerufen: still! ruhig! Und jetzt hat man bald gehört, wie die Kutsch' kommt, und da hab' ich aufpassen wollen, daß ich alles seh', da geht mir grad mein Schurzbändel auf; ich werd' aber noch fertig, und da kommt er und hält grad neben uns, und des Luzians Bäbi hat ein Ge= dicht an ihn hingesagt, und da haben wir Kinder alle: Vivat hoch! gerufen, und rrr! fort ist der Prinz und hat noch sein Käpple mit der Trobbel dran gelüpft, und da haben wir ihm unsere Sträuß' nachgeworfen, und da sind die Hofwagen kommen und sind über unsere Sträuß' weggefahren."

Der Prinz sagte mit sichtbarer Rührung: „Hätte ich da= mals gewußt, daß Sie da sind, ich wäre ausgestiegen; ich wollte, Sie wären dort meine Jugendgespielin gewesen."

„Ja, das wär' schon angangen. Ich hab' rechtschaffen Mitleid mit ihm gehabt, er hat doch auch ein arms Leben ge= habt, gar kein' Minut' für sich, 'naus in Wald oder ins Dorf. Wie er da auf der Saline blieben ist, da haben sich immer lauter große alte Leut' an ihn gehängt, und er ist kein' Minut' allein gewesen. Weiß der Hoheit denn auch, wie ein Baum im Wald aussieht, wo kein Kammerdiener dabei ist?"

Der Prinz drückte Lorle die Hand und sagte: „Sie sind ein vortreffliches Wesen. Ja, gute Frau, es ist eine schwere Jugend, die eines Fürsten."

„Nun, so arg ist's grad nicht, es muß sich doch ertragen

laſſen, man ſieht ihm juſt nichts an, daß es ihm ſo übel gangen iſt; aber ich hab' auch wegen dem Herr Prinz Hoheit Ohrfeigen kriegt, und es iſt mir alles im Angedenken blieben."

„Wie ſo das?"

„Wie der Hoheit auf der Saline blieben iſt, da bin ich mit meiner Bärbel auch 'nunter, und wir ſind draußen am Gitter geſtanden, und er iſt drinnen im Garten ſpazieren gangen, und da iſt ihm ſein Schnupftuch auf den Boden gefallen, und da iſt ein ſteinalter Mann mit weißen Haaren, von denen bei ihm, hingeſprungen und hat ihm's aufgehoben; und da hat die Bärbel geſagt: der wird auch in Grundsboden 'nein verdorben, und da hab' ich geſagt: wenn ich ein Prinz wär', ich thät' den ganzen Tag alles wegſchmeißen, daß mir's die alte Leut' mit denen Stern' auf der Bruſt aufheben müßten — und da hat mir die Bärbel ein paar tüchtige Ohrfeigen geben. Nun, mir hat's nichts geſchad't, und dem Herr Prinz Königliche Hoheit ſagt man auch viel Gutes nach."

„Sie machen mich glücklich, da Sie mir ſagen, daß meine Unterthanen gut von mir denken."

„Ich hätt's doch mein Lebtag nicht glaubt, daß ich ſo mit dem Prinz Hoheit reden könnt', und jetzt möcht' ich ihm doch auch noch was ſagen."

„Reden Sie nur frei und offen."

„Ja, guter himmliſcher Gott! Wenn ich's jetzt nur auch ſo recht ſagen könnt'. Der Prinz Hoheit ſollt's nur ſelber ſehen, wie ſchrecklich viel Not und Armut im Land iſt, und da mein' ich, da könnt' er helfen, und da müßt' er auch."

„Wie meinen nun Sie, daß geholfen werden ſoll?"

„Ja wie? das weiß ich nicht ſo, dafür iſt der Hoheit da und ſeine g'ſtudierten Herren; die müſſen's wiſſen und ein= geſchirren."

„Sie ſind eine kluge und brave Frau, es wäre zu wünſchen, daß alle in Ihrer Heimat Ihnen gleichen."

„Mein Vater ſagt: wenn man Hirnſteuer bezahlen müßt', da kämen wir auch nicht leer davon. Jetzt mach' der Hoheit nur, daß er auch bald eine ordeliche Frau kriegt; iſt's denn wahr, daß er bald heiratet?"

In der Pauſe, die nun eintrat, wechſelte Verlegenheit und heiteres Lächeln ſchnell im Antlitz Reinhards. Daß Lorle den Prinzen mit Er anredete, erkannte er als beirrende Folge der ihr eingeübten Titulaturen; das Letzte aber war nicht nur der ärgſte Verſtoß, daß man einen Fürſten irgend etwas fragt, da er vielleicht nicht antworten kann oder will, ſondern Lorle ſprach hier geradezu etwas aus, was man selbst in den höchsten Kreisen nur mit den vorsichtigsten diplomatischen Umschweifen zu berühren wagte, weil ein Korb in der Schwebe hing.

Der Prinz aber erwiderte: „Es kann wohl sein; wenn ich eine so nette, liebe Frau bekommen könnte, wie Sie sind."

„Das ist nichts," entgegnete Lorle, „das schickt sich nicht; mit einer verheirateten Frau darf man keine so Späß' machen. Ich weiß aber wohl, die großen Herren machen gern Spaß und Flattusen."

Schließlich beging nun Lorle den ärgsten Verstoß, denn sie verabschiedete sich, indem sie sagte: „Jetzt b'hüt Gott den Herr Prinz Hoheit, und er wird auch zu schaffen haben."

Eben als sie die Hand zum Abschied reichte, kam der Adjutant mit der Meldung, daß die Revue beginne; der Prinz und Reinhard geleiteten Lorle bis an die Thür.

„Herr Professor!" rief ersterer noch. Reinhard kehrte um und stand wie elektrisiert, als müßte jeder Nerv zuhören; der Prinz fuhr fort: „Kennen Sie den köstlichsten Kunstschatz, den wir auf der Galerie haben?"

„Welchen meinen Königliche Hoheit?"

„Ihr Naturschatz ist der größte."

Dieses hohe Witzwort verbreitete sich durch den Mund des Adjutanten in „den höchsten Kreisen", Lorle ward hierdurch einige Tage Gegenstand allgemeiner Besprechung.

Die Audienz vollendete aber auf eigentümliche Weise den inneren Bruch zwischen Reinhard und dem Hofe; es kränkte ihn, daß man nach der Hofweise diesen Besuch zu einer abgemessenen Zwischenstunde der Unterhaltung angesetzt, während er für ihn und seine Frau die innersten Lebensfragen aufgeregt hatte. Dies gestand er sich offen, keineswegs aber das, wie er nicht die Kraft gehabt, sein häusliches Heiligtum dem Hofe zu entziehen.

Bei Tische sagte Lorle: „Der Prinz ist doch lang' nicht so stolz wie unser Amtmann."

„Woher weißt du das? Du hast ihn ja gar nicht zu Wort kommen lassen."

„Es ist wahr, ich bin so ins Schwätzen 'neinkommen, ich hab' mich nachher auch darüber geärgert, aber es schad't doch nichts."

„Du mußt dich überhaupt mehr mäßigen."

„Ja, was soll ich denn machen?"

„Nicht überall gleich den Sack umkehren, mit Kraut und Rüben."

Lorle war still, sie glaubte ihren Fehl genugsam einge-

standen zu haben, den letzten Tadel meinte sie nicht zu ver=
dienen, da sie mit dieser Allgemeinheit überhaupt nichts an=
zufangen wußte.

Reinhard dagegen war voll Trauer, daß Lorle dieses Sich=
gehenlassen selbst fremden Menschen gegenüber nicht eindämmen
konnte; es kam ihm jetzt vor, daß sie weit mehr geplaudert habe,
als eigentlich der Fall war; es ärgerte ihn, daß jeder mit herab=
lassendem Wohlwollen diese Naivität beschauen und vielleicht be=
spötteln könne. Er ahnte, daß dieses offene, rückhaltslos zu=
trauliche Wesen notwendig der Dorfumgebung bedurfte, in der
fast niemand, mit dem man in Berührung tritt, ein Fremder ist,
wo die Thüren überall unverschlossen, wo man bei Nachbarn
und im ganzen Dorfe aus= und eingehen mag wie zu Hause,
wo man sich kennt, und zwar von Jugend auf mit all' den
Eigentümlichkeiten von Naturell und Schicksal. —

So leicht verblendet einmal eingerissenes Mißverständnis, daß
Reinhard, statt aus dem letzten Ereignisse Hochachtung vor der
unzerstörbaren Naturkraft seiner Frau zu gewinnen, darin eine
spröde, alle Bildungselemente abstoßende Halsstarrigkeit beklagte.

Lorle selber fühlte auch immer mehr, ohne sich's zur Klar=
heit bringen zu können, daß sie in einer fremden Welt war.
Das ganze Leben einer solchen anhangslos aus der Fremde in
die Stadt versetzten Frau ist durchaus auf ihre Häuslichkeit be=
schränkt, die ganze Welt um sie her geht sie nichts an; nur
eine allgemeine Bildung mag auch hier bestimmte Anknüpfungen
finden lassen, denn sie verbindet mit Menschen, die auf fernen
Bahnen wandelnd doch dieselben allgemeinen Lebenseindrücke,
dieselben Interessen in sich hegen. Lorle dünkte sich selber oft
erschreckend verstandesarm, ihr Scharfblick und ihre Klugheit
konnten sich nur offenbaren, wenn sie von Bekannten, von
Menschen sprechen konnte; daheim war sie viel klüger gewesen.
Notwendig und natürlich kam sie daher in Ermangelung der
gemeinsamen Bekannten oder der Allgemeinheiten dazu, daß sie
leicht von sich sprach oder ihre ganze Eigentümlichkeit offenbarte;
sie konnte nicht anders, sie mußte auch in der neuen Umgren=
zung sich frei walten lassen. —

Eine Lerche, gewohnt und geschaffen, hinanstrebend im
weiten Raum ihren Gesang erschallen zu lassen, lernt auch im
engen Käfig singen wie in der Freiheit, aber am Gitter stehend
bewegt sie ihre Flügel in leisem Zittern, während sie singt, und
nie wird sie zahm, jeder betrachtende und forschende Blick macht,
daß sie in wildem Aufruhr sich gegen die Umgitterung wirft
und stemmt; sie verstummt und will entfliehen.

So hatte das letzte Ereignis nach zwei Seiten hin vielleicht tödliche Keime angesetzt oder längst vorhandene dem Bewußtsein mehr geöffnet.

Nun aber war noch über ein sichtbar erschüttertes Leben zu wachen. Die Bärbel konnte endlich doch das Bett nicht verlassen. Lorle wußte und kannte von nun an nichts mehr als die Pflege der Getreuen; sie hatte auch die Freude, sie bald wieder genesen zu sehen. Der Arzt erklärte, daß es der Bärbel vielleicht an ermüdender Arbeit in freier Luft fehle, und Reinhard drang nun darauf, daß sie heimkehre; aber zur Freude Lorles erklärte die Bärbel, daß sie lieber sterben wolle, als Lorle verlassen. Bei der anderweit erregten Verstimmung ward nun für Reinhard seine Häuslichkeit immer weniger erquickend, er war es überdrüssig, ein Hauswesen zu haben, in dem alle Sorgfalt sich wesentlich auf die Dienstmagd bezog; Lorle durfte er nichts davon mitteilen, denn er war fest überzeugt, sie könne seine Stimmung nicht begreifen, sie werde ihn notwendig mißverstehen.

Die Bärbel sollte nun ärztlicher Verordnung gemäß oft spazieren gehen, Lorle begleitete sie bisweilen, nötigte sie aber auch, sich allein aufzumachen; in diesem Falle aber kam sie bald wieder zurück und sagte: „Ich kann nicht so herumlaufen, ja, wenn ich ein Kind zu tragen hätt', da ging's noch, aber so? Ich lauf' die Allee hinauf, wie wenn ich Wunder was schnell holen müßt', und da kehr' ich doch wieder leer um, und da schäm' ich mich." —

Als im Herbst die Blätter von den Bäumen fielen, sank die Bärbel wieder auf das Krankenlager, und nach wenig Tagen war sie tot.

Der Jammer und der Kummer Lorles war unbeschreiblich. Reinhard teilte ihren Schmerz, aber es ward ihm doch zu viel, daß die Klagen über die Verstorbene immer und immer wiederkehrten und kein Ende nehmen wollten; auch sollte er nun mithelfen und sorgen bei Mißhelligkeiten mit den neuen Dienstboten.

Ein trüber Winter kam heran. Reinhard wurde weniger in die „Gesellschaft" gezogen, er war keine neue Erscheinung mehr und noch dazu offenbar mißgestimmt. Was kümmert sich die Gesellschaft um ein betrübtes Dasein? Sie will nur die Heiterkeit, und sei sie auch eine erlogene. Und nun gar die vornehme Welt! Sie kennt die Menschen nur, da sie in Glück und Glanz stehen. Anfänglich verdroß Reinhard diese Zurücksetzung, dann aber war's ihm erwünscht, so vielfacher Störung

los zu sein; er blieb indes nicht zu Hause, sondern schloß sich
dem Kollaborator und dessen Kreis öfter an. Die beiden Freunde
durchsprachen oft den Plan zu einem satirischen Bilderwerk.
Reinhard entwarf treffliche Zeichnungen zu demselben, aber der
Kollaborator kam nie dazu, den Text zu schreiben. Wenn Rein=
hard nicht umhin konnte, dennoch eine der früheren Gesellschaften
zu besuchen, so machte er sich bald wieder davon und kam im
Ballanzuge in das raucherfüllte Bierstübchen, wo er bis spät
in die Nacht sitzen blieb und dann oft noch stundenlang mit
dem Kollaborator durch die menschenleeren Straßen wandelte.

Mit dem Prinzen stand Reinhard noch im alten Verhält=
nisse, er fehlte nie in den kleinen Zirkeln, die der junge Fürst
um sich versammelte; aber auch hier fand er Mißbehagen genug.

„Es ist erbärmlich,“ klagte er häufig dem Kollaborator
auf ihren nächtlichen Gängen, „ich kann mich oft vor Ingrimm
nicht halten, wenn ich sehe, welche Bedientenhaftigkeit gegen
Ausländer an unseren Höfen herrscht. Wir Eingebornen, wir
Deutschen, müssen Adelige oder ausnahmsweise Bürgerliche von
einer Auszeichnung des Talents sein, um bei Hof Eingang zu
finden; jeder englische Stiefelputzer aber ist hoffähig, weil er
eine weiße Halsbinde trägt und englisch spricht. Man muß
froh sein, wenn nicht dem Fremden zulieb alles den ganzen
Abend englisch quatscht. Diese Travellers haben recht, wenn
sie ganz Deutschland wie einen einzigen Lohnbedienten ansehen;
beginnen ja die Höfe mit Schändung der Nationalehre.“

Der Kollaborator erwiderte: „Laß doch die da drüben auf
ihrem drapierten, wurmstichigen Gerüste treiben, was sie wollen,
die Weltgeschichte kümmert sich nicht mehr darum; sie legt neue
Bahnen, und die besuchtesten Straßen werden leer stehen. Ich
bin kein Freund der Engländer, ich halte sie für die gottloseste
Nation auf Erden, trotz und infolge ihres steifen Kirchentums.
Jeder Engländer hat aber das Recht, sich bei uns als Adeliger
zu gebärden, die Geschichte seiner Nation ist die Geschichte
seiner Ahnen, die Größe seiner Nation ist die Größe jedes
Einzelnen, und wir, wir sind Privatmenschen, mit und ohne
Familienwappen.“

In solchen Gesprächen wandelten die Freunde oft bis tief
in die Nacht hinein; die Nachtwächter sahen staunend die sonder=
baren Schwärmer.

Immer vereinsamter ward Lorle; eine unnennbare Sehn=
sucht, ein Heimweh regte sich in ihr, aber sie kämpfte, es nicht
aufkommen zu lassen. Oft gedachte sie jener Stunde nach der
Hochzeit, wo sie Gott gelobt hatte, alles freudig über sich zu

nehmen, da ſie ſo unendlich beglückt war. Jetzt fühlte ſie, wie
ſchwer es iſt, um eine ſelige Stunde ein langes banges Leben
hinzukümmern; es gebrach ihr an Kraft zu ſolchem Opfer, weil
ſie fürchtete, daß ſie den andern, dem ſie es brachte, vielleicht
nicht damit beglücke. Sie geizte nach einem freundlichen Worte
Reinhards, ein kleines Lob von ihm erhob und erkräftigte ſie
wiederum; ſie bedurfte einer Anerkennung, ſeiner vor allen.
Wie Reinhard die Sicherheit des Selbſtbewußtſeins in ſeinem
künſtleriſchen Lebensberuf, ſo ſchien ſie ſolche in ihrem Charakter
verlieren zu wollen; ſie horchte hin nach anerkennendem Zuruf
von außen. Die Verſtörtheit Reinhards ſteigerte noch ihr Wehe,
er ſtand ihr ſo hoch, ſo erhaben über allen Menſchen, daß ſie
der ganzen Welt zürnte, die ihm ſo viel zu ſchaffen machte und
ihn quälte. In ihrer Fürſorge für ihn bekundete ſich eine ſolche
Unterthänigkeit, ſolch ein krankenwärteriſches Nachgeben, daß er
ſie oft mit ſtiller Wehmut betrachtete.

Warum konnte er nicht glücklich ſein?

Wie oft müht und peinigt man ſich im kleinen und vereinzelten Leben und ſucht ein Notwendiges mit quälender Angſt,
und am Ende liegt es bei ruhigem Blicke vor uns offen und
frei; es iſt, als ob ein Dämon uns früher geblendet und verwirrt hätte. Geht's wohl auch im großen, ganzen Leben ſo?

Reinhard verſuchte es, Leopoldine und ſeine Frau einander
zu nähern, aber dieſe verſicherte, daß ſie gern allein, daß es
ihr ſo am wohlſten ſei. Tage- und wochenlang ſaß Lorle am
Fenſter bei dem Vogelbauer und ſtrickte Strümpfe, deren Arbeits-
erlös ſie den Ortsarmen in der Heimat ſchickte.

Zur Faſtnachtszeit gewann ſie eine neue, ſchwere, für ſie
aber doch erhebungsvolle Thätigkeit. Die Magd erzählte, daß
in dem Stockwerk unter ihnen die Frau des Kanzleiregiſtrators,
eine Mutter von fünf Kindern, an der Auszehrung danieder-
liege und daß Jammer und Not in der Familie herrſche. Lorle
kannte die Leute nicht, ſie ſtand nur einen Augenblick ſtill am
Fenſter, mit einem Entſchluß kämpfend; dann ging ſie hinab,
klingelte und ſagte, ſie müſſe zur Frau Regiſtrator; dieſer bot
ſie nun Hilfe und Beiſtand an. Die Kranke hob die durch-
ſcheinigen Hände auf und faltete ſie mit innigem Dank. Lorle
verweilte nicht lange beim Reden, ſondern ging alsbald durch
Küche und Kammer und ordnete alles. Von nun an war ſie
ihre ganze freie Zeit, und das war der größte Teil des Tages,
bei der Kranken und ihren Kindern, die mit Liebe an ihr hingen;
ſie waltete überall, als wäre ſie die Schweſter der Mutter. Die
Kranke war eine Frau voll ruhigen ſchönen Verſtändniſſes für

das Wesen Lorles, da sie dieselbe nicht zuerst durch Reden und
Unterhalten, sondern frischweg durch die That kennen lernte;
ohne Ahnung ihrer baldigen Auflösung sagte sie immer, wie
glücklich sie sei, eine solche Freundin gefunden zu haben, und
wie schön sie nach ihrer Genesung miteinander leben wollten.
Lorle entnahm hieraus einen ganz besondern Trost: eine Stadt=
frau hatte sie doch auch verstanden und ihr solche Liebe zu=
gewendet.

Unterdes gewann die Stimmung Reinhards eine immer
trübere Färbung. Er hatte seit den Universitätsjahren nie so
lange mit dem Kollaborator gelebt als jetzt; der ätzende Geist
des Gelehrten, der immer schärfer wurde, übte einen störenden
und verwirrenden Einfluß auf das künstlerische Dichten und
Trachten Reinhards. Im Glück und in der Freiheit wäre er
stark genug gewesen, alle Störung von sich abzuschütteln, nun
aber bemächtigte sich seiner oft eine nie dagewesene Grämlichkeit
und Weichheit, so daß er waffenlos erschien. Wollte er etwas
beginnen oder ausführen, sah er eitel Mangel und Halbheit
darin.

Der Trost des Kollaborators war ein trauriger, denn er
bestand darin, daß in unsern Tagen alles, was gesundes Leben
in sich hat, nur negativ sein könne, daß es darum keine Kunst
geben könne, bis eine neue positive Weltordnung erobert sei;
was sich heute noch zur Kunst gestalten könne, bestände nur
noch in Reminiscenzen der vergangenen und noch nicht völlig
aufgezehrten positiven Welt. Diese Ansichten verfocht er mit
unleugbarem Scharfsinn, und so sehr sich auch Reinhard dagegen
stemmte, sie kamen ihm doch in die Quere bei mancherlei neuen
Entwürfen; er wendete sich daher wieder ganz der Landschaft
zu — das Naturleben blieb doch stetig und fest — innerlich
aber trauerte er dennoch um das verlassene Menschenleben.
Dazu kam, daß eben dieses ihn von anderer Seite vielfach in
Anspruch nahm und zwar auf die unerfreulichste Weise; er mußte
bald bei Hofe, bald in den anschließenden Kreisen lebende Bilder
stellen, Maskenzüge ordnen, und all' dies Treiben ekelte ihn
an. Konnte er Lorle von den Kämpfen um das innerste Wesen
seines Lebensberufes etwas mitteilen?

Sonst, wenn ihm die Mißlichkeiten des Lebens zu nahe
rückten, flatterte er davon, ließ all' das kunterbunte Treiben
hinter sich und vergrub sich still in den Bergen; jetzt war er
festgebunden. . . .

Der Frühling nahte, die Frau des Registrators fühlte sich
immer freier, und doch war sie nur noch ein Schatten. Lorle

hatte manchen Aerger am Krankenbette, besonders über das
singende Mädchen gegenüber; das sang und klimperte fort,
mochte daneben ein Mensch sterben und verderben. Lorle konnte
sich noch immer nicht in die Welt finden, wo Jubel und
Todesschmerz Wandnachbarn sind und doch geschieden wie ferne
Welten. —

Bis zum letzten Atemzuge der Kranken harrte Lorle bei
ihr aus und drückte ihr die Augen zu. Nun hatte sie wieder
eine Befreundete zur Erde bestattet, die Sorge für die Kinder
blieb ihre unausgesetzte Pflicht. Im ganzen Haus und in der
Nachbarschaft hatte man vernommen, wie aufopfernd und edel
Lorle gegen die Verstorbene und deren Familie gehandelt; sie
gewann sich dadurch eine stille Achtung und Liebe. An manchem
Gruß von ehedem stummen Lippen, an manchem ehrerbietigen
Ausweichen auf Treppe und Hausflur merkte dies Lorle, und
es erquickte sie im tiefsten Herzen. Oft dachte sie: „die Menschen
sind doch überall gleich, nur kennen sie in der Stadt einander
nicht. Vielleicht ist da eine brave Nachbarin, der es lieb wäre,
wenn ich zu ihr käme, aber wir wissen nichts voneinander."

Wer sollte es aber glauben, daß Lorle ein geheimes und
dauerndes Verhältnis zu einem fremden Manne hatte?

Die Kanzlei, dem Hause gegenüber, war vollendet und be=
zogen. Wenn nun Lorle des Morgens ihren Vogel vor das
Fenster hing, öffnete sich gerade gegenüber in der Kanzlei ein
Fenster; ein Mann mit wenigen schneeweißen Haaren erschien
und begoß seine Blumen, die auf dem äußersten Fenstersims
standen. Er sah dann starr nach Lorle, bis ihr Blick ihn traf,
er nickte freundlich, sie antwortete mit demselben Gruß und zog
sich schnell in ihre Stube zurück; sie konnte nicht unwirsch gegen
den guten alten Mann sein, er stellte ihr so schöne Blumen
gegenüber, und sie schickte ihm dafür lustigen Vogelsang in die
aktenstille Stube. Eines Morgens räumte der alte Mann seine
Blumen weg und stand, die linke Hand unter die Batte seines
Rockes gestemmt, mit glänzendem Gesicht da, nach Lorle hinüber=
schauend, etwas Farbiges prangte auf seinem Rocke; als ihn
Lorle endlich erschaute, nickte er zweimal. Von diesem Tage
an ward er nicht mehr gesehen, Lorle wußte nicht, was aus ihm
geworden war; hätte sie das Regierungsblatt gelesen, so hätte
sie erfahren, daß der Oberrevisor Körner einen Orden erhalten
hatte und zum Kanzleirat ernannt war; er ward dadurch auf
die Sonnenseite des Staatsgebäudes in das erste Stockwerk
versetzt.

Die Flügel ausgebreitet!

Eine tiefe, entsagungsvolle Schwermut lag wie ein Bann auf Lorle. Sie sang einmal vor sich hin, und plötzlich schaute sie auf, als hörte sie die Stimme eines andern; sie erinnerte sich jetzt, daß sie seit Wochen und Monden kein Lied gesungen hatte, weder lustig noch traurig.

Die Tage des Lebens, sie vergehen, ob wir sie einsam oder in Gemeinschaft mit den Zugehörigen, ob wir sie in Trauer oder Lust verleben: sie ziehen dahin wie flüchtige Schatten und kehren nimmer wieder.

Lorle war überzeugt, daß die Schuld des getrennten Daseins nicht bloß in dem Mangel an Kindersegen beruhe; dieser hätte wohl den Zerfall verhüllt oder ausgeglichen, aber die unzerstörbare Kraft der Liebe kann sich oft gerade da am mächtigsten bewähren, wo zwei Menschen sich allein alles sein müssen. Die Eltern zu Hause hatten auch lange in kinderloser Ehe gelebt, und die Bärbel erzählte oft, daß sie selber miteinander gewesen wie zwei Kinder, so selig vergnügt.

Oft siecht ein Leben seine ganze Dauer hin, und oft rafft es sich empor zu neuer, selbstbestimmter Wiedergeburt; es ist ein höherer Wille, der dazu erkräftigt, und zugleich die in sich gehaltene Charakterkraft. Sonne und Regen nähren und erschließen leise und allmählich die Knospe, die der Entfaltung entgegenreift; Sturm und Gewitter können sie urplötzlich sprengen.

Da sind drei Menschen, sie gehen ruhig ihren Lebensweg, und doch verdoppeln sich oft die Pulsschläge ihres Herzens, als müßte jetzt unversehens eine Wendung des Geschicks eintreten.

Lorle lebte still dahin, sie war den Kindern der Verstorbenen eine sorgsame Mutter und freute sich in diesem erweiterten Kreise ihrer Pflichten. Da Reinhard fast nie mehr mit ihr spazieren ging, war sie auch froh, nun eines der Kinder zur Begleitung zu haben.

Reinhard war vielfach betrübt: er redete sich ein, daß ihm kein Bild mehr gelinge, auch hatte er viel Unruhe bei der ihm obliegenden Ordnung einer im Unverstand zusammengetrödelten Kupferstichsammlung. Dazu wurde trotz seines Widerspruches manches geschmacklose Bild angekauft, ja man nahm seinen Rat oft erst in Anspruch, wenn der Kauf bereits abgeschlossen war; seine Mahnung, einheimische Künstler zu beschäftigen, verhallte spurlos, denn man wollte fremde und glänzende Namen im Katalog haben.

Der Kollaborator hatte seit geraumer Zeit etwas Geheim=
nisvolles und Verschlossenes. Niemand ahnte, daß er nun in
der That endlich in der Ausführung eines Werkes war, das
wissenschaftlich und praktisch zugleich sein sollte, denn es nahm
auf Gesetzesvorlagen in einem großen Staate Bezug, den man,
nachdem die allgemeine Mißliebigkeit der Maßregel ihm zu=
gefallen war, um so unbehinderter nachzuahmen strebte. Dort
sollte nämlich unter der Herrschaft des Ritters von der Phrase
der englisirte Sabbat und ein straffes Kirchenregiment einge=
führt werden.

Der Kollaborator verriet niemand sein Vorhaben, er hatte
schon so oft gesagt, daß er dieses und jenes vollführen wolle,
was doch unterblieben war; nun wollte er plötzlich auftreten.
Er wußte, daß stark erscheinen oft wesentlich darin besteht: die
Vorsätze und Schwankungen zu verbergen und dann mit fertigen
Thaten zu überraschen. Der Weg nach der Hölle der Selbst=
anklage und der Verdammung durch andere ist mit guten Vor=
sätzen gepflastert. — Mit einem Gluteifer, den er bisher noch
gar nicht an sich gekannt hatte, arbeitete der Kollaborator an
seinem Werke und fand darin eine Erhebung, die kein noch so
tiefes Denken und Fühlen in sich zu gewähren vermag. In der
Hingebung, daß er die ganze Wahrheit und nichts als die
Wahrheit sagen wollte, erquickte ihn auch noch oft der Gedanke
an die öffentliche Wirksamkeit, und so empfing er im stillen den
Segen der Geistesthat, der unbelauschten Ausbreitung des eigensten
Seins und Erkennens für alle, ein Segen, dem nichts auf Erden
gleichkommt; das ganze Einzelleben will sich aufzehren, ein Opfer
in den Flammen des Gedankens, und schwebt wiederum unver=
sehrt, geläutert daraus empor.

Oft ward dem einsamen Forscher auch bange, er hatte so viel
auf dem Herzen, das er noch nicht auf einmal offenbaren konnte.

In Gesellschaft der Freunde war er schweigsamer als je;
weil er ein Geheimniß mit sich trug. Es war ihm, als ob er
sich auch über andere Dinge nicht vollkommen unumwunden
aussprechen könne. Bei manchen Gesprächsgegenständen hatte
er bisweilen Lust auszurufen: „Wartet nur, bis mein Buch
kommt, dort habe ich alles dies erörtert und ans Licht gesetzt.“
Weil er dies nicht sagen durfte und mochte, schwieg er. Da=
gegen konnte er nicht umhin, unter dem unmittelbaren Einfluß
der Gespräche in seine bereits niedergeschriebenen Darstellungen
manchen Zwischensatz einzuschalten, manches „Epitheton“ einzu=
teilen, um diesen oder jenen Mißverständnissen und schiefen An=
sichten zu begegnen. —

Eines Mittags ging Lorle mit dem jüngsten Knaben des
Registrators nach dem Schloßplatz zur Parade; sie wollte Rein=
hard dort erwarten, von dessen Werkstatt man gerade nach der
Schloßwache sehen konnte. Als sie hier vorüberging, trat ein
Tambour auf sie zu mit den Worten:

„Grüß Gott! Ei, kennst mich nimmer? Sieh mich einmal
recht an."

„Herr Je! der Wendelin, du bist ja mehr als um einen
Kopf gewachsen."

„Und dir geht auch nichts ab, du bist recht stark worden,
Lorle, oder Frau Profefforin; nicht wahr, so heißt man dich doch?"

Sie reichten sich die Hände, und nach mancherlei Fragen
erzählte Wendelin: „Wie du halt fortgewesen bist, bin ich das
Frühjahr drauf auch fort und hab' mich zum Grafen Felseneck
als Schäfer verdingt, und da hat einmal unser Fräulein, die
Gräfin Mathilde, gehört, daß ich von Weißenbach sei, und da
hab' ich zu ihr 'nauf müssen, und da hat sie mich alles aus=
gefragt von dir und vom Herrn Reinhard. Es ist ein brav'
Mädle, unser gnädig Fräulein, und da hat sie mir ein Gulden=
stückle geschenkt, und von dem Tag an hab' ich's immer besser
gehabt auf dem Hof, und wenn sie so durchs Feld geritten
ist, sie reitet prächtig, da ist sie auf mich zukommen und hat
mit mir geschwätzt. Und wie der Herr Graf die Schäferei auf=
gegeben hat, da hat mich der Vetter, der ist Oberstlieutenant in
unserem Regiment, mit hierher genommen, und jetzt bin ich Tam=
bour; ich bleib's aber nicht, ich lern' das Horn blasen, und übers
Jahr komm' ich zur Regimentsmusik, und da hab' ich für mein
Lebtag ausgesorgt. Ich bin schon vierzehn Wochen hier, ich hab'
dich aber noch nicht gesehen."

„Warum bist du nicht zu mir kommen?"

„Ja, wenn ich's gewußt hätt', daß ich so dürft' und daß du
noch allfort so gut bist, ich hätt' dich schon ausgefunden. Ich hab'
aber auch sündlich viel zu lernen gehabt, meine Arme sind mir oft
wie abgebrochen gewesen, und heut bin ich zum erstenmal auf der
Wacht; es ist mir ein gut Zeichen, daß ich dich grad seh'!"

Während die beiden so miteinander plauderten, war der
Adjutant des Prinzen bei Reinhard, um mit ihm die Trans=
parente zu besprechen, die zur bevorstehenden Vermählung des
Prinzen anzufertigen waren; er trat jetzt ans Fenster und rief:
„Da unten steht Ihre Frau Gemahlin bei einem Soldaten."

Reinhard eilte hinab, Lorle sah ihn nicht kommen, bis er
ganz nahe war und in heftigem Tone rief: „Was stehst du da?
Komm mit fort."

In den bittersten Aeußerungen ergoß sich Reinhard über
diese schmachvolle Unschicklichkeit; Lorle konnte nicht zu Wort
kommen. Die Parade zog auf und spielte einen lustigen Marsch,
Lorle war's, als müßte sie in den Boden versinken, da sie hier
vor aller Welt ihre Thränen nicht zurückhalten konnte; glücklicher=
weise aber bemerkte niemand ihr zur Erde gewendetes Antlitz.

Endlich konnte sie die Worte hervorbringen:

„'s ist ja der Wendelin, du kennst ihn doch auch."

Reinhard sah wohl ein, daß er zu hart und heftig gewesen war,
aber die Unschicklichkeit war doch zu groß, als daß er Abbitte that.

Bei den unerquicklichen Arbeiten, die Reinhard nun aus=
zuführen hatte, ward er zu Hause immer düsterer und gereizter.
Als er sich einst wieder zu einer Heftigkeit gegen Lorle hinreißen
ließ, sagte sie: „Schmeiß nur alles zusammen wie die Teller,
die du auch zerbrochen hast."

Reinhard ward still, seine Frau kam ihm unendlich kleinlich
vor, da sie jenen vor Jahren vollführten Uebermut nicht ver=
gessen konnte. Lorle aber konnte nicht mehr ausführlich mit ihm
reden, sie wollte ihm sagen, daß er auch sie zerbreche, weil sie
sein eigen geworden sei; aber sie konnte jetzt ihm gegenüber nur
halbe Worte finden, ein Bann lag auf ihrer Seele, den sie nicht
zu lösen vermochte.

Sie ging mit Reinhard durch die Straße, da begegnete
ihnen ein Wagen mit frischem Heu; Lorle riß eine Handvoll
aus und sagte: „Jetzt heuet man," und Reinhard entgegnete:
„Das ist etwas ganz Neues, eine merkwürdige Entdeckung!"

Lorle schwieg, sie konnte wiederum nicht sagen, wie schmerzlich
es sie errege, erst zufällig durch einen Heuwagen zu merken, was an
der Zeit sei, da sie sich so weit vom Feldleben entfernt hatte.

Ein überraschender Besuch verscheuchte auf einige Tage das
stille Einerlei der einsamen Häuslichkeit. Der Wadelswirt hatte
schon oft seine Tochter heimsuchen wollen, aber wie das so geht,
er kam schwer vom Fleck; bald sollte dieses, bald jenes Feld=
geschäft noch gethan sein, bevor er reiste, und dann redete er
sich wieder ein, er wolle die Gevatterschaft abwarten, und so ver=
strich die Zeit. In den Briefen, die Lorle nach Hause geschrieben
hatte, sprach sich oft in einzelnen Worten ein sehnsuchtsvolles
Heimweh aus. Es hätte sich wohl daraus entnehmen lassen, daß
ihr jetziges Leben ihr noch ein fremdes war; die Eltern ahnten
wohl dergleichen, aber sie wollten sich's nicht glauben, sie rech=
neten alles der übermäßigen Kindesliebe zu. Seit geraumer Zeit
entschuldigte Lorle in ihren Briefen jedesmal ihren Mann, daß
er nicht selber schreibe, weil er gar viel zu thun habe.

Sei es nun durch eine Mitteilung Wendelins oder durch andere Berichte, im Dorfe ging die Sage, Lorle sei unglücklich und werde in der Stadt wie eine Gefangene gehalten. Nun hatte alles Zaudern und Zögern ein Ende, der Wadeleswirt lief herum, schnaubte und ballte die Fäuste; es that ihm nur leid, daß er den Reinhard nicht gleich packen und tüchtig durchwalken konnte. Den ganzen Tag und die Nacht hindurch fuhr er und kam am frühen Morgen in der Stadt an; er besann sich jetzt aber eines Bessern, er wollte Lorle zuerst allein sprechen und wartete daher, bis Reinhard in der Werkstatt war. Als er die drei Treppen hinanstieg, stand er mehrmals still und verschnaufte, sein Blut war in mächtiger Wallung, und er meinte, die Knice müßten ihm brechen; das war ein harter Gang.

Erschütternd war das Wiedersehen von Vater und Kind, Lorle wollte sogleich nach Reinhard schicken, aber der Vater sagte: „Nur stet: ich hab' zuerst ein Wörtle mit dir allein zu reden."

Lorle mußte nun ihre Lebensweise berichten. Der Vater runzelte die Stirn und preßte die Lippen aufeinander, als er merkte, daß Reinhard nur zum Mittagessen und Schlafen heimkäme; er gestand offen, daß das anders werden müsse und daß er dem „Professor was aufzuraten" geben wolle. Lorle bat und beschwor, ja keine Heftigkeit anzufachen, da das doch zu nichts führe; Eheleute müßten sich selber verständigen, da könne selbst der Vater nichts thun, sie sei nicht unglücklich, und ihre ganze Anschauung des Mißverhältnisses drängte sich in den Worten zusammen: „Gucket, das ist halt in der Stadt anders, das Elend ist eben, daß die Frau dem Mann in seinem Geschäft gar nichts helfen und beispringen kann, und da muß ein jedes allein sein; daheim, da geht die Frau mit dem Mann aufs Feld und hilft überall." —

Dann erklärte sie, wie sehr Reinhard zu bedauern sei, er werde so viel vom Hof in Anspruch genommen und habe doch keine Freude daran.

Eine gemischte Empfindung beruhigte die Aufregung des Wadeleswirts, er bewunderte die Klugheit seiner Tochter und betrachtete sie mit erneutem Stolz; dann freute er sich, daß der Reinhard nichts vom Hofe wolle.

Lorle hatte Reinhard nun doch rufen lassen, und dieser kam in Gemeinschaft mit dem Kollaborator. Das Wiedersehen von Schwiegervater und Sohn hatte hierdurch eine vielleicht erwünschte fremde Haltung, denn noch war der Zorn des ersteren nicht ganz verraucht. Reinhard war ganz der Alte, auch äußerlich; denn er hatte sich seinen Bart wieder wachsen lassen, da die Engländer in allen möglichen Bartformen bei Hofe erſchienen: man kann faſt ſagen, daß damit wiederum ſein unbändiges Weſen auf= wuchs. Reinhard ſchlug die alte übermütig luſtige Weiſe gegen ſeinen Schwiegervater an, Lorle freute ſich darüber. Sie mußte nicht, daß er ſich innerlich Vorwürfe machte, daß er jetzt mit Abſicht und Willen eine Form annahm, die ehedem unwillkürlich zu ſeinem Weſen gehörte; aber ihm ſtand keine andere Vermitt= lungsart mit ſeinem Schwiegervater zu Gebote. Der Kollabo= rator war überaus zuvorkommend und freundlich gegen den Wadeleswirt; Lorle neckte ihn, weil er ſich ſonſt ſo wenig ſehen ließ; ſie konnte nicht ahnen, daß er ſich von ihr zurückzog, aus Furcht, ſein Mitleid und ſeine Verehrung für ſie könne ihm einen böſen Streich ſpielen.

Se hatte die erſte Stunde des Zuſammenſeins einen überaus heitern Anſtrich, und hätte man ſpäter auch Luſt oder Veran= laſſung gehabt, eine andere Farbe zum Vorſchein kommen zu laſſen, ſo wäre dies nicht mehr möglich geweſen, wenigſtens nicht in der ganzen Schärfe und Beſtimmtheit; denn die erſte Stunde des Wiederſehens iſt der Akkord, der die Tonart für den ganzen Verlauf des Beiſammenſeins angibt. Außerdem war Reinhard mit Arbeiten überhäuft, wie er mindeſtens behauptete, er überließ daher ſeinen Schwiegervater ganz der Leitung und Fürſorge des Kollaborators.

Sei es zufällig oder abſichtlich, Reinhard ging nie mit dem Wirt, der natürlich in ſeiner Bauerntracht erſchienen war, bei Tage über die Straße. Lorle glaubte, er ahne und fürchte eine unangenehme Auseinanderſetzung und wolle dieſelbe vermeiden, ſie hatte nichts dagegen einzuwenden; daß er ſich des Bauern ſchämen könnte, kam ihr nicht entfernt in den Sinn.

Der Kollaborator war ganz glückſelig, den Wadeleswirt überall geleiten zu können; er erfreute ſich nicht nur an dem körnigen naturkräftigen Sinne des Mannes, ſondern er wollte auch vor ſich und vor andern beweiſen, wie ſehr er ſich dem Volke nahe fühle; er verſuchte ſogar Arm in Arm mit dem Wirt zu gehen, was dieſer aber als unbequem ablehnte. Der Wirt fand den Gelehrten in der Stadt auch viel ſchlichter und natürlicher als damals im Dorfe, er war daher auch ganz harm= los gegen ihn und ſagte einmal: „Es iſt mir doch allemal, wenn ich nach der Stadt da komm', wie wenn ich umfallen müßt'; es iſt alles ſo eben (flach), es ſind keine Berg' da, wo ich mich dran halten kann." —

Der Kollaborator erfreute ſich an dieſer eigentümlichen Empfindungsweiſe des Bergbewohners, aber er hatte gelernt,

nicht alsbald auf alles eine Gegenbemerkung zu machen, wodurch der lautere Erguß gehemmt oder in eine andere Richtung
gelenkt wurde.

Der Landtag ward gerade wiederum verfammelt, der Kollaborator brachte feinen Schützling in die Gefellfchaft der frei-
finnigen Abgeordneten. In der ganzen Stadt und zumal „höheren
Orts“ wurde es übel vermerkt. daß der Kollaborator als Staats-
diener, der noch dazu jeden Tag feine endliche Ernennung zum
Bibliothekar mit Gehaltserhöhung erwarten durfte, fich offen der
ftändifchen Oppofition anfchloß; er kümmerte fich aber wenig um
die ihm hierüber zugehenden Andeutungen. War nur irgend
ein Bedenken berechtigt über den Anfchluß an Männer, die auf
dem Boden der Verfaffung ftehend gegen Regierungsmaßregeln
kämpften und Normen für die Zukunft feftftellten? War er ein
Diener der Minifter oder des Staates? — Der Wadeleswirt,
aus deffen Bezirk ein Regierungsmann gewählt war, wurde
dennoch von dem angefehenen Haupt der Oppofition mit be-
fonderer Auszeichnung behandelt, weil er nicht nur als frei-
finniger Wahlmann bekannt war, fondern in ihm auch eine
Bürgfchaft für die zukünftige Befferung des verlorenen Wahl-
bezirks liegen konnte. In dem rührigen, ernften und heitern
Leben, das in diefer Gefellfchaft den Wadeleswirt umgab und
wo er andächtig zuhörte, vergaß er faft ganz, warum er eigentlich nach der Stadt gekommen war; überdies fah er jetzt wohl
ein, daß hier nichts von feiner Seite geändert werden könne,
und fo war er froh, doch in der Beteiligung an den allgemeinen
Landesangelegenheiten eine Erhebung zu finden. Der Kollaborator fprach mit feinem Schützling viel über Staatsverhältniffe,
aber voll von dem Gegenftande, den er eben jetzt in feiner
Schrift behandelte, konnte es auch nicht fehlen, daß er oft darauf
zurückkam, man müffe zunächft und vor allem die wahre Religion
wieder herftellen und dem „Pfaffentum den Treff geben“.

„Ich hätt's nicht glaubt,“ entgegnete der Wadeleswirt,
„daß Ihr fo fromm feid; aber laffet doch in Gottes Namen
die Pfaffen in Ruh, da ift nicht gut anrühren und die gelten
eigentlich doch nur bei den Weibsleuten. Jetzt müffen wir
weniger Steuern, müffen Schwurgerichte und Landwehr haben,
das ift jetzt die Hauptfach'.“

Trotz aller Bitten Lorles hatte fich der Vater nicht bewegen laffen, bei ihr zu wohnen, er blieb bei einem alten Bekannten, einem Bäcker, der ihn bisweilen beim Fruchteinkaufe
befuchte und der zugleich eine Wirtfchaft hielt; Lorle mußte oft
mit ihm dahin gehen, und fie faßen dann nicht in der Wirts-

ſtube, ſondern im Backſtüble bei der Familie. Lorle war voll
Freude, hier Menſchen zu finden, einfach und offen wie daheim,
voll rüſtiger Thätigkeit im Haus und im Feld. Der Wadeles=
wirt empfahl noch ſeinem Gaſtfreund, er ſolle Lorle beiſtehen
und ihr geben, was ſie verlange, und ſie verſprach, öfters zum
Beſuche bei der Bäckerfamilie zu kommen.

Die Stunde der Abreiſe nahte. Lorle konnte den Gedanken
nicht los werden, daß ſie auf lange Abſchied nehme und ihren
Vater vielleicht nimmer wiederſehe, ſie ſagte daher bei der letzten
Handreichung: „Pfleget Euch nur auch recht gut, daß Ihr geſund
bleibet, und machet Euch wegen meiner keinen Kummer.“

„Närrle,“ erwiderte der Vater; „ich ſterb’ noch nicht, und
wenn ich ſterb’, du kannſt ruhig ſein, du haſt mir mit Willen
dein Lebtag keinen traurigen Augenblick gemacht.“

Lorle weinte.

„B’hüt dich Gott!“ ſagte der Vater in einem gewaltſam
ſtarken Ton, „und komm auch bald auf Beſuch.“

Er ſtieg auf das Wägelchen des Bäckers, mit dem er halb=
wegs fuhr, wo ihn dann der Martin abholte.

Lorle lebte nun wieder in ihrer alten, ruhig ſtillen Weiſe.
Die beiden Freunde aber waren in großer Aufregung.

Eine ſoeben erſchienene Zwanzigbogenſchrift brachte die ganze
Stadt in Aufruhr. Sie hieß: „Die Sonntagsteufel mit den
weißen Bäſſchen, oder ein Schuß ins Schwarze, von Adalbert
Reihenmaier“. Die Vorrede lautete: „Leſer, auf zwei Worte!
Ich will die Religionsheuchelei ans Meſſer der Oeffentlichkeit
liefern. Ich will die Verſteinerungen im Moralienkabinett ordnen.
Komm mit.“

Der Kollaborator, der ehedem die Anſicht gehegt hatte, man
müſſe die ganze heutige Welt radikal in ſich verfaulen laſſen,
hatte nun doch an das Beſtehende angeknüpft, da er zur Ein=
ſicht gelangt war, daß jene Erhabenthuerei bloß eine Maske der
Trägheit und Selbſtgefälligkeit iſt.

Die Tiefe und Selbſtändigkeit der philoſophiſchen und ge=
ſchichtlichen Forſchung war in der Schrift unverkennbar, manches
aber nahm ſich ſeltſam aus; denn es waren nackt hingeſtellte
Ergebniſſe langer Beſprechungen oder weitläufiger innerlicher
Denkprozeſſe, nur für denjenigen vollkommen klar, der den Kolla=
borator kannte. Daneben waren dann wieder Sätze wie Dolche
aus zuſammengeſchweißtem und gehämmertem Stahldraht. Ein
Kapitel: „Adam Kadmon, oder die Urmenſchen an der Spitze
der Geſchichtsepochen,“ in dem der Verfaſſer ſeine Anſichten von
der Erlöſung darlegte, wurde von Oberflächlichen als myſtiſch

bezeichnet, weil darin die Wiedergeburt der Menschheit durch die reine Natur erklärt werden sollte. Wir kennen einige Grund=linien dieser besondern Anschauung aus der Art, wie der Kolla=borator das Wesen Lorles gegenüber den Kulturbestrebungen ansah. Soweit ab in die Tiefen des Geistes und der Geschichte sich diese Erörterung verlief, kann sie doch wohl durch jene Be=trachtung angeregt worden sein; denn wer weiß, aus welchen scheinbar fern liegenden Anregungen der schöpferische Geist seine Gebilde schafft und seine Erkenntnisse den Anfang nehmen.

Wo sich die Schrift dem unmittelbaren Leben zuwendete, gelangte sie zu einem Schwunge, der sich mit dem prophetischen vergleichen ließ; hier loderte der Eifer gegen die Verunstaltung und die Blindheit, die aus dem Beseligendsten und Befreiendsten eine Jammerschule und eine Sklavenkette macht. Eben dies erregte den heftigsten Zelotismus gegen den Verfasser. Von den Kanzeln herab wurde gegen den ruchlosen Gottesleugner gepredigt und zugleich alsbald eine Untersuchung gegen ihn eingeleitet. Jetzt lebte jene alte Notiz in dem geheimen Buch und das Akten=fascikel 14,263 wieder auf; die Schrift und jene Thatsache wurde zur Fangschnur gedreht: der Kollaborator wurde wegen Atheis=mus angeklagt.

Die rechtsgelehrten Freunde erboten sich, ihn juristisch zu vertreten, er lehnte es ab, und die Verteidigungsschrift, die er einreichte, ward zur neuen Anklage. Dennoch ging er so frei und froh umher, wie noch nie. Was kümmerten ihn die scheelen Blicke und das Fingerdeuten auf den vordem Unbekannten, Un=angefochtenen? Er glaubte erst jetzt sich selber achten zu dürfen. Nur der unbeschreibliche Jammer seiner Schwester Leopoldine that ihm weh. Vor der Schwelle einer gesicherten Zukunft hatte der Bruder sich selber den Weg abgegraben, das konnte die treue Gefährtin nicht verschmerzen. Sie hatte Gönnerinnen genug und lief von Haus zu Haus mit Bitten und Klagen, bis sie erfuhr, daß es sich zugleich auch darum handle, den eben von der Universität zurückgekehrten Sohn des Konsistorial=Direktors in die zu erledigende Stelle einzuschieben. Von diesem Augenblicke an hörte man kein Klagewort mehr von ihr. Mit einer be=wundernswerten Stärke und Seelenruhe ließ sie nun alles kommen und war freundlich gegen den Bruder, in dem sie ein Opfer der Familienränke sah.

Lorle suchte jetzt Leopoldine wieder auf und sah mit tiefer Reue, wie unrecht sie gegen diese gehandelt hatte, die jetzt in Schmerz und Not ihre Hochherzigkeit und ihren liebevollen Geist offenbarte. Auch Leopoldine erkannte nunmehr das gesunde Herz

und die Zartheit Lorles. Diese sagte einmal: „Ich glaub's
nicht, aber wenn's auch wahr ist, daß der Herr Reihenmaier
was Sündliches geschrieben hat, da wird ihn unser Herrgott
schon strafen und besser machen; was geht das das Konsistore
an? Da kann kein König und kein Kaiser was machen, das
muß Gott selber wieder in einem zurecht bringen. Aber der
Bruder ist ja so gut, er beleidigt ja kein Kindl"

Die Oberbehörden hatten andere Grundsätze, der Kollaborator wurde durch ein beispiellos rasches Erkenntnis als
Gotteslästerer zu sechs Monaten Gefängnis verurteilt und dem-
zufolge seines Amtes entsetzt. Er rekurrierte an das Gesamt-
ministerium.

Reinhard war eines Abends „en petit cercle" beim
Prinzen, die Eingeladenen standen in einer Gruppe im Empfang-
saale und harrten nach der Hofweise des Einladenden.

Unversehens kam die Rede auf das Buch des Kollaborators;
ein junger Engländer bemerkte: „Solche Frechheiten darf man
nie und nirgends dulden, das schamlose fade Buch sollte an den
Galgen genagelt werden."

Reinhard hielt an sich und sagte nur mit ironischem Lächeln:
„Sie zürnen, weil der Verfasser die Engländer das gottloseste
Volk der Erde nennt, Sonntagschristen, die allsabbatlich ihrem
Lordsgott langbeinige Reverenzen machen, während sie in der
Woche lieblos gegen die eigenen niederen Stände und egoistisch
gegen alle Welt sind."

„Ich bewundere Ihre glückliche Gabe, es gibt Menschen
mit einer besondern Anziehungskraft für Paradoxen und Tri-
vialitäten," entgegnete der Engländer.

Reinhard biß die Lippen aufeinander und faßte krampfhaft
seinen Rockschoß, als packte er den tecken Schwätzer, der jetzt
fortfuhr: „Der aberwitzige Verfasser versteht kein Wort von
Philosophie."

„So?" fuhr Reinhard fort, „also auch darüber wagt ihr
abzuurteilen? Wo sich der deutsche Geist irgend in seiner Kraft
äußert, da wagt ihr's, ihn zu bespötteln. Mag die ganze vornehme Welt vor euch trummbuckeln und der Affe eurer Gentle-
mans-Roheit sein, es gibt noch etwas Höheres" —

„Seine königliche Hoheit!" hieß es plötzlich, als eben der
Comte de Foulard beschwichtigend sich einmengen wollte; die
Gruppe zerteilte sich schnell und bildete zu beiden Seiten Front,
durch die der Prinz begrüßend schritt.

Wie war jetzt alles plötzlich gedämmt! Die Gräfin Mathilde
hatte wahr gesprochen, als sie einst gegen Reinhard bemerkte,

daß die Etikette und die gesellschaftliche Form überhaupt den
individuellen Takt oft ersetzen müsse.

In mancherlei abliegenden Gesprächen suchten die Engländer,
die sogleich gemeinschaftliche Sache machten, Reinhard zu reizen,
ohne daß er in Gegenwart des Prinzen ihnen erwidern konnte;
Reinhard fand indes einen unerwarteten Beistand in dem Ober-
lieutenant und Kammerjunker Arthur von Belgern, dem Vetter
der Gräfin Mathilde.

Als man die Gesellschaft verließ, sagte Belgern zu Reinhard: „Sie haben zwar dem ganzen Hofkreise den Handschuh
hingeworfen, indes erbiete ich mich gern zu Ihrem Sekundanten.
Es empört mich und viele mit mir schon lange, welche Anmaßungen den Fremden bei Hofe gestattet werden; durch einige
Mäßigung hätten Sie sich, ich darf wohl sagen, den besten Teil
der Gesellschaft zu Dank verpflichtet."

Reinhard war es aber durchaus nicht darum zu thun gewesen, eine Partei zu gewinnen oder sich eine Coterie zu ver-
pflichten; er hatte seinem Ingrimm Luft gemacht, und es that
ihm nur leid, daß es nicht noch kräftiger geschehen war. Mochte
seine Beziehung zum Hofe sich dadurch lösen, es war ihm erwünscht.

Als die Ausforderung nun andern Morgens eintraf, nahm
er sie mit Freuden an, ließ sich aber nicht von Belgern, sondern
von einem jungen Rechtsgelehrten sekundieren und schoß seine
erste Kugel dem Gegner durch das rechte Schulterblatt.

Das Duell erregte gewaltiges Aufsehen in der ganzen
Stadt; es wurde indes vertuscht, aus Rücksicht für den Ort, wo
es angesponnen, und weil man überhaupt gern Aufsehen vermied und Ignorieren in diesen wie in höheren Beziehungen als
höchste Staatsklugheit gepriesen wird.

Lorle erfuhr die ganze Sache erst mehrere Tage später zufällig von Leopoldinen; sie schauderte vor dem, was geschehen
war, und daß Reinhard ihr es verhehlen konnte. Sie begriff
diese Welt nun gar nicht mehr: dort ein braver Mensch der
Gottesleugnerei angeklagt; hier ihr eigener Mann, der sein
Leben aufs Spiel setzte wie einen Rechenpfennig. Sie ging
mehrere Tage umher und sah allen Leuten verwundert ins Gesicht, als wollte sie sie fragen, ob denn die Welt bald untergehe?

In Reinhards Gegenwart war sie oft zerstreut, und dann
sah sie ihn wieder mit einem flehenden Blick an, der bringend
bat: erzähl' mir doch alles, ich kann nicht begreifen, wie du
dein Leben, das doch mir gehört, vor die Mündung einer Pistole
setzen konntest, ohne mir etwas davon zu sagen; und auch jetzt

noch, da du der Gefahr entronnen, höre ich kein Wort. Bin
ich denn gar nicht mehr da?

So ſah ſie ihn oft ſtarr an, und keines redete eine Silbe.

Lorle half Leopoldinen, ſo viel ſie konnte, aber die Wackere
und Starkmutige war ſelten zu Hauſe, ſie ahnte, was kommen
konnte, und um gegen jede Fährlichkeit geſichert zu ſein, begann
ſie nun wieder ihr Putzgeſchäft einzurichten.

In dem Hauſe des Bäckers, wohin Lorle ihrem Verſprechen
gemäß jetzt bisweilen ging, fand ſie meiſt Erholung; hier war
ein Leben voll Arbeit und Heiterkeit, man wußte hier ſo wenig
von dem Wirrwarr, der da drüben in den andern Kreiſen
herrſchte, als läge die Welt fern überm Meere. —

Lorle, die ſonſt immer zu Hauſe geblieben und in ſich ſelber
Ruhe geſucht hatte, ging jetzt öfter aus, ſie wollte ſich vergeſſen,
eine gewaltige Unruhe ſtörte ſie auf; ſie war wie ein Vogel,
der den Baum zur Erde gefällt ſieht, auf dem er ſein Neſt ge=
baut hatte. —

Das Geſamtminiſterium beſtätigte die Amtsentſetzung des
Kollaborators, jedoch ward ihm die Gefängnisſtrafe erlaſſen. In
dem kleinen Bierſtübchen wurde „der Geburtstag des Privat=
menſchen Reihenmaier" würdig gefeiert. Der Neugeborne hielt
ſich ſelber die Rede, in welcher die bemerkenswerte Stelle vor=
kam: „Sie irren ſich, die Herren, ſie wollen uns zu Lumpen
machen, um dann ausrufen zu können: Seht ihr's: nur die
Taugenichtſe ſind unzufrieden! Wir wollen's ihnen zeigen."

Von dieſer Zeit an ſtudierte er emſiger als je. Viele
glaubten, daß er mit einer neuen, noch nachdrücklicheren Schrift
hervortreten werde; aber er behauptete, nicht zum Schriftſteller
zu taugen. Er gab ſich nun ganz ſeiner Lieblingswiſſenſchaft,
der Geologie hin. Scherzend ſagte er einſt zu Reinhard: „Ich
bin ein Stück Prometheus auf den Felſen verwieſen, weil ich
einen Funken Licht vom Himmel auf die Erde gebracht; aber ich
bin nicht gefeſſelt, und ich laſſe mir das Herz nicht aushacken."

Reinhard war nicht nur bei Hofe, ſondern auch, wie ihm
die Freunde erzählten, faſt in der ganzen Stadt in Ungnade
gefallen. In der Reſidenz, die weſentlich aus Beamten und
Militär beſtand, und wo es an natürlichen Erwerbsquellen
mangelte, hatte ſich bereits jene Verderbnis der Badeorte ein=
geniſtet, daß viele faulenzend von der Vermietung ihrer Woh=
nungen an Fremde lebten und, wie ſie ſich vor denſelben in
kleine Stübchen zurückzogen, ſo ihnen auch ſonſt in allem Unter=
thänigkeit bewieſen. Die Engländer hatten in Mißmut faſt
ſämtlich die Reſidenz verlaſſen, und Reinhard ward nun in den

Augen vieler ein Aergernis. So wenig ihn alles dies berührte, empfand er doch eine prickelnde Unbehaglichkeit in allen seinen Verhältnissen. Lorle litt dabei am meisten, denn er sagte oft im Unmut: „Ich gehe zu Grunde, wenn ich hier bleibe, ich kann nicht hier bleiben und will und muß doch." —

Lorle wußte gar nicht, was sie beginnen sollte, sie bat, daß sie nach einer andern Stadt ziehen möchten; aber das wollte Reinhard wieder nicht.

Mitten in diesem Wirrwarr traf Lorle eine schwere Nach= richt: ihr Vater war plötzlich am Schlage gestorben. Nachdem sie sich sattsam ausgeweint hatte, war sie wunderbar gefaßt; sie ging tagtäglich nach der Kirche, um für den Verstorbenen zu beten. Leopoldine stand ihr getreulich bei in ihrem Kummer. Als sie ihr einst durch Erinnerung an eigenes Mißgeschick Trost zusprechen wollte, sagte Lorle: „Er ist jetzt tot, aber mir ist's, wie wenn er nur weiter weg wär', wo man eben nicht hin= kommen kann, bis Gott einen ruft, ich denk' jetzt grad an ihn, wie wenn er noch da wär', für mich ist's eins; ob man so weit oder so weit voneinander ist, das ist gleich. Es thut mir nur leid, daß er nichts mehr von dieser Welt hat, er hat aber die andere dafür; mich dauert nur mein' Mutter, mein' gute, gute Mutter."

Reinhard kam immer seltener und immer flüchtiger nach Hause, er vollführte ohne Unterlaß seine Aufträge für den Hof; er setzte einen Stolz darein, zu zeigen, daß ihm die Ungnade nicht nahe gehe und er Großmut zu üben wisse. — In den Feierabenden begann er sich auf traurige Weise zu betäuben.

Lorle fühlte ein fast unbezwingbares Heimweh, und doch wollte sie nicht auf einige Tage zur Mutter; sie fürchtete das Wiedersehen, den Abschied und die Rückkehr. Oft war's ihr wie einem Vogel, der die Flügel regt, aber sich nicht aufschwingen kann. Im Traume kam es ihr vor, als hätte der Bach ihres heimatlichen Dorfes eine Gestalt gewonnen und zöge und zerrte an ihr, daß sie heimkehre.

Eines Abends im Herbste saß sie am Fenster und sah den Schwalben zu, die jetzt haftiger durch die Luft schossen, im Fluge zwitscherten und sich grüßten; Lorle breitete unwillkürlich die Arme aus, sie wünschte sich Flügel, sie wollte fort, sie wußte nicht, wohin. Die Dämmerung brach herein, die Abendglocke läutete, Lorle konnte nicht beten, sie saß im Dunkel und träumte: sie läge tief in der Erde eingeschlossen, und nimmer tagt's. Da erwachte sie und hörte eine Stimme auf der Straße, die in schwerem, langem Klageton rief: Sand! Sand! Sand!

„Ach Gott!" dachte Lorle, „der Mann will noch nicht heim,
er kann ſeinen Kindern kein Brot bringen für den Sand, den
er feil bietet." Sie ging hinab und kaufte dem Manne ſeinen
ganzen Wagen voll Sand ab, ſo daß für Jahr und Tag vorgeſorgt war. Der abgehärmte heiſere Sandverkäufer dankte ihr
mit Thränen in den Blicken. Sie ging nun wieder in die
Stube und malte ſich das Glück der Familie aus, wenn der
Vater heimkam und Brot und Geld mitbrachte. Zu ſich ſelber
ſprach ſie dann: „Du biſt doch undankbar, du haſt's ſo gut,
haſt dein täglich Brot, und dein Mann läßt dich über alles
Meiſter ſein. Ach, er iſt ja ſo gut. Wenn ich ihm nur helfen
könnt'."

Sie nahm ihr Gebetbuch und betete; ſie mußte herzſtärkende
Worte geleſen haben, denn ſie küßte die Blätter des Buches
und legte es zu.

Wie viele inbrünſtige Küſſe lagen ſchon in dieſem Buch
eingeſchloſſen!

Lorle faßte den Entſchluß, heute zu warten, bis Reinhard
heimkäme; ſie mußte ihm wieder einmal ihr ganzes liebendes
Herz offenbaren. — Stunde auf Stunde verrann, er kam nicht;
ſie hatte wieder das Gebetbuch ergriffen und Gebete und Ge-
ſänge für alle möglichen Lebensfälle geſprochen und leiſe ge-
ſungen; ſie rieb ſich oft die Augen, aber ſie blieb wach.

Welch ein eigentümlicher Weltzuſammenhang offenbarte ſich
ihr jetzt. Die Gedanken der Menſchen in den verſchiedenſten
Lebensverhältniſſen waren jetzt durch ihre Seele gezogen, und
alle und überall ſeufzten ſie auf und ſtreckten die Hände empor.
Könnt ihr euch nicht retten und emporſchwingen?

In dieſem Gedanken ſaß Lorle da und ſtarrte hinein in
das Licht.

Mitternacht war längſt vorüber, als ſie Reinhard die Treppe
heraufkommen hörte; ſie wollte ihm entgegengehen, aber doch
hielt ſie's für beſſer, ihn in der Stube zu erwarten. Jetzt öffnete
ſich die Thür. Verhülle dich, Auge! Ein Schreckbild, das einſt
im Scherz dich ſo gepeinigt — es wird zur Wahrheit.

„Lieber Reinhard, was iſt dir?" rief Lorle entſetzt.

„Laß mich, laß mich," antwortete Reinhard mit ſchwerer,
lallender Zunge; er that einen Schritt vor, und taumelnd ſtürzte
er auf den Boden.

Lorle ſchrie nicht um Hilfe, ſie hatte ſeinen Zuſtand erkannt und warf ſich neben ihm auf den Boden, ſie ſchaute dann
mit gläſernem Blick umher und konnte nicht weinen. Eine
Göttererſcheinung, zu der ſie anbetend aufgeſchaut hatte, war

in den Staub gefunken. „Wer hat das verſchuldet? Er, ich
oder die Welt?..."

Endlich ſtand ſie auf, holte ein Kiſſen und legte es Rein=
hard unter den Kopf; er hob einen Arm und ließ ihn matt
wiederum ſinken.

In dunkler Kammer hatte ſich Lorle über das Bett ge=
worfen, kein Schlaf berührte ihre Augenlider, ihre Gedanken
wurden wie von nächtigen Geiſtern wirr durcheinander gejagt,
und Bilder, die kein Wachen ſchauen kann, umgaukelten ſie.
Der Tag graute. Als fühlte ſie das Nahen des Morgens, ſtand
ſie auf, Reinhard lag noch in ruhigem Schlafe. Sie kleidete
ſich ſorgfältig an, nahm ihr Gebetbuch, öffnete es aber nicht.
ſondern ſteckte es zu ſich; was ſie jetzt vorhatte, kam zunächſt
aus der Entſchiedenheit ihres Charakters, aus ihrem ſelbſtändigen
Entſchluß. Vom Abend her lag noch eine geklärte Ruhe auf
ihrer Seele, und eine Zuverſicht, die aus der Tiefe des eigenſten
Lebens kam, ſpannte ihr ganzes Weſen; ſie ſchwankte keinen
Augenblick in ihrem Beginnen. Eine Weile ſtand ſie mit ge=
falteten Händen vor Reinhard, dann verließ ſie die Stube und ging
die Treppe hinab. An der Flurthüre des Regiſtrators lauſchte
ſie, alles war ſtill. „B'hüt euch Gott, ihr lieben Kinder," hauchte
ſie an die Scheibe und verließ raſch das Haus.

Der Bäcker war höchlich erſtaunt, als Lorle ihn bat, augen=
blicklich einſpannen zu laſſen, um ſie nach Hauſe zu fahren; er
willfahrte indes ohne Zögern, und da kein Knecht zu Hauſe war,
übernahm er ſelbſt den Fuhrmannsdienſt. Lorle nahm nicht nur
kein Frühſtück, ſondern duldete nicht einmal, daß der Bäcker auf
deſſen Bereitung wartete.

Als ſie an der Kaſerne vorbeifuhren, ſtand ein Tambour
dort und ſchlug die Tagwacht; es war Wendelin, er ahnte nicht,
wer im Morgenduft an ihm vorüberzog.

Wenige Stunden darauf erhielt Reinhard durch einen Boten
folgenden Brief:

„Ich ſage dir Lebewohl, lieber Reinhard, ich gehe wieder
heim zu meiner Mutter, ich hab's wohl bedacht, aber ich geh'.
Ich danke dir viele tauſendmal für all' das Liebe und Gute
auf dieſer Welt, was ich durch dich gehabt hab'. Ich bin ein'
ſchöne Zeit glücklich geweſen. Gott iſt mein Zeug', wenn ich's
heut nochmals zu thun hätte, und ich müßt', daß ich ſo lang
in Schmerzen verleben muß, ich thät's doch wieder und ging'
mit dir. Es iſt doch ein' ſchöne Zeit geweſen.

Laß es bleiben, daß du mich zu dir zurückbringen willſt,
das geſchieht nimmer und nimmermehr; es iſt gut ſo für dich

und mit Gottes Hilfe auch für mich. Wenn du mir mein Bett
und die zwei blauen Ueberzüge schicken willst, von allem andern
will ich nichts mehr sehen.

Du mußt wieder in die weite Welt und ich geh' heim.
Du wirst deinen Kummer schon wieder vergessen, vergiß meiner
aber doch nicht ganz. Lebe wohl und ewig wohl. Bis in den
Tod deine getreue

Lore Reinhard.

Laß der Bärbel noch ein steinern Kreuz setzen, wie du versprochen hast. Lebe wohl und ewig wohl. Deine Getreue.

Verzeihe, das Papier ist naß geworden, ich habe darauf
geweint. Lebe wohl und lebe ewig wohl."

Und dann?

Der Kollaborator ist als Teilhaber einer Mineralienhand-
lung auf Reisen. Wer weiß, in welchem Bergwerk er jetzt
hämmert und gräbt. Wir dürfen ihm Glückauf zurufen und
sicher sein, daß er wieder den Weg ans Licht findet.

In Rom fragte die Frau des Kammerherrn Arthur von
Belgern, geborene Gräfin Mathilde von Felseneck, angelegentlich
nach dem Maler Reinhard, der seine Stellung in der *schen
Residenz aufgegeben und sich hierher gewendet hatte; sie hörte
nur, daß er selten nach der Stadt käme, sich meist in der
Campagna umhertreibe und dort il Tedesco furioso heiße.

Durch das Dorf geht eine Frau in städtischer Kleidung,
von jedermann herzlich begrüßt, und fragt ihr, wer sie sei, so
wird euch jeder mit dankendem Blicke sagen, daß sie der Schutz-
engel der Hilfsbedürftigen ist. Und ihr Name? Man nennt
sie die Frau Professorin.

Luzifer.

(1847.)

In die wogende Saat.

Die Morgenglocken tönen und klingen und wollen nicht
enden, durch die still wogende Saat wallt in langer Reihe eine
fromme Schar, die Kirchenfahnen blau und rot flattern und
knattern im sanften Windhauch, laut ausgerufene Worte werden
nachgemurmelt in der endlosen Reihe, Gesänge schallen hin über
Wiese und Feld, und der rauschende Wald verschlingt sie. Hoch
oben im Blau verborgen, schmettert die Lerche ihr Lied und
badet im lichten Aether; erfrischender Duft atmet von den Höhen
und aus den Gründen, und die Weihrauchwölkchen aus den ge-
schwungenen Kesseln zerteilen sich rasch. Dort senkt sich der Zug
den Feldweg hinab, die Fahnen sind versunken und die Menschen
mit ihnen, dort aber steigen sie schon wieder die Höhe jenseits
hinan; weit voraus sind die ersten, und noch bewegt sich das
Ende des Zuges zwischen den Hecken der Gärten am Dorfe.
Die Menschen ziehen hin durch die Flur und danken dem Gotte,
der so reiche Saat emporsprossen ließ, sie flehen um ferneren
Schutz und segnen die Frucht ihrer Arbeit. Es ist der Bittgang durch das Feld.

Diese Wege zogen sie oft einsam, belastet und müde, heute
sind sie alle vereint, frei und in ihren Feierkleidern; nur Worte,
andächtige Grüße schicken sie hin über die Häupter der schwankenden Aehren, die sich still zu einander neigen, als verstünden
sie den Gruß und flüsterten Unhörbares sich zu.

Den Zug schloß eine uralte, wohlgekleidete Frau, sie ging
etwas gebückt und führte einen rotwangigen Knaben von etwa
neun Jahren, der stets tänzelte und hüpfte. Als man an der
Thalschlucht anlangte, sagte die Alte: „Viktor, halt ein bißle
still, wir wollen da absitzen, meine Läufer wollen nimmer mit;
komm, wir wollen noch beten und dann heimezu gehen."

Sie setzten sich auf den Rain, und der Knabe las aus dem
Gebetbuche vor. Dann sprach die Alte mit tiefer Rührung von

der Güte Gottes, der nun die armen Menschen wieder so reich gesegnet habe.

Endlich richtete sie sich auf und streichelte den Knaben über Stirn und Wangen, und nun machten sie sich still auf den Weg.

Im Dorfe war alles wie ausgeflogen, die Glocke schien gleich einer Mutterstimme die Fernhingezogenen zu rufen, daß sie der Heimat nicht vergäßen. Des hatte es keine Not, denn bald füllten sich die Straßen wieder, und alles eilte mit doppelter Hast zur harrenden Speise. Eben bebte der letzte Ton des Geläutes aus, und schon schlug es zwölf Uhr.

Der Mittag ist glühheiß, die Sonne sticht so spitz. Nach der Mittagskirche ist es wiederum leer auf der Straße. Die Pappel beschaut sich weithin im glatten Spiegel des Weihers, und kein Lüftchen bewegt ihre langstieligen Blätter; die Enten liegen am Ufer, und da sie nichts zu reden und nichts zu essen haben, stecken sie die Schnäbel unter die Flügel und — gut Nacht, Mittag! Eine Schar Hühner hat unter einem leerstehenden Wagen Schatten gesucht, und nur eine unruhige aus ihrer Mitte gräbt sich tief ein in den Sand.

Das ganze Dorf ist wie schlafen gangen. Am Rathause aber hört man gewaltigen Lärm, besonders tönt eine mächtige Stimme hervor. Alle Mannen sind dort versammelt, denn der Schultheiß bringt einen neuen Vorschlag an die Gemeindeversammlung. Zweierlei Mißlichkeiten hatten bisher beim Einzuge des Zehnten stattgefunden. Vor allem die Scherereien durch die Zehntknechte, da war man nicht Herr seines Eigentums, bis die Herren Zehntknechte ihren Teil geholt hatten; pachteten Ortsangehörige den Zehnten, so blieb dieser Mißstand derselbe und führte noch zu allerlei Feindschaften bei der Steigerung u. s. w. Darum hatte der Gemeinderat für dieses Jahr sowohl den „Herrenzehnten" als den „Pfarrzehnten" gepachtet und verlangte dafür die Bestätigung der Gemeinde. Der Vorschlag war sachgemäß und billig, alles schien einverstanden.

Da erhob sich der Sägmüller Luzian Hillebrand, der zugleich auch Obmann des Bürgerausschusses war, und rief: „Wie? will keiner das Maul aufthun bei der Hitz? Fürchtet er sich, die Zung' zu verbrennen?"

Alles lachte, und man hörte eine Stimme sagen: „Was hat der jetzt wieder?"

Luzian fuhr fort: „Was hat der jetzt wieder? hör' ich da wieder rufen. Sollst's gleich hören und ihr alle mit. Ich muß mich jetzt schon an den Laden legen. Also wie es den Anschein

hat, soll die Sach' jetzt gleich beschlossen werden, butschgeres fertig,
wie der alte Geigerlez als gesagt hat. Aber warum hören wir
vom Ausschuß erst jetzt davon? Da sehet ihr's, ihr Mannen,
wie die Herren Gemeinderät' für die Ewigkeit, ich mein' die
lebenslangen, regieren, da könnet ihr's nun wieder abmerken,
daß ihr nie mehr einen wählet, der nicht unterschreibt, daß er
nach fünf Jahren austreten will."

„Was hast denn gegen die heutige Sach?" fragte der
Schultheiß, „was sollen die griffigen Reden?"

„Kommt schon," entgegnete Luzian, „es ist auf die Lebens=
langen kein Schlag verloren als der, wo neben 'naus geht.
Also nach dem Flurbuch wollet ihr den Zehnten umlegen? Nicht
wahr, Schultheiß und du Heiligenpfleger, du hast deine Aecker
meist im Speckfeld, der Kübelfritz da hat aber seine paar Aeckerle
drunten beim Heubuckel und im Nesselfang; was meinst, muß
der vom Morgen so viel Zehnten geben, wie du und ich von
meinen besten Aeckern, wo der Boden fett und mürb ist und
wo wir die doppelten Neuning [1] machen? Saget nur alle ja."

„Nein," schrie es von allen Seiten, und „hat recht, hat
beim Blitz recht," hinkte noch der eine und andere mit seiner
Rede nach, als bereits wiederum Stille eintrat und Luzian dann
fortfuhr:

„So? Also nein; warum stehet ihr denn aber da wie Gott
verlaß mich nicht und red't keins und deut't nicht und macht
nicht und bericht't nicht? Warum lasset ihr mich immer am
schweren Ort anfassen? Nun meinetwegen, es geht auf die alt
Zech'. Jetzt ich mein' so: wenn der Vorschlag angenommen wird,
und ich will mich nicht dagegen stäupern (widersetzen), dann
macht man den Anhang dazu: man wählt noch einen Aus=
schuß, der den Zehnten zelgweise, wie's Kauf und Lauf ist, um=
legt. Aber ihr schreibet alle nicht gern Zettel, und da du," er
stieß lächelnd seinen Nachbar an, „du fürchtest mit den andern,
das Bier im Rößle wird dir warm. Also der Gemeinderat
und drei Mannen vom Bürgerausschuß, die nehmen noch ein
paar von den Halbfuhrigen [2] dazu und die verteilen's gleichling."

Dieses wurde nun auch einstimmig beschlossen.

Es war so erstickend heiß in der Gemeindestube, daß viele
schon innerlich grollten, weil die Verhandlung so lange dauerte,
obgleich es ja ihr nächstes Wohl betraf. Andere schlichen sich,
da die Thür offen gelassen werden mußte, still davon und

---

[1] Neuning, ein Haufen von neun Garben.
[2] Die nur eine einzelne Kuh zum Anspannen haben.

dachten, die Zurückbleibenden würden schon ausmachen, was gut
sei; sie stimmten gar nicht mit, und gewiß waren diese Ausreißer
nicht minder vorn dran, wenn es galt, die Ueberlasten aller
Art zu beklagen. Die Ueberwitzigen beschönigen dann wohl gar
ihre Faulheit mit der klugen Rede, daß der Bettelsack doch ein
Loch habe und da nicht zu helfen sei, es müsse alles anders
kommen. Denn nicht bloß hinter Brillen hervor dringen solche
kluge Blicke, die über alles hinaus sind und alles Thun eitel
finden: die urtümliche Lungerei ist grad so weit.

Endlich ward die Gemeindeversammlung aufgehoben, die
Straßen belebten sich. Viele Männer zogen ihre Röcke aus und
schickten sie samt den Hüten durch herbeigerufene Knaben nach
Hause; der kleine Umweg von da ins Wirtshaus war ihnen
zu viel.

Allerlei Gruppen bildeten sich, wir bleiben bei der um
Luzian. Er erhielt allgemeines Lob, und man sagte ihm, es
sei einmal so, wenn er in der Versammlung sei, so warte eben
alles, bis er dem Gemeinderate die Streu schüttle.

Es muß hierbei bemerkt werden, daß Gemeinderat und
Ausschuß, besonders wo jener lebenslang gewählt ist, sich oft
verhalten, wie Regierung und Stände, soweit diese aus unab-
hängigen Männern bestehen. Schon geraume Zeit kämpfen alle
Einsichtigen gegen die Lebenslänglichkeit des Gemeinderats,
aber das Staatsgesetz verharrt unbeugsam, und so hat man zu
jenem Verfahren genötigt, das Luzian oben angab; man hat
damit den Einklang mit dem Gesetze tiefinnerlichst untergraben.

Luzian hatte noch einen besonderen Grund, warum er, wie
man sagt, gerne dem Gemeinderat eine hölzerne Wurst aufs
Kraut legte. Wir werden das schon noch sattsam erfahren.

„Es macht doch gottsträflich heiß," bemerkte jetzt der Schmied
Urban.

„Thut nichts," entgegnete Luzian, „ich weiß nicht, ich
kann die Hitz' viel eher vertragen als die Kält', und ich schwitz'
auch schon gern ein bißle, wenn's nur ein gut Weinjahr gibt;
es ist denen Wingerter zu gunnen. Soll das Gewächs aus-
kochen, so muß der Mensch auch sein Teil Hitz mitnehmen."

„Der Luzian schwitzt gern für die Welt, er ist ja auch so
ein Stück Erlöser," sagte der Brunnenbasche, ein wohlhäbiger,
bejahrter Mann, der die Rolle des Schalksnarren im Dorfe
spielte.

Luzian gab ihm keine Antwort und ging voraus.

Man ging nach dem Wirtshause. Luzian las die Zeitung,
deren verschiedene Blätter in einem kleinen Kreis verteilt waren,

andere „kartelten", da der Pfarrer das Kegeln am Sonntag
verboten hatte. Bald aber legten die Spieler die Karten weg,
die Zeitungsleser rieben sich die Augen, und die Buchstaben
flimmerten vor ihnen, es war plötzlich stockdunkel.

„Heiliger Gott, was ist das?" rief der erste, der zum
Fenster hinaussah.

„Was gibt's?"

„Da gucket einmal den Himmel an."

Es gab nicht genug Fenster für die Drängenden, man
rannte hinaus ins Freie. Schreckensbleich wurde jedes Antlitz,
das aufschaute. Schwere, schuppenartig gestaltete Wolken schoben
sich im ganzen Gesichtskreise träg ineinander; mit jedem Augenblicke wurde es düsterer und nächtiger. Die die Wirtsstube
verlassen hatten, kehrten nicht mehr dahin zurück, sondern eilten
heimwärts, immer wieder aufschauend und die Hände von sich
abstreckend, als müßten sie den Einfall des Himmels von sich
abwehren. Die in der Wirtsstube verblieben waren und ihre
noch in der Hand gehaltenen Karten an sich drückten, um den
Nachbar nicht einschauen zu lassen, warfen das Spiel mit allen
Trümpfen weg und nahmen sich nicht einmal Zeit, den Rest
ihres Trunkes zu leeren; auch sie eilten „heimezu".

Jedes wollte zu den Seinen stehen, als wäre das Unglück
abzuwenden, wenn man sich ihm mit vereinter Kraft entgegen-
stemmte; jedenfalls war es leichter zu tragen.

Der Wirt war bald allein, und indem er die Reste zu-
sammenschüttete, sagte er vor sich hin: „Und jetzt haben wir
heut erst den Zehnten abgelöst." Der Vorder- sowie der Nach-
satz dieses Gedankens kam nicht zu Worte, denn er wagte es
nicht, vor sich selbst die Furcht auszusprechen, die ihn erzittern
machte.

Luzian ging still das Dorf hinab, manchmal zwinkerte er
mit den Augen, wenn er aufschaute, und preßte die scharf-
geschnittenen Lippen zusammen. Am Schulhause begegnete er dem
Lehrer, der die Kirchenschlüssel trug und als Küster eben zum
Wetterläuten gehen wollte.

„Ihr solltet das sein lassen, Herr Lehrer," sagte Luzian,
„wenn's da droben aufspielt, da nützt das Bimbam nichts. Ich
hab' erst vorlängst noch gelesen, daß das Wetterläuten ein alter
nichtsnutziger und gefährlicher Brauch ist. Wer nicht von ihm
selber betet, der thut's auch nicht auf das Gebimbel hin. Es ist
ja auch abkommen gewesen."

„Ja, aber unser neuer Pfarrer hält streng auf die alten
Bräuche, ich bekomme beim Unterlassen einen strengen Verweis."

„So? Auch auf das hält er? Hätt's eigentlich wiſſen können.
Nun, behüt' uns Gott!"

Im Weitergehen ſchnalzte Luzian mit beiden Händen und
ſpie oft aus. Faſt vergaß er über ſeinem Aerger, was am
Himmel vorging, er mußte ſich jetzt zuſammennehmen, daß ihm
der Hut nicht vom Kopfe geriſſen wurde; der Sturmwind wirbelte
graue Staubwolken vor ihm her zuſammen, ſchon fielen jetzt
einzelne breite Tropfen, und als er die Klinke ſeiner Hausthür
erfaſſen wollte, zuckte ein gelber Blitz, ſo daß Luzian geblendet
nach dem Griffe taſtete.

„Gott ſei Lob, daß du da biſt!" begrüßte ihn ſeine Frau,
„was ſagſt du zu dem Wetter? Es wird doch, will's Gott, mit
Gutem vorübergehen! So, jetzt biſt doch da. Mir iſt viel
leichter, wenn dein Rock am Nagel hängt. Komm, gib her."

„Laß mir ihn noch an, man weiß nicht, wie man 'naus
muß. Iſt das Kind da?"

„Ja. Siehſt ihn denn nicht? Da ſitzt er und lieſt. Das
gibt auch ſo einen Büchergucker, wie du. Viktor, gib dem Aehni
(Großvater) die Hand, du haſt jetzt genug geleſen, und es iſt
ja ſtichedunkel."

„Wo iſt das Bäbi?" fragte Luzian.

„Draußen in der Küch', der Paule iſt auch da."

„Gang und mach' das Feuer aus, und ſie ſollen 'rein
kommen. Halt, das iſt ein Schlag, der hat kracht, und jetzt
läutet der Schulmeiſter auch noch."

Während die Frau hinausging, trat Luzian in die Nebenſtube, er fand dort eine Schlafende, die wohl durch das brückende
Wetter jetzt ſchon eingeſchlafen war. Es iſt dieſelbe Frau, bei
der wir heute beim Bittgang verblieben ſind, als wir, gleich
ihr, die andern weiter ziehen ließen. Auf leiſen Sohlen kehrte
Luzian wieder in die Stube zurück, er lehnte die Thür nur an,
ohne ſie ins Schloß fallen zu laſſen.

Die Bäbi und der Paule traten mit glühenden Wangen
in die Stube. Die Mutter hatte draußen wohl ein großes
Feuer zu löſchen gehabt. Bäbi ſtellte ſich ſogleich zu Viktor an
das Fenſter, es gelang ihr dadurch, ihr flammendes Antlitz zu
verbergen, das ſie dem Vater nicht zeigen wollte.

„Guten Tag, Schwäher," ſagte Paule und ſteckte aus Ehrerbietung die in der Hand gehaltene Pfeife in die Bruſttaſche.

„Guten Tag. Biſt allein hier?"

„Ja."

„Guter Gott!" begann Bäbi, „wenn das Wetter nur keinen
Schaden thut, das könnt' alle Luſtbarkeit auf unſerer Hochzeit —"

„Du denkst jetzt nur an dich," unterbrach sie Luzian; „Paule, wie ist's? Hat dein Vater sich in die Hagelversicherung einschreiben lassen?"

„Mein Vater? Nein. Gucket, Schwäher, Euch kann ich's ja sagen; mein Vater, der ist gar wunderlich, der träppelt so 'rum und drückst und will halt nicht an die Sach, und geht man ihm scharf auf den Leib, so sagt er, daß er nur nichts zu thun braucht: man muß Gott machen lassen, wenn er einen strafen will. Und gegen mich ist er jetzt gar, es will ihm nicht recht in den Sinn, daß ich nimmer Vorroß sein soll, daß ich jetzt halt auch an die Deichsel komm'. Deswegen bin ich halt hehlings in die Stadt und hab' mich einschreiben lassen, es ist ja bald mein eigen Sach. Mein Vater darf aber nichts davon erfahren, der ist —"

„Schäm' dich ins blutige Herz hinein," unterbrach die Frau den Redenden, „das ist nichts, so über deinen Vater oder über einen Menschen zu reden, wer er sei, und noch dazu, wenn so ein Wetter am Himmel ist; man versündigt sich ja."

„Drum hab' ich's immer gesagt," begann Luzian, „der Landstand muß eine allgemeine Hagelversicherung fürs ganze Land einführen, da kann keiner mehr neben 'naus, und da ist's auch wohlfeiler; freilich ist's traurig, daß man die Leut zu ihrem eigenen Nutzen zwingen soll; aber man zwingt's ja zu anderen Sachen, die gar nicht so nötig sind. Drum ist der Land=stand —"

„Luzian, was hast denn?" rief die Frau in Angst und Pein, „zuerst wird über die nächsten Anverwandten losgezogen und jetzt über den Landstand, und bei so einem Wetter!"

„Wenn man's ehrlich meint, darf man reden, mag's ge=wittern oder die Sonn' scheinen. Meinst du, unser Herrgott ist jetzt näher bei der Hand als an einem hellen Tag?"

„Mich gehen deine Bücher nichts an, und jetzt muß man einmal beten. Ich will jetzt auch nichts mehr reden, es darf keinen Zank geben, das ist ärger als Feuer auf dem Herd."

Luzian schwieg, die Frau breitete ein Tischtuch auf dem Tische aus, legte das Gesangbuch und die Bibel aufgeschlagen an der Stelle: „Im Anfang schuf Gott Himmel und Erde" mitten auf den Tisch und streute Salz auf dessen vier Ecken.

„Aehni, es gitzebohnelet" (schloßt), rief Viktor am Fenster.

Die Mutter nahm ihn still an der Hand, führte ihn an den Tisch und betete dort laut mit ihm.

Luzian lächelte vor sich hin, als der Knabe las: „Guter Christ, du wirst es ja nicht deinem Pfarrer oder Seelsorger zur

Schuld rechnen, wenn Hagel oder Ungewitter Schaden anrichten. Wer kann dem heiligsten Willen des Allmächtigen widerstehen? Oder was für ein Priester hat eine größere Macht als Gott selbst?"[1]

Natürlich: des Priesters Macht reicht hinab in die tiefste Hölle und hinauf in den höchsten Himmel, warum sollte er dem Wetter nicht Einhalt thun können?

Rührend klang dann das alte Lied: in dem es heißt:

> „Das Wildfeu'r fern hin von uns jag',
> In wild's Geröhr und Hage,
> Darin es niemand schaden mag
> Beir Nacht und auch beim Tage.
>
> O reicher Gott! laß mildiglich
> All' Frucht tedlich entsprießen,
> Daß Arm', Elende hie redlich
> Durch Gab' sein Wohl genießen.
>
> Den armen Seelen in Fegfeu'rs Pein
> Thu' bitters Leiden schmälen
> Und sie durch das Almosen rein
> Den Seligen zuzählen."

Wie mit scharfen Schroten schlug es nun gegen die Fenster, eine Scheibe sprang und aus der Ferne hörte man andere klirren, Fensterladen abknacken und Klageschreie verhallen.

„Das gibt ein gräßliches Unglück, ein gräßliches Unglück!" jammerte Luzian und rang die Hände vor sich hin.

Viktor hatte schon lange neben ausgeschielt, jetzt sprang er auf und holte eine durch die geöffnete Scheibe eingedrungene Schloße; sie war fast so groß wie ein Taubenei.

„O wie schön!" rief Viktor, und alles antwortete wie aus einem Munde: „Daß Gott erbarm!"

Immer dichter und dichter kam der Hagelschlag.

„Haufengenug, ist nimmer nötig, es ist schon alles hin," sagte Luzian, nach außen winkend, trauervoll in Ton und Miene.

Luzian und Paule schlossen schnell die Fensterladen, um die Scheiben zu wahren; Licht wurde angezündet.

---

[1] Wörtlich aus: Guter Samen auf ein gutes Erdreich. Ein Lehr- und Gebetbuch samt einem Haus- und Krankenbüchlein für gutgesinnte Christen, besonders fürs liebe Landvolt, von Aegidius Jais, S. 203.

„Jetzt find wir in der Arche Noah, und du, Aehni, bift der Noah, wenn unfer Haus fortfchwimmt," plauderte Viktor.

„Still!" gebot Luzian mit fcharfem Tone, dann fetzte er flüfternd hinzu: „Es ift mir nur lieb, daß die Ahne (Groß= mutter) in der Kammer das Wetter verfchlaft; fo alte Leut' find doch wie die kleinen Kinder, die fpüren die fchwere Luft und finken um. Sie ift heut auch ein bißle zu weit mit dem Bitt= gang ins Feld."

Keines redete mehr ein Wort, felbft Viktor ging auf den Zehen und betrachtete das Zerfließen der Schloße auf feiner warmen Hand; nur manchmal hob er fie auf und verfuchte beim Lichte durchzufchauen; Tropfen fielen auf das Gefangbuch und vermifchten fich dort mit den Thränen, welche die Frau ge= weint hatte.

Man horchte ftill hinaus, ob das Wetter noch nicht nach= laffe, das wütete aber immer toller; wie aus riefigen Wurfeln fchüttete es immer wieder, und jeder letzte „Schüttler" fchien der gewaltigfte.

„Das kann bei uns daheim auch fein," fagte Paule. Nie= mand antwortete.

Endlich fielen nur noch einfame Tropfen an die Fenfter= laden. Menfchenftimmen wurden auf der Straße hörbar. Man öffnete und fchaute wirklich wie aus der Arche Noah hinaus. Welch ein Fluten und Wogen überall! Das gurgelte und mur= melte luftig, aber die Menfchen waren nicht von der Erde verfchwunden, fie waren geblieben zu Jammer und Not.

Alles rannte durcheinander hin und her und hinaus aufs Feld, jedes wollte feine zerfchlagene Hoffnung fehen; einige kehrten fchon heim und brachten eine Handvoll ausgeraufter Aehren mit, fie zeigten fie mit thränenfchweren Blicken. Heulen und Wehklagen der Frauen erfüllte die Straßen und die Häufer; ftumm, gefenkten Hauptes wandelten die Männer dahin, inner= lich fröftelnd ballten fie die Fäufte, fie hatten fo wacker gearbeitet, und die Arbeit war hin und die Hoffnung.

In allen Gärten waren die Stützen der Bäume zu Boden geftreckt, und neben ihnen lag das unreife Obft, faft kein Baum, dem nicht ein Aft abgeknackt war, viele waren ganz nieder= geworfen.

An diefem Abende reichten die Eltern kummervoll den Kin= dern ihr Effen, fie felber aber hungerten, und fchwere Sorge nagte an ihren Herzen die bange fchlaflofe Nacht.

Heute hielt fich von felbft das ftrenge „pfarramtliche" Ge= bot, daß nicht mehr auf den Straßen gefungen werden durfte.

Draußen ist's so würzig, wie eine balsamische Glätte zieht
es durch die Luft; in den Häusern und in den Herzen aber ist
es trüb und dumpf.

Ein Blick ins Haus und in die Ratsstube.

Das war ein traurig Erwachen am Montag. Die Sensen
und Sicheln waren gedengelt, die Menschen fühlten ihre Sehnen
gespannt und straff zu frischer Arbeit, jetzt ließen sie die Hände
sinken und schauten still drein. Dennoch ruhte auf manchem
Auge, das sich ausgeweint hatte, auf manchem Antlitze ein Ab-
glanz stiller Verklärung, man möchte sagen wie auf der Natur
rings umher, die sich auch ausgeweint zu haben schien.

Ein Ungemach, das hereingebrochen, sieht sich am andern
Morgen ganz anders an; am Tage seiner Entstehung willst du
es nicht dulden, kannst du es nicht fassen, es soll sich nicht
einnisten in deiner Seele als Wahrheit; wie wäre es möglich?
Du selbst lebst und deine Gedanken sind wach. Wie kann dir
etwas entrissen werden, das dir angehört, das du mit deinen
Gedanken festhältst? Sinkt die Nacht, versenkt dich in Schlummer
und macht dich dein selbst vergessen, so faßt dich am Morgen
das, was dich gestern betroffen, noch immer mit staunendem
Schmerze, aber schon ist es zur Vergangenheit geworden, die
mit unwandelbarer Gewißheit feststeht, du kannst nicht mehr
daran rütteln und mußt dich darein ergeben, mit stillem Schmerz
dein zerstücktes oder überbürdetes Leben der heilenden Zukunft
entgegenführen.

Auf Feld und Flur funkelte und flimmerte der Morgen-
tau, der trieft hernieder, ob die Halme sich auf ihren Stengeln
neigen oder geknickt zur Erde geworfen sind. Die Sonne stand
am Himmel in voller Pracht, sie bleibt nicht aus am Himmelsbogen, nur manchmal lagern sich Wolken, Wetter und Nebel
zwischen sie und die Erde, und das Erdenkind vermag nicht
durchzuschauen, das Licht genügt ihm nicht, es will seinen Urquell erfassen. Das Licht aber haftet im Auge wie in der
weiten Welt draußen, und das Auge vermag es nur zu schauen,
weil das Licht in ihm ist. Du suchst den Urquell, und er ist
in dir wie in der Welt.

Das Korn am Halme, das zur Erde niedergeworfen ist,
geht in Verwesung über und setzt nur zu seinem eigenen frucht-
losen Untergange neue Keime an. Der Mensch aber gleicht
nicht dem Halme, er kann sich aufrichten durch die Kraft seines
Willens.

Frisch auf! du mußt dich durch die Welt schlagen, ja hin-
durchschlagen, das ist's. Der Tag ist verloren, ausgebrochen
aus der Kette deines Lebens, den du in Trübsinn und thaten-
loser Verzweiflung hinstarrtest.

Aus solcherlei Gedanken heraus, die er nach seiner Art
hundertfältig herüber und hinüber und auf die besonderen Verhältnisse der Einzelnen anwendete, ging Luzian am andern
Morgen von Haus zu Haus. Er nötigte auf manches kummer-
starre Antlitz das Zucken eines Lächelns durch seinen Hauptterzt:
„Dem Weibervolk ist's nicht zu verdenken, das muß klagen und
jammern, wenn ein Hafen (Topf) in Scherben zerbricht; das
ist ja grad das bräbst Häfele gewesen, nein, so wird keins
mehr gemacht; der Mann aber sagt: hin ist hin, und jetzt
wirtschaften wir mit dem, was noch blieben ist. O! die leicht-
sinnigen Männer, denen ist an allem nichts gelegen, klagen
dann noch die Weiber, und am Ende müssen sie uns doch
recht geben.“

Luzian brachte es zuwege, daß mancher Mann, der alles
stehen und liegen und in sich verfaulen lassen wollte, sich nun
doch aufmachte, um wenigstens das Obst zur Schweinemastung
einzuheimsen.

Es war schon viel gewonnen, daß man sich wieder zur
Thätigkeit aufraffte. Freilich fing man zuerst mit dem Kleinsten
an, aber das trifft sich meist, daß man nach erlittenem Un-
gemache zuvörderst das Nebensächliche, oft Unbedeutendste in
Angriff nimmt, man getraut sich noch nicht an das Hauptstück;
die Hand gewinnt jedoch hiemit wiederum Stärke und Festigkeit,
das Blut strömt wieder lebendiger zum Herzen und erfrischt es
mit neuem Mut.

Müde und lechzend kam Luzian zu Mittag nach Hause,
und sein erstes Wort war: „Weib, wir müssen doppelt sparen
und hausen, wir bekommen den Winter wieder große Ueberlast.“

„Ich seh' schon, wie du wieder überall sorgen und helfen
willst,“ entgegnete die Frau, „und du kriegst doch nur Schimpf
und Undank.“

„Laß du meinen Luzian nur machen, was mein Luzian
macht, das ist gut,“ sagte die Ahne, die im großen Lehnstuhl saß.

„Ich weiß wohl, ihr zwei haltet zusammen wie gezwirnt,“
schloß die Frau lächelnd, indem sie das Tischtuch von der Suppe
zurückschlug; denn es ist hier Sitte, besonders im Sommer,
daß man geraume Weile vor der Essenszeit die Suppe auf
das ausgebreitete Tischtuch stellt und dann das Tuch wieder
über die Schüssel schlägt, um die Suppe in sich verdampfen

und abkühlen zu laſſen. Man liebt das heiße Eſſen und das
langwierige Blaſen nicht.

Wir ſind geſtern unter ſo ſeltſamen Umſtänden vor dem
Wetter hier in das Haus geflüchtet, daß wir kaum Zeit hatten,
uns die Leute näher zu betrachten. Wir müſſen uns damit
ſputen, bevor vielleicht eine unverſehene Erſchütterung alles ſo
von der Stelle rückt, daß wir den vormaligen ſtillen Wandel
der Menſchen und Verhältniſſe kaum mehr herausfinden mögen.

Der ruhende Mittel= und Schwerpunkt des Hauſes war die
Ahne, die uns bereits geſtern im hellen Sonnenſchein an der
Hand Viktors begegnete. Die Geſtalt iſt groß und hager, mit
runzligem, faſt klein gewordenem Antlitze, das dunkelbraune
Auge ſcheint kaum gealtert zu haben, das blühweiße Tuch, das
ſie faſt immer um den Kopf gebunden trägt und deſſen Ed=
zipfel hinten weit hinabfallen, rahmt das Geſicht auf eigentüm=
liche Weiſe ein und gibt ihm einen nonnenhaften Anblick; ſie
iſt aller ihrer Sinne mächtig, im ganzen Behaben äußerſt ſäuber=
lich, faſt zierlich. Nur zum ſonntäglichen Kirchgange entfernt
ſie ſich vom Hauſe. Schon geraume Weile vor dem erſten Ein=
läuten macht ſie ſich auf den Weg, erwartet ſodann im Winter
in der Stube des Schullehrers, im Sommer auf der Bank vor
dem Rathauſe den Beginn des Gottesdienſtes. Mancher, der
die alte Corbula ſo dahin wandeln ſieht, eilt, um ſich noch mit
ihr auf der Rathausbank zu beſprechen; ſie hat ein offenes
Herz für Leid und Luſt, und oft findet hier auf dem Vorhofe
eine heiligere Erhebung ſtatt als im Innern des Tempels.
Manche ſuchten aber auch in neckiſcher Weiſe die Ahne auf ihren
Hauptſpruch zu bringen, ſie wollte es aber nie glauben, daß
man ihrer ſpotte. Dieſer Hauptſpruch der Ahne war nämlich:
„Ja, wenn der Kaiſer Joſeph nicht vergiftet wäre, dann wäre
das und das gewiß beſſer.“ Sie verehrte den Kaiſer, von dem
ihr Vater oft und oft geſprochen hatte, faſt wie einen Heiligen;
ſein Andenken war mit dem an ihren Vater unauflöslich ver=
knüpft, als wären ſie Geſchwiſter geweſen. Sie hegte den viel=
verbreiteten Glauben, daß der Kaiſer, weil er’s ſo gut mit allen
Menſchen gemeint habe, von ſcheinheiligen Pfaffen um ſein
junges Leben gebracht worden ſei. In ſolch gegenſtändlicher
Weiſe faßt der Volksglaube die Untergrabung der edeln Pläne
des hochherzigen Kaiſers. Einſt las Luzian der Mutter eine
Lebensgeſchichte des Kaiſers vor, und ſie behauptete, das ſei
juſt ſo, wie ihr Vater erzählt habe, nur anders geſetzt. Das
Dorf hatte bis in die neueſte Zeit zu Vorderöſterreich gehört,
und ein Oheim der Mutter war kaiſerlicher Rat in Wien ge=

wesen, sie hatte ihn noch gekannt, da er einst im Dorfe zum
Besuche war; sie bewahrte noch eine Granatschnur, die er ihr
damals schenkte. Der einzige Streit, den sie bisweilen mit
Luzian hatte, war darüber, weil er nicht ihrem Verlangen willfahrte und nach Wien an die Nachkommen des kaiserlichen Rates
schrieb; sie behauptete immer, es sei unmenschlich, wenn Bluts-
verwandte so gar nichts voneinander wissen. Eine besondere
Vorliebe hatte die Mutter für den Viktor, ihr Urenkelchen, sie sagte
oft: „Der wird just wie der kaiserliche Rat. Wenn der Kaiser
noch leben thät, der thät ihn nach Wien verschreiben, das sag' ich.“

Man hätte fast glauben sollen, Luzian sei der leibliche
Sohn der Ahne, die er auch fast immer Mutter nannte, während
er in der That nur ihr Schwiegersohn war. Seine Frau neckte
ihn oft und stellte sich eifersüchtig wegen der Liebschaft der
beiden zu einander; denn Luzian ging die Sorgfalt für die
Mutter über alles, und er hätte ihr gern, wie man sagt, das
Blaue vom Himmel geholt, um sie zu erfreuen.

Luzian war ein Mann im Anfang der fünziger Jahre,
stämmig, ein Sägkloß, wie er von seinen Freunden manchmal
genannt wurde, weil er zum Spalten zu dick war und sich nicht
splittern ließ; sein Gesicht war voll und gespannt und verriet
entschiedenes Selbstbewußtsein, der starke Stiernacken bekundete
Unbeugsamkeit. Noch gegen Ende des Befreiungskrieges war
er zum Soldatendienste ausgehoben worden, kam aber zu keiner
Schlacht. Die Sägmühle hatte er seinem Sohne Egidi übergeben und bauerte nun auf dem Gute im Dorfe. Viktor,
Egidis ältesten Sohn, hatte er sich und der „Guckahne“ (Ur-
großmutter) zulieb ins Haus genommen, angeblich indes, damit
der Knabe der Schule näher sei.

Margret, Luzians Frau, ähnelte der Mutter unverkennbar;
war auch ihr ganzes Dichten und Trachten dem Haushalte zu-
gewendet, so war doch Luzian nicht minder ihr Stolz, nur ließ
sie es nie merken wie die Mutter, wenigstens nie in Worten.
Sie bildete sich mehr darauf ein als Luzian selber, daß dieser
schon zweimal zum Abgeordneten vorgeschlagen war. Spöttelte
sie auch manchmal über sein vieles Lesen, so war es ihr doch
nicht unlieb, da er dadurch fast immer im Hause war und alles
in bester Ordnung hielt; auch glaubte sie, daß er eben viel
gescheiter sei als alle in der ganzen Gegend. Klagte sie auch
wiederholt über die Gemeindeämter und vielen Pflegschaften,
die sich Luzian aufbürden ließ, so dachte sie doch wieder im
stillen bei sich: „Ja, es versteht's eben doch keiner so gut
wie er.“

Bäbi, das hochgewachſene Mädchen mit auffallend dunkeln
Augen und ſtarken Brauen, gehört eigentlich gar nicht mehr
recht ins Haus. Sie hatte noch geſtern zu Paule, ihrem Bräu=
tigam, geſagt: „Seitdem der Pfarrer uns miteinander verkündet
hat und über vierzehn Tage unſere Hochzeit ſein ſoll, da iſt
mir's jetzt allfort, wie wenn ich nur auf Beſuch daheim wär'!"

Die Bekanntſchaft Egidis mit ſeiner Frau und den Kindern
müſſen wir abwarten, bis ſie ſich uns ſelbſt vorſtellen.

So wären wir alſo hier im Hauſe mit allem bekannt und
können ſie ungeſtört mit den beiden Knechten und der Magd zu
Mittag eſſen laſſen. Man kennt aber namentlich einen Bauern
nicht recht, wenn man ſeinen Beſitzſtand nicht weiß; an ihm
äußert ſich nicht nur die ganze Sinnesweiſe und der Charakter,
ſondern dieſer ſtützt ſich auch meiſt darauf. In andern Stel=
lungen bilden ſich Lebenskreis, Haltung und Geltung vornehm=
lich aus der Perſönlichkeit heraus, hier aber wird das Meßbare
und im Werte zu Schätzende vor allem Stützpunkt des Charakters
in ſich und ſeiner Bedeutung nach außen. Du wirſt daher oft
finden, daß ein Bauer, der Vertrauen zu dir faßt, dir alsbald
all' ſeine Habe aufzählt, oft bis auf das Kälbchen, das er an=
bindet. Er will dir auch damit zu verſtehen geben, was er
daheim bedeutet. Da ſitzen ſechzig Morgen Ackers und ſo und
ſo viel Wald und Matten, beſagt oft die Art, wie ſich ein Bauer
im fremden Wirtshaus niederſetzt. Gehörte Luzian auch keines=
wegs zu letzterem Schlage und ſtellte ſich ſeine Ehre und
Schätzung noch auf etwas anderes, ſo müſſen wir doch noch
ſchnell ſagen, daß er vier Pferde, zwei Paar Ochſen, ſechs Kühe
und ein Rind im Stalle hatte; danach meſſet. Die Pferde
werden allerdings nicht bloß zum Feldbau, ſondern auch zu
Holz= und Bretterfuhren gebraucht, da Luzian dieſen Handel
eifrig betreibt, der ihm manchen ſchönen Gewinſt abwirft.

Nach Tiſche wurde Luzian aufs Rathaus gerufen. Er fand
dort außer dem Schultheiß und den Gemeinderäten auch den
Pfarrer. Luzian maß dieſen mit ſcharfen Blicken, denn er ſollte
ihm zum erſtenmale ſo nahe ſitzen. Der Pfarrer war ein junger
Mann, der die erſte Hälfte der zwanziger Jahre noch nicht über=
ſchritten hatte, groß und breitſchulterig, mit derben Händen,
das Geſicht voll und rund, aber blutleer und ins Grünliche
ſpielend, die zuſammengepreßten Lippen bekundeten Entſchieden=
heit und Trotz; ein eigentümliches Werfen des Kopfes, das in
beſtimmten Abſätzen von Zeit zu Zeit folgte, ließ noch anderes
vermuten. Ueber und über war der Pfarrer in ſchwarzen Laſting
gekleidet, der lange, weit über die Kniee hinabreichende Rock,

die Beinkleider und die geschlossene Weste waren vom selben
Stoffe; er wollte die leichte Sommerkleidung nicht entbehren
und doch keine profane Farbe sich auf den Leib kommen lassen.
Der spiegelnde Firnis des rauhen Zeuges gab der Erscheinung
etwas, das ans Schmierige erinnerte, während der junge Mann
sonst in Ton und Haltung eine gewisse vornehm stolze Zuversicht kund gab. Dies sprach sich sogar in der Art aus, wie er
jetzt, während die Blicke Luzians ihn musterten, mit einem
kleinen Lineal in kurzen Sätzen in die Luft schlug.

„Ich habe dich rufen lassen, Luzian," sagte der Schultheiß,
„wir wollen da wegen dem Hagelschlag eine Eingab' an die
Regierung machen und eine Bitt' in die Zeitung schreiben, du
sollst als Obmann auch mit unterschreiben."

„Wie ist's denn, Herr Pfarrer?" fragte Luzian, das Papier
in Handen, „wie ist's denn? Schenket Ihr der Gemeind' den
Pfarrzehnten, oder was lasset Ihr nach?"

„Von wem sind Sie beauftragt, mich darüber zu er-
mahnen?" warf der Pfarrer entgegen, „was ich thun werde, ist
mein eigener guter Wille; ich lasse mir meine Gutthat dadurch
nicht verringern, daß mich Unberufene daran gemahnen."

„Berufen hin oder her," sagte Luzian, „eine Ermahnung
kann einer Gutthat nichts abzwacken; wenn das ja wär', so
wären die Gutthaten auch minderer, die auf Eure Ermahnungen
in der Predigt von den Leuten geschehen."

„Sie scheinen darum die Kirche zu meiden, um nicht zu
etwas Gutem verführt zu werden," schloß der Pfarrer und warf
das Lineal auf den Tisch.

„Ich will Ihnen was sagen," entgegnete Luzian mit großer
Ruhe, da er noch nicht enden wollte, „Sie haben Beicht- und
Kommunionzettel auch für die großen (erwachsenen) Leute ein-
geführt; wir lassen uns das nicht gefallen, das war beim alten
Pfarrer niemals."

„Was geht mich Ihr alter Pfarrer an? Das neue Kirchenregiment hält seine Befugnisse streng zum Heile" —

„Schultheiß, hast kein'n Kalender da?" unterbrach Luzian.

„Warum? heute ist der siebzehnte," berichtete der Gefragte.

„Nein," sagte Luzian, „ich hab' nur dem Herrn Pfarrer
zeigen wollen, daß wir 1847 schreiben."

Der Pfarrer stand auf, preßte die Lippen und sagte dann
mit wegwerfendem Blick: „Ihre Weisheit scheint allerdings erst
von heute. Ich hätte eigentlich Lust, mich zu entfernen, und
wäre dazu verpflichtet nach solchen ungebührlichen Reden. Sie
alle sind Zeugen, meine Herren, daß ich hier, ich will kein

anderes Wort gebrauchen, schnöde angefallen wurde. Ich will
aber bleiben, ich will ein gutes Werk nicht stören und lasse
mich gern schmähen.“

Solche geschickte Wendung konnte Luzian doch nicht auf=
fangen, er stand betroffen, alles schrie über ihn hinein, und er
sagte endlich:

„Ich will's gewiß auch nicht hindern, gebt her, ich unter=
schreib', und nichts für ungut, Herr Pfarrer, ich bin keiner von
denen Leuten, die sich an einem Polizeidiener vergreifen, weil
sie mit der Regierung unzufrieden sind. B'hüt's Gott bei
einander.“

Niemand dankte.

Aergerlich über sich selbst verließ Luzian die Ratsstube, er
hatte das Heu vor der unrechten Thür abgeladen. Der An=
hang, den er selbst unter dem Gemeinderat hatte, schüttelte
jetzt den Kopf über ihn.

Wir müssen um einige Monate zurückschreiten, um die
Stimmung Luzians zu ergründen.

Die Regungen des tiefgreifendsten Kampfes zuckten eben
erst in der Gemeinde aus. Der alte Pfarrer, der so eins war
mit dem ganzen Dorfe, war plötzlich nach dem Bischofssitze be=
rufen worden, er kehrte nicht mehr zurück, statt seiner verwalteten
die Pfarrer aus der Nachbarschaft wechselsweise die Ortskirche.
Kurz vor Ostern verkündete das Regierungsblatt die Ernennung
und fürstliche Bestätigung eines neuen Pfarrers. Dies war
das Signal für Luzian, der den ganzen inneren Verlauf kannte,
daß sich die ganze Gemeinde wie ein Mann erhob. Der Ge=
meinderat mit sämtlichen Ortsbürgern reichte einen Protest gegen
die neue Bestallung ein, der zu gleicher Zeit an die Regierung
und an den Bischof geschickt wurde. Sie verlangten ihren alten
Pfarrer wieder oder, falls dies nicht gewährt würde, das freie
Wahlrecht; sie wollten keinen von den jungen Geistlichen, gegen
deren Anmaßungen sogar schon beim Landstand Klage erhoben
worden war. Das war die lebendigste Zeit, in der Luzian seine
ganze Kraft entwickelte, und die Gemeinde stand ihm einhellig
zur Seite. Noch ehe indes ein Bescheid auf den Protest einging,
wenige Tage vor der Fastenzeit, bezog der neue Pfarrer seine
Stelle. Sonst ist es bräuchlich, daß das ganze Dorf seinem
neuen Geistlichen bis zur Grenze der Gemarkung entgegengeht,
diesmal aber war er nur von dem Dekan und einigen Amts=
brüdern geleitet. In den meisten Häusern sah man nur durch
die Scheiben dem Einziehenden entgegen, man öffnete das Fenster
erst, wenn er vorüber war, da man nicht grüßen wollte. Der

Gemeinderat und Ausschuß war auf dem Rathause versammelt, die ganze Körperschaft ging in das Pfarrhaus und überreichte abermals den Protest. Der Dekan sprach beruhigende Worte und händigte zuletzt dem Schultheiß die abschlägige Antwort des Bischofs ein. Still kehrte man in das Rathaus zurück, und dort wurde beschlossen, in fortgesetztem Widerstande zu beharren.

Am Sonntag, das Wetter war hell und frisch, versammelte sich das ganze Dorf zu einer Pilgerfahrt; in großem Wallfahrts= zuge ging's nach Althengstfeld, dem Geburtsort Paules. Viele wollten sogleich aus dem Auszuge einen Scherz machen, und schon zog Lachen und Lärmen durch manche Gruppen. Der Brunnenbasche vor allen ging von einem zum andern und hetzte und stiftete, daß das Ding auch ein Gesicht bekäme; den Mädchen erzählte er, daß seine Frau bald ausgepfiffen habe, und er fragte diese und jene, ob sie ihn, einen Witwer ohne Kinder, heiraten wolle, aber ohne Pfaff, so wie die Zigeuner. Da und dort fuhr ein gellender Schrei und ein Gelächter auf; der so an= dächtig begonnene Auszug schien zum Fastnachtscherze zu werden. Man war's gewohnt, daß der Brunnenbasche, wie man sagt, über Gott und die Welt schimpfte und sich erlustigte, man ließ ihn gewähren; nun aber ging's doch böse aus. Luzian, der mit einigen anderen Ordnung herzustellen suchte, kam und zog das Halstuch des Brunnenbasche so fest zu, daß er ganz „kelsch= blau" wurde. Alles fluchte nun über den Störenfried, den Brunnenbasche, und dieser war kaum losgelassen, als er mit lustiger Miene rief: „Fluchet meine Säu auch, dann werden sie auch fett davon."

Jener erste Fastensonntag war der kummervollste, den Luzian bis dahin noch erlebt hatte, ihm war's so herrlich erschienen, wenn man feierlich in geschlossenem Zuge dahin wallte, und jetzt schien alles aus Rand und Band zu gehen, aller Zu= sammenhalt schien zerrissen. Hier zum erstenmale erfuhr er, was es heißt, die gewohnte Ordnung aufzulösen, wenn nicht jeder den Gleichschritt an seinem Herzschlage abzunehmen ver= mag. Müssen wir denn gefesselt sein durch äußere Amtsmacht? flog's ihm einmal durch den Kopf. Er konnte den verzweif= lungsvollen Gedanken nicht ausdenken, denn es galt, den Augen= blick zu fassen, koste es, was es wolle; darum rannte er, in allen Adern glühend, hin und her, schlichtete und ermahnte, und darum ließ er sich von der Heftigkeit zu solcher Behandlung des Brunnenbasche fortreißen. Es gelang ihm endlich mit Hilfe des Steinmetzen Wendel und des Schmieds Urban, Ruhe und Ernst wiederum zu erwecken, und als der Zug sich nun von dem

Rathause aufmachte, begann der Schlosserkarle mit seiner schönen
Stimme ein Lied, bald gesellten sich seine Kameraden zu ihm;
der Pfarrer schaute verwundert zum Fenster heraus, als die
Wallfahrer singend vorüberzogen.

Der Brunnenbasche war von jedem, an den er sich anschließen wollte, fortgestoßen worden; jetzt lief er hinterdrein und
murmelte vor sich hin: „Laufen die Schaf' eine Stund weit,
um sich mit ein paar Worten abspeisen zu lassen. Der Luzian
ist der Leithammel. Könnt' denn das Vieh nicht einmal einen
Sonntag ohne Kirch' sein? Ich will aber doch mit und sehen,
was es gibt."

Als man in der Waldschlucht anlangte, war Luzian vor-
ausgeeilt, von einem Felsen hoch am Wege rief er plötzlich:
„Halt!" Die ganze Schar stand still, und Luzian sprach weiter:
„Liebe Brüder und Schwestern! Ich will euch nicht predigen,
ich kann's nicht, und es ist hier der Ort nicht, und doch sind
oft die besten Christen in den Wald gezogen und haben von
dort sich ihre Religion wieder geholt. Ich hab' jetzt nur eins
zu sagen, ein paar Worte. Wir sind von daheim fort, von der
Kirch', die unsere Voreltern gebaut haben; hier wollen wir
schwören, daß wir zusammenhalten und nicht nachgeben, bis wir
unsere Kirch' wieder haben und einen Mann hineinstellen, wie
wir ihn haben wollen, wir. Das schwören wir." Luzian hielt
inne, er erwartete etwas, aber die Meisten wußten nicht, daß
sie etwas zu sagen hatten, nur einige Stimmen riefen: „Wir
schwören." Luzian aber fuhr fort: „Nein, nicht mit Worten,
im Herzen muß ein jeder den Schwur thun. Noch eins, wir
kommen jetzt in ein fremdes Dorf, wir wollen zeigen, daß wir
eine heilige Sache haben." Luzian schien nicht weiter reden zu
können, er kniete auf dem Felsen nieder und sprach laut und
mit herzerschütterndem Tone das Vaterunser.

Mit Gesang zogen die Wallfahrer in das Nachbardorf ein,
als es eben dort einläutete. Nach der Kirche gab es manche
harmlose Neckereien zwischen den Althengstfeldern und ihren
neuen „Filialisten". Während dessen waren der Gemeinderat
und Luzian beim Pfarrer, sie baten ihn, einstweilen Taufen,
Begräbnisse u. s. w. in ihrem Orte zu übernehmen, da sie entschlossen seien, mit ihrem neuen Pfarrer in gar keine Verbindung
zu treten und auf ihrem Protest zu beharren. Ihrer Bitte
wurde aber nicht willfahrt, da dies nicht anginge, Ermahnungen
zum Frieden waren das einzige, was ihnen geboten wurde.

Zu Hause erfuhr man, daß der Pfarrer nur mit wenigen
Kindern und alten Frauen den Gottesdienst gehalten; dennoch

aber geschah, was zu vermuten war. Schon am nächsten Sonn=
tage war der Auszug klein und vereinzelt, es traten dann Fälle
ein, wo man den Ortspfarrer nicht umgehen konnte, und keiner
aus der Nachbarschaft wollte taufen und die letzte Oelung geben;
der Gemeinderat selber gab endlich nach und trat mit dem
Pfarrer in amtlichen Verkehr. So schlief die Geschichte ein,
wie tausend andere. Nur in wenigen Männern war der Wider=
spruch noch wach, und zu diesen gehörte besonders Luzian; er
ging dem Pfarrer nie in die Kirche, heute zum erstenmal hatte
er mit ihm am selben Tische gesessen und mit ihm geredet.
Noch lag der Protest in letzter Instanz beim Fürsten, und Luzian
wollte die Hoffnung nicht aufgeben; heute aber, er wußte nicht,
wie ihm war, war er sich untreu geworden, hatte sich zu per=
sönlichem Hader hinreißen lassen; er grollte mit sich selber.

Ein alter Volksglaube sagt: wiegt man eine Wiege, in
der kein Kind ist, so nimmt man dem Kinde, das man später
hineinlegt, die gesunde Ruhe. Ja, unnützes Wiegen ist schäd=
lich, und das gilt noch mehr von dem Schaukeln und Hin= und
Herbewegen der Gedanken, in denen kein Leben ruht.

„Was da, Kreuz ist nimmer Trumpf, da gehen der Katz
die Haar' aus," mit diesen fast laut gesprochenen Worten riß
sich jetzt Luzian aus dem qualvollen Zerren und Wirren seiner
Gedanken. Er ging hinaus aufs Feld, um die Verheerung
näher zu betrachten. Allerdings war Luzian mit dem Ertrage
aller seiner Felder versichert; man würde indes sehr irren, wenn
man glaubte, daß ihm die Verwüstung nicht tief zu Herzen
ginge, ja, man kann wohl sagen, sein Schmerz war um so in=
niger, weil er ein uneigennütziger war; ihm war's, als wäre
ihm ein lieber Angehöriger entrissen worden, da er diese nieder=
geworfenen Halme sah.

Der Künstler liebt das Werk, das er geschaffen, es ist aus
ihm; die Stimmung dazu, die urplötzliche und die stetig wieder=
kehrende, die hat er sich nicht gegeben, er verdankt sie demselben
Weltgesetze, das Sonnenschein und Tau auf die Saaten schickt.
Auch der denkende Landmann hat dasselbe Mitgefühl für das
Werk seiner Arbeit, und wehe dem Menschengeschlechte, wenn
man ihm diese oft geschmähte „Weichherzigkeit" austreiben könnte,
so daß man in der Arbeit nichts weiter sähe, als den Preis
und den Lohn, der sich dafür bietet.

Wenn der Boden überall in weiten Rissen klafft und die
Pflanzen schmachten, da wird euch schwül und eng, und wenn
der Regen niederrauscht, ruft ihr befreit: Wie erfrischt ist die
Natur! Noch ganz anders der Bauer; er lebt mit seinen Hal=

men draußen und kummert für ſie, trieft der ſegnende Regen
hernieder, ſo trinkt er ſozuſagen mit jedem Halme, und tauſend
Leben werden in ihm erquickt.

Wie zu einem niedergefallenen Menſchen beugte ſich jetzt
Luzian und hob einige Aehren auf, ſein Antlitz erheiterte ſich,
die Körner waren notreif, ſie waren feſter und in ihrer Hülſe
lockerer, als man glaubte; noch war nicht alles verloren, wenn
auch der Schaden groß war.

Durch alle Gewannen ſchweifte Luzian und fand ſeine Ver=
mutung beſtätigt. Die Sonne arbeitete mit aller Macht und
ſuchte wie mit Strahlenbunden die Halme aufzurichten, aber ihre
Häupter waren zu ſchwer und in den Staub gedrückt; hier mußte
die Menſchenhand aufhelfen.

Als Luzian, eben aus dem Neſſelfang kommend, in die
Gärten einbog, wurde er mit den Worten begrüßt: „Ah, guten
Tag, Herr Hillebrand.“

„Guten Tag, Herr Oberamtmann,“ erwiderte Luzian, und
nach einer kurzen Pauſe ſetzte er gegen den begleitenden Pfarrer
und Schultheiß hinzu: „Guten Tag, ihr Herren.“

Der Pfarrer nickte dankend.

„Ich habe mir den Schaden angeſehen,“ berichtete der
Oberamtmann, „der Ihren Ort betroffen hat; das hätten wir
auf der letzten landwirthſchaftlichen Verſammlung nicht gedacht,
daß wir ſobald die Probe davon haben ſollen, was ſich bei
ſolchen Gelegenheiten retten laſſe. Wie ich höre, ſind Sie der
einzige, der in der Hagelverſicherung iſt.“

„Ja, ich und mein Egidi.“

Luzian hatte doch gewiß das tiefſte Kümmernis über die
Fahrläſſigkeit der anderen, aber er konnte in dieſem Augenblicke
nichts davon laut geben; ſo leutſelig auch der Beamte war, ſo
blieb er doch immer der Oberamtmann, dem man auf ſeine
Fragen antworten mußte und vor dem kein Gefühl auszukramen
iſt, wenn man auch das Herz dazu hätte. Außerdem hatte Lu=
zian, ſobald er einem Beamten nahe kam, etwas von der mili=
täriſch knappen Weiſe aus ſeiner Jugendzeit her. In dieſem
Augenblicke war es Luzian, der unter ſich ſah, als fühlte er den
ſtechenden Blick des Pfarrers; er ſchaute auf, die Blicke beider
begegneten ſich und ſuchten bald wieder ein anderes Ziel.

Man war am Hauſe Luzians angelangt. Er wollte ſich
höflich verabſchieden, aber der Oberamtmann nötigte ihn mit in
das Wirtshaus, da man dort noch allerlei zu beſprechen habe.
Luzian willfahrte, und am Pfarrhauſe empfahl ſich der Pfarrer.
Der Abend neigte ſich herein, die Dorfbewohner ſtanden am

Wege und grüßten den Amtmann ehrerbietig, es schien ihnen
allen leichter zu sein, da jetzt ihre Zustände bei Amt bekannt
waren, als sei nun die Hilfe bereits da.

Es wird vielleicht schon manchem Leser aufgefallen sein,
daß der Beamte einen einfachen Bauersmann mit Herr anredete.
Schon um dieses einzigen Umstandes willen verdiente der Oberamtmann eine nähere Betrachtung, wenn wir auch nicht noch
mehr mit ihm zu thun bekämen.

Die schlanke feingegliederte Gestalt, dem Ansehen nach im
Anfange der dreißiger Jahre stehend, bekundete in der ganzen
Haltung etwas sorglich, aber ohne Aengstlichkeit Geordnetes. Es
lag darin jene schlichte Wohlanständigkeit, die uns bei einer Begegnung auf der Straße oder im Felde darauf schwören ließe,
daß der Mann in einem wohlgestalteten Heimwesen zu Hause
sei. Die blauen Augen unseres Amtmannes waren leider durch
eine Brille verdeckt, der braune Bart war unverschoren; nur
gab es dem Gesichte etwas seltsam Getrenntes, daß die Bartzier
auf der Oberlippe allein fehlte, denn es wird noch immer als
eine Ungehörigkeit für einen Mann in Amt und Würden betrachtet, den vollen Bart zu haben. Diese neue Etikette recht-
fertigte sich noch persönlich bei unserem Amtmann, der nebst der
Gewohnheit des Rauchens auch die des Tabakschnupfens hatte.
Die Dose diente ihm zugleich auch als Annäherung an viele
Personen, denn es bildet eine gute Einleitung und versetzt in
eigentümliches Behagen, wenn man eine Prise anbietet und empfängt. Unser Amtmann bestrebte sich auf alle Weise, sein
Wohlwollen gegen jedermann zu bekunden.

Er stammte aus einer der ältesten Patrizierfamilien des
Landes, in welcher, dem Sprichworte nach, alle Söhne geborene
Geheimeräte waren. Nach vollendeten Studien hatte er mehrere
Jahre in Frankreich, England und Italien zugebracht, und gegen
alle Familiengewohnheit hatte er, nachdem er Assessor bei der
Kreisregierung geworden war, diese gerade Carriere aufgegeben
und sich um seine jetzige Stelle beworben. Er wollte mit den
Menschen persönlich verkehren und ihnen nahe sein, nicht bloß
immer ihr Thun und Lassen aus den Akten herauslesen. In
dem Städtchen gab es manches Gespötte darüber, daß er jeden
Mann im Bauernkittel mit Herr anredete, die Honoratioren
fühlten sich dadurch beleidigt; er kehrte sich aber nicht daran,
sondern war emsig darauf bedacht, jedem seine Ehre zu geben
und seine Liebe zu gewinnen. Seine Natur neigte zu einer gewissen Vornehmigkeit, dessen war er sich wohl bewußt, und trotz
seines eifrigsten Bemühens war es ihm lange Zeit nicht mög-

lich geworden, ungezwungen ſein innerſtes Wohlwollen zu bekunden. Es fehlten die Handhaben, er bewegte ſich mehr in
Abſtraktionen als in bildlicher Anſchauung und Ausdrucksweiſe; er
konnte ſich aber hierin nicht zwingen, die Menſchen mußten ſeine
Art nehmen, wie ſie war. Oft beneidete er das Gebaren ſeines
Univerſitäts-Bekannten, des Doktors Pfeffer, der ſo friſchweg mit
den Leuten umſprang; aber er konnte ſich dieſes nicht aneignen.

Durch den landwirtſchaftlichen Verein, der vor ihm bloß
eine Spielerei oder ein Nebenbau der Bureaukratie geweſen war,
gewann unſer Amtmann ein natürliches, perſönliches Verhältnis
zu den Angeſehenſten ſeines Bezirkes. Auch mit unſerem Luzian war er dort auf heitere Weiſe vertraut geworden.

Auf dem Wege nach dem Wirtshauſe begegnete den beiden
der Wendel, und der Oberamtmann fragte: „Soll ich nichts
ausrichten an unſer' Amrei?"

„Dank' ſchön, Herr Oberamtmann, nichts als einen ſchönen
Gruß."

Im Weitergehen erzählte der Beamte, wie glücklich er und
ſeine Frau ſeien, daß ſie die wohlerzogene Tochter Wendels als
Dienſtmädchen im Hauſe hätten.

Im Wirtshauſe war Luzian viel geſprächſamer, indem er
ſeine Anſicht entwickelte, daß man das beſchädigte Korn raſch
ſchneiden, jede Garbe in zwei Wieden binden und ſo aufrecht
auf dem Felde dorren und zeitigen laſſen müſſe. Der Oberamtmann ſtimmte ihm vollkommen bei. Es bedurfte aber vieler
Arbeit, um ſolches zu bewerkſtelligen; die hellen Mondnächte
mußten dazu genommen werden. Der Oberamtmann verſprach
ein ſchleuniges Ausſchreiben an den ganzen Bezirk um Beihilfe,
und Luzian ſagte endlich: „Ich will heut noch nach Althengſt-
feld reiten, die müſſen uns helfen."

„Ich mache den Umweg und reite mit," ſagte der Amtmann.
Aus allen Häuſern ſchauten ſie auf, als man Luzian neben
dem Oberamtmann durch das Dorf reiten ſah.

In dieſer Woche wurde faſt übermenſchlich gearbeitet, aber
auch Hilfe von allen Seiten kam. Nacht und Tag wurde unabläſſig geſchnitten und gebunden; nur am heißen Mittag gönnte
man ſich einige Stunden Schlaf. Am Samſtagabend lag alles
zu Bette, bevor die Betglocke läutete.

Es donnert und blitzt abermals.

Der Sonntag war wieder da. An dieſem hellen Morgen
wurde im Hauſe Luzians bitterlich geweint. Bäbi ſtand bei

der Mutter in der Küche und beteuerte unter immer erneuten Thränen, sie nehme sich eher das Leben, ehe sie allein zur Kirche gehe. „Der Vater muß mit, der Vater muß mit!" jammerte sie immer. Auf weitere Gründe ließ sie sich nicht ein, als daß der Vater ja doch am nächsten Sonntag in die Kirche müsse. Auf die Entgegnung, daß die Trauung ja in Althengstfeld sei, wiederholte sie stets nur ihren Jammerruf. Sie wollte heute kommunizieren, und sie durfte nicht sagen, daß sie auf die Frage in der Beichte die Gottlosigkeit ihres eigenen Vaters bekannt und darauf das Gelöbnis abgelegt hatte, alles aufzubieten, um ihren Vater zur Reue und zum Kirchenbesuche zu bringen; nur unter dieser Bedingung hatte sie die Absolution erhalten.

„Geh nein, die Mutter soll's ihm sagen," tröstete endlich die Frau.

„Sie will nicht," entgegnete Bäbi.

„Probier's noch einmal."

Bäbi ging hinein, die Alte blieb aber bei ihrem Spruche: „Was mein Luzian thut, ist brav, und was er nicht thut, da weiß er, warum."

„Man muß keinen Hund tragen zum Jagen," ergänzte Luzian.

Da warf sich Bäbi vor die Ahne auf die Kniee und ge= bärdete sich wie rasend in Jammer und Klage; sie schwur, sich ein Leids anzuthun, sie wisse nicht, was sie thäte, wenn der Vater nicht mit in die Kirche gehe. So hatte man das Mädchen noch nicht gesehen, und die Ahne sagte endlich: „Ja, thu's doch, Luzian, thu's dem Kind."

„Mutter, ist's Euer Ernst, daß ich dem neuen Pfarrer in die Kirch' gehen soll?"

„Ja, thu's in Gottes Namen, thu's mir zulieb."

„Mutter, das ist der höchste Trumpf, den Ihr ausspielen könnet, Ihr wisset wohl, wenn Ihr saget: ‚thu's mir zulieb,‘ da muß ich."

„Ja, es muß alles einmal ein End' haben, du hast dich lang genug gewehrt; ich wart' auf dich und geh' mit."

„Bäbi! Hol' mir den Rock und das Gebetbuch," schloß Luzian. Das Verlangte war schnell bei der Hand.

Heute ging die Ahne seit langer Zeit wieder mit der ge= samten Familie, sie führte sich an Luzian. Egidi mit der Frau und den beiden jüngeren Kindern war von der Mühle herauf= gekommen und schloß sich auch dem Zuge an. Alle strahlten voll Freude, als brächten sie ein hehres Opfer. Wer weiß, was sie opfern?

Luzian ging ſtill dahin; es ließ ſich nicht erkennen, ob
ſein zögernder Schritt aus einem Mißmute kam, oder ob er
bloß der Mutter zulieb ſo bedächtig einherging. Er dankte allen,
die ihn grüßten, mit ernſter Miene. In der That war es ihm
faſt lieb, daß er durch ſo heftiges Bitten zum Kirchgange gezwungen wurde, er kam dadurch aus dem vereinſamten Kampfe,
in dem er nach verlorener Schlacht faſt noch allein auf dem
Walfelde verblieben war. Er nahm ſich vor, keinerlei Groll
zu hegen und unangefochten die Welt ihres Weges ziehen zu
laſſen.

Luzian mußte bekennen, daß der junge Pfarrer mit ſchöner
klangvoller Stimme und in edler Haltung Meſſe und Amt ver-
richtete.

Jetzt beſtieg der Pfarrer die Kanzel, Luzian ſtand ihm gerade gegenüber an eine Säule gelehnt, er ließ den Platz neben
ſich leer und blieb ſtehen. Der Pfarrer ſprach:

„Geſchrieben ſtehet: Wer da viel ſäet, wird viel ernten,
und wer wenig ſäet, wird wenig ernten. So ſteht geſchrieben.
Ach, Gott und Herr im ſiebenten Himmel! höre ich euch alle
im Herzen rufen, ach, Gott! iſt denn der Spruch auch wahr? ...
Mit dieſer Frage ſeid ihr alle fort, hinaus aus der Kirche, ihr
ſeid draußen auf dem Felde, wo euer Korn und euer Hanf
niedergeworfen iſt und die Bäume von unſichtbarer Hand gepflückt. Dort ſeid ihr nun und fragt: Haben wir nicht geſäet
mit voller Hand? Haben wir nicht gearbeitet am Morgen früh
und am Abend ſpät, und nun? ..... Ihr murret und hadert
ob der Hand des Herrn, und ihr fluchet ſchier. Und nun?
fragt ihr. Ich aber antworte euch: Wer da viel geſäet, wird
viel ernten, und wer da wenig geſäet, wird wenig ernten. In
euch liegt ein Feld, das liegt brach, öde und verſteint, Schlan-
gen und Gewürm hauſen darin. Habt ihr es umgepflügt mit
dem ſcharfen Pfluge der Buße und euern feſten Willen vorge-
ſpannt und am Seile gehalten? Habt ihr es gedüngt mit der
Reue und den Samen des ewigen Wortes drein geſtreut zur
Tugend und heiligen That? Habt ihr? Ich frage euch. Wohl,
ihr ſaget: Ich fühle mich rein von ſchwerer Schuld, wer kann
mir was Schlechtes nachſagen? So ruft jeder Verbrecher, ſelbſt
der Mörder, wenn er von den Händen der Gerechtigkeit gefaßt
wird. Und wenn ihr in den Beichtſtuhl kommt, ei freilich, da
wißt ihr kaum, daß ihr einmal geflucht oder eine böſe Rede
geführt, und doch habt ihr alle, alle die ſieben Todſünden ſchon
ſiebenmal ſiebzigmal begangen. Aber das ficht euch nicht an.
Es iſt mancher unter euch, der jetzt unter ſich ſchaut und ſeinen

Hut zusammenkrempelt, er denkt: Was! das ist altes Gepolter!
das ewige Lämplein in der Kirche brennt nur noch matt, und
kommt ein guter Luftzug, aus ist's; aber die Aufklärung, das
Licht, das ich in meinem Kopfe stecken habe, das allein gilt. —
Schau, schau, da hätten wir also einen, der den Aufkläricht
verkostet hat, den die fürnehmen, hochgelahrten Herren in der
Stadt euch gar mildiglich bereiten. Wenn du nach der Stadt
kommst, siehst du vielleicht ein armes Bauernweiblein, das in
einem schmutzigen Kübel, in einer schwimmenden Brühe allerlei
Abgängiges heimträgt zur Mastung für ihre lieben Schweine.
Siehst du, das ist der Aufkläricht, den dir die vornehmen, hoch-
gelehrten Herren wollen zukommen lassen. Juden und Lutherische
und Katholiken, die in der Staatsmastung stehen, werfen dir
etwas zu, wenn sie sich toll und voll gefressen haben und nicht
mehr mögen. Du freust dich damit und vergissest darob den
Tisch, zu dem der Herr alle Gäste geladen, wo alle gleich, Hoch
und Nieder, wo es keine Gelehrten und keine Vornehmen gibt,
denn der Glaube allein gilt. — In dem Aufkläricht ist ein
wurmäsiger Apfel von dem alten Baume, daran die Schlange
war, der mundet dir, da schmatzest du, daß dir die Brühe von
allen beiden Mundwinkeln herunterlauft, wenn die Schlange spricht:
Es gibt keine Erbsünde, das ist eitel Pfaffentrug aus finsteren
Zeiten, wo man noch nichts wußte vom Licht und noch nicht
schmeckte den Aufkläricht. Ich aber sage euch: eine ganze Brut
von Schlangeneiern und einen Wurmstock von Teufeln bringst
du mit auf die Welt, und so du das nicht alle Wege vor Augen
hast und mit Zerknirschung erkennest, wie verworfen und nichts-
würdig du bist, so bist du ewig verloren; deine Seele steckt noch
zu tief im Fleisch und wehe, wenn du wartest, bis die Todes-
sense sie herausschabt. Thut's wehe? Schneidet's? Brennt's
und nagt's? Warte nur, es kommt noch besser. Wer nach dem
Aufkläricht schnappt, wird eine runzlige Nase und ein krummes
Maul über solche Worte machen, und um den Widerwart los
zu sein, wird er mir gar zurufen: du gehst zu weit ab vom
Text. Ja, Brüderlein! Du bist noch viel weiter ab vom Text,
ich aber bleib' dabei: wer da viel gesäet, wird viel ernten, und
wer da wenig gesäet, wird wenig ernten.

„Ich hole noch ein Früchtlein aus dem Aufkläricht, es
schwimmt oben auf. Mancher von euch denkt wohl: Ja, hätt'
ich nur dem guten Rate gefolgt und mich in die Hagelversicherung aufnehmen lassen, da könnt' ich dem Hagel was pfeifen.
Komm her, du versicherter Mann, laß dich ein bißle herauf-
holen. Seht ihr, da hab' ich ihn; der Neid muß ihm's lassen,

es geht ihm gut, und er sieht reputierlich aus. Mag's brennen und sengen und hageln und Seuchen wüten, da steht er fest, der versicherte Mann. Da steht sein Haus, es ist in der Feuer= kasse — versichert, am Laden klebt ein Täfelein, sieht fast aus wie ein Ordensschmuck, das zeigt an: Tisch und Bett und Stuhl, Kisten und Kasten, der ganze Hausrat ist — versichert; das Vieh im Stall — versichert, die Aecker im Feld — versichert, die Kinder — versichert, sie sind auf der Rentenanstalt ein= getragen, und wenn eines zwanzig Jahr' alt ist, bekommt es so und so viel Zinsen bis in die grasgrüne Ewigkeit hinein; sein eigen Leib und Leben — versichert, doppelt versichert, in Paris und in Frankfurt. „Jetzt komm, Herrgöttle, und thu mir ein= mal was an!" So schlägt sich der versicherte Mann heraus= fordernd auf die hirschledernen Hosen. Ja, beim Teufel! Den muß unser Herrgott laufen lassen, den kann er nimmer am Grips kriegen. Aber wie? du feuerfester, hagelbichter, versicherter Mann, laß dich noch eine Weile beschauen. Wo hast du denn dein ewiges Heil versichert? Gelt, daran hast du noch nicht gedacht, das brauchst du nicht? Vielleicht glaubst du gar nicht an ein ewiges Leben, das gehört so zum Aufkläricht. Aber wart', es kommt die Stunde, und du liegst auf dem Schragen und röchelst schauerlich und schnappst nach Luft, der kalte Schweiß steht dir auf der Stirn. Kennst du das Gerippe? Es streckt die dürre Hand nach dir aus, o! wie schwer, wie zentnerschwer liegt's auf dir; du willst mit todesschweißiger Hand abwehren, du fassest die leere Luft. Ja, krümm' dich nur wie ein Wurm, bäum' dich wie ein Pferd, fort, fort, von hinnen mußt du, deine ganze versicherte Welt bleibt dahinten. Noch rollen die Schollen nicht auf deinem Leichenaas, und du stehst vor dem obersten Hals= richter, da geht's auch öffentlich und mündlich her, wie du so oft deinen Zeitungsheiligen nachgeschrieen hast, da ist der letzte Zahltag: wo hast denn deine Papiere, deine Versicherungen? Guck, da ist ein ander Sparkassenbüchlein, da ist alles ver= zeichnet, die Rechnung stimmt, fast zum Verwundern. Jetzt hast's verspielt, du kommst ins Regiment, links vom Gottes= gericht, und da ziehen sie dir eine feurige Uniform an, die sitzt dir wie angegossen, eine Schlange schnallt sich dir als Leibgurt um, Pech und Schwefel sengen dich und brennen dich und verzehren dich nicht. In die Hölle! in die Hölle zur ewigen Verdammnis fährst du, und drunten in deinem versicherten Hause ist's oft alleinig in stiller Nacht wie das Winseln von einer Seele, die drüben die ewige Ruhe nicht finden kann. Das Gebet deiner Kinder könnte dich erlösen und die Ewigkeit

deiner Qualen kürzen. Hast du sie beten gelehrt? du hast sie —
versichert "

Mancher Blick hatte sich schon beim Beginn dieser Schilde-
rung nach der Säule gewendet, wo ein Mann feststand wie der
Stein hinter ihm, aber die Blicke glitten wieder ab, und jetzt
fuhr der Pfarrer fort:

„Geliebte in dem Herren! Ich sage euch laut und deutlich,
ich habe niemand gemeint, ich kenne niemand, der solchen Herzens ist, aber jeder frage sich, ob er nicht schon im Geiste den
Weg betreten, so zu werden. Fern sei es auch von mir, euch
davon abzuhalten, euer zeitlich Gut zu wahren, aber alles ist
Tand und Staub und Moder. Und gäbet ihr mit eurem zeit-
lichen Gut Wohlthaten und Geschenke wie Sand am Meere, ver-
flogen ist's, fehlt euch der Glaube. Wahret euer Gut, soviel
ihr könnet, aber die einzige Versicherung ist dem, der da bauet
auf dem Fels, der da ist der Glaube, der schüttert nicht und
splittert nicht und stehet fest ohne Wanken. Und wenn rings
umher deine Saaten das Wetter knickt, der Glaube richtet dich
auf; du stehest fest wie ein Fels, und Lobgesänge schallen aus
deinem Munde. — Aber sei nur kein windelweicher, auszehriger,
naßkalter Tropf, eher noch ein grundmäßiger Heide, wie der
versicherte Mann, den mag der Herr noch in seine Zange fassen,
schmieden und schweißen. Laß es nicht von dir heißen: du bist
nicht kalt und nicht warm, du bist lau, darum werde ich dich
ausspeien aus meinem Munde. — Eure Saaten sind geknickt,
Not und Jammer steht euch bevor. Warum? Warum frage
ich euch, hat der Herr seinen Wettern befohlen, daß sie hernieder-
fahren und euch züchtigen? Ihr habt sein vergessen in eurem
Taumel, gottverlassen ruht auf jedem von euch tausendfältige
Todesschuld. Darum...."

„Das ist schandmäßiger Lug und Trug!" erscholl plötzlich
eine Stimme aus der Gemeinde.

Hat die Säule dort gesprochen? Dringen Worte aus dem
starren Stein?

Es wäre nicht wunderbarer, als daß eine Stimme aus der
Gemeinde es wagte, sich hier zum Widerspruche zu erheben.

Die Blicke aller richteten sich nach der Säule dort, wo Luzian stand, ein Lichtstrahl fiel gerade auf sein Antlitz, auf dem
ein wundersamer Glanz schimmerte: er blickte in die Sonne, und
seine Wimper zuckte nicht, dann schweifte sein Auge über die
Versammlung hin, als wäre sie untergesunken, als suche und
finde sein Blick etwas, das über den Häuptern der Menschen
um ihn her schwebte. Eine Weile herrschte Totenstille, man

hörte das Picken der Turmuhr, es war wie der laute Herzschlag der ganzen Kirche.

Jetzt rief der Pfarrer: „Wer hat es gewagt, das Wort des Herrn hier zu schänden?"

„Ich!" rief Luzian und legte die zitternden Hände fest auf das Herz, das ihm zu springen drohte.

„Sind eure Hände lahm? vom Satan gebunden?" rief der Pfarrer, „daß sie sich nicht erheben, um das Heiligtum von dem gottesleugnerischen Aase zu säubern?"

Ein Tumult entstand in der Gemeinde; es ließ sich nicht ahnen und bestimmen, was daraus werden sollte.

„Kommt her!" rief Luzian und streckte seine Arme weit aus, aber seine Hände waren nicht zum Segnen ausgebreitet, seine Fäuste ballten sich, „kommt her! Glaubt nicht, daß ich mich binden lasse, wie ein geduldig Lamm. Gott ist in mir, ich zerbreche die Hand, die sich nach mir ausstreckt."

„Soll der Gotteslästerer noch länger das Heiligtum entweihen?" schrie der Pfarrer schäumend vor Wut.

Die Gemeinde war wie erstarrt, und Luzian sprach mit ruhiger, weithin vernehmlicher Stimme:

„Ja, ich muß reden, und wenn man mich jetzt auf den Scheiterhaufen legt, ich muß. Du Gesalbter da oben, du schmähest Gott und die Menschen, ich will nicht teilhaben an deiner Sünde. Hört auf mich, Brüder und Schwestern! Ich bin kein Weiser, aber ich weiß: Gott ist die Liebe, Gott lebt in uns, und schickt er Wetter und Unheil, so thun wir uns zusammen und teilen miteinander, und keiner hat sich zu schämen, die Gaben zu empfangen, und keiner darf hart sein, sie zu weigern. Du da oben, du willst wissen, warum Gott durch das Wetter unsere Felder verhagelt hat! Weil wir schlecht sind? Sind wir schlechter als alle unsere Nachbardörfer? Gott ist die Liebe, Gott ist in mir, und die Liebe ist in mir, für euch, und ich will jetzt sterben. Die Hölle ist nur in dir da oben und in allen wie du . . ."

„Du bist verdammt und verflucht in Ewigkeit!" schrie der Pfarrer und stieg die Kanzel herab.

Der Gottesdienst war zu Ende, die ganze Gemeinde schwirrte durcheinander. Luzian ging festen Schrittes der Thüre zu, alles wich vor ihm zurück, aber wie mit wunderbarer Kraft erhob sich die Ahne, faßte seine Hand und schritt so kräftig neben ihm her wie seit Jahren nicht. Sie gingen still heimwärts, und dort sah sie den Luzian zum erstenmal in seinem Leben weinen und laut schluchzen wie ein Kind.

Die Ahne wußte gar nicht, was sie beginnen sollte, sie lief kopfschüttelnd im Zimmer umher, drückte an allen Fenstern, ob sie auch fest zu seien, und jagte zuletzt die Katze, die hinterm Ofen saß, zur Thür hinaus; auch sie sollte nicht hören, daß der starke Mann weinte.

Luzian saß da, er hatte die Hand auf den Tisch gelegt und das Antlitz darauf verborgen.

„Meinst du nicht auch?" tröstete die Ahne, „wenn der Kaiser Joseph nicht vergiftet wär' und er hätt' das Leben noch, der thät' den jungen Pfarrer da ins Zuchthaus schicken? Nicht wahr?"

„Freilich," sagte Luzian und schaute lächelnd auf.

Das Nachspiel und ein kalter Schlag.

Dem Schulmeister war indes das Nachspiel in der Orgel stecken geblieben, es sollte aber doch noch ausgeführt werden. In grausigem Wirrwarr drängte sich die Gemeinde aus der Kirche. Der Pfarrer hatte sich rasch in die Sakristei zurückgezogen, die Ministranten folgten ihm in ihren flatternden Hemden mit eiligen Schritten, als ginge es zu einem Sterbenden. Nicht so behende gelang es der Versammlung. Da ging einer und heftete den Blick auf den Boden, als suche er etwas, als wäre ihm der letzte Bissen von einer scharf gewürzten Speise, den er sich zur Letzung und zum Nachschmacke bis zum Ende aufbewahrte, plötzlich durch den ungeschickten Stoß eines Nachbars auf den Boden geworfen worden. Fromme Mütterchen konnten kaum ihr Gebetbuch zusammenlegen, das schien so schwer, als zerrten die Geister der unerlösten Worte daran, die noch gesprochen werden mußten. Alle sahen sich staunend um, und ihre Blicke fragten, ob denn das noch die Kirche, das noch die Menschen seien, ob denn nicht plötzlich ein gewaltig Zeichen erscheinen und der Himmelsbogen krachend einstürzen müßte!

Die äußere Würde ist ein fein geschliffener, behutsam anzufassender Schmuck, überlieferst du herablassend oder niedergebeugt das Diadem fremden Händen, du kannst die Grenze nicht mehr ziehen, wie weit sie dir's verschleppen, wie sie damit spielen und es gar zerschmettern. So bei der äußern Würde von Personen, so von Heiligtümern und dergleichen.

Unversehens entstand in der Gemeinde ein Johlen und Gröhlen, ein Toben und Tosen, als ob das wilde Heer gefangen wäre. Man wußte nicht, woher der Lärm kam, wo er ent-

standen, er schien aus den Wänden gedrungen. Durch Zischen
und Rufen suchte man das Stimmengewirre zu beschwichtigen,
aber das war wie ein ohnmächtiger Wasserstrahl, den man in
die helle Lohe leitet; zischend steigt der Dampf auf, und mächtiger drängt sich ihm die Flamme nach.

Losgelassen waren die Stimmen in allen Tonarten, die
sonst hier still verharrten oder in gebundenen Sängen und
Responsorien laut wurden.

Alles drängte dem Ausgang zu. Den Brunnenbasche hatte
eine mutwillige Schar mitten in den Weihkessel gesetzt, und er
arbeitete sich triefend daraus hervor. Jeder, der das Freie erreicht hatte, atmete leichter auf und fühlte sich erlöst von er-
drückender Last. Niemand außer dem Brunnenbasche eilte nach
Hause; man konnte sich nicht trennen, ohne ein Wort der Ver-
ständigung, ohne einen gemeinsamen Halt; jedem war's, als
müßte der andere ihm helfen, als dürfe man sich jetzt nicht
verlassen und trennen.

Den frevlerischen Spott, der mit dem Brunnenbasche begangen worden, hatten nur wenige bemerkt.

Großen Versammlungen teilt sich leicht wie elektrisch eine
gewisse gemeinsame Stimmung, sozusagen eine gemeinsame
Wärme mit, so daß niemand kaltes Blut und Ueberlegung genug hat, um, über das Gemeingefühl sich erhebend, unbefangen
das Vorliegende zu deuten und zu klären.

Jetzt im Freien fühlte sich jeder wiederum selbständiger,
heller. Es scheint mit den Nervensträngen oftmals sich zu verhalten wie bei den Saiten eines Instrumentes, die ihre Stimmung und Spannung ändern, wenn sie in eine andere Tem-
peratur gebracht werden. Dennoch konnte einer den andern
nicht lassen, ein Gefühl der Gesamtverantwortlichkeit durch-
bebte sie.

Der Steinmetz Wendel, der jahraus jahrein Mühlsteine
meißelte, Mitglied des Bürgerausschusses war und zugleich in
einer geheimnisvollen Achtung stand, weil er Vorsteher der
Steinmetzen war, die unter allerlei undurchdringlichen Zeremonien
alljährlich ihr Innungsfest feierten, dieser, ein schmächtiger
Mann, viel gewandert und von anerkannter Klugheit, hatte
eine große Gruppe Männer um sich versammelt, und selbst der
Schultheiß hörte ihm zu, zumal Zuhören unverfänglicher war,
als selbst reden.

Endlich erschien der Pfarrer in bürgerlicher Kleidung, er
hielt die schwarzeingebundene Bibel und das Meßbuch mit der
linken Hand auf die Brust gedrückt; gesenkten Blickes, ohne

aufzuschauen, schritt er durch die Versammelten, die sich vor ihm
zerteilten; plötzlich schien ein Entschluß seinen Schritt zu hem=
men, er warf seiner Gewohnheit nach den Kopf nach hinten,
richtete das Antlitz aufwärts und schloß die Augen. Von allen
Seiten wurde Stille gerufen, und der Pfarrer sprach:

„Meine lieben Christen!" die Stimme schien ihm zu stocken,
man sah, er arbeitete mit aller Macht um Atem, nur zu den
nächsten Umstehenden sagte er: „Ich bitte um Geduld, ich
werde mich gleich fassen." Man hörte es indes allerwärts,
und nach einer Weile fuhr er laut fort, die Hand hoch empor=
streckend:

„Auf! und wenn das Gefäß meiner Seele zerbricht! —
Meine lieben Christen! Ein Wetter, gräßlicher denn das eure
Saaten niederschmetterte, ist aus einer Seele voll Nacht und
Dunkel niedergestürzt, um das Pflänzchen des Glaubens in euch
zu begraben. Fluchet nicht dem, von wannen solches ausging,
er ist arm genug, und wenn er alle Güter der Erde sein eigen
nennte. Gehet hin, und jeder bete still um sein Heil und seine
Erlösung durch die Gnade, wie ich es thun werde im stillen
Kämmerlein auf meinen Knieen, mit meinen Thränen. Er ist
mein Bruder, ich laß' ihn nicht, und niemand darf ihn lassen.
Ich spreche nicht von der Schmähung, die mir angethan wor=
den. Was bin ich? Ein unwürdiger Knecht dessen, dem wir
alle dienen. Und so ihr also betet für ihn, wird der Herr euch
Macht verleihen und euch begnaden, auf daß der böse Feind,
der umgeht, eure Herzen nicht in seine Fallstricke reiße. Noch
eins. Ich ermahne euch zum Frieden. Thuet wohl denen, die
euch Böses thun. Lasset den gerechten Groll, daß das Heilig=
tum geschändet wurde, nicht ihn entgelten. Will Luzian ein
Luzifer werden, beweinet ihn, aber niemand wage es, der Ge=
rechtigkeit des Herrn der Heerscharen vorzugreifen. Ein jeder
muß seine Haut selber zu Markte tragen, sagt das Sprichwort;
niemand wage es, sie ihm freventlich voraus zu gerben. Viel=
leicht will Luzian lutherisch werden, oder will er gar die neue
preußische Religion, das Gemächt von dem Bruder Schlesinger.
Wir können mit Gebet und frommen Ermahnungen um die
Abwehr flehen, aber niemand wage es, seine Hand —"

„Was da?" unterbrach plötzlich eine Stimme. Heute schien
alles aus Rand und Band zu gehen. Der Steinmetz Wendel
fuhr fort: „Mit Verlaub, Herr Pfarrer, ich red' wegen der
Schwachen im Geist, die könnten schier gar meinen, Ihr wolltet
aufhetzen, statt abwehren. Nicht wahr, ihr Mannen, es ist kein
ehrlicher Mann im Ort und in der ganzen Gegend, der dem

Luzian das Schwarze unter dem Nagel beleidigen möcht'? Hab' ich recht oder nicht?"

„Hat recht. Wer will dem Luzian was thun?" ſcholl es aus der Verſammlung, und Wendel ſagte ſchmunzelnd:

„Nun noch ein Wort. Was Ihr da wegen der preußiſchen Religion ſaget, iſt auch fehlgeſchoſſen. Wir laſſen uns mit dem Worte preußiſch keinen Pelzmärte mehr vormachen, das iſt vorbei; der Preuß' will ja auch die Religion gar nicht, er klemmt ſie ja, wo er kann, der Hauptpreuß', der König, iſt eher euer ...."

„Genug," unterbrach ihn der Pfarrer, „ich wußte es in tief betrübtem Herzen, daß der Verblendete nicht allein ſteht, daß der Zeitungsglaube noch mehr Apoſtel hat. Ich rede nur noch zu euch, die ihr Chriſten ſeid; ein jeder bete ſtill für den andern und ſuche ſein eigen Herz zu reinigen. Gott mit euch."

Schnellen Schrittes ging der Pfarrer ſeiner Wohnung zu, und nun ſtob alles in wilder Haſt auseinander.

„Wer geht mit zum Luzian?" rief Wendel noch. Dieſer Ruf ſchien zu ſpät zu kommen, denn die meiſten hatten ſich bereits zum Heimgang gewendet, ſie ſchienen vorerſt des Kirchenſtreites ſatt und verſpürten einen andern Hunger. Wendel ging bloß von Egidi geleitet zu Luzian.

An dieſem Mittage herrſchte in allen Häuſern eine ſonntagswidrige Ungeduld. Die Männer ſetzten ſich kaum ruhig zum Eſſen nieder und ſtanden bald wieder auf, um ſich mit Nachbarn und Freunden über das Vorgefallene auszuſprechen. Es war nichts Neues zu holen, aber jeder mußte doch ſagen, wie es ihm zu Mute war, und jeder wollte das Ereignis auf ganz beſondere Weiſe erlebt haben; da waren Umſtände, Vorahnungen und Wahrzeichen, die niemand außer ihm kannte. Es war wie die Löſchmannſchaft nach einem plötzlich ausgebrochenen Brande, die ſich nun in der Wirtsſtube zuſammen findet; man kann noch nicht in ſein Heimweſen zurück, und jeder muß berichten, wie und wo er überraſcht ward, und was er als einzelner im Geſamten vollbrachte.

Was nun zu thun ſei, davon war nirgends die Rede. Sollte die müßige Selbſtbeſpiegelung, dieſe Grundfäulnis im Charakter unſerer Tage, ſich auch hier ſchon eingefreſſen haben? Es muß ſich bald zeigen.

Ein Herz iſt aufgegangen.

Schließen wir uns an Wendel und Egidi an. Wir treffen Luzian hemdärmelig hinter dem Tiſche ſitzen, heitern Blickes

dreinschauend. Die Angehörigen aber standen in der Stube
und auf der Hausflur, so in starrem Schmerz in sich gebannt,
als läge in der Kammer nebenan eine geliebte Leiche, deren
ewiger Schlaf wie zu leisem Auftreten gemahnte. Die Schwie=
gertochter, die hochschwangere Frau Egidis, hielt die Kinder
behutsam zum Schweigen an; sie wußten nicht, was all der stille
Kummer bedeute, und ließen sich's gefallen, daß sie gegen alle
Hausregel kurz vor dem Mittagsessen ein Butterbrot bekamen.
Das Feuer auf dem Herde war ausgegangen und schickte seine
Rauchwolken in die Hausflur und in die Stube, sobald sich
diese öffnete; niemand blies das Feuer an. Die Knechte und
Mägde trieben sich draußen umher, alle Ordnung schien aufgelöst.

„Willst's mithalten, Wendel?" fragte Luzian den Eintreten=
den, „von den Meinigen will keins an den Tisch; sie meinen,
das sei mein Henkermahl, jetzt gleich nach dem Essen werde ich
geköpft. Und ich sag' dir, ich habe einen weltsmäßigen Hunger,
so hab' ich mein Lebtag keinen gespürt, grad wie wenn ich übers
Hungerkraut gangen wär'. Ich möcht' nur wissen, ob die Haupt=
ketzer, die den Pfaffen ins Zeug gefahren sind, auch allemal so
einen Hunger gehabt haben, so einen grundruhrigen. Weißt
nicht?"

„Ich hab' noch nichts davon gehört, was der Doktor Luther
zu Mittag gessen hat, wie er vom Reichstag in Worms in seine
Herberge heimkehrt ist," entgegnete Wendel, Luzian die Hand
schüttelnd, und dieser begann wieder: „Also du mußt mir doch
auch recht geben?"

„Freilich, es ist genug Heu unten gewesen."

„Du bist halt der Wendel, du weißt, daß man die Birnen
schütteln kann," sagte Luzian aufstehend. Er ging die Stube
auf und ab, in seinem Blicke, in seiner Haltung lag etwas
Hoheitliches, wie wenn er plötzlich zum Feldherrn ausgerufen
worden wäre und draußen harrten seiner die gescharten Völker.
Er schlug sich ruhig mit beiden Händen mehrmals auf die Brust,
als wollte er die sich bäumende Kraft darin beschwichtigen.
„Also wie ein Mann muß die Gemeinde zu mir stehen," sagte
er endlich stillhaltend.

„O Luzian!" sagte Wendel und schaute mitleidsvoll zu dem
Abgewandten auf.

„Was ist?" rief Luzian, in halber Wendung sich umkehrend,
sprühenden Auges, „was ist? wollen sie nicht?" fuhr er in
scharfem Tone fort, indem er Wendel mächtig schüttelte, als
wäre dieser der Unterbefehlshaber der aufrührerisch gewordenen
Truppen.

„O Luzian!" sagte Wendel kopfschüttelnd, „lehr' mich die
Menschen nicht kennen. Ich bin nur um ein Jahr älter als
du, aber ich bin weit in der Welt herumkommen. Guck, da
zerren und bellen sie das ganze Jahr, und wenn einer heraus-
tritt und er packt die Niedertracht bei der Gurgel und er kommt
dafür in die Patsch, hui! da ist das Kätzle auf der Mauer, da
will keiner was dabei haben, da duckt sich ein jedes und sagt:
ja, warum hat er's auch so dumm angefangen? warum hat er
sich so weit eingelassen? Er dauert mich — das ist noch das
Höchste. Und wenn sie ja zusammenhalten thäten, wär' ihnen
geholfen, aber da denkt keiner dran, da —"

„Also du glaubst —" fuhr Luzian auf, und seine Hand
faßte krampfhaft den Sprecher.

„Daß du allein schaffst," fuhr Wendel fort. „Du bist ein
reicher Mann, du kennst's nicht aus Erfahrung, weißt aber doch:
das schwerste Geschäft ist — allein dreschen. Wenn's mehr bei
einander sind, thut sich's noch so ring, es ist, wie wenn der
Gleichschlag den Flegel von selber heben thät. Lieber allein
tanzen, als allein dreschen. So ist's recht, lach' nur. Es geschieht dir auch nicht so viel. Der Pfarrer hat in der Predigt
auf dich angespielt, das darf —"

„Nichts da, davon will ich nichts," entgegnete Luzian. „Er
oder ich. Aber du bist immer so ein Schneefieber gewesen.
Laß du nur mich machen. Egidi! hol' jetzt das Bäbi, es soll
das Essen 'rein thun, ich muß bald fort."

Egidi kam nach einer Weile wieder und sagte, Bäbi sei
in ihrer Kammer eingeschlossen, sie weine, gebe keine Antwort
und mache nicht auf.

„Es wird gleich da sein," sagte Luzian, die Lippen
schärfend. Die Frau hielt ihn unter der Thüre fest und
rief: „Um Gottes willen gib doch Fried', ich will das Essen
bringen."

„Nein, das Bäbi muß her."

Er machte sich los und ging die Treppe hinauf. Droben
rief er: „Bäbi! mach' auf!"

Keine Antwort.

„Bäbi, ich, dein Vater ruft."

Man hörte jemand schwer sich vom Boden aufrichten; ein
Riegel wurde zurückgeschoben.

Luzian stand selbst eine Weile erschüttert beim Anblick des
Mädchens.

„Was hast? was ist? komm' abi," sagte Luzian sanft.

„Vater, schlaget mich tot, aber ich kann mich vor keinem

Menſchen mehr ſehen laſſen," rief Bäbi ſchluchzend und warf
ſich auf das Bett.

„Warum? warum? Gib Antwort, reb', reb', ſag' ich."

„Wenn ich nur tot wäre und der Paule auch," ſtöhnte
Bäbi endlich.

„Bäbi!" fuhr Luzian auf, die Haare ſtanden ihm zu Berge,
es überrieſelte ihn eiskalt, „Bäbi, ich will nicht hoffen, daß es
Eil' hat mit deiner Hochzeit; Bäbi, ich erwürg' dich jetzt da
gleich," fuhr er zitternd fort, „wenn's an dem iſt. Soll der
Pfaff ſagen: ſo geht's bei dem Gottloſen her, und ſo ſind ſeine
Kinder? Bäbi, reb', oder ich weiß nicht, was ich thu'."

„Vater! ich mach' Euch kein' Schand'," erwiderte Bäbi.

Unwillkürlich hatte ſie das Wort „ich" ſo ſcharf betont, daß
es Luzian durchzuckte; er hielt an ſich, und plötzlich kam eine
ſeltſame Wandlung über ihn. Blitzſchnell kam ihm der Gedanke,
daß er ſeinem Kinde unrecht thue, weil er ſelber in Wallung
war. Er ſchalt ſich, daß er ſeinen Zorn an dem unſchuldigen
Kinde auslaſſe, und er ſagte: „Verzeih mir, Bäbi, ich hab' dir
unrecht than — ich will keinem Menſchen unrecht thun, ſonſt
bin ich verloren," ſprach er wie zu ſich ſelber und fuhr dann
fort: „Bäbi, dein Vater macht dir auch kein' Schand'."

Dieſe letzten Worte ſprach er wie mit ſtockender Stimme,
ſo daß Bäbi allen Kummer aus dem Antlitz wiſchte und wie
erhoben zu ihm aufſchaute.

Wie raſch ſchoſſen hier die Empfindungen hin und wieder.
Bäbi wäre gern niedergekniet vor dem Vater, der ſich ſo vor
ihr demütigte.

Man muß ſich die machtvollkommene, über Widerſpruch und
Einrede erhabene Stellung des Vaters im Bauernhauſe vergegenwärtigen, um zu ermeſſen, was es heißt, daß Luzian ſich
ſeinem Kinde wie ein Büßender gegenüberſtellte. Iſt es ſchon
in andern Kreiſen für einen abgeſchloſſenen in ſich ruhenden
Charakter ſchwer, ſich zu beugen, Irrtum, Fehl und Uebereilung
offen zu bekennen, umgeht man gern das Geſtändnis in Worten
und will ſolches ſtillſchweigend aus der nachfolgenden That erkennen laſſen — wie unſäglich mehr war ſolche raſche Reumütig-
keit für den Vater hier. Das empfand Bäbi, und es that ihr
tief wehe, daß ſie den Vater ſo niedergedrückt hatte.

Heiſcht man auch im augenblicklichen Unmute oft ein merk-
liches Reuebekenntnis, ſo wird doch ein edles Gemüt die Beu-
gung raſch aufheben und möchte lieber ſich ſelbſt niederwerfen
und um Verzeihung flehen, daß man es ſo weit getrieben.

Wie vieler an Ton und Zeichen gebundener Worte bedarf

es, um dem unendlich raſchen Fluge der Empfindung ſchwer-
fällig nachzugehen.

Vater und Tochter ſtanden hier einander gegenüber, und
in ihrer Haltung ſchien nichts erkennbar von der Weichmütigkeit, dem ſanften Faſſen und Heben in ihrem Geiſte.

Der Blütenkelch eines Menſchengemütes öffnete ſich, das,
wer weiß wie lange noch, verſchloſſen in ſich geruht hätte.

Bäbi erkannte nur einfach, daß ſie ihrem Vater helfen und
beiſtehen müſſe, ſtatt ihn zu härmen; und ſchwingt ſich ein Herz
über das eigene Leid hinaus und ſucht fremdes zu heilen, ſo
iſt die Erlöſung gefunden.

Zum erſtenmal in ihrem Leben wagte es Bäbi, die Hand
ihres Vaters zu faſſen; dann ſagte ſie: „Kommet, ich will das
Eſſen auftragen."

Viktor ward herbeigerufen und ſprach das Tiſchgebet.
Luzian hörte zu, als vernehme er's zum erſtenmal, er ſchien
jedes einzelne Wort in ſeinen Gedanken zu prüfen.

Wie er verkündet, ſo war's. Luzian hatte in der That
einen weltsmäßigen Hunger, wie er's genannt hatte; er war
dabei überaus heiter und wohlgemut. „Mich freut das Eſſen,
und ich thue ihm ſeine Ehr' und Reſpekt an, ich mein', das
wär' der beſte Dank gegen Gott," ſagte er einmal. Niemand
antwortete. Die Frau ſchöpfte ſich auch heraus, aber ſie aß
nicht. Egidi war ebenſo lautlos.

Bäbi betrachtete den Vater immer mit freudeſtrahlendem
Antlitze, als hätte er ihr eben erſt das Köſtlichſte und Herrlichſte
geſchenkt. Niemand ahnte, was in dem Mädchen vorging, und
ſelbſt Luzian wußte nicht, welch eine Wunderblume neben ihm
aufgeſproſſen war. Bäbi, die es ſonſt nie gewagt hatte, bei
Tiſche im Beiſein des Vaters ungefragt ein Wort zu reden,
ſagte jetzt, lange nachdem der Vater geſprochen hatte: „Ja
Vater, laſſet Euch nur nichts zu Herzen gehen."

„Sei ohne Sorg', es geſchieht mir nichts an Leib und
Leben," erwiderte Luzian ſtaunend, „aber jetzt halt' der Ahne
das Eſſen warm und paß auf, daß es nicht anbrenzelt."

Die Ahne war nämlich bald nach der Morgenkirche in der
Kammer eingeſchlafen. Luzian ſchöpfte ihr bei Tiſche zuerſt und
das Beſte heraus.

Bäbi ging immer ab und zu, ſie verkoſtete keinen Biſſen,
es kam ihr faſt ſonderbar vor, daß die Menſchen durch Speiſe
und Trank ihr Leben auffriſchen, ſie betrachtete die Speiſen wie
etwas, das ſie gar nichts anginge; ſie war ſo ſatt, ſo tiefge-
tränkt, daß ſie glaubte, hundert Jahre ſo fortleben zu können.

In dem Hause, wo sie geboren und erzogen war, das sie noch nie verlassen hatte, schaute sich jetzt Bäbi um, als käme sie eben aus der Luft herabgeflogen und hätte sich nur hier niedergelassen; fragend schien sie zu forschen, wer denn gekocht habe, wer das Haus gebaut und eingerichtet, wie der Mensch so vielerlei nötig habe — sie wollte doch von allem nichts; sie schien fragen zu müssen, ob denn früher schon eine Welt da war, während ihr eigen Leben jetzt erst aufging. Ein neugeboren Kind, das reden könnte, müßte so die Welt erfassen.

Bäbi stand oft still, schloß die Augen und schaute in sich. Sie konnte es nicht in Worte und feste Gedanken setzen, aber sie fühlte es, in dieser Stunde war sie zum Bewußtsein ihrer selbst erwacht, wieder geboren. Wie hatte heute am Morgen namenloser Schmerz ihr ganzes Wesen aufzehren wollen, die süßeste, zuversichtliche Hoffnung war in unabsehbare Ferne gerückt. Jetzt war's ihr, als ob ein fremder Mensch in all den Klagen gerungen habe, sie selber war ja so froh, wie abgelöst aus einer fremden Hülle. Sie mußte sich fast gewaltsam die Erinnerung zurückrufen, daß sie Braut sei, daß sie auf der Schwelle stehe, ein eigen Heimwesen zu gründen. Das war ein Kind, das solches erlebt hatte, wo ist es hin? Sie wäre gern zu allen Menschen hingeeilt und hätte ihnen gesagt, daß sie ihren Vater über alles liebe, daß er mehr sei als die ganze Welt. Und Paule? Der war ja eins mit ihr, der mußte ja alles mit erfahren und gedacht haben wie sie — oder war's nicht so?

Ein Mädchen, das den Vater verlassen, besinnt sich jetzt erst in der Entfernung der stillen Verehrung, die es für den Würdigen gehegt, sehnsuchtsvoll öffnet sich das innerste Heiligtum des Herzens, und hell strahlt das erhabene Bild aller Kraft und alles Edelsinns. Wie ganz anders tritt dann wieder die Tochter dem Vater entgegen.

Bäbi hatte sich von ihrem Vater mehr als räumlich entfernt, und sie erschaute ihn jetzt wie einen Heiligen, der ihr geraubt war. Nicht durch äußere Lehre, aus dem innersten Zusammenhang der Familie sollte Bäbi zum höchsten Leben erweckt werden.

Wir werden vielleicht das geheimnisvoll dunkle Walten in der Seele des Mädchens noch näher kennen lernen, wenn es nicht die scharfe Wirklichkeit in sich bricht.

„Was ist das für ein Lärm?" rief plötzlich alles in der Stube. Man sprang ans Fenster. Des Schützen Christoph drehte vor dem Hause die große „Rätsch", das ist der Kasten aus gespannten Brettern, die ein Kammrad in Bewegung setzt. Die

Rätſch dient ſtatt der Kirchenglocken, wenn dieſe zur Faſtenzeit
nach Rom zur Beichte wallfahren. Was ſollte das aber jetzt
mitten im Sommer? Ein Teil der Tiſchgenoſſen rannte auf die
Straße, um Erkundigungen einzuziehen, die übrigen eilten in
die Kammer, wo die Ahne von dem plötzlichen Knattern der
Rätſch aufgewacht war und laut ſchrie: das Haus ſtürze ein.

Bald erfuhr man, was vorging. Der Pfarrer hatte ver-
ordnet, daß, weil die Kirche entweiht ſei, keine Glocken geläutet
werden dürfen; er mußte wohl, daß die Kirche das Herz der
Gemeinde, zumal am Sonntage, und dieſes Herz kehrte er um
und um; er ließ den Altar, die Gefäße u. ſ. w. aus der Kirche
bringen und im Freien aufſtellen, um dort den Mittagsgottes-
dienſt zu halten.

„Kannſt du das leſen?" fragte Luzian den Wendel, als
ſie in der Kammer waren, und deutete auf die innere Seite der
Thüre.

„Ja," entgegnete Wendel und las das mit Kreide hinge-
ſchriebene Wort: Thomaſius!

„Komm heraus, ich muß dir was erzählen," ſagte Luzian
und fuhr dann in der Stube fort: „Guck, wenn ich den Namen
wieder ſeh' und hör', da weiß ich's ganz deutlich, wie es bei
mir angefangen hat, daß ich den Pfaffen ſo auf den Haken ſitze;
die Hexen ſind daran ſchuld und die Ahne drin."

„Wie ſo? Hältſt du denn die Ahne für eine Hex'?"

„Umgekehrt iſt auch gefahren. Ich hab' mir ſo denkt, wenn
die Ahne in alten Zeiten gelebt hätt', wer weiß, ob ſie nicht
verbrannt wär', ſie hat oft ſo gewundrige Sachen an ſich. Und
da, da iſt mir's ſiedig heiß eingefallen, wie doch vor alters die
Welt ſo grauſam verdammt dran geweſen iſt. Ich hab' den
alten Pfarrer darüber befragt, warum denn die Geiſtlichkeit das
ſo lang zugeben hat, und da hat er mir beſtanden, daß man
wirklich und wahrhaft an Hexen glaubt hat. Wie ein Blitz iſt
mir's da ins Herz geſchlagen: alſo ſo? Euer Sach' iſt auch nicht
unfehlbar? Ihr könnet auch den letzten (falſchen) Weg gehen,
und die Weihe und der heilig' Geiſt hilft nicht? . . . Und da
hab' ich dem Pfarrer geſagt, warum denn die Lüge von den
Hexen und der Zauberei in der Bibel ſteht. Da hat er die
Achſeln zuckt und mir ein' Priſ' anboten, weißt, wie er oft than
hat, wenn er nimmer hat reden dürfen. Er hat hernach wieder
ſein' alt' Sach' vorbracht, ich ſoll das Bibelleſen ſein laſſen, das
paſſ' nicht für einen katholiſchen Chriſten, da kuſpern die Luthe-
riſchen immer drin 'rum. Wie ich fortgeh', gibt er mir ein
Buch mit zum Leſen. Da ſteht alles drin. Der Hexenglaube

ift ein Beſtandvieh, das der alt' Moſes aus Aegyptenland bei uns eingeſtellt hat, und wir müſſen Kälber davon ziehen, oder aber es mäſten mit dem beſten Futter von unſeren Matten. Die Lügengeſchicht' von den Hexen iſt uns von den Juden und aus der Heidenzeit verblieben. Der Doktor Luther hat dem Teufel auch nicht den Genickfang geben, er hat ihm nur das Tintenfaß an den Kopf geſchmiſſen, und er iſt ſchon vorher ſchwarz. Guck, und weil ich jetzt gewußt hab', daß es keine Hexen und keinen Teufel gibt, da iſt alles bei mir zuſammengepoltert, grad wie wenn man bei einem alten Haus auf der einen Seite eine Wand einreißt und auf der andern fällt's von ſelber ein.“

„Was haſt du denn aber mit dem Thomaſius?“

„Ja, der Mann hat dem Faß den Boden ausgeſchlagen. Jetzt horch'. Von all den tauſend und aber tauſend Geiſtlichen iſt keiner dem Lügenweſen vom Teufel und Hexen auf den Leib gangen, Narr, es ſteht ja in der Bibel, und ſie brauchen's zum Pelzmärte, der Thomaſius allein hat die Sach am rechten Zipfel gefaßt. Die Geiſtlichen ſind immer mit gangen, wenn man ſo eine arme alte Frau verbrannt hat, und haben noch betet aus ihrer Bibel und aus anderem. Ich hab' dem alten Pfarrer offen beſtanden, daß vieles bei mir nichts mehr gilt, da hat er nur ſo geſchmunzelt und hat geſagt: das ſei ſchon lang und wird immer ſo ſein, daß die Geſcheiten auf vieles nichts mehr halten, aber der große Haufe, das Volk kann nicht davon laſſen. Was meinſt, wie mich das grimmt hat? Jetzt, wenn ich nicht von ſelber drauf kommen wär', ſo ſteckt' ich auch noch im großen Haufen? Eure verdammte Pflicht und Schuldigkeit iſt's, ihr Geiſtlichen, daß keiner in der Geſchichte ſtecken bleibt und an Teufel und Hexen glaubt, die es gar nicht gibt. Da predigen und lehren ſie das ganze Jahr Sachen, von denen ſie ſo wenig wiſſen wie wir, da ſtopfen ſie die Kinder voll mit Zeugs — ich möcht' oft die Wänd' 'nauf, wenn ich hör', was mein Viktor Tag für Tag auswendig lernen muß — und wenn ſich das hernach in den Gedanken verhärtet und verbuttet, da ſchreien ſie: Man darf dem Volk nicht an ſeinem alten Glauben rühren. Ja, wer hat ihn denn hineingepflanzt? . . . . Das Volk! das Volk! Weißt denn, wer das Volk iſt? Wenn ich das Wort hör', geht mir allemal die Gall' über. Wer halt nicht mit regiert, geiſtlich oder weltlich, der iſt Volk.

Der neue Pfarrer iſt doch gewiß mein Mann nicht, aber da hat er recht: was die Herren nimmer mögen, das ſollen wir, das ſoll das Volk auffreſſen. Aber es iſt grad das Gegen=

teil von dem, was er gesagt hat: Die Aufklärung ist's nicht,
hingegen aber der Lutschebrei.

Aber die Bibel? Das Wort Gottes? Es steht die Geschicht'
von den Hexen und dem Teufel und der Zauberei drin — ich
will nichts von der Bibel. Guck, noch jetzt, wenn ich das sag',
ist mir's, wie wenn ich einen Stich mitten durch den Leib be-
käm', aber es geht nicht anders. Dazumal bin ich dir Tage
und Wochen herumgelaufen, wie wenn mir einer das Hirn aus
dem Kopf genommen hätt'! Es nützt aber alles nichts, in die
Bibel hinein kriegt man mich nimmer."

„Ja, Luzian," schaltete Wendel ein, „ich seh's wohl, du
bist weit ab vom Fahrweg."

„Freilich, aber ich hab' doch ganz allein den Weg zu unserem Herrgott gefunden, ganz allein, ohne Pfaff. Ich werd'
die Nacht nie vergessen, es ist mir, wie wenn's heut wär'! Ich
bin im Spätjahr in G. und mach' mit dem R. einen Bretter-
handel ab, du kennst ihn ja, er ist ein gescheiter Mann, er
kämmt sich seinen borstigen Backenbart allfort mit einem Weiber-
kämmle und macht viel Späß', er ist auch beim Landtag. Wie
wir nun beim Weinkauf sitzen, geht mir das Herz auf, und ich
klag' ihm mein' Not; da lacht er, daß er sich am Tisch heben
muß und die Butellen mit wackeln. Ich mag's nimmer sagen,
was er vorbracht hat, und wie er sieht, daß es mir bitterer
Ernst ist, klopft er mir auf die Achsel und sagt: ‚Luzian,
folget mir und schlaget Euch die Sachen aus dem Kopf, das
Sprichwort sagt: Es ist kein Strick so lang, man findet sein
End; das ist aber beim Pfaffenstrick nicht wahr. Darum muß
man in der Religion die Leut' für sich machen lassen, was man
denkt, bei sich behalten, mögen andere glauben, was sie wollen.
Lucian,' sagt er, ‚Ihr wisset so gut als ich, man muß das Brett
bohren, wo es dünn ist, aber da sitzt eine Astwurzel, da bricht
der schärfste Bohrer. Lasset Euch ja von Euren Gedanken daheim
nichts merken, vor keiner Menschenseel'. Wir haben auf Euch
gerechnet, Ihr müsset bei der nächsten Landtagswahl Abgeordneter
werden, der Alte, der, wie Ihr wohl wisset, das ganze Land in
Sack hat, hilft Euch auch, aber von Religion darf dabei nicht
die Rede sein. Es kann Euch nicht fehlen; aber wenn das gemeine Volk merkt, daß Ihr ihm an seinen Glauben wollt, da
ist's aus und Amen . . . .' So redete der R. Was meinst,
Wendel? Wenn mir eins ins Gesicht geschlagen hätt', es hätt'
mir nicht weher than. Ich hab' still ausgetrunken und bin heim
— So? Also auch die Leut', die thun, wie wenn ihnen der
Teufel aus der Hand fressen müßt', die wollen in dem Stück

von der Religion nicht 'raus mit der Farb', man fürchtet sich?
Guck, Wendel, ich hab' zu gar nichts mehr auf der Welt Zutrauen gehabt. Ich hab' austrunken und bin fort, heime zu,
und es ist mir doch grad, wie wenn ich auf der ganzen Welt
nirgends mehr daheim wär', es geht mich niemand mehr was
an; ich geh' aber die Straß' hin, wie wenn mich eins fortschuben
thät. Brennend heiß ist's über mich kommen: Ja, ja, es hilft
einem kein Mensch auf der Welt, du mußt dir selbst helfen.
Wenn ich nur wüßt', wo ich's anpack'. Jetzt ist mir's gewesen,
wie wenn ich gestorben wär', die Leut' laufen 'rum und wollen
mich begraben, und ich kann ihnen nicht zurufen, daß ich leb'.
Jetzt hab' ich ausdenken wollen, wie's sein wird, wenn ich gestorben bin, was meine Leut' machen und die anderen, wie's im
Dorf aussicht, was sie reden und treiben. Ich bin aber nicht
weit kommen, da kann ich nimmer fort mit meinen Gedanken.
Alles ist mit mir gringel'rum gangen, wie dazumal, wie ich auf
den Straßburger Münster 'naufgestiegen bin und ich gemeint
hab', jetzt müss' ich mich 'nunterstürzen; ich hab' laut aufgeschrieen, und ich hab' gemeint, ich werd' närrisch. Mein Lebtag
hab' ich doch kein' Angst gehabt, und jetzt ist mir's, wie wenn
aus jedem Busch einer käm' und schießt mich tot, da liegst du.
Jeder Steinhaufen am Weg kommt mir wie ein Untier vor,
das da liegt und nur wartet, bis ich dort bin und dann auf-
schnappt. Ich hab' beten wollen und hab' nicht können . . . ."

„Ja, Luzian, das sind die Geburtswehen, dazumal ist der
alte Luzian gestorben und der neu' auf die Welt kommen,"
schaltete Wendel ein.

„Horch', paß auf," fuhr Luzian fort: „Wenn mich jetzt der
Tod streckt, hat mir's doch eine Menschenseele abgenommen. Es
ist lang Nacht, kein Stern am Himmel, und auf allen Zinken
und Ecken flimmert ein Licht aus den einzechten Häusern, und
wo ich an einem Haus an der Straß' vorbeikomm', da hör' ich
beten. Ich steh' manchmal still, und es friert mich und ist doch
gar nicht kalt. Die Hunde bellen und geben kein' Ruh, die
Leut' gucken zum Fenster 'raus und beten weiter und schauen,
was es gibt; fort, fort bin ich wie ein Galgendieb, es war mir,
wie wenn ich den Leuten was aus ihrem Gebet gestohlen hätt'.
Jetzt fängt es sachte an zu regnen, es säuselt nur so herab, der
Kopf hat mir brennt, und das hat mich ein bißle abkühlt. Ich
bin so meines Weges fort, und es hat sich mir ein Lied durch
die Seel' gesprochen, das die Mutter singt:

> Alte Welt, Gott gesegne dich,
> Ich fahr' dahin gen Himmelrich.

Ich hab' nun gar nichts anderes im Sinn gehabt als die paar
Worte, die haben sich immer allein gesungen, und es ist mir ge=
wesen, wie wenn mich eines nach der Weisung von dem Lied
am Leitseil halten thät', und da ist mir's wieder sterbensangst
worden, und ich hab' laut aufgeschrieen und bin selber erschrocken,
wie's im Wald widerhallt. Der Regen ist stärker kommen, und
es hat nur so pflatscht, und ich hab' dir kaum einen Fuß heben
können, meine Kniee sind wie abbrochen; ich schlepp' mich noch
fort bis zu dem Steinbruch, wo du das ganze Jahr schaffst;
unter deinem Strohdach dort hab' ich mich auf die Steine hin=
gelegt. Ich hab' kein' Müdigkeit mehr gespürt, wie ich so da=
lieg', aber doch ist mir's, wie wenn ich von der ganzen Welt
ausgestoßen wär', ich hab' keine Frau und keine Kinder und
kein Haus, nichts, nichts — und unser Herrgott droben verläßt
mich auch. Da hab' ich unsern Herrgott bittet, er soll mir ein
Zeichen geben, ein Zeichen, was es sei, daß ich weiß, ich bin
nicht auf dem unrechten Weg. Still hab' ich hingehorcht, ob
nichts kommt; es läßt sich aber nichts hören, als der Regen,
wie er durch die Bäume rieselt und rauscht, wie wenn Blatt
und Zweig zu einander sagen thäten: Es schmeckt gut und frisch,
laß dir's wohl bekommen, ich hab' auch mein Teil. Jetzt spricht
sich wieder das alte Lied:

> Alte Welt, Gott gesegne dich,
> Ich fahr' dahin gen Himmelrich.

Wie ein Blitz ist mir's jetzt aufgangen; das ist noch alter Aber=
glaube von dir, daß du ein Zeichen willst; es ist erlogen, daß
je einer eins bekommen hat, sonst müßt's jetzt auch sein, und da
hätt' unser Herrgott viel zu thun. Was Engel! Gibt's keine
Teufel, so gibt's auch keine Engel. Sind einmal Wunder ge=
schehen, so müßten sie auch jetzt vorkommen, weil aber jetzt keine
geschehen, so sind auch nie keine geschehen. Sag' du, Bibel,
was du magst. Und jetzt wird mir's auf einmal, wie wenn ich
in lauter Seligkeit schwimmen thät: Du willst rechtschaffen sein!
hab' ich laut vor mich hingesagt, und alles hat mir in Freuden
gelacht wie lauter liebe Menschengesichter, die ich seh' und die
ich doch mit keinem Aug' erblickt hab', und jetzt hab' ich's ganz
deutlich gespürt: Ja, ich bin auf dem rechten Weg .... Ich
kann dir nicht sagen, wie mir's war, aber so, wie wenn mich
unser Herrgott selber geküßt hätt', und ich bin aufgesprungen
und hätt' gern jetzt die ganze Welt glücklich gemacht. Ich hab'
gewußt und weiß es, ich bin nicht schlecht und will nicht schlecht

sein. Was will ich denn? Könnt' ich nicht in Fried' und Ehren
leben, wenn ich den Aberglauben sein ließ'? Aber ich darf nicht
und will nicht. Ich hab' mich wieder umgelegt, ich mag nicht
heim, mir ist so wohl da draußen, wie wenn ich vom Tod auf=
erstanden wär'; so glücklich bin ich noch nie gewesen, wie da in
der Stund'."

"Du bist ja dagelegen wie der Erzvater Jakob auf dem
Stein, wo er gesehen hat, wie die Engel auf einer Leiter auf
und nieder steigen vom Himmel," bemerkte Wendel schalkhaft;
Luzian aber erwiderte ernst:

"Was! auf und nieder steigen von dem Himmel! das ist
ja auch alter Aberglaube, daß auf dem blauen Deckel da oben
unser Herrgott sitzt. Nein, mir ist's anders gewesen, rings 'rum
um die ganze Welt gibt es Menschen, freie, gute, die sind mir
lieber als die Engel, die auf und ab steigen. Ich bin gleich
fertig, ich muß dir auserzählen. Erst gegen Morgen bin ich
heimkommen, und meine Leut' haben nicht gemerkt, warum ich
von da an so heiter gewesen bin, der Ahne hab' ich's so halb
und halb berichtet. Ich will mich nichts berühmen, es könnt'
ein jedes bräver sein, wenn es sich ehrlich fragt; aber von dem
Tag an hab' ich mit Wissen und Willen gewiß keinem Menschen
was Leids than und hab' geholfen, wo ich kann. Drum bin ich
jetzt so heiter. Guck, die Pfaffen, die plagen einen immer mit
unserer Sündenschuld, ja freilich, es hat ein jedes sein Bündele,
aber man kriegt' mehr Kraft, wenn man einem sagen thät': freu'
dich an dem Rechtschaffenen, was du than hast. Wenn man's
betrachtet, will's eigentlich nicht so viel heißen, und man thut
weiter. Guck, das Blut könnt' ich teilen mit meinen Neben=
menschen, und ich schäm' mich, wenn sie sich für einen guten
Dienst bei mir bedanken, und da soll ich mir von dem Pfaff
sagen lassen, das sei alles für die Katz', wenn man den rechten
Glauben nicht hat? Nein, und neunzigmal nein. Wenn ich nicht
vor mir selber sagen kann, du willst rechtschaffen sein, da bin ich
verloren. Erst heut hab' ich meiner Bäbi unrecht than und ..."

In diesem Augenblick hörte man ein Geräusch in der Küche.
Das Schubfensterchen, das nach der Stube führte, ging ganz
auf, eine Pfanne fiel lärmend auf den Steinboden. Luzian setzte
nur noch hinzu: "Aber das ist jetzt vorbei."

"Du guter Kerle," schloß Wendel, "du hast dich hart an=
gegriffen und plagt, bist 'rumgelaufen wie ein verscheuchter Dieb
und ist doch gar nicht nötig gewesen. Narr, was man nicht
verheben kann, das läßt man liegen. Ich hab's viel kürzer ge=
macht. Wie ich zu Verstand kommen bin, und es hat vieles

nimmer 'nein wollen, da hab' ich's halt draußen gelaſſen mit aller Ruh. Mag die Bibel und alles, was davon herſtammt, ſehen, wo es ein Unterkommen findet, bei mir iſt kein Platz. Ich laß' aber die andern Leut' auch treiben, was ſie wollen; ich dürft' nichts anfangen, wenn ich auch wollt'. Ich muß von meinem Handwerk leben und gelte drum nicht viel; du, du darfſt dich ſchon eher an den Laden legen, du biſt der reichſte Mann im Ort."

„O Wendel!" ſagte Luzian mit weicher Stimme, „du kannſt dir nicht denken, wie tief es bei mir geſeſſen iſt; drum darf ich meine Nebenmenſchen nicht laufen laſſen, ich muß ihnen helfen. Und da ſiehſt du's jetzt an dir ſelber, wie es in der Welt ſteht, daß man reich oder g'ſtudirt ſein muß, wenn das Wort von. einem was bedeuten ſoll. Wo iſt da die Religion?"

„Ja, Luzian, du ſollteſt halt auch auf einem andern Platz ſtehen."

„Nein, ich möcht' gar nichts anderes ſein. Ich hab' mich auch lang mit dem Gedanken plagt, aber es iſt am beſten ſo. Guck, was anders ſein wollen, was man einmal nicht ſein kann, das iſt grad, wie wenn man ſich mit dem zukünftigen Leben nach dem Tod abquält. Heut iſt Trumpf, ſagt der Geigerlex, jetzt bin ich da, und was ich bin, will ich recht ſein. Von Tag zu Tag iſt mir's heller und klarer worden: es iſt vorbei, daß man mit alten Säcken neue flickt. Bruderherz! Jetzt geht's los, und ich freu' mich drauf, daß das Gebittſchriftel ein End' hat; jetzt, Vogel, friß oder ſtirb."

„Ich fürcht'," ſagte Wendel kopfſchüttelnd, „ich fürcht', du wirfſt das Beil zu weit 'naus. Du biſt gegen die Franzoſen ins Feld, und dein' Flint' iſt nicht warm worden, es kann dir noch einmal ſo gehen, und der Feind jetzt iſt viel ſchwerer zu finden als der Franzos. Glaub' mir, wenn auch die Leut' ihre ſieben Gedanken zuſammenraſpeln könnten, es iſt jetzt grad die unrechteſte Zeit, wo an allen Ecken der Bettelſack 'naus hangt. Ich will aber doch jetzt umſchauen, wie's im Dorf ſteht."

Wendel ging davon und Luzian zur Ahne in die Kammer.

Die Wände haben Ohren. Durch das Schubfenſterchen hörte Bäbi alles, was der Vater geſprochen, ihr ganzes Weſen bebte in ſtiller Freude; ſie ſaß dann lang in Gedanken auf dem Herd und vergaß, das Geſchirr zu ſpülen. Als endlich Paule kam, trat ſie ihm mit den Worten entgegen: „Mein Vater iſt der heiligſte Menſch von der ganzen Welt."

Das Haus wankt.

Das war an diesem Mittag ein Pispern und Flüstern im ganzen Hause, wo zwei beisammen waren: es war, als ob der Holzwurm im Gebälke nage und knappere. Die Knechte und Mägde standen bei einander im Hofe, keines ging aus, troß des Sonntagmittags. Wie wohl war es ihnen sonst, um diese Zeit mit Befreundeten nach Lust und Laune umherzuschlendern. Das Vieh ist versorgt und muß nun warten bis zum Abend, im Hause ist nichts mehr zu thun. Die Mittagskirche ist vorbei, man ist nun mit seinem Gotte fertig und kann sich selber leben. Wer den abgesonderten Gottesdienst nicht mehr kennt, wer ihn in einen Lebensdienst verwandelt, allezeit und allerorten derselbe, ohne bestimmte, an einen Moment gebundene besondere Ansprüche, der mag sich kaum mehr das Wohlgefühl des Kirchgängers vergegenwärtigen, der unter Glockengeläute heimkehrt, das Gebetbuch an seine ruhige Stelle legt und dann dem Leben und seinen hunderterlei Beziehungen sich hingibt.

Wie wohlgemut schritten sonst die Belasteten, die die ganze Woche fremdem Willen unterthan waren, um diese Zeit dahin: sie gingen langsamen, zögernden Schrittes, sie wollten sich auch von der Freude nicht zu Hast und Unruhe drängen lassen; die Freude mußte ihnen gehorchen. Heute hielt sie eine gewisse Angst zu Hause. Sie wußten nicht, wie es draußen über den Meister herging, sie konnten zu etwaigen bösen Reden nicht still schweigen und wußten auch nichts darauf zu sagen.

Um den Kindern Egidis eine besondere Freude zu machen, ließ der Oberknecht das noch nicht dreiwöchige Schimmelfüllen heraus, die schwarzen und weißen Seidenhasen huschten von selbst nach, duckten sich an schattigen Plätzen nieder, blinzelten auf und schossen bald wieder hinein in den schützenden Stall; sie wurden noch dazu von Viktor gejagt, weil sie seine Tauben aufgescheucht hatten, die von ihrem Schlage auf dem Baumstamm inmitten des Hofes herabgekommen waren. Viktor wollte seinen Geschwistern und den andern Kindern zeigen, was für schöne Tauben er habe, und erhielt die Erlaubnis, daß man ihm schon jetzt Futter für dieselben gebe. Als alle Körnlein aufgepickt waren, schickte Egidi seine Frau mit den Kindern heim nach der Mühle, er selbst blieb bei der Mutter auf dem überdachten Treppenaltan; er hatte viel auf dem Herzen.

„Mutter, warum redet Ihr denn auch kein Sterbeswörtle?" begann Egidi.

„Jch bin ganz wirbelſinnig worden und ſo trottenmüd, ich
mein', es trag' mich kein Fuß mehr. Was haſt denn?“

„Mutter, der Vater iſt gewiß der bravſte Mann unterm
weiten Himmel, aber zu Euch darf ich ja mein Herz ausſchütten,
es wird ja nicht verfremdet. Mutter, das thut kein gut, das
kann kein gut thun. Der Vater will der Peterling (Peterſilie)
auf allen Suppen ſein, und da wird man verſchnipſelt, daß zu=
letzt gar nichts mehr an einem iſt. Er möcht' gern alles rump
und ſtump auf einen Wagen thun, aber man muß nicht über
die Leitern laden, ſonſt keit (wirft) man um. Er hat den neuen
Pfarrer zum Ort 'naus haben wollen, ich hab' auch mit unter=
ſchrieben, wie nachgar alle im Ort; aber jetzt geht's einmal nicht,
die Regierung iſt Meiſter, und jetzt muß man dem Waſſer den
Lauf laſſen.   Freilich, es hat mich auch gottvergeſſen geſchnellt,
wie der Pfarrer auf den Vater angeſpielt hat, daß man's hat
mit Pelzhandſchuhen greifen können, wen er meint, aber in der
Kirch', da iſt doch der Platz nicht, wo man ſo einen Randal
verführt.“

Die Mutter nickte immer raſch mit dem Kopfe und preßte
die Lippen zuſammen, die keine Gegenrede laut werden ließen.

Egidi fuhr fort: „Und was ſoll denn aus den Kindern
werden, wenn ſie ſehen, daß man ſo den Pfarrer anſchnurrt
und nur noch fehlt, daß man ihm eins ins G'fräß gibt? Da
iſt kein' Heiligkeit und kein Glaube und kein Gehorſam mehr.
Der Vater iſt mein Vater, aber unſer Herrgott iſt vor ihm
mein Vater. Er hat jetzt lauter große Kinder, ich hab' aber
vier kleine, ich muß es wiſſen; man kann keine Kinder gut auf=
ziehen ohne Gottesfurcht. Unſer alter heiliger Glaube muß feſt
eingepflanzt ſein, es kommt, eh' man's verſieht, ſo ſchon manches
davon, wie's nicht ſein ſollt'. Jch ſag's ja, es iſt die Zeit
vom Antichriſt, der Sohn muß gegen den Vater ſein. Mutter,
jetzt ſo mein' ich, wie müſſen nun erſt die anderen denken? Jch
ſag' das nur zu Euch. Wir müſſen jetzt zuſammenhalten,
Mutter, ſonſt geht bei ſo ſchweren Zeiten alles hinterkling. Man
weiß ja ohnedem nicht, wie man ungeſchlagen über den Berg
'naus kommen ſoll. Drum mein' ich, der Vater muß nachgeben
und muß von den unnötigen Sachen laſſen; er verrechnet ſich,
wenn er glaubt, daß die Gemeinde zu ihm ſteht; ich möcht'
alles verwetten, er bleibt allein, und ein Vogel macht keinen
Flug. Wir ſtehen in Ehren da, und wir brauchen uns keine
Unehre holen wegen anderer Leut'. Wenn nur alle Bücher
verbrannt wären, eh' eins übers Vaters Schwelle kommen iſt.
Jetzt wie, Mutter? Warum redet Jhr denn nicht?“

„O du!" rief die Mutter und stieß dem Sohn die geballte
Faust auf die Brust, daß er zwei Schritte von ihr wegflog, „o
du lummeliger Trallewatsch, du, du schwätzst ja 'raus, wie ein
Mann ohne Kopf. Wo bist denn du her? Du hättst ja ohne
deinen Vater nicht den Löffel in der Tischlade verdient. Du
willst über deinen Vater 'rauslangen? Er ist zu gut gegen
dich gewesen, er hätt' dir sollen die Raufe höher henken, dann
wärst ihm nicht so vonderhändig. Du willst den Frommen
spielen und deinen Vater zum Nichtsnutz machen? Wer kann
ihm was nachsagen? Dein Vater ist kein so pulveriger Hitze=
blitz, wie du meinst, du frühbieriger Katzenmelter du. Er weiß,
was er thut. Da mußt du siebenmal drum 'rumgehen, eh'
du den Verstand davon kriegst; das darf man nicht so leicht
weg übers Haus 'naus werfen. O du lieber Herr und Heiland
im dritten Himmel droben 'rab, was sind das für Zeiten! Es
gibt keine Kinder mehr. Blut wird nicht zu Wasser, sagt man
sonst, das ist auch nimmer wahr; von den eigenen Kindern
wird man verschimpfiert und hat kein' Hilf'. Da möcht' man
ja Blut greinen; gang mir aus dem Weg du." Sie weinte
und schluchzte in ihre Schürze hinein.

Egidi suchte sich zu verteidigen, es half aber nichts, sie
sagte immer: „Gang mir aus dem Weg. Was thust du da?
du gehörst nicht daher."

Da Egidi Männertritte von der Stube her vernahm, ging
er davon; er konnte doch jetzt seinem Vater nicht vor Augen
treten.

Während dies auf dem Treppenaltan sich zutrug, hatte Bäbi
in der Küche eine ganz andere Unterredung mit Paule. Dieser
hatte schon unterwegs noch im Hengstfelder Walde die Ange=
legenheit des Tages erfahren, da ihm einer aus dem Orte be=
gegnete, der ihn mit den schonenden Worten stellte: „Weißt
auch schon von deinem Schwäher?" Zum Tode erschrocken ver=
nahm Paule das Ereignis und eilte dann so rasch über den
zur Zeit verbotenen Wiesenweg, daß sich kaum das Gras unter
seinen Füßen bog. Er stellte sich die Sache und ihre Folgen
noch viel schlimmer vor; er wußte nicht, wie, und war nun be=
ruhigter, alles in gewohntem Geleise zu finden; daß aber durch
das unterlassene Aufgebot die Hochzeit heut über acht Tage
nicht stattfinden konnte, machte ihn ganz wild. Er wollte so=
gleich zum Pfarrer und ihn bitten, noch am Mittag das Feh=
lende nachzuholen, Bäbi aber hielt ihn zurück, indem sie sagte:

„Bleib, er thut's doch nicht, und du kriegst nur auch noch
Händel, und ich möcht' auch um die Welt nicht schon jetzt fort

und meinen Vater verlaſſen. Ich könnt' mir alle Adern ſchlagen
laſſen für ihn, er iſt jetzt mein einziges.“

„Und ich? ich gelt' gar nichts?“ fragte Paule.

„Paule, du bekommſt jetzt ein ganz ander Weib. Ich kann
dir's nicht ſo ſagen. Könnt' ich nur mein Herz aufmachen und
dich 'nein ſehen laſſen, aber ich weiß wohl, das ſind Gedanken,
die kann man nicht ſehen. Du wirſt's aber ſchon erfahren. Ich
möcht' jetzt ein' ganz andere Sprach' haben, ganz andere Wort',
ich weiß nicht, wie, ich kann gar nichts reden. Guck, bis heut
Nachmittag bin ich ein Kind geweſen, und da bin ich auf ein=
mal aufgewacht, wie wenn ich mein Leblag geſchlafen hätt'!
Du mußt nicht lachen, ich kann halt nicht reden; und wenn's
auch hinterfür 'rauskommt, es iſt doch nicht ſo. Die alt' Bäbi,
die findeſt du nirgends mehr, aber du machſt doch einen guten
Tauſch.“

„Laß dich beſchauen,“ entgegnete Paule, die zur Erde
Blickende am Kinn faſſend, „du biſt doch noch die Bäbi, die
uralt'; wenn mir recht iſt, ich mein', ich hätt' dich ſchon einmal
geſehen, geht dir's nicht auch ſo? Ich weiß nur nicht, wo ich
dich hinthun ſoll. Aber du ſiehſt ja heut ſo glanzig aus, wie
geſchmälzt, ich will's einmal verkoſten.“

Er küßte ſie gewaltſam, aber Bäbi ſchüttelte ſich, als ob
ſie's grauſele, dann rief ſie: „Um Gottes willen, Paule, mach'
jetzt keine Späß'!“

„Hu, man wird dich doch anrühren dürfen,“ entgegnete
Paule, „du thuſt ja, wie wenn dir ein Froſch ins Gſicht ge=
ſprungen wär', du verwunſchene Prinzeſſin. Wenn du mich nicht
magſt, kannſt mich noch laufen laſſen. Ich will dir nicht über=
läſtig ſein.“

„Paule, verſünbig' dich nicht. Ich kann jetzt halt gar
nichts mehr denken als meinen Vater, der iſt jetzt mein einziges.“

„So heirat' deinen Vater,“ entgegnete der Zornige und
wendete ſich ab.

„Paule,“ bat Bäbi wieder, „wenn ich dich beleidigt hab',
verzeih mir's, ich will ja keinen Menſchen kränken, und dich
gewiß nicht, bittet ja ein Vater ſein Kind ... Paule, guck um,
ſieh mich an; es iſt ſünblich, wenn man nur eine Minut' ein=
ander weh thut, verzeih mir, da haſt meine Hand.“

Paule hatte wahrſcheinlich noch weiteres erwartet, daß
Bäbi auf ihn zukomme und ihn umhalſe; als ſie das nicht
that, verließ er, trotzig mit den Füßen ſchleifend, die Küche
und begann ein Lied zu ſummen. Weil ihn Bäbi um Ver=
zeihung gebeten hatte, glaubte er, ſie habe ihm ſchwer unrecht

gethan, und er wußte doch nicht recht, was. Er wollte gleich wieder heim, im Hofe aber besann er sich eines beffern, musterte den Stall und unterhielt sich mit den Knechten.

So war auf zwei Seiten im Haufe Mißhelligkeit ausgebrochen, Lzuian allein faß ruhig bei der Ahne.

„Du mußt jetzt das Herz in all' beide Hände nehmen," fagte sie, „schid' du mir nur die Leut' her zu mir, ich will's ihnen schon ausreden, was man mit so einem Pfarrer anfangt. Wenn nur mein Vater noch leben thät', der wär' der Mann für dich, aber mein Vater ist tot, und der Kaiser Joseph ist vergiftet."

Luzian wollte hier das Ende der Mittagskirche abwarten, aber er war so voll Jast, daß er nicht ruhig auf dem Stuhle fitzen konnte; er ging daher fort. Als er auf der Treppe feine Frau so betrübt sah, sagte er: „Sei ruhig, Margret, es ist noch nicht alles hin, das Bettelhäusle steht noch. Wo ist der Egidi?"

„Laß ihn laufen, er ist ins Dorf."

In der Frau war eine seltsame Wandlung vorgegangen. Anfangs war sie böse auf ihren Mann und gar nicht gewillt, ihm beizustimmen: wer Haus und Kinder hat, hat Sorgen genug, was braucht der sich anderes aufzuladen. So dachte sie. Als aber Egidi sich so viel herausnahm, durfte sie das von dem Kinde nicht dulden. Was anfangs Widerspruch gegen das Kind war, das schien nach und nach sich als ihre Meinung festzusetzen. Wenn die Welt gegen ihren Mann sein sollte, dann war sie gewiß auf seiner Seite.

Ob dieser Stand wohl aushalten wird?

Luzian ging durch Scheune und Stall und sah allem nach. Als er hier Paule traf, sagte er: „Wo hast denn das Bäbi?"

„Es . . . Es will sich anders anziehen," entgegnete Paule stotternd.

„Laß dich's nicht verdrießen," sagte Luzian, „daß deine Hochzeit 'nausgeschoben wird; von deswegen sind wir doch luftig, und es ist ohnedem beffer, daß wir jetzt bis nach der Ernte warten."

„Mir pressiert's nicht," erwiderte Paule.

Luzian ging durch die Scheunen nach dem Bienenhaus. Dort war sein Lieblingsplätzchen.

Es regt sich im Dorfe.

Die Stimmen der Gemeinde, die heute morgen noch zu verflattern schienen, sammelten sich jetzt in Chören, in denen einzelne selbst den Akkord angaben.

Wir können die Gruppe nicht übergehen, aus der Lachen
und Johlen herausſchallt; der über alles hinauſige Brunnen=
baſche führt das große Wort; hört nur, wie er ſchreit:

„Katzenhirn habt ihr gefreſſen, wenn ihr noch was mit den
Schwarzlitteln zu thun haben wollt; nichts, gar nichts, mit gar
keinem, da trifft man den rechten gewiß. Das kann man ja
an ſeinen ſieben Simpeln abnehmen, daß man's nicht braucht;
es iſt doch alles verlogen. Drum muß man's machen wie ſelber
Bauer, dem ſagt einer: Euer Hund iſt mager — Er frißt nicht,
gibt er zur Antwort — Warum? — Ich geb' ihm nichts —
Warum? — Ich hab' nichts — So muß man —"

Allgemeines Gelächter übertoſte die Moral, die hieran ge=
knüpft wurde. Ein junger Burſche, der eine Soldatenmütze
trug, fragte den Brunnenbaſche: „Warum habt denn Ihr den
Pfarrer nicht aufs Korn genommen?"

Der Brunnenbaſche trat zwei Schritte zurück, drückte die
Augen zu, als ob er zielte, und ſagte dann: „Weil ich mein Pulver
nicht an Spatzen verſchieß'. Comprenez-vous, Monsieur?
ſagt der Franzos."

Wenn der Baſche zu wälſchen anfing, dann ging's erſt
recht los, da kamen dann die Dinge vor, trotz deren Gemein=
kundigkeit die geiſtliche Gewalt noch ungeſchmälert fortbeſteht.
Die Zuhörerſchaft wurde heute ſelbſt von den ſaftigſten Ge=
ſchichten nicht gefeſſelt, und wir wollen uns auch weiter um=
ſchauen.

Wendel war im obern Dorfe dem Schmied Urban begegnet,
ſie reichten ſich unwillkürlich die Hand wie zum Willkomm.
Wenn ein folgenſchweres Ereignis eingetreten iſt, ſo wird die
Trennung einer Stunde zu einem langen Zeitraum; man trifft
ſich wieder wie nach großer Abweſenheit, ſchließt ſich aufs neue an=
einander an, und der Händedruck ſagt, daß man zuſammenhalte.

„Was macht der Luzian?" fragte Urban.

„Er iſt daheim und wird bald kommen, wir müſſen vor
ſchauen, wie's ſteht."

Sie gingen miteinander nach dem Rößle. Vor dem
Wirtshauſe ſtanden die angeſehenſten Mannen im Schatten des
Brauhauſes. Natürlich war Luzian und ſeine That Mittel=
punkt des Geſprächs. Wendel und Urban horchten ſtill hin,
nur allgemeine Redensarten wurden laut, wie: das iſt ein
ſchlimmer Handel u. dgl. Wurde die Sache eingänglicher be=
trachtet, ſo bezeichnete man ſie nur als eine Sonderangelegen=
heit Luzians. Manche bedauerten in der That aufrichtig, daß
er ſich eine ſo böſe Geſchichte auf den Hals geladen.

„Drum müssen wir ihm helfen tragen," sagte der Schmied
Urban und hob die breiten Achseln, als wollte er sich bereit
machen, ein gut Teil aufzunehmen.

„Freilich," hieß es drauf, „der Luzian hat sich der Bürger=
schaft immer am meisten angenommen."

Und nun ging es zur Hin= und Widerrede:

„Wir kriegen den Pfarrer nicht weg, das geht einmal
nicht."

„Was ist denn da zu machen? Die Zeit verzetteln und
aufs Oberamt für nichts und wieder nichts."

„Der Luzian bringt allfort das Dorf in Ungelegenheit,
er möcht' gern den Herrn über alle spielen."

„Das ist verlogen. Sei's, was man braucht, der Luzian
hilft einem aus, aber wer einmal sein Wort nicht gehalten hat,
von dem will er nichts mehr. So ist's."

„Wie kann die Geschichte nur ausgehen?"

„Wie wir sie 'nausführen."

„Der Pfarrer muß fort, das freie Wahlrecht muß her."

„Das kriegen wir nicht."

„Wenn nur der Pfarrer selber abdanken thät', da wären
wir am besten erlöst; wir ließen ihn über das Samenfeld 'nein=
fahren, nur fort."

„Ja, lauf' du der Katz den Schmer (Sped) ab."

„Wir haben an dem Hagelwetter genug zu leiden, wir
können keine neuen Händel brauchen."

„Es sollen sich jetzt auch einmal andere Gemeinden um
das freie Wahlrecht annehmen; wir haben unser Schuldigkeit
than."

„Jetzt, wenn die Sach' nochmal vor Gericht kommt, da
will ich nichts davon; ich hab' kein' übrige Zeit."

„Ich auch nicht."

„Und ich auch nicht."

„Ich bin kein reicher Bauer, ich hab' keine Knecht', die
für mich schaffen."

„Vors Oberamt geh' ich auch nicht."

„Ja, man ist froh, wenn man nicht dran denken braucht
wo die Oberamtei steht."

In diesem Widerwillen gegen die amtlichen Scherereien
und Verzettelungen schien zuletzt sogar bei den Besten sich die
Stimmung festzusetzen. Eher wären alle für die Sache ihres
Mitbürgers und im dunkeln Drang nach Freiheit und Selb=
ständigkeit in einen blutigen Kampf auf Leben und Tod ge=
zogen, aber oft vor Gericht zu gehen, nein, das ist zu viel.

Wendel schien es an der Zeit, mit seinem Hauptgrunde hervorzutreten. Lächelnd rief er:

„Jetzt gibt's jeden Sonntag eine staatsmäßige Metzelsuppe."

„Wie so?"

„Ich versäum' gewiß kein' Kirch' mehr. Für heut ist der Luzian gestochen, aber nicht hergerichtet und geschmälzt worden, der ist nicht mager, nahezu drei Finger hoch Speck. Das hat gut protzelt im eigenen Schmalz, ein paar Stückle hat man eingesalzen, und das ander' hängt man in Rauch. Der Pfarrer versteht's, das Metzgen und das Haushalten. Nächsten Sonntag kommst du dran, Lukas, du bist auch spickfett, dir rutscht's gut auf die Rippen. Und du läßt mir doch auch ein rechtschaffenes Würstle zukommen, wenn er dich ans Messer kriegt? Ho! Und wenn's erst an den Schultheiß geht, da schlecken alle die Finger danach bis an den Ellenbogen. Ich komm' auch dran, aus mir macht er ein G'selchts, wie sie im Bayrischen sagen. Den Saukübel hat uns der Hochwürden schon unter die Nase gehoben. Jetzt werden wir nach und nach so alle in der Kirche geschlachtet, wir laufen nur einstweilen so ungemetzget 'rum. Und wenn das Ochsenfleisch ausgeht, kommen die Weiber dran. Kuhfleisch gilt auch einen Batzen. Das sind jetzt Zeiten, wo ein jedes mehr schaffen muß. Sonst ist der Hochwürden Hirte von sanften Lämmlein gewesen oder gar Seelenhirt; unser Herr Pfarrer, es ist ein Erbarmen, der gut' Mann muß Sauhirt und Metzger und weiß noch was alles sein. Wenn ich hexen könnt', ich thät' unserm Pfarrer einen Saustall auf den Buckel hexen."

Niemand lachte, der Zorn ballte die Fäuste aller.

„Das darf man nicht leiden."

„Der Pfarrer muß 'naus, wir wollen doch einmal sehen, wer Meister wird."

„Diesmal hat er sich die Finger verklemmt."

„Wir wollen ihn gleich fortjagen."

„Nein, wir wollen warten bis heut abend."

„Nichts da, keine Gewaltthätigkeit."

So schrie wieder alles durcheinander. Als es Ruhe gab, sagte der Lukas von überm Steg: „Der Pfarrer hat ja deutlich verkündet, daß er niemand Besondern mit meint."

„Du machst kein' Katz', wenn man dir auch die Haar' dazu gibt," erwiderte Urban, „merkst denn nicht? Das ist ja grad der Pfiff; das hat er than, daß man ihm nicht bei können soll. Wir können aber alle beschwören, daß er den Luzian gemeint hat. Nicht wahr?"

„Ja, ja."

Durch das ganze Dorf toste und brauste ein allgemeiner Unmut. Die Stimmung schien für Luzian und seine Sache günstig, obgleich eine Spannung von außen sie hervorgebracht.

„Jetzt gehen wir zum Luzian."

„Zum Luzian, ja," riefen viele, und ein großer Trupp bewegte sich nach dessen Hause.

Ein Kämpfer in seinen Gedanken allein.

Luzian weilte indes einsam im Garten. Wie das Blut durch das Zuströmen der eingeatmeten Luft neu belebt zurückfließt ins Herz, so auch erstarken die Gedanken, wenn sie ausgesprochen wieder einkehren in die Seele.

Luzian fühlte sich befreit, „hopfenleicht," als er in den Grasgarten hinter der Scheune trat.

Wie war hier alles so friedsam. Baum und Gras wußten nichts von den Kämpfen des Menschen; das wuchs still fort im brütenden Sonnenschein. Die kleinen und großen Heuschrecken sprangen so lustig wie selbstbewegte Grasgelenke, in den Bäumen zwitscherten und sangen die Vögel so hell, und die Bienen summten so emsig von Blume zu Blume. Halm und Blatt und Blütenkelch mag den schwerfälligen Tieren zum Futter verbleiben, die Biene holt sich vorab ihren süßen Saft. Wer weiß, wie manches Blumenherz in sich verkäme, wenn nicht die Bienenlippen es berührten. Wer weiß, was es zur Entwicklung der Blume beiträgt, daß die Biene den Honig aus ihr aufsaugt, wie manche Triebkraft dadurch gelöst wird; und der Blütenkelch des Menschengemütes, wer kann bestimmen, welche bisher gebundenen Mächte frei aufschießen, wenn ihm die Welt den still bereiteten Honigseim innerer Selbstvergessenheit entzieht.

Durch den Garten hin wandelt gackernd eine weiße Henne; sie wirft den Kopf mit dem roten Kamm oft hin und her, sie geht den Weg nach ihrem heimlichen Neste dort im Zaune bei den Brombeeren, wo die Grille so laut schrillt. Die undankbare Henne! Sie läßt sich füttern im Hause und verschleppt die Eier.

Luzian verfolgte ihren Weg mit festem Auge, er wollte seine Frau mit dem Fund überraschen und wartete nur, um den warmen Brütling von heute gleich mitzubringen.

Nun ist Luzian doch wieder in der kleinen, sichern Welt. Er weiß es selbst kaum mehr, daß er derselbe, der heute vor wenigen Stunden einer uralten Macht sich entgegenwarf, und dessen ganzes Wesen die höchste Erschütterung erfaßt und gehoben

hatte. Als er sich jetzt nach dem Bienenhause wandte, bemerkte
er dort einen seltsamen Schmuck. Es ist ein alter Glaube, daß
wie nur in einer friedlichen Familie die Bienen gedeihen, man
diese auch von allem, was im Hause vorgeht, benachrichtigen
muß. Stirbt jemand im Hause, so müssen die Stöcke von ihrer
Stelle gerückt werden, und schwarzer Flor wird über die Luke
geheftet; ist Freude, ein Hochzeitfest im Hause: hier sehen wir
die Zeichen, hochrote Läppchen über die Luken gesteckt.

Lächelnd dachte Luzian: „Das Bäbi hat's nicht vergessen
wollen, den Bienen zu sagen, daß Hochzeit im Haus ist; aber
die Bienen verstehen dich nicht, armer Mensch, und du verstehst
auch nicht, was unter dir ist. Um eine Biene, ein Schaf zu
verstehen und von ihnen verstanden zu werden, wie ihnen und
dir zu Mute ist, müßtest du dich in solch ein Tierlein verwan=
deln... Und Gott, der nur Geist ist, und der Mensch, der
nicht bloß Geist ist, sie können einander auch nicht verstehen,
wenn jedes bleibt, was ist. Darum ist Gott Mensch geworden
... Aber die Mutter Maria, die Wunder und der Teufels=
glaube —"

Schwer wiegte Luzian das Haupt, und hier war er nun
wieder mitten in den Wirren des Tages. Sein Geist war ein
lang ausgeruhter Boden. Wie soll er nun die schwellende,
wogende Saat gewältigen?

Müde setzte er sich auf das Bänkchen vor dem Bienenhause.

Die Bienen kennen ihren Herrn und umschwärmen ihn
ohne Beunruhigung. Nicht so der Schwarm von Gedanken, der
umherschwirrt.

„Dieser Immenstock! Es ist, wie wenn die hundert und
aber hundert Tierchen nur ein einzig Geschöpf wären, so fest
gehören sie zusammen und können nicht auseinander. Je größer
die Tiere werden, um so mehr hat ein jedes seinen Willen und
kann für sich hinlaufen und machen, was es mag. Mensch,
wo läufst du hin? Du kannst übers Meer schwimmen, aber
einmal mußt du doch bleiben; da ist dein Feld, das kannst nicht
mitnehmen, du hast's nicht wie die Imme, die überall offene
Blumen, nicht wie die Schwalbe, die überall Mücken und Wasser
findet; du hast deinen Acker, du mußt säen und ernten ...
Aber der erste Same ist wild von sich selbst gewachsen ...
Du triffst überall Menschen. Halt' dich zum Nachbar. Ihm ist
die Liebe ins Herz gepflanzt, wie dir. Sie ist auch einmal wild
gewachsen, jetzt mußt du sie säen und ernten, und da gibt's
tausendfach mehr aus ... Gewiß, gewiß, die heiligen Menschen,
die die Liebe gepredigt, haben recht gehabt. Wenn die Liebe

uns nicht zusammenhält, sind wir ja dümmer dran als so ein
Immenstock; der bleibt von selbst bei einander. Wozu braucht
man aber das Buch? Ja, heilig und wahr ist's: Gott ist die
Liebe? Das nehm' ich 'raus, und das andere verbrenn' ich; den
Teufeln und den Hexen drin schadet ja das Feuer nichts ...
Ich möcht' nur wissen, warum die Geistlichen den Menschen die
Wahrheit nicht sagen. Was haben sie denn davon? ... Herr
Gott! Herr Gott! Was geht an so einem Sonntag vor in
deiner Welt ... Jetzt läuten sie drüben in Hengstfeld und droben
in Eibingen aus der Kirch'. Was habt ihr denn kriegt? ...
Freilich wohl, es gibt viele Geistliche, die selber den alten Glau=
ben für gewiß und wahr halten und treulich dran hangen, und
ist ihnen auch manches nicht eben, meinen sie doch, das Volk
kann nicht ohne das sein. Aber die vielen Tausend andere? O!
der Herrsch= und Regierteufel, der ist's. Mein Viktor ist schon
ganz glücklich, wenn er seine Buben auf der Straße komman=
dieren kann ...“

Luzian gedachte jetzt des alten Pfarrers, der zuletzt an der
Spitze der Gemeinde eine Eingabe an den Bischof eingereicht
hatte, daß eine Synode aus Geistlichen und Laien berufen werde
zur Abschaffung der Mißbräuche. Der gute alte Mann folgte
der Aufforderung seines Obern, stellte sich zur Verantwortung
im Franziskanerkloster ein, und das Gerücht ging, daß er dieser
Tage reumütig gestorben sei. „Wär' es ihm nicht wohler ge=
wesen als armer Taglöhner? Was hat er zustande gebracht?“
Das überdachte Luzian, und er saß in tiefer Trauer auf dem
Bänkchen. Er hatte die Hände gefaltet zwischen die Kniee ge=
drückt; in allen Fingern klopften Pulse.

So trafen ihn die Männer aus dem Dorfe. Er richtete
sich auf, seine Lippen waren bleich und bebten.

„Luzian, ist dir was?“ fragte Wendel.

„Nein, was gibt's?“

„Wir sind da,“ begann Urban, „wir halten zu dir, der
Pfarrer muß aus dem Ort.“

„Und weiter?“

„Und das freie Wahlrecht müssen wir haben.“

„Und weiter? Nein,“ sprach Luzian ruhig, drückte eine
Weile mit der Hand die Augen zu und fuhr dann fort: „Ich
bin ein Erzschelm, ein Lügner, verdammter als ein räudiger
Hund, wenn ich nicht alles sag'. Ich, ich will gar nichts mehr
von dem Pfarrer wissen, von dem nicht und von keinem an=
dern, von keinem alten und von keinem neuen, von gar keinem.
Ueber die Schrift hinaus, da gehet ihr doch nicht mit?“

„Was sagst? wie?"

Luzian hob die Arme mit geballten Fäusten rasch empor und schleuderte sie nieder, indem er rief: „Ich glaub' nicht an die heilig' Schrift, das Wort Gottes, wie sie's heißen. Gott hat nie geschrieben und gesprochen. Die Pfarrer sind nur Bauchredner und machen, wie wenn die Stimm' von oben käm'. Ja, ja," lachte er krampfhaft, „Bauchredner, so ist's; sie reden, daß sie nur was in den Magen kriegen. Nun? wie? haltet ihr noch zu mir?"

Die Blicke aller senkten sich. Urban raffte sich zuerst auf, er trat auf Luzian zu, legte seine Hand auf dessen Schulter und sagte: „Luzian, mußt jetzt keine Späß' machen, du bist doch sonst nicht so. Wir haben's jetzt mit dem Pfarrerle da, da sitzt der Putzen."

Rasch schüttelte der Angeredete die aufgelegte Hand von der Schulter und rief: „Ich fürcht' dich nicht, Urban, und noch so zehn wie du; wer noch einmal sagt, daß ich Späß' mach', den schlag' ich ungespitzt in den Boden."

„Was hast denn?" fragte Wendel besänftigend, „wenn man dir was sagt, so ist's grad', wie wenn man Schmalz ins Feuer schüttet."

„Lasset mich unleit (unbehelligt) mit eurem Glauben, ganz weg muß er," schloß Luzian und stieß die beiden Ellbogen hinter sich, als entferne er das ihm Störsame.

Still schlichen die Mannen davon, nur Wendel blieb und sagte:

„O Luzian, du hast viel verdorben, mehr als du in zehn Jahren wieder gut machst. Wer alles sagt, was er weiß, dem wird das kalte Wasser im Bach zu heiß. Jetzt nutzt dich all dein Ansehen von früher nichts mehr. Die Mannen haben sich alle zusammen than, wie ein Sack voll Nägel; er ist schneller ausgeschüttet, als wieder zusammengelesen. Was hast denn nötig gehabt, das alles zu sagen?"

„Weil ich's los sein will, alles los sein will. Jetzt bin ich frei. Den andern kann ich doch nichts helfen, es ist mit Lug und Trug und Hinterhalt doch nichts geholfen. Wenn ich jetzt nachts ins Bett steig', legt sich ein ehrlicher Kerl."

„Und was hilfst du damit?"

„Jeder muß sich selber helfen."

„Nein, Luzian, du hättest viel 'naus führen können im Dorf und in der ganzen Gegend. Wer weiß, wie's nach und nach gegangen wär', man muß nur abwarten. Jetzt hast du die Flint' ins Korn geworfen mit Pulverhorn und Kugeltasche. Was hast denn ausgeführt?"

„Ich bin ehrlich und aufrichtig, ich kann mir alle Aederle aufschneiden lassen, es ist nichts Verstecktes mehr drin."

„Ich sag' noch einmal, Luzian: man muß kein unrein Wasser ausschütten, bis man reines hat."

„Das Glas muß leer sein."

„Ich seh' wohl, es battet nichts. B'hüt dich Gott, Luzian. Ich muß nach und will sorgen, daß die Mannen kein falsches, unnötiges Geschrei machen. B'hüt dich Gott! Ich wünsch', daß du nie Reu haben mögest, von wegen dem, was du than hast."

Luzian schaute dem Weggehenden lange nach, er hatte die Arme auf der Brust übereinander geschlagen; er hielt nichts mehr als sich selber.

Endlich riß er sich aus allem Denken heraus, ging in den Stall, sattelte den Braunen und ritt zum Dorf hinaus. Wohin? Nur fort, fort.

Wie endet der Sonntag!

Während Luzian auf schnaubendem Rosse ins Weite stürmte, kehrte Egidi bedächtigen Schrittes ins väterliche Haus zurück. Die Scheltworte der Mutter gingen ihm wenig mehr zu Herzen, denn er gedachte des balsamreichen Spruches: „Es ist so ernst gemeint, wie ein Mutterfluch."

Die Stimmung Egidis hatte sich im Hinhorchen da und dort bereits verändert. Fast das ganze Dorf ist auf Seite des Vaters und gewiß mit Recht; es ist ja sonnenklar, daß der Pfarrer ihn beschimpfen wollte. Egidi, der an Autoritäten hing, ließ die allgemeine Meinung des Dorfes als solche auf sich wirken, ja, er schien schon fast geneigt, die Kraftäußerung des Vaters sich zum Stolze anzurechnen. Zwar stieß ihn noch ein Etwas von der Teilhaftigkeit am Ruhme zurück, aber es geht damit leicht wie mit dem Gelde; wer es überkommt, fragt nicht leicht, wie es erworben worden. Egidi war in jeder Beziehung ein Erbe. Er trat oft nur scharf und bestimmt auf, um seine Unselbständigkeit vor sich und andern zu verdecken; er wollte ein Mann sein und sich namentlich seinem Vater gegenüber als solcher hinstellen, weil er dessen Uebermacht zu schwer fühlte; er schloß manchen ungeschickten Pferdehandel ab, ohne seinen Vater dabei zu Rate zu ziehen, so gern er das auch innerlich sich wünschte; er wollte allein den Meister zeigen. In seinen Reden und Gedanken hielt sich Egidi gern an Sprichwörter u. dgl., das waren ja auch Erbstücke von unwandelbarem Ge- v-äg und Wert. Luzian ließ den Sohn ganz für sich gewähren, als er diese gewaltsame Ermannung wahrnahm, besonders hatte er bis jetzt jede Einwirkung in religiösen Dingen unterlassen, da das wohl abzuwarten war, und Luzian selber gestand sich kein Recht zur Belehrung anderer zu, solange er selbst nicht ganz offen war.

Egidi hatte ein frommes, weiches Gemüt, überdies gehörte er zu jenen Menschen, die als geborene Unterthanen erscheinen; es war ihm wohl dabei, wenn man ihm die Last der Selbst= regierung vorweg abnahm, ja, wenn man ihn nie dazu kommen ließ. Unsichere Naturen lieben es, wenn ein Arzt bei Tische ist und ihnen sagt, daß diese und jene Speise ihrer Leibes= beschaffenheit nicht unverträglich, ja sogar förderlich sei; mit der innersten Lust der Sorglosigkeit geben sie sich dann dem Genusse hin, und tritt einmal eine Störung ein, der Heilkünstler hat ja Mittelchen genug, er weiß zu helfen. In religiösen Dingen ist es für viele noch anmutender, sich auf Lebenszeit eine Diät vorschreiben und in außerordentlichen Fällen nachhelfen zu lassen; die oft halsverdrehende Selbstbeobachtung, die beschwerliche Selbst= gesetzgebung, mit ihrem Gefolge der eigenen Verantwortlichkeit, ist dadurch beseitigt.

Egidi sagte sich's nie deutlich, aber er war ganz froh und wohlgemut, daß die Geistlichen für alles vorgesorgt hatten, daß es da bestimmte Pflichten zu üben, bestimmte Gebete zu sprechen gab. Wenn er nun dennoch für freie Wahl der Geistlichen stimmte, so lag ihm so wenig, wie den meisten, die Folgerung davon offen, daß die Mitwirkung auf das Innere der Lehre sich notwendig daran anschließen müßte. Vorerst dachte er, wie die anderen, nur an die freie Wahl der Person; warum sollte der Geistliche nicht ebenso aus freier Wahl hervorgehen wie der Schultheiß?

Noch auf dem Wege nach dem elterlichen Hause hatte Egidi allerlei Bedenkliches über den Vater rumoren gehört, aber er glaubte nicht daran, es waren nur Unverstand und Böswilligkeit, die so Gottloses aussprengen konnten. Still setzte er sich zur Mutter auf die Laube.

„Der Gaul, der zieht, auf den schlägt man; so geht's auch beim Vater," sagte er endlich.

„Warum? was hast wieder?"

„Nichts Schlimmes. Der Vater muß halt am meisten ziehen von den Gemeindeangelegenheiten, die anderen, die lottern mit all ihrem Reden doch nur so neben her und ziehen keinen Strang an. Der Vater hätt' sollen studiert haben, das wär' sein Platz, ihm käm' keiner gleich."

Die Mutter nickte lächelnd, sie sah in den versöhnlichen Worten Egidis nur die Folgen ihrer scharfen Zurechtweisung und freute sich dieser Belehrung. Schnell vergaß sie alles, was vorgegangen war; ihr Mutterherz hatte es ja nie geglaubt, daß der Sohn mißtreu gegen den Vater werde. Sie ließ sich gern von Egidi erzählen, wie alles im Dorfe vom Lobe Luzians überströmte, und sie sagte einmal ganz selig: „O redet nur, es kennt ihn doch keines so wie ich. Wenn man jetzt bald dreißig Jahr' miteinander haust, da ist man wie ein Mensch; ich kann ihn nicht loben, es wär' mir wie Eigenlob."

Es war ihr so wohl zu Mut, daß sie nach einer Weile begann: „Und jetzt spür' ich's erst, daß ich zu Mittag keinen Bissen übers Herz bracht hab'. Wart ein bißle, ich lang' einen Most 'rauf, wir wollen ein bißle vespern. Du ißt doch auch gern ein Mükele kalten Sped? Ja, ich bring'."

Die Ahne war auch herzugekommen, sie jammerte, daß Luzian auf und davon sei, ohne jemand was gesagt zu haben; man wisse jetzt gar nicht, wohin man ihm in Gedanken nachgehen sollte.

„Es ist auch nicht gut," sagte sie, „wenn man außer dem Hause mit sich ins Reine kommen will; was man daheim nicht findet, ist draußen verloren. Aber mein Luzian ist brav, das ist das Beste."

Egidi wollte die Rückkunft des Vaters abwarten; es wurde indes Nacht, Frau und Kinder harrten seiner, er ging heim zur Mühle. Als er vor dem Dorfe war, läutete die Betglocke, er zog die Mütze ab und wandelte betend durch das Feld.

Unterdessen hatte Bäbi den Paule aufgesucht. Sie war keineswegs frei von mädchenhafter Selbstherrlichkeit, die in jedem Falle unbewegt zuwartet; aber sie wußte und wollte heute nichts davon. Sie fand Paule im Stall und bat ihn flehentlich, den Fuchsen zu satteln und dem Vater nachzureiten. „Du bist ihm lieber als der Egidi," sagte sie und sprach damit deutlich genug aus, wie er so unzertrennlich zum Hause gehöre. Eine trübe Ahnung hatte sich in der Fürsorge um den Vater ihrer bemächtigt, sie war daher froh, als Paule sagte, der Vater werde nach der Stadt geritten sein, um den Pfarrer dort bei Gericht anzuzeigen. Nun hatte sie doch einen Halt in ihrer unstäten Angst.

„Ihr Männer seid doch immer gescheiter," sagte sie. Das begütigende Wort that keine Wirkung.

Paule blieb mürrisch, und Bäbi war zu bräutlichem Kosen nicht aufgelegt. Sie war Paule gegenüber seltsam befangen;

ſie lobte ihn nur, weil ſie ſich in Gedanken ſtolz und über-
hebend dünkte, ihr war's, als ſei ſie mit hundert Lebenserfah-
rungen und Veränderungen von einer großen Reiſe zurückgekehrt und müßte ſich erſt an die bekannten Menſchen und ihr
Gebahren wieder gewöhnen. Darum war das Zuſammenſein
heute verfremdet und der Abſchied froſtig. Paule wollte, daß
ſie ihn, wie ſonſt immer, ein Stück Weges heim geleite. Bäbi
aber wollte heute das Haus nicht verlaſſen, nicht unter fremde
Menſchen gehen; ſie fürchtete den alleinigen Rückweg und das
Geſchwätz der Begegnenden.

„Du könnteſt wohl jetzt auch einmal unter der Woche
kommen,“ rief Bäbi dem Weggehenden nach.

„Wenn's ſein kann,“ erwiderte Paule und trollte ſich
grollend fort.

In ſcharfem Trab war Luzian von Hauſe weggeritten, er
wußte ſelbſt kaum wohin; erſt auf dem Wege faßte er die
Stadt als Ziel ins Auge, er wollte ſogleich zum Oberamtmann.
Unweit der Stadt überholte er eine Kutſche, darin ſaß der
Pfarrer. Luzian hielt an, ſtellte außerhalb der Stadt in der
Krone ein und kehrte, ohne jemand geſprochen zu haben, wieder
nach Hauſe.

Schlafenszeit war ſchon lange da, aber auch die Ahne
blieb auf, um ihren Luzian zu erwarten. Endlich kam er, der
Gaul ging im Schritt und kaum hörbar, als ob er Socken an
den Hufen hätte und kein Eiſen. In der That hatte er auch
eines verloren, aber Luzian trug es in der Taſche, denn trotz
alles Sinnens und Denkens hatte ſein ſcharfes Ohr bald gemerkt, daß der Gleichlaut des Schrittes unterbrochen war; er
kehrte daher nochmals um, und ſein ſpähendes Auge fand in
dunkler Nacht das verlorene Hufeiſen.

Luzian übergab das Pferd dem Oberknecht mit der Wei-
ſung, daß es morgen beſchlagen werden müſſe. Als er eben
dem Hauſe zuſchritt, hörte er, wie der Oberknecht zum zweiten
Knecht ſagte: „Das iſt einmal kein Sonntag geweſen.“

„Wo kein Glaube iſt, iſt auch kein Sonntag,“ lautete die
Antwort. Luzian wollte eben umkehren, um den beiden beſſere
Anſichten beizubringen, da rief die Frau von der Laube:

„Biſt du da? komm!“

„Man muß nicht nach allen Mücken ſchlagen,“ dachte
Luzian und ging die Treppe hinan.

Mit unſäglicher Freude wurde er bewillkommt, jedem war
er wie neu gewonnen, ein jedes wollte ihm etwas abnehmen,
ihm zur Erleichterung und ſich zur freudigen Gewißheit, daß er

da fei. Bäbi brachte die Pantoffeln, kniete nieder und wollte
dem Vater die schweren Stiefeln auszuziehen, Luzian wehrte ab,
indem er sagte:

„Seit wann brauch' ich denn einen Bedienten?"

Luzian drang darauf, daß alles bald zur Ruhe komme, er
selber aber lag noch lange unter dem offenen Fenster und
schaute hinein in den funkelnden Sternenhimmel; er hatte keinen
festen Gedanken, ihm war's so leicht und flügge, als schwebte
er mit den Sternen dort im unendlichen Raum. Unwillkürlich
faltete er die Hände und betete das einzige herrliche Gebet, das
ihm geblieben war: Vater unser, der du bist in dem Himmel
— aber schon hielt er inne. „Gott im Himmel?" sprach er,
„das ist ein Wort, im Himmel; Gott ist überall." . . . Er
hörte auf, zu beten, und doch konnte er die Hände nicht aus=
einander falten. Wo die eigene Kraft dich verläßt und zur
Neige ist, wo du nicht mehr fassen, wirken und schaffen kannst,
da fügen sich die Hände still ineinander, und dieses Sinnbild
spricht: ich kann nicht mehr, waltet ihr, ihr ewigen Mächte!
So verharrte Luzian unbewegt, nichts regte sich in ihm, alles
lautlos, wie draußen in der stillen Nacht, und jetzt stieg das
Wort des Knechtes zu ihm herauf: „Wo kein Glaube ist, ist
kein Sonntag." Nein, nein, feiern wir denn darum den Sonn=
tag, weil Gott in sechs Tagen die Welt geschaffen und am
siebenten geruht? Braucht denn Gott Tage zum Schaffen und
Tage zum Ruhen? Die Menschen setzten sich einen Tag, an
dem sie der Arbeit ledig sein wollten. Wird aber dieser inne
gehalten werden ohne Religion? Er muß. Und was sollen
wir an ihm beginnen? Uns freuen und zu aller gegenseitigen
Hilfe bestärken.

Es schlug zwölf. Fahr hin, alter Sonntag, es kommt
ein neuer!

O Schlaf! Du schirrest aus die straffen Bande der schaum=
schnaubenden, staubstampfenden Gedanken; du lässest sie flug=
beschwingt hinsegeln, hoch in sanft kühlende Wolken; du führest
sie zu unsichtbaren Quellen und tränkest die Seele mit neuer
Kraft und badest sie in süßem Vergessen. Wer könnte sie
tragen, die unaufhörliche Last des Gedankens, erschienst du nicht,
einziger Erlöser!

Und in mondbeglänzter, geistdurchwebter Nacht sprießt der
Tau am Blütenkelch, sprudelt der Quell im Felsengrund, den
Leib zu heilen, zu reinen; bist du der strahlende Bruder des
Schlafes, du allbelebendes, reinendes Wasser?

Sühneversuch und neuer Zerfall.

Am Morgen hatte Luzian die zufällige Entdeckung von
gestern nicht vergessen; er machte seine Frau ganz glücklich, in=
dem er ihr die 15 Eier aus dem verborgenen Nest brachte.
Die undankbare weiße Henne wurde darauf von Bäbi im Hofe
müde gejagt, sie flog manchmal über den Kopf der Verfolgen=
den weg, sank aber doch endlich ermattet nieder, wurde gefangen
und blieb fortan eingesperrt.

Luzian führte den Braunen zum Schmied Urban und ließ
ihm dort das Eisen wieder aufschlagen. Er hielt den Huf
empor, fast die ganze Last des Tieres lag auf ihm; da kam
der Schütz und sagte: „Luzian, du sollst aufs Rathaus kommen,
vor den Kirchenkonvent."

„Ich muß mir vorher ein Eisen aufschlagen lassen, daß der
Schinder auch was 'runter reißen kann, wenn er mich auf den
Anger kriegt. Sag' nur, ich komm' gleich."

„Luzian, es ist kein gut Zeichen, wenn man so wilde
Späß' macht. Es wär' bös, wenn das die ganze Kunst vom
Unglauben wär'," so sagte der Schmied Urban. Der Ange=
redete schien betroffen, und erst nach geraumer Weile erwiderte
er lächelnd: „Wer sich mausig macht, den frißt die Katz'. Nicht
wahr?"

Luzian hatte des Kämpfens eigentlich schon übergenug,
zumal da er das nächste faßbare Ziel sich selber entrückt hatte.
Es war doch nur ein einziger Tag, seitdem er in offenem
Kriege oder besser im Zweikampfe stand, aber es dünkte ihn
schon eine unermeßlich lange Zeit, so viel hatte er durch=
gemacht.

Wenn nicht eine Schar von Genossen den Kämpfer umgibt
und in ihrer eigenen Entflammung die Kampfeslust immer neu
vor Augen führt und im Urheber anfacht, wenn nicht sichtbar
von außen der Brand, den man geworfen, in Flammen fort=
lodert, so glaubt der einzelne leicht, er könne alles ändern, noch
sei es in seine Hand gegeben; es ist vorbei, wenn er sich selbst
zurückzieht. Er vergißt im Gefühl des Rechts und der Groß=
mut, daß er den Feind zur Gegenwehr gereizt, die sich nicht
mehr halten läßt.

In allerlei Gestalt tritt die Versuchung auf. Sie sagt
oft, kaum nachdem der erste Streich gefallen: laß ab, du hast
genug gethan, du hast deiner Ueberzeugung gewillfahrt, du
bringst doch nicht durch.

So war Luzian in seltsam friedfertiger Stimmung nach
dem Rathaus gegangen; er machte sich keine Vorstellung davon,
wie denn wieder alles ins alte Gleise kommen könne, genug, er
war in sich begütigt. In der kleinen Ratsstube nickte er den
Versammelten, worunter auch der Pfarrer, unbefangen zu, und
sein „Guten Tag bei einander" tönte so fest und hell, daß man
nicht wußte, was darin lag.

Der Pfarrer winkte dem Schultheiß deutlich mit der Hand,
er solle reden, und dieser begann:

„Der Herr Pfarrer hat heute wieder Meß' in der Kirch'
gelesen, von Entweihung ist demnach kein' Red' mehr. Jetzt,
Luzian, sei nicht vonderhändig, der Herr Pfarrer will's christ=
lich mit dir machen. Thu's wegen dem Ort, wenn du's nicht
wegen deinem Seelenheil thust. Denk' nur, wie wir wieder im
ganzen Land verbrüllt werden, wenn die Sach' auskommt. Der
Herr Pfarrer jetzt will's im stillen abmachen. Du hast ja sonst
immer so auf das ganze Ort und auf unser Ansehen ge=
halten —"

„Ja, wie? was soll ich denn machen? Was will man denn
von mir?"

„Du wirst schon merken. Nicht wahr, Herr Pfarrer, es
wird glimpflich sein? du sollst dir halt eine Kirchenbuß' auf=
legen lassen."

„Spei' aus und red' anders."

„Luzian, man weiß ja gar nicht mehr, was man dir sagen
soll; bigott, du bist ein Fetzenkerl, und man sollt' ja mit dir
umgehen wie mit einem schallosen Ei, beim Blitz, und du bist
doch sonst ein ausgetragenes Kind."

„Genug, genug. Sag' deinem Herr Pfarrer, er soll vor
Gott verantworten, was er predigt und lehrt, und ich will
auch verantworten, was ich than hab' und noch thu'. Ich
brauch' deinen Herr Pfarrer mit seiner Buß' nicht zum
Schmuser[1] zwischen unserem Herrgott und mir, wir finden
schon allein einander und werden handelseins. So ist's, aus
und Amen."

„Sie sehen, meine Herren," begann der Pfarrer mit ruhi=
ger, fast bittender Stimme, „Sie sehen, ich habe keinen Versuch
zur Aussöhnung unterlassen; ich bitte das gehörig der Gemeinde
zu verkünden, wenn die Sache nun wider meinen Willen den
gerichtlichen Lauf geht."

„Gut, besser als gut," erwiderte Luzian. „Es ist kein

---

[1] Unterhändler, ein von den Juden entlehnter Ausdruck.

Strick ſo lang, man findet ſein End'. Ich will nichts mehr
reden, es wird jetzt alles in eine andere Schüſſel eingebrockt.
B'hüt's Gott!"

In feſtem, ſiegesfrohem Kraftgefühle verließ Luzian das
Rathaus; jetzt ging der Tanz erſt von neuem an, er freute
ſich deſſen. So wogte es hin und her im Gemüte, bis der
Kampf ein faßlich perſönlicher wurde.

Es klingt erhaben und rein, einen Kampf bloß um der
Idee, wie man's nennt, des Prinzips willen zu beginnen und
auszufechten, ſich ſelbſt und den Gegner dabei aus dem Spiele
zu laſſen; aber erſt dann gedeiht die lebendigere Entſcheidung,
wenn du aus allgemeiner Ueberzeugung oder durch eine wirkliche Thatſache dich perſönlich angegriffen fühlſt durch den herr-
ſchenden, gegneriſchen Gedanken.

Luzian war jetzt erſt recht aufgelegt zum unnachgiebigen
Kampfe, er fühlte ſich durch die Zumutung der Buße gekränkt und angegriffen. Wir dürfen hoffen, daß er das allgemeine darin nicht verkennt, aber jetzt erſt ging's Mann gegen
Mann.

Wie emſig arbeitete er im Felde. Dort hatte er mit
Händen etwas zu faſſen. Leicht, als wäre das ein Kinderſpiel,
ſchwang er die Garben auf den Wagen, band er den Wies-
baum feſt. Keiner der Knechte wagte Einhalt zu thun und zu
bemerken, daß wohl überladen ſei. Beim Abfahren erwies ſich's
nun doch, daß etwas hoch geladen war; Luzian ließ daher den
Oberknecht auf den Sattelgaul ſitzen, er ſelber ſtemmte ſich ſamt
dem zweiten Knechte mit der Gabel gegen die aufgetürmten
Garben; bei mancher Biegung hatte er ſich ſcharf anzuſtrengen,
damit er nicht von der reichgeladenen Frucht überſtürzt würde.
An einem abſchüſſigen Hügel machte das Schimmelfüllen, das
los und ledig nebenher ſprang, faſt die ganze Fuhre über den
Haufen fallen; es ſprang unverſehens den Pferden vor die
Füße, dieſe ſcheuten; ſchnell beſonnen fuhr der Knecht in einen
Steinhaufen am Wege, der Wagen ſtand ſtill, wenn auch
ſchwankend und überhängend. Ohne Unfall, wenn auch mit
heißer Not, gelangte man endlich nach Hauſe.

Als Luzian eben die Stubenthüre öffnete, hörte er noch,
wie ſeine Frau dem Viktor einſchärfte: „Du darfſt dem Aehni
nichts davon ſagen," ſie wuſch dem Knaben dabei eine große
Stirnwunde aus, Schiefertafel und Lineal lagen zerbrochen
neben dem heftig Schluchzenden.

„Was? was nicht ſagen?" frug Luzian, „Viktor, die Ahne
hat's nicht ernſt gemeint. Du weißt, du kriegſt kein Schläpple

von mir, wenn du die Wahrheit berichtest; frei heraus: was ist geschehen?"

„Ja . . . ich sag's, ich sag's." Und nun erzählte Viktor, immer von Schluchzen unterbrochen: „Der Herr Pfarrer hat halt die Religionsstund' heut selber geben, und da hat er viel davon gesagt, daß der Teufel die Gottlosen holt und daß er sie nachts im Bett mit Gedanken verkratzt wie tausend und tausend Katzen, und da haben sie in der Schul' alle nach mir umgeschaut, und des Hannesen Christoph, der neben mir sitzt, hat nur so pispert: ‚Das ist dein Aehni!' Und da hab' ich geheult, und da hat der Pfarrer gesagt, ich soll still sein, es geschieht niemand nichts, der fromm ist und zu den Heiligen betet. Nun müsset Ihr noch wissen, daß in einer früheren Stunde einmal die Bank knackt hat, und da hat der Pfarrer gesagt, das wär' der Teufel, der die Bank knacksen macht, damit wir nicht aufpassen auf die guten Lehren; der Teufel treibe allerlei Possen, damit man an andere Sachen denkt. Jetzt wie der Pfarrer gerade redt, macht des Wendels Maurizle, der vor mir sitzt, die Bank knacksen und sagt so leislich: ‚der Teufel ist wieder im Spiel.' Der Pfarrer hat aber nichts davon gemerkt und hat uns befohlen, jeden Abend beim Einschlafen und jeden Morgen beim Aufwachen ein Gebet für die armen Sünder zu beten, und des Wendels Maurizle hat in der Bank vor mir gesagt: ‚Ich kann für keinen andern beten, das muß er selber thun. Wenn ich für einen andern bet', kann ich auch für ihn essen.' Jetzt hat der Erste das Gebet an die Tafel schreiben müssen, wie's ihm der Pfarrer vorgesagt hat, und wir haben's alle abgeschrieben; da steht's auch auf meiner Tafel, ist aber fast ganz ausgelöscht."

Viktor hob die Schiefertafel auf und zeigte sie vor.

„Viktor! Wie bist denn zum Raufen kommen?" fragte Luzian.

„Jetzt wie die Schul' aus ist, da schreien sie alle auf mich 'nein: ‚Morgen hast du keinen Aehni mehr, den holt der Teufel' und so. Des Wendels Maurizle hat mir aber gesagt: ‚Der Pfarrer weiß auch nicht alles.' Gestern nacht hab' ich noch gehört, wie mein Vater zum Schmied sagt: ‚Der Luzian ist doch braver als alle Pfarrer.' Und jetzt sind alle Buben auf mich 'nein und haben geschimpft: ‚Teufelsenkele!' und da hab' ich des Hannesen Christoph einen Tritt geben, er muß ihn noch spüren, und da sind sie auf mich los, aber der Maurizle ist mir beigestanden, und sie haben doch auch ihr Teil kriegt, bis der Lehrer kommen ist. Da, da hab' ich noch den Stein, den mir eines an den Kopf geworfen hat; den zeig' ich dem Pfarrer."

Viktor zeigte das Genannte vor, und Luzian sagte:

„Viktor, schmeiß den Stein weg; von heut an, hörst du? gehst du nicht mehr in die Schul'. Hörst du? Und wenn dich eins fragt, warum? da sagst du, ich hab's gesagt." Am Fenster stehend sprach dann Luzian vor sich hin: „Ich bin doch ein schlechter Kerle, daß ich nicht die Axt nehm' und dem Pfarrer das Hirn einschlag'."

Kaum war dem Viktor das weiße Tuch um den Kopf ge= bunden, als er behend auf die Straße sprang und jubelnd seinen Kameraden verkündete, daß er nun gar nicht mehr in die Schule gehe.

Heute hatte Luzian keinen „weltsmäßigen Hunger", obgleich ihm die Frau aus dem aufgefundenen Schatze Rühreier gemacht hatte.

Die Pferde waren im Felde, Luzian ging zu Fuße nach der Stadt.

Als er sich dem Pfarrhause näherte, sah er, wie die Fenster aufgerissen wurden, mehrere Geistliche drängten sich in denselben, und Luzian hörte hinter sich rufen: „Der ist's."

Luzian geht so langsam, daß wir wohl einen Seitensprung hier in das Pfarrhaus machen können. Wir wollen uns nur so lange aufhalten, als man einem Vogel am Wege zuhört.

Fünf nachbarliche Amtsbrüder hatten ihren streitenden Ge= nossen heimgesucht; sie hatten sich's wohl munden lassen, das bezeugte die Zahl der Flaschen auf dem Tisch, die die Zahl der Köpfe überstieg; der jüngste Amtsbruder, der die Würde am wenigsten zu achten schien, war in Hemdärmeln, möglichst auf= geknöpft waren alle. Eine alte Magd brachte den Kaffee, der Ortspfarrer zündete ein Licht an und reichte Cigarren.

Wer je in einer Gesellschaft abschließlicher Leutnants war, wie sie etwa in der Wachstube unter sich über einen kecken Zivi= listen losziehen, der da und dort ihre Standesehre und allseitig notwendige Uebermacht in Wort und That zu erschüttern wagte — wir sind hier bei anders Uniformierten in gleicher Gesell= schaft.

„Fribolin," sagte der Jüngste, Hemdärmelige zum Orts= pfarrer, indem er sich über den Tisch bog und die Cigarre an= brannte, „Fribolin, sei froh, daß du einen solchen Häretiker oder Apostaten unter der Gemeinde hast. Du kannst Kirchengeschichte an ihm studieren."

„Laß ihn laufen," rief ein anderer, „wie der Baron Felseneck einen emballierten Hammel bei seiner Herde laufen hat, damit er weiß, welche Schafe bocken wollen."

Man lachte über diesen Vergleich, bis ein Gefährte mit hochblonden, roten Löckchen begann: „Ich bleib' dabei, Fridolin, du verfehlst es besonders, weil du ein Aristokrat bist, politisch unfrei. Abgesehen von der Zeit= und Vernunftwidrigkeit deiner politischen Ansicht reizest du dadurch unnötig gegen die Kirche. Schon aus Politik müßtest du dich auf Seite der Freiheit stellen. Schau nur auf Belgien hin, auf Frankreich; und selbst der heilige Vater ist uns hier ein Vorbild. Der Zug der Zeit geht auf politische Freiheit."

„Eine renovierte schwarz=rot=goldene Rede," unterbrach ihn ein vierschrötiger Mann mit fettem Doppelkinn, der sehr nach Kampfer roch; „Rollenkopf, man merkt dir stets an, daß du bei der Tübinger Burschenschaft affiliiert warst. Ich halte nun einmal dieses Hätscheln der politischen Freiheit qua talis für eine Verblendung, die uns traurige Früchtlein bringen kann. Man muß weiter sehen. Selbst das weltliche Regieren muß als Priestertum festgehalten werden. Nicht umsonst ist's, daß im heiligen römischen Reich der Kaiser gesalbt wurde. Die Obrigkeit ist von Gott eingesetzt. Gibt man dem Volke zu, daß der Regent nicht mehr von Gottes Gnaden ist, so muß man folgerecht auch den Schritt weiter; auch der Priester ist dann nicht mehr von Gottes Gnaden, ist Gleicher unter Gleichen. Das selfgovernment hat dann ebensoviel Recht in kirchlichen und religiösen wie in politischen Dingen. Das Volk, das sich selber Gesetze gibt und seine Herrscher einsetzt, bildet sich dann auch seine Religion und seinen Gott. Die französische Revolu= tion war konsequent, wenn sie Gott zu= und abdekretierte."

„Als vereinigter preußischer Landstand wärest du sehr am Platze," entgegnete der Ortspfarrer, Fridolin Schwander.

„Das Köstlichste von allem," sagte der Hemdärmelige wieder, „ist, was die Zeitungen bringen, daß der König von Preußen alle bisher von den Deutschkatholiken geschlossenen Ehen für null und nichtig, für Konkubinate erklärt. Jetzt sind diese Sektierer von innen heraus gesprengt. Ich seh's, wie Mann und Frau voneinander laufen, wie's ihnen beliebt. Dadurch ist nun die sittliche Abfaulung eingeätzt, und diese Religions=Zigeuner sind von innen heraus getötet."

„Und ich muß bekennen," rief der Rollenkopf und schlug dabei auf den Tisch, „daß dies ein potenziertes, hundertfach empörendes Seitenstück zum Koburger Gelde ist; es ist ganz ähnlich: eine Herabsetzung und Entwertung dessen, was man selbst geprägt und anerkannt hat. Ein unauslöschliches Brand= mal wird die Geschichte den Urhebern —"

„Hoho! du machst dir's bequem, du hältst das Sakrament
der Ehe nur für ein stattliches Gepräge wie bei der Münze,"
schaltete der Hemdärmelige ein und brach seine Cigarre mitten
entzwei, weil sie keinen rechten Zug hatte. Rollenkopf setzte die
weitere Verhandlung in leisem Zwiegespräch fort. Während
dessen zog der Kampfermann ein gedrucktes Blatt aus der Brust=
tasche und sagte zu unserem Ortspfarrer: „Hier in den Mainzer
Sonntagsblättern ist eine Rezension über deine Schrift: Die
Trennung von Kirche und Staat. Du bist über das Bohnen=
lied hinaus gelobt."

„Ich werde gegen dich schreiben. Es ist eine verkehrte
Welt jetzt. Man verlangt Fürsorge des Staats für die ma=
terielle Arbeit, und die geistige soll ganz ohne Oberaufsicht sein?
Unsere Zeit schwankt zwischen Omnipotenz und Impotenz des
Staats," so sprach Rollenkopf, über die Achsel gewendet.

Unser Ortspfarrer schaute nur lächelnd, ohne zu antworten,
von dem Blatte auf, dessen Inhalt ihm wohl zu thun schien.
Jeder Kreis und jede Meinungsschattierung hat seine öffentliche
Krönung.

Ein kluges Wort kam jetzt aus einem Munde, der bisher
noch nicht gesprochen.

„Hat's ein gutes Bier im Rößle?" fragte einer der Jüngeren.
Der Ortspfarrer bejahte, und man brach auf zu Kegelspiel
und Bier.

Suchen wir vorher die Thür zu erreichen; mit etwas ra=
schem Schritt holen wir Luzian ein, wir treffen ihn noch auf
der Straße im Neuensteiger Walde. Der Fußsteig über den
Berg ist näher, aber Luzian liebt das Bergsteigen nicht, zumal
in der Mittagshitze, auch begegnen ihm auf der Straße mehr
Menschen. Er hat seinen Rock über die Schulter gehängt und
schreitet leicht und fest dahin; es ist ihm aber doch schwer und
schwankend zu Mute, denn in ihm spricht's: „Was hast du ge=
than? Hättest du's nicht können bleiben lassen? Hast dir und
all den Deinigen den Frieden verscheucht und für was? Schau,
da ziehen die Menschen hin: der schafft sein Holz aus dem
Wald an die Straße, der führt am Horn seine rindernde Kuh
zum Sprunge, der holt Bretter aus der Sägmühle, und der
führt sein Korn heim. Ich möcht' hinrennen und sie rufen:
kommet mit, alle mit, ich geh' für euch; ficht's denn euch gar
nichts an? Wacht auf, faßt ein Herz und seid frei! Wenn ich
nur auf einen einzigen Tag allen die Augen aufmachen könnte.
Freilich, der Wendel hat recht, ich hab' das Beil zu weit 'naus
geworfen. Ich hab' nicht anders können. So ist's."

Wie man berichtet, so wird gerichtet, sagt ein inhalts= reiches Sprichwort; darum wollte Luzian heute kein Hindernis anerkennen, er mußte nach der Stadt, um selber seine Sache vorzubringen.

In der Oberamtei mußte er lange warten, ehe er den Amtmann sprechen konnte. Er wurde freundlich begrüßt und gebeten, übermorgen wieder zu kommen.

„Ich hab' wollen" — sagte Luzian.

„Ich weiß schon alles, der Steinmetz Wendel war heute in aller Frühe da und hat mir den ganzen Hergang erzählt; kommen Sie von übermorgen an, wann Sie wollen, auch außer den Amtsstunden."

„Nur noch ein Wort," sagte Luzian, „ist mein Sach' kri= minalisch?"

„Keineswegs. Sie brauchen auch keinen Advokaten, es ist reine Polizeisache. Entschuldigen Sie —" und fort wischte der Oberamtmann wieder.

„Es soll aber kriminalisch sein!" sagte Luzian vor sich hin, als der Amtmann schon längst verschwunden war. Dann verließ er, schwer den Kopf schüttelnd, die Oberamtei.

Wir werden wohl später erfahren, was Luzian mit seinem absonderlichen Gelüste wollte; jetzt war es ihm nur überlästig, daß er wieder Tage warten und still herumlaufen sollte, ohne daß etwas geschah. Auf dem Heimweg schlug er oft mit den Armen um sich, aber wo war's? was sollte er fassen?

Auf das teilnehmende Herz und den hellen Geist des Ober= amtmanns hatte Luzian viele Hoffnung gesetzt. Das gestand er sich jetzt erst, als er so leer, wie er gekommen war, davon ging. Warum hat er auch nicht ein ermunterndes, mutiges Wort gesprochen?

Ein Herz, das die Folgenschwere eines Ereignisses oder einer freien That in sich trägt, verlangt oft zu sehr nach Hand= reichung, aber die Menschen um dich her sind alle mit sich und tausend anderen Dingen beschäftigt, sie sehen und verstehen deinen bittenden Blick nicht. Erwarte keine Hilfe von außen, sei stark in dir.

Luzian kehrte nicht mehr die Straße heimwärts, er ging den Waldweg; dort war es still und feierlich, und seine Ge= danken beteten inbrünstig zu Gott, daß ihn die Kraft nicht ver= lassen möge, die ganze volle Wahrheit zu bekennen und ihr alles zu opfern. Gern hätte er ein Gebet in Worten gehabt, aber er fand keines.

Tief im Waldgrunde sang ein Bursch, der wohl neben

einem beladenen Holzwagen herging, ein „einsames" Lied.
Luzian stand still horchend:

> O Bauerensohn, laß die Röslein stehn,
> Sie sein nicht dein,
> Du trägst noch wohl von Nesselkraut
> Ein Kränzelein.
>
> Das Nesselkraut ist bitter und saur
> Und brennet mich;
> Verloren hab' ich mein schönes Lieb,
> Das reuet mich.
>
> Es reut mich sehr und thut mir
> In meinem Herzen weh,
> Behüt' dich Gott, mein holder Schatz!
> Ich seh' dich nimmermehr.

Zwischen jeder Strophe knallte der Bursch mit der Peitsche,
daß es weithin wiederhallte. War das nicht die Stimme Paules,
der also sang? Was hatte der zu klagen? Nein, der kann's
wohl nicht sein ...

Im Weitergehen dachte Luzian: „Der Bursch hat das Lied
auch nicht selber gesetzt, und es erleichtert ihm doch das Herz;
so auch hat der eine Mensch Gebete für andere gemacht."

Die zahllosen Gebetbücher entstanden und waren gerechtfertigt vor dem Geiste Luzians.

Still und gedankenvoll schritt er dahin, es begegnete ihm
niemand.

Das Gewitter vom vorletzten Sonntag hatte sich hierher
verzogen und auch hier noch arg gehaust; da war ein Baum
ganz entwurzelt, dort ein anderer mitten gespalten wie zerfleischt,
und dort hingen abgeknackte Aeste, selbst die jungen Schäleichen
waren in zahlloser Menge zu Boden gebeugt, der Fußsteig war
oft unwegsam. Hinter Neuensteig umging Luzian eine gewaltige
Eiche, die quer über dem Weg lag; er geriet dadurch in einen
Sumpf, wo Erlen standen, und rettete sich nur mit schwerer
Mühe daraus.

Kaum war Luzian wieder hundert Schritte auf trockenem
Wege, da begegnete ihm ein Mann; es war der uns bekannte,
Rollenkopf genannte Pfarrer. Man begrüßte sich beiderseits mit
einem „Guten Tag" und ging aneinander vorüber. Luzian
stand bald still. Sollte er den Pfarrer nicht vor dem Sumpf

warnen? Der Pfarrer überlegte gleichfalls bei sich, ob er nicht den Häretiker, den er wohl wieder erkannt hatte, ansprechen und ein gutes Wort beibringen sollte. Plötzlich rief Luzian: „Heda!" Hinter dem Ruf tönte es wie ein Echo, und doch war's keines, denn der Pfarrer hatte im selben Augenblicke den gleichen Ruf gethan.

„Seid Ihr nicht der Luzian Hillebrand von Weißenbach?" rief der Pfarrer aus dem Thale herauf, von den Bäumen verborgen.

„Ja freilich, aber ich hab' Euch doch was zu sagen. Dort unten, wo die Eiche liegt, müsset Ihr rechts ab, sonst kommet Ihr bei den Erlen in den Sumpf."

„Wartet, ich komm'," tönte es wieder, und Luzian ging dem Rufenden entgegen, weil er sich nicht verstanden glaubte, er wollte es genauer bezeichnen oder selber mit zurückkehren. Der Pfarrer hatte ihn aber verstanden und begann nun mit ihm über den Kirchenstreit zu sprechen. Anfangs war Luzian mißtrauisch, selbst die freien Worte Rollenkopfs sah er nur wie einen Spionenkniff an, aber was lag ihm an allem Auskundschaften! Er hörte darum mit einer gewissen Ueberlegung zu. „Du hast vieles zu verhehlen, ich nicht," dachte er. Als aber Rollenkopf schloß: „Wie gesagt, es regt sich ein freier Sinn in der Kirche, der siegen muß. Darum müssen aber auch die freien Männer innerhalb der Kirche bleiben, sich nicht davon trennen. Wenn die Freien ausscheiden, was bleibt uns? Die träge verstandlose Masse, der ewige faule Knecht."

„Soll das auf mich gesagt sein?"

„Gewiß. Ihr müßt in der Kirche bleiben und helfen, sie rein und frei zu machen."

„Ich glaub' aber nicht an Gottes Wort und brauch' kein' Kirch'."

„Aber Eure Brüder bedürfen ihrer, und Ihr seid verpflichtet, sie nicht zu verlassen."

„Ich hab' kein Amt und kein' Anstellung in der Kirch'."

„Eure Menschenpflicht ist Euer Amt, und Euer Gewissen Eure Anstellung."

„Alles schön und gut, aber ich müßt' lügen und heucheln, und das kann einmal kein Mensch mehr von mir verlangen."

Der Pfarrer suchte noch Späne abzuhauen, aber den eigentlichen Klotz konnte er nicht bewältigen. Man schied mit freundlicher Handreichung, und auf dem stillen Heimweg dachte Luzian: „Der ist grad wie der Amtmann; dem wär's auch lieber heut als morgen, wenn man die ganze Verfassung mit samt dem

König über den Haufen schmeißen thät', und doch bleibt er im
Amt. Ich thät' ja lieber schaffen, was es wär', daß mir das
Blut unter den Nägeln 'rauslauft; halb satt zu fressen, wär'
besser als so ein Amt, das man eigentlich nicht haben darf."

Stolz und groß erhob sich Lucian in diesem seinem Selbstgefühle.

Ein Kind bleibt, und ein Kind geht.

Als Luzian nach Hause kam, trat ihm Bäbi entgegen mit
den Worten: „Vater, Ihr sollet gleich ins Rößle kommen, es
ist schon zweimal ein Bot' da gewesen, es sei jemand da, der
nötig mit Euch zu reden hat."

„Wer denn?"

„Des Rößleswirts Bub' weiß es nicht, oder will's nicht
sagen."

Luzian ging nach dem Wirtshause. Er traf hier den Vater
Paules von Althengstfeld, der hinter dem Tische saß und ihm
zuwinkte, ohne aufzustehen und ohne die Hand zu reichen.

„So? bist du auch hier?" fragte Luzian, „hast du mich
rufen lassen?"

„Ja. Rößleswirt! Ist niemand in deiner hinteren Stube?
Ich hab' da mit dem Luzian ein paar Worte zu reden. Können
wir 'nein?"

„Ja."

„Was hast denn? Kannst's nicht da ausmachen? Oder
komm mit mir heim," sagte Luzian.

„Nein," entgegnete Medard, „es ist gleich geschehen."

Die beiden Schwäher gingen nach der Hinterstube; alle
Anwesenden schauten ihnen nach.

„Was gibt's denn so Heimliches?" fragte Luzian.

„Gar nichts Heimliches. Du weißt, ich bin frei 'raus,
drum, Luzian, guck, du bist jetzt im Kirchenbann und vielleicht
noch mehr, du kommst mit denen Sachen nicht so bald 'raus,
wie mir unser Pfarrer gesagt hat und die Pfarrer alle, die
heut dagewesen sind. Drum wird dir's auch recht sein, wenn
man jetzt ausspannt."

„Ja, wie? was?"

„Ha, du verstehst mich schon. Mit deinem Mädle und
mit meinem Paule, da lassen wir's jetzt halt aus sein. Wir
sind von je gut Freund gewesen, Luzian, nicht wahr! Und das
bleiben wir von deswegen doch. Es ist ja Christenpflicht, daß
man keinen Hasard aufeinander hat und alles in gutem bleibt."

„Ja, ja, freilich, ja," sagte Luzian, die Hände reibend, „und was ich hab' sagen wollen? . . . Ja, und dein Paule ist auch mit einverstanden? Du redest in seinem Namen?"

„Ha, ich bin ja der Vater. Ich laß mich nicht ausziehen, ehe ich mich ins Bett leg', das Sach' ist mein, und ich geb' die Geißel noch nicht aus der Hand, du auch nicht. Was wahr ist, ist wahr; mein Paule hat dein Mädle gern gehabt, ja recht=schaffen gern, es ist ihm hart 'nangangen. Er hat dem Pfarrer aber bestanden, dein Mädle sei wie ausgewechselt, es hab' ihm kein gut Wort mehr gunnt, und es hab' halt auch deine Ge=danken, Luzian. Recht so, ist ganz in der Ordnung; die Kinder müssen zum Vater halten, und mein Paule hält zu mir. Du hast ja selber gewollt, daß wir keinen Reukauf ausbedingen, und Schriftliches haben wir auch nichts gemacht, da brauchen wir auch nichts verreißen. Mein Bub' hat deinem Mädle einen silbernen Fingerring geben, er hat zwei Gulden und fünfzehn Kreuzer kostet, kannst nachfragen beim Silberschmied Hübner neben der Oberamtei. Jetzt kannst den Fingerring wieder 'raus=geben, oder es ist besser, du gibst das Geld, hernach kann ihn dein Mädle behalten; kannst das Geld dem Rößlewirt da geben, ich bin ihm noch was schuldig für Kleesamen. Dein Mädle, das bringst du schon noch an, brauchst's nicht in Rauch auf=hängen, und mein Bub', der setzt den Hut auf die link' Seite und ist der alt'. Es hat halt jetzt den Schick nimmer zwischen unsern Kindern, und es wär' gegen Gott gesündigt, wenn man da wieder was anhäften wollt'. Jetzt wie? was siehst du so unleidig? Stehst ja da wie ein Stock und machst kein Gleich (Gelenk)? Hab' ich dich verzürnt?"

Luzian war in der That wie erstarrt, er ließ den Medard an sich hinreden und hörte alles wie im Halbschlaf; der Schweiß trat ihm vor ängstlichen Gedanken auf die Stirn; er nickte end=lich und sagte: „Ja, Medard, ich schick' dir den Fingerring gleich 'rauf, kannst drauf warten."

„Pressiert nicht so. Jetzt sei mir nicht bös, bei dir ist gleich dem Himmel der Boden aus. Wir bleiben doch die alten guten Freund', nicht wahr?"

„Das Kind ist tot, die Gevatterschaft hat ein End'."

Mit diesen Worten verließ Luzian die Kammer und trat in die Wirtsstube. Neugierig richteten sich die Blicke aller auf ihn; er sah verstört aus. Mit seltsamem Lächeln sagte Luzian: „Rößlewirt, weißt was Neues? Mein Bäbi ist kein' Hochzeiterin mehr. Grad hat mir der Medard aufgesagt."

„Es wird doch das nicht sein?" tröstete der Wirt.

„Frag' nur den Medard," endete Luzian, die Thür in der Hand, und fort war er.

Luzian hatte sich eingebildet, er sei auf alles gefaßt, und doch überraschte ihn dieser Zwischenfall so, daß er nicht wußte, wo aus noch ein. Offen gestanden dachte er im ersten Eindruck fast gar nicht an seine Tochter, sondern nur an sich selbst. Hatte er seine Ehre verloren? Wo war landauf und landab ein Bauersmann, der sich's nicht zur Ehre angerechnet hätte, mit ihm verschwägert zu sein? — Darum hatte er noch die Aufsage selbst verkündet, die Schande sollte zurückfallen auf Medard, er warf sie zurück mit dem ganzen Stolz seines Ansehens; aber galt dies auch noch? Kämpfte er nicht mit leerer Hand, während er die zweischneidige Waffe sich in die Faust träumte?

Im wilden Ringen des Kampfes reißest du dir oft eine Wunde, du weißt es nicht, bis nach ausgetobtem Streite das Rinnen des Blutes und der Schmerz dich daran mahnt. Kein Pflaster und keine Salbe stillt das Blut, wenn nicht das ausgetretene gerinnt und stockt und so sich selbst die schützende Decke zur Wahrung des in dir strömenden bildet. Es geht mit den Wunden deiner Seele ebenso.

Müd und schwer, als ob ihm ein Schleiftrog an den Beinen läge, ging Luzian nach Hause.

„Ist es wahr? ist mein Schwäher im Rößle?" Mit diesen Worten kam ihm Bäbi wiederum entgegen.

„Dein Schwäher? Nein, aber des Paules Vater," entgegnete Luzian. „Komm her, Bäbi, gib mir dein' Hand, brauchst nicht zittern, du sollst weiter nichts als den Fingerring abthun, du bist kein' Hochzeiterin mehr; der Paule hat dir aufgesagt. Meine Händel mit dem Pfarrer sollen dran schuld sein, oder hast du auch was mit dem Paule gehabt? Es ist jetzt eins. Du bist schon noch eine Weile bei uns gut aufgehoben. Zitter' nur nicht so."

„Ich zittere ja nicht," entgegnete Bäbi; es war ihr gar wundersam zu Mute, noch nie hatte ihr Vater so ihre Hand gefaßt und gehalten; „ich zittere nicht," wiederholte sie, „lasset nur los, ich will den Ring abthun."

„Thut dir's weh? Es ist doch eigentlich meinetwegen."

„Nein, das ist's nicht, und wenn's auch wär', mein' Hand könnte ich mir für Euch abnehmen lassen, Vater, und nicht nur so einen Ring abthun. Wenn mich der Paule nimmer mag, hat er mich nie mögen; ich bin ihm nicht bös. Und die Schand' wird auch noch zu ertragen sein."

„Du kriegst schon noch den Mann, der dir beschert ist,"

sagte Luzian, ohne durch irgend eine Liebkosung oder ein
freundliches Wort die gepreßte Rede Bäbis zu erwidern. Diese
aber schloß: „Mein lediger Leib ist mir nicht feil. Da ist
der Ring.“

„Der Knochen, der einem beschert ist, den trägt kein' Katz'
davon,“ bemerkte noch die Ahne.

„Wo ist der Viktor? Er soll den Ring gleich ins Rößle
tragen,“ sagte Luzian. Die drei Frauen sahen einander verlegen
an. Die Frau Margret nahm sich zuerst ein Herz, faßte den
Rockärmel ihres Mannes, zog daran und sagte: „Thu' zuerst den
Rock aus, du lauffst ja den ganzen Tag 'rum wie ein Soldat
auf dem Posten. So, jetzt ist dir's leichter, so, jetzt setz' dich
auch, daß man auch ordentlich mit dir reden kann.“

„Wo ist der Viktor? Ruf' ihn,“ wiederholte Luzian.

Die Frau hing den Rock auf und sagte dabei: „Er hört
mich nicht, ich kann nicht so arg schreien; er ist auf der Mühle.“

„Der Egidi hat ihn geholt, und der Viktor hat geheult,“
ergänzte Bäbi.

„Jetzt seid alle still, ich will's erzählen,“ begann die Ahne,
„da rück' her, Luzian, noch näher. Jetzt guck, du bist noch kein'
Büchsenschuß weit vom Haus weg, da kommt der Egidi und
fragt nach dir, aber mit einem Gesicht wie ein Bub', dem die
Hühner sein Butterbrot weggefressen haben; und da träppelt er
'rum und kann das Maul nicht finden. Endlich sagt er, ob wir
schon gehört haben, was die Leut' von dir reden; ich sag', du
kannst den Leuten die Mäuler nicht verbinden.“

„Was sagen sie denn über mich?“ fragte Luzian.

„Du seist gottloser als ein Heid und ein Jud, und du
habest gar kein' Religion. Ich sag' aber dem Egidi: deines
Vaters seine Gutthaten sind seine Religion, und das ist die best'!
Da schreit er über mich 'nein wie ein Flözer; und ich sei auch
so, und ich stehe doch mit einem Fuß im Grab, und ich wiß'
nicht, wann ich vor Gott stünd', und ich sollt' dich, Luzian, eher
zurückhalten, als noch auffstiften und drein hetzen. Wenn ich
mich nicht vor mir selber geschämt hätt', ich hätt' dem Egidi
eins ins Gesicht geschlagen, daß er nimmer gefragt hätt', wo
sind mehr. Ich sag' weiter nichts als: Junge Gäns' haben
große Mäuler. Wie wir so reden, kommt der Viktor 'rein, ich
schick' ihn fort, er soll nicht hören, was sein Vater für ein Latschi
ist. Eine Weile drauf kommt der Schütz und bietet dem Egidi,
er soll ins Pfarrhaus kommen. Ich sag': Du gehst nicht zum
Pfarrer, eher läßt dir all' beid' Bein' abhacken. Da schlägt er
auf den Tisch und schreit: Ich bin Meister über mich, und ich

thu', was ich will. Wart', Schütz, ich geh' mit. Mein Vater ist
mein Vater, aber unser Herrgott ist vorher mein Vater, und ich
laß mir meinen Glauben nicht nehmen, und ich laß ihn mir
nicht nehmen. — So rennt er fort."

„Ja, der Viktor, was ist denn mit dem?" fragte Luzian
abermals.

„Ich erzähl's ja, wart' nur. Vergeht kein' Stund', ist mein
Egidi wieder da, er hat den Viktor an der Hand und heißt ihn
sein Schulsach zusammenpacken, und da schreit er über das Kind
'nein, daß es nicht weiß, ist es taub oder hat es sonst was
than. Ich schick' den Viktor fort, er soll mir für einen Kreuzer
Kandelzucker holen, und wie er fort ist, sag' ich: Egidi, du
versündigst dich. Ich weiß wohl, es geht einem so, wenn man
sieht, daß Leut' ein Kind verziehen, so wird man auf das Kind
bös und grimmzornig; es ist aber nicht recht. Es ist mir mit
unseren Nachbarsleuten, mit des Bäckers Christle, auch so gangen.
Wenn du meinst, daß wir deinen Viktor verziehen, mußt deinen
Zorn nicht an ihm auslassen, das ist eine schwere Sünd'. Was
Sünd'! schreit da der Egidi. Eine Sünd' gehört so wenig da
'rein wie eine Sau ins Judenhaus. Da sind ja lauter Heilige.
Ich bin nun halt ein sündhafter Mensch, und mein Viktor ist
mein Kind und soll auch so werden, er muß wissen, daß man
Buße thun muß. Ich komm' vom Schulkonvent, und da hab'
ich gehört, daß der Vater meinem Viktor die Schul' verboten
hat, und jetzt geht er mit mir und kann sich ein schlecht' Bei=
spiel an mir nehmen. Ihr habt den Viktor einmal euer Erz=
enkele geheißen, wir wollen dafür sorgen, daß er kein Erzteufele
wird. — Luzian, ich kann dir nicht sagen wie schandgrob der
Egidi gewesen ist, und er hat das Kind mit fort, und das hat
geweint. Und mir thut's so ang (bang) nach dem Kind, ich
möcht' auch schier greinen. Jetzt hab' ich aber ein einzige Bitt'
an dich, Luzian, du folgst mir gewiß gern: verzeih dem Egidi
seinen Unverstand, ich vergeb's ihm auch, und man muß ihm
zeigen, daß Gutheit Trumpf sein muß, nachher sei Religion, was
für woll'. Gelt, Luzian, du versprichst mir's, glimpflich mit ihm
umzugehen?"

Ein Kopfnicken antwortete. Es bedurfte dieser letztern Er=
mahnung kaum, denn wie das so geht bei rasch aufeinander
folgenden Schicksalsschlägen: das persönliche Leid fühlt sich kaum
mehr, und man erhebt sich in ihm zu Allgemeingedanken. Darum
sagte auch Luzian aufstehend:

„Ihr habt mir ein gut Wort gesagt, Ahne, man ist oft=
mals auf ein Kind bös, weil seine Eltern es ver=

ziehen. Es geht einem auch oft so mit ganzen Dörfern und Ländern; man darf den Menschen nicht bös sein, weil ihre Vormünder, die Pfarrer und Beamten, sie verzogen haben und noch verziehen."

Luzian ging nach der Kammer. Die Frauen sahen verdutzt einander an, sie hatten einen mächtigen Ausbruch der Leidenschaft von Luzian erwartet, und jetzt redete er, daß man ihn kaum verstand.

„Was hat er?" fragte die Mutter so vor sich hin. Niemand antwortete.

Mit dem Rocke bekleidet kam Luzian wieder heraus, nahm den Hut und sagte mit einer ganz fremden Wehmut im Antlitze:

„Ich mach' heut auch meine Stationen, sie sind ein bißle weit und die Schritte nicht abgezählt, aber mein Kreuz ist mir noch nicht zu schwer. Ich will nur zum Egidi, daß er mir das Kind nicht verdirbt. Könnet ohne Sorgen sein, er ist der Vater, ich werde ihm kein bös Wörtle geben."

Wieder verließ Luzian das Haus.

Ueber sich hinaus.

Zum zweitenmal nach mehrstündiger Abwesenheit ging Luzian heute an Stall und Scheunen vorüber, ohne einzuschauen; wie ist das nur möglich? Das gedachte er jetzt, als er, schon eine Strecke entfernt, sich nach seinem Heimwesen umwendete.

„Es muß alles verlumpen," dachte er, und eine seltsame Bitterkeit prägte sich auf seinem Antlitz aus. „Sie haben recht, die Herren, von Staats- und Kirchengehalt, tausendmal recht, so ein unruhiger Kopf, so ein Schreier, der sich um Sachen annimmt, die ihm nichts eintragen und die ihn, genau besehen, eigentlich nichts angehen, nicht mehr als andere Leut' auch, das muß ein Lump sein oder einer werden. Am besten, er ist's von Haus aus. So ein Mensch, der alles, was er hat, auf dem Leib trägt und dem kein Geldbeutel in der Hosentasch zittert vor Angst, nach dem niemand fragt: wo bist und wo bleibst? der kann wie der Soldat im Feld leben oder wie die Bettelleut'."

Ein altes Schelmenlied mit endlosen Strophen kam ihm hier in den Sinn, und im Weitergehen pfiff er die Weisung vor sich hin:

> Bettelleut han's gut, han's gut,
> Bettelleut han's gut,
> Bricht ihnen kein Ochs das Horn,
> Frißt ihnen kein Maus das Korn u. s. w.

Der Mund, der sich zum Pfeifen spitzt, kann sich nicht mehr so leicht griesgrämlich verziehen, und doch verfinsterten sich die Züge Luzians bald wieder. Er ging jetzt eben ins Feld, da die Menschen von demselben heimkehrten. Er sah in dem Gruße der Begegnenden etwas Gepreßtes, niemand blieb stehen, und niemand fragte, wie sonst bräuchlich: wohin noch so spät?

An der Halde, dort am Rand des Berges, wo drunten im Thale der Waldbach rauscht und die Mühle schrillt, nicht lauter vernehmbar als das Zirpen des Heimchens hier neben im Brombeerbusche, dort saß Luzian auf dem Markstein und starrte hinein in die untergehende Sonne. Wie allmählich ist ihr Aufgehen und wie rasch ihr Untergang! Dort steht der glührote Ball noch über dem jenseitigen Berge, und jetzt ist er hinab, und der ganze Himmelsbogen steht in glutbrennenden Flammen. Der Aufgang und der Niedergang der Sonne macht die Welt ringsum in blutig grellen Flammen erglühen, nur wo das helle Licht herrscht, schaut dich die Welt mannigfarbig an. Getrost! der helle Tag kommt immer wieder.

Wie schwarze Schlangenbilder jetzt vor dem Auge Luzians vorüber huschten, so stieg auch vor seiner Seele ein dunkles Leid auf, das sich zum nächtigen Ungeheuer zu gestalten drohte.

„Nichts nutz, Lumpenbagage ist die ganze Welt, und vorweg gar diese da, meine Grundbirnenbäuerle, nicht wert, daß man sich einen Finger für sie naß macht. Sie müssen in alle Ewigkeit hinein Dreck fressen, es schmeckt ihnen ja wie Zuckerbrot. Denen da die Wahrheit verkünden? Das ist grad, wie wenn man einem blinden Gaul winkt. Sie sind nichts Besseres wert, als was sie sind."

So dachte Luzian vor sich hin und sprach es fast laut aus. Die Grundsuppe, in der alle Niedertracht der Gegenwart zusammenbrodelt, schien auch hier aufzukochen in dem Herzen eines Mannes, der mitten in den Reihen des Volkes stand. Denn was ist es anderes, das die Wahrheit hemmt, sich über alle Welt zu ergießen? Es ist mit einem Worte die Volksverachtung. Der Hexenkessel, in dem diese gebraut wird, steht auf dem Dreifuß der Amtierungssucht, dem dünkelhaften Hochmut der Alleinweisen, und auf der verletzlichen Zimperlichkeit der Wohlmeinenden. Sollte auch Luzian dem selbstherrlichen Dünkel der Alleinweisen verfallen?

Wer draußen steht, sich allein dem Volke gegenüberstellt, dem mag es leicht werden, sich dem Volke zu entziehen, indem er ihm nie die Kraft der vollen Wahrheit zutraut oder beim ersten Versuche sich verächtlich von ihm abwendet. Das Volk

ift ihm geftaltlofe Maffe. Anders ift es bei Luzian. Er lernte
die Menfchen nicht als Maffe kennen, fondern als einzelne; ihm
war es nicht gegeben, die mannigfaltigen Sinnesweifen verfchie=
dener Menfchen mit einem einzigen in Mafchen verfchlungenen
Begriff, mit einem einzigen Wort einzufangen.

Wenn man mehrerlei Waldvögel in e i n e n Käfig fperrt,
verlieren fie ihren Waldfchlag, keiner von allen fingt mehr, und
fie zwitfchern nur noch faft fo ängftlich und unbeftimmt wie
lallende Küchlein.

Luzian konnte nicht wie andere vom Volke und dergleichen
reden, er kannte die einzelnen, und die waren meift gut und
getreu. Wie im Fluge fchweifte fein Geift im eigenen Dorfe
und in dem und jenem benachbarten von Haus zu Haus. Da
und dort wohnt ein kernfefter Ehrenmann, er kannte ihn von
Jugend auf, und doch war er nicht auf dem Wege, den er
jetzt ging.

„Nein,“ fprach es in ihm, „ich bin nicht beffer, als der
und jener und diefer da. Aber warum greifen fie nicht mit an?
Warum ziehen fie fich zurück von dir? Sie find eben jetzt noch
da, wo du felber vor ein paar Jahren noch gewefen bift. Das
find lauter alte Luzians, die da 'rumlaufen, thu' ja keinem nichts
und halt mir ihn in Ehren, du bift's felber. Wie hätt' dir's
gefallen, wenn dazumal einer wie du jetzt dich mit grimmigen
Augen von oben 'rab angefehen hätt'? Nein, ihr feid alle meine
Brüder! ihr feid fo gefcheit wie ich, es ift nur noch nicht heraus.
Herr! Wenn ich da alle hätt', da auf dem Acker, und ich ftünd'
auf dem Markftein und thät' ihnen das Herz auffchließen und
fie mir, das wär's, das müßt's fein. Warum dürfen wir nicht
zufammenkommen? Wer kann uns hindern? Die Soldaten?
Das find unfere Buben und Brüder. Es muß fein. Herr!
wie find wir an Hand und Fuß gebunden. Bricht's denn nicht
einmal?“ Luzian richtete fich rafch auf, und nächft dem Ge=
danken an eine große Verfammlung, gegen den Willen des
Beamten und Pfarrers, erquickte ihn noch innerlich das ftille
Bewußtfein eines Sieges über fich felber, über Hochmut und
Empfindlichkeit. Er hatte die echte liebende Duldung gefunden.
„Lauter alte Luzians,“ fagte er im Weitergehen noch oft vor
fich hin, „mir wird das Gebot jetzt leicht: liebe deinen Nächften
wie dich felbft, jetzt verfteh ich's. Wenn du auf einen grimmig
bift, denk', du wärft der, der dich verzürnt, du könnteft ja auch
fo fein ... Es ift doch viel Schönes in der Bibel, aber auch
viel anderes.“

Es war Nacht geworden. Luzian kannte jeden Baum und

Strauch hier am Wege; wandelte er ja dieſen Pfad ſchon mehr
als dreißig Jahre. Im raſchen Weitergehen, ſo im Vollgefühle
der Kraft mit dem Schlehdornſtock in der Luft fuchtelnd, ver-
ſpürte er wieder eine alte Luſt, die ſich heute ſchon mehrfach
regte, ſich aber nicht unverhüllt aufthat.

Im Menſchengemüth ebbt und flutet es wunderſam. Luzian
wollte dreinſchlagen, zuerſt den Pfarrer, dann den Medard und
dann ſeinen eigenen Sohn Egidi und ſo fort tüchtig mit un-
gebrannter Aſche einreiben, damit ſie ihre gebührende Strafe
bekommen und endlich einſehen, daß Recht und Vernunft ihm
zur Seite ſtehen.

Wie bald ſucht der Menſch die geiſtige Beweisführung zu
verlaſſen und den leibhaften Nachdruck dafür einzuſetzen. Sich
ſo mit der ganzen Schwere des Weſens auf den Gegner zu
werfen und ihn zu zermalmen, darin liegt nicht bloß rohe Gewaltthätigkeit, ſondern auch ein Beſtreben, damit thatſächlich darzuthun, daß man bereit ſei, das ganze Daſein daran zu ſetzen
und den Gegner anzurufen, daß er bewähre, ob die Macht des
Gedankens in ihm ſo ſtark ſei, auch äußerlich die Gewalt zu
erringen.

Darum greifen Völker und Parteien ſo gern zum Schwerte.
Es gilt als letzte Beweisführung, die Lebenskraft einzuſetzen.

Mitten auf dem Wege, an der großen Buche wo die vielen
Namen eingeſchnitten ſind, merkte Luzian plötzlich, daß drunten
im Thale die Sägmühle geſtellt wurde. Der ſchrillende Ton
war dahin, und das Waſſer rauſchte plätſchernd über die un-
bewegten Räder. Dieſes plötzliche Aufhören des weithin kreiſchen-
den Pfiffes machte Luzian verwundert aufſchauen. Was ging
dort unten vor? Er ſchritt raſch der Mühle zu. Die Bäume
über ihm rauſchten ſo wunderſam, das tönte und klang in nächt-
licher Stille heller als am Tage; dieſes Säuſeln und Rauſchen
in den Wipfeln floß immer weiter und weiter hinab, tief in
den Wald, und ſtill war's eine Weile in der Nähe; jetzt erhob ſich wieder ein neuer Klang zu Häupten in den Zweigen,
er ſchwoll immer mächtiger und mächtiger an und brauſte
dahin. Wie wohlig lauſcht ſich's allvergeſſen in ſtiller Sommer-
nacht dem ewigen Wogen des Waldes. Du kannſt nicht ſagen
und deuten, was ſich da ſpricht im Flüſtern der Zweige, und
doch erquickt dir's das Herz und durchſtrömt dich mit ſüßen
Schauern.

Wie wenn die toſende Tagesarbeit ſchweigt, du ſtill hin-
horchſt auf das Weben und Walten in deiner Bruſt, ſo war es
hier, als ob das Ohr, an den Mühlenton gewöhnt, nun bei

deſſen Verſtummen ſchärfer und voller das raſtloſe Wogen der
weiten Natur in ſich aufnähme.

Friedſam, als ob nirgends in der Welt Kampf und Widerſtreit wäre, und ein Menſch dem andern die Luſt des Lebens
gönnte wie ein Baum des Waldes dem andern, ſo ſchritt Luzian
dahin.

Unweit der Mühle zieht ſich der Weg einen dachjähen Hügel
hinab. Luzian ſtand hier plötzlich ſtill, denn er hörte, wie vor
dem Hauſe, auf dem Sägbalken ſitzend, zwei Männer miteinander
ſprachen, oder vielmehr der eine redete.

„Wie ich Euch ſage, Egidi, es gibt nur zwei Wege: entweder fromm und ſtreng an unſere heilige Kirche halten, oder
— an gar nichts glauben: nicht daß der Menſch eine Seele
habe, nicht daß es einen Gott gebe, nicht daß wir der Erlöſung
bedürfen. Wie geſagt, entweder gut katholiſch oder ein Gottesleugner, man kann nur zwiſchen dem einen und dem andern
wählen; mitten drin ſtecken bleiben wie das Luthertum, halb an
die Bibel, halb an die Vernunft glauben, das iſt, wie mein
alter Lehrer in Freiburg geſagt hat, nichts als Feſtungsfreiheit;
man iſt in der Feſtung eingeſperrt, darf jedoch innerhalb der
Ringmauer frei umhergehen. Nichts davon. Entweder muß
man alle Gelüſte und Begierden ausgeſchirren und ſie im freien
Felde rammeln laſſen wie die Haſen, oder man muß ſie feſthalten mit Zaum und Gebiß der ewigen Glaubensgeſetze. Ich
weiß, Egidi, Ihr ſeid von Grund aus ein fromm Gemüt, darum
ſchließe ich Euch mein Herz auf. Von der Stund' an, da auf
das ſchalloſe Haupt des Neugeborenen das heilige Waſſer her-
niederträuft, bis zu dem ſchweren Augenblicke, da die lebens-
müden Füße des Sterbenden geſalbt und geſegnet werden, die
nun ihren Erdengang vollendet haben: unabläſſig hält die Kirche
leitend, ſchirmend und ſegnend die Hand über ihre Angehörigen.
Unglückſelig, wer ſich ihr entzieht und ſie von ſich ſtößt. Ihr
könnt in Eurer Mühle Verbeſſerungen finden, neue Räder an-
wenden, die Waſſerkraft ſorgfältiger benützen; in göttlichen Dingen
aber iſt alles vom heiligen Geiſte offenbart und erbt ſich unabänderlich fort von Geſchlecht zu Geſchlecht. Gäbe es hier eine
neue Wahrheit, die nicht in dem Geoffenbarten läge, ſo wäre
ja Gott der Allgütige ein Stiefvater gegen die vergangenen Ge-
ſchlechter geweſen, die ſolcher Heilslehre nicht teilhaftig waren.
Der Heiland und ſeine Lehre war in ihm und mit ihm vom
Anbeginn der Welt. Wehe dem Armen, der ſeinen Weg allein
gehen will, du folgſt dem Irrlicht in den Sumpf.

„Glaubt mir, Egidi, es iſt ein ſchweres Amt, einzutreten

in die heilige Schar, die das Erlöſungswerk forterbt; ich bin
nichts, nur die Gnade wirkt in mir, ich bin nichts für mich, ich
kenne nicht Vater, nicht Mutter, ſo ſie nicht in dem Herrn
wandeln, ich kenne nicht Weib, nicht Kind, ich ziehe ſpurlos über
die Erde, ein zerbrechlich Gefäß, das der Herr zerſchmettert am
Ende ſeiner Tage. Aber weil ich dem Herrn diene, ſo fürchte
ich die Menſchen nicht, ſie müſſen dem Herrn gehorſamen. Da
bin ich für euch alle zu jeder Stund' bereit zu raten, zu helfen
und zu erheben zum Herrn."

Der Mond trat aus den Wolken, und Luzian ſah neben
ſeinem Sohne den Pfarrer.

„Ich kann's aber nicht leugnen," entgegnete Egidi ſchüchtern,
„mir thut es doch weh um meinen Vater, und es wird ihm arg
weh thun, daß ich ihm den Viktor weggenommen."

„Aergert dich dein Auge, ſo reiß es aus," rief der Geiſtliche
halb zornig. „Egidi, Ihr ſeid hochbegnadigt, daß Ihr zum Teil
ein prieſterlich Opfer bringen könnt. Ihr müßt Euer Herz töten
dem Herrn, auf daß es in ihm auflebe. Oder wollt Ihr mit
Eurem Vater zur Hölle fahren und Euer unſchuldig Kind mit-
reißen? Nicht ruhen und nicht raſten dürft Ihr, bis Ihr ſeinen
ſtolzen Sinn demütig macht. Das ſag' ich Euch," rief der
Pfarrer aufſtehend und ſtreckte ſeine Hand aus wie ein ſtrafender
Prophet, „die erſte Strafe, die der Herr über Euren gottloſen
Vater verhängt, iſt die, daß ſich ſein eigen Kind wider ihn
empören muß. Ihr ſeid das auserleſene Werkzeug des Herrn.
Das wird ihm auf dem Herzen brennen, Ihr müßt . . ."

Der Pfarrer konnte ſeine Rede nicht vollenden, denn eine
gewaltige Fauſt drückte ihm die Gurgel zu.

Mit der Schnelle eines Habichts, der auf ſeine Beute ſchießt,
war Luzian herbeigeſprungen und warf den Pfarrer über die
Sägeklötze hin, daß es knackte.

„Ich will dich . . . ich muß auch . . . ich hab' auch den
Arm des Herrn," unter dieſem Ausrufe ſchlug er auf den Geiſtlichen los, daß ihm das Blut aus Mund und Naſe rann.

Egidi ſuchte abzuwehren, aber es gelang ihm nicht, den rieſen-
ſtarken Luzian loszubrechen. Der Pfarrer ſpie dieſem das Blut
ins Geſicht, er biß ſich mit den Zähnen in ſeinen Arm ein,
doch Luzian rief: „Spei' nur Gift, beiß nur, ich will dir den
Wolfszahn ausreißen."

Egidi ſchrie um Hilfe und riß endlich den Vater von ſeiner
Beute los. Luzian wandte ſich um und ſchlug Egidi auf die
Bruſt, daß er taumelnd zurückſtürzte.

Unterdes richtete ſich der Pfarrer auf, er war kein Schwäch-

ling; er faßte Luzian im Nacken und warf ihn nieder, daß es
dröhnte, fast wie wenn man einen Baum fällt. Jetzt kniete der
Pfarrer auf den Gefallenen, und während er ihn heimlich mit
Füßen trat und ihm die Augenwimpern ausraufte, rief er laut,
daß es im Walde wiederhallte und das Gebell der Hunde im
Hofe übertönte: „Thue Buße, ich will dir vergeben! ich vergelte
dir nicht, kein Schlag soll dich treffen."

Die Frau Egidis schrie Feuerjo zum Fenster heraus, die
Mühlknechte eilten herbei, sie folgte ihnen. Ueberdies hatte sich
Luzian wieder befreit, und ein gewaltiges Ringen zwischen ihm
und dem Pfarrer hatte begonnen.

„Mein Egidi ist tot!" schrie plötzlich die Frau und sank
neben ihrem Mann nieder. Das war ein Schrei, der die Bäume
im Wald erschüttern konnte.

Luzian ließ ab vom Ringen, kniete neben seinem Sohn
nieder und schrie: „Mein Kind! Mein Kind! Pfaff, da hast
dein Opfer."

„Und du bist der Mörder," entgegnete der Pfarrer.

Luzian schnellte wieder empor, zückte sein Seitenmesser,
faßte den Pfarrer und rief: „Wenn ich geköpft werden soll, will
ich's wegen deiner, du . . ."

Man riß ihn mit unsäglicher Mühe los.

Die Frau lag über ihren Mann hingebeugt, das stille Thal
tönte wider von ihrem Jammern und Klagen.

Egidi wurde ins Haus getragen, und als man ihm dort
das Weihwasser, das neben der Thürpfoste hing, über das Gesicht schüttete, schlug er die Augen auf. Kaum hatte Luzian
dies gesehen, als er wiederum den Pfarrer ergriff und mit den
Worten: „'Naus mit dir!" ihn aus der Stube drängte.

Das war eine traurige Nacht hier in der Waldmühle. Egidi
gelangte bald wieder zu vollem Bewußtsein, und als er dann
ruhig einschlummerte, ließ Luzian nicht nach, bis alles schlafen
ging, er selber aber wachte am Bett seines Kindes, dessen Stirn
und Hände er oft befühlte. So saß er und starrte unverwandt
hinein in das matt flackernde Licht, bis dieses endlich verlosch.
Er sah dem Absterben des Lichtes zu, obgleich das für todes-
gefährlich gilt.

Mit dem Verlöschen des Lichtes erwachte Egidi plötzlich,
und hier in stiller Nacht, wo der Mond sein fahles Licht in die
Stube warf, besprachen sich Vater und Sohn, daß niemand
mehr wußte, wer eigentlich den andern beleidigt hatte. Egidi
wollte mit aller Macht seinen Vater bekehren, aber es gelang
nicht, und Luzian versprach, nicht den leisesten Groll gegen ihn

zu hegen, wenn er das thue, was aus ihm selber käme, aber
nicht, was der Pfarrer ihm einimpfe. Luzians einziger Wunsch
war, daß er den Viktor wieder bekäme; er und die Ahne könnten
nicht ohne das Kind leben, er wolle es gerichtlich adoptieren.
Egidi schien hingegen hartnäckig, jedoch nur so, daß er nicht ausdrück=
lich willfahrte; was etwa geschehen werde, das konnte er nicht
hindern.

Gegen Morgen kam eilig eine alte Magd des Hauses und
verkündete, die Frau sei durch den nächtigen Schreck so, daß man
bald der Wehmutter bedürfe. Egidi sprang rasch aus dem Bett,
er wollte nach dem Dorf, aber Luzian versprach, alles zu besorgen;
er sprang rasch hinauf in die Kammer, kleidete den schlaftrunkenen
Viktor an und trug ihn auf den Armen dem Morgenrote ent=
gegen, hinauf ins Dof. Der Weg durch den Wald war hier
und dort mit Blutspuren bezeichnet.

Verlassen und verstoßen.

Im Hause Luzians war diese Nacht nicht minder überwache
Verstörtheit. Bäbi saß allein in der Küche und befühlte stets
mit dem Daumen die Stelle des Fingers, wo der Brautring
gesessen; eine zart empfindliche Haut hatte sich hier unter dem
breiten silbernen Ringe gebildet, und Bäbi war's oft, als ob sie
ein Stück von ihrer Hand verloren habe. Noch unbewußter hatte
sich unter dem anerkannten äußeren Verhältnis ein geschütztes
Gedankengebiet in der Seele des Mädchens aufgethan, das war
jetzt alles dahin, der unbestimmten rauhen Wirklichkeit preis=
gegeben. Bäbi konnte nun still in sich hinein weinen. Sie
glaubte jetzt erst zu wissen, wie sehr sie den Paule geliebt; ist's
denn möglich, daß er jetzt daheim umhergeht, ohne ihrer zu ge=
denken? Gewiß nicht. Sie wünscht sich Flügel, um ungesehen
schauen zu können, was er jetzt treibe, wo er jetzt sei.

> Ach Scheiden, immer Scheiden,
> Wer hat dich doch erdacht?
> Hast mir mein junges Herze
> Aus Freud in Trauern bracht.
> Abe zu guter Nacht.

So sang sie und sann dann wieder still hin und her, ob es
denn möglich sei, daß Paule sie verlassen habe. „Wie wird er
denn leben können? wird derselbe Mund einstmalen zu einer
andern sprechen können: du bist mir das Liebste auf der Welt,

du einzig und allein? O! die Männer sind falsch, aber der
Paule doch nicht. Freilich, er muß bald heiraten, er hat keine
Mutter, es muß bald eine Frau ins Haus. Er ist Witwer
und sein Vater auch, und ich bin auch eine Witwe. Wenn man
nur wüßte, wen er heimführt; es wär' doch schad um sein gut
Herz, wenn er sich jetzt in der Eil' überrumpeln thät', ich möcht'
ihm helfen eine Frau suchen. Nein, wir thäten keine paßliche
finden, es gefiele mir doch keine. Und ich? Werd' ich denn
einmal wieder einen Liebsten finden? Werd' ich denn einmal
wieder einen küssen und umhalsen können wie den Paule, daß
man schier vergehen möchte vor lauter Lieb' und Freudigkeit?
Nein, es gibt nur einen Paule und keinen mehr so ohne Falsch
und so grundgetreu; das kommt nicht mehr wieder. Und soll ich
einmal wieder einen andern Schatz kriegen, wo steckt denn der
Kerle jetzt? Am besten wär's, er käm' jetzt gleich, jetzt könnt' ich
ihn am nötigsten brauchen, ich bin jetzt so traurig und so ein-
ödig, jetzt könnt' er mir über Zaun und Hecken helfen. Wenn
ich einmal wieder von selber heiter und lustig bin, da brauch'
ich dich nimmer, da kann ich schon allein fort. Komm jetzt,
gleich, wenn du einmal kommen thust. Und wenn er so wär'
wie der Paule, wär' mir's nicht recht, ich thät' mich vor ihm
fürchten wie vor einem Gespenst, ich thät' hundertmal Paule
zu ihm sagen, und wenn er nicht so wär' wie der Paule, wär'
mir's auch nicht recht ... Ich mein', ich müßt' meinem Paule
mein Herzeleid klagen, er ist mir der Nächste von all den Meinigen, und er ist's doch wieder, der von mir fort ist, und über ihn
hab' ich zu klagen ..."

„Ich laß den Strick auf den Boden laufen, ich heirat' gar
nicht." Mit diesen letzten, fast laut gesprochenen Worten stand
Bäbi auf und suchte die Gedanken zu verscheuchen, die unstät
hin und her flatterten. Gewaltsam heftete sie wieder ihren Sinn
auf die Hoheit ihres Vaters: „Ihn kränkt's von meinem Paule
gewiß noch mehr, oder doch so viel als mich. Und was werden
die Leute sagen? Ich seh' schon, wie sie allerlei Bedauern mit
mir haben, und hinterrücks ist doch manche schadenfroh, daß es
mir so geht. Aber das leid' ich nicht, daß mir eines ins Gesicht
hinein auf meinen Paule schimpft; es geschieht mir kein Gefallen damit, im Gegenteil."

Fast in demselben Augenblicke, als Luzian im Geiste von
Haus zu Haus wandelte, um zu erkunden, wie man von ihm
und seinem Kampf denke, schweifte auch der Sinn Bäbis zu
allen Freundinnen und Gespielen; aber sie hatte ihre Rundschau
noch lange nicht beendet, als die Ahne plötzlich rief. Bäbi eilte

zu ihr, und die Ahne klagte faſt zum erſtenmal bitterlich, wie
man ſie allein laſſe und alles verkehrt und rückſichtslos ver-
fahre. „Ich weiß nicht,“ ſagte ſie, „hundertmal geredt iſt wie
keinmal, und du machſt auch kein Thür' zu, und man iſt ja in
dem Haus wie vor einem Blasbalg und nirgends kein' Ruh, und
alles iſt fort. Dein' Mutter heult mir auch den Kopf voll, und
du gunnſt mir auch das Maul nicht und redſt kein Sterbens-
wörtle. Wenn halt mein Luzian nicht da iſt, da hat der Himmel
ein Loch.“

Die ſonſt ſo anſpruchsloſe Ahne, die nie jemand gern zu
ſchaffen machte, war heute krittelig, hatte allerlei zu befehlen und
zu wünſchen, und doch war ihr nichts recht.

Bäbi ſchloß der Ahne bald ihr Herz auf, wie tief weh ihr
zu Mute ſei.

„Laß das Sinnieren ſein,“ entgegnete die Ahne, „man bringt
doch nicht 'raus, wie's morgen ſein wird; jeder Tag ſorgt für
ſich ſelber. Wenn man heut ſchon wüßt', was morgen wird,
braucht' man ja morgen nicht leben. Zeit macht Heu. Mir
iſt's, wie wenn meinem Luzian ein ſchwer Unglück über den Hals
käm'; wenn er ſich nur nicht an dem armen Schelm, am Egidi
vergreift.“

„Ich will dem Vater nach in die Mühle.“

„Nein, will denn alles fortlaufen? Da bleibſt.“

„Ich mein', ich hab' grad des Paule's Stimm' gehört,“ ſagte
Bäbi wieder und wurde feuerrot.

„Kann mir's denken. Dir geht ſein' Stimm' im Kopf 'rum.
Was könnt' er denn da bei uns ſuchen? Haſt du noch ein Ge-
ſchenk von ihm?“

„Nein, aber vielleicht hat er's mit ſeinem Vater ins reine
bracht oder ſo, und er iſt da und will —“

„Du kennſt den alten Medard nicht, dem iſt, mit Gutem
ſprich, die Seel' in den Leib geröſtet. Dein' Mutter, die ſchimpft
auf den Paule, und das leid' ich nicht. Wer geſtern brav geweſen iſt, der kann nicht — Plumpſack da bin ich — heut auf
einmal ein Nichtsnutz ſein; wenn er auch einen Unſchick begangen
hat, er iſt doch der alt'. Wen man geſtern gern gehabt hat,
den kann man nicht heut über alle Häuſer 'nausſchmeißen wie
einen alten Schlappen. So iſt's. Der Paule geht ſeinem Vater
nicht von der Hand; er thut beſſer dran als der Egidi, der
Latſchi, der thut ja ſo übergeſcheit, als ob er auf ſeines Vaters
Hochzeit geweſen wär'.“

„Ja, bei ſeinem Vater bleiben muß man, mein Paule hat's
grad ſo gmacht wie ich —“

„Gewöhn' dir die Red' ab; du kannst nimmer sagen: mein Paule," warf die Ahne ein; Bäbi schien es kaum zu hören, unverrückt ins Licht starrend fuhr sie begeistert fort: „Ich hab' heut fast die ganze Nacht nicht geschlafen, vor lauter Gedanken. Sonst ist so ein Sonntag 'rum gegangen wie ein Tanz so schnell, man weiß nicht, wo er hingekommen ist. Aber was haben wir gestern nicht alles verlebt! Ich hab' sonst nie gewußt, daß man vor Gedanken nicht schlafen kann, aber gestern hab' ich's erfahren. Da hab' ich halt auch darüber gedenkt: wozu braucht man denn auch einen Pfarrer bei der Trauung? Wär's nicht viel schöner und heiliger, wenn in der Kirch, wo die ganze Gemeind bei einander ist, der Vater vom Bursch und der Vater vom Mädle da vor ihnen stünd' und einer nach dem andern thät' das Paar einsegnen und trauen? Der Vater ist doch eigentlich der Stellvertreter von Gott bei seinem Kind, und so eine Trauung vom Vater wär' doch erst recht heilig. Und mein Vater könnt' besser segnen als alle Pfarrer auf der ganzen Welt, und ich mein', ein jeder Vater, wenn er da auf dem Platz stünd', müßt' ein gut Wort vorbringen können. So ein Pfarrer ist doch ein fremder Mensch, und mein Vater ist mein, und ich bin sein bis zu der Stund'."

Die ganze erhobene Liebe Bäbis zu ihrem Vater brach flammend auf. Die Ahne sagte verwundert: „Bäbi, du redest ja, man kennt dich gar nicht mehr."

„So pfeift mein ... der Paule, ja, ja, das ist das Lied vom Nesselkranz," sagte Bäbi plötzlich vor sich hin, auf die Straße hinaushorchend, „aber ich warte, bis er 'rauf kommt."

Bäbi hatte in der That recht gehört, Paule war da und wollte vor allem mit Luzian sprechen, er strich ums Haus umher, ob er nicht Bäbi doch zufällig treffe. Endlich ging er zum Wendel und wollte dort die Ankunft Luzians abwarten. Erst spät in der Nacht kehrte er heim.

Lange besprach sich noch Bäbi mit der Ahne, bis diese endlich einschlief; auch die Mutter ging zu Bett, und still war's ringsum. Bäbi holte sich noch eine Näharbeit, die zur Vollendung ihrer Aussteuer gehörte; hatte es mit dieser nunmehr auch keine Eile, so hielt die Arbeit doch wach. Kaum eine Stunde aber hatte Bäbi emsig und still bei der Oellampe gesessen, als ihr die Hände in den Schoß sanken und sie ermüdet einschlummerte. Das erste Pochen an der Thüre erweckte sie, denn in dem wachbereiten Schlafe ist das Ohr jedes Tones gewärtig.

Ohne daß man jemand kommen hörte, öffnete sich der Riegel, Bäbi sah ihren Vater vor sich stehen und blickte staunend in sein

verwildertes Antliß. Luzian aber ſagte raſch: „Gut, daß du
auf biſt, lauf hurtig zur Hebamm, ſie ſoll gleich zu des Egidis
Klor' (Klara) kommen, und dann ſag's ihrer Mutter. Lauf tapfer,
ich will ſchon drin im Haus wecken.‟

Luzian ging mit Viktor ins Haus, und Bäbi rannte in den
Strümpfen ohne Schuhe pfeilſchnell das Dorf hinauf.

Frau Margret machte ſich raſch auf den Weg, und als Luzian
nach einer Weile in den Hof ging, ſah er den Oberknecht, der
die beiden Braunen an den Wagen ſpannte.

„Haſt recht, daß dich früh aufmachſt,‟ ſagte Luzian, „willſt
Klee holen?‟

„Nein, ich hab' noch genug für heut von geſtern abend.
Ich hab' noch zwei Fuhren Dinkel im Speckfeld, die müſſen 'rein,
und hernach will ich zackern.‟

Luzian nickte zufrieden und half eingeſchirren. Stillſtehend
ſchaute er dann dem Wagen nach, der davon fuhr; das Schimmelfüllen ſprang neben her, ſich noch lebig tummelnd im friſchen
Morgenhauch. Luzian dünkte es ſchon ein Jahr, daß er ſich nicht
um ſein Sach' angenommen hatte. Dieſe unabläſſige Stetigkeit
des Arbeitens trat ihm jetzt in ihrer ganzen Erquickung vor die
Seele; ihm war die ganze Welt aus den Fugen gegangen, hier
aber verlief alles regelmäßig, das kannte keinen Wirrwarr und
konnte keinen ertragen. Die Natur arbeitet in ſtiller Unabläſſig-
keit, und der Menſch, der in ihr wirkt, muß wie ſie raſtlos ſich
rühren: das hat ſeine feſten Zeiten, die nicht verabſäumt werden
dürfen, Sonne und Regen warten nicht, bis du mit deinen
anderweiten Anliegen fertig biſt. Du magſt den Hammer in
der Schmiede, die Axt auf dem Zimmerplatz, den Hobel in der
Schreinerwerkſtatt ruhen laſſen, eine Weile unausgeſetzt anderen
Dingen, Gemeinzwecken nachgehen, du kannſt alles leicht wieder
aufnehmen, wie am Tage, wo du es verlaſſen. Anders der Bauersmann. Die Sonnentage, die über dem Felde ſeiner harrten, kann
er nicht wieder heraufrufen. Darum eignet ſich der Bauersmann
ſo ſelten zur Verfolgung von Anforderungen, die abſeits von dem
Kreislauf ſeiner Thätigkeit liegen. Des Herrn Auge macht das
Vieh fett; wie leicht verkommt alles, wenn der Herr fehlt. Muß
es Dienende geben, unabläſſig belaſtet mit der Hände Arbeit,
während der Herr den höheren Anliegen der Menſchheit nachgeht,
iſt kein Zuſtand möglich, in dem ſich beides vereinigt?

„Wenn du wieder kommſt, geh' ich mit ins Feld,‟ rief
Luzian dem Knechte nach und kehrte ins Haus zurück.

Die Ahne war ganz glückſelig, beim Erwachen ihn wieder
zu ſehen.

„Mir hat heut nacht träumt,“ erzählte sie, „du bist Pfarrer worden. Ich hab' dich predigen sehen, aber in einer ganz fremden Gegend, ich hab' alle deine Worte gehört, o! es war prächtig. Und du gäbest erst noch einen guten Pfarrer. Mein Vater hat's mehr als hundertmal gesagt: Wenn's mir nachging', dürft mir keiner vor dem fünfzigsten Jahr Pfarrer werden. Ein Pfarrer braucht nicht studiert haben und kein Examen machen, er muß sich in der Welt umthan haben mit offenen Augen, und sei er meinetwegen Holzhacker gewesen, er kann doch der best' sein, besser als alle Bücherpfarrer. Woher wollen denn die aus dem Seminare mitreden und einem Trost und Hilf' geben? Sie haben ja selber nichts erfahren. Mein Vater, das war der gescheiteste Kopf, auf dem je ein Hut gesessen ist, der kaiserliche Rat hat's auch oft gesagt.“

„Heut gibt's noch ein Urenkele,“ sagte Luzian, „die Klor' wird eines bringen.“

„So? Ja von deswegen bist auch die Nacht nicht heim-kommen. Wir haben lang auf dich gewartet.“

Luzian war still, die Kehle war ihm wie zugeschnürt. So oft die Ahne das Wort Pfarrer aussprach, ging ihm ein Stich durchs Herz; er konnte ihr jetzt nicht sagen, was vorgegangen war. Wird es ihr aber verborgen bleiben, und ist's nicht besser, selber alles zu bekennen? Einstweilen muß man abwarten und Ruhe suchen.

Still sich vergrämend saß Luzian da. Von allen Qualen, die den Menschen heimsuchen können, ist die Selbstverachtung die höchste, freilich nur für ein ehrlich Gemüt, denn die zahl-losen anderen kommen nie dazu, sich selbst die volle Wahrheit zu gestehen. Ueber den Aufrichtigen aber kommt die Pein doch nur vorübergehend, denn eben in der Aufrichtigkeit liegt schon die Gewähr, daß die Selbstverachtung eine unberechtigte ist.

Luzian erkannte schwer, wie durch seine letzte That sein ganzes Streben verkehrt und verwüstet war.

„Was hast du jetzt? Raufhändel und weiter nichts. Und du bist nicht mehr allein für dich...“

Mit diesen Worten erkannte er jene bindende Allverant-wortlichkeit, die in der selbsterweckten oder überkommenen Sen-dung für das Allgemeine liegt; das ganze Thun und Lassen hört damit auf, ein eigenes, beliebiges zu sein.

„Mich dürfen sie für einen Lumpen halten, da läg' mir nicht viel dran, aber jetzt heißt's: Alle, die nicht an die Pfaffen glauben, sind Raufbuben, man sieht's ja. Das thut mir in der Seele weh. Jetzt hat der Pfaff Oberwasser. Ja, ich passe nicht zu einer solchen Sach', nein.“

Hiemit betrat Luzian eine neue Stufe des Märtyrertums:
den Zweifel und die Verzweiflung an ſich ſelbſt. Tauſendmal
iſt dies nur Beſchönigung der Ruheſucht, feiges Abſchütteln einer
unumgänglichen Aufgabe, aber hier war's die bitterſte innere
Zerknirſchung. Luzian hielt ſich in der That ſeines hohen Vor=
habens unwürdig, die letzte That zeigte dies für ihn und andere.
Tiefe Sehnſucht ſtieg in ihm auf, daß doch ein gewaltiger er=
habener Menſch erſtehe, der ſtark und heilig die Welt aufs neue
erlöſe; wie gern wollte er ihm dienen, ihm alles opfern, jedem
Wink ſeiner Augen gehorchen, wenn es ihm nur vergönnt wäre,
in den Reihen ſeiner Kämpfer zu ſtreiten.

„Ich bin kein bisle mehr als ein gemeiner Soldat und
dazu noch ein recht wilder, unbändiger.“

Darin ſprach ſich's aus, was er wünſchte. Das tiefe Ver=
langen und Sehnen des Jahrhunderts gab ſich auch hier kund.
Wird ein gewaltiger Führer erſtehen, der das Zauberwort findet,
um die zerſtreuten zahlloſen Streitmutigen in geſchloſſenen Reihen
zu ordnen und ſie die große Bahn zu einem neuen Leben zu
führen? . . .

Als Luzian durch das Dorf ging, grüßte er niemand, er
wartete den zuvorkommenden Gruß ab; man ſolle nicht glauben,
er demütige ſich oder ſuche jetzt einen beſondern Anhang. Men=
ſchen, an deren Urteil ihm ehedem ſo wenig lag, daß er gar
nie daran dachte, dieſen ſah er jetzt ſcharf ins Geſicht; ſie ſollten
und mußten ein Wort, einen Blick für ihn haben, er mußte
ſicher ſein, was ſie von ihm denken. Manchmal wurde er in
der That zuvorkommend gegrüßt, aber er fragte ſich wieder, ob
das nicht durch die Nötigung ſeines ſcharfen Anblickes geſchehen
ſei. Wenige bemerkten ſeine Unruhe, und die ſie bemerkten und
darüber nachdachten, vermuteten einen entgegengeſetzten Beweg=
grund, ſie glaubten herausfordernden Stolz zu erkennen. Wo
zwei oder mehre beiſammen ſtanden und Luzian ging vorüber,
waren ſie plötzlich ſtill, gewiß hatten ſie von ihm geſprochen.
Der Rößleswirt ſah zum Fenſter heraus, und als er Luzian
kommen ſah, zog er ſich zurück und machte das Fenſter raſch zu.
Luzian war feſt überzeugt, daß alles auf ihn gemünzt ſei, er,
der ſonſt in ſich ſo Feſte, ſah ſich auf einmal abhängig von den
Mienen und dem Behaben eines jeden. Dem Dieb brennt der
Hut auf dem Kopf, ſagt das Sprichwort, und ähnlich erſchien
ſich Luzian wie ein offenkundiger Verbrecher, der ſich Wohlwollen
und Anerkennung zuſammenbettelt, die er vordem ſelbſtverſtänd=
lich inne hatte. Luzian wollte ſich alles aus dem Sinn ſchlagen,
und es gelang ihm, aber dieſes Vergeſſen war doch nur wie der

Schlummer eines Krankenwärters, eines Harrenden; das leiseste Geräusch weckt taumelnd auf.

In der Schmiede, wohin nun Luzian ging, ward auch alles plötzlich still, als er eintrat. Urban begann indes: „Gelt, jetzt sind die Karten anders gemischt? jetzt schenkt der Pfarrer dir die Trümpf, die du früher gehabt hast?"

„Wie so?" fragte Luzian.

„Du wirst doch nicht leugnen, du hast vergangene Nacht bei deinem Egidi den Pfarrer totstechen wollen und hast ihn blutig geschlagen, aber der Pfarrer hat heilig geschworen, daß er nichts davon bei Gericht angeben will; er verzeiht dir's. Jetzt frag' um im Dorf, laß ausschellen: wer dir noch recht gibt, soll sich melden."

„Du hast Glück," sagte der Brunnenbasche, „du hast Glück wie jener Mann, der hat einen Floh fangen wollen und hat eine Laus gefunden."

„Mit dir red' ich gar nicht," erwiderte Luzian und verließ die Schmiede in schweren Gedanken.

Als er so in sich gekehrt, den Blick zur Erde geheftet, hinwandelte, fühlte er plötzlich einen mächtigen Faustschlag auf dem Rücken. „Heilig Millionen," knirschte er sich umkehrend und nach dem Schläger fassend. „Ah, du bist's," sagte er und ließ ab, als er Wendel sah, „du hast mich grausam erschreckt, es ist mir durch Mark und Bein gefahren."

„Warum? seit wann bist du so zimpfer?"

„Guck, ich weiß nicht, ich bin dir so ängstlich im Herzen, es ist eine Schande, ich mein', die ganze Welt ist gegen mich, ich möcht' sie alle vergiften, und da kommst du heßlings und gibst mir einen Schlag wie vom Himmel 'runter."

„Bist denn eine schwangere Frau? Schäm' dich. Wenn du auch eins kriegt hast, es ist nur eine Abschlagszahlung von nächt abend."

„Weißt auch schon?"

„Ja, und jetzt spielt der Pfarrer den Gutedel. Hab' ich dir's nicht gesagt, du wirfst das Beil zu weit 'naus? Dein Sach' ist bis daher eine reine, taufklare gewesen, und jetzt ist geronnen Blut drin."

„Mach' mir keine Vorwürfe, ich weiß alles, ich weiß ja; von dir hätt' ich am ersten verlangt, daß du mir Trost einredest, statt daß du mich jetzt auch noch schändest."

„Ich schwätz' dir kein Loch in den Kopf, wer bist denn? Kopf in die Höh! daß man den alten Luzian zu sehen kriegt. Narr, du hast nicht geschlafen, ich seh dir's an, du bist mauderig

wie ein Vogel, der ſich mauſert. Jetzt laß dich nur nicht unter-
kriegen. Was du einmal than haſt, dabei mußt du bleiben."

„Ich hab's aber nicht gern than, ich bin in der Wildheit
dazu kommen. Ich ließ mir einen Finger abhacken, wenn ich
den Pfarrer nicht geprügelt hätt'."

„Luzian, das hab' ich nicht gehört, das haſt du nicht geſagt, das darfſt du nicht ſagen, keinem Menſchen. Vor der
Welt mußt hinſtehen, daß alle die Augen unterſchlagen, wenn
du ſie anguckſt. Möchteſt gerne Troſt haben? Was Troſt? Wer
nichts nach der ganzen Welt fragt, nach dem fragt die Welt
am meiſten. So biſt du, und ſo mußt du ſein, und ſo biſt du
morgen am Tag."

„Ich weiß wohl, ich bin nichts nutz, aber das thut mir
weh, mein' Sach' iſt doch gut."

„Freilich, freilich, da dran halt' dich. Laß den Schlag ein
paar Monate verſurren, da hat das Ding ein ander Geſicht.
Wir wollen zu Michaeli davon reden, wenn die Sach' bis dahin
nicht iſt wie der fernbige (vorjährige) Schnee."

Dieſer Zukunftstroſt verfing bei Luzian nicht, denn er entgegnete: „Führ' du im Frühjahr einen Hungrigen auf den Korn-
acker und ſag': da friß dich ſatt. Lug', Wendel, ich mein', es iſt
ein Jahr, aber es iſt erſt geſtern geweſen, daß ich den alten
Luzian hab' vor mir herumlaufen ſehen, aber den Luzian von
überm zukünftigen Jahr, den kenne ich noch nicht, von dem
weiß ich noch nichts und der hilft mir noch nichts. Sag' du
mir hundertmal: ich werde ein anderer mutfeſter Kerl ſein, jetzt
bin ich's noch nicht, und jetzt bräucht' ich's. Ich hab' dir eine
Angſt faſt zum Davonlaufen und weiß nicht, wovor, und weiß
nicht, wohin."

„Das Stündle bringt's Kindle, ſagen die Hebammen. Luzian,
horch' auf, ich will dir was ſagen. Sei kein Narr; im Gegenteil, ſieh dir die Welt als ein Narrenſpiel an, mach' dich luſtig
darin, ſo gut, als es geht, und ſo lang, als es hält. Du biſt
geſund, haſt Vermögen genug, laß dir dein Leben bekommen,
es iſt bald genug aus, eh man ſich's verſieht; und es dankt dir's
kein Teufel, wenn du jetzt deine beſten Jahre verkrimpelſt und
verbuttelſt für nichts und wieder nichts, bloß weil dir was ein-
redeſt. Ich kann dir in ſieben Worten all meine Weisheit ſagen:
für was man die Welt anſieht, das iſt ſie einem. Wenn ich
du wär', ich wollt' mir ein ander Leben herrichten. Ich wünſch'
dir nur meinen Leichtſinn, den geb' ich dir nicht für deinen
beſten Acker. Jetzt muß ich heim, es wartet ein Staatsmittag-
eſſen auf mich, ein Herreneſſen, der König hat nicht mehr, es

kommt in allem nur darauf an, wie man's ansieht: ich hab'
Gesottenes und Gebratenes. Die untern Kartoffeln im Hafen
(Topf), die sind gesotten, und oben, wo das Wasser einkocht ist,
da sind sie braten."

Man war am Hause Wendels angelangt, und dieser ging
hinein.

Ein neues Familienglied.

Als Luzian heimkam, hörte er schon vor der Haustbür,
daß die Frau Egidis ein Töchterchen geboren hatte.

Aus der Küche trat ihm die sporenklirrende Fidelität entgegen.

„Guten Tag, Herr Doktor," sagte Luzian.

„Guten Tag, Herr Schwiegersohn," lautete die Antwort.

Fast möchte man's bedauern, daß in den zehn Tagen, die
wir jetzt schon in dem Hause verweilen, im Dorfe alles körper-
lich wohlauf war, wir lernen dadurch das heitere Naturell erst
jetzt kennen. Es ist aber noch immer Zeit.

Der Doktor Pfeffer von G., ein junger Mann mit ge-
rötetem Antlitz, das die Kreuz und die Quer durchsäbelt war,
kam nie ins Dorf, ohne das Haus Luzians oder vielmehr die
Ahne zu besuchen. So oft man das Reitpferd des Doktors am
Wirtshaus angebunden sah und er nicht dort zu treffen war,
suchte man ihn bei der Ahne auf, wo er scherzend und lachend
saß. Die Leutseligkeit und frohe Laune des lustigen Bruders
hatte ihn auf allen umliegenden Dörfern beliebt gemacht. Auf
der Universität war der forsche Studio als der große Baribal
hoch berühmt und angesehen, ein Meister auf der Mensur und
in der Kneipe. Er behielt sich auch diese Würde fast über das
doppelte Quadriennium hinaus. Endlich, als das ganze Vermögen verstudiert war, ließ sich der Mensurheld zum Examen
einpauken, und halb aus wirklichem Glück, halb aus Rücksicht
der Professoren, die ihn endlich von der Universität los sein
wollten, bestand er das Examen. Er ließ sich nun in G. als
praktischer Arzt nieder, erhielt bald darauf die Stelle eines Unter-
amtschirurgus uud befleißigte sich hauptsächlich der Dorfpraxis.
Eine gewisse Geschicklichkeit in der Operation, wozu ihn besonders
sein Mut und eine handliche Fertigkeit befähigten, war ihm nicht
abzusprechen; er traute daher auch nur dem operativen Teile
seines Berufes, von der neuen Errungenschaft der innern Heil-
kunde besaß er als wesentliches Ergebnis nur die Skepsis. Das
praktische Leben faßte er oft wie die Fortsetzung einer ulkigen

Stubentenſuite. Reiten und Fahren, ſeine alte Liebhaberei, war
jetzt ein Teil ſeines Berufes; das ging nun hin und her über
Berg und Thal, und die Welt iſt ſo weiſe eingerichtet, daß es
auch in dem kleinſten Dorfe, wo die Füchſe einander gut' Nacht
ſagen, nicht an einem kühlen Trunk Wein fehlt, der ſpricht da
mit demſelben Geiſte, wie in der Geſellſchaft aller Weltweiſen.
Wenn unſer Doktor noch ſo lange beim Glas geſeſſen, hielt er
ſich doch immer feſt zu Pferde wie eine Katze, ja die Leute be=
haupteten, er ſei von Nachmittag an, das heißt, wenn er ſchon
ein bischen angeriſſen war, noch weit geſcheiter und geſchickter
als Arzt. Er trank unabänderlich nur halbe Schöppchen, damit
der Wein allzeit friſch vom Faſſe komme. War das Fläſchchen
leer, ſchlug er es mit einem Daktylus auf den Tiſch, und die
Wirte in der ganzen Umgegend kannten dieſes Zeichen zum Auf=
füllen. Im Sommer gab es da und dort topfebene Kegelbahnen,
wo unſer Arzt hemdärmelig mit einigen Pfarrern und ſonſtigen
Honoratioren der edeln Kegelkunſt oblag. Mit allen Menſchen
jeglichen Standes war er im beſten Einvernehmen, und man
nannte ihn allgemein einen braven Kerl, denn er war gleich
liebreich und unverdroſſen gegen Hilfeſuchende, Arme wie Reiche.
Er, der als Studio über alle Schranken der bürgerlichen Ein=
pfählung ſich hinweggeſetzt, hatte ſich damit auch, wie man ſagt,
ausgetobt; er vertrug ſich jetzt mit allem Beſtehenden und deſſen
Vertretern. Stimmte er auch manchmal mit ein in ſcharfen Tadel
über dieſe oder jene Staatseinrichtung, ſo galt ihm das mehr
zur Uebung ſeines Witzes und zur Verwendung eines Kraft=
ausdruckes aus Olims Zeiten. Er war mit allen Beamten in
dem Städtchen ſchmolliß und ſtand mit allen Pfarrern des Ober=
amts auf gutem Fuß. Viermal des Jahrs kommunizierte er,
wie ſich gebührt, und verließ am Abend vorher ſchon Punkt
zehn Uhr das Wirtshaus.

　　So fehlte dem Doktor zu einem gemachten Manne weiter
nichts als eine Frau, und in der That ſuchte er auch eine ſolche,
aber ſie mußte reich ſein, mindeſtens ſo reich, daß man fortan
bequem zweiſpännig leben konnte.

　　Kluge Leute behaupteten, er habe es auf Luzians Bäbi
abgeſehen, und dieſe Annahme war nicht ohne Grund. Er war
weit davon entfernt, daß ihm die Bildungsſtufe Bäbis als ein
Hindernis erſchien; er verlangte von einer Frau weiter nichts,
als daß ſie eine geſunde Mutter, eine tüchtige Wirtſchafterin
ſei und ein erkleckliches Einbringen habe.

　　Luzian mit ſeinem heftigen Eifer für Umgeſtaltung des
Lebens war ihm eine anziehende Erſcheinung, und dem Bauers=

mann gegenüber hatte er wissenschaftliche Fettbrocken genug, um
seinen einfachen Verstand damit zu spicken und so sich in Geltung
zu setzen. Die Ahne, die er stets mit Heiratsanträgen neckte,
war ihm von Herzen gut; so oft er kam, sie hatte ihm stets
etwas über ihr Befinden zu klagen und zu befragen, er hörte
es geduldig an und half ab. Ganz glücklich machte er sie einst,
als er ihr das Bildnis Kaiser Josephs unter Glas und Rahmen
überbrachte.

Paule allein wußte es, daß der Doktor auf einen förm-
lichen Heiratsantrag eine abschlägige Antwort von Bäbi erhalten
hatte. Als sie Braut geworden, unterließ er seine Besuche dennoch
nicht; vielleicht wollte er damit seine frühere regelmäßige Einkehr verdecken. Bäbi ging ihm stets aus dem Wege, sie meinte,
er müßte ihr böse sein, weil sie ihn beleidigt habe; er wußte
aber nichts von Groll. Das zeigte sein heutiges Thun.

Unser Doktor war Menschenkenner genug, um zu wissen,
wie weich und empfänglich ein verlassenes Mädchenherz ist, wie
halb Verzweiflung, halb Sehnsucht leicht einen kühnen Freier
aufnimmt; er erneuerte daher jetzt frischweg seinen Antrag bei
Bäbi, aber mit so viel Schonung, daß die abweisende Antwort
des Mädchens nur als zögernder Aufschub erscheinen konnte.
Er hatte soeben, Bäbis Hand fassend, ihr versprochen, nicht
mehr von der Sache zu reden, bis sie selbst davon anfinge. Es
war, als ob er mitten im Brande des Hauses das verlassene
Mädchen sich erobern würde, als eben Luzian hereinkam; vor
ihm scheute er sich jetzt mit seinem Anerbieten hervorzutreten, er
ging mit ihm nach der Stube und setzte sich mit einer gewissen
heimischen Art, die Luzian dahin mißdeutete, als ob er zeigen
wolle, er thue dem geächteten Hause durch seinen Besuch eine
Ehre an.

Die Ahne hatte verweinte Augen, auch aus der Küche vernahm man durch das Schiebfensterchen bisweilen das Schluchzen
Bäbis. Luzian bemerkte wohl, daß seine Raufhändel hier bekannt worden waren, aber er dachte still: „Ihr müßt euer Teil
eben auch haben."

Das war jetzt ein Hauswesen, so verstört und aufgescheucht, als ob es nie eine Heimat ruhiger Menschen gewesen
wäre.

Nach einer Weile sagte Luzian: „Herr Doktor, kommet mit
zum Egibi, sehet einmal nach der Kindbetterin."

Der Doktor bestieg sein Pferd, und Luzian ging neben ihm
her den Waldweg nach der Mühle. Luzian fühlte schwer, wie
einem Menschen zu Mute ist, der, immer hin und her getrieben

von einem Ort zum andern, nirgends eine sichere Ruhestätte
und häusliche Erquickung hat.

Als die beiden Männer fort waren, kam Bäbi in die
Stube und sagte: „Ahne, Ihr dürfet den Doktor nicht so oft
wiederkommen heißen, Ihr müsset ihn nicht so ins Haus zeiseln
(locken)."

„Warum?"

„Denket nur, er hat mir heut wieder was davon vorgeschwatzt, daß er mich heiraten will, und es sind noch nicht drei
Tag', daß ich nicht mehr Hochzeiterin bin."

„Laß ihn seine Späß' machen, er ist ein guter Mensch,
und wir dürfen jetzt nicht alle Leut' aus dem Haus verscheuchen,
es läßt sich ja ohnedem niemand mehr sehen. Gelt, Bäbi, der
Pfarrer hat deinen Vater gewiß zu den Raufhändeln gezwungen?
Ich bleib' dabei, was mein Luzian thut, das ist brav."

Unterdes eilte Luzian mit dem Arzt der Mühle zu.

An der Berghalde stieg dieser ab und zog sein Pferd am
Zaume nach, um so gleichen Schrittes mit Luzian besser mit
ihm reden zu können.

„Wie meint Ihr, Schwäher?" sagte er, „wie wär's, weil
ich doch die Ahne nicht heiraten kann, wenn Ihr mir das Bäbi
zur Frau gäbet? Ich bleib' dann doch in der Familie und
werde nicht verfremdet."

„Es ist jetzt kein' Fastnachtszeit."

„Was ich sag', ist so klar wie Klößbrüh und ist mir grund-
birnenernst. Ohne Spaß, ich nehm' das Bäbi, wie es geht und
steht und liegt. Der Paule gibt das Bäbi auf wegen der
Pfaffengeschichte, mir ist das ganz Wurst, im Gegenteil, die
Tochter von einem Ketzer ist mir noch was Besonderes. Ich habe
einen guten Freund von der Universität her, wir nennen ihn
den Rollenkopf, der traut uns morgen, wenn Ihr einstimmt."

„Weiß das Bäbi von Eurem Vorhaben?"

„Gewiß, sie ziert sich noch ein wenig, aber sie thät doch
gern schnell Ja sagen, wenn sie sich nicht vor der Welt scheute.
Wenn Ihr ein Wort fallen lasset, ist die Sache abgemacht. Nun?
Stünde ich Euch nicht an als Schwiegersohn?"

„Ja, ja, warum denn nicht?" entgegnete Luzian. Er war
fortan äußerst schweigsam, bis man am Bestimmungsorte anlangte; desto mehr redete der Doktor.

Auf der Mühle bekundete er die äußerste Sorgfalt für die
Wöchnerin und das Kind, und da man einmal zur Apotheke
schickte, verschrieb er auch noch eine schnell heilende Salbe für
die Kopfbeule, die Egidi beim Falle erhalten hatte. Scherzend

gratulierte er Egibi zu seinem neuen Schwager, als welchen er
sich selbst vorstellte.

Unser Doktor hatte sich in ein seltsames Verfahren verrannt,
bei dem ebensoviel augenblickliche Laune als Berechnung war;
er, der die Weise des Volkes so gut kannte, glaubte seine Braut=
werbung doch in scherzhaftem Tone halten zu müssen; das schien
ihm der derben Art seiner künftigen Schwägerschaft angemessen
und sollte ihn und sie über alle etwaige Peinlichkeiten und Er=
örterungen hinwegheben. Aus diesem Grunde verkündete er auch
die Sache allen Frauen, die auf der Mühle anwesend waren;
diese Offenkundigkeit mußte sowohl die Bedenken bei Bäbi heben,
als auch zugleich sie fesseln, da man nun doch einmal allgemein
davon redete. Unser Doktor irrte sich aber gewaltig. Er über=
schritt in seiner Burschikosität unbewußt die feine Grenzlinie, die
zwischen Derbheit und Leichtfertigkeit gezogen ist; auch der vier=
schrötigste Bauer kennt diese wohl, und es beleidigt ihn, wenn
so viele, wie hier unser Doktor, um sich der volkstümlichen
Denkweise anzubequemen, eine gewisse Roheit in Ausdruck und
Behandlung ernster Verhältnisse annehmen. Um nicht gekränkt
zu sein, mußte Luzian die Angelegenheit entschieden und wieder=
holt als Scherz auslegen.

Zwischen Egibi und seiner Mutter war eine wortlose Ver=
söhnung eingetreten. Hier galt es zu helfen, und da war von
Streit nicht mehr die Rede. Die Mutter wirtschaftete lebendig
im ganzen Hause, und Egibi kam mehrmals zu ihr in die Küche
und sagte, sie möge nur sich selbst nicht vergessen, sie möge sich
etwas Gutes bereiten, sie allein habe zu befehlen und nicht die
Schwiegermutter, „und“, setzte er in seltsamer Einfalt hinzu,
„thuet nur, wie wenn Ihr in Eurem eigenen Hause wäret, und
nehmet Euch alles ungefragt. Soll ich Euch klein Holz spalten?“
Ohne Antwort abzuwarten, fing er an und mußte fortgejagt
werden, da die Wöchnerin nebenan jeden Schlag spürte und eben
einschlafen wollte.

Egibi sprang und pfiff im Hause herum wie ein lustiger
Vogel auf dem Baume, der in die Welt hinein verkündet, daß
jetzt eben ein junges Küchlein im Neste die Augen aufschlug.

Am andern Morgen stand Luzian nach fast zwölfstündigem
Schlafe wohlgemut auf. Die ganze Welt, die aus den Angeln
schien, hielt sich doch noch in ihrem Kreislaufe, und Luzian
fühlte sich wieder mutfest. Er pflügte den ganzen Morgen ohne
Unterlaß draußen im Speckfelde, er empfand es still, daß das
doch eigentlich die Arbeit sei, die er am besten verstehe.

Kaum ist die Frucht vom Felde eingethan, so wird der

Boden mit scharfem Pfluge wieder umgelegt, die abgestorbenen
Stoppeln werden entwurzelt und verwandeln sich in neue Trieb=
kraft, der aufgelockerte Grund ist bereit, sich von Sonnenschein
und Regen durchdringen zu lassen, bis er neue Saat empfängt.
Das Wachstum des Menschengemütes gleicht nicht dem ver=
gänglichen Halme, eher dort dem Fruchtbaume, der bleibt be=
stehen und harrt neuer Frucht am selben Stamme.

Luzian fühlte sich jetzt so wohl und heimisch in seiner Arbeit,
daß es ihm am liebsten gewesen wäre, wenn der ganze Handel
mit dem Pfarrer ein Traum war.

Es ist ein ganz anderes, mitten in den gewohnten Lebens=
verhältnissen einen Charakter still ausbilden, alsdann zum Kampfe
heraustreten und unablässig in demselben stehen.

Tausende wünschen jetzt den Krieg und sagen: nur das
kann von der fieberischen Aufregung erlösen. Wer weiß, wie
bald sie sich aus dem Leben im Feldlager heimsehnen würden.
Der neue Kampf muß den Mut erfrischen.

Als Luzian mit dem Pfluge heimkehrte, begegnete ihm
Egidi, der betrübt vom Pfarrhause kam.

„Was hast?" fragte Luzian.

„Vater," entgegnete Egidi, „Ihr müsset aber nicht grimmig
sein, ich kann nichts dafür, ich hab' eben dem Pfarrer die Taufe
von meinem Kinde angezeigt, sie ist nächsten Sonntag, und es
soll auch Korbula heißen wie die Ahne; und da hat mir der
Pfarrer gesagt, daß nicht die Ahne und nicht Ihr und nicht die
Mutter und nicht das Bäbi in die Kirch' kommen darf, sei's
als Gode oder als Taufzeuge; ihr seid alle im Kirchbann."

„Gut, gut," sagte Luzian, „du hast ja dein' Schwieger=
mutter und deine zwei Schwägerinnen."

„Nicht wahr, Vater, Ihr seid mir nicht bös? ich kann ja
nichts dafür, und ich muß doch mein Kind taufen lassen."

„Freilich, freilich, aber ich muß jetzt essen, ich kann schier
nicht mehr lallen," so schloß Luzian und sprang den Pferden
nach, die ihm voraus heimgeeilt waren.

Bei Tische fragte Luzian den Viktor: „Bist wieder gern in
der Schul', und wie geht dir's?"

„Ihr hättet mich nicht 'rausthun sollen, wenn ich wieder
'nein muß," entgegnete Viktor, „der Pfarrer hört alle Kinder
ab in der Religionsstund', und mich übergeht er, wie wenn ich
gar nicht da wär'."

Luzian legte den Löffel ab, er konnte nicht weiter essen;
er fühlte tief den Vorwurf des Kindes, indem er eine rasche
That begonnen und sich doch zur Nachgiebigkeit bequemen mußte.

Dabei empfand er, wie tief kränkend solches offenkundige Ueber-
gehen für ein gut geartetes Kind sein mußte. „Es ist vielleicht
gut für ihn," schloß er in Gedanken, „er muß schon früh erfahren, wie die Pfaffen überall blutig anhacken, damit er um
so bälder ein eigener Mensch wird, eh' er so alt ist wie ich."

Ein Kind im Walde und ein Ruf im Munde der Menschen.

Am Sonntag Morgen war es im Thalgrunde voll frischen
Tauduftes. Die Tannen an der Sonnenhalde rauschten so geruhig im sanften Morgenwind, und die mächtig großen Jahres-
schosse, die sie in diesem Sommer angesetzt, glitzerten und flimmerten. Der Bach floß arbeitslebig dahin, still murmelnd wie
ein vergnügter Spaziergänger; über ihm flog ein Schwalben-
schwarm in kühnen Bogen auf und nieder, es waren die Alten,
die die Jungen im Fluge übten zur weiten Fahrt übers Meer.
Bald senkte sich die eine um die andere rasch hernieder, haschte
einen frischen Morgentrunk aus dem Bache und reihte sich schnell
wieder ein in den schwärmenden Kreis; unten aus dem Bache
schossen die Fische nach der Oberfläche und haschten nach schwärmenden Mücken. Eine Goldammer saß auf der äußersten Spitze
des Kirschbaumwipfels, sang unaufhörlich hinein in den blauen
Himmel und wetzte sich immer wieder den Schnabel an dem
Zweige, auf dem sie saß. Ruhe und sanfte Kühlung quoll aus
Berg und Thal. Jetzt öffnete sich die Hausthür an der Waldmühle, und heraus trat eine Frau, die ein mit weißen Linnen
bedecktes Kind in beiden Armen vor sich trug. Drei Frauen,
mit Kränzen von künstlichen Blumen auf dem Haupte, folgten
ihr, und bald auch kam Egidi in seinem langen blauen Rocke,
den Hut in der Hand. Aus dem Stubenfenster oben schaute
ein Mädchen den Weggehenden nach; es war Bäbi, die bei der
Wöchnerin zurückblieb. Die Frauen trugen das Kind durch den
Wald hinan dem Dorf zu.

Da ist ein Kind geboren auf der einsamen Waldmühle,
fern von der großen Gemeinschaft der Menschen, und es wird
hingebracht in die heilige Versammlung, wo alles sich zusammen-
findet von den einsamen Gehöften, und ausgesprochen wird, daß
das Kind gehöre in den großen Bund der Menschen, der es
tragen und halten muß, damit es einst ein lebendiges thaten-
reiches Glied desselben werde. Das Kind wird dann aus den
Händen der Menschheit wieder zurückgegeben in die Arme der
Mutter, an deren Brust es gedeiht, bis es sich selbst seinen Weg

ſucht und dann weiter ſchreitet in die Einigung der zerſtreut
wohnenden Menſchen. Alle ſollen es wiſſen, daß ihnen ein
Bruder, eine Schweſter geboren wurde, und die frommen Wünſche
aller ſollen es willkommen heißen, noch bevor es ſie hört und
ſieht und verſteht. Was ſoll es nun aber heißen, den Teufel
aus dem neugeborenen Kinde austreiben? O ſchmähliche Ver-
irrung des Menſchenverſtandes!

Das waren die bald klaren, bald dunkeln Gedanken, die
an dieſem Morgen durch die Seele Luzians zogen. Er verließ
das Dorf, das ihm die Kirche verſchloß, und ging dem Kind
entgegen, hinab in den Wald. Als er dort die Frauen traf,
zog er die Linnen weg von dem Antlitz des Kindes, und es
ſchlug die großen blauen Augen nach ihm auf. Er legte ihm
die Hand auf das Haupt, in welchem er den Pulsſchlag fühlte.
Er ſchüttelte den Tau von dem überhängenden Zweige einer
Buche leiſe auf das Antlitz des Kindes und ſprach mit einer
Stimme, die aller Herzen erſchütterte: „Das iſt das ewige
Weihwaſſer, mit dem ich dich begieße; werde rechtſchaffen und
liebevoll, wie es deine Großmutter Korbula war, deren Namen
du tragen ſollſt." Drauf ſchritt er raſch von dannen, und
niemand ſprach ein Wort, ja niemand wollte es wagen, ihm
nachzuſchauen; nur die Schwiegermutter Egidis hatte den Mut,
rückwärts zu ſehen, und ſie ſah, wie Luzian vom Wege ab tief
in den Wald hineinſprang . . .

Als man jetzt vom Dorf her Glockengeläute vernahm, ermahnte man ſich gegenſeitig zur Eile, damit man noch zur
rechten Zeit komme. Als der Taufzug vor dem Hauſe Luzians
vorüber kam, öffnete ſich kein Fenſter, niemand kam zur Begleitung heraus.

Wir können dem Taufzug auch nicht in die Kirche folgen,
wir müſſen nur ſo viel berichten, daß im ganzen Dorf an dieſem
Sonntag über die traurige Taufe des Kindes geſprochen wurde,
bei der die nächſten Anverwandten fehlten.

Wir müſſen Luzian in den Wald folgen.

Er hätte ſich gern in das dunkelſte Dickicht vergraben, in
eine Höhle ſich verſenkt, nur um den Menſchen zu entfliehen;
und doch zog es ihn wieder zu ihnen hin. Die Kirchenglocken
tönten von allen Fernen und ließen das Rauſchen des Waldes
nicht ſo vernehmlich werden wie in jener ſtillen Nacht. Vor
dem Geiſte Luzians ſproßte ein neuer Wald auf. „Ich habe
einmal in einem Buch geleſen," dachte er, „daß irgendwo die
Eltern bei Geburt eines Kindes einen Baum pflanzen. Wie
ſchön müßte ſo ein Menſchenwald ſein, wenn das jeder thäte,

und die Gemeinde gibt einen Platz dazu her, und wenn der
Mensch gestorben ist, und wenn der Baum keine Frucht mehr
gibt, wird er umgehauen und zu etwas Nützlichem verwendet.
Wie närrisch sind doch die Leute, daß sie glauben, es wäre etwas
Höheres, wenn man aus einem Baum eine Kanzel, als wenn
man einen Leiterwagen daraus macht; es ist ja alles gut, wenn's
recht ist. Und was für freudige Versammlungen könnten sein,
von den lebenden Menschen im grünen Menschenwald!"

Luzian war jetzt in der Stimmung, um sich in allerlei
Schwärmerei zu verlieren, aber die Bande der Familie und des
alltäglichen Wirkens hielten ihn fest.

Trotz der weihevollen Art, mit der er das Kind im Walde
getauft, war heute schon ein häßlicher Zornesmut durch seine
Seele gezogen. Die Frau war voll Jammerns und Klagens,
sie sagte: „Mir ist so bang, so furchtsam, wie wenn in der
nächsten Minut' ein großer Schrecken über mich kommen müßt',
wie wenn eine Axt nach mir ausgeholt wäre und mir jetzt gleich
das Hirn spaltete."

Auf diese Rede hatte Luzian mit bitterem Wort entgegnet.
Jetzt fiel ihm all' das wieder ein, und er dachte: „Es ist unrecht,
daß du von den Deinigen Hilfe verlangst in der Not, im Gegenteil,
du mußt ihnen Hilfe bringen, denn du hast ihnen die Not gebracht."

Mit versöhnlichem Herzen kehrte Luzian heim. Er fand
seine Frau gleich bereit, denn die Ahne hatte ihre Tochter scharf
vorgenommen und ihr ins Herz gepflanzt, daß es jetzt gelte,
die gelobte Treue zu bewähren; darum sagte Frau Margret nach
Tische: „Luzian, mach' nur, daß die Sache bei den Gerichten
bald ein Ende hat, und dann wollen wir fort aus dem Dorf,
ich geh' mit dir, wohin es sei, nur fort; ich wollte, ich könnte
auch all' die Menschen aus meinem Gedächtnisse vergessen, die
jetzt so gegen uns sind."

„Ja," sagte die Ahne, „wenn das die Religion ist, daß
man einen verschimpfiert und einem Dinge nachsagt, woran sein
Lebtag keins gedacht hat, da will ich lieber gar kein' Religion."

Die Frauen hatten nämlich erfahren, daß man Luzian die
gräßlichsten Unthaten nachredete. Man wollte in der Vergangen=
heit Belege für sein gegenwärtiges Handeln finden, und nichts
war zu heilig, das man nicht antastete.

Es gibt Gedanken und Aussprüche, die, ohne unsere Seele
zu treffen, sie doch so widrig beleidigen, wie wenn man nahe
vor dem offenen Auge mit einer Messerspitze hin= und herfährt.
Wir scheuen uns fast, es zu sagen, aber es gehört mit zur Ge=
schichte: selbst das Verhältnis Luzians zur Ahne wurde mit dem

niedrigſten Geifer beſudelt. Niemand konnte ſagen, woher dieſe
Nachreden kamen, man konnte die Urquelle nicht entdecken, ſie
ſprangen aus dem Boden, da und dort; während man die eine
verfolgte, brach die andere los.

Frau Margret eiferte über ihre Mutter, ſie hätte Luzian
nichts von dem Geſchwätz ſagen ſollen; aber die Ahne ſagte:

„Ich kenn' meinen Luzian. Wenn er auch alles Schlechte
von den Menſchen weiß, er wird doch keinen Haß auf ſie werfen.
Die Menſchen ſind mehr dumm als bös; den Kaiſer Joſeph haben
ſie vergiftet, und dir, Luzian, möchten ſie gern dein gut Gemüt
mit böſen Nachreden vergiften. Das geht aber nicht, gelt, ich
kenn' dich? Ich trag' dein Herz in meinem Herzen.“

Luzian ließ ſich nun alles erzählen: wie er ſchon lange
im geheimen lutheriſch ſei und verſprochen habe, die katholiſche
Kirche zu beſchimpfen, wie er die Waiſen betrogen, wie er dieſen
und jenen zur Gant gebracht, um nachher deſſen Acker aufzu=
laufen, und Hundertfältiges dieſer Art. Er hörte es mit Gleich=
mut an. Ihm kam es vor, als ob man das von einem andern
Menſchen ſagte; die Leute mußten ja ſelbſt wiſſen, daß alles
erlogen ſei, dennoch ſtellte ſich bei ihm ein Gefühl des Ekels
und dabei eine ſtille, aber gründliche Verachtung ein. Er hatte
es nie geglaubt, daß man es wagen könnte, ſeinen Namen mit
derlei Dingen in Verbindung zu bringen. Auf der Straße faßte
er dieſen und jenen an und ſagte: „Haſt auch ſchon gehört?
ich bin ſchon lang ein geheimer Lutheriſcher? Ich habe die
Waiſen betrogen, den und jenen in Gant gebracht.“ — Die Ver=
leumbung über das Verhältnis zur Ahne berührte er nicht, das
war zu empörend. — „Nun, was ſagſt du dazu?“ ſchloß er in
der Regel ſeine Rede.

Natürlich ward ihm ſelten ein ſo heftiger Zornesausbruch
darüber kundgegeben, als er erwarten mußte.

„Freilich, hab's auch gehört, es iſt ſchändlich, aber du kannſt
die Leut' reden laſſen,“ ſo lautete in der Regel die Antwort.

Er rief manchmal zornig aus: „Du hätteſt dem ins Geſicht
ſchlagen ſollen, der ſo was über mich geſagt, und der Geſchlagene
wieder dem, der's ihm geſagt hat, und ſo wären wir zuletzt
hinunter zu dem Maulwurf gekommen, der den Haufen aufwirft,
und den hätt' man maustodt gemacht.“

So erhaben ſich auch Luzian über all' die Nachreden fühlte,
ſo hatte er doch eine peinliche Empfindung darüber; ihm war's,
als ob das innerſte Heiligtum ſeines Lebens von ungeweihten
Händen berührt worden wäre. So muß es frommen Gläubigen
zu Mute ſein, die ihr wunderthätiges Heiligtum aus den Händen

ungläubiger Räuber unversehrt wieder erringen. Ein Gefühl
der Trauer verläßt sie nicht, daß man so freventlich damit um=
gegangen.

Wie die Speise, die sich in unser leibliches Leben verwan=
delt, so geht es auch leicht mit allen Erlebnissen, die wir in
einer Zeit gewinnen, in der wir von einem einzigen Gedanken
beherrscht sind; sie verwandeln sich unversehens in einen Teil
dieses Denklebens, so fremd und beziehungslos sie auch anfangs
erscheinen mochten. Zum erstenmal ging jetzt Luzian das Ge=
fühl der Ehre in seiner Hoheit auf. Wohl hat sie ihre tiefste
Wurzel in der Selbsterhaltung, aber eben dieser Ursprung tritt
in ihr geläutert auf. Sich selbst ehren und alles so thun, daß
man dies könne, das schließt die höchste Tugend in sich. Spricht
aber die Religion nicht gerade aus, daß wir alles zur Ehre
Gottes thun müssen? Wohl, alles zur Ehre des unvertilgbaren
Heiligtums, das in uns gepflanzt ist. Warum lehrt die Religion
immer und vorzugsweise, sich selbst gering achten? „Lernet euch
selbst ehren, möchte ich den Menschen zurufen, du bist König
und Priester, so du das Heiligtum der Ehre in dir auferbauest
und rein erhältst."

Luzian hatte wieder seine volle Kraft gewonnen, und sieges=
mutig schritt er über die gewohnte Welt dahin. Aus dem Be=
wußtsein heraus lernte er die alte Welt aufs neue gewinnen
und beherrschen.

Ich bin, der ich bin.

Der Oberamtmann hatte durch seine Magd, die Tochter
Wendels, Luzian auffordern lassen, dieser Tage einmal zum
Verhör zu kommen. Er ließ ihn absichtlich nicht durch den Schult=
heiß entbieten, und diese freundliche Schonung that Luzian im
Innersten wohl. Er ging daher andern Tages nach der Stadt.
Der Amtmann nahm Luzian aus der Kanzlei mit hinauf in seine
Privatwohnung. Dort ließ er Kaffee machen, schenkte Luzian
ein und sagte: „So, wenn Sie rauchen wollen, steht's Ihnen
frei, wir wollen die Sache leicht abmachen; erzählen Sie mir
den Hergang noch einmal, und ich will das Protokoll aufsetzen."

Luzian war anfangs betroffen über diese seltsame Ab=
weichung vom strengen Amtston, er ließ sich's aber auch gern
gefallen. Er erzählte nun die Geschichte von der Predigt und
seiner Gegenrede.

„Das kommt mir jetzt schon vor, als ob es vor hundert
Jahr geschehen wär'," schloß er.

„In vergangenen Zeiten," entgegnete der Oberamtmann,
„war dies allerdings auch oft der Fall, die Geiſtlichen mußten
ſich Widerſpruch und Einrede gefallen laſſen, aber jetzt freilich
paßt das nicht in die Kirchenordnung. Es iſt ſchrecklich, wenn
man bedenkt, daß wir unſer Lebenlang unſere beſte Kraft dazu
aufwenden müſſen, das Unnatürliche, das unſerer Seele auf=
gekünſtelt wurde, herunterzukratzen, und am Ende wird's doch
nie mehr ſo rein, und da und dort haftet ein fremdartiger
Fleck. Was für andere Menſchen müßten aus uns allen werden,
wenn man der Natur ihr freies Wachstum gönnte. Wie alt
ſind Sie jetzt, Luzian? Da ſteht's ja im Protokoll, 51 Jahre.
Iſt's nicht himmelſchreiend, daß wir um ſo viel Lebensjahre be=
trogen werden?"

„Ja," ſagte Luzian, „man möcht' oft unſerm Herrgott böſe
werden, daß er die Wirtſchaft da ſo mit anſieht."

Der Oberamtmann ſah dem Redenden ſtaunend ins Ge=
ſicht, faßte ſeine Hand und ſagte: „Wie? glaubt Ihr denn noch
wirklich an ihn?"

Luzian zuckte und zog unwillkürlich ſeine Hand zurück, in=
dem er betroffen entgegnete: „Ich verſteh' Sie nicht, was meinen
Sie? wie?"

Ernſt lächelnd entgegnete der Oberamtmann: „Ich meine
Gott."

Luzian ſah auf, ob nicht die Decke einfalle, und der Ober=
amtmann fuhr fort: „Dieſes Wort iſt nur ein Schall für etwas,
von dem wir nichts wiſſen; weil wir ſo viel Elend, Ungleichheit
und Ungerechtigkeit in der Welt ſehen, ſo denken wir uns ein
unſichtbares Weſen, das alles ſchlichtet und ins Gleichgewicht
bringt; aber wenn ein Ruchloſer vom Blitz erſchlagen wird, ſo
ſagen wir oder vielmehr die Pfaffen: das iſt der Finger Gottes.
Wird ein Rechtſchaffener getroffen, ſo heißt es dagegen: die
Wege des Herrn ſind unerforſchlich. Das eine wie das andere
iſt nichts als Stümperei und Redensart. Weil wir ſo viel Ver=
kehrtheit in der menſchlichen Geſellſchaft ſehen, ſo erdenken wir
uns ein Jenſeits, in welchem das Böſe und das Gute vergolten
werden ſoll, und das iſt doch weiter nichts, als daß wir uns
die läſtigen Fragen vom Hals ſchaffen. Nein, wer zur Vernunft
gekommen iſt, braucht keinen Gott und keine Unſterblichkeit."

Dieſe letzten Worte waren wie fragend ausgeſprochen, aber
Luzian antwortete nicht; ſein ganzes Antlitz war in ſtarrer
Spannung, und der Oberamtmann fuhr fort:

„Wer tiefer in die Welt hineinſieht, der erkennt, daß alles
Notwendigkeit iſt, daß es keinen freien Willen gibt. Ich habe

keinen freien Willen, sondern wenn ich genau hinsehe, muß ich
alles thun, was ich zu wollen scheine, und das Weltall hat auch
keinen freien Willen, der gegen die Gesetze in ihm herrschen
könnte, denn das wäre Gott. Freier Wille in uns und Wunder
in der Natur ist ganz dasselbe. Was ich jetzt thue, daß ich
jetzt so mit Euch rede, das ist die notwendige Folge einer endlosen Kette von Ursachen, von Ereignissen in mir und mit mir,
denen ich gehorsamen muß; weil alles in der Welt Notwendigkeit ist, darum liegt in dieser schon, was man Strafe und Lohn
nennt, eingeschlossen. Der eine fügt sich in sein Schicksal, weil
er es als den unabänderlichen Willen Gottes, der andere, weil
er es als eine unabänderliche Notwendigkeit erkennt; es kommt
am Ende auf eins heraus. Wir müssen still halten, Sonnenschein und Hagelwetter über uns kommen lassen und am Ende
wieder tüchtig die Hände rühren; denn das, was man Gott
nennt, thut nichts für uns, wir müssen's selber thun. Nicht
wahr, ich bin Euch noch nicht in allem ganz deutlich?"

„Nein, aber nur eine Frage: warum sind Sie denn rechtschaffen, wenn's keinen Gott gibt und keine Vergeltung? Es ist
doch oft viel angenehmer, ein Bruder Lüderjan zu sein?"

„Wie ich Euch schon sagte, das, was uns wahre Freude
macht, ist auch das Gute, alles andere ist ein schneller Schnaps,
bei dem das Brennen nachkommt. Ich thue meine Pflicht, nicht,
weil sie mir von Gott geboten ist, sondern weil ich sie mir selber
auferlege und sie festhalten muß zur Selbstachtung. Wenn ich
meine Pflicht vernachlässige, verliere ich die Ehre vor mir selbst,
und wenn ich einem Menschen, wie man's nennt, über meine
Pflicht hinaus Gutes erzeige, so thue ich an mir selbst fast noch
mehr Gutes, als an dem, der die Wohlthat empfängt. Daß ich
weiß, den Armen erquickt mein Stück Brot, das thut mir oft
wohler, als dem, der es kaut. Seitdem ich an keinen Gott mehr
glaube, seitdem bin ich, wie man's nennen möchte, noch viel
demütiger geworden. Alles, was ich bin, das ist eine Notwendigkeit, und alles, was ich thue, ist meine Schuldigkeit, ich habe
nicht Ehre, nicht Lohn, nicht Dank von jemand anzusprechen.
Luzian, ich könnte bis morgen nicht fertig werden, wenn ich
alles darlegen wollte. Ich rede so offen zu Euch, weil ich vor
Euch Respekt habe. Entweder hat sich Gott einmal geoffenbart
und thut es noch fort in seinen gesalbten Priestern, oder Gott
hat sich nie geoffenbart, und wir haben gar nichts nach alledem
zu fragen, was man bisher geglaubt hat. Drum sage ich: entweder muß man ein guter Katholik sein und alles hinnehmen,
wie man es überliefert bekömmt, oder frisch über alles hinweg,

jeder sein eigener Priester und Heiland. Entweder katholisch
oder gottlos. Meint Ihr nicht auch?"

"Nein, das mein' ich nicht," rief Luzian laut, sich erhebend,
"das letzte Wort, das Ihr da gesagt habt, hat der Pfarrer auch
gesagt, es ist aber doch nicht wahr. Kann sein, ich bin nicht
studiert genug, aber da gilt keine Gelehrsamkeit. Sehen Sie,
Herr Oberamtmann, ich hab' mir in diesen Tagen mein ganzes
Leben zurückgedacht, da hab' ich gesehen, es ist der Finger Gottes,
eine väterliche Fürsehung darinnen. Hundert Sachen, die ich grad
am ungernsten than hab' und die ich als mein größtes Unglück
angesehen hab', die sind mir zum besten geworden; unser Herrgott
hat gewußt, was daraus wird, ich aber nicht. Das ewige Leben?
ja, das kann ich mir nicht vorstellen, weil ich an keine Hölle
glaube und auch nicht weiß, wo der Himmel ist. Jetzt lebe ich
einmal so, daß, wenn es kommt, ich auch nicht davon laufe.
O lieber Mann, Sie sind ein guter Mann! Wenn ich's nur
machen könnt', daß Sie mit mir glauben, wie eine väterliche
Hand, die wir nicht sehen, uns führt. Das thäte Sie doch oft
trösten, wo Ihre gescheiten Gedanken zu kurz sind und nicht
hinlangen. Guter Mann, ich habe einen Sohn von zweiundzwanzig Jahren und noch zwei kleine Kinder unter dem Boden
liegen. Wenn man so ein Grab offen sieht, unser eigen Herz
mit hineingelegt wird, da geht einem eine neue Welt auf."

Die Stimme Luzians stockte, er konnte vor innerer Rührung
nicht weiter reden. Eine Weile herrschte Grabesstille in der Stube.
Ja, den beiden Männern kam es selber vor, als wären sie außerhalb dieser Welt in ein Jenseits versetzt.

Der Oberamtmann versuchte es nicht mehr, seinen eigenen
Denkprozeß in Luzian anzusachen, er empfand eine gewisse heilige
Scheu, diese innige Gläubigkeit anzutasten: "und," setzte er still
für sich hinzu, "nur diese vermochte es vielleicht, den Kampf
mit dem Pfaffentum aufzunehmen."

Traut, wie zwei Freunde, die sich mit ihrer Standes- und
Familiensonderung außerhalb der Welt befinden, besprachen die
beiden sich noch miteinander, und als der Oberamtmann darauf
kam, daß einzig in Amerika die wahre Religionsfreiheit herrsche,
indem es dort gestattet ist, zu keiner Kirche zu gehören, oder sich
eine beliebige neue zu gestalten, da wurde das Auge Luzians
größer; wie von unfaßbarer Stimme wurden ihm jetzt die
Worte seiner Frau zugerufen: "Wenn wir nur fort wären aus
dem Ort" — aber er konnte den Gedanken doch noch nicht
fassen.

Luzian öffnete sein ganzes Herz und erzählte, welche namen-

lose Pein er überstanden habe, indem er sich vom alten Herkommen frei machte.

„Ich möchte lieber ein ganzes Jahr Tag und Nacht im
Zuchthaus sitzen und Woll' spinnen, als das noch einmal durch-
machen," schloß er.

„Allerdings hatte ich da ein viel glücklicheres Los," erzählte
der Oberamtmann, „mein Vater war ein vollkommen freisinniger
Mann, der ohne allen Zusammenhang mit der Kirche lebte.
Wenn eines von uns Kindern einen Fehltritt beging, faßte er
es beinahe mit doppelter Liebe und nahm es mit sich auf seine
Arbeitsstube; dort suchte er uns zur Einsicht des Fehlers zu
bringen, und wir mußten darauf eine Stunde ruhig bei ihm
verweilen. Ich verließ die Stube nie ohne tiefe Erschütterung.
— Meine Mutter war katholisch und ging regelmäßig nach der
Kirche, ich hörte oft davon reden, war aber noch nie dort gewesen. Ich erinnere mich ganz deutlich des ersten Eindruckes,
den ich davon erhielt, ich war damals sechs Jahr alt. Eines
Sommermorgens, wir wohnten in einem Garten vor dem Thor,
lag ich mit meiner zwei Jahre älteren Schwester im Grase, und
wir schauten beide hinauf in den blauen Himmel, an dem auch
nicht ein einzig Wölkchen war. Wir hatten gehört, daß die
Sterne beständig am Himmel stehen, auch am Tag, wir wollten
sie nun sehen. Ich wurde gerufen, ich durfte mit meiner Mutter
zur Kirche gehen, ich war voll Seligkeit und brennenden Verlangens. In der Kirche aber befiel mich plötzlich ein unnenn-
bares Heimweh, eine drückende Angst, ein Bangen nach einem
Stück meines blauen Himmels; diese dicken Mauern, diese Lichter
am Tage, die Orgel, der Weihrauch, die steinerne Kühle, alles
machte mich fast weinen, und ich war wie in der Gefangenschaft
zusammengepreßt. Ich lebte erst wieder auf, als ich im Freien
war und meinen blauen Himmel sah. Von jenen Kindestagen
an hatte ich nie mehr ein Verlangen nach der Kirche; die väterliche Erziehung und eigene Forschung stellten mich so, daß ich
kaum etwas abzustreifen hatte."

Luzian horchte betroffen auf, er schaute hier eine Lebens-
entfaltung, von der er keine Ahnung gehabt hatte, von der er
nie gedacht, daß sie in der Welt bereits vorkäme.

Mit der heimlich stillen Erquickung, die wir immer empfinden,
wenn ein ganzes Herz sich erschlossen, schieden die beiden Männer
voneinander. Luzian hatte dabei noch die Empfindung, daß er
dem Oberamtmann, der doch ein so hochstudierter und angesehener
Mann war, einen heiligen Funken ins Herz gelegt habe. Der
Oberamtmann aber hielt an sich. Wie er die Unbarmherzigkeit

der reinen Konſequenz in ſich walten ließ, ſo machte er dieſe auch unbedingt gegen andere Menſchen geltend; dadurch erſchien er vielfach ſchroff und ſchonungslos. Er mußte das und ſagte dagegen oft: „Nicht ich bin hart und unbeugſam, ſondern der Gedanke iſt es; alle die Gemütlichkeiten und anmutenden Ge= wöhnungen müſſen fallen, wenn ſie vor der Schärfe der ab= ſoluten Erkenntnis nicht beſtehen können.“ Dennoch hielt er heute plötzlich an ſich. Vorerſt erſchien es ihm, als ob er unwill= kürlich in ſeine unvolkstümliche Auffaſſungs= und Anſchauungs= weiſe verfallen wäre, die Furcht vor ſeiner oft gerügten Vor= nehmigkeit kam dazu; und als jetzt Luzian die Erſchütterungen des ganzen Menſchen am Grabe aufrief, ſollte er den thränen= ſchweren Blick des Redenden auf Abſtraktionen lenken? Darum erzählte. der Amtmann hierauf einen Zug aus ſeiner Jugend= geſchichte, er wollte dadurch deutlicher werden; aber alles dies ſchien im Erzählen und vor Luzian doch faſt wie eine ent= ſchuldigende Erklärung ſeines jetzigen Standpunktes.

Heute zum erſtenmal vergaß Luzian bei einer Anweſenheit in der Oberamtei, die Tochter Wendels, die hier als Magd diente, zu fragen, ob ſie nichts heimzubeſtellen habe. Er erinnerte ſich deſſen noch auf der Straße vor dem Hauſe, aber er kehrte doch nicht mehr zurück.

Mit vormals ungeahntem, gehobenem Gefühle ſchritt er heim= wärts durch den Wald. Seine Wangen glühten, alles Leben regte ſich mit Macht in ihm. Es war nichts Beſtimmtes, was ihm ſo mit namenloſer Entzückung die Bruſt hob, es war ein Gefühl der Freudigkeit, daß es ihm oft war, er ſpränge dahin wie ein junges Reh, während er doch gemeſſenen Schrittes ein= herging. Er ſchaute einmal halbverworren auf, ob er denn nicht wirklich dort vor ſich herſpringe, wie ein unſchuldvolles, jauchzendes Kind.

Das war eine Stunde, in der ſich den Menſchen Geſichte aufthun, die ſie ſelber nicht faſſen können, wenn ſie wieder zur Ruhe gelangt ſind.

Jetzt trat Luzian aus dem dichten Walde in eine Wieſen= lichtung, die ſogenannte Engelsmatte. Der Abend ſtand eben mit ſeinem goldenen Lichte über den Wipfeln der Bäume, die vielfarbigen Blumen und Gräſer ſogen ſtill den herniedertriefenden Tau ein, und die Heimchen zirpten, wie wenn die Blumen und Gräſer ſelber laut jauchzten über die friſche Erquickung. Am jenſeitigen Ende der Waldwieſe ſtand ein junges Reh vor einer weißen Birke, die ſich zu den dunkeln Tannen geſellt hatte; das Reh äſte und ſchaute oft auf. Luzian blickte an ſich hernieder,

und in ihm sprach's die wunderſamen Worte: „Du biſt ein
Menſch! Du ſchweifeſt hin über dieſe Welt voll Blumen und
Tiere, und du haſt alles, und du haſt mehr, du haſt dich ſelbſt.
Was iſt mir geworden aus all meinem Kampfe? Ich hab's
errungen, ich bin, der ich bin, kein fremdes Weſen mehr, das
die Gedanken anderer Menſchen hat, frei, treu und wahr in mir.
Jetzt kann ich getroſt hinziehen über dieſe Welt. Ich bin, der
ich bin.“

Die nächtigen Schatten legten ſich über Wald und Wieſe, durch
die ein Menſch hinſchritt, hellflammend und in ſich leuchtend ...

Als Luzian nach Hauſe kam, ſagte er zu ſeiner Frau auf
der Hausflur: „Heut mach' mir was Gutes zu eſſen und laß
mir einen guten Schoppen Wein holen, mir iſt ſo wohl, wie
mir noch nie im Leben geweſen iſt.“

Der „weltsmäßige Hunger“ von jenem Sonntage nach der
Predigt hatte ſich dieſesmal noch geſteigert bei ihm eingeſtellt.

Die Frau gab keine Antwort, ſie ſchlug den thränenſchweren
Blick auf und rang verzweiflungsvoll die Hände.

Das iſt das unerfaßliche, tauſendfältige Getriebe des Welt=
lebens, das macht uns oft den Ausblick ins Geſamte zu einem
Wirrſal, daß, während ein Menſch hier hoch hinanſteigt, dort
ein anderer hinabſinkt, während die Pulsſchläge eines Herzens
ſich hier verdoppeln, dort ein anderes ſtill ſteht. Der Menſch
lebt nicht für ſich allein, und es iſt ihm nicht gegeben, rein aus
ſeinem eigenen Kern ſich weiter zu entwickeln.

Dort am Waldesrande neben der weißen Birke wird das
Reh nicht urplötzlicher vom heißen Blei des Jägers getroffen und
bricht nicht zuckender zuſammen, als Luzian von dem erſchüttert
wurde, was in der höchſten Freudigkeit ſeiner Seele ſich ihm
aufthat.

„Die Mutter! die Mutter!“ klagte die Frau, und als er
hineinging in die Kammer, wo viele Weiber verſammelt waren,
ſah er bald, wie es um die Ahne ſtand. Sie hatte geſchlummert
und erwachte jetzt. Sie hieß mit ſchwerer Stimme Luzian will=
kommen und fragte ihn: ob er denn aus dem fernen Lande
ſchon zurück ſei? Dann rief ſie ihre Tochter und ſagte: „Halt'
feſt an meinem Luzian, halt' feſt wie ſeine rechte Hand. Du
weißt, Margret, wie es mit Eheleuten ſteht, die nicht ...“ Ihre
Stimme ſtockte, und nach einer Weile fuhr ſie fort: „Ich ver=
geb' dir, Chriſtian, du haſt's doch gut gemeint; jetzt kommt
mein Vater und der kaiſerliche Rat.“

Die Frauen umdrängten Luzian und ſagten: man müſſe
den Pfarrer holen. Luzian entgegnete, die Ahne habe ihm in

gesunden Tagen ausdrücklich gesagt, sie wolle keinen Pfarrer;
endlich aber willfahrte er doch den Bitten und Thränen, zumal
man ihm vorstellte, es werde zu neuen Verleumbungen Anlaß
geben; man werde die Aussage der Ahne nicht glauben, und
er habe nur ein Recht, mit seiner eigenen Seele zu machen, was
er wolle, nicht mit der der Ahne. Luzian gab endlich nach.

Ein Gang ins Pfarrhaus.

Wir haben Luzian auf Schritt und Tritt so unablässig
begleitet, daß wir uns fast ausschließlich in seinem Hause ein-
bürgerten. Jetzt wird es uns fast so schwer wie dem Luzian
selbst, nach dem Pfarrhause zu gehen.

Das acht Fenster breite Haus hat an der Straßenseite
keinen Eingang, wir müssen über den eingefriedeten Rasenplatz
an der Kirche und dort an der verschlossenen Thüre klingeln.

Wir schreiten über einen bedeckten Gang, stehen nochmals
vor einer verschlossenen Thür, die sich aber durch einen Zug von
innen öffnet. Wie friedsam und still ist es hier; Treppe und
Hausflur sind so rein wie geblasen, die Wände sind schneeweiß
getüncht; kein Ton ließe sich hören, wenn nicht ein weißer Spitz-
hund bellte, den ein großes, stattliches Frauenzimmer, halb
bäurisch gekleidet, zu beruhigen sucht. Das ganze Haus steht
da wie eine stille Klause, mitten im lärmenden Getriebe der
Menschen. Es ist ein Anbau an die Kirche, und es scheint sich
darin zu wohnen, so andächtig still, als wohnte man in der Kirche
selbst. Schüttle den Staub von den Füßen und wandle durch
die Reihe der Zimmer, sie sind alle weiß getüncht, spärlich mit
Hausrat versehen, denn es hat keine familienhafte Gemeinsam-
keit hier ihre Stätte. Nirgends liegt da oder dort eines jener
hundertfältigen Werkzeuge des Haushaltes in anheimelnder Zer-
streutheit umher. Alles hat seinen gemessenen Ort und scheint
fest zu stehen, wie die großen braun lackierten Kachelöfen. Eine
gewisse Oede liegt in der dünnen Luft. Die Schlösser an den
Thüren gehen hart. Ein Kruzifix ist die einzige Verzierung jeden
Zimmers, nur in dem vorletzten, in das wir jetzt treten, wo
das Bett mit drüber gebreiteter weißer Decke steht, hängen außerdem noch Steinzeichnungen der Evangelisten und zu Häupten des
Bettes das Bildnis des Papstes Pius IX. in schwarzem Rahmen.
Jetzt endlich treten wir in die tabaksdampferfüllte Studierstube.
Wir treffen hier eine außerordentliche Anzahl von Büchern, denn
unser Pfarrer gehört zu denen, die neuerdings mit dem Prote-

ftantismus um die Palme der Wissenschaft ringen. Nicht umsonst
hat er schon auf der Universität den theologischen Preis gewonnen durch eine Abhandlung über das Verhältnis der Neu-
platoniker zu den Christen. Schon früh am Morgen treffen wir
ihn vollständig angekleidet in seiner Studierstube, denn er hat,
wie sich's gebührt, nüchtern die Messe gelesen, und sein Tagewerk wäre nun eigentlich vollendet, wenn er nicht selbst sich ein
neues auferlegte. Er ist von dem entschiedensten Eifer beseelt,
thätig an mehreren Zeitschriften und verfolgt mitten im Klein-
gewehrfeuer derselben mit Eifer alle Erscheinungen im Gebiete
theologischer Litteratur. Selten wird diese Morgenstille von der
Anmeldung einer Taufe oder sonstiger Amtshandlung unterbrochen. Nur manchmal macht sich der Pfarrer plötzlich auf
und überrascht den Lehrer in der Schule mitten im Unterricht.
Am Mittagstisch sitzt er still bei seiner Schwester, die ihm durch
die Vermittelung der Magd das Leben in allen Häuslichkeiten
zuträgt. Erst gegen Abend geht der Pfarrer aus, und obwohl
von streng ascetischer Richtung, weiß er doch nirgends anders
hinzugehen als ins Wirtshaus. Dort sitzt er im Gespräche mit
Gemeindegliedern, die sich ihm nähern, und mit zufällig einge-
troffenen Bekannten, oder auch oft allein. So vergeht ein Tag
um den andern. Er hat keine lebendige Verbindung mit den
Dorfbewohnern, er ist nur auf den Ruf der Vorgesetzten hierher
gefolgt und morgen bereit, an einem anderen Orte die Lehre zu
verkünden und die Weihe zu vollziehen.

Seit geraumer Zeit aber ist der Pfarrer voll Unruhe. Die
Landeszeitung lieferte allwöchentlich fortlaufende Aufsätze über die
höhere und niedere Kirchenverwaltung. Diese Darstellungen
zeugten von genauester Kenntnis des ganzen Mechanismus und
enthielten epigrammatische Spitzen, die offenbar bestimmte Per-
sönlichkeiten und Vorkommnisse treffen mußten. Nur eine geweihte Hand konnte hier die Feder geführt haben. Die Geschichte Luzians bildete nicht unbedeutenden Anlaß zu den schärf-
sten Ausfällen. Trotzdem diese Aufsätze unter Zensur erschienen
waren, erließ dennoch der Bischof ein Umlaufschreiben, in welchem
er die ganze Klerisei des Sprengels aufforderte, mit Bekräfti-
gung des Priestereides in einem anliegenden Reverse zu bezeugen, daß sie weder mittelbare noch unmittelbare Urheber jener
Aufsätze seien. Dieses geheime Umlaufschreiben, gleichfalls wenige
Tage nach dessen Erlaß in derselben Zeitung als Beweisstück
der Kirchentyrannei veröffentlicht, erregte gewaltige Aufregung
unter Priestern und Laien.

Unser Pfarrer war schon mehrere Tage mit sich im Kampfe,

·was er zu thun habe. Er war weit entfernt von dem Wider=
streben vieler, die dem Bischof das Recht absprachen, einen
solchen Revers zu verlangen, und sich nun dessen weigerten,
trotzdem und weil sie sich ihrer Unschuld bewußt waren; im
Gegenteil, unser Pfarrer war von ganz anderen Bedenken in
Schwankung gebracht. Vorerst zuerkannte er dem Bischof das
volle Recht seiner Maßnahme, ja er behauptete, daß jeder, der
um die skandalsüchtige Urheberschaft wisse, verpflichtet sei, frei
aus sich heraus solche anzuzeigen, und: du sollst den Namen
Gottes deines Herrn nicht vergebens aussprechen. Wer um eine
Sache weiß und zugibt, daß ein anderer einen unnötigen Eid
schwört, macht sich dieses Vergehens schuldig. Unser Pfarrer
kannte den Urheber nach seiner zuversichtlichen Ueberzeugung.
Mußte er diesen nicht kundgeben und allen unnötigen Eidschwur
und alle Aufregung niederschlagen?

Daß der Urheber sein Freund war, daß er ihn daran mit
Bestimmtheit erkannte, weil in den Aufsätzen Ausdrücke gebraucht
waren, die der Freund mehrmals in vertraulicher Rede im
Munde geführt, durfte ihn das abhalten, den beschworenen Eid
des Priestergehorsams zu brechen?

Nur eines that unserem Pfarrer aufrichtig leid und erfüllte
ihn mit längerem Bedenken. Er hätte gewünscht, daß seine
eigene Angelegenheit im Dorf nicht in jene Aufsätze verflochten
wäre, damit ihn niemand niedriger Rachsucht oder sonstiger un=
lauterer Motive zeihen könnte. Dies war der Punkt, wo seine
sonst feste Verfahrungsweise in Schwanken geriet. Aber die so
nahe liegende Furcht vor Mißdeutung erfüllte ihn bald mit
neuem Kampfesmut. „Wie?" sagte er, „soll ich unterlassen,
was Eid und Gewissen mir befiehlt, weil ich dadurch in falsches
Licht geraten kann? Gerade deshalb muß ich's desto zweifelloser
über mich nehmen. Was wäre die Erfüllung der Pflicht, wenn
sie keine Opfer kostete?"

Mit fliegender Feder schrieb er die Denunziation an das
bischöfliche Amt nieder und unmittelbar darauf einen Brief an
Rollenkopf, womit er ihm offen sein Verfahren gestand, damit
er niemand anders als seinen Angeber im Verdacht halte. Rollen=
kopf ließ diesen Brief ohne Erläuterung oder Bemerkung einfach
in der Landeszeitung abdrucken. Wenige Tage darauf war er
seines Amtes entsetzt.

Es gab wohl manche, die den Heldensinn unseres Pfarrers
und seine Großthat lobten, noch weit mehr aber fand man darin
jene Starrheit und jenen Verrat an allem, was die unbedingte
Tyrannei erheischt. Ja, selbst die Frommen, die die That lobten,

konnten doch nicht umhin, einen gewissen Abscheu gegen den Thäter zu empfinden. So verwirrt und uneins ist unsere Zeit, daß man auf allen Seiten Thaten wünscht, die man selbst nicht vollziehen möchte.

Unser Pfarrer war nun Gegenstand des öffentlichen Streites in allen Blättern, und dies war der Hauptgrund, warum er die Schlägerei Luzians nicht bei den Gerichten anhängig machte, sondern auf alle Weise zu vertuschen suchte. Es mußte ihm darum zu thun sein, so gerecht und schwer gekränkt er auch dabei erschien, doch nicht entfernt mit Thatsachen genannt zu werden, die einen Makel im Rufe lassen, fast in der Weise wie die blauen Mäler, die er noch auf den Armen und an der Stirne davon behalten hatte. Ein Geprügelter ist immer in einer mißlichen Lage: so himmelschreiend unrecht ihm auch geschah, das gemeine Handgemenge schon zieht herab. Unser Pfarrer mußte und wollte sich auf seiner idealen Höhe erhalten.

Eben jetzt saß der Pfarrer nachdenkend in seiner Stube. Er hatte das Zeitungsblatt in der Hand, welches berichtete, daß Rollenkopf, weil er nicht genügende Subsistenzmittel nachweisen konnte, aus der Hauptstadt nach seinem Heimatsorte verwiesen sei. Da klingelt es. Sonst hätte, wer da wolle, Einlaß begehren können, unser Pfarrer ließ sich nie stören, er wartete ruhig die Meldung ab. Jetzt sprang er unwillkürlich ans Fenster. Er meinte, Rollenkopf müsse da sein. Er schaute hinaus und erblickte zu seinem Erstaunen den Luzian, der so aussah, daß man nicht wissen konnte, was er vorhatte. Der Pfarrer trat daher rasch auf die Hausflur und fragte: „Wer ist da?"

„Ich bin's, der Luzian."

„Was gibt's?"

„Herr Pfarrer, ich komm' nicht, es kommen nur meine Worte; machet schnell, gleich, es ist wegen der Leute, sie bringen Neues gegen mich auf; kommet schnell, gleich, eilet; mein' Bäbi ist schon zum Meßner gelaufen."

„Was denn?"

„Meine Schwiegermutter liegt im Sterben."

„Der Luzian darf nicht dabei sein, wo die letzte Oelung erteilt wird."

„Nicht? und wenn sie währenddem stirbt?"

„Nicht. Der Luzian haßt unsern Glauben."

„Ich will ja fort von Haus bleiben, machet nur schnell; die Ahne will Euch auch nicht, die Weiber wollen's."

„So? und ich soll Spott treiben lassen mit dem Heiligtum, weil sich der Luzian vor dem Gerede der Menschen fürchtet?"

„Reden wir nicht mehr lange," entgegnete Luzian außer sich vor Angst. „Die brave Frau kann allein sterben und braucht Euch nicht. Gott ist unser Priester. Ihr sollt nur sein Handlanger sein, sein Arm, der noch den Kelch des Lebens reicht den Lippen, die zum letztenmal zucken.‘‘

„Was Kelch? so verratet Ihr Euch; wer reicht den Kelch? Ihr wißt wohl, wer?"

„Herr Pfarrer, ich weiß nicht, was ich red'. Mit aufge= hobenen Händen bitte ich Euch, es drückt mir das Herz ab; kommet, ich bitt' Euch tausendmal um Verzeihung, wenn ich Euch was Leids than hab'."

„Mir hat Luzian nichts Leids gethan; seine Teufel haben aus ihm gesprochen und seine Teufel haben ihm die Hände geführt."

„Herr Pfarrer, dazu ist jetzt keine Zeit. Kommet mit! wer weiß —"

„Ich geh' nicht mit dem Luzian, ich werde allein kommen."

Luzian eilte schnell heimwärts; es war still auf der Flur und in der Stube. Er fand nur noch die toten Ueberreste der Ahne.

Der Pfarrer hatte noch während des Ankleidens erfahren, daß es zu spät sei; er kam nicht.

Die ganze Nacht war Luzian still und redete fast kein Wort. Am anderen Morgen war er heiter und wohlgemut, und die Leute erkannten immer mehr und mehr in ihm einen hartge= sottenen Gottesleugner.

Die Ahne wurde ohne Glockengeläute in ungeweihte Erde begraben.

Ein junger Mann weinte große Thränen an ihrem Grabe. Es war Paule, der von Althengstfeld herübergekommen war, sich still dem Zuge anschloß und still, ohne mit jemanden zu reden, heimkehrte.

Das Herz Bäbis erzitterte, als sie ihn sah; aber sie wandte alle Gedanken von ihm zurück und schickte sie der Entschlummer= ten nach.

Nicht mehr daheim.

Im Hause Luzians war's oft öde, als ob auf einmal alle Ruhe und Ansässigkeit daraus entflohen wäre. Wenn sonst alles ins Feld gegangen war, so blieb doch die Ahne zu Hause, und jeder Rückkehrende erhielt einen freundlichen Willkomm. Jetzt blieb sowohl Bäbi als die Frau nur ungern allein daheim; sie konnten da eine gewiſſe Bangigkeit nicht los werden, ſie glaubten die Stimme der Ahne in der Nebenſtube hören zu müſſen. Aus dem Dorfe fand ſich gar kein Beſuch mehr ein, das Haus Lu= zians war wie ausgeſchieden. Kam auch zum Feierabend bis= weilen noch der Wendel, ſo hatte Luzian ſtets Heimliches mit ihm zu reden.

Dagegen kam der Doktor öfter, und ſeine Teilnahme war in der That eine innige. Bäbi war jetzt immer froh, wenn er kam, denn er erheiterte Luzian und brachte ihn oft zum Lachen, während dieſer ſonſt immer ernſt und nachdenklich einherging. Bäbi wußte nicht, was das zu bedeuten habe, daß der Vater mit einer gewiſſen Feierlichkeit faſt tagtäglich Haus und Stall und Scheune durchmuſterte, da und dort alles neu inſtand= ſetzte, während das Haus doch ſo wohlbehalten war, daß, wie Wendel einſt ſagte, man es dem Nagel an der Wand an=. merkte, daß er ſatt iſt. Auch ſprach der Vater oft davon, daß er doch die ſchönſten Aecker in der ganzen Gemarkung habe, und Bäbi wußte nicht, was er damit wolle; ſie und die Mutter zerbrachen ſich oft den Kopf darüber, und wenn die letztere es wagte, ihren Mann offen zu fragen, erwiderte er: „Du haſt den erſten Gedanken gehabt. Du wirſt bald alles erfahren. Man kann die Streu nicht ſchütteln, ſo lang man im Bett liegt."

Wenn nun der Doktor öfter kam, verließ Bäbi die Stube nicht mehr, ſie blieb vielmehr da und freute ſich, wie herzlich der doch fremde Mann der Ahne gedachte, und wie harmlos er an allem teilnahm. Ja, ſie wagte es öfter, mit drein zu reden, und Luzian ſah ſie manchmal verſtohlen an, in Gedanken den Kopf wiegend, ob er wohl da ſeinen Schwiegerſohn vor ſich habe.

Der Herbſt kam raſch herbei, und Luzian ließ außerge= wöhnlich ſchnell abdreſchen. Er nahm die doppelte Anzahl Dre= ſcher von ſonſt und half vom Morgen bis zum ſpäten Abend mit; dann ließ er ganz ungewohnter Weiſe alles Korn vermeſſen, ehe man es auf den Speicher brachte. Er wollte ſogar das Heu abwiegen laſſen, wenn das nicht zu viel Mühe gemacht hätte.

Wenn die ganze Familie beiſammen war, ſchwebte ſeit dem Tode der Ahne ein verſöhnter Geiſt unter ihnen.

Gleich tags darauf hatte die Frau zu Luzian geſagt:

„Seitdem die Mutter tot iſt, iſt es mir grad', wie wenn ich dir jetzt erſt von neuem in ein fremd' Haus gefolgt und mit dir allein wäre. Lach' mich nicht aus, ich hab' ſo Heim= weh wie ein Mädle nach der Hochzeit. Mein' Mutter iſt nicht

da, ich hab' sie sonst alles fragen können und war allfort daheim."

„Du bist auch mein junges Weible, und jetzt geht erst eine
neue Hochzeit an," entgegnete Luzian.

„Ja," fuhr die Frau fort, „ich möcht' jetzt alle Stund' bei
dir bleiben, mich an deinen Rock hängen wie ein Kind an die
Mutter, ich möcht' dir überall nachlaufen."

So hatte sich ein neuer inniger Anschluß festgesetzt zwischen
beiden Eheleuten, die schon das zweite Geschlecht aus ihrer Ehe
aufwachsen sahen.

Ein Scheidebrief durchschnitt jetzt das neugeeinte Leben.

Am Mittag, gegen Ende Oktober, kam ein großes Schreiben
mit einem großen Amtssiegel aus der Stadt. Luzian wendete
das Schreiben mehrmals hin und her, ohne es zu eröffnen, er
ahnte wohl seinen Inhalt; dennoch durchfuhr ihn ein Schreck,
als er jetzt las. Er schaute rechts und links über seine Schulter,
ob niemand da sei, der ihn fasse. In der Zuschrift stand, daß
Luzian wegen freventlicher Störung des Gottesdienstes zu sechs
Wochen bürgerlichem Gefängnis verurteilt sei. Da stand's in
wenigen Worten; das war schnell gesagt, aber wie viel einsame
trübe Stunden, Tage und Nächte waren darin eingeschlossen.

Luzian rief Bäbi und seine Frau in die Stube; er faßte
die Hand der letzteren und sagte: „Margret, es ist jetzt alles
im Haus im stand, ich muß auf sechs Wochen verreisen, nein,
offen will ich dir's sagen, gelt', du bist ruhig und gescheit?
Denk' an dein' Mutter! Also da steht's, ich muß wegen der
Pfarrersgeschichte auf sechs Wochen in den Turm."

Bei dem letzten Worte schrie die Frau gellend auf, aber
Luzian beruhigte sie, und Bäbi sagte: „Ich geh' zum König und
thu' einen Fußfall; das darf nicht sein. Lieber Gott! darf man
so einen Mann einsperren wie einen Nichtsnutz? Sie müssen sich
ja schämen."

„Jetzt sei ruhig, Bäbi," entgegnete Luzian, „ich muß geduldig über mich nehmen, was da draus kommt, daß ich die
Wahrheit gesagt hab'. Denk' nur, wie viele Menschen den Tod
haben darüber leiden müssen."

Bäbi faltete still die Hände und drückte sie an ihre hoch-
klopfende Brust.

Luzian wollte schnell seine Strafzeit vollführen.

„Man muß es machen, wie die Ahne gesagt hat," bemerkte
er, „man muß bei der Arznei, die man einmal schlucken muß,
die Nas' zuhalten und schnell hinunter mit."

Er ordnete noch alles rasch im Hause, und andern Tages

schnürte er sich ein kleines Bündel, ritt nach der Stadt und stellte sich dem Oberamt zur Abbüßung. Der Oberamtmann riet ihm, doch an das Kreisgericht zu appellieren; der Doktor, der zugegen war, sagte: er wolle ihm ein Zeugnis geben, daß eine Gefängnisstrafe ihm bei seiner Blutfülle und Korpulenz eine Krankheit zuziehe; beide aber bestanden darauf, daß er antrage, das Gefängnis möge in eine Geldstrafe verwandelt werden. Luzian aber weigerte sich dessen und verlangte, nach seiner Zelle geführt zu werden.

„Ich hab' immer glaubt,‟ sagte Luzian, „mein' Sach' wird kriminalisch. Wenn mein' Sach', wie ich seh, nicht vor das öffentliche Schlußgericht kommt, so will ich meine Strafe, und jetzt, ich kann nicht mehr warten, bis nach einem halben Jahr eine andere Resolution kommt. Ich steh' mit einem Fuß im Steigbügel, ich habe beim öffentlichen Verfahren noch einmal vor aller Welt aussprechen wollen, was uns die Pfaffen anthun; damit sie alle, gute und schlechte, aufgeknüpft werden, wenn auch ein paar brave dabei sind; sie verdienen's doch, weil sie noch Geistliche bleiben; ich laß' es jetzt sein, ich bin der Mann nicht, der der Welt helfen kann. Zuerst muß ich jetzt noch ins Loch und dann 'naus zum Loch.‟

Der Oberamtmann und der Doktor führten nun Luzian selber in sein Gefängnis; sie blieben nur eine Weile bei ihm, dann wurde die Thür geschlossen, und er war allein.

Bald nachdem er einige Stunden im Gefängnisse saß, kam ihm dieses doch ganz anders vor, als er gedacht hatte. Eine seltsame Lust hatte ihn rasch zur Abbüßung der Strafe greifen lassen; er war sein Lebenlang noch nie Tage und Wochen mit sich allein gewesen; er glaubte, alles müsse in ihm besser geschlichtet und geebnet werden, wenn er einmal so ungestört, von der ganzen Welt nichts wissend, in sich selbst hinabstiege; denn da drinnen war es bei alledem noch wirr und kraus. Auch empfand er eine eigentümliche Wollust darin, unverdiente Strafe abzubüßen; das gab ihm noch mehr Recht, sein lebenlang gegen die Pfafferei zu kämpfen.

Wenn der Luzian von heute auf den der vergangenen Monate hätte zurückschauen und ihn lebendig in allem seinem Thun erblicken können, er hätte sich gewundert über den, der jetzt zu solchen ganz ungewöhnlichen Gelüsten und Behaben gekommen war.

Nachdem er eine Weile auf der Pritsche geruht, erhob er sich plötzlich, und sein Blick schweifte an den Wänden umher, und — wie seltsame Verlangen steigen oft plötzlich in der Seele

auf — er wollte in einen Spiegel schauen, um sein Aussehen
zu betrachten. Lächelnd gewahrte er, daß dieses Stück Hausrat
nirgends an den kahlen Wänden sich vorfand. Wozu sollten
auch die Gefangenen dessen bedürfen? Sie erscheinen vor nie=
mand, sie können mit sich machen, was sie wollen. „Ich möcht'
nur einmal ein anderer Mensch sein und mich von weitem daher
kommen sehen, wie ich da herumlaufe und was für ein Bursch
ich eigentlich bin, wie man mich ansieht, was man von mir hat,
ob man mich gleich für einen ehrlichen Kerl hält, so bei den
ersten paar Worten. Warum weiß ich jetzt, wie mein Margret
aussieht und der Wendel und der Doktor und der Pfarrer, und
wenn ich malen könnt', könnt' ich sie dahin malen; und mich
selber hab' ich doch auch genug geschaut, und ich weiß doch nicht,
wie ich ausseh'... Mein Herz und meine Gedanken kenne ich
auch nicht so, ich meine, ich kenne die von anderen Leuten viel
besser, und doch kann und muß ich mich auf mich allein am
besten verlassen ... Was Reue! Es ist nichts nutz, wenn man
uns allfort sagt, das und das hättest du besser machen müssen,
oder wenn man sich selber vorschwatzt, ich möcht' um so und so
viel Jahr jünger sein; nichts da, an dem läßt sich nichts mehr
besteln und machen, heut, heut ist gesattelt. Wenn Gott sagt:
heute, sagt der Teufel: morgen, und der Pfaff sagt: gestern."

Diese letzten Worte sprach Luzian mit den Lippen, aber
ohne Stimme; es schien fast, als bete er ein stilles Gebet.

Wie schwer steigt sich's hinauf die Gedankenhöhen und hinab
die Tiefen, wenn immer ein Gedanke sich auf den andern türmt
und plötzlich kollernd wegrollt. Es bedarf da eines festen Steigers
und kecken Springers. Luzian schaute zu dem vergitterten Fenster
hinaus und horchte auf die verschiedenen Sangesweisen der über
und unter ihm Eingekerkerten. Es kam ihm jetzt unfreundschaft=
lich vor, daß der Doktor und der Amtmann ihn so bald ver=
lassen und seit so langer Zeit nicht wieder besucht hatten. Mußten
sie nicht immer draußen auf Schritt und Tritt dran denken,
daß er hier einsam eingekerkert sei? Konnten sie das nur einen
Augenblick vergessen?

Armer Mensch, der du glaubst, dein Schicksal werde von
einer andern Brust in der ganzen Ausbreitung seiner Folgen
getragen.

Es wird Abend, die Thür knarrt, die Riegel werden heftig
zugeschlagen, der Gefängniswärter tritt ein, ihm folgt Bäbi
mit einem Hängekorb am Arm. Sie sagte ihrem Vater einfach:
„Guten Abend" und ließ keinerlei heftige Kundgebung merken;
dann erzählte sie, daß Egidi mit seiner Frau und den Kindern

während des Vaters Abwesenheit bei der Mutter wohne, sie selber bleibe nun beim Vater und habe durch den Doktor die Erlaubniß vom Oberamtmann bekommen, ihrem Vater Gesellschaft zu leisten.

„Wer hat dich an den Doktor gewiesen?" fragte Luzian.

„Niemand, ich bin von selber zu ihm gangen, die Ahne selig hat recht gehabt, er ist gespässig, aber doch ein grundbraver Mensch, er ist gleich mit mir zum Oberamtmann."

Luzian fizierte seine Tochter scharf und zog dabei die Brauen ein. Nach einer Weile sagte er wieder:

„Ja, du kannst doch aber nicht da schlafen?"

„O da ist schon für gesorgt; ich schlaf' bei des Wendels Agath, die beim Oberamtmann dient, die Madam hat mir's schon erlaubt."

Jetzt fühlte Luzian doch, daß es Herzen außer uns gibt, deren Pulsschlag der unsere ist.

Von nun an war Bäbi fast den ganzen Tag beim Vater, sie spann fleißig an der Kunkel, während Luzian in den Büchern las, die ihm der Amtmann und der Doktor gegeben hatten. Das Lesen ward ihm doch schwer; das war kein Geschäft für ihn, morgens beim Aufstehen, mittags wieder und abends noch einmal. Er hielt es in einem Zuge kaum länger als eine halbe Stunde aus, und wenn er dann wieder begann, las er das Alte noch einmal, weil es ihm vorkam, als ob er's nicht recht verstanden habe.

„Es ist etwas anderes, wenn das Lesen ein Schleck (Leckerbissen), als wie wenn es ein Geschäft ist. Guck, deswegen habe ich mich auch im stillen immer davor gefürchtet, einmal Landtagsabgeordneter zu werden. Ich bin nicht so dumm, ich red' auch gern mit drein, wie man den Staat und die Gemeinde und wie man die Gesetze einrichten soll; aber das kann ich nur, wenn ich den Tag über geschafft hab'. Wenn ich so im Ständehaus, in dem großen Saal, bei den vielen Menschen vier, fünf, sechs Monate sitzen und weiter nichts thun sollte, als ein' Tag wie den andern von neuen Gesetzen, von den Finanzen und von all dem hören und da mitreden: mir ging' der Trumm (Faden) aus."

So sagte Luzian zu seiner Bäbi. Bäbi übernahm es nun oft, dem Vater vorzulesen. Ein Buch besonders war es, das Luzian mächtig anzog und über das er viel sprach: es war das Leben Benjamin Franklins und dessen kleine Aufsätze.

„Ich geb' das Dutzend Evangelisten und die großen und kleinen Propheten drein für den einzigen Mann," sagte Luzian einmal.

Der Doktor und der Oberamtmann kamen bisweilen ge-

meinsam, und ersterer noch öfter allein. Da gab es dann manche
gute herzstärkende Gespräche, bei denen Bäbi still zuhorchte. Die
Art des Doktors hatte etwas besonders Wohlthuendes. Man
sah es wohl, auch der Oberamtmann bemühte sich, seine innere
Leutseligkeit kund zu geben, aber er war und blieb doch etwas
bockbeinig, wie es der Doktor einmal nannte. Dieser dagegen
war harmlos lustig, er hatte sich im Ton nicht erst herunter zu
spannen; sein Benehmen gegen Bäbi war ein durchaus unbe-
fangenes, als ob er nie Ansprüche auf sie gemacht hätte und
nie etwas zwischen ihnen vorgefallen wäre. In der That betrachtete er die Sache als längst abgethan und erledigt, und
eben dadurch gewann Bäbi eine gewisse verwandtschaftliche Zutrau-
lichkeit zu ihm, wie zu einem Vetter. Das gestand sie ihm einmal,
und er nannte sie seitdem nicht anders als „Jungfer Bäsle".

Luzian betrachtete oft im stillen seine Tochter und den
Arzt. Sollte sich da wirklich eine entschiedene Neigung festsetzen?
Das kam ihm bei seinem Vorhaben sehr in die Quere, und doch
griff er nicht ein.

Die Hälfte der Strafzeit war noch nicht um, als Luzian
alle Bücher satt hatte und gar nichts Gedrucktes mehr lesen
konnte. Er hatte zu viel Bücher auf einmal bekommen, das
war gegen alle Gewohnheit von ehedem, und als ihm das eine
nicht mundete, versuchte er es mit einem zweiten und so mit
einem dritten; es gelang ihm dadurch nicht mehr, mit dem alten
Appetit zu einem angebissenen zurückzukehren. Er blätterte darin,
wollte da und dort einen Brocken holen und legte endlich das
Ganze weg.

Es war Bäbi auch lächerlich, wie vielleicht vielen anderen,
aber Luzian ließ sich nicht davon abhalten; er setzte sich zu seiner
Tochter an die Kunkel und lernte mit ihr den Flachs spinnen.
Das war eine kleine Arbeit und allerdings nicht geeignet für
einen Mann von so kraftvollem Baue wie Luzian, aber es war
doch eine Arbeit; man hatte dabei nicht mit dem Kopf zu thun
wie immerfort beim Lesen. Bäbi sagte oft, sie thäte sich die
Augen ausschämen, wenn ein Mensch sähe und wüßte, daß ihr
Vater an der Kunkel sitzt und spinnt; aber Luzian gewann eine
wirkliche Freude an diesem Thun, das ihm die Tage und Abende
verkürzte, und wenn er so bei seiner Tochter saß und mit ihr
spann, wie er es bald meisterlich verstand, so konnte er auch
viel besser reden, als wenn er so arbeitsledig war. In den
Stunden, in welchen Vater und Tochter an einem Rocken spannen,
war es oft, als ob strahlende Seelenfaden sich aus einem Urquell hervorzögen zu einem heiligen Gewebe.

Luzian ging so weit, daß er einmal zu Bäbi sagte: „Ich hab's gar nicht gewußt, daß du ... nicht so dumm bist."

„Ja, ich hätt' sollen ein Bub werden, ich wollt' der Welt was aufzuraten geben," sagte Bäbi keck.

Diese Tage des Gefängnisses wurden so für Bäbi die seligsten.

Wenn jemand die Treppe heraufkam, oder sich irgend eine Thür im Gefängnisturm bewegte, ließ Bäbi nicht ab, bis der Vater schnell von der Kunkel aufstand. Sie riß dann den Faden ab, damit niemand etwas von der gemeinsamen Arbeit merke. Nur die Mutter, die zum Besuche ihres Mannes kam, erfuhr von Luzians heimlicher Thätigkeit.

Auch ein neuer Besuch wiederholte sich bald täglich.

Es geschieht wohl oft, daß im Abscheiden aus altgewohnten Verhältnissen wir erst jetzt Personen und Beziehungen entdecken, die nun erst unserer Erkenntnis oder unserem Leben sich nahe stellen. Eine neue Hand faßt dich, und eine ungewohnte hält dich mit ungeahntem innigem Drucke. Wir scheiden aus dem alten Leben, das im letzten Momente ein unbekanntes neues geworden.

Der Pfarrer Rollenkopf, dem Luzian nur einmal im Walde begegnet war, suchte diesen jetzt im Gefängnis auf. Mit ihm vereint wollte er eine neue Gemeinde um sich scharen und dem alten Kirchentum entgegentreten. Er fand ungeahnten Widerstand. Er hielt Luzian vor, daß damit nichts gethan sei, wenn er sich selbst von der Kirche lossage, das sei kaum ein Splitter, der sich von dem gewaltigen Baue losbröckele, der Bau selber spüre nichts davon, er stehe in sich fest; es gelte darum, den Bau von innen heraus zu sprengen durch Bildung von Genossenschaften. Luzian erwiderte:

„Das Menschengeschlecht hat's jetzt seit so und so viel tausend Jahren probiert mit dem Zusammenthun in Glaubensgemeinschaften und Kirchen, und was ist dabei herauskommen? Ihr wisset's besser als ich. Jetzt mein' ich, probiert man's einmal so lang ohne Kirchen und Gemeinden; schlimmer kann's in keinem Fall werden."

Als der Pfarrer ihm ein andermal eindringlich vorstellte, er möge doch der Hilflosen, der Leidenden und Kranken gedenken, denen ein geläuterter Glaube und die ewige Wahrheit im Worte Gottes Trost und Labung gewähre — entgegnete Luzian kurz:

„Arznei aus der Apotheke ist keine Kost für Gesunde."

Nicht immer jedoch war Luzian gegen Rollenkopf so scharfschneidig gelehrt, vielmehr fühlte er sich meist angeglüht von dem

edeln Feuereifer des jungen Mannes, dem noch dazu eine gewiſſe Schwermut anhaftete, weil er ſich Vorwürfe darüber machte,
daß er nicht früher und nicht freiwillig mit der Kirche gebrochen
habe; er hätte dann ſeine Gemeinde, die ihm damals noch treulich anhing, mit ſich aus der Kirche geführt.

Aber nicht nur der Pfarrer, ſondern im Verein mit ihm
bisweilen auch noch der Oberamtmann und der Doktor ergingen
ſich bei Luzian im Gefängniſſe in den tiefſten Erörterungen über
Religion und Kirche. Der Amtmann ſagte einmal, es ließe ſich
ein neuer Phädon daraus geſtalten, wenn man nur einen Schnell-
ſchreiber zur Hand hätte. Sehr oft verliefen ſich die Geſpräche
in ſolche geſchichtliche und philoſophiſche Erörterungen, daß Luzian
ſtill zuhörend wenig thätigen Teil daran nahm. Bäbi hörte
gleichfalls mit der größten Anſtrengung zu, eroberte aber nicht
viel dabei.

Luzian gewann eine innige Liebe zu Rollenkopf und ſprach
mit ſeiner Bäbi oft davon. Dieſe aber war ſtill, denn mitten
unter den religiöſen Debatten war dem exkommunizierten Pfarrer
ein neues Leben aufgegangen. Mit dem tiefſten Schreck bemerkte
Bäbi an den Blicken Rollenkopfs und an einzelnen Worten, daß
er ihr anders zugethan ſei als ein Beichtvater einem Beichtkinde,
und trotzdem ſie beide außerhalb der Kirche ſtanden, ſah ſie in
Rollenkopf doch ſtets den geweihten Prieſter.

Einſt paßte Rollenkopf die Zeit ab, als Bäbi aus dem
Turm nach dem Amthauſe ging, und geſtand ihr offen, daß er
ſie heiraten, und ſie zur neukatholiſchen Pfarrerin machen wolle.
Bäbi glaubte, in den Boden zu ſinken, und antwortete raſch:
„Ich heirat' gar nicht."

Sie eilte zu ihrer Freundin, der ſie aber nicht zu bekennen
wagte, was ein Pfarrer ihr geſagt.

Wieder hatte Rollenkopf einmal den Heimgang Bäbi's ins
Amthaus abgepaßt, aber auch der Doktor kam, und Beide be-
gleiteten ſie nun. Bäbi kam's gar wunderſam vor, ſolche Herren
zu Begleitern zu haben. Sie berichtete das des Wendels Agath',
und dieſe ſagte: „Die beiden wollen dich heiraten und dein
reiches Gut dazu; du biſt auch eine recht anſtändige halbe Witt-
frau. Der Doktor ſucht ſchon lange nach ſo einer, weil ihn die
Mädle nicht mögen, und der Pfarrer braucht eine Ketzerin; aber
ich hab' dir ſeit geſtern zu ſagen vergeſſen, daß des Paule's Vater
geſtorben iſt."

„Das wird dem Paule doppelt weh thun, es muß einem
ſchrecklich ſein, wenn eines wegſtirbt, mit dem man oft im Zank
und Hader geweſen iſt."

„Es gibt Leut', die anders denken," sagte Agath', „denen ist's im Gegenteil gerade recht, wenn sie so einen Polterteufel los sind. Jetzt ist der Paule und sein Haus noch einmal soviel wert. Was meinst jetzt?"

„Ich heirat' gar nicht," erwiderte Bäbi.

Die kluge Tochter Wendels entgegnete: „Wenn das Wort eine Brück' sein sollt', da ging' ich auch nicht darüber, die bricht ein."

Bäbi ging in ihre Kammer, und was sie längst abgethan glaubte, erwachte aufs neue und preßte ihr stille Thränen aus.

Die Befreiung.

Endlich kam der Tag der Befreiung; und als Luzian zum erstenmal auf der Straße war, reckte er sich und sagte:

„Guten Tag, Welt! bald b'hüt dich Gott."

Alle Welt, Gott segne dich,
Ich fahr' dahin gen Himmelrich;

sang es wieder in ihm.

Im Lamm war Egidi mit dem Fuhrwerk, aber noch andere waren da, der Wendel und der Paule, der einen Flor um den Arm trug.

„Schwäber," sagte letzterer, „ist's wahr, ihr wollet nach Amerika?"

„Ja!"

„Nehmet Ihr mich mit, wenn mich das Bäbi wieder mag?"

Luzian schaute auf seine Tochter, die hoch erglühend die Augen niederschlug.

„Wie?" sagte Luzian, „red' du, Bäbi, sag' Ja oder Nein." Bäbi schwieg.

„Wenn du nicht Nein sagst, so nehm' ich's für Ja."

Bäbi preßte die Lippen heftig zusammen, als fürchte sie, daß ihr Mund Nein spräche.

Paul löste die Lippen bald zu seligem Kusse.

Auf der fröhlichen Heimfahrt erzählte nun Paule, wie sein Vater von dem Pfarrer umgarnet war und wie er auf dessen Betrieb die Brautschaft aufgekündigt hatte. Auch in ihm lebte der heftige Zorn gegen das Pfaffentum, wenn er gleich noch lange nicht auf Luzians Standpunkt angelangt war.

Jetzt faßte Luzian die Hand seines Sohnes Egidi und sagte: „Komm her, du kannst mir eine große Wohlthat erzeigen, ich hab' eine Bitte an dich; willst du?"

„Wenn's in meinen Kräften iſt, ja."

„Nun gut, gib mir den Victor mit, ich will ihn halten, wie wenn du es wärſt; ich will auch von dir was bei mir haben."

Egidi nidte bejahend, er konnte nicht reden. —

Wer am Himmelsbogen ſäße und mit e i n e m Blick über= ſchauen könnte das gewaltige Drängen und Treiben aus der alten Welt heraus nach einem Daſein, in welchem die Menſchen frei ihr Leben geſtalten, dem böte ſich ein Anblick voll Jammer und voll Erhebung.

Den Ortspfarrer traf Luzian nicht mehr im Dorfe; er war wegen ſeiner beſonderen Talente und ſeines Eifers zum Rektor eines neuerrichteten Knabenſeminars für Prieſter, der „geiſtlichen Kadettenanſtalt", wie ſie in jenen Zeitungsberichten genannt war, berufen worden.

In der Zeitung ſtanden am ſelben Tage zwei große Bauern= güter mit Schiff und Geſchirr ausgeboten: es waren die Luzians und Paules.

Mit tiefem Herzeleid ſah Luzian ſein ſorgſam gepflegtes Gut zerſchlagen in fremde Hände übergehen.

Als er Abſchied nehmend mit ſeinem Paſſe zum Oberamt= mann kam, übergab ihm dieſer ein Buch zum Andenken. Es war ein Wegweiſer für deutſche Auswanderer.

„Ich habe auch einige Worte hineingeſchrieben," ſagte der Oberamtmann.

Luzian las dieſelben, nickte mit dem Kopfe, reichte ihm die Hand und ſagte: „Das iſt ein ſchönes Gleichnis aus der Bibel; Gleichniſſe laſſ' ich mir gefallen, wenn auch die Geſchichte nicht wahr iſt."

In dem Buche aber ſtand:

Man ſoll nicht auswandern wie der eigenſüchtige Rabe aus der Arche Noah, der draußen bleibt, wenn's nur ihm wohlergeht; man ſoll auswandern wie die ausgeſchickte Taube, die heimkehrt mit dem Oelzweig, verkündend: daß die Sündflut ſich verlaufen hat.

Berthold Auerbachs

Sämtliche

Schwarzwälder Dorfgeschichten.

Volksausgabe in zehn Bänden.

Vierter Band.

Stuttgart.

Verlag der J. G. Cotta'schen Buchhandlung.

1884.

Zweite Auflage der Gesamtreihe.
(18. Auflage der Einzelbände.)

Druck von Gebrüder Kröner in Stuttgart.

Inhalt.

—

———

Die Geschichte

des

Diethelm von Buchenberg.

(1852.)

Erstes Kapitel.

In dem freundlichen Städtchen G. war lebhaftes Markt=
gewühl, und mitten durch das auf= und abwogende Menschen=
gedränge bewegte sich, von zwei fetten, tief eingekreuzten Rappen
gezogen, ein Bernerwägelein, auf dessen niedergelassener Halb=
kutsche ein breitschulteriger Mann saß. Der breitkrempige schwarze
Hut mit handhoher Silberschnalle im Samtbande, der kragen=
lose, einreihige schwarze Samtrock mit den nahe zusammen=
gerückten flachen silbernen Knöpfen, die rote Scharlachweste mit
den kugelförmig silbernen Knöpfen zeigten den reichen ober=
ländischen Bauer. Er hielt mit beiden Händen die Pferde straff
im Zügel, die Peitsche stak neben ihm, und er rief nur manch=
mal den zögernd Ausweichenden ein Aufg'schaut! oder einfach
Hoho! zu. Die Pferde trugen die Köpfe mit dem messing=
beschlagenen Riemenzeug so stolz, als wüßten sie, welch ein Auf=
sehen sie erregten. Neben dem Manne saß ein junges Mädchen,
ebenfalls in oberländischer Tracht, die sich aber mehr im Schnitt
als im Stoff zeigte; denn der braune Spenzer und die schwarze
Schürze waren von Seide, nur die Haube war noch in der
landesüblichen Weise, und aus den schwarzen am Kinn ge=
knüpften Bändern sah ein blasses längliches Gesicht mit dunkeln
Augen.

Die Leute im Gedränge gafften alle nach dem Gefährte und
dessen überaus stattlichen Insassen. Manche vergaßen darüber,
auszuweichen, und mußten von Nachbarn angerufen werden, und
bald da bald dort gab es ein heftigeres Gedränge, aber die
Rappen standen jedesmal auf einen Pfiff ihres Herrn stille.
Oftmals auch grüßte dieser einen Bekannten und rief ihm zu:
„Weißt schon, im Hirsch." In dem Marktgewühl stachen be=
sonders die Schäfer hervor in ihren weißen, rotausgeschlagenen
und mit roten Einnähten versehenen Zwillichröcken, auf denen
noch, über die rechte Schulter gelegt, schärpenartig der lederne

Gurt mit glänzenden Messingringen prangte; ihre Hunde liefen hart neben ihnen, denn sie hatten sie an die vielgelenkige Kette angekoppelt. Ueber das bartlose, runde Antlitz des Fahrenden zuckte oft ein Lächeln, denn er hörte die Staunenden am Wege fragen: „Wer ist das?" worauf die Antwortenden immer ihre Verwunderung ausdrückten, daß man den nicht kenne: „Das ist ja der Diethelm von Buchenberg," hieß es dann, „der hat mehr Kronenthaler, als die zwei Gäul' ziehen können," und ein anderer sagte wieder: „Ich wollt', du und ich, wir hätten das mitein- ander im Vermögen, was der heut für Woll' und Schafe ein- nimmt." „Wenn der Diethelm da ist, geht der Markt erst an," sagte ein dritter; „Die Engländer warten alle auf ihn," rief ein vierter. Ein Mann, der mit mehreren anderen eine gute Strecke neben dem Wagen herging, berichtete: „Ich bin von Letzweiler, und der Diethelm ist auch von da gebürtig. Er hat einen grau- sam mächtigen Familienanhang. Vor zwanzig Jahren sind das lauter Krattenmacher (Korbmacher) und Bettelleut' gewesen, und der Diethelm hat sie hingestellt, daß sie kapitalfest sind. Ja, ja, so ein Mann in der Freundschaft, und sie ist glücklich."

Der Fahrende stieß manchmal die neben ihm Sitzende an, daß sie auch hinhorche auf das, was man sage; die üble Nach- rede im eigentlichsten Sinn des Wortes schien der Fahrende nicht zu vernehmen, denn es gab auch manche, die über die Ungebühr schimpften, mit Roß und Wagen mitten durch das Menschengedräng' zu fahren; andere machten darob Witze, und einige gehobene Heldenseelen fluchten hinter dem Wagen drein und schalten auf die Polizei, die so etwas dulde. Ein Brezel- verkäufer, der seinen Kram auf einem langen Stock aufgereiht trug, sagte geradezu: es sei nichts schlimmer, als wenn der Bauer auf den Gaul käme, der mache es ärger als die Herren.

Der Vielberufene fuhr aber strahlenden Antlitzes wie ein Triumphierender dahin, und endlich war man beim Wirtshaus zum Hirsch, das eine ganze Wagenburg umstellte, angelangt. Eine mächtige Glocke erschallte im Hausflur, die Frau Hirsch- wirtin ober, wie sie lieber genannt war, die Frau Postmeisterin, erschien selber, reichte Diethelm die Hand, hieß die „Jungfer Tochter", die als schlanke, biegsame Gestalt auf dem Wagen stand, willkommen, half ihr absteigen und nahm ihr eine bunt gestickte Reisetasche ab. Der Hausknecht, der heute seinen großen Tag hatte, war doch bei der Hand, und während er die Auf- haltketten der Pferde löste, half ihm ein Schäfer dieselben aus- strängen.

„Ist alles in Ordnung, Medard?" fragte Diethelm den

Schäfer, indem er sich neben die Pferde stellte; der Schäfer bejahte, eilte dem Mädchen nach und raunte ihm schnell zu:

„Mein Munde (Raimund) ist auf Urlaub auch hier."

Das Mädchen errötete und antwortete nichts, es band sich die Haube fester, indem es in das Wirtshaus trat.

Der Schäfer Medard eilte zu seinem Herrn zurück und sagte, daß er schon beim Einfahren von einem Händler darum angehalten worden sei, wie teuer er verkaufe.

„Wie ich dir gesagt habe," erwiderte Diethelm ruhig, „siebzehn Gulden das Paar und keinen roten Heller weniger. Sag' nur, dein Herr sei der Diethelm, und der laß nicht mit sich handeln. Wir nehmen unser Vieh wieder heim, es ist mir so lieb wie bar Geld."

Der Schäfer nickte, in seinem geröteten Antlitze, das von einem langen zottigen Backenbarte eingefaßt war, zuckte es; er ging davon, wobei man ein Hinken am rechten Fuße bemerkte.

Diethelm streichelte die Rappen und lobte sie, daß ihnen trotz des scharfen Fahrens kein Haar krumm geworden sei; er ließ sie deshalb nicht sogleich nach dem Stall bringen, sondern hielt sie noch auf, bis sich immer mehr Bekannte sammelten, die sein „Baronenfuhrwerk" lobten und teils geradezu, teils auf Umwegen seinen Reichtum hervorhoben. Diethelm hielt die Hand auf den Sattelgaul gelegt, er war im Stehen kleiner, als er auf dem Wagen erschienen war, er maß kaum etwas mehr als sechzehn Faust, wie die Rappen, und war auch so wohlgenährt und breit wie sie. Er vernahm nun, wie das immer geht, von schlechten Marktaussichten, das Ausgebot sei groß und die Nachfrage gering, da Händler und Fabrikanten den Preis sehr drückten und überhaupt bar Geld sehr knapp sei, weil alles auf Zeit laufen wolle.

„Dann verlauf' ich gar nicht und lauf' selber," erwiderte Diethelm und schlug sich dabei auf den Bauch, um den er eine umfangreiche leere Geldgurt geschnallt hatte. Mehrere boten ihm nun sogleich Wolle und Schafe an, aber er lehnte für jetzt noch ab, und als man ihn aufforderte, mit in die Stube zu gehen, schien er sich schwer von seinem Gefährte zu trennen, und aus seinen Mienen sprach nur halb der ihn bewegende Gedanke: „So wie man geht und steht, herumlaufen, das hat kein Ansehen, da ist man wie jeder Hergelaufene; ich wollt', ich könnt' mit meinen Rappen und meinem Kutsche in den Stuben herumfahren, da zeigt sich doch auch gleich, wer man ist." Es war ein seltsames Lächeln, mit dem endlich Diethelm die Rappen in den Stall schickte. Die stattliche Rotte, die ihn umgab,

konnte er mit Fug als sein Geleite betrachten, und waren auch
verkommene Leute darunter, ehemalige Schafhalter, die jetzt als
Unterhändler dienten, Schmarotzer, deren ganzes Marktgeschäft
im Erhaschen eines Freitrunkes bestand: bah! große Männer
haben immer auch solche in ihrem Geleite, und Diethelm schritt
an der Spitze seines Trosses breitspurig einher.

Der Reppenberger, ein hagerer Bauer im zertragenen,
blauen Kittel, mit einem schmutigen Wochenbarte auf dem
listigen Gesichte, war ehemals selbst wohlhabend gewesen, hatte
sich im Schafhandel „verspekuliert" und war jetzt der ge=
wandteste Unterhändler. Dieser wollte sich an die Seite Diet=
helms drängen; er bot ihm eine Prise aus seiner großen
birkenrindenen Dose und wollte ihm allerlei mitteilen, aber
Diethelm vertröstete ihn mit herrischer Miene auf später und
zog den Schultheiß von Rettinghausen, einen mehr ebenbürtigen
Genossen, an sich, und so trat er in die Wirtsstube, wo jetzt
im halben Morgen schon voller Mittag gehalten wurde; denn
an langer Tafel und an Seitentischen saßen Männer und Frauen
und erlabten sich an Sauerkraut und Speck und gedeihlichem
Unterländer Wein, und was sie nicht aufspeisten, wickelten sie
in ein daneben gelegtes Papier und steckten es zu sich. Da
und dort war auch der Tisch zu einer Rechentafel geworden,
und mit Kreide wurde der Erlös zusammengerechnet, denn es
war schon mehreres verkauft. Mancher vollgestopfte Mund nickte
Diethelm zu, und manche Hand legte die Gabel weg und streckte
sie ihm entgegen.

„Je später der Markt, je schöner die Leut'," rief ein Weiß=
kopf Diethelm zu.

„Kommst spät."

„Bist alleine, oder hast die Frau bei dir?"

„Ist das zimpfere Mädle dein' Fränz?" (Franziska.)

Solche und viele andere Anreden bestürmten Diethelm von
allen Seiten, und manche Gabel deutete nach ihm, und mancher
Kopf drehte sich um, denn die, die ihn kannten, zeigten ihn den
Fremden, und eine Weile war alle Aufmerksamkeit nach ihm ge=
richtet. Erregte der Duft der Speisen einen ungeahnten Hunger,
so gab dieses allgemeine Ansehen eine andere Sättigung. Eine
Kellnerin fragte Diethelm nach altem Brauch, was er befehle;
aber die Wirtin, die eben durch die Stube ging, schnitt ihr das
Wort ab und sagte:

„Der Herr Diethelm sitzt in die Herrenstube, der Advokat
Rothmann sind auch schon drüben und unterhalten sich mit der
Fränz."

„Die Fränz soll da herein kommen," entgegnete Diethelm und so laut, daß es alle hören konnten, „wenn der Advokat Rothmann was von mir will, kann er zu mir kommen; ich lauf' ihm nicht nach, ich hab', gottlob! nichts mit ihm. Ich bleib' da unter meinesgleichen."

Man sprach davon, daß es einen harten Wahlkampf geben werde, wenn Diethelm gegen den Rothmann als Mitwerber um die Abgeordnetenstelle auftrete; Diethelm lehnte mit halber Miene jede Bewerbung ab und stimmte selber in das Lob Rothmanns ein, der als „Fabengraber" Ehrenmann gepriesen und oft bei seinem Beinamen „der Schweizertell" genannt wurde, denn er hatte nicht nur zweimal auf den eidgenössischen Freischießen den Preis gewonnen, sondern stand überhaupt in vielfachem Verkehr mit dem benachbarten Freistaate und war selber ein Charakter, als wäre er in der Republik aufgewachsen, schlicht, derb und unverbogen bei aller gelehrten Bildung.

Als er jetzt in die äußere Stube trat und seine hagere hohe Figur alle überragte, ging ihm Diethelm zuerst entgegen und reichte ihm die Hand, worauf fast alle Anwesenden nach= einander ihm zutranken.

Der Reppenberger kam haftig, klopfte Diethelm auf die Schulter und sagte ihm ins Ohr: man rede schon überall davon, daß der Diethelm einlaufen wolle, und just heute ließe sich ein gutes Geschäft machen. Der Krebssteinbauer da hinten aus dem Lenninger Thal, der dort an der Ecke sitze, den müsse man zu= erst einfangen; er mache die anderen kopfscheu und sprenge aus, der Diethelm thäte nur so, als wenn er einlaufen wolle, der habe gewiß schon verkauft und stecke mit den Händlern unter einer Decke, und man könne überhaupt nicht wissen, was der vorhabe; der Steinbauer werde aber schon einen geringeren Preis angeben, als wofür man abgekauft habe, wenn er nur bar Geld kriege, dafür wolle er schon als Unterhändler sorgen.

Diethelm sah dem Reppenberger steif ins Gesicht, als müßte er herausgraben, was er von ihm denke; schnell sagte er aber ganz laut:

„Es ist nur Spaß, daß ich einkaufen will, das Futter ist klemm, und ich brauch' Geld, ich hab's nicht in Säcken stehen, wie ihr meint."

Alles widersprach und schalt zutraulich auf ihn, daß so ein Mann sage, er brauche Geld; man wisse ja, daß er Kapitale ausstehen habe, mehr als seinen Schuldnern lieb sei.

Zweites Kapitel.

Diethelm ging lächelnd die Stube auf und ab, sein Klein=
thun hatte mehr genützt als alle Prahlerei; er blieb bei dem
Steinbauer stehen, gab ihm einen derben Schlag auf den Buckel
und sagte:

„Wie, Steinbauer, kennst mich noch?"

„Freilich, grüß Gott. Ich hab' nur warten wollen, bis
ich gessen hab'."

„Ruck' ein bißle zusammen, ich will mich zu dir setzen.
Fränz, da komm' her."

„Ist das die Tochter?" fragte der Steinbauer, etwas ver=
wirrt an die Seite rückend; er erinnerte sich nicht, daß er sich
mit Diethelm duzte.

„Wenn du nicht so altbacken wärst, könntest sie heiraten,"
entgegnete Diethelm. Der Krebssteinbauer grinste nun gar selt=
sam und schwieg, er war überhaupt kein Freund vom vielen
Reden und vorab beim Essen. Nur einmal wendete er sich um,
und auf das Haupt Diethelms deutend, sagte er: „Auch grau
geworden seit dem letzten Jahr."

„Ja, der Esel kommt heraus," sagte Diethelm lachend,
der Steinbauer ließ sich nicht zu der doch rechtmäßig erwarteten
höflichen Entgegnung herbei; er aß ruhig weiter, als hätte er
nichts gesagt und nichts gehört.

Diethelm kannte die hinterhältige und selbst mit Worten
karge Weise dieses Mannes wohl, und doch klammerte er sich
an ihn und that gar zutraulich. Der Steinbauer ließ sich das
gefallen, aber mit einer Miene, in der der Ausdruck lag: mein
Geldbeutel ist fest zu, mir schwätzt keiner einen Kreuzer heraus,
wenn ich nicht mag.

Als Diethelm sich einen Schoppen Batzenwein bestellte,
schaute der Steinbauer nur flüchtig nach ihm um, aber er sprach
kein Wort der Verwunderung und des Lobes über die Spar=
samkeit Diethelms, und diesem erschien solch ein Benehmen noch
saurer als der ungewohnte Halskratzer. Diese in sich vermauerte
Natur des Steinbauern, der über Thun und Lassen anderer
kein Wort verlor und selber that, was ihm gutdünkte, ohne
umzuschauen, was man dazu denke oder sage; diese verschlossene
Sicherheit, die ihr Benehmen nicht änderte und, von hundert
Augen bemerkt, dieselbe blieb, wie daheim auf dem einödigen
Hofe, — alles das erkannte Diethelm als Gegensatz, und es
reizte notwendig sein herausforderndes Gebahren zum Kampfe.

Er mochte aber den Steinbauern anzapfen, wie er wollte, höch=
stens ein „Freilich", ein „Jawohl" oder ein kopfschüttelndes
Verneinen war aus ihm heraus zu bringen. Als Diethelm
fragte, ob er auf des Steinbauern Stimme zählen könne, wenn
er sich um die Abgeordnetenstelle bewerbe, ließ sich der Stein=
bauer endlich zu den vielen Worten herbei: „Ich wüßt' nicht,
warum nicht." Nun lachte Diethelm über das ausgesprengte
Gerücht, daß er Landstand werden wolle; er denke nicht daran,
bei diesen schlechten Zeiten könne man ein großes Anwesen nicht
verlassen, da müsse man jede Stunde und jeden Kreuzer sparen,
wenn man der rechte Mann bleiben wolle, es mögen andere
Leute den Staat regieren, das gehe ihn nichts an.

Der Steinbauer wickelte gelassen das übrig gebliebene
Fleisch in ein Papier und steckte es zu sich, er hob und senkte
nun mehrmals seine geschlossenen Lippen, sei es zum Nachkosten
des Genossenen oder dem Gehörten beistimmend.

Diethelm setzte nun noch weiter auseinander, daß er sich
nichts um die öffentlichen Angelegenheiten kümmern möge, und
das gilt jetzt wieder unter vielen Menschen, besonders aber bei
den Bauern, als großer Ruhm. Als er aber darauf hinwies,
daß er in seinem Hauswesen vielerlei zu sorgen habe, sagte der
Schultheiß von Rettinghausen: „Die Kläger haben kein' Not und
die Prahler kein Brot."

Der Steinbauer erhielt sich noch immer in seiner uner=
schütterlichen Teilnahmlosigkeit, methodisch und langsam stopfte
er seine Pfeife, schlug Feuer, öffnete den Deckel und verschloß
den Zündschwamm und wollte nun aufstehen. Diethelm aber
hielt ihn noch fest und fragte zuerst, ob er nicht seinen Hof
verkaufen wolle, sein Schwager, der Schäuflerdavid, suche so
einen herrenmäßig gelegenen für einen Ausländer. Der Stein=
bauer sagte, daß er zwar nicht verkaufen wolle, aber wenn er
ein rechtes Anbot bekäme, ließe sich davon reden. Nun hatte
ihn Diethelm doch flüssiger, und indem er noch mehrmals von
seinem Schwager, dem Schäuflerdavid, und ihren gemeinsamen
Geschäften sprach, kam er endlich ans Ziel, zu erklären, daß er
allerdings willens sei, wenn die fremden Händler nicht höher
hinaufgehen, selber einzukaufen. Der Steinbauer, dem es er=
sichtlich Mühe machte, sein saures Dreinsehen aufzugeben, ward
plötzlich freundlicher, nahm ohne Widerrede das Glas an, das
ihm Diethelm einschenkte, und erklärte nun mit erstaunlicher
Redseligkeit, welch einen Ausbund von Wolle und Schafen er
habe, wie die alle so wolltreu seien, ein Haar dem anderen
gleiche und der Stapel vom besten Fluß und gleich rund sei,

wie „viel Leib" seine Schafe hätten, daß er aber doch um einen
annehmbaren Preis alles verkaufe, weil er kein Geld in der
Schafhalterei habe. Er legte das Zeugnis seines Schultheißen
vor, darin nach einem Formular bekundet war, wo seine Schafe
geweidet, und daß keine Krankheit dort und auch keine kranken
darunter waren, und schloß endlich:

„Neunundneunzig Schäfer, hundert Betrüger, sagt man im
Sprichwort, und es ist noch mehr als wahr. Drum will ich
nichts mehr davon."

Die Umsitzenden stimmten auch in die Klagen über die
Schäfer ein, und jeder hatte zu erzählen, wie man seit des Erz-
vaters Jakob Zeiten, um ihrer sicher zu sein, ihnen einige Schafe
als Eigentum bei der Herde halten muß, wie sie diese aber zu
gewöhnen wissen, daß sie den anderen stets das beste Futter
wegfressen, wie sie den Hund abrichten, daß er nie ein Schäfer-
schaf beißt, wie sie immer die besten und schönsten Lämmer haben
und den Mutterschafen ihre nichtsnutzigen unterschieben; kommt
dann der Herr dazu, so heißt es, wie das auch bei der natürlichen Mutter sein kann: es will noch nicht recht annehmen.
Allerlei Schelmenstreiche von Schäfern wurden erzählt, und das
Gespräch schien sich fast ganz hierin zu verlieren, bis es Diethelm wieder auf den Handel brachte, aber er zuckte zusammen,
als der Steinbauer, nachdem er das eingeschenkte Glas ausgetrunken hatte, ruhig sagte, er handle nur um bar Geld.

„Bin ich dir nicht gut?" fragte Diethelm trotzig.

„Du bist mir gut, und daß du mir's bleibst, ist bar Geld
das Beste," sagte der Steinbauer und schob seine Tabakspfeife
in den linken Mundwinkel, während er aus dem rechten den
Rauch blies. Er sah dabei nochmal so listig aus.

„Ist dir mein Schwager, der Schäuflerdavid, auch nicht
gut?" fragte Diethelm.

„Der Schäuflerdavid? freilich, der ist auch gut; wenn er
sich verbürgt, kann ich bis Fastnacht mit dem Geld warten."

Diethelm hob hastig beide Achseln, wie wenn er etwas ab-
schütteln müsse, dann lachte er laut und sagte:

„Komm jetzt, wir wollen 'naus auf den Markt."

Der Steinbauer zog einen ledernen Geldbeutel, der dreifach
verknüpft war, bezahlte, nahm seinen hohen Schwarzdornstock,
der in der Ecke lehnte, und ging mit Diethelm.

Auf dem Schafmarkt stand in einer Doppelreihe Hurde an
Hurde, darin die Schafe eng zusammengedrängt teils lagen,
teils standen und wiederkäuten, alle aber waren lautlos, und
das allezeit blöde Dreinsehen der Schafe hatte fast noch etwas

Gesteigertes. Knaben mit flüssigem Zinnober in offenen Schüsseln liefen umher und gesellten sich zu Gruppen, wo mit lautem Geschrei und heftigen Gebärden gehandelt wurde. Händler stiegen in die Hürden, zogen den Schafen die Augenlider auf und schauten nach den Zähnen, andere bezeichneten mit einer in Zinnober eingetauchten Schablone die eingekauften und zählten dabei; dort sprang eine Herde lustig aus der geöffneten Hürde, sich in der wiedergewonnenen Freiheit überstürzend, überall war buntes, lebendiges Treiben. Der Schäfer Medard kam Diethelm entgegen und sagte, daß er noch nicht verkauft, aber sichere Hoffnung habe. Nun einigte sich Diethelm schnell mit dem Steinbauer, kaufte ihm seine Zeithämmel (jährige) ab und nahm auch die Bracken dazu.

Er eilte mit dem Steinbauer in das Kaufhaus, ihnen voraus lief das Gerücht, daß Diethelm bereits Schafe eingekauft habe und auch für die Wolle die besten Preise bezahle. Diethelm war aber noch nicht zum Wolleinkauf entschlossen, er hatte diesen Gedanken nur so in leichtfertiger Prahlerei hingeworfen, um zu verdecken, wie sehr es ihm zum Verkaufen auf den Nägeln brenne; jetzt wurde ihm das Vorhaben immer genehmer, und mit seltsamem Blicke betrachtete er seinen Genossen mit dem mehr als mannsgroßen Stocke, mit dem schlichten Anzuge und der selbstzufriedenen Miene; der wünschte wohl nicht wie er, mit Wagen und Pferd in den Stuben umherzufahren; wie weit zurück lag ihm jetzt die Zeit, wo auch er stolz sein konnte, statt daß er jetzt, um sich nicht zu verraten, stolz thun mußte.

„Hast kein Fuhrwerk bei dir?" fragte Diethelm, worauf der Steinbauer erwiderte:

„Nein, ich bin noch gut zuweg, mit dem Fahren hat's Zeit, bis ich alt bin."

Im Kaufhause sah Diethelm, daß die verpflichteten Wollsetzer seine Schepper (Vließe) gut aufgesetzt hatten, sie standen an guter Stelle, nicht zu hell und nicht zu dunkel; seine spanische und seine Bastardwolle durfte sich sehen lassen. Sein nächster Nachbar war der Steinbauer, der sich darüber beklagte, daß er einen schlechten Platz habe; gerade neben der Feuerspritze und dem großen Wasserfasse, die unter der Treppe standen. Diethelm stand mit übereinandergeschlagenen Armen ruhig neben seiner Lammwolle, als hastigen Schrittes der Reppenberger kam. Alles Blut schoß Diethelm zu Kopfe, indem er dachte, daß er vielleicht auch einst als Unterhändler hier sich tummeln, sich abweisen und anfahren lassen müsse, während alles jetzt seine Nähe suchte und um seine Freundschaft buhlte. Diethelm war

entschlossen, mindestens vom Steinbauern noch die Wolle einzukaufen. Zwar hatte er die Bürgschaft des Schwagers zu
leichtfertig versprochen, aber der Steinbauer muß ihm vorderhand glauben, und dann will er noch heute all das Mitgebrachte
und das Erkaufte in der Stille versilbern, es sind dann drei
Monate Zeit gewonnen, es gilt Luck auf und Luck zu zu machen,
bis man den rechten Schick trifft, und der kann doch nicht ewig
ausbleiben. Diethelm wurde auch hier schnell handelseins mit
dem Steinbauer, und als nun andere sahen, daß dieser ihm das
Seinige übergab, bestürmten sie ihn ebenfalls mit Anerbietungen.
Er wehrte anfangs ab; er wollte nicht weiter gehen. Aber
vielleicht läßt sich gerade jetzt der rechte Schick machen, man darf
ihn nicht aus der Hand lassen, mit so viel Ware läßt sich was
Großes versuchen — die Hand Diethelms wurde brennend von
dem öfteren Handschlag, er wußte fast gar nicht mehr, wie viel
er eingekauft hatte, und der Reppenberger brachte neue und
immer bessere Gelegenheiten mit Zahlungsterminen auf Ostern
oder noch weiter hinaus. Wie berauscht ging Diethelm von
Stapel zu Stapel und wiederum hinaus auf den Schafmarkt
von Hurde zu Hurde; ihm war's, als hätte alles Besitztum der
Welt gesagt: ich will dein sein, du mußt mich nehmen.

Das Lärmen und Rennen um ihn her, das ferne verworrene Brausen des städtischen Marktgewühls, aus dem bisweilen einzelne Accorde der Musik, die jetzt zum Tanze aufspielte, wie aus dem Stimmengedränge herausschlüpften, alles
das machte einen sinnverwirrenden Eindruck auf Diethelm; bald
lächelte er jedem, und sein Antlitz war hochgerötet, bald wurde
er schlaff und verdrossen, und alles Blut wich daraus zurück.
Auf einem Wollsacke, nicht weit von der großen Feuerspritze, die
im Hofe stand, saß er mit entblößtem Haupte und gekreuzten
Beinen, und sein Auge schaute hinein in die rote Schreibtafel,
in die er sich seine Einkäufe nach Sorte u. s. w. eingezeichnet
hatte, um ihn her lagen in verschiedenen Papieren Wollproben.
Diethelm fuhr sich mit der Hand über das Haupt, und er
meinte, er spüre es, wie ihm die Haare jetzt plötzlich grauer
werden. Eben kam der Reppenberger wieder und brachte einen
Mann, der eine überaus feine und haartreue Wolle habe,
da sei jedes Härchen von unten bis oben gleich und alles im
Bließ gewaschen. Diethelm nebelte es vor den Augen, und er
ersuchte den Reppenberger, vor allem einen guten Trunk Wein
herbeizuschaffen: er fühlte sich so matt, daß er auf keinem Beine
mehr stehen konnte, und besonders in den Knieen spürte er eine
unerhörte Müdigkeit. Er gab den Umstehenden wenig Bescheid

und starrte hinein in seine Schreibtafel und sprach mit den Lippen lautlos die Zahlen vor sich hin. Vom Hauptturm der Stadtkirche bliesen eben die Stadtzinkenisten den althergebrachten Mittagschoral; sie standen eben auf der Westseite der Turm= galerie, und diese Posaunen und Trompeten strömten ihre lang= gezogenen Töne gerade zu Häupten Diethelms nieder. Er zuckte zusammen und schaute auf, als hörte er die Posaune des jüng= sten Gerichtes vom Himmel herab; er fuhr sich mit der breiten Hand langsam über das ganze Gesicht, dann schaute er hell auf, der Reppenberger rief ihm. Der herbeigebrachte Wein richtete ihn bald wieder auf, und nun galt es, die begonnene Rolle mutig fortzusetzen. Die Stadtzinkenisten bliesen eben nach einer anderen Himmelsgegend, und die Klänge schwebten wie verloren über dem lauten Marktgewühle. Einmal sprach er eifrig und ganz allein mit einem fremden Händler, und es ver= breitete sich rasch die Sage, daß er im Auftrage dieses, der noch gar nichts eingekauft hatte, die Händel abschließe. Diethelm merkte bald, daß sein Auftreten dem Markt eine ganz andere Wendung gegeben hatte; es kamen schon Unterhändler, die sich im Auftrage Ungenannter nach dem Wiederverkaufe erkundigten. Eine Weile stockte er und gedachte, mit mäßigem Gewinn darauf einzugehen, aber der Reppenberger hatte recht: jetzt, im hohen Verkehr, wo alles im Trab geht, kann man nicht hufen und rückwärts fahren; wenn alles vorbei ist, dann läßt sich ein guter Treffer machen, dann hat man die ganze Geschichte allein in der Hand, drum jetzt nur mutig vorwärts. Und immer neue Zahlen stellten sich in die Schreibtafel Diethelms, er hatte schon drei= mal die Schreibtafel in die Tasche gesteckt und die Hand darauf gelegt mit der Versicherung, daß er sie nicht mehr herausthue, und wenn er die Sachen halb geschenkt bekäme, er gehe nicht weiter ins Wasser, als er Boden habe; aber alles schrie über seine Bescheidenheit, so ein Mann wie er könne dreimal den Markt auslaufen. Dieser Ruhm stachelte ihn immer wieder aufs neue, denn er sah, wie seine prahlerische Bescheidenheit ihm immer mehr Vertrauen an den Hals warf. Der Gedanke, wie sehr er dieses Zutrauen täusche und vielleicht ganz betrüge, zuckte ihm wieder durch die Seele, aber jetzt fand er eine rasche Aushilfe: da ist der Steinbauer, der so heilig thut, wie ein frisch vom Himmel geflogener Engel, und ohne Widerrede gibt er einen geringeren Preis an, als er bekommt, und betrügt damit alle anderen. Aller Handel und Wandel ist auf Lug und Trug gestellt, ein bißchen mehr, ein bißchen weniger; und es kann ja wohl sein, es ist so viel als sicher, daß kein Mensch

einen Heller verliert. — Die Leute zeigten einander, wie zuversichtlich und froh der Diethelm dreinsah, und beneideten ihn um
den Haupttreffer, den er heute mache.

Drittes Kapitel.

Wieder kehrte Diethelm mit großem Geleite in das Wirtshaus zurück. Es waren nun wirklich seine Vasallen, denn ihn
umgaben alle die, denen er abgelauft hatte.

Unter dem Thore begegnete er seiner Tochter, die mit
einigen Mädchen dort seiner harrte; sie fragte ihn, ob er nun
mitgehe, ihr, wie er versprochen, einen Marktkram zu kaufen.
Diethelm sagte, er habe keine Zeit, und gab ihr zwei Kronenthaler, daß sie sich selber etwas kaufe.

Mit dem Steinbauer mußte nun vor allem glatte Rechnung gemacht werden. Diethelm nahm ihn zuerst allein vor,
aber er mochte reden, was er wollte, der Steinbauer blieb bei
seiner Aussage, er verlangte ein Viertel des Kaufpreises als
Anzahlung und binnen acht Tagen die Unterschrift des Schäuflerdavid als Bürgen. Diethelm suchte das Ungerechte dieser Be-
dingungen, die gar nicht festgestellt waren, darzuthun; der Steinbauer verzog keine Miene und blieb dabei; selbst als Diethelm
laut lachte und die Sache ins Scherzhafte ziehen wollte, blieb
sein Widerpart ohne Teilnahme und war, was man so nennt,
ein bestandener Bauer, der sich nicht so leicht aus seinem Schritt
bringen ließ. Schnell in Zorn überspringend, schalt ihn Diethelm einen Betrüger, da er einen geringeren Kaufpreis angegeben habe, um die anderen zu hintergehen. Der Steinbauer
leugnete dies und behauptete, er habe zur Angabe Diethelms
nur geschwiegen, er könne aber jetzt auch reden und vielleicht
mehr, als lieb sei.

„Was meinst? was?“ fragte Diethelm hastig.

„Ich mein' gar nichts, ich will mein Geld, und da bleibt
ein jeder, wer er ist.“

„Hältst mich für ein Schuldenbäuerle?“ fragte Diethelm
halbzornig.

„Nein, b'hüt Gott, ich könnt' mit dir tauschen, wenn's
drauf ankäm'; aber weißt: zahlen mit bar Geld, das zwingt die
Welt. Du brauchst ja nur pfeifen, da hast's, und wenn ich
mein' Sach' wieder an mich zieh', und das thu' ich, wenn du

mich nicht bar bezahlst, ich ließ' es aber nicht dabei, ich müßt'
vor's Amt damit, so hart es mich ankommt."

Diethelm fühlte, was es heißt, sich in schwankender oder
gar in verzweifelter Lage zu befinden, da muß man sich so zu
sagen übers Ohr hauen lassen und thun, als ob nichts ge=
schehen wäre, nur um Aufsehen und genauere Nachforschung
zu vermeiden.

„In einer Stunde hast all dein Geld," rief Diethelm den
ihn ungerecht Bedrängenden überbietend.

„So recht," sagte der Steinbauer, „wie viel Uhr ist jetzt?
Drei? Um viere bin ich wieder da. B'hüt dich Gott und
zürn' nicht."

Die übrigen, die den zähen Steinbauer so zufrieden davon
gehen sahen, waren schnell befriedigt, und Diethelm drang selber
drauf, daß sie wegen „Leben und Sterben" eine Handschrift
von ihm nehmen mußten. Nun eilte er zu dem Advokat Roth=
mann und verlangte von ihm ein Darlehen für den Stein=
bauer; der Advokat beglückwünschte Diethelm zu seinen guten
Einkäufen und schloß eine eiserne Geldkiste, indem er sagte:
„Das sind Pfleggelder, Ihr seid ja selber Waisenpfleger und
wißt, daß ich solches Geld nicht ohne gerichtliche Bürgschaft ver=
leihen darf." Diethelm ging um die Kiste herum wie die Katze
um einen Wursthäcker und sah mit Schmerzen das alles ver=
schließen, ohne Miau zu machen; er blieb noch eine Weile harm=
los plaudernd bei dem Advokaten und that, als ob er nie ein
Anliegen gehabt hätte, mit dem er abgewiesen worden war.
Er versicherte Rothmann, daß er weit davon entfernt sei, ihn
aus der Abgeordnetenstelle verdrängen zu wollen, der Advokat
entgegnete, daß er Diethelm Glück wünsche, wenn er als Kan=
didat der sich so nennenden Konservativ=Liberalen durchbringe,
die Herren möchten dann einmal ihre sogenannte Möglichkeits=
politik versuchen, um zu erfahren, daß das Schlechte leichter
möglich sei, als das einfach Rechte.

Diethelm zeigte sich eifrig in Darlegung seiner Gesinnungen,
und doch dachte er jetzt an nichts weniger, als an dies.

Offen und versteckt laufen überall und allzeit die verschie=
densten Interessen durcheinander.

Als Diethelm das Haus verließ, traf er glücklich den
Neppenberger vor demselben; durch diesen ließ er nun ein gut
Teil des Eingelauften unter der Hand zu bar Geld machen,
mit der Bedingung, daß nicht hier unter den Augen der Markt=
aufseher, sondern morgen auf dem eine Stunde entlegenen Dorfe
oder, noch besser, in seiner eigenen Heimat abgeliefert werde.

Bis dieses Geschäft abgemacht war, wollte sich Diethelm verborgen halten, und dazu gab es kein besseres Versteck, als der
Tanzboden im Stern, wo eben die Musik aufspielte; dort würde
ihn gewiß niemand suchen, und dorthin sollte Reppenberger mit
dem fremden Händler kommen.

Es war, als ob doch etwas von dem Wunsche Diethelms,
mit seinen zwei Rappen in den Stuben herum zu kutschieren,
erfüllt wäre; denn kaum war er auf dem Tanzboden, wo sich
eben in lärmender Pause die erhitzten Paare verliefen, als alles
ehrerbietig vor ihm auswich, und da und dort hörte er seinen
Namen pispern. Einige ältere Leute, die ihm zutranken und
stolz darauf schienen, daß er das Glas annahm, fragte er nach
dem Reppenberger, den er zu suchen vorgab; sogleich erboten
sich mehrere Trinkgeldsbedürftige, den Reppenberger aufzusuchen.
Diethelm hatte abzuwehren, so gut er konnte, und glücklicherweise
erlöste ihn ein junger, modisch gekleideter Mann, der mit vielen
Bücklingen auf ihn zukam, sich als ältesten Sohn des Stern-
wirts vorstellte und Diethelm bat, in die Herrenstube zu kommen.

Die Welt duldete es gar nicht mehr, auch wenn er es
selbst gewollt hätte, daß er in niederem Bereiche verweilte. Diethelm betrachtete sich selbst, um zu erkunden, was denn an ihm
sei, daß ihm jeder ungefragt eine höhere Stufe anwies. Er
folgte dem jungen Manne, der äußerst ehrerbietig war, die Treppe
hinab, und als er eben die Klinke zur Herrenstube in der Hand
hatte, hörte er einen Soldaten unter der Hausthüre sagen: „Komm
nur." Diethelm drehte sich um, die Stimme war ihm bekannt,
und der Soldat fuhr fort:

„Tanz' du nur einmal, während der Zeit wird dein Vater
um ein paar tausend Gulden reicher, und ich krieg' dich immer
weniger."

„Ich weiß nicht, ob's recht ist," sagte eine Mädchenstimme,
und halb gezogen erschien Fränz auf der Schwelle mit hoch-
glühendem Antlitze.

„Soll ich euch aufspielen?" rief Diethelm, sich umwendend.
Der Soldat und Fränz ließen vor Schreck die Hände los.

Der Soldat faßte sich schnell wieder und grüßte Diethelm,
dieser aber sagte:

„Du bist's? wie kommst du daher, Munde?"

„Ich hab' Urlaub genommen, und es freut mich, daß ich
auch meinen alten Herrn seh'."

„So? Willst eine Halbe trinken?"

„Freilich."

„Säh, da hast Geld, trink eine," und Diethelm reichte mit

dieſen Worten dem über und über errötenden Soldaten einen
Sechsbätzner.   Der Soldat, der nicht anders erwartet zu haben
ſchien, als Diethelm würde ihn mit zum Wein nehmen, wußte
nicht, ſollte er die Hand zum Fauſtſchlag ballen, oder zum Em=
pfang der Gabe darreichen. Beides ſchien gleich mißlich, offene
Feindſeligkeit wie die beabſichtigte Demütigung vor den Augen
der Geliebten, es fand ſich aber noch ein Ausweg, und lächelnd
ſagte der Soldat:

„Dank' gehorſamſt, ich will warten, bis ich einmal ein'
Halbe mit Euch trink'; vorderhand hab' ich ſchon noch, um
von meinem Geld ein Glas auf Euer Wohlſein zu trinken.“

Mit einem Gemiſch ſeltſamer Empfindungen reichte Diethelm
dem Soldaten die Hand und ſtand von dem Vorhaben ab, dem
Burſchen auf ſtrenge Weiſe zu zeigen, an welchen Platz er ge=
höre; dieſe geſchickte höfliche Wendung und der Stolz, der darin
lag, gefiel ihm.   Das geſtand ſich Diethelm, aber nicht, daß
er ſich in dieſem Augenblicke ſelber zu ſehr gedemütigt fühlte,
um die Unterwürfigkeit anderer herauszufordern. Er ſagte daher
nichts weiter, winkte dem Soldaten einen Abſchied zu und ver=
ſchwand mit Fränz hinter der Thür der Herrenſtube. Der Soldat
ging im Hausflur auf und ab wie ein Wachtpoſten, und ſeine
Gedanken gingen mit ihm hin und her: ſollte er auch hinein in
die Herrenſtube und ſich auftiſchen laſſen? Aber wer weiß, wozu
das führt? Es ſind viele Fälle möglich. Der Schluß blieb jenes
letzte Mittel, das Gelehrten und Ungelehrten gleich genehm iſt,
nämlich: vor allem und vorderhand nichts thun — da macht
man nichts gut und nichts böſe und kann getroſten Mutes und
ruhigen Gewiſſens die kommenden Ereigniſſe abwarten.

Viertes Kapitel.

Der Soldat ging nach dem Schafmarkt. Viele Hurden
waren bereits leer, die noch zurückgebliebenen Schäfer hatten ihre
Mäntel bereits loſe zuſammengerollt auf der Schulter hängen.
Das Marktgewühl brauſte und toſte in der Ferne, hier aber war
alles ſo ſtill wie auf einſamer Höhe, an deren Fuß ein wild=
rauſchender Bach über Felſen brauſt; nur bisweilen hörte man
das klagende Blöken eines Schafes, dem ein Metzger durch
einen Schnitt ins Ohr das Kennzeichen ſeines Eigentums gab.
Die alſo bezeichneten Schafe duckten die Köpfe und ſahen traurig

und dumpf nieder, als müßten sie, daß die Tage ihres Weid-
ganges gezählt sind. Von einer Herde führte ein Metzger eben
einen Hammel weg, und das sonst so geduldige Tier war störrig
und mußte mehr gezogen und geschoben werden, als daß es
ging; es kümmerte sich wenig um Bellen und Beißen des Hundes
und blökte nur kläglich. Der Soldat schaute dem allem mit
dumpfer Verwunderung zu; er war selber Schäfer gewesen, und
doch war ihm alles das wieder neu und fast seltsam. Er sah
die Hurde seines Bruders, des Schäfers Medard, den wir beim
Ausspannen gesehen haben, und schon von fern zerrte der selbe
Hund an der Kette, die am Gurte seines Herrn befestigt war, und
weckte diesen aus stillem Niederschauen, so daß er aufblickend rief:

„Hast sie gefunden?"

Der Soldat nickte mit dem Kopfe, und erst als er bei seinem
Bruder war und den Hund gestreichelt hatte, erzählte er, wie er
die Fränz allein auf dem Markte getroffen, wie sie miteinander
umhergeschlendert und eben zum Tanze gehen wollten, als Diethelm dazwischen kam und ihn so sonderbar davonschickte.

Der Schäfer dagegen berichtete, wie es ihm sei, als ob die
ganze Welt aus dem Leim ginge: daheim habe der Meister so
nötlich gethan, wie wenn alles bei ihm auf Spitz und Knopf
stehe, und kaum auf den Markt gekommen, kaufe er wie besessen
ein und thue, wie wenn er fragen möchte, was kostet das
Schwabenländle? Er habe die Hämmel verkauft und könne den
Herrn nirgends finden, um ihm das Geld zu geben. Ueber-
haupt, erzählte er, sei der Meister seit fast einem Jahr zweierlei
Menschen: bald streichle er einen wie mit Samtpfoten, bald
sei er ein borstiger Igel, bald lobe er alles, bald mache man
ihm gar nichts recht. Die Brüder besprachen sich noch lange
über das seltsame Wesen des Meisters, denn auch der Soldat
hatte ehemals bei Diethelm als Schäfer gedient.

Als der Schäfer äußerte, daß Diethelm vielleicht um so
größer thue, je kleiner er geworden sei, und vielleicht noch einen
tüchtigen Raps mache, so lang man ihm traue, fuhr der Soldat
dagegen los, als ob er selber beleidigt wäre, und es war noch
mehr als das: denn da gilt ja gar nichts mehr, wenn man gegen
solch einen Mann nur so was denken darf; worauf der andere
lächelnd erwiderte:

„Büble, Büble, du wirst dein Lebtag nicht gescheit; du
glaubst den Leuten, was sie dir vormachen. Laß sehen, was du
für Tubak hast," schloß er und nahm dem Soldaten die Pfeife
aus dem Mund und rauchte sie weiter; der Soldat sagte kein
Wort dazu.

Es war ein seltsames Brüderpaar, das da bei einander saß. Medard hätte dem Alter nach der Vater Mundes sein können, aber ähnlich sahen sich die Brüder nicht. Medard hatte ein langes dürres Gesicht, das durch den zottigen Backenbart und die auf= gesträubten rötlichen Augenbrauen Aehnlichkeit mit dem Schäfer= hunde hatte, während Munde kugelrund aussah und Angesicht und Hals von dunkelbrauner Farbe war; er hatte kohlschwarzes Haar und kleine, in fetten Augenlidern versteckte braune Augen, aus denen ein stilles sanftes Gemüt sprach. Medard sah aus, als könnte er nie lachen, und Munde sah noch jetzt in seiner Betrübnis aus, als könnte Schmerz und Zorn keine Heimat in seinem Gesichtsausdruck finden.

Medard war gerade um fünf und zwanzig Jahre älter als sein Bruder, und diese beiden und noch eine Schwester, die dem alten Vater in Buchenberg Haus hielt, waren von neun Kindern am Leben geblieben. Als der kleine Munde so verspätet und plötzlich geboren wurde, verließ Medard unter Verwünschungen das väterliche Haus und betrat sechs volle Jahre dessen Schwelle nicht mehr. Es war nicht Aerger wegen des Erbes — da war ja nichts zu teilen — aber Medard schämte und ärgerte sich über den nachgebornen Bruder, daß er von seinen Eltern gar nichts mehr wissen wollte; er verdingte sich weit weg und kam erst nach sechs Jahren wieder, als er aus dem Zuchthause ent= lassen wurde, wo er wegen einer Rauferei, in der er einen Nebenbuhler erschlagen, fünf Jahre gebüßt hatte. Es war ihm nun doch nichts übrig geblieben, als in das elterliche Haus zurückzukehren. Als er zum erstenmal wieder in des Vaters Stube trat — die Mutter war schon seit sechs Jahren gestorben, und wie der Vater sagte, an den Folgen der Verheimlichung ihrer Schwangerschaft, die sie vor dem erwachsenen Sohne ver= bergen wollte — da war's, als ob der kleine Munde es dem Bruder wie mit Zauber angethan hätte; er umklammerte gleich beim Eintreten seine Füße, und Medard ließ den schon ziemlich großen Bengel oft stundenlang nicht vom Arm herunter und tollte mit ihm wie närrisch umher, die ganze verhaltene Bruder= liebe schien auf einmal sich zu entfalten und eine Sühne für seine früher verübte Härte zu Tage zu fördern.

Diethelm that gerade um diese Zeit eine großartige Schäferei auf, und auf die Bitten des alten Schäferle und die Zureden seiner Frau nahm er den Medard in Dienst, der nun von Georgi bis Michaeli im freien Felde war und stets den Munde bei sich hatte und ihn mit einer Sorgfalt ohne Grenzen wartete und pflegte. Der alte Schäferle überließ ihm gern das Kind; er war mit allem zufrieden, wenn er nur hinlänglich Tabak hatte, um ſeine Holzpfeife in beſtändigem Brand zu erhalten. Medard verſorgte ihn jetzt mit Tabak, während er ſonſt oft hatte dürre Nußblätter rauchen müſſen.

Wenn Medard manchmal dachte, daß ihm das Kind ſterben könnte, fühlte er alle Haare zu Berge ſtehen. Stundenlang konnte er in das braune Antlitz und in die dunkeln Augen des Knaben ſchauen und ſich nur ärgern, daß dieſer ihn gewiß nicht ſo lieb habe, wie er ihn, es wenigſtens nicht darthun konnte; dann konnte er aber auch ſtundenlang vor ſich hin lächeln über eine einfältige oder kluge Bemerkung des Munde. Auf den falben Schäferhund, den Paßauf, war Medard oft eiferſüchtig, denn der Knabe war mit dem Hund ſo zutraulich und verſchwendete an ihn ſo viel Liebe, die doch ihm gebührte. An e i n e r Sache hatte aber Medard ſtets ſeine ungetrübte Freude. Munde war nämlich äußerſt gelehrig in der Muſik. Vielleicht iſt es noch ein Ueberbleibſel aus den verklungenen Schalmeienzeiten, daß die Schäfer in der Regel kunſtfertige Pfeifer ſind, und Medard war hierin noch ein beſonderer Meiſter. Er verſtand nicht nur den notwendigen Signalpfiff, der dem Paßauf als Kommando galt, er konnte auch alle Vögel des Waldes nachahmen und hatte noch dazu eine unerſchöpfliche Quelle von Lieder= und Tanzweiſen, in denen er trillern konnte wie ein Kanarienvogel. Er lehrte nun den Munde dieſe Fertigkeit, und wenn der Knabe dann vor ihm ſtand und den Mund ſpitzte und hellauf pfiff, umfaßte Medard mit beiden Händen ſeine Schäferſchippe und bohrte ſie tief in den Boden vor Freude. Im Herbſt lockte Medard andere Knaben zu ſich aufs Feld, damit ſie mit dem Munde ſpielen, denn dieſer kam ihm manchmal ſo traurig und nachſinnend vor, ſo verlaſſen wie ein Schäfchen, das von der Herde genommen iſt und das einſam in ſich hinein jammert. Da deuchte es dann Medard, als ob ſein Munde über alle herrſche, ſie beugten ſich ihm ungeheißen, und alte Sagen kamen ihm in den Sinn, wie ein Schäferknabe plötzlich zu einem König geworden und eine ſchöne Prinzeſſin im diamantenen Palaſte zum Ehegemahl erhielt. Er lächelte wohl über dieſe Sagen, er wußte ja, daß daran kein wahres Wort ſei, aber Munde war gewiß zu etwas Großem geboren, wenn auch juſt nicht zu einem König; und dann wollte ſich Medard in ſeinen alten Tagen das Gnadenbrot bei ihm ausbitten und unter der Stallthür ſtehend glücklich ſein, wenn ſein Bruder in der Kutſche dahinfuhr oder auf einem ſchönen Apfelſchimmel daherritt. Was läßt ſich nicht alles ausdenken draußen bei den ſtill weidenden Tieren! Medard erſchien ſich

oft ganze Wochen wie verzaubert; alles, was er that, kam ihm
so vor, als wäre das nur für einstweilen, nur noch jetzt, in
einer Stunde wird's anders: da kommt auf einmal ein groß
Glück. Und manchmal konnte er es gar nicht fassen, daß der
Munde noch so klein und jung sei und noch so lange zu wachsen
habe, bis er ein großer Mann, mindestens ein reicher Graf sei.
Natürlich fehlte es auch nicht an Zeiten, wo sich Medard vor
die Stirn schlug und sich selber auslachte über all die Narreteien,
die er im Kopfe herumtrage; er war dann froh, daß niemand
davon wußte, und schlug sich alles aus dem Sinn; aber innerlich verborgen konnte er doch eine gewisse Hoffnung des Unerwarteten nicht ertöten, er wußte nicht was und wie, aber
doch blieb's.

Als dem Diethelm seine Fränz geboren war, hatte Medard
dieser schon einen Ehemann bestimmt, lange bevor sie ein Wort
sprechen konnte.

Munde war acht Jahre alt geworden. Es war im hohen
Sommer, im Thale war abgeweidet, und der Pferch begann noch
nicht, Medard hatte seinen sämtlichen Schafen Schellen umge-
hängt, und es ging nun auf den Trieb ins hohe Waldgebirge.
Das Schellengeläute währte unaufhörlich vom Morgen bis zum
Abend, denn die Schafe auf der Weide fressen beständig im
Gehen und stehen meist kaum so lange still, um das Gras ab-
zuraufen; Medard war immer in wundersamer Aufregung, und
er dachte mit schweren Sinnen, daß dies der letzte Sommer sei,
in dem er den Munde bei sich hatte; zu Ostern mußte dieser
bei Strafe endlich in die Schule. „Es ist vorher gegangen, es
muß nachher auch gehen," tröstete sich Medard, wenn er überlegte, wie er diese Trennung ertragen werde. An einem Mittag,
an dem die Nebel nicht von Berg und Thal wichen, saß Medard
am Waldrande, an dem ein schmaler Holzweg sich hinzog, und
vor ihm, den jähen Berghang hinab, weideten die Schafe;
Munde stand weiter unten, just in der Biegung des Weges in
einer Brombeerhecke und erlabte sich an der saftigen Frucht.
Vom Walde oben vernahm man Hacken und Knacken der Holz-
hauer, und das Schellengeläute war so summend, daß Medard
fast in Schlaf versinken wollte. Da hörte er über sich etwas
poltern, er schaute rückwärts — hat sich ein Felsen aus seiner
uralten Ruhe losgelöst? Da kommt es den Weg herab, ein
in Schuß geratener lediger zweirädriger Karren, Medard ist
ganz erstarrt, er schaut auf und schaut hinab und ruft schnell:
„Munde, geh' beiseite, Munde, um Gottes willen lug' auf!"
Aber das Kind hörte nicht, und der Wagen ist schon so nahe;

kommt er bei Munde an, ſtürzt er die Halde hinab und zerſchmettert das Kind, es iſt kein Stein am Wege, nichts, womit
man einhalten kann. All' dies Schauen, Denken, Rufen war
das Werk eines Augenblickes, ſchon iſt das zermalmende Rad
nahe, Medard kann ſich retten — aber das Kind! Schnell ſtreckt
Medard halb träumend, halb wiſſend, was er thut, den rechten
Fuß weit vor, es knackt, der Karren ſteht ſtill ... Die Leute,
denen der Karren entronnen war, kamen mit Geſchrei hinterdrein, ſie fanden Medard mit zerknicktem Fuße, leblos, ſie warfen
ſchnell das Holz ab und luden Medard auf den Karren und
führten ihn nach dem Dorf, wo er monatelang eingeſchindelt
lag. Um ſo luſtiger aber ſprang Munde um ihn her, und das
erquickte den Leidenden mehr, als all' die guten Tränkchen, die
der alte Schäfer bereitete, und mehr als die ſorgſame Abwartung
der Meiſtersfrau. Medard war nicht ſo großmütig, ſeinem Bruder
nie zu ſagen, was für ein Opfer er ihm gebracht. Das Kind
verſtand deſſen Bedeutung noch nicht, und als er in ſpätern
Jahren es erkannte, war die That eine längſt gewohnte, wenig
beherzigte, wenngleich Munde dem älteren Bruder mit kind-
licher Hingebung zugethan war und es ihm nie in den Sinn
kam, eine Einſprache dagegen zu erheben, daß ihn Medard ſtets
„Büble“ hieß. Medard konnte, wenn auch mit einem lahmen
Fuß, ſeinem Geſchäfte nachgehen; die Ruhe, die es mit ſich
brachte, war ihm nun beſonders genehm. Munde war in der
Schule, und Medard blickte auf die Tage, da es ihm das Kind
wie mit einem Zauber angethan hatte, mit verwundertem Lächeln
zurück; und doch war etwas eingetroffen, und wer wußte, was
noch daraus wird. Munde lebte im Hauſe Diethelms wie das
eigene Kind, und es war nicht anders zu vermuten, als Diethelm würde dem Munde gern ſeine Fränz zur Frau geben, denn
Diethelm war wegen ſeiner Gutherzigkeit berühmt, die er allerdings zumeiſt nur auf ſeine Freundſchaft (Verwandtſchaft) anwendete. Munde war und blieb eben der Schäferprinz, wie
ihn Medard oft im ſtillen nannte. Bei all ſeiner Zärtlichkeit
für das kleine Brüderchen und deſſen große Hoffnungen verſäumte indeſſen Medard doch ſeinen einſtweiligen Vorteil nicht,
er wollte für alle Fälle geborgen ſein, er verſtand es, wie man
hier erſt recht ſagen kann, ſein Schäfchen ins Trockene zu bringen
und zwar mit ſo verſchlagener Liſt, daß Diethelm das unbe-
dingteſte Vertrauen in ihn ſetzte, obgleich er es ihm noch manchmal vorrückte, daß er ein Sträfling ſei. Medard machte ſich
nicht im entfernteſten ein Gewiſſen daraus, das Vertrauen Diethelms zu mißbrauchen; denn das iſt das Unergründliche in des

Menschen Brust, daß oft Betrügerei neben Treuherzigkeit, Ver=
stocktheit neben Zartsinn friedlich zu wohnen vermag. Als Munde
konfirmiert war, wurde er Schäfer, aber der ältere Bruder gab
seine Hoffnung noch nicht auf: Munde mußte einst die Fränz
heiraten; und je mehr das Mädchen heranwuchs, um so größer
wurde auch seine Liebe zu dem jungen Schäfer, immer hütete
Medard den Bruder wie seinen Augapfel und diente ihm, als
wäre er sein angeborener Herr. Erst als Munde Soldat werden
mußte und der Diethelm ihn nicht loskaufte, faßte Medard einen
tiefen Haß gegen seinen Meister; es genügte ihm nicht mehr
an den gewohnten kleinen Veruntreuungen, er wünschte sich eine
gewaltige That, um Zorn und Rache loszulassen; nur die
Meisterin that ihm leid dabei, und wenn sie nicht wäre, sagte
er oft, hätte er den Meister schon im Stall erwürgt.

Als Medard jetzt den Bericht seines Bruders hörte, sagte er
nichts, sondern stieß nur den Rauch der Pfeife immer rascher heraus.

„Ich wollt',“ schloß der Soldat, „der Diethelm würde über
Nacht ein armer Mann, nachher könnt' ich die Fränz heiraten
ungefragt.“

„Büble, du bist ein Narr,“ rief Medard, „du mußt sie
haben mitsamt ihrem Geld, und mag sie noch so hoffärtig sein,
und ein Nückel ist und bleibt sie; aber freilich da drüber darf
man mit dir nicht reden. Wenn ich nur wüßt', wie's mit dem
Meister steht; sauber ist's nicht, das glaub' mir.“

Nun besprachen die Brüder das Leben des Meisters. Diet=
helm war ehedem ein wohlhäbiger, still arbeitsamer Bauer ge=
wesen, er war als Knecht nach Buchenberg gekommen und hatte
die reiche Witwe, die Schwester des Schäuflerdavids, gegen den
Willen ihres Bruders und ihrer ganzen Familie geheiratet.
Stolz war er von je, und selbst seine vorherrschende Tugend,
die ihm einen großen Namen machte, schien davon nicht frei.
Damals, als Diethelm die reiche Witwe heiratete, lebten seine
Eltern noch, aber sie wie ihre andern sechs Kinder, die teils
dienten, teils selber Familien gegründet hatten, lebten in äußerster
Dürftigkeit. Das nahm nun schnell ein Ende, denn mit reicher
Hand setzte Diethelm alle seine Angehörigen in Wohlhabenheit
und alles, was Diethelmisch hieß, stand plötzlich in Ehre und
Ansehen. Hatte Diethelm im allgemeinen eine freigebige Hand,
so war sie es noch besonders für einen auffälligen Zweck. Er
kleidete nämlich gern die Armen, und es war seine besondere Lust,
daß alles stattlich daher käme; und wurde er auch oft von solchen
mißbraucht, die fremder Gabe gar nicht bedurften, immer wieder
fand ihn jeder bereitwillig und hilfreich. Wenn unser Meister

nach Letzweiler kam, ſtand alles ſtill, als erſchiene ein höheres
Weſen, und die Lippen bewegten ſich wie zu Segensſprüchen,
denn ſolch einen Wohlthäter hatte man noch nie geſehen, und
Diethelm hatte nur abzuwehren, daß ihm nicht Kinder und Greiſe
die Hände küßten. Seine hilfreiche Mildthätigkeit war aber auch
ohne Grenzen, und man fabelte allerlei über ſeine unermeßlichen
Reichtümer: er habe ein großes Los in einer fremden Lotterie
gewonnen, er habe einen Schatz gefunden und dergleichen mehr.
Diethelm gefiel ſich in dem Ruhm ſeines Reichtums und ſeiner
Wohlthätigkeit. In den beſten, manneskräftigen Jahren, als
er Schultheiß geworden war, fiel es ihm auf einmal ein, daß
er genug gearbeitet habe. Er verpachtete daher ſeine Aecker
und lief müßig und mit eingebildeten Krankheiten im Dorf
umher; aber auch dies Leben verleidete ihm nach wenigen Jahren,
zumal er mit den Pachtbeſtändern vielerlei Quengeleien hatte.
Er wollte ändern, mochte aber nicht mehr zurück, verkaufte nun
trotz heftigen Widerſpruchs ſeiner Frau alle ſeine Aecker, nur
die Wieſen behielt er und lebte von Zinſen. Bald aber fing
er einen kleinen Kornhandel an, der nicht ohne Gewinn war,
und nun ging er Tag und Nacht auf ſogenannte Spekulationen
aus, die ihm auch meiſt glückten.

Dieſes Verwenden der ganzen Lebensarbeit ſeiner Dorf=
bewohner als bloßen Wertgegenſtandes hatte ſchon in ſich etwas
Herausforderndes, Feindſeliges. Der ewige Kampf zwiſchen den
Hervorbringenden und denen, die ſolches mühſame Händewerk
mit Reden und Schreiben zu eigenem Vorteil verwenden, iſt
auf dem Lande naturgemäß ein Widerſtreit gegen die Korn=
händler, der ſich je nach den Zeitläuften zu ausgeſprochenem
Haſſe entwickelt. Das Vorhalten des Gedankens von dem großen
Weltverkehre und daß die Thätigkeitsergebniſſe der ganzen Menſch=
heit einander angehören, will bei dem, deſſen Auge auf der
beſchränkten Stätte ſeiner Arbeit haften muß, nicht Eingang
finden; in dieſer wie in mancher andern Beziehung arbeitet
die Zeit noch überall an der Erhebung zum Gedanken der großen
Weltgehörigkeit.

Auch Diethelm erfuhr in ſeinem Thun mancherlei Haß,
und ſtatt ihn zu verſöhnen, reizte er ihn noch, indem er oft
laut ſagte: „Ihr arbeitet euch krumm und lahm, und ich ſchau'
zum Fenſter hinaus und hab' meine grünen Saffian=Pantöffele
an, und verdien' dabei in einer Stunde mehr, als ihr in drei
Monaten.“ Das war aber nicht immer der Fall, und in dem=
ſelben Jahre, als Diethelm in ſeinem Handel eine große Schlappe
erlitt, wurde er auch nicht mehr zum Schultheiß gewählt, und

er begann nun das Schafhalten und den Wollhandel. Die Um=
gegend von Buchenberg eignete sich allerdings dazu, die Schafe
ihre sieben Monate auf dem Weidgang zu erhalten, aber auch
Seuchen blieben nicht aus, die empfindliche Verluste mit sich
führten.

Medard war gegen seinen Herrn voll Zorn und Haß und
wieder voll ergebener Abhängigkeit. Wenn er auch nun schon
so viele Jahre bei ihm diente, ließ es ihn Diethelm gelegentlich
doch noch immer fühlen, daß er ihn als Sträfling zu sich ge=
nommen, und behandelte ihn oft mit tyrannischer Willkür, gegen
die auch nicht der leiseste Widerspruch sich erheben durfte. In
der Seele des Schäfers setzte sich daher eine Bitterkeit fest, die
ihn wünschen ließ, daß sein Herr einmal zu Falle kommen oder
in seine Hand geraten möge.

Munde dagegen war voll aufrichtiger Liebe gegen Diethelm,
der ihm dafür auch mit besonderer Freundlichkeit zugethan blieb.

Fünftes Kapitel.

Während die Brüder draußen vor dem Thor sich über das
Leben ihres Meisters besprachen, saß dieser drin beim Sternen=
wirt im hintern Stübchen vor einer Flasche vom Besten, die
der Sternenwirt zu Ehren seines Gastes auftischte und dabei
seine Familienverhältnisse darlegte.

Halb klagend, halb ruhmredig erzählte er, wie sich die
Zeiten ändern: er selber sei noch Metzger gewesen und habe
dabei gewirtet, jetzt aber müsse ein Wirt alle Sprachen kennen,
und ein Handwerk daneben zu treiben sei gar nicht denkbar; sein
Wilhelm sei aber auch in Genf und „auf der Universität von
allen Kellnern, im Schwan in Frankfurt gewesen".

Diethelm zeigte sich diesen Mitteilungen besonders teil=
nehmend und aufmerksam, denn es ist dem bangenden Herzen
oft nichts erwünschter, als durch Aufnahme fremden Schicksals
sein selbst zu vergessen. Während der Sternenwirt erzählte, hatte
sich eine von dessen Töchtern und der Sohn angelegentlich mit
Fränz beschäftigt und waren oft in lauten Scherz ausgebrochen.
Der Sternenwirt rückte nun, von der Teilnahme seines Zuhörers
ermutigt, weiter heraus: wie glücklich ein vermögliches Mädchen
mit seinem Wilhelm werden könne, er wolle den Engel in der
obern Stadt kaufen und ausbauen und sei ohne Rühmens der

geſchickteſte Wirt. Diethelm nickte einverſtändlich und bemerkte
nur, daß der Wilhelm noch jung ſei und wohl noch ein paar
Jährchen warten müſſe, und der Wirt ſtieß eben mit ihm an,
als der Reppenberger eintrat. Diethelm nahm ihn beiſeite
und vernahm, daß nichts zu verkaufen ſei und höchſtens ums
halbe Geld.

„Sag' nur, ich behalt' den Poſten auch noch," rief Diet=
helm plötzlich laut und ſagte dann, daß es alle hören konnten,
leichthin zu dem Wirt:

„Kannſt mir nicht auf eine Stunde fünfhundert Gulden
geben?"

„Auf eine Stunde kann's ſchon ſein," erwiderte der Wirt,
„es hat mir ein Händler tauſend Gulden aufzubewahren ge=
geben. Nicht wahr, du bringſt mir's gleich wieder? Von wegen,
wenn's mein wär', könnteſt's behalten, ſo lang du willſt, wär'
mir ſicherer als im Kaſten. Es iſt halb Silber und halb Papier.
Was willſt?"

„Die Thaler, der Steinbauer hört das Geld gern klappern,
er traut ihm eher."

Diethelm empfing ein graues Säckchen mit den Geldrollen,
er übergab die kleine Laſt dem Reppenberger zum Tragen, be=
fahl der Fränz, ihn hier zu erwarten, und ging mit ſeinem Ge=
leite ſtolz durch das Marktgewühl. In der Poſt brach er alle
Rollen auf und zählte und klimperte mit dem Gelde, das er
dem Steinbauer einhändigte; das graue Säckchen betrachtete er
dann eine Weile ſtill und ſteckte es endlich zu ſich, wobei er es
an Spottreden auf den Steinbauer nicht fehlen ließ; dieſer zählte
aber= und abermals die Häufchen ab und hörte auf nichts.

Vor dem Hauſe atmete Diethelm tief auf und ſagte dem
Reppenberger, daß er tauſend Gulden haben müſſe, und wenn
er ſie aus dem Heiligenkaſten ſtehlen ſollte.

„In dem Neſt muß Geld ſein, hilf's holen," ermahnte er
den Reppenberger. Dieſer wußte auch Rat: der Kaſtenverwalter
hatte einen großen Poſten bereit, aber nur auf Hypothek oder
Wechſel. Von erſterer konnte bei Diethelm keine Rede mehr ſein,
er hatte nichts Unbewegliches als ſein Haus und die Wieſen, und
das war die letzte Sicherheit der Frau; und hätte er auch dieſe,
wie er wohl wußte, zu einer Unterſchrift bewegen können, er
durfte es für ſich ſelbſt nicht thun, denn mit Aufnahme einer
Hypothek wäre all' ſein Anſehen vernichtet; vor dem Wechſel
aber hatte Diethelm eine Höllenſcheu, der Reppenberger mochte
das einen albernen Bauernaberglauben ſchelten und darüber
ſpötteln, wie er wollte. Vor der Thüre des Kaſtenverwalters

stand Diethelm mit Reppenberger wie angewurzelt; er lachte
zwar, wenn Reppenberger das „Haus Diethelm" aufforderte,
zu verfahren, wie ihm zukam, aber innerlich bebte ihm das Herz;
endlich mußte doch ein Entschluß gefaßt werden, und weil denn
einmal das Unvermeidliche zu vollziehen war, entlehnte Diethelm
gleich noch ein zweites Tausend. Dennoch erhielt er nur mit
großer Mühe sechshundert Gulden bar, das übrige mußte er
in fremden Staatspapieren zu hohen Tagespreisen annehmen.
Noch nie zitterte die Hand Diethelms so sehr, als da er den
Wechsel unterschrieb. Auf der Straße war's ihm, als sähe es
ihm jedermann an, daß er sich dazu verpflichtet hatte, nach drei
Monaten in schmähliche Gefangenschaft zu gehen; aber die Leute
waren so ehrerbietig wie je, im Stern fand man es nicht im
entferntesten verwunderlich, daß Diethelm auf die Minute sein
Wort hielt; und als dieser dem Wirte die Staatspapiere auf=
zubewahren gab, kam ein neuer Stolz über ihn: „Tausende
handeln ja nur mit Kredit, warum soll ich es nicht auch? Ich
kann auch mit einem Federstrich Summen hin= und herschieben."

Die Furcht vor einer Wechselschuld erschien ihm jetzt in
der That nur als ein Aberglaube, und der Wein erfrischte ihm
das Herz wie noch nie. Auf die Bitten der Wirtsleute und der
Fränz versprach er, über Nacht zu bleiben und den Honoratioren=
ball zu besuchen. „Das Haus Diethelm bleibt," sagte er halb
selbstspöttisch; es wußte niemand, was er damit meinte. Er
ging nun hinaus vor das Thor, um seinen Schäfern Bescheid
zu sagen und der Mutter Nachricht zu geben.

So traf Diethelm die beiden Brüder mitten im Gespräch
über ihn; er war voll guter Laune, als ihm Medard das Geld
für die verkauften siebzig Paar Hämmel übergab, händigte ihm
ein namhaftes Trinkgeld ein und befahl ihm, ein Fuhrwerk zu
nehmen und rasch nach Buchenberg zu fahren, dort der Meisterin
Bescheid zu bringen und alles herzurichten zur Aufnahme der
neuen Waren und Schafe. Bald fuhr Medard mit seinem
Bruder in die linde Nacht hinein, Buchenberg zu.

<hr>

Sechstes Kapitel.

Diethelm wollte nun sogleich von dem Kastenverwalter den
Wechsel auslösen, aber er überlegte, daß er dann ohne bar
Geld sei, und noch nie hatte er solche Freude an diesem gehabt
wie heute.

Das Marktgewühl verlief sich allmählich: die großen Leiter=
wagen, mit lustigen Bauern und Bäuerinnen voll besetzt, konnten
schon in ungehemmtem Schritte durch die Straßen heimwärts
fahren, in den Krämerbuden wurde bereits eingepackt und ge=
hämmert, und die Pferde der Uebernachtenden wurden zur Abend=
tränke an den Marktbrunnen geführt. Es war Diethelm, der
in Gedanken verloren allem zuschaute, als bliebe er zum erstem=
mal in seinem Leben in einem fremden Orte über Nacht, und
als sei er fern in der weiten Welt und diese Stadt ihm nicht
wohlbekannt und heimisch. Er wartete noch, bis auch seine
Rappen zur Tränke geführt wurden, dann ging er abermals
nach dem Kaufhause, um die Beförderung der eingekauften Vor=
räte nach seinem Heimatsort anzuordnen. Als begänne das
eben am Himmel aufflammende Abendrot zu tönen, so war's,
als jetzt die Stadtzinkenisten den feierlichen Abendchoral vom
Turme erschallen ließen. Diethelm achtete nicht lange darauf,
und die Oedigkeit und Kühle, die jetzt in dem vor Stunden so
menschenvollen Kaufhause herrschte, machte ihn eine Weile frösteln;
aber er ließ es dennoch nicht an Umsicht fehlen, und der Reppen=
berger versah sein Aufseheramt meisterlich. Fünf große Wagen
fuhren nach Buchenberg, als Diethelm wieder in den Stern zu
seiner Fränz zurückkehrte und zu neuem Aufsehen eine weitere
Summe zum Aufbewahren übergab. Das Innere des Hauses
hatte in wenigen Stunden ein ganz anderes Ansehen gewonnen,
und in der Stube lachte ein Mädchen Diethelm aus, weil er
es lange anstarrte und nicht erkennen wollte: es war Fränz,
die in dem weißen Kleide der Wirtstochter mit veränderter
Haartracht in der That ganz unkenntlich war. Diethelm schalt
offen über diese Vermummung, denn teils regte sich der Bauern=
stolz in ihm, teils fühlte er auch wohl, wie ungemäß diese Er=
scheinungsart für die Fränz war. Der Wirt suchte ihn zu be=
schwichtigen, aber eine Stimme aus der Ecke rief:

„Der Herr Diethelm hat ganz recht: die gewohnte Tracht
ziert den Bauersmann am besten und ist auch die nützlichste,
weil sie nicht aus der Mode kommt."

Zu seinem Schreck erkannte Diethelm den Kastenverwalter,
und doch that er rasch freundlich zu ihm und rühmte sich beim
Glase sehr viel, wie stolz er darauf halte, ein schlichter, echter
Bauersmann zu sein.

„Dreieckiger Hut, dreifache Versicherung hat ehemals bei
uns gegolten," sagte ein hagerer Stammgast mit langer Pfeife,
der neben dem Kastenverwalter saß und sich als Kaufmann
Gäbler aus der Stadt zu erkennen gab. Und wo drei im

Vaterlande heutigestags beisammen sitzen, sprechen sie über die
fortschreitende Not und Verarmung des mittleren Bürger- und
Bauernstandes. So auch hier.

Leicht aber nehmen solche Gespräche eine selbstische Wendung,
die mehr oder minder ausdrücklich darauf hinausläuft, sich am
eigenen Wohlgefühl zu erquicken. Diethelm verstand es dabei
meisterlich, eine bescheidene Großthuerei an den Tag zu legen;
und als der Kastenverwalter die sichern Hypotheken lobte, gab
Diethelm zu verstehen, daß er deren auch manche habe, daß er
sie aber für den Handel nicht angreife. „Das wäre ja," sagte
er, „wie wenn man einen Ballen aus dem Hause nähme, um
damit Feuer auf dem Herd zu machen." Der Kastenverwalter
fand das klug und lobte das Haus Diethelm, und dieser fand
ein eigenes Wohlgefühl darin, mit Prahlereien um sich zu werfen,
und sie dünkten ihn bald nichts als reine Wahrheit; denn es
ist ja gleich, was man besitzen mag, wenn nur die Menschen
daran glauben: der Glaube macht selig, und der Glaube macht
reich. Endlich rückte der Kaufmann Gäbler mit seinem eigentlichen Vorsatze heraus, er war Agent einer Brandversicherungs-
gesellschaft, und Diethelm sollte die eingekaufte Ware und all
seinen Hausrat versichern. Mit überlautem Widerspruch verneinte
Diethelm diese Zumutung und hatte dafür allerlei unhaltbare
Gründe vorzubringen, die der Kastenverwalter mit Siegesstolz
widerlegte, wobei er mit besonderem Nachdruck wiederholte: daß
nicht der Bauer Diethelm, sondern das Handlungshaus Diethelm
versichern müsse. Als endlich auch der Sternenwirt beistimmte,
gab Diethelm nach, aber unweigerlich beharrte er gegen den
neuen Vorschlag: auch sein Leben zu versichern; ja, es wäre
vielleicht darob zu einem heftigen Streite mit dem Kastenverwalter gekommen, wenn nicht plötzlich ein Zwischenfall eingetreten wäre, der Diethelm im hellsten Glanze strahlen machte.
Ein junger Mann trat ein und fragte nach Diethelm; dieser
ging auf ihn zu und begrüßte ihn mit hoher Freude und zwang
ihn, mit an den Herrentisch zu sitzen. Nach vielem Widerstreben
willfahrte der junge Mann, der ein Zeugweber aus der Stadt
war, und so viel auch Diethelm abwehrte, bald sprach alles am
Tisch nur Lob und Preis über ihn, denn der junge Handwerker,
Kübler mit Namen, war Bräutigam mit der Bruderstochter
Diethelms aus Letzweiler, und Diethelm allein war es, der das
Mädchen ausstattete, so daß zu Neujahr die Hochzeit sein sollte.
Diethelm nickte bejahend, als der Kaufmann Gäbler sagte: „Wenn
der Vetter Diethelm für Euch gut sagt, Kübler, könnt Ihr bei
mir holen, was Ihr wollt." Immer aufs neue erhob sich das

Lob Diethelms, der mit fürstlicher Freigebigkeit seinen Verwandten aufhelfe, und der Sternenwirt nannte ihn sogar einen
Napoleon. Anfangs war Diethelm dieser Ruhm im Beisein
seines Gläubigers peinlich gewesen; als aber auch der Kastenverwalter einstimmte, war es ihm, als wachse er immer. Und
als endlich der Beginn des Honoratiorenballs in der Post an-
gekündigt war, trat Diethelm so breit in den Saal, daß die
beiden Flügelthüren nicht vergebens aufgemacht waren.

Diethelm fühlte sich bei all seinem Stolz doch bald nicht
recht wohl bei dieser Lustbarkeit. So genehm es ihm auch war,
mit Beamten an einem Tisch zu sitzen, er machte sich doch bald
zu dem alten Sternenwirt, der daheim in der untern Stube geblieben war, und hier ging ihm eine neue Hoffnung auf. Der
Sternenwirt sagte offen, daß er und Diethelm keine Unterhändler brauchten, und erklärte geradezu, daß sein Wilhelm und
die Fränz wohl für einander paßten; er verbreitete sich sehr
über die wirkliche Tüchtigkeit eines klugen Bauernmädchens, und
wie wohl angelegt hier eine reiche Mitgift sei. Diethelm gab
nur abgebrochene Antworten und hielt dabei immer derart
inne, daß der Sternenwirt etwas einschieben mußte. Immer
wohlgemuter und zutraulicher wurden die beiden Genossen, denn
der Sternenwirt bewährte heute an sich seine alte wirtliche Ermahnung: „Der Wein hängt aneinander." Mit diesem Worte
brachte er immer wieder volle Flaschen auf den Tisch.

Spät in der Nacht, als die Gäste sich bereits entfernt
hatten, saßen Diethelm und Fränz noch bei den Wirtsleuten,
und es war ihnen allen so vertraut zu Mute, daß man sich
gar nicht trennen mochte; und doch sprach man nichts von der
neuen Familieneinigung, aber diese schien allen in der Seele
zu leben.

Um dieselbe Zeit saß in Buchenberg noch die Frau Diethelms harrend bei der einsamen Lampe. Es war eine Frau
von großer hagerer Gestalt und feinem, fast vogelartigem Gesichte, sie war ersichtlich älter als Diethelm; und wie sie jetzt
tief Atem holend vom Spinnen aufschaute und in die Lampe
hineinstarrte, sah man, daß ein schwerer Kummer sich in diesem
Antlitze heimisch angesiedelt hatte. Sie hatte heute alle heimkehrenden Marktgänger nach ihrem Mann ausgefragt; die einen
gaben nur halben Bescheid, die anderen verkündeten Dinge, die
unglaublich waren. Freilich hielt Diethelm streng darauf, daß
sie keine volle Einsicht in seine Handelschaft hatte, so viel aber
wußte sie doch, daß er jetzt bar Geld brauchte, er konnte also
unmöglich eingekauft haben. Mit den heimkehrenden Markt-

gängern, ihren mitgebrachten Lederspangen, Gewandstoffen, Kinder-
pfeifen und Kindertrompeten, mit der Musterung der eingekauften
Pferde und Kühe, vor allem aber mit der lärmenden Laune der
Angetrunkenen war etwas von dem geräuschvollen Marktgewühl
in das stille Dorf gedrungen, und die Heimgebliebenen sahen
dem verwunderlich zu; vor allen aber betrachtete die Grobbäuerin
— wie Martha Diethelm noch immer nach ihrem ersten Manne
genannt wurde — das alles, als wäre es etwas Unerhörtes.
Da zeigten die einen die neuen Schuhe und Stiefel, die sie in
der Hand trugen, und ließen um den Preis raten, oder sie
übergaben den Kindern die für sie eingekauften, die damit davon
rannten; andere ließen ihre neuen Hüte mustern, die sie auf
dem Kopfe trugen, während sie die alten in der Hand hielten,
und mancher Spaßvogel stülpte den neuen Hut über den alten
auf den Kopf. Der Schmied hatte seinen Weißdornstock quer
über den Rücken gelegt und die Arme als Haden darüber ge-
schlungen, Martha wußte nicht, war es die Weinlaune oder
Ernst, als er ihr berichtete: der Diethelm käme zehnmal so reich
wieder heim. Als es wieder still im Dorfe wurde, in den
Häusern die Lichter erflammten und ein jedes im Kreise der
Seinen erzählte, was ihm am heutigen wichtigen Tage begegnet
war, saß Martha noch immer im Dunkeln in ihrer Stube; ihr
war so bang, sie war wie festgezaubert, daß sie der Magd nicht
nach Licht rufen konnte; und als diese endlich von selbst damit
kam, heiterte sie sich wieder auf: es war ja nichts geschehen,
worüber sie zu bangen ein Recht hatte, und sie ließ sich gern
von der Magd berichten, welche neue Kleider u. dgl. in das
Dorf gekommen waren. Als endlich Schlafenszeit und noch
immer kein Diethelm und keine ausdrückliche Nachricht von ihm
kommen wollte, schickte sie die Magd zu Bett und setzte sich an
ihren Spinnrocken, um sich wach zu halten. Die Wanduhr
schlug neun, die an Ketten hängenden Gewichte rasselten nieder
und pochten an den Uhrenkasten. Martha erhob sich und zog
die Uhr auf, sie erinnerte sich, wie in der ersten Zeit ihrer Ehe,
als Diethelm noch „häuslich“ war, er jeden Abend selbst zur
bestimmten Stunde die Uhr aufgezogen; sie betrachtete das Ziffer-
blatt: da stand mit großer Schrift ihr Name und der Diethelms, sowie die Jahreszahl ihrer Hochzeit in einem Blumen-
kranze. Damals als die Uhr zum erstenmal hier hing, war
große Freude, und wie viel schwere Stunden hat sie seitdem
geschlagen, und wie ist sie selbst ein Erinnerungszeichen des Zer-
falls geworden, denn diese einfache Uhr kostete dreitausend
Gulden; Diethelm hatte für seinen Schwager, der sich mit dem

Uhrenhandel beſchäftigte, um dieſe Summe Bürgſchaft geleiſtet,
der Schwager war in der Fremde geblieben, und man konnte
noch von Glück ſagen, daß er ſeine Familie nachkommen ließ,
nachdem man ſie mehrere Jahre ernähren mußte.

Ach! An alles knüpften ſich traurige Erinnerungen.

Es war ſtill ringsum, denn das Haus Diethelms lag weitab
vom Dorf auf einer Anhöhe. Martha öffnete das Fenſter, horchte
hinab und ſchaute hinein in die ſternglitzernde Nacht, dann ſetzte
ſie ſich wieder zur wachhaltenden Arbeit, und ihr ganzes Leben
zog an ihrem Sinnen vorüber. Jung verheiratet an einen
grämlichen, bis zum Hungerleiden geizigen Mann, der nicht
umſonſt der Grobbauer hieß, hatte ſie ein ſchweres Los; ſie
gebar drei Kinder, von denen ſie zwei begrub, und nur das
älteſte, eine Tochter, war ihr geblieben, als auch ihr Mann ſtarb.
Sie verfeindete ſich mit ihrer ganzen Familie, beſonders aber
mit ihrem Bruder, dem Schäuſlerdavid, als ſie ihren überaus
ſchmucken Knecht, den Diethelm heiratete. Die Leute ſagten, der
Diethelm habe um die Tochter Marthas gefreit, die Mutter aber
habe ihn für ſich behalten. Bald nachdem die Tochter auf den
Kohlenhof, zwei Stunden von Buchenberg, verheiratet war,
feierte Martha ihre Hochzeit mit Diethelm. Dieſer, obgleich
zwölf Jahr jünger, ſchien überaus glücklich mit ſeiner rüſtigen
wohlhäbigen Frau, er ehrte und erfreute ſie, wo er es nur
immer vermochte, und ſchien ſich noch immer faſt als Knecht zu
betrachten, denn er verfügte über nichts in Haus und Feld,
ohne vorher die Frau darum zu befragen.

Buchenberg gehört noch zu jenen Dörfern, wo alles mit
einander verwandt iſt, weil die großen Bauern nur unter ſich
heiraten. Um ſo glücklicher durfte ſich Diethelm ſchätzen, vom
fremden Knechte zum reich angeſeſſenen Hofbauern erhoben zu
ſein. Er ſchien das auch zu erkennen. Bald aber erhielt Martha
die Kunde, wie er hinter ihrem Rücken über Großes verfügte
und namhafte Summen ſeinen Verwandten ſchenkte. In ſeltſamer und doch ſo häufig vorkommender Verkehrtheit ging ſie
tage-, ja wochenlang mit tiefem, immer ſich ſteigerndem Zorn
in der Seele umher, und unverſehens, bei den geringſten An-
läſſen, brach ſie in Verwünſchungen, in Schelten und Weinen
aus, daß alles zu Grunde gerichtet werde. Die Erwartung,
daß Diethelm endlich ſelber ſeine geheime Schuld bekennen würde,
konnte immer ſchwerer in Erfüllung gehen, denn Diethelm ſah
nun auf einmal in ſeiner Frau ein verändertes zänkiſches Weſen,
ſah ſich für ſein ganzes Leben ans Unglück geſchmiedet und
freute ſich im ſtillen doppelt, daß er in der Aufhilfe ſeiner

Familie doch noch eine Freude habe, während ihm sonst nur Leid bevorstand. Er wußte doch jetzt, wofür er das zu erdulden habe. Dem allzeit keifenden Wesen seiner Frau setzte er unverbrüchliches Stillschweigen gegenüber; und als er dies endlich brach, da die Frau ihn im Beisein des Metzgers über den eigenmächtigen Verkauf eines Kälbchens hart anließ, erfuhr er endlich die lang verhaltene Ursache vom Zorn seiner Frau. Jetzt aber war der gerechte Grund ihres Unwillens längst in ihm vernichtet und abgebüßt, und mit schneidendem Spott erklärte er seiner Frau, daß er nicht, wie sie, kein Herz für die ihm angehörige Familie habe.

So verkehrt es auch war, daß Diethelm seiner Frau ein Verhältnis zum Vorwurf machte, das doch nur um seinetwillen eingetreten war, so wirkte dies doch so erbitternd auf Martha, daß sie, ohne ein Wort zu sagen, mit hervorgequollenen Augen, mit knirschenden Zähnen und zitternd gekrallten Fingern auf Diethelm eindrang, als wollte sie ihn in Stücke zerreißen. Diethelm stand starr und regungslos bei diesem Anblicke. So hatte er sich nie gedacht, daß seine Frau werden könne. Als sie nun ihm ganz nahe war, verzerrten sich ihre Mienen zur grimmigsten Fratze; aber sie legte nicht Hand an ihn, sondern stieß nur einen unartikulierten Schrei höchster Verachtung aus und verließ die Stube.

Von jenem Tage an und gerade aus dem Ausbruch von so mächtigen Zorn- und Haßgedanken war eine seltsame und doch wieder so leicht erklärliche Einkehr in den Gemütern der beiden Ehegatten vorgegangen. Diethelm erkannte und sprach es aus, daß er seiner Frau unrecht gethan, daß sie vollberechtigt sei, in der Verwendung ihres Besißtumes darein zu reden. Er erklärte ihr nun die Hilflosigkeit seiner Angehörigen, und wie er sich schämen müßte, selber im Ueberflusse zu leben, während seine Nächsten darbten. Auch Martha erkannte dies, und daß sie ungerecht gegen ihren Mann gewesen, aber ausdrücklich bekennen konnte sie das nicht, obgleich sie oftmals auf Diethelms Gutherzigkeit zu sprechen kam und dabei das zum Verzweifeln karge Wesen ihres verstorbenen Mannes erwähnte. Sie schickte nun selbst, so oft sich Gelegenheit gab, allerlei nach Letzweiler, und Diethelm, nun vollkommen gedeckt, wollte allen seinen Angehörigen gründlich aufhelfen. Ein wirklich ungewöhnlich mächtiger Familiensinn, dabei aber auch die Lust, frei und offen über ein großes Besißtum zu verfügen, und vor allem die Ehre und der Ruhm, der ihm dadurch ward, ließen ihn fast keine Grenzen mehr kennen.

Das Haus des Grobbauern, das ehedem von den Bettlern gemieden war, zeigte sich seit Diethelms Zeiten als die reichste Quelle der Wohlthaten, und es wurde viel gerühmt, daß Martha nie einem Armen eine abgerahmte Milch gab.

Eine Eigenschaft zeigte sich bei Diethelm in allem: es war eine unersättliche Ehrbegierde; er hätte lieber das tiefste häusliche Elend ertragen, ehe er davon etwas in der Welt verlauten und so seine Ehre bloßstellen ließ. Als nun nach fünf Jahren kinderloser Ehe die kleine Fränz geboren wurde, war er voll steten Jubels, und an dem Kinde schien immerwährend sein ganzes Leben zu hängen. Aus dem Gespräche der beiden Schäfer ist uns noch erinnerlich, welch eine seltsame Lebenswendung Diethelm einschlug, und wie bald keine Spur mehr davon übrig war, daß er einst das Besitztum seiner Frau wie ein Dienstbote betrachtet hatte. Er schien fortan keine Ruhe mehr in seinem Hause und in seinem ganzen Leben zu haben; es kam hierüber zu heftigen Erörterungen, und Diethelm behauptete ein für allemal, er habe es versäumt, seine jungen Jahre zu genießen, und müsse das jetzt nachholen. Von jener Zeit an sah Martha, welch ein Leben ihr geworden war, sie ließ alles ohne Widerrede geschehen, den Güterverkauf, den Fruchthandel, die Schafhalterei; sie hatte einen Mann, der sie des Reichtums wegen geheiratet und der nun, dessen gewohnt, ihrer kaum mehr achtete und seine Freude außer dem Hause suchte. Das war aber nicht immer der Fall, denn Diethelm hatte Zeiten, da er voll Ehrerbietung gegen seine Frau war und sie scherzweise Meisterin nannte, und die Frau hatte bei all' ihrem vergrämten Wesen doch oft Mitleiden mit dem Mann, der vielleicht mit einer jungen minder begüterten Frau glücklicher geworden wäre. So lebten diese Leute schon zweiundzwanzig Jahre in der Ehe und hatten noch ihre Einigung nicht gefunden, und doch strebte eigentlich im Innersten ein jedes, dem andern zu Gefallen zu leben; und war auch viel Streit und Zank zwischen ihnen: war das eine vom andern entfernt, gedachten sie mit inniger Sehnsucht einander, und die Frau besonders war dann bestrebt, gegen jedermann ihren Diethelm zu preisen. An Fränz, wenn sie zu Haus war und nicht nach ihrer Gewohnheit den Vater überall geleitete, hatte sie keine Stütze; denn das Mädchen hatte das hoffärtige Wesen ihres Vaters geerbt; Großthun, die Welt in Neid von sich reden machen, war ihr ewiges Dichten und Trachten, und sie schalt wie Diethelm die Grämlichkeit und das Schwarzsehen der Mutter eine Alterskrankheit, die sie höchstens bemitleidete.

Martha saß jetzt allein, rückwärts schauend in die Ver-

gangenheit und vorwärts nach ihrer einzigen Sehnsucht: dem
Tod. Da hörte sie einen Wagen die Straße daherfahren, eine
Männerstimme rufen, und mit der Freude eines Mädchens, das
den Bräutigam erwartet, rief sie zum Fenster hinaus in die
Nacht: „Willkommen, Diethelm!“ Es antwortete niemand, sie
steckte schnell die Ampel in die Laterne, eilte hinab, und als
sie die Ankommenden sah, schrie sie jammernd laut auf.

„Was habt Ihr, Meisterin?“ fragte der Schäfer, dem sein
Bruder voraufgegangen war.

„Was will der Landjäger?“ fragte die Frau.

„Das ist kein Landjäger, das ist ja mein Munde,“ ant=
wortete der Schäfer, und Munde faßte die Hand der Frau, die
zitternd und kalt war.

Als Medard in der Stube die Vorgänge in der Stadt er=
zählte, preßte die Frau die Lippen, und ihre vogelartige Nase
wurde kreideweiß; sie sprach kein Wort und schüttelte nur mehr=
mals mit dem Kopf. Als sie endlich in ihrer Kammer allein
war, warf sie sich auf die Kissen und weinte hinein und schrie
die Worte: „Ausborger! Vergantet! Letzweiler Lump.“ Dann
richtete sie sich wieder schnell auf, riß die Kissen vom Bett und
schrie wie rasend: „Das alles wird versteigert, alles. Aufs
Stroh, aufs Stroh bringst du mich.“ Sie warf sich auf das
Stroh und weinte lange, bis sie endlich einschlief.

Siebentes Kapitel.

Von Trompeten= und Posaunenschall erweckt, schlug Diethelm
am Morgen die Augen auf; es schien ihm fast, als ob es die
Stadtzinkenisten gerade auf ihn abgesehen hätten, und ihm war
jetzt so schwer, als ob die ganze Last des Erkauften leibhaftig auf
ihm läge: er überschaute jetzt nochmals die Zahlen in seiner
roten Schreibtafel und erkannte, daß er mehr eingethan, als ins
Maß will. Jetzt galt es aber mutig einzustehen. Fränz war
sehr mißlaunisch, sie hatte sich in den vornehmen Kleidern doch
ausnehmend gefallen und kam sich wie erniedrigt vor in der
gewohnten Tracht. Sie mußte nun den Vater zu dem Kauf=
mann Gäbler begleiten, wo man seines blaues Tuch zu einem
Mantel für die Mutter einkaufte, und von den Zureden Gäblers
unterstützt, ließ sie nicht ab, bis auch für sie mehrere städtische
Kleider eingekauft wurden. Gäbler war überaus freundlich und

ſagte, Diethelm habe mit Recht den Ruhm, daß gut mit ihm
handeln ſei und er etwas an ſich verdienen laſſe. Als Diethelm
die Ware bezahlen wollte, lehnte Gäbler dies mit dem höflichen
Beiſatz ab, ſolche Kunden müſſe man feſthalten, denen ſtelle man
Jahresrechnung, und Diethelm lächelte in ſich hinein; ſo klein
auch dieſe Summe war, es zeigte ſich doch wieder, wie die
ganze Welt ihm ihr Beſitzthum aufdrang und Vertrauen in ihn
hatte. Warum ſollte er das ſelbſt nicht haben?

Gäbler rief Diethelm noch auf der Straße nach, daß er in
den nächſten Tagen mit dem Brandſchatzungs-Kommiſſär nach
Buchenberg käme, um alles aufzunehmen und zu verſichern, und
er hoffe, daß das Beiſpiel ihm mehr Kunden im Oberlande verſchaffen ſolle. Diethelm hatte das eingekaufte Manteltuch im
Arm, jetzt ließ er es plötzlich fallen, und als er ſich darnach
bückte, ſtürzte er nach der ganzen Körperlänge auf den Boden.
Fränz und der herzugeeilte Gäbler hoben ihn raſch auf, und
Diethelm behauptete mit ſchmerzverbiſſenem Antlitze, daß er über
einen Pflaſterſtein geſtrauchelt ſei.

Der Abſchied von den Wirtsleuten im Stern hatte etwas
erzwungen Heiteres, der Sternenwirt ſagte noch bei der letzten
Handreichung: „Es bleibt alſo, wie wir abgeredet.“ Diethelm
nickte bejahend. Mit einem beſondern Behagen legte er dann
das Manteltuch in die Kutſchentruhe, er konnte ſeiner Frau damit
doch beweiſen, wie er ihrer gedacht; und erſt, als er ſchon fuhr-
fertig oben ſaß, kam Fränz mit hochglühenden Wangen und verweinten Augen. Die beiden Wegfahrenden ſprachen kein Wort
miteinander, und Diethelm ſchaute immer rechts und links nach
den Häuſern; ſein Blick haftete beſonders auf jenem Täfelchen,
darauf im ſchwarzen Felde zwei rote Hände ineinander ver-
ſchlungen waren.

Erſt vor der Stadt nahm Diethelm die Peitſche auf und
ſchlug fluchend und im heftigſten Zorn auf die beiden Rappen,
daß ſie in wildem Trab dahin rannten. Es war ein ſchöner
heller Auguſtmorgen, die Leute am Wege arbeiteten, als wäre
nicht geſtern Markttag geweſen, und mancher ſchwere Garben-
wagen, der langſam des Weges daherkam, hatte kaum Zeit, dem
pfeilſchnellen Gefährte auszuweichen, und mancher im Felde drohte
mit dem Garbenknebel, mancher Bauer fluchte mit geballter Fauſt
hinter Diethelm drein, denn er war beim raſchen Ausweichen in
einen aufgeſchichteten Steinhaufen am Wege oder gar in den
Weggraben gefahren und konnte nun lange nicht mehr vom
Fleck, während Diethelm raſch aus den Augen verſchwand. An
der erſten Anhöhe begegnete Diethelm einem leeren Wagen; er

hielt an und erfuhr auf die Frage: woher? daß dies der Knecht des Steinbauern war, der ihm Wolle zugeführt hatte.

„Hast ein Trinkgeld bekommen?" fragte Diethelm.

„Wüßt' nicht von wem. Die Frau hat sich gar nicht sehen lassen, ein Schäfer und ein Soldat haben die Ballen abgenommen."

In einem Gemisch von Demut und Stolz sagte Diethelm, in die Tasche greifend: „Ich bin der Diethelm, bin selber Knecht gewesen und weiß, was ein Trinkgeld ist. Mein' Frau ist krank. Säh" (da), und er warf buchstäblich das Geld auf die Straße und fuhr davon.

Diethelm schimpfte gegen Fränz über die Mutter, die ihn gewiß wieder „mit ihrem Gruchzen in der ganzen Welt verbrüllt habe", und Fränz hatte darauf nichts zu erwidern, als daß das Verbleiben in der Stadt ja so schön gewesen sei. Trotz der Erwähnung dieses Säumnisses dachte keines von beiden daran, wie es Pflicht gewesen wäre, alsbald selbst heim zu eilen und die Uebernahme und Einräumung selbst anzuordnen, statt sie der Mutter über den Hals zu schicken. Fränz und Diethelm waren wie zwei Menschen, die, ohne es sich offen zu gestehen, daß sie ein Unrecht begangen, und doch dessen bewußt, gegen den losfahren, dessen Leiden ihnen den Spiegel ihres Thuns vorhält. Diethelm schwur, daß er nun der Mutter das Manteltuch gar nicht gebe, sie habe es nicht verdient, und nur hierin beschwichtigte Fränz und deutete auf die Kränklichkeit und daraus folgendes grämliches Wesen der Mutter hin. Nun waren sie wieder beide wohlgemut, denn sie konnten jeden vorkommenden Vorwurf mit mitleidigem Achselzucken von sich weisen.

Am Waldrande in der Mitte des Weges erhob sich eine Staubwolke, und als die Fahrenden näher kamen, zeigte sich eine große Herde Schafe. Der Schäfer kannte Diethelm und sagte, daß er am Abend in Buchenberg sein werde, und lobte überaus die eingekaufte Herde. Diethelm empfahl ihm, ruhigen Trieb zu halten, und warf auch ihm ein Geldstück zu.

„Das ist alles unser," sagte Diethelm dann mit triumphierender Miene zu Fränz, und mit Stolz wies er weiter hinaus, wo wieder eine Herde in einer Staubwolke sich zeigte, und es war ihm, als ob nirgends Raum genug wäre und auf allen Wegen sich sein Reichtum ausbreitete, mit dem er Hohes, Unübersehbares erobern wollte. Mit Behagen erzählte er zum hundertstenmal der Fränz, wie er vor dreißig Jahren mit dem Stab in der Hand und neun Kreuzer in der Tasche nach Buchenberg gekommen sei, und wie er jetzt auftrete und noch höher hinaus

müsse. „Und alles nur für dich und für die Meinigen in Letz=
weiler," schloß er und redete nun Fränz ins Gewissen, daß sie
den Schäfer Munde, der jetzt daheim gewiß auf sie warte, ein=
für allemal aufgeben müsse. Fränz erklärte sich hierzu bereitwillig,
sie spottete über die Liebschaft mit Munde als über ein Kinder=
spiel, nannte ihn ein an Pfennigwirtschaft gewöhntes Schäferle
und sagte geradezu, daß sie nur noch in reichen Verhältnissen
leben und sich nicht abplagen möge, wie eine Viehmagd.

An der sogenannten kalten Herberge auf der Anhöhe stan=
den noch drei beladene Wollwagen. Diethelm stieg ab und hörte,
daß diese Fuhren für ihn seien; er ließ nun den Fuhrleuten
auftischen nach Herzenslust, beschenkte die Armen und Wander=
burschen, die sich wie gerufen eingestellt hatten, und gebärdete
sich überhaupt, als ob er einen großen Schatz gefunden und
Geld für ihn gar keinen Wert habe. Er freute sich des danken=
den Lobes von den Fuhrleuten und horchte aus dem Ver=
schlage hinaus nach der großen Stube, denn er wußte wohl,
daß die Leute dort den Ruf im Lande machen. Es war aber
nicht allein dieser Ruhm, der ihn erfreute: er hatte seine Lust
an der Freigebigkeit selbst; dieses Aufleben der Beschenkten durch
die Gabe, dieses Erleuchten des Antlitzes gleich dem glänzenden
Aufsprossen einer Pflanze nach erfrischendem Regen, das that ihm
im Innersten wohl.

Sinnliche Naturen, das heißt solche, die mit mächtigen
Trieben ausgestattet sind, neigen auch leicht zu Freigebigkeit und
Wohlthätigkeit: das Mitgefühl ist rasch erregbar, und jener dunkle
Zusammenhang mit der Außenwelt offenbart sich in Leid und
Lust. Was man die Gutherzigkeit nennt und mit Recht hoch
hält, wird durch solchen Ursprung nicht aufgelöst, die Sonne
freier Erkenntnis färbt die Frucht, der aus dunklem Grunde der
Saft zuströmt.

Diethelm empfand eine wahre Glückseligkeit in der An=
schauung und in dem Gedanken, wie viele er labte und er=
quickte.

Der Wein mundete vortrefflich, und da einmal aus Versehen
ausgespannt war und die Frau zu Hause gewiß kein Essen be=
reitet hatte, ließ es sich Diethelm, trotzdem es noch so früh am
Tag war, trefflich schmecken; zankte nun die Frau daheim, so
hatte er doch vorgesorgt, und der Wein gab Mut zu allem. Der
Wirt äußerte in redseliger Weise seine Freude über die Einkehr
Diethelms und erzählte, wie es ihn schon lang verdrossen habe,
daß er immer ohne anzukehren vorbeigefahren sei. „Freilich,"
setzte er hinzu, „früher hat das Haus kein Ansehen gehabt, aber

jetzt, seitdem ich neu gebaut habe, besuchen mich die Herrschaften aus der Stadt."

„Hast deswegen neugebaut?"

„Nein, ich hab' müssen, ich bin ja abgebrannt."

„So?" sagte Diethelm und stürzte ein volles Glas hinab. „Bist versichert gewesen?"

„Darüber könnt' ich nicht klagen, der Kaufmann Gäbler auf dem Markt hat mir den Schemel unterm Tisch vergütet."

Diethelm schwieg während der weitläufigen Erzählung von dem Brand und dem Neubau. Er hörte mißtrauisch die ganze Darlegung von der Anklage auf Brandstiftung und der vollkommenen Freisprechung von derselben, und so heiter er in das Wirtshaus eingetreten war, ebenso mißmutig verließ er dasselbe: der Mann und all seine Habe, alle die Tische, Stühle, Thüren erschienen ihm so verbrecherisch, das ganze Haus so unheimlich, als spräche aus jedem Stein und Balken das Verbrechen, das es gegründet haben sollte.

Als flöhe er vor einer verzauberten Behausung, die ihn fest-bannen wollte, machte sich Diethelm davon, und die Leute schauten ihm verwundert nach, als er in gestrecktem Galopp über die Hochebene davonjagte.

Als es wieder bergab ging, hemmte Diethelm kein Rad, und die Rappen stemmten sich rechts und links, und Diethelm fuhr immer hin und her, um dadurch eine Schlängelung des Wagens zu gewinnen; da krachte es plötzlich, der Sattelgaul stürzte und riß Diethelm mit sich vom Wagen herab, daß Fränz laut auf-schrie. Herbeieilende Wegknechte halfen bald wieder auf, Diet-helm hatte sich nicht beschädigt, nur hinkte er am linken Fuß. Die zerbrochene Deichsel wurde zusammengebunden, und die wild gewordenen Pferde an der Hand führend, ging Diethelm mit der Fränz neben ihnen her. Eine gute Strecke gingen sie laut-los dahin, jetzt hielt Diethelm an, nahm seufzend den Hut ab, seine Haare schienen in der That seit zwei Tagen sehr gebleicht zu haben, und an das staubbedeckte Pferd gelehnt, sagte er mit zitternder Stimme: „Fränz, ich thät sterben, ich thät mir selber den Tod an, wenn ich auf meine alten Tage in Not käm'; wenn ich laufen müßt' und nicht mehr fahren könnt'. Guck, ich mein', ich geh knietief im Boden, so schwer wird mir's. Wenn ich so weit 'runterkäme — nein, es darf nicht sein. Ich bin nicht allein, ein ganzes Dorf stürzt mit mir. Wenn ich nie-mand mehr was schenken könnt' — lieber möcht' ich gestor-ben sein."

Fränz tröstete, so gut sie konnte, und nannte diese Schwer-

mut nur eine Folge des Schreckens. In Unterthailfingen, kaum
noch eine Stunde von Buchenberg, war Diethelm eigentlich ſchon
zu Hauſe, denn hier hatte er einen Weidgang für vierhundert
Schafe gepachtet. An der Schmiede wurde nun die zerbrochene
Deichſel wieder feſtgenietet, und der Wein im Wirtshaus feſtigte
faſt ebenſo das geknickte Gemüt Diethelms, ja, er fühlte ſich ſo
friſch geſtimmt, als ginge es zu einer beſondern Feſtlichkeit, und
in ſeltſamer Laune ſchickte er nach dem Bader und ließ ſich von
ihm mitten in der Woche die Bartſtoppeln abnehmen.

<hr>

Achtes Kapitel.

Mit Aufſehen erregendem Wagengeraſſel fuhr Diethelm in
Buchenberg ein; aber es ſchaute niemand nach ihm, denn eben
läutete die große Glocke, die ſogenannte alte Kathrin', die nur
bei Sterbefällen und in Feuersgefahr allein angezogen wurde.
Diethelm fühlte, wie dieſer Klang ihm den Atem ſtellte. Wär's
möglich, daß ſeine Frau ſich ein Leid angethan? Er mußte die
Leute auf der Straße für die arme Seele beten laſſen und konnte
nicht fragen.

„Wer iſt geſtorben?" fragte er beim Wirtshauſe zum Wald=
horn anhaltend und erhielt zur Antwort, daß man dem alten
Küfermichel zum Verſcheiden läute. Diethelm knallte mit der
Peitſche. Es war nicht der Mühe wert, um den alten Mann
ſo viel Aufhebens zu machen.

Heitern Sinnes fuhr er das Dorf hinaus nach ſeinem Ge=
höfte. Im hellen Mittagsglanze lagen Haus und Scheuer und
Ställe ſtattlich da. Das Haus, mit der Giebelſeite nach der
Straße gekehrt, von den Grundmauern bis zum Dach um und
um mit graugewordenen Schindeln vertäfelt, die als Wetter=
panzer dienten, öffnete jetzt ſo zu ſagen ſeinen Mund und er=
hielt große Brocken; denn in dem Vorbaue am Dache ſtanden
zwei Männer und zogen an der Radwinde die Wollballen herein,
die von unten hinaufgeſchrotet wurden. Aus dem Schornſtein
ſtieg kein mittäglicher Rauch auf, und es war nun doppelt gut,
daß in der kalten Herberge vorgeſorgt war. Während er den
kleinen Hügel hinauffuhr, überlegte Diethelm, wie er dem leiſen=
den Weſen der Frau begegnen ſolle, und es blieb ſchließlich dabei,
daß er zu allem lächeln und geheimnisvoll thun müſſe, als ob
er einen großen Gewinn in der Taſche und einen noch größern

in Aussicht habe. Als er anhielt und abstieg, ließ sich niemand
sehen. Diethelm führte selbst die Pferde in den Stall und
schickte durch Fränz das Manteltuch der Mutter; dann ging er
an der Stubenthür vorbei, drin er laut weinen hörte, hinauf
auf den Speicher, und als er hier mit Medard zankte, weil er
die verschiedenen Sorten untereinander gelegt, erwiderte dieser
trotzig, das ganze Geschäft sei eigentlich nicht seine Sache, er
sei Schäfer und nicht Kaufmannsdiener. Zu jeder andern Zeit
hätte Diethelm auf solche trotzige Art tapfer ausgeschirrt, heute
aber brummte er nur vor sich hin: „Wart' nur, krummer Spitz-
bub'", und sprach kein lautes Wort. Er wollte es vor allem
vermeiden, vor den vielen ein= und ausgehenden Fremden im
Hause irgend Zank laut werden zu lassen; denn es konnte dabei
manches zu Tage kommen, was besser verborgen blieb, auch
wußte er, wie große Stücke seine Frau auf den Schäfer und
dessen ganze Sippschaft hielt. Als er wieder die Stiege herab
kam, stand die Frau am Herd und zündete ein Feuer an. Er
reichte ihr die Hand und fragte:

„Warum hast denn bis jetzt kein Feuer angemacht?"

„Ich hab' warten wollen, bis du's selber anzündest," er=
widerte die Frau in schmollendem Tone. Diethelm stand erstarrt
und biß auf die Lippen. Was meinte die Frau mit diesen
Worten? Wie konnte sie ahnen, daß heute schon zum zweiten=
mal ein solcher Gedanke ihm wie ein brennender Funke in die
Seele fiel? Die Frau aber schien diese Worte nur unbedacht als
scharfe Widerrede gesprochen zu haben; denn, ohne weiter darauf
einzugehen, schalt sie die Fränz:

„Was laufst so 'rum wie ein Schlittengaul? Zieh deine
Sonntagskleider aus. Es ist ja Sünd' und Schad. Wirst doch
nicht so daheim 'rumlaufen wollen? Bei rechtschaffenen Bauers=
leuten ist's immer so gewesen: wenn man heimkommt, zieht man
seine Werktagskleider an und legt die guten ordentlich in den
Schrank. Aus dem Weg! Darfst mir nichts anrühren. Fahr
in der Welt herum oder zum Teufel, wohin du magst."

Der Zorn gegen den Vater ging wie schon so oft auch
diesmal an dem Kind aus; denn einerseits hatte Martha nicht
den vollen Mut gegen ihren Mann, anderseits wußte sie, daß
eine Kränkung der Fränz ihm doppelt weh thue. Fränz wollte
laut aufweinen, aber Diethelm beschwichtigte sie und sagte:

„Die Mutter hat recht, ganz recht hat sie, aber heut ist
eine Ausnahme, heut kommen noch viele Leut', und da darf
man nicht so verhudelt 'rumlaufen."

„Und ich? ich kann das Aschenputtel sein?" frug die Mutter.

„Du mußt dich auch besser anthun. Wie gefällt dir das Manteltuch? Frau, du wirst dein' Freud' haben an dem Markt= gang," sagte Diethelm mit zutraulicher Stimme, während er klein Holz hackelte, eine Aufmerksamkeit, die er seit den ersten Jahren der Ehe nicht mehr gehabt hatte.

Der Hausfriede war nun notdürftig hergestellt, und Diet= helm mußte bei Tische thun, als ob er noch nirgends gespeist habe; er würgte jeden Bissen mit Mühe hinab, und sein ganzes Heimwesen erschien ihm auf einmal so düster: wie war's draußen in der Welt so hell und freundlich und alles so zuvorkommend, und hier mußte er immer thun, als ob er das Gnadenbrot esse. Die freie Stimmung, die er aus der Ferne mitgebracht, war plötzlich gefängnisdumpf, und als er wieder hinabkam und seine Halbkutsche sah, meinte er, er müsse gleich wieder anspannen und fort, immer weiter: auf der kalten Herberge, im Stern, in der Post, überall war's viel besser, sonniger und luftiger.

Wagen an Wagen kamen angefahren, Herden hielten unten am Wege und blökten so kläglich, und Diethelm war's wieder, als ob ihn all das neue Besitztum erdrücke; er hatte außer Medard noch zwei Schäfer in Dienst genommen, und noch hatte jeder mehr als die gewohnte Zahl vierhundert zu hüten. Aber er that freundlich und wohlgemut, er half selber die Ballen oben in der Luke einziehen, und einmal schrie alles laut auf, denn Diethelm hatte sich zu weit hinausgewagt, er hing frei in der Luft am Seil, es war ihm, als schwebte er über dem Ab= grund: er wußte nicht, sollte er festhalten oder freiwillig hinab= stürzen, daß er zerschmettere und alles auf einmal aus sei; aber unwillkürlich hielt er fest, und besonders der Geistesgegenwart und dem entschiedenen Kommando des Schäfersoldaten Munde war es zu danken, daß vor lauter Staunen über den möglichen Unfall derselbe nicht in der That eintraf. Die Männer unten ließen leise die Last wieder herabgleiten, und Diethelm stand schwankend auf dem Boden und fühlte, wie er aus Not und Tod plötzlich wieder ins Leben gestellt war. Die Gefahr, in der Diethelm geschwebt, hatte plötzlich wieder all' die Liebe Marthas zu ihm geweckt, sie umhalste ihn laut weinend und dankte Gott für seine Rettung. Vor einer Stunde noch voll Jähzorn und giftiger Verwünschungen, verfiel sie jetzt in die ganz entgegen= gesetzte Stimmung, daß sie ihren Diethelm „verkindelte", so daß dieser einst von solcher altmütterlichen Behandlungsart gesagt hatte: „es fehle weiter nichts, als daß ihm seine Frau noch Kindchensbrei koche." Martha duldete es nicht mehr, daß Diet= helm irgend Hand anlege; sie besorgte selber die Empfangnahme alles Eingelauften, Diethelm mußte in der Stube sitzen, und wie er draußen lärmen und rufen hörte, kam er sich vor, als wäre er im Fieber gefangen und alles stürmte auf ihn ein, und er konnte sich nicht wehren und mußte still alles mit sich geschehen lassen.

Endlich waren die leeren Wagen abgefahren, die Herden in den weitläufigen, an das Haus angebauten Ställen untergebracht, es war Abend, und Diethelm fühlte sich so wohl daheim, daß ihm die vergangenen Tage und das Hinaussehnen wie ein Traum erschienen. Hier allein war Friede und Glückseligkeit. Er ließ den Munde in die Stube rufen, dankte ihm für seine entschiedene Hilfe und schenkte ihm einen Kronenthaler. Munde nahm zaghaft das dargebotene Geld, aber er nahm es doch, und fast stolperte er über Fränz, die am Spinnrocken saß, und verließ ohne ein Wort die Stube. Diethelm war so hingegeben, daß er fast geneigt war, seiner Frau die ganze Lage seiner Verhältnisse zu offenbaren; aber er hielt noch zeitig genug an sich und erklärte ihr nur, daß er entschlossen sei, nur noch diesmal die Handelschaft zu treiben, dann wolle er wieder hier oder anderswo sich Aecker kaufen und ruhig bauern, wie ehedem. Diese tröstliche Aussicht, die das Antlitz der Frau fast verjüngte, erfüllte Diethelm selbst mit einer heitern Gemütsruhe, und in ihm sprach's: es muß alles wieder gut werden, Gott darf eine so schöne Zukunft nicht zu Schanden werden lassen ... Eine andächtige Stille herrschte in der Stube, und Diethelm zog die Uhr auf, das war das Zeichen, daß es Zeit zum Schlafengehen sei.

––– ·––· ·––

Neuntes Kapitel.

Fränz allein war voll Unruhe und Widerstreit. Es war ein seltsam geartetes Kind, wie es in einer Ehe, die so oft von Zwietracht zerstört war, kaum anders erwachsen konnte. Als sie noch Kind war, scheuten sich die Eltern anfangs noch, irgend einen Zerfall vor ihr laut werden zu lassen; nach und nach aber verlor sich diese Zurückhaltung, ja, die hässigen Reden des einen und des andern wurden immer an das Kind gerichtet, da hieß es oft: „Das Vermögen kommt alles von deinem Vater her, darum darf er's verlumpen", und anderseits: „Dein' Mutter kann in ihren jungen Tagen nichts als gruchzen und flennen." Es fielen aber auch noch unumwundenere und viel derbere Reden,

und das Kind ſtand dazwiſchen, wie wenn wilde Vögel ihm
ums Haupt ſchwirrten, und wußte nicht, wie ihm geſchah. Wenn
der Zwieſpalt aufs äußerſte gediehen war, und doch wieder ein
jedes innerlich fühlte, wie ſehr es an das andere gebunden war,
und nur den Weg zu dieſer Aeußerung nicht finden konnte,
dann haſchte ein jedes nach dem Kind und ſchwur auf ſein
Haupt: „Wenn du nicht wärſt, dann wäre ich ſchon lang ins
Waſſer geſprungen, oder ich hätte mich an einen Baum gehängt,"
u. dgl. Bei dieſen Reden ſtand das Kind wie ein Lamm da,
und wie es die großen braunen Augen aufſchlug, ſprachen Worte
und Gedanken daraus, die niemand verſtehen konnte und wollte.
Bisweilen wurde auch Fränz zum Friedensboten gemacht und
von der Mutter nach dem Wirtshaus zum Waldhorn oder in
den Stall geſchickt, dem Vater leiſe zu ſagen, wenn er alles
wolle aus ſein laſſen, möge er zum Eſſen kommen; oder auch
umgekehrt: der Vater ſchickte Fränz nach der Mutter, die ſich in
der Regel in das Haus des alten Schäferle, zum Vater von
Medard und Munde, flüchtete. Natürlich konnte hierbei von
Kinderzucht gar keine Rede ſein, und es war nur dem guten
Naturell des Mädchens zu danken, daß es nicht widerſpenſtig
und höhniſch gegen die Eltern war. Die Kameradſchaft mit
Munde, der ein aufgeweckter und äußerſt zartſinniger Knabe
war, trug viel dazu bei, eine gewiſſe Milde in das herriſche
und heftige Weſen des Mädchens zu bringen. Als Fränz zur
Jungfrau zu reifen begann, war ſie oft unbegreiflich ſchwer=
mütig und ſtill. In jener Zeit begann aber der Fruchthandel
und bald darauf die Schafhalterei Diethelms; er nahm nun
das Kind ſo oft als möglich mit auf ſeine Fahrten, und von
da an lernte Fränz das Leben außer dem Hauſe als das allein
ſchöne anſehen und wurde Meiſterin einer weltläufigen Ver=
ſtellungskunſt; denn wenn man den Diethelm erinnerte, zu
welcher Stellung er, der frühere Knecht, gekommen war, ver=
fehlte er nicht, ſein häusliches Glück zu preiſen. Schon mit
ihrem fünfzehnten Jahre merkte Fränz die bald offenen, bald
verſteckteren Werbungen um ſie, und ſie verſtand es, dieſelben
hinzuhalten, während ſie daheim den getreuen Munde am
Bändel führte und ihn in der That von Herzen lieb hatte.
Denn Fränz war bei alledem doch kein durchaus verdorbenes
Weſen, ſie war gutherzig und arbeitſam, nach Laune oft bis
zum Uebermaß, ſie hatte die Luſt, zu ſchenken, wie ihr Vater;
nur erſchien ihr das, was man als Liebe pries, oft wie ein
Poſſenſpiel, ſie ſah es ja ſo vor ſich bei ihren Eltern; ſie glaubte
nicht an einen Frieden, und alles war nur der Welt wegen,

damit die draußen nichts merken. Wenn Zank und Haber
zwischen den Eltern war, erging es ihr fast noch am besten, da
wurde sie von jedem gehätschelt und durfte thun, was sie wollte;
und wenn dann eine Versöhnung stattgefunden hatte, in der
sich jedes bestrebte, dem andern besonders liebreich zu sein, hätte
sie gerne vor Verachtung die Zunge gegen beide herausgestreckt:
sie wußte ja wohl, daß keine Friedsamkeit von Dauer war.
Fränz war in der That, wie sie schon Medard auf dem Markt
genannt hatte, ein Rückel. Ein Oberdeutscher weiß gleich, was
es heißen will, und es wird ihm doch schwer, dies zu erklären;
denn damit, daß es ein Wesen voll Tücken und Rücken be=
zeichnet, ist noch nicht alles erschöpft, ist ja damit noch nicht
dargethan, daß man dem Rückel auch gut sein muß, man mag
wollen oder nicht. Der Rückel kann bis zu einem gewissen
Grad aufrichtig treuherzig sein, er kann es manchen Menschen
anthun, daß sie ihm zu Willen leben müssen, und wenn
sie sich tausendmal darüber ärgern, und dann hat der Rückel
seine besondere Freude, mit den Menschen zu spielen, sie gegen=
einander zu hetzen, und wenn die Händel ausgebrochen sind,
daneben zu stehen, als ob er kein Wässerlein trüben könne. Das
einzige Bestreben der Fränz war nur, recht bald aus dem Haus
und in recht schöne reiche Verhältnisse hinein zu kommen. Von
den ländlichen Bewerbern, die sie ehedem kaum angesehen hatte,
zeigte sich auffallenderweise seit einem Jahre keiner mehr, und
Fränz, die vielgewandte, sagte sich auch, daß sie keine Lust
habe, auf einem einsamen Bauernhof ihr Leben zu verbringen,
wo man froh ist, wenn eine Samenhändlerin kommt und einem
von der Welt berichtet. „Engelwirtin! das ist das Rechte, aber
nur bald, nur fort aus dem Haus," sagte sich Fränz, während
sie still spann.

So verließ Fränz auch jetzt wieder die Stube, und ohne
sich deutlich zu machen, was sie wollte, ging sie vor das Haus,
um vielleicht noch Munde zu sehen, der fast über sie gestolpert
war, als er den Kronenthaler empfing. Die Liebe des schönen
jungen Burschen, der sie mit den Augen verschlingen wollte,
that ihr wohl; sie zeigte doch, was sie noch vermöge, und wie
sie, wenn sie nur wollte, an jedem Finger einen nach sich ziehen
könnte. Am Stall hörte sie drin sprechen, das war die Stimme
Mundes, der in Verwünschungen seinem Bruder klagte, daß er
nicht den Mut gehabt habe, dem Meister das Geldgeschenk vor
die Füße zu werfen; er betrachte ihn noch immer als Meister
und wolle es auch wegen der Fränz nicht mit ihm verderben.
Medard tröstete, so gut er konnte, und schalt über die Meisters=

leute, die zu Grund gehen müßten, und eben zog er über Fränz
los und sagte, daß in ihr keine getreue Aber sei; da trat Fränz
unter die Stallthür, und als hätte sie nichts gehört, rief sie dem
Munde zu, sie wolle ihm noch „b'hüts Gott" sagen, weil er wohl
morgen früh abreise. Rasch trat Munde heraus und hielt zitternd
die Hand der Fränz in seinen beiden Händen, er wollte eben
sprechen, als man vom Hause her Schritte vernahm, und halb
widerwillig zog er die Fränz mit sich fort in den Grasgarten
hinter den Schafstall. Richtig kam Diethelm nochmals und schärfte
dem Medard ein, ja niemals bei Licht Heu vom Boden herabzu-
holen, es läge jetzt ein ganzes Vermögen auf dem ersten Speicher.
Medard mußte ihm noch die Laternen zeigen, damit er wisse,
daß keine beschädigt sei, und er befahl ihm, sie morgenden Tages
mit Drahtgitter überziehen zu lassen; dann kehrte Diethelm wieder
ins Haus zurück. Unterdessen war Munde in seliger Liebe bei
Fränz, sie neckte ihn damit, daß sie wahrscheinlich Engelwirtin
in O. werde, aber Munde schalt sie über diese Neckerei und
glaubte nicht daran. Als sie ihm sagte, daß sie ganz gewiß nach
der Hauptstadt käme, um dort das Kochen und Nähen zu lernen,
war Munde voll Jubels und gab Fränz genau an, wo sie ihm
Nachricht geben könne, und Fränz neckte ihn nicht mehr mit der
Engelwirtin. Als sie ihm endlich den letzten Kuß gab und verschwand, rief ihr noch Munde nach „aber nur für heut."

Fränz kehrte wohlgemut ins Haus zurück. Wenn alle Stränge
reißen, bleibt ihr noch der Munde, dessen war sie gewiß.

Als Munde neben seinem Bruder in der Stallkammer lag,
sagte dieser: „Und ich wette meinen Kopf, der Diethelm will
das Haus anstecken, um wieder reich zu werden, drum ist er so
ein Laternenvisitator; aber mich betrügt er nicht."

„Sei still, das darfst nicht reden, oder ich muß dir aufs
Maul schlagen," rief Munde in größter Heftigkeit.

„Du mir? Büble, wer bist denn du?" rief Medard und
paff! hatte der Bruder einen Schlag weg, aber er steckte ihn
ruhig ein, und ohne ein Wort zu sagen, stand er auf und machte
sich mitten in der Nacht auf den Weg nach der Garnison.

Zehntes Kapitel.

Eine feste Friedsamkeit lag in dem Wesen Diethelms, als
er am andern Morgen in seinen berühmten grünen Saffianpantoffeln im sonnigen Hofraum umherspazierte. Die Nacht,

vor der es ihm so seltsam bange war, ist glücklich vorüber, und so wird auch alles Sorgen und Zagen ein heiteres Ende nehmen, es gilt nur ruhig stillhalten und die günstige Gelegenheit erfassen. Ein bedeutungsvolles Anzeichen kündigte sich eben jetzt an. Der Metzger, mit dem Diethelm vorgestern nicht handelseins werden konnte, kam gerade den Hügel heran, hatte allerlei Ausreden, wie er zufällig daher komme, und begann nochmals einen geringen Kaufpreis anzubieten, aber Diethelm war klug genug, die Kauflust des Metzgers zu ersehen, und sagte stolz und fest: wenn nichts mehr geredet werde, halte er sein Wort und bleibe es bei dem auf dem Markte Besprochenen, wo nicht, wenn er nicht, bevor die Herde den Berg hinab ist, in die Hand einschlage, verlange er für jeden Hammel einen Gulden mehr. Der Metzger schlug ein, und Diethelm hatte schon am frühen Morgen dreihundert Hämmel verkauft und dabei eine namhafte Summe gewonnen. Diethelm ging mit dem Metzger ins Feld und übergab ihm die gesondert gehaltene Herde, die sogleich nach der Hauptstadt getrieben wurde, und eben als er noch im Wirtshaus saß und dort die bare Bezahlung empfing, kam ein Wagen angefahren, und in die Stube trat bald darauf der Kaufmann Gäbler mit noch zwei Männern, die Diethelm als Oberfeuerschau vorgestellt wurden. Diethelm war sichtlich betroffen, aber schnell sagte er mit Entschiedenheit: daß er es mit dem Versichern nicht so ernst gemeint habe, sein Haus läge so einöbig, und er könne schon selber jede Feuersgefahr abwenden und sei überhaupt entschlossen, die erworbenen Vorräte bald wieder loszuschlagen. Der Kaufmann Gäbler widersprach heftig, und die Feuerschaumänner, der Metzger und selbst der Waldhornwirt redeten Diethelm zu, er möge doch versichern, da sei man für alle Gefahren geborgen, und der Zins sei so gering. Gäbler faßte schnell den Waldhornwirt beim Wort und hatte ihn bald gewonnen. Während nun die Fahrnis im Wirtshaus aufgenommen wurde, eilte Diethelm heim, um seine Frau gütlich vorzubereiten. Er übergab ihr zuerst das eingenommene Geld für die Hämmel und zeigte ihr zum erstenmal in seiner roten Schreibtafel den Einkaufspreis und ließ sie den Gewinst selber ausrechnen. Die Frau nickte zufrieden und verschloß eben das Geld in ihren Schrank, als Diethelm von der bald ankommenden Feuerschau und der Fahrnisversicherung sprach. Wie gewaltsam gepackt, kehrte sich Martha um und sah ihrem Manne, der am Fenster stand, starr ins Gesicht, dann setzte sie sich rasch auf einen Stuhl, legte die Hände gefaltet in den Schoß und jammerte vor sich nieder: „Ist's so weit?"

„Was meinst? Was hast?" fragte Diethelm.

„Mußt du anzünden?" fragte Martha, ohne aufzuschauen,
und wild auffahrend erwiderte Diethelm:

„Weib, daß du mich für so schlecht hältst, hätt' ich doch nie
geglaubt. Guck, aber nein, du traust mir ja nicht aufs Wort.
Guck, mich soll die Sonn', wie sie jetzt am Himmel steht, nie
mehr bescheinen, nie mehr warm machen, wenn ich nur einen
Gedanken an so was hab'."

Und plötzlich fühlte Diethelm, wie es ihm frostig den Rücken
hinablief, als wären die Sonnenstrahlen auf einmal eiskalt, er
schaute sich um und verschloß lächelnd das Fenster, das er in
der Heftigkeit aufgestoßen hatte, so daß durch die offen stehende
Thür ein Luftzug strömte.

„Verzeih mir, was ich gesagt hab', und glaub mir, ich hab's
nie gedacht," sagte die Frau aufstehend, „ich will nur ein bißle
Ordnung machen, daß nicht alles so unters über sich aussieht,
wenn die Herren kommen."

Rasch veränderte sich der leidmütige Ausdruck ihres Gesichts,
und es war leicht zu erkennen, daß sie mit Stolz daran dachte,
welche Augen die fremden Herren machen würden, wenn sie über
Kisten und Kasten kämen. Festen Schrittes verließ Martha die
Stube.

Diethelm stand wie gebannt an das Fenstersims gelehnt, er
rieb sich die plötzlich so trocken und kalt gewordenen Hände und
fühlte mit Behagen, wie die Sonne ihm den Rücken durchwärmte.
Durch seinen Sinn zog die gräßliche Anmutung, die ihn auf
dem Marktplatze in G. zum erstenmale getroffen und niederge=
worfen hatte, dann auf der kalten Herberge so verlockend und
doch widerlich und jetzt daheim so vorwurfsvoll an ihn gekommen
war. Wie kann nur ein Mensch daran denken und gar ihm
solches zumuten? Und doch — drängt ihn nicht alles mit Ge=
walt dazu, und ist das nicht die letzte Rettung, wenn er sich in
seinen Aussichten betrogen und die Ware ihm auf dem Halse
liegen bleibt?

Diethelm war's, als ob die Mauer, daran er sich lehnte,
plötzlich morsch würde und zurückwiche, und ein Schwindel er=
faßte ihn wie gestern, als er oben in freier Luft zwischen Himmel
und Erde schwebte. Diethelm schob die Ursache hiervon auf die
brennenden Sonnenstrahlen, die, wie zu Zeugen angerufen, ihm
heiß auf Haupt und Rücken brannten. Wie mit traulichem Gruß
an alle seine Habe ging er durch Stube und Kammern, durch
Ställe und Scheunen; er gedachte der Zeiten, wie er als armer
Bursch hierher gekommen war und nichts sein genannt, als was

er auf dem Leibe trug, und wie er so glücklich war, als das
ganze Haus mit allem, was darin war, sein Besitztum wurde;
jedes Messer, jede Sense, jedes Feldgerät bewillkommte er
damals mit freudigem Blick, das war jetzt alles sein eigen. Das
ist doch ein ander Leben, in der Welt zu Haus zu sein, teil zu
haben an ihr. Es war ihm damals, als hätte er an dem Hause
und dem, was es erfüllte, einen neuen Leib gewonnen. Wer
darf daran denken, das alles in Staub zu verwandeln? Ist das
nicht wie ein Selbstmord? Freilich sind das nur leblose Dinge,
die man neu viel schöner und besser haben kann; aber es sind
doch nicht die alten, treu gewohnten . . . Und wenn man sich
nicht anders helfen kann und alles verbrennen muß, dann ist's
noch Zeit genug, daran zu denken, dann drückt man die Augen
zu und thut's — aber jetzt, jetzt darf man nicht daran denken . . .

So ging Diethelm in Gedanken hin und her und mußte
gerufen werden, denn er hatte nichts davon gemerkt, daß die
Feuerbeschau schon in der Wohnstube versammelt war. Nochmals
lehnte er die Versicherung ab und sagte: auch seine Frau wünsche
sie nicht; aber Martha widersprach, und nun ging's im Geleite
nochmals treppauf und treppab, und alles wurde aufgezeichnet
und gewertet. Diethelm that oft Einspruch, daß man ihn zu
hoch einschätze, und ließ sich nur von dem Waldhornwirt beschwichtigen, der ihm die Nützlichkeit hiervon immer mehr darlegte;
Diethelm sah schnell, daß die Unbefangenheit, mit der er Einsprache erhoben, ihm für jetzt und später sehr gut zu statten
käme, und als es nun endlich an die Wollvorräte und die Zahl
der Herde kam, gab er selbst einen hohen Wert an, der in Betracht seines früheren Widerstrebens ohne Einspruch angenommen
wurde. Die Versicherungssumme belief sich gegen zwanzigtausend
Gulden, und Diethelm schmunzelte, als die Feuerbeschauer rühmend
sagten: man sehe es einem bescheidenen Bauernhause gar nicht
an, was darin stecke, besonders die Aussteuer der Fränz dürfe
sich sehen lassen. Staunend gab man Diethelm verneinende
Antwort, als er zuletzt einen großen Pack Papiere holte, mehrere
davon vorzeigte und die prahlerische Frage stellte, ob man auch
Staatspapiere und Unterpfandsscheine nach dem vollen Wert
versichere. Für so reich hatte den Diethelm doch niemand gehalten.

Scherzhaft fragte er noch zuletzt: „Wie hoch habt ihr die
Wanduhr dort angeschlagen? die kostet mich keinen Heller mehr
und keinen weniger als achttausend Gulden.“

Er erzählte nun unter Lachen, wie ihn sein Schwager betrogen, und da er die Summe fast um das Dreifache zu hoch

angegeben, vermied er es, dem Blicke ſeiner Frau zu begegnen,
der, wie er zu ſpüren glaubte, zurechtweiſend auf ihm ruhte.

Endlich wurde das Täfelchen mit den zwei roten Händen
in Ermangelung eines Fenſterladens auf die Hausthür genagelt.
Martha ſaß daneben auf der ſteinernen Hausbank. Diethelm
ſtand bei ihr. Als der erſte Hammerſchlag geführt wurde, ſagte
ſie leiſe vor ſich hin:

„Mir iſt's, wie wenn ich den Nagel in meinen Sarg ſchlagen
hörte.“ Diethelm blickte ſie nur ſcharf an, und ob dieſer Rede
erzürnt, blieb er nicht zu Hauſe, ſondern ging mit den Männern
hinab in das Waldhorn und blieb dort den ganzen Tag bis
tief in die Nacht. Als die feinwolligen Schafe, die man nicht
im Pferch übernachten ließ, am Abend heimkamen, ſchauten ſie,
den Blicken ihres Führers folgend, verwundert nach dem hell-
farbigen Täfelchen über der Hausthür. Heute kam Diethelm
nicht zur Laternenviſitation, und noch ſpät in der Nacht trug
Medard ſeine geringe Habe zu ſeinem Vater in das Dorf und
übergab ihm noch ein Päcklein Tabak und einen Teil des Trink-
geldes, das er auf dem Kirchheimer Wollmarkt erhalten hatte.
Der alte Schäferle, ein ſchweigſames, dürres Männchen, nickte
froh, er bedurfte zu ſeinem Lebensunterhalt faſt nichts als ein
paar Kreuzer zu Tabak, und ein Trinkgeld ließ er nicht gern
altbacken werden. Vom Waldhorn herab tönte durch das ſtille
Dorf Lachen und lautes Hin- und Herreden. Als der alte
Schäferle in die Wirtsſtube trat, wurde er mit großem Halloh
empfangen, und Diethelm ließ ihm ſogleich einen Schoppen ein-
ſchenken, denn alles um ihn her ſollte luſtig ſein, wie er's ſelber
war. Er hatte heute wieder ſeinen Hauptſpaß, er gab dem
Lehrer und vielen anderen ſchwere Rechenexempel auf, Rätſel-
rechnungen, die niemand herausbrachte; und wenn alles ringsum
ihn lobte und ihm huldigte, rühmte er den alten Kopfrechner
in Letzweiler, von dem er das gelernt, und die Bewunderung
und die Schmeichelreden aller gingen Diethelm mit dem Weine
leicht ein. Als man ſpät in der Nacht, nicht eben ſicher auf
den Beinen, aufſtand, machte ein Witzwort des alten Schäferle
noch auf der Straße viel Gelächter, denn er hatte geſagt: „Diethelm, dir ſchadet ein Brand (Rauſch) nichts, du biſt ja in der
Brandverſicherung.“

Diethelm lachte laut und wurde auf einmal nüchtern, und
auf dem ganzen Heimweg verließ ihn das Wort nicht.

Es war nun ſo hellgemut daheim, daß Diethelm nur mit
Schmerz daran dachte, auf Geſchäftsreiſen in der Ferne ſich
tummeln zu müſſen. In der That kamen jetzt auch, von Reppen-

berger und anderen angewiesen, mehrere Händler, besahen die
Vorräte Diethelms, konnten aber nicht handelseins mit ihm
werden; und die Mahnung, wie sehr die Wolle durch langes
Lagern an Aussehen und Gewicht verliere, wies Diethelm leicht
von sich, es war ihm zur Gewißheit geworden, daß der gute
Schick, auf den er harrte und hoffte, nicht ausbleibe; er glaubte
an ihn wie an eine Verheißung und fast noch mehr als an eine
solche. Es fiel ihm dabei gar nicht ein, rückwärts dem Urgrund
dieser Zuversicht nachzuspüren und mit einem allgemeinen Trost
beschwichtigte er das Grübeln, wenn er sich ausdenken wollte,
in welcher Weise denn sein zukünftiges Glück eintreten solle.
Diethelm war jetzt auffallend weichmütig und gutherzig gegen
jedermann und faßte auch immer bessere Vorsätze für kommende
Tage; und solch ein Mann, sagte er sich dann oft, solch ein
Mann darf nicht untergehen, wenn noch Gerechtigkeit bei Gott
und im Himmel ist. Ohne es auffällig zu machen, ging Diethelm öfters in die Kirche, und im Wirtshaus zum Waldhorn
unterhielt er sich viel mit dem Pfarrer, und dieser sagte oft zu
den Wirtsleuten und zu anderen: er habe den Diethelm gar
nicht so gekannt, unter seinem starkthuerischen Gebaren ruhe ein
demutsvolles und gläubiges Gemüt, und dabei sei er ein guter
politischer Kopf. Diethelm war kein Liberaler, er war zu sehr
monarchischer Natur und dünkte sich zu erhaben über alle unter
sich, als daß er eine Gleichberechtigung anerkannt hätte; nur
in Sachen der Wahlen wich er davon ab: die Ehre, von so
vielen erwählt zu werden, dünkte ihn fast noch größer, als von
der hohen Regierung ernannt zu werden. Manche schalten jetzt
sogar auf Martha, die mit ihrem zänkischen und schwermütigen
Wesen den braven Mann oft aus dem Hause treibe; es muß
aber zur Ehre Diethelms gesagt werden, daß er immer entschiedene
Einsprache that, wenn er derartiges merkte. Er hielt es für eine
Versündigung, durch Ungerechtigkeit gegen andere erhoben zu
werden; aber so sehr war er bereits in innern Wirrwarr geraten, daß er diese einfache Ehrlichkeit für ein besonderes Opfer
hielt, wofür ihm der Gotteslohn nicht ausbleiben dürfe. Diethelm hielt sich überhaupt viel im Waldhorn auf und kartelte.
Hier war gewissermaßen sein zweites Heimwesen und ein noch
viel willfährigeres als das eigentliche. Diethelm hatte eine
Hypothek auf dem Wirtshause, und der ohnedies geschmeidige
und schmeichlerische Wirt war sein Neffe, dem er zum Ankauf
dieses Hauses verholfen hatte; natürlich also, daß Diethelm hier
unbedingte Botmäßigkeit fand, wie sonst nirgends; und er ließ
sich diese gern gefallen. Im Waldhorn wartete er nun jedesmal

den Postboten ab; die Quittung für eine drängende Schuld, die
er mit der erworbenen baren Summe getilgt hatte, blieb nicht
aus, aber auch andere Briefe kamen, in die er nur kurze Blicke
warf und die er auf dem Heimwege in kleinen Stückchen ver-
zettelte, welche der Herbstwind lustig davon trug. Ganz buchstäblich schlug er alle Sorgen in den Wind, und wenn die Frau,
die wohl tiefer sah, mit ihm alles besprechen wollte, hatte er
hunderterlei Ausreden und versicherte Martha, sie solle nur auf
ihre Sache sehen, er werde die seinige schon auseinander haspeln.
Martha war wie alle Frauen vornehmlich aufs Erhalten bedacht,
und diese durch die kleinlichen Hantierungen des Lebens be-
dingte Tugend erschien Diethelm in seinen weit ausgreifenden
erobernden Planen als engherzig. Martha war schon zufrieden,
daß er ihrem Drängen nachgab, sich nicht zum Abgeordneten
wählen zu lassen, was er eigentlich nie recht im Sinn gehabt;
nur that er jetzt, als ob er damit seinen liebsten Wunsch opfere.

Fränz bestürmte den Vater, sie, wie er versprochen, nach
der Stadt zu bringen; die Mutter aber widersetzte sich unnachgiebig diesem Vorhaben. Fränz schwieg und that, als ob sie
nicht mehr daran dächte; je mehr es aber Herbst wurde, im
Dorfe die Dreschzeit begann und die Wege so grundlos wurden,
daß man oft ganze Wochen kaum ins Dorf hinab kam, um so
mächtiger wurde die Sehnsucht der Fränz nach dem Stadtleben;
sie war wie ein Wandervogel, der gewaltsam zurückgehalten
wird vom Zuge. Trotz des Widerspruchs der Mutter wußte sie
es dahin zu bringen, daß sie den Vater auf einer Fahrt nach
der Amtsstadt begleiten durfte, und als Diethelm hier nicht, wie
er gehofft hatte, Kauflustige für seine Vorräte fand, ward es ihr
nicht schwer, ihn zu bestimmen, mit ihr nach der Hauptstadt zu
fahren. Wie ein Vogel, der angstvoll von Zweig zu Zweig
hüpft, bald ausschaut, bald ruft: so wanderte hier Diethelm hin
und her und verstand sich endlich zu dem schweren Entschluß,
selber Anerbietungen zu machen und durch Zwischenhändler ver-
breiten zu lassen. Der Erfolg war aber ein geringer. Diethelm
brachte nichts mit nach Hause als Aussichten auf den Verkauf
der Staatspapiere, die er zu einem sehr niedrigen Tagespreis
abgeben sollte; Fränz aber brachte er nicht wieder, denn sie blieb
im Rautenkranz, in dem Wirtshause, wo Diethelm stets seine
Einkehr hatte, um hier die Koch- und größere Wirtschaftskunst
zu erlernen.

In Buchenberg ging es nun gar still her, wenn nicht dann
und wann Fuhren mit Heu ankamen, von dem immer neue Vorräte zur Ueberwinterung der Schafe gekauft werden mußten.

Diethelm hatte eine wahre Kaufwut; wo nur irgend etwas zu haben war, eignete er sich's an, bezahlte anfangs bar, geriet aber auch nach und nach ins Borgen und behaftete sich mit einer Unzahl sogenannter kleiner Klettenschulden, so daß das einsame Haus von Drängern aller Art überlaufen wurde, die besonders die bekümmerte Frau peinigten; denn Diethelm blieb jetzt mehr als je und ganz ohne Grund tagelang aus dem Hause, nur um der Anschauung des auf ihn hereinbrechenden großen Unglücks und den kleinen Bedrängnissen zu entgehen. Er ärgerte sich jetzt über viele Menschen und sah erst jetzt, wie er es hatte geschehen lassen, daß er von jedem ausgeraubt wurde, der etwas an ihn zu fordern hatte. Menschen, die ihm sonst brav und rechtschaffen erschienen waren, erkannte er nun in ihrer offen- kundigen Schlechtigkeit und hatte vielerlei Streit und Gerichts- gänge. Noch böser hatte es Martha daheim. Leute, die sie sonst nicht lang bei sich geduldet hätte, saßen jetzt oft tagelang auf der Ofenbank, denn sie ließen sich nicht damit abweisen, daß Diethelm nicht zu Hause sei; sie wollten seine Rückkunft abwarten, und Martha, die vor Zorn und Kummer fast vergehen wollte, mußte noch freundlich thun, mußte diesen Leuten zu essen und zu trinken geben und sich fast entschuldigen, wenn sie etwas für sich bereitete, denn sie sah nicht undeutlich die höhnisch frechen Blicke, als ob sie vom Eigentum fremder Menschen lebte. Sie fürchtete sich, die Stube zu verlassen, denn sie wußte, wie hinter ihrem Rücken über den Verfall dieses Hauses gesprochen wurde und wie bald die Kunde hiervon landauf und landab sich aus- breiten würde. Oft war es Martha, als sollte sie das ganze Haus mit allem, was darin ist, verlassen und davon rennen; es war ja himmelschreiend, wie ihr einziges Kind sie so heimtückisch verlassen hatte und wie ihr Mann sie dem Elende und der Schande preisgab, während er lustig lebte. Dennoch war sie wie festgebannt an das Haus, und endlich griff sie ihren letzten Hort an: es war dies eine nicht unbeträchtliche Summe, die sie verborgen hatte und die man erst nach ihrem Tode hatte finden sollen. Mit dieser erledigte sie sich nun der Klettenschulden, und Diethelm war bei seiner Heimkehr überaus wohlgemut, als er solches vernahm. Als sie ihm den Rest übergab, sagte sie:

„Nur um Gottes willen keine Schulden. Schau, wenn so Gläubiger über einen kommen, ist's grad wie beim Dreschen. Anfangs, wenn die Dreschflegel auf die volle Spreite fallen, da geht's langsam, und man hört's nur wenig, je leerer aber das Korn wird, da geht's immer lauter und schneller. Ver- stehst mich?"

„Wohl, du bist gescheit. Aber hast nicht noch mehr so geheime Bündel?"

Martha verneinte, Diethelm aber glaubte es ihr nicht und war wieder voll Liebe gegen sie, wie in der ersten Zeit ihrer Ehe, so daß sie gar nicht dazu kam, gegen ihn den Gram und Zorn über seine Fahrlässigkeit auszulassen. Er vertröstete sie auf den großen Schick, der unfehlbar nächstens eintreffe, und half nun selber für die laufenden Ausgaben Leinwandballen verkaufen, von denen Martha aus Zorn gegen Fränz schon mehrere versilbert hatte.

Eines Tages kehrte Diethelm nach einer vergeblichen Umfahrt von mehreren Tagen wieder heimwärts, da sah er am Wege im Wald an einem ausgehauenen Baumstumpf eine große Schichte von Kienholz. Rasch, ohne sich klar zu machen, was er wollte, hielt er an, sprang ab, raffte einen Arm voll auf, riß den Sitz ab, öffnete das Kutschentruckle, verschloß das Kienholz in dasselbe und fuhr rasch davon; bald aber stieg er wieder ab und wusch sich die harzigen Hände im Schnee.

Seltsam! Als er heute heimkam, fragte ihn Martha:

„Hast nichts im Kutschentruckle?"

„Warum fragst?" erwiderte Diethelm erschreckt.

„Ich weiß nicht, warum, ich mein' nur so."

„Es ist nichts darin," schloß Diethelm fest.

Spät in der Nacht, als alles im Hause schlief, schlich Diethelm noch einmal hinab, lauschte, ob Medard in seiner Stallkammer schlief, ging dann nach der Scheune, öffnete den Kutschensitz, nahm das Kienholz heraus, trug es die Leiter hinauf nach dem Heuboden und versteckte es unter einem Dachstuhlbalken. Aber kaum war er wieder die Hälfte der Leiter herab, als ihm gerade dieses Versteck besonders gefährlich erschien; er kehrte wieder um und fand am Ende nichts Besseres, als das Kienholz wieder in den Kutschensitz zu verschließen, er faßte dabei den Vorsatz: bei der nächsten Ausfahrt dieses willfährige Brennmaterial wieder auf die Straße zu schleudern. Er schauderte vor sich selber, indem er dachte, was ihm durch den Sinn gegangen war, und die Hand auf das Kienholz legend, schwur er vor sich hin, in stiller verborgener Nacht, jede Versuchung von sich abzuthun, und wie aus einem wüsten Traume erwacht, froh, daß es nur ein Traum war, schlief er ruhig und fest.

Am andern Tag, es lag ein leichter Schnee auf dem Felde, fuhr Diethelm in Angelegenheit seines Waisenpflegeramtes wieder nach der Stadt. Er wollte unterwegs das Kienholz wieder wegwerfen, und zweimal hielt er an und öffnete den Kutschensitz,

als jedesmal Leute daherkamen, so daß er in seinem seltsamen
Thun gestört wurde und wieder davon fuhr. Es war ihm, als
ob er auf lauter Feuer sitze, aber bald lachte er über diese
alberne Furcht und wollte sich nun gerade zwingen, sie zu über=
winden, und heiteren Blickes fuhr er in die Stadt ein. Am
Stern wußte er nicht, sollte er besondere Achtsamkeit empfehlen,
da er etwas im Kutschensitz habe; aber das konnte aufmerksam
machen, er müßte Red' und Antwort darüber geben, darum war's
besser, er schwieg ganz, und so blieb's dabei. Als er auf dem
Waisenamte war, fühlte er mitten in den Verhandlungen plötzlich
einen jähen heißen Schreck; er glaubte, er habe den Kutschensitz
nicht recht verschlossen, es war ihm fast sicher, daß er offen war:
wenn nun jemand darüber kam und den wunderlichen Schatz
fand, was konnte das für Gerede geben, welche Ahnungen mußten
in den Menschen aufsteigen. Ohne nachzusehen, unterschrieb Diet=
helm alles, was man ihm vorlegte, und eilte nach dem Wirtshaus;
seine Vermutung hatte ihn betrogen, der Kutschensitz war wohl
verschlossen, aber er wagte es nicht, ihn jetzt zu öffnen und nach
dem verräterischen Inhalt zu schauen.

Als Diethelm hierauf an dem Kaufladen Gäblers vorüber=
kam, rief ihm dieser zu und übergab ihm mit einigen halb
höflichen Worten die Rechnung für die eigenen Einkäufe und
für die des Zeugwebers Kübler. Diethelm versprach, zu Neujahr
zu bezahlen, und Gäbler sagte, er verlasse sich darauf. Ueber=
haupt schien es Diethelm, als ob alle Menschen ein verändertes
Benehmen gegen ihn hätten, selbst der Sternenwirt war wort=
karg und ging seinem Geschäfte nach, während er sonst unzer=
trennlich bei Diethelm saß und mit ihm über allerlei aus Gegen=
wart und Zukunft plauderte. Was hatten denn die Menschen,
daß sie auf einmal so ganz anders waren? War denn Diethelm
nicht noch immer derselbe, der er von je gewesen? Damals am
Markttag erglänzte ihm jedes Angesicht und streckte sich ihm jede
Hand entgegen. Was ging denn jetzt vor? Der Zeugweber
Kübler, der „den Herrn Vetter und Familienfürsten" aufsuchte
und sich ihm zu Besorgungen erbot, konnte nicht begreifen, warum
Diethelm über die ganze Welt fluchte und immer sagte, der sei
ein Narr, der nur eine Stunde einem Menschen glaube. Woher
es kam, das wußte Diethelm nicht, aber offenbar schien es ihm,
daß man Schlimmes von ihm dachte und seine Ehre angegriffen
sei, daß etwas wie eine Verschwörung aller Menschen gegen ihn
in der Luft schwebe. Das von Zweifel und Bangen gepeinigte
Herz verlangt besonders huldreiche Zuneigung der Welt, und
gerade da bleibt sie aus, und das düster blickende Auge des

Bedrängten sah Unfreundlichkeit der Menschen, wo sonst gar nichts gesehen wurde.

Diethelm beauftragte Kübler, eine geweihte Kerze, ein vierundzwanzig Stunden haltiges sogenanntes Taglicht, zu kaufen für den verstorbenen Vater des Waisenkindes, in dessen Angelegenheiten er eben in der Stadt war. Kaum war Kübler weggegangen, als ein Briefchen vom Kastenverwalter kam, der Diethelm daran erinnerte, daß er das Geld, das in sechs Wochen fällig war, bereits anderweit versagt hätte. „Der hat auch was,“ knirschte Diethelm, den Brief in die Tasche steckend, und hätte er in diesem Augenblicke ein Verbrechen an der ganzen Welt begehen können — es wäre ihm eine Lust gewesen. Er hielt noch die Hand auf dem Briefe des Kastenverwalters, als Kübler kam, aber er brachte statt e i n e r Kerze ein Gebund, das vier solcher enthielt.

„Ich hab nur e i n e gewollt, aber es ist so auch recht,“ sagte Diethelm und hielt in zitternder Hand die Kerzen. Es war ihm, als müßte er damit sengen und brennen.

Elftes Kapitel.

Der Schnee wirbelte um ihn her, und Diethelm fuhr durch die Nacht dahin heimwärts, seine Wangen glühten, und die Schneeflocken, die darauf fielen, konnten die Glut nicht löschen. Am ersten Berg hielt er an, öffnete den Kutschensitz, aber nicht um seinen Inhalt, verborgen vor jedem Späherauge, zu zerstreuen; er legte drei der geweihten Kerzen noch zu dem Kienholz. Er fühlte einen Stich durchs Herz, und doch bewegte ihn ein freudiger erfindungsreicher Gedanke: diese Kerzen brennen eine volle Tag- und Nachtlänge, mit ihnen läßt sich verdachtlos etwas bewirken.

Im Schritt den Berg hinanfahrend, überdachte Diethelm sein ganzes vergangenes Leben. Er spürte ein Jucken in den Augen, als er der unsäglich vielen Freuden gedachte, die er seinen Eltern und allen seinen Angehörigen bereitet hatte; und plötzlich stand es vor ihm, daß sein Bruderskind in Elend verkomme, wenn er nicht dem Kübler zur Ansässigmachung verhelfe. Alles, was er thue, sei ja zum Guten. Und jetzt war es, als sähe er seine Fränz, wie sie unter den Menschen herumgestoßen würde, die kein Erbarmen haben, und sich selber sah er sterbenskrank und in Not und verlassen. Es muß sein . . .

Heute kehrte Diethelm freiwillig auf der kalten Herberge ein. Es war ihm hier nicht mehr wie in einem verzauberten Hause zu Mute: alles hatte einen freundlichen Anschein, und das behäbige und wohlgemute Wesen des Wirtes sprach es deutlich aus, daß man nach einer solchen That wieder frischauf leben kann. Diethelm suchte sich immer mehr einzureden, daß der böse Leumund die Wahrheit verkünde und dieser Wirt ein Brand=stifter sei. So saß Diethelm in sich gekehrt und mit glänzenden Augen umschauend, als ein alter Bekannter, der Reppenberger, eintrat und seinen Glücksstern pries, daß er ihm einen Weg erspare, den er eben zu Diethelm machen wollte. Er berichtete, wie er endlich einen willigen Käufer gefunden, der den gesamten Wollvorrat zu einem Preise übernehme, bei dem für Diethelm noch ein mäßiger Gewinn sich ergab. Reppenberger hatte ein so lebendiges Mundstück und mußte es durch Weinzufuhr immer neu zu beleben, daß er gar nicht merkte, wie zerstreut und stotternd Diethelm stets antwortete, wenn er nicht lautlos darein starrte, als hätte er gar nichts gehört. Denn Diethelm war es in der That, als treibe der Teufel sein Spiel mit ihm. Kaum gibt er ihm die Kerzen in die Hand und erregt in ihm die erfin=dungsreichen Gedanken: da kommt die Versuchung und will alles zum leeren Possenspiel und zu nichte machen. Ist darum alles Bedenken und alles innere Zagen überwunden, damit alles ein eitles Spiel um nichts sei? Das Herz, das einmal den festen Willen zur bösen That gefaßt, sieht leicht diese schon als in sich vollbracht an, und wie mit dämonischer Gewalt wird es immer wieder dazu gedrängt, und alle Ablenkungen erscheinen nicht als das, was sie sind, sondern als Hindernisse, die übersprungen und besiegt werden müssen. Denn das ist das unergründliche Dunkel, daß das innere Sinnen, sei es gut oder böse, alle Vorkommnisse wie eine leibliche Speise verwandelt und sich gleich macht. Was vor kurzem noch in Kämpfen und Bedenken als freier Entschluß sich darstellte, verkehrt sich in unabänderliche Notwendigkeit, und wie in einen Zauberkreis gebannt, aus dem nichts mehr zu wecken vermag, erfüllt sich das Geschick.

Darum mutete diese sonst frohe Kunde Diethelm jetzt mit Betrübnis an, und er knirschte innerlich vor Zorn, wie ihm die Rechtfertigung vor sich genommen war, da sonst kein anderer Ausweg blieb. Wie zum Hohn öffnete ihm jetzt die schlechte Welt einen Ausweg, den er doch nicht mehr einschlagen konnte. Einen großen Schick wollte er machen, und was soll jetzt ein kleiner Gewinn? Der spielte ihm die Möglichkeit einer völligen Rettung aus der Hand und überließ ihn fort und fort den tauſend kleinen Plackereien, deren Ende gar nicht abzuſehen war. Darum muß geſchehen, was beſchloſſen iſt . . .

Als erriete er Diethelms Gedanken, ſagte der Reppenberger jetzt:

„Guck einmal den Wirt an. Sitzt er nicht da ſo unſchuldig und fromm wie der heilig Feierabend, und doch weiß er, was er gethan hat, und hat ſein Haus angezündet und beim Brand= löſchen ſich einen naſſen Finger gemacht und alles abgewiſcht, was angekreidet geweſen iſt. Jetzt hat er ein neues Haus und bar Geld ſtatt Schulden.“

„Wer weiß, wie es ihm zu Mut iſt,“ ſagte Diethelm, ſich mit der Hand hin und her durch das Halstuch ſtreifend, als wollten die Worte nicht heraus.

Der Reppenberger lachte laut und ſagte:

„Hab’ ſchon gehört, daß du fromm geworden ſeiſt, aber glaub’ mir, wenn alle Leute, die was Ungrades gethan haben, krumm gingen, da könnt’ ſich ein Aufrechter ums Geld ſehen laſſen.“

„Ich will nichts mehr davon hören,“ ſagte Diethelm ſtreng verweiſend und ſprach nun von dem Verkauf, zu dem er ſich willfährig zeigte. Er wußte nicht recht, warum er das that, aber ſo viel war ihm klar, er mußte ſcheinbar darauf eingehen, um nicht Verdacht auf ſich zu lenken. Auf dieſe Rückſicht wollte er fortan alle Klugheit verwenden, und er war im Innern ſtolz darauf, wie weit er es bereits in der Verſtellungskunſt gebracht hatte. Diethelm nahm den Reppenberger mit nach Buchenberg, und da der abgehauſte Mann keinen Mantel hatte, gab er ihm eine Pferdedecke, in die ſich derſelbe behaglich wickelte. Diethelm aber fröſtelte es bei dem Gedanken, daß auch er einſt wie dieſer einer geliehenen Pferdedecke ſich freuen könne, und wie er Peitſche und Leitſeil in die Hand nahm, ſprach es in ihm: darum muß geholfen werden, ſo lang ich das noch feſthalte.

Der Reppenberger entſchlief bald, aber Diethelm wurde von mühſamen Gedanken wach gehalten. Zum Scheine verkaufen und vor den Leuten ſich höchlich darob freuen, aber vor der Ablieferung noch alles in die Luft ſprengen und mit der hohen Verſicherungsſumme ſich wieder friſch flott machen — das war die Beſtimmung, die endlich ſo feſt ſtand, als wäre ſie gar nicht die Geburt ſeines eigenen Entſchluſſes; und ſo ruhig ward er dabei, daß er die Peitſche neben ſich ſteckte und die des Weges gewohnten Pferde laufen ließ und in Schlaf verſank wie ein Kind nach dem Nachtgebet. In Unterthailfingen vor dem Wirtshaus hielten die Pferde an, und Diethelm erwachte;

taumelnd schaute er auf und mußte sich besinnen, wo er war, und im ersten Augenblick erschien die weißverhüllte Gestalt neben ihm wie ein Gespenst. Im Dorfe schlief alles, und niemand bemerkte das Anhalten eines Fuhrwerks, nur Reppenberger erwachte, als Diethelm mit einem plötzlichen Ruck im gestreckten Trab davonfuhr.

„Wenn ich nur so ein Kütschle hätt' wie du," sagte der Reppenberger, „wenn ich meine siebzig Jahre da hüben so 'rumfahren könnt', könnten sie meinetwegen in der andern Welt mit mir machen, was sie wollen." Und wie nun Diethelm immer weiter sein Glück preisen hörte, und wie der Reppenberger erzählte, welch ein elendes Leben er führe, empfand Diethelm immer mehr ein Wohlgefühl, daß er den Mut und den rechten Weg gefunden habe, sich eine heitere, sorgenfreie Zukunft zu sichern. Als der Reppenberger seine Pfeife gestopft hatte und jetzt Feuer schlug, fiel Diethelm im Anschauen der springenden Funken der Traum ein, den er soeben gehabt: er ging über eine große weite Heide, und es regnete Funken, sie flogen ihm ins Gesicht und auf den blauen Mantel, aber sie zündeten nicht, und er ging darunter hinweg, als wären es Schneeflocken, und weiter hinaus in der Ebene standen Funkensäulen und strömten auf und nieder, und plötzlich stand sein Vater vor ihm und sagte lächelnd: es regnet Gold — da hielten die Pferde an, dahin war das Traumgesicht.

Träume gelten zwar nichts, sagte sich Diethelm, aber dieser hat doch eine gute Vorbedeutung.

Am Waldhorn in Buchenberg stieg der Reppenberger ab, und lustig knallend, fuhr Diethelm nach seinem Haus und erzählte der Frau, daß der gute Schick nun in diesen Tagen eintrete und alle Wolle so viel als verkauft sei.

„Gott Lob und Dank!" rief die Frau, die Hände ineinander schlagend, „ich hab' dir's nicht sagen wollen, daß mir's immer gewesen ist, wie wenn die Deck' und alles, was darauf ist, mir auf dem Kopf liege."

„Mir auch," sagte Diethelm zutraulich, und schnell dachte er jetzt in dieser heitern, arglosen Stimmung Vorsorge zu treffen und er fuhr fort: „Ich hab' immer Bangen gehabt, es geht einmal ein Feuer aus, und der Teufel hat doch sein Spiel, und wenn auch das Sach' versichert ist, was nutzt das, wenn eins von uns umkäm', und da hab' ich mir schon oft gedacht, da zu dem Fenster 'nausspringen thut man sich keinen Schaden, weil der Dunghaufen da ist."

„Red' so was nicht; das heißt Gott versuchen," wehrte

die Frau ab, und Diethelm erklärte, daß das nur ein vorüber=
gehender Gedanke war; innerlich aber fühlte er sich erleichtert,
seiner Frau den Weg gezeigt zu haben, wenn er sie nicht vorher
aus dem Hause bringen konnte; denn durch ihn allein, von
keiner andern Menschenseele gekannt, sollte die That geschehen.

Heute machte Diethelm keinen Versuch mehr, den Inhalt des
Kutschensitzes zu verstreuen, er freute sich des fallenden Schnees,
der die Halbkutsche in der Scheune ließ und den Schlitten zur
Verwendung brachte.

Am Morgen fühlte Diethelm noch einmal ein Bangen über
seinen Vorsatz, und doch war's ihm, als hätte er jemand das
Versprechen gegeben, ihn zu vollführen. Eben wollte er die
geweihte Kerze in das Pfarrhaus schicken, als seine Bruders=
tochter aus Letzweiler ankam. Noch bevor sie ein Wort reden
konnte, weinte sie laut und erklärte endlich, daß man in G.
sage, Diethelm werde ihr keine Aussteuer geben, die Hochzeit
nicht stattfinden und sie im Elend bleiben. Man konnte nicht
heraußbringen, woher das Gerücht gekommen war, und das
Mädchen, das immer auf der Bank sitzen blieb und nicht auf=
stand, schwur, daß sie sich ein Leid anthue, wenn das Gerücht
wahr sei. Diethelm stand lange still vor dem Mädchen, be=
trachtete es scharf, so daß es die Augen niederschlug, und sich
auf die Brust schlagend, daß es dröhnte, schwur Diethelm:
„Guck, mir soll die Kerze da auf der Seele verbrennen, wenn
du nicht alles von mir bekommst, wie ich's versprochen habe."

Er ging mehrmals mit schweren Schritten die Stube auf
und ab und stand wieder vor dem Mädchen still und sagte:

„Warum hast du denn ein so schlechtes Kleid an? Hast
keine besseren?"

„Freilich, ich hab' ja die zwei, die Ihr mir geschenkt habt,
aber ich will sie sparen."

„Du weißt ja," fuhr Diethelm auf, „ich kann nicht leiden,
wenn eines von den meinigen so verlumpt daher kommt. Mein'
Frau muß dir von der Fränz ein anderes Kleid geben. So
darfst du nicht durch das Dorf. Ich will der Welt zeigen, wer
ich bin."

Wut gegen die Welt, die seinen Ehrennamen so grund=
los angriff, und ein freudiger Hohn, daß er es in der Gewalt
habe, Rache zu nehmen, alle bösen Nachreden zu Schanden zu
machen, lochten in seinem Herzen. Er stand gerechtfertigt vor
sich da, das Schlechteste zu thun; traute man ihm ja das Schlech=
teste zu, und niemand hatte ein Recht oder einen Grund dafür.
Das Mädchen, das sich wohl auf einen scharfen Zank gefaßt

gemacht hatte, schaute mit gefalteten Händen wie anbetend zu
Diethelm auf, der ihm liebreich die Wangen streichelte, denn
ein freudiger Gedanke erhob ihn; sichtbarlich zeigte es sich ihm:
er mußte die That thun, um die Stütze seiner Familie zu
retten. Die ganze Macht seiner Familienliebe erwachte in ihm:
nicht für sich, für alle seine Angehörigen mußte er der bleiben,
der er war, alles Verdammungswürdige in seiner That war nur
verkannte Tugend.

Medard kam in die Stube und berichtete die Zahl der
Lämmer, die in diesen Tagen sich zahlreich eingestellt hatten,
indem er dabei bemerkte, der Meister möge doch auch wieder
einmal in den Stall kommen und nachschauen. Diethelm wies
den Medard mit strengem Blick ab und sagte, er habe jetzt
anderes zu thun; als er aber dem stechenden Blick Medards
begegnete, fügte er hinzu: Ich komme gleich. Er überdachte
schnell, daß er nichts auf sich kommen lassen dürfe, was als
Fahrlässigkeit gegen sein Eigentum erscheinen könne. Sonst
hatte er im Winter immer seine besondere Freude an den
Schafen gehabt; im Sommer sind sie auf der Weide, dem Auge
entrückt, im Winter aber gibt es oft täglich Junge, und stunden=
lang hatte Diethelm im warmen Schafstalle gesessen. Als er
jetzt dahin kam, drängten sich alle Schafe auf ihn zu, so daß
ihm ganz ängstlich zu Mut wurde, er zählte die Lämmer kaum
und machte sich wieder davon.

Zwölftes Kapitel.

Auch im Schicksal der Menschen gibt es veränderliches
Aprilwetter, wenn neue Keime aufgehen. Ein Brief des von
Reppenberger bestellten Käufers meldete einen Verschub seiner
Ankunft auf mehrere Wochen und ersuchte Diethelm, wenn er
früher verkaufen wolle, mit Proben nach der Hauptstadt zu
kommen. Diethelm ließ sich aber dadurch nicht abhalten, im
Waldhorn prahlerisch seine günstigen Aussichten zu verkünden.
Er lief dann hin und her und hatte für alles die ge=
naueste Fürsorge, und doch war ihm jedes Thun nur wie
ein Nebengeschäft, wie ein gewaltsamer Zeitvertreib, bis es an
die einzige wirkliche That ging. Als ihn der Waldhornwirt
aufforderte, mit auf die Jagd zu gehen, schlug er es ab, und
doch war sein Antlitz froh gespannt, denn er erinnerte sich des

bedeutenden Pulvervorrates, den er im Hauſe hatte und der
ſich nun auch zu ſchicklicher Verwendung eignete. Als Diet=
helm beim Nachhauſegehen in der Nacht an der Kirche vorüber=
kam, erſchrack er plötzlich, da er hellen Schein durch die hohen
Kirchenfenſter blinken ſah. Hat das eine Vorbedeutung, daß die
Kirche brennt? Schon wollte Diethelm laut rufen, als es ihm
einfiel, daß das ja die Weihkerze war, die er ſelbſt aus der
Stadt mitgebracht; auf die Minute hin iſt berechnet, wie lang
dieſes Licht brennt, und iſt es nieder und findet keine Nahrung
ſeiner Flamme mehr, dann erliſcht es, findet es aber neue
weithinziehende, dann . . . Als Diethelm ſich endlich von den
Knieen aufrichtete, ſah er wie verwirrt an ſich herab, er konnte
ſich nicht erinnern, wie er niedergekniet war, es mußte das
gegen ſeinen Willen geſchehen ſein. Haſtig verſcharrte er die
Spuren ſeiner Kniee im Schnee, und wie er weiter ſchritt, ver=
ſcharrte er jede Fußſtapfe zur Unkenntlichkeit, und doch wagte
er es nicht, geradenweges heimzugehen; bald ängſtigte ihn der
Gedanke, daß er entdeckt und verraten ſei, bald hatte er eine
Angſt vor ſeinem eigenen Hauſe, als ob die toten Wände
wüßten, daß er ſie in Aſche verwandeln wolle, und vorzeitig
zuſammenſtürzen und ihn unter ihrem Schutte begraben. Eine
ruheloſe Gewalt trieb Diethelm immer weiter, als müßte er
entfliehen und hinter ſich laſſen alles, was ihn kennt und nennt;
die Verwandten werden ſich ſchon der Martha und der Fränz
annehmen, wenn nur er nicht mehr da war, nur wehe that es
ihm, daß er ihnen nicht Lebewohl geſagt, und Thränen traten
ihm in die Augen über ſeinen eigenen ſo jähen Tod, den er
doch ſuchen mußte.

In dieſer Nacht kämpfte zum letztenmal der gute Geiſt
Diethelms mit ſeinen ſchlimmen Vorſätzen in gewaltigem Ringen,
und eine überraſchende Wendung ſeines Denkens löſte auf ein=
mal allen Hader; dir bleibt nichts, als dich ſelbſt umbringen,
das iſt eine ſchwere Sünde — oder Brandſtiften, das iſt auch
ein Verbrechen, aber minder, und du haſt ſchon genug gelitten
für das, was du thun wollteſt, du haſt deine Strafe vorweg
empfangen, jetzt mußt du's auch thun, und du retteſt dich und
all die deinen.

An der Gemarkung von Unterthailfingen kehrte Diethelm
um und kam, man kann faſt ſagen, als hartgefrorener Miſſe=
thäter heim.

Drei Tage ging Diethelm einſam und in ſich gekehrt um=
her; er verſtopfte jede Luke und jeden Spalt auf dem Speicher
und ſagte ſich innerlich Wort für Wort alles vor, was er zur

gefahrlosen Vollbringung zu thun habe; denn er gewahrte, wie
sein Atem schneller ging bei dem Gedanken an die endliche
Ausführung, er wollte sich vor sich selbst sicher stellen, um mit
Umsicht und ohne Leidenschaft und Hast, die leicht das Wich-
tigste übersieht, zu Werke zu gehen.

Am dritten Abend kam ein Bote vom Kohlenhof mit der
Nachricht, daß die Kohlenhofbäuerin, die Tochter Marthas erster
Ehe, krank sei und nach der Mutter verlange. Diethelm erfaßte dies schnell als eine erwünschte Wendung und drang in
seine Frau, daß sie sogleich abreise; er wußte aber allerlei Ausreden, daß er sie nicht selbst führte, er wollte dem Medard den
Schlitten mit den beiden Rappen übergeben, aber dieser klagte
über Schmerzen in seinem gebrochenen Bein, und der Waldhornwirt war gern bereit, die Base zu führen. Diethelm empfahl
ihm, bald zurückzukehren, da er morgen auch verreisen müsse.

Als das Fuhrwerk mit Schellengeklingel davon rollte, hob
Diethelm die Arme hoch empor und reckte sich wie zum Ausholen für eine schwere Arbeit.

Spät in der Nacht, als alles schlief, ging Diethelm ohne
Licht hinab in die Scheune, öffnete den Kutschensitz, nahm die
Kerzen sorgfältig heraus, that das Kienholz in einen Sack, den
er sich über den Rücken band, und stieg auf der Scheunenleiter
hinauf nach dem Speicher. In der Mitte der gradaufstehenden
Leiter, die er doch tausendmal auf- und abgestiegen war, überkam ihn plötzlich ein Schwindel, daß er nicht vor und nicht
rückwärts konnte; er hing wieder wie über einem Abgrund
zwischen Leben und Tod, und fast schrie er laut auf nach Hilfe,
aber noch hatte er Besinnung genug, zu überlegen, daß er sich
damit ins Elend stürze, und mit letzter Kraft in sich hinein-
fluchend, stemmte er sich an und kletterte behend von Sprosse zu
Sprosse und stand endlich keuchend auf dem obern Boden. Er
legte jetzt alles nieder, wo er stand, ja, selbst die Pulversäckchen
that er aus der Tasche. Er öffnete einen Laden, um das Mond-
licht hereindringen zu lassen, und saß lange ausruhend auf einem
Wollballen. Endlich verteilte er das Kienholz in einzelne
Schichten, die er zwischen die Ballen legte, dabei sprach er fast
laut vor sich hin: „Dorthin die eine, dort die andere Kerze
und die dritte zwischen die aufgehobenen Bretter, daß kein Licht
nach außen scheint. Ich muß sie kürzen, sie dürfen nur zwölf
Stunden brennen." — Jetzt hatte er Kienholz zwischen zwei
Ballen geworfen, aber es fiel so dumpf, er griff hinab, und
ein Schrei des Entsetzens ertönte, Diethelm hatte einen haarigen
Kopf erfaßt; er zitterte, daß die Bretter unter ihm dröhnten,

eine krallige Hand faßte nach ſeinem Munde; „Der Teufel! der Teufel!" ſchrie Diethelm und ſank lautlos zu Boden.

„Meiſter, Meiſter, ich bin's," rief jetzt eine Stimme, und Diethelm ſetzte ſich auf. War das nicht die Stimme des Schäfers Medard? Wunderbar ſchnell war Diethelm gefaßt.

„Was thuſt du da? du haſt ſtehlen wollen, du Zuchthäusler?" rief Diethelm.

„Und wenn auch, was darnach?" erwiderte Medard ſpöttiſch, „die Brandkaſſe bezahlt's doch."

Raſch ſchnellte Diethelm empor, und mit den Worten: „Ich erwürge dich, du krummer Halunk," warf er ſich auf Medard, ſchleuderte ihn nieder und kniete ihm auf die Bruſt.

„Ich will ja nichts ſagen, laſſet nur los," rief Medard mit halberſtickter Stimme, und Diethelm gewahrte plötzlich, daß er zum Mörder hatte werden wollen, und ließ ab. Wie anders war plötzlich alles geworden, er hatte einen Mitwiſſer ſeiner That und war allezeit in der Hand eines Fremden.

„Guck," ſagte er, und ihn ſelber ſchauderte vor dem, was er ſagte, „ich bin einmal ſo weit, zurück kann ich nicht mehr, aber ich kann weiter gehen, ich muß es, wenn du mir nicht eine Sicherheit gibſt, daß du nie — nie was redeſt."

„Es gibt nur e i n e Sicherheit, nur eine einzige," erwiderte Medard, „und die iſt feſter als tauſend Eide."

„Heraus, Heraus! Was iſt's?" ſagte Diethelm, die Hände des am Boden Liegenden feſthaltend, und dieſer erwiderte:

„Der Munde heiratet Eure Fränz, und wenn mein Bruder all' das Sach kriegt, da iſt die beſte Sicherheit, daß ich nie was red'."

Diethelm preßte vor Zorn die Hände des Medard zuſammen, daß dieſer laut aufſchrie, aber allmählich ließ er doch lockerer und ſagte endlich:

„Meinetwegen, ja, ja, es ſoll ſo ſein; aber du mußt mitthun und du mußt anzünden, wenn ich nicht da bin."

„Das nicht," erwiderte Medard, „aber mit thu' ich, und wir ſchaffen noch ein gut Teil fort, eh' es losgeht."

„Haſt denn geſtohlen?"

„Was fraget Ihr jetzt darnach? das iſt jetzt alles laute. Schwefelhölzle, und ich weiß noch was, was Ihr vergeſſen habt; ich komm' morgen ins Spritzenhäusle, ich will helfen die Spritze vom Rädergeſtell auf den Schlitten bringen, und da will ich nur zwei Schrauben an der Spritze losmachen, dann mag man löſchen."

„Du biſt nicht dumm, du biſt geſcheit," ſagte Diethelm,

und mit dieſen Worten war der Friede zwiſchen den beiden
geſchloſſen.   Diethelm führte den Knecht, den in der That ſein
kranker Fuß von dem Falle ſehr ſchmerzte, ſorglich die Treppe
hinab und gab ihm Branntwein zum Einreiben.

Medard ſprach viel davon, wie albern es wäre, wenn man
nicht noch ſo viel als möglich bei Seite ſchaffe, aber Diethelm
wehrte ſtreng ab, er hatte das Wort auf der Zunge, aber er
ſchämte ſich, es zu bekennen, daß er nicht auch noch zum gemeinen Dieb werden wolle; er fühlte voraus den höhniſchen
Spott ſeines Genoſſen und wies nur auf die Gefahr hin, die
ſolches Beiſeiteſchleppen, ohne daß man's ahne, mit ſich führt.
Medard hatte wohl zu verteidigende Einwände, und Diethelm
fühlte ſich geneigt, ſtreng zu befehlen, daß alles nach ſeiner
wohlbedachten Anordnung ausgeführt werde; aber indem er den
Befehl ausſprach, verwandelte er ihn in eine Bitte, und es
klang faſt wehmütig, wie er den Medard bat, um ſeiner Beruhigung willen nichts hinterrücks zu thun und alle ſeine An-
ordnungen auszuführen.

Medard hatte ſich währenddeſſen gemächlich Knie und Wade
eingerieben, und als jetzt Diethelm ſchloß:

„Wir ſind doch eigentlich ganz gleich, ich thu' alles wegen
meinen Verwandten, und du thuſt alles wegen deinem Bruder,"
da ſchaute Medard grinſend auf und ſagte:

„Aber mein Bruder iſt jetzt Euer einziger und nächſter
Verwandter; Eure Letzweiler Krattenmacher haben ſchon genug
gekriegt, und für den Munde thun wir alles, und ihm muß
alles bleiben."

Diethelm biß ſich die Lippe blutig über dieſe freche Rede,
die ihm ins innerſte Herz griff, aber er ſchwieg; er ſah, wie
der lecke Burſche ihn jetzt ſchon zu meiſtern begann, und ſchaute
mit Grauen in die Zukunft.   Er faßte einen tödlichen Haß
gegen den Geſellen und ſtampfte auf den Boden vor Zorn und
Reue, daß er ihn nicht erdroſſelt hatte.   Jetzt war das nicht
mehr möglich, von der Stube aus hätten die Dienſtleute im
Nebenbau den Hilferuf gehört.   Welch ein ausgeſpitzter Böſewicht war es, an den er zeitlebens gefeſſelt war, auch nicht
einen Augenblick hatte der ſich beſonnen, die That zu vollführen,
während er ſelbſt doch ſo gräßlich mit ſich gerungen hatte.
Diethelm knirſchte in ſich hinein, da er die Unterthänigkeit gewahr
wurde, in die ſein immer noch weichmütiges Naturell gegenüber dieſem verſteiften, hartgeſottenen Böſewicht geriet; äußerlich aber war er freundlich und zuthulich und nickte zu dem
Vorſchlage Medards, man müſſe vom obern und zweiten Boden

Bretter ausheben, daß die Flamme rasch einen Durchzug fände, bevor sie hinausschlage.

Schwer ist oft die Verzweiflung, die einen Menschen heimsucht, der einsam den Weg des Verbrechens wandelt; aber einen Genossen haben ist höhere Pein: man kann den eignen Mund hüten, daß er nicht rede, die eignen Mienen, daß sie nicht zucken, und es kann Tage geben, wo man alles vergißt und sich ausredet, was geschehen ist; in einem Genossen aber spricht bei jeder Begegnung die That sich aus, ohne Wort, ohne Wink; und weilt er fern, wer behütet den Mund, wer wahrt die Mienen, daß sie nicht den Ahnungslosen ins Verderben reißen?

Das erkannte Diethelm, da er wieder allein war und es ihm vorkam, als knistere es schon in den Wänden. Als der Hahn krähte, erwachte Diethelm und ballte die Fäuste; der Gedanke schnellte ihn empor, daß nichts übrig bleibe, als den verrätherischen Genossen aus dem Wege zu schaffen, der ihn gewiß schon seit Jahren betrogen und mit zu seinem Elend verholfen, aber er bezwang sich und — so seltsam geartet ist das Menschenherz — daß Diethelm aus dieser Selbstbeherrschung einen friedlichen Trost schöpfte: die That, die er begehen wollte, erschien unschuldvoll, fast ein Kinderspiel, da er das schwere Verbrechen, den Mord, von sich wies.

Mit ruhigem Gewissen schlief Diethelm abermals ein.

Dreizehntes Kapitel.

Es läßt sich kaum sagen, was in dem beiderseitigen Blicke lag, als sich Diethelm und Medard am Morgen zum erstenmal im Tageslicht begegneten, nur mit Blitzesschnelle streiften sich ihre Blicke, dann schaute jeder vor sich nieder. Medard aber war wieder schnell gefaßt, griff in die Tasche und sagte, die Messingschrauben zeigend, mit triumphiernder Miene: „Da, die hab' ich heut schon geholt."

„Vergrab sie," sagte Diethelm und winkte dem Medard nach dem Stalle und fuhr hier fort: „Du sagst doch deinem Vater nichts?"

„Nein, das ist nichts für einen Sympathiedoktor. Der Ofen muß aber heut geheizt werden, denn brennt's an einem andern Ort, da merken sie, daß die Schrauben und Kloben

fehlen. Das Flugfeuer kann nicht zünden, die Dächer ſind mit
Schnee bedeckt. Aber Meiſter,‟ fuhr Medard fort, das Wort
ging ihm ſchwer heraus, „wie iſt's denn? wollen wir die Schaf'
nicht an [einen Ort thun? Ihr wiſſet ja wohl, die ſind blitz=
dumm und können das Fünkeln nicht leiden und laufen grad
drein 'nein!‟

„Das geht nicht, das könnt' den Leuten verdächtig vor=
kommen, es muß alles bleiben, wie es iſt. Ich ſag' dir's noch
einmal, es muß alles bleiben, wie es iſt.‟

So ſchloß Diethelm und ging nach dem Hauſe. Hinter ihm
drein aber ſtreckte Medard die Zunge heraus und fluchte vor ſich
hin: „Du verdammter Scheinheiliger, wart', du Waiſenpflegerle,
popple du nur die ganze Welt an und thu', wie wenn du kein
Tierle beleidigen könnteſt, dich hab' ich; ich halt' dich am Strick
um den Hals, du ſollſt mir's teuer bezahlen, daß du die un=
ſchuldigen Schafe verbrennſt, du ſollſt mir nimmer Müh machen
und nicht mucken, wenn ich dich anguck'.‟ In der Seele dieſes
Menſchen, bereit zum Verbrechen, empörte ſich noch das Mit=
gefühl für die Tiere, die er jahraus, jahrein hütete, und dieſes
Mitgefühl verwandelte ſich in neuen giftigen Haß gegen Diet=
helm, und dieſer war ihm ſo erlabend, daß er ſich auf die
Vollführung der That wie auf eine Luſtbarkeit freute.

Diethelm aber, der nach dem Hauſe ging, lächelte vor ſich
hin; die Meſſingſchrauben wurden zu ſicheren Handhaben gegen
Medard. Die Zerſtörung der Feuerſpritze, das war eine That,
mit der er Medard gefangen halten konnte, er ſelber konnte jede
Beteiligung leugnen, er konnte mindeſtens damit drohen, und
wenn die Sache herauskam, ſo wälzte dieſer Vorgang allen Ver=
dacht auf Medard. Es galt nun behutſam in dem Mitwiſſen
des Waldhornwirts und vielleicht bei einem andern feſtzuſtellen,
daß und wie Medard beim Ueberheben der Spritze auf den
Schlitten geholfen habe, und dann mußte Diethelm unter der
Hand merken laſſen, daß er mit Medard unzufrieden ſei und
ihn aus dem Haus thun wolle. Aber alles nur fein behutſam.

„Du meinſt, du haſt mich, und ich hab' dich im Sack,‟
ſprach Diethelm in ſich hinein und freute ſich ſeiner klugen Be=
nutzung der Umſtände. So hegten dieſe beiden Menſchen, die
ſo einig ſchienen, im Innerſten den tiefſten Haß gegeneinander,
und während ſie noch gemeinſam die That zu vollbringen hatten
und noch nicht der Beute habhaft waren, dachte ein jeder ſchon
daran, wie er dem andern den Genuß verkümmere und ihn
gefangen halte.

Unter der Thür traf Diethelm einen Boten vom Kohlenhof

mit der Nachricht von Martha, daß ihr noch mancherlei geschickt
werden solle, da sie die Kranke noch mehrere Tage nicht verlassen
könne. Der Bote sah verwundert auf Diethelm, dem die Krankheit seiner Stieftochter gar nicht zu Herzen zu gehen schien, ja in
seinem Gesichte drückte sich sogar eine Freude aus, und der Bote,
ein armer alter Häusler, dachte darüber nach, wie hart der
Reichtum die Menschen mache, denn die Freude in dem Gesichte
Diethelms konnte gewiß nur von der Aussicht auf die Erbschaft
herrühren. Diethelm dachte aber an nichts weniger als an die
Erbschaft, er war froh, daß seine Frau noch länger wegblieb;
in der nächsten Nacht mußte die unterbrochene Vorbereitung voll-
führt und alles rasch zu Ende gebracht werden. Er ließ daher
seiner Frau sagen, sie möge ruhig bei ihrer Tochter bleiben,
da er ohnedies morgen verreise.

Im Waldhorn war heute Diethelm besonders aufgeräumt,
und als der Wirt sein Geschick lobte, das ihn immer mit un-
verhofftem und neuem Glück überhäufe, nickte Diethelm still. Er
freute sich, daß man an den großen Gewinn glaubte, den er
aus dem Verkauf seiner Vorräte mache. Das ließ gewiß nie
einen Verdacht aufkommen, geschehe, was da wolle. Dennoch
erzitterte Diethelm innerlich, als der Vetter Waldhornwirt erzählte: „Denk' nur, was heut geschehen ist. Wie wir heute
die Spritze abheben, ist ein Rudel Schulbuben drum 'rum, der
Schmied jagt sie fort, aber die sind wieder da wie Bienen
auf einem blühenden Repsfeld. Und wie jetzt der Schmied eine
Peitsche nimmt und unter die Buben einhauen will, da ruft
der alt Schäferle: ‚Laß sein, bei so etwas darf man sich nicht
versündigen, und die Kinder können nichts dafür; sie hören
immer davon und sehen das ganze Jahr die Spritze nicht, und
da sind sie gewunderig froh, wenn sie das einmal am hellen
Tag und in der Ruhe sehen.‘ Könnet Euch denken, Vetter,
was auf die Red' für ein Geschnatter und Getrappel ist, und
wo man hinguckt, hängt so ein junger Malefizbub, und mit
Müh und Not werden wir fertig, ohne so einem die Finger
abzutreten. Wie wir eben fortwollen und der Schmied das
Thor in der Hand hat, um zuzuschließen, da hören wir, wie
die Spritze von selber zweimal pumpt, grad, als ob man's
hüben und drüben heben thät. Da ruft der alt Schäferle:
‚Höret ihr? Eh' drei Tage vergehen, brennt's im Ort.‘ Der
Schmied ist so bös, daß er die Thür zuschlägt und fast den
alten Schäferle dazwischen klemmt. Dein Knecht, des Schäferles
Medard, hat sich geschämt, daß sein alter Vater so dummes
Zeug schwätzt, und ist davon, und die Schulbuben rennen durchs

Dorf und schreien überall: ‚In drei Tagen brennt's.‘ Dem
alten Schäferle sollte man seine dummen Prophezeiungen ver-
bieten, aber hier fürchtet sich alles vor ihm und — sollt' man's
meinen, wo man hört, glauben die Leut' alle an die Prophezeiungen, und da sind die Leut' hier noch stolz auf ihren Ort.
Bei uns daheim in Letzweiler fände man keine zwei alten
Weiber, die so was glauben thäten, und der Ort liegt doch
nicht an der Landstraß' wie Buchenberg."

Diethelm griff aus dieser langen Mitteilung gern den letzt-
angeregten Gegenstand auf; der alte Wettkampf, der in Spott
und Neckerei überall zwischen einem Dorf und dem andern rege
ist, hatte ihn schon viel erlustigt, aber keiner der anwesenden
Buchenberger ging heute darauf ein, und Diethelm schien es
fast, als ob er Mißtrauen errege, weil er von dem Schreck-
gespenst gar nicht rede, er sagte daher überlenkend:

„Der alt Schäferle hat nichts Besonderes prophezeit. Jedesmal, wenn man was an den Spritzen zu thun hat, hält man
das für ein Wahrzeichen, daß eine Feuersbrunst auskommt, und
da ist's am gescheitesten, man macht den Aberglauben zu Schanden und gibt doppelt acht, daß kein Unglück auskommt."

Alles schwieg. Nur ein fremder Mann, der auf der Ofenbank saß, sagte halblaut vor sich hin:

„Abbrennen ist nicht immer ein Unglück, im Gegenteil —"

„Wer ist der Lump?" fragte Diethelm seinen Vetter, und
dieser erwiderte:

„Ein fremder Spindelnhändler. Ich hätt' gute Lust und
thät den Kerl die Stiege 'nabwerfen."

„Thu's nicht," beschwichtigte Diethelm, „das gibt ein unnötiges Geschrei in die Welt." Er beredete nun seinen Vetter,
am morgenden Tage mit ihm nach der Hauptstadt zu reisen,
wohin er mit Proben seiner Wollvorräte gehen und dann seine
Fränz abholen wolle, die ihm geschrieben habe, daß sie nicht
mehr in der Stadt bleibe. Gerade der Waldhornwirt war ihm
stets der liebste Genosse, er war halb Kamerad, halb abhängiger
Untergebener, und draußen, wo man dieses letzte Verhältnis
nicht kannte, war Diethelm immer besonders hoch angesehen,
wenn der stattliche Waldhornwirt ihn überall mit unterwürfiger
Ehrerbietung behandelte und hinter seinem Rücken sein Lob verkündete. Der Waldhornwirt war schlau genug, diese unaus-
gesprochene Vasallenlast zu erkennen; er that oft, als ob er sich
davon losmachen wolle, um den Vetter zu allerlei Nachgiebigkeiten
und Vorteilen zu bewegen. Dies gelang ihm auch heute, denn
Diethelm versprach eine Entschädigung für jegliche Versäumnis.

In neuer verzweiflungsvoller Pein ging Diethelm wieder
heimwärts. War es denn nicht, als ob plötzlich ſeine innerſten
geheim gehaltenen Gedanken ſich von unſichtbarem Munde ver=
breitet hätten, ſo daß jetzt alles im Dorfe von einer Feuers=
brunſt ſprach, an die man ſonſt das ganze Jahr nicht dachte?
Wäre es nicht das Beſte, alles zu verſchieben und zu hinter=
treiben, bis die Prophezeiung vergeſſen iſt? Aber wer weiß,
wann die Frau wieder aus dem Hauſe ſein wird?

Im Stall traf Diethelm den Medard, der ein großes Seil
mit Karrenſalbe einſchmierte, und auf ſeine verwunderte Frage
erhielt er die Antwort, daß dieſes das Seil aus der Radwinde ſei,
das, mit Fett getränkt, als Lunte dienen müſſe, um das Feuer
blitzſchnell in den Nebenbau auf den Heuboden zu leiten. Diethelm
konnte nicht umhin, auch dieſe erfinderiſche Klugheit zu loben;
dennoch ſprach er davon, die Sache noch zu verſchieben, da man
an die dumme Prophezeiung glaube; Medard aber erwiderte:

„Juſt deswegen müſſen wir gleich losſchießen. Weil alle
davon ſchwatzen, iſt jeder vorſorglich und glaubt niemand dran,
und geſchieht jetzt was, da heißt's: das hat ſein müſſen, das
hat kein Menſch gethan, es hat ſein müſſen, weil's prophezeit
geweſen iſt.“

Wie doch alles auch ſeine Kehrſeite hat, das erfuhr jetzt
Diethelm; die Wendung, die Medard der Sache gab, war doch
überaus ſinnreich und fein berechnet, und doch war Diethelm
ſchwer beklommen, ſchwerer als je; ihm war's, als wäre die
That nicht mehr ſein, ſie war in fremde Hand gegeben und
mußte geſchehen, ſei er nun willfährig oder nicht.

Faſt die ganze Nacht hindurch war Diethelm mit Medard
beſchäftigt, alles herzurichten. Die Mäuſe liefen ohne Scheu wie
toll hin und her, als ahnten ſie den Untergang des Hauſes.
Diethelm zitterten oft die Hände, aber Medard war voll heiterer
Laune, und wenn es Diethelm verſäumte, lobte er ſich ſelbſt
über hundert kleine Erfindungen, die er noch machte und kneiſte
ſich ſelbſt in die Wangen. Diethelm ſchauderte, als Medard
über die geweihten Kerzen im Kirchentone einen wild närriſchen
Feuerſegen ſprach.

Als der Morgen graute und ein luſtiger Wind pfiff, ent=
zündeten ſie die Kerzen und verſchloſſen alles ſorgfältig, daß
kein Lichtſchein nach außen bringe. Diethelm ſagte nun, daß
er verreiſe.

„Bis wann kommſt du wieder?“ fragte Medard. Betroffen
ſah Diethelm drein, daß ihn ſein Knecht duzte, aber er hielt
an ſich und erwiderte:

„Bis gegen Abend."

„Drum," erwiderte Medard, „wenn du nicht auch da bist, wenn es losgeht, zeig' ich dich an, so wahr die Lichter da brennen; oder nimm mich mit, ich will nicht allein da sein, daß alles auf mich kommt."

Diethelm bebte vor Wut, er sah, in welche Hände er ge= geben war, er griff sich hin und her am Hals, denn er fühlte, wie es ihm die Kehle zuschnürte; endlich brachte er unter Zähne= klappern die Worte hervor:

„Kannst dich drauf verlassen, daß ich abends wieder da bin, du hast mein' Hand drauf."

Kaum hatte Diethelm die Hand Medards gefaßt, als er ihm einen Stoß vor die Brust gab, daß er niederfiel, und jetzt kniete er auf ihn und band ihm mit dem Halstuch die Hände zusammen, aber Medard biß ihm in den Arm, schnell raufte Diethelm eine Hand voll Wolle aus einem daneben stehenden Sack, stopfte sie Medard in den Mund, band ihm die Füße mit Stricken zusammen, betrachtete ihn einen Augenblick mit gehobenem Fuß, als wollte er ihn zertreten, und eilte hinab, alles sorgfältig hinter sich verschließend.

Vor dem Hause rief er absichtlich laut nach Medard, aber die Magd kam und half ihm die Pferde einschirren; und so schnell als der Wind, der den Schnee aufwirbelte, jagte Diet= helm davon.

Vierzehntes Kapitel.

Im Rautenkranz in der Hauptstadt lebte indes Fränz auch nicht so vergnügt, wie sie es gehofft hatte. Das Wirtshaus war fast wie eine kleine Stadt für sich; der gepflasterte Hof war so groß wie der Marktplatz eines kleinen Städtchens, bequem konnten zwei Frachtfuhren darin wenden, und in den Scheunen und Ställen war allzeit ein reges Leben; Frachtfuhren, Stellwagen, Botenwagen, Reiter und Fußgänger von allen Gegenden des Landes gingen hier ab und zu, und jeder wußte so vollkommen Bescheid im Hause, daß das rührig bunte Treiben sich doch wieder wie eine stille Regelmäßigkeit darstellte. Wären nicht Gasröhren durch das Haus geleitet gewesen, man hätte in ihm nicht geglaubt, daß man sich mitten in der Hauptstadt befinde. Die weite, offenstehende Küche mit ihrem zahlreichen glänzenden Kupfergeschirre an den Wänden und dem übermäßig breiten

Herbe in der Mitte, die steinernen Treppen mit ausgelaufenen
Geleisen zeigten, daß hier alles von altem Bestand war, und
gleicherweise zeigte sich's in der weitläufigen Wirtsstube, wo
nicht weit von dem mächtigen Kachelofen an der großen, mit
neubackenem Brod überschütteten Anrichte die Herrin des Hauses,
eine stattliche Witwe, saß, nähte und sich von den Ankommenden
erzählen ließ und ihnen Bescheid gab, ohne sich zu irgend
jemand zu drängen. Es gab vielleicht keinen zweiten Menschen
im Lande, der dessen innerste Verhältnisse so genau kannte, als
die Frau Rautenwirtin, sie machte aber von ihrer Wissenschaft
keinen Gebrauch, außer in seltenen Fällen, wenn sie von alten
Hausfreunden um eine Nachricht angegangen wurde; sie wendete
vielmehr ihre ganze Macht auf die Regierung ihres Hauses,
und diese gelang ihr vollkommen, denn sie herrschte unbedingt.
Von ihren drei Töchtern hatte eine die Aufsicht in der Küche,
während zwei die Gäste bedienten, die beiden Söhne versahen
die Bäckerei und Metzgerei, und alle gehorchten der Mutter mit
unbedingter Unterwürfigkeit; ja, die Söhne bekamen Sonntags
von der Mutter ein Taschengeld ausbezahlt und fanden diese
Abhängigkeit vollkommen in der Ordnung. Und wenn die
Rautenwirtin zwei- oder dreimal des Tages durch das Haus
ging, konnte man sich darauf verlassen, daß alles vom Morgen
bis zum Abend in fester Ordnung sich hielt; denn die Knechte
und Mägde, durch das Beispiel der Kinder belehrt, waren eben=
falls voll Gehorsam und Pflichterfüllung, und wer aus dem
Rautenkranze sich anderswohin verdingte, konnte bei gutem
Lobe zehn Dienste in einer Stunde haben. Nie hörte man
einen Zank im Hause, willfährig geschah die Handreichung von
einem zum andern, der Pflichtenkreis eines jeden war fest ab=
gemessen, es konnte niemand aus seiner Bahn abirren; auch
wenn noch so viel Gäste da waren, bemerkte man nie eine
Hast, nie aber auch war Unthätigkeit.

Fränz hätte wohl kein besseres Haus finden können, um
die Wirtschaftlichkeit im größern Maßstab zu erlernen, und so
erschien es ihr auch anfangs; der gediegene Halt und die stetige
Ordnung des Hauses nötigte ihr da eine hohe Achtung und
willfährige Unterordnung ab; ja, sie griff um so freudiger zu,
wenn sie daran dachte, wie daheim bei den wenigen Menschen
alles so kunterbunt durcheinander ging, daß man oft nicht
wußte, wann Mittag und wann Abend ist. Nach und nach
fühlte sich aber Fränz wiederum beängstigt und gefesselt von
dieser Hausordnung; spät schlafen gehen und früh aufstehen,
den ganzen Tag arbeiten und nie eine Lustbarkeit, ja kaum vor

die Thüre kommen, dazu war sie nicht nach der Stadt ge=
gangen; sie lebte ja hier fast wie eine Magd. Sie versuchte
es, die Töchter und die Mägde zur Widerspenstigkeit aufzu=
hetzen, aber sie fand kein Gehör, und die Rautenwirtin hatte
ein scharfes Auge auf sie. Fränz hatte dem Sohne des Stern=
wirts von G. bald zu wissen gethan, daß sie hier sei; er kam
auch mehrmals in der Dämmerung, wenn im Erbprinzen ab=
gespeist war, aber mit Schrecken und Ingrimm sah Fränz, daß
er fast nur Augen für die älteste Tochter der Rautenwirtin
hatte und sich oft stundenlang zu der Mutter setzte, die großen
Gefallen an ihm zu haben schien. Nun behandelte ihn Fränz
mit auffälliger Mißachtung, und sie verstand es bald, mit dem
ältesten Haussohn, dem Metzger, einen kleinen Liebeshandel
anzuzetteln. Das dauerte aber auch nicht lang, und mit einem=
mal war aller Verkehr abgebrochen, und Fränz erfuhr von einer
vertrauten Magd, die gelauscht hatte, daß die Wirtin ihrem
Sohn jede Hinneigung zu Fränz ernstlich verboten und dieser
fast ohne Widerspruch nachgegeben habe. Fränz sah von da an
in dem Hause nur noch ein Sklavenhaus und verwünschte alles,
was darin war, den Sohn, der sich von dem Herrschteufel, der
Mutter, befehlen lasse, und vor allem diese selbst; wenn sie sie
hätte vergiften können, es wäre ihr erwünscht gewesen. Nun
aber blieb ihr nichts, als, wo sie konnte, Unordnung und Un=
frieden im Hause stiften und alle ihre Obliegenheiten zu ver=
nachlässigen. Als die Wirtin sie über letzteres zur Rede stellte,
erklärte Fränz voll Heftigkeit: sie sei keine Magd und noch viel
weniger ein Sklav, sie thue, was sie wolle, dafür bezahle ihr
Vater Kostgeld. Ohne ein Wort zu erwidern, ordnete die Wirtin
an, daß Fränz nichts mehr im Hause zu thun habe und daß
sie nur noch eine Kostgängerin sei, bis ihr Vater sie abhole, und
das je eher, je lieber. Darum schrieb Fränz den Brief an ihren
Vater und wollte nun nach Laune frei und ledig in der Stadt
umherlaufen; die Wirtin aber erklärte, daß das nicht angehe,
so lange sie bei ihr im Hause sei; sei ihr Vater da, könne sie
machen, was sie wolle.

Munde hatte, ohne daß es ihm Fränz zu wissen that, doch
bald erfahren, wo sie war; er kam nun auch oft in den Rauten=
kranz und blieb übermäßig lang bei seinem Schoppen sitzen,
meist schweigsam und wenig teilnehmend an den Gesprächen um
ihn her, nur seine Blicke folgten Fränz, wenn sie durch die
Stube ging, und er trommelte mit den Fingern auf dem Tisch,
wenn sie mit einem Gaste freundlich that. Fränz aber lächelte
ihm nur manchmal schelmisch zu, und wenn er sie heimlich auf

einen sogenannten „Ständerling" vor dem Hause bestellte, oder
gar mit ihr zum Tanze gehen wollte, wehrte sie strenge ab, da
die Wirtin sie bei dergleichen mit Schimpf und Schande aus
dem Hause jagen würde. Während sie auf Habhaftwerdung
des Sternenwirtssohnes und dann des Haussohnes ausging, verstand sie es, Munde doch so hinzuhalten, daß er treulich wiederkam, und diese ausdauernde Liebe that ihr einerseits wohl,
andererseits hoffte sie dadurch besonders bei dem Haussohne eine
Eifersucht und eine raschere Entscheidung herbeizuführen. In
der Küche und bei dem Wirtssohne scherzte sie oft über Munde
und seine närrische Verliebtheit, wobei sie ihn stets ihren
Knecht nannte.

Schon seit mehreren Tagen erwartete Fränz ihren Vater,
und als sie von allen ankommenden Fuhrleuten vernahm, welch
eine unerhörte Kälte draußen sei, beklagte sie, daß ihr Vater
dadurch abgehalten werden könne, sie zu holen. Gegen Abend
kam Munde mit noch einem Soldaten und dessen Vater, einem
Bauer aus Unterthailfingen, der seinen Sohn besucht hatte.
Fränz that heute besonders freundlich gegen Munde, bat ihn
um Aufträge an die Seinigen, da sie bald die Stadt verlasse.

„Und du wirst jetzt noch einmal so reich," sagte Munde.

„Wie so? Hast du was gehört? Hat mein Vater verkauft?"

„Das auch, aber dein' Stiefschwester, die Kohlenhofbäuerin,
liegt im Sterben, und da kriegst du alles."

„Woher weißt das?" fragte Fränz.

„Da der Peter von Unterthailfingen erzählt's, dein' Schwester
wird schon gestorben sein."

Während Fränz sich noch mit der Schürze die Augen abrieb,
trat ein Postschaffner vor Kälte heftig trappend ein. Es war
ein ehemaliger Unteroffizier, den Munde kannte; er bot ihm nun
das Glas zum Trinken an, und der Schaffner sagte, sich den
Bart wischend:

„Weißt auch schon, des Diethelms Haus in Buchenberg
ist abgebrannt?"

„Herr Gott, unser Haus?" schrie Fränz in lauter Weh-
klage und stieß im Umsichschlagen die Flasche vom Tisch, die
klirrend auf den Boden fiel, so daß alles im Zimmer sich nach
ihr wendete. Munde sprang schnell auf und setzte die zitternde
Fränz auf seinen Stuhl. Der Schaffner bedauerte seine Un-
vorsichtigkeit, daß er nicht gewußt habe, daß das Diethelms
Tochter sei. Fränz aber, leichenblaß und mit stierem Blick,
wollte Näheres wissen. Der Schaffner hatte dies nur von einem
andern gehört, der am Morgen durch Buchenberg gefahren war,

und wußte weiter nichts, als daß kein Mensch dabei verunglückt
sei, nur einen Knecht, der das Haus angezündet habe, suche
man noch vergebens. Alles versammelte sich nun um Fränz
und tröstete sie; ja, man wollte ihr sogar die ganze Sache aus=
reden, es sei vielleicht gar nicht wahr und dergleichen mehr.
Fränz aber war rasch entschlossen, sie wollte augenblicklich heim;
sie faßte beide Hände des Munde und bat ihn, ihr zu helfen,
daß sie fortkäme, sie jammerte um ihren Vater und ihre Mutter
und klagte sich selber an, daß sie von ihnen fortgegangen sei,
es seien gewiß alle verbrannt, und man sage es ihr nicht. Die
Wirtin wollte sie beruhigen und ihr solch wildes Rasen aus=
reden, aber Fränz stieß sie heftig von sich.

„Munde, du bist dein Lebtag gut zu mir gewesen, ich
bitt' dich, Munde, guter Munde, hilf mir, daß ich fortkomm',"
rief sie immer laut weinend, und Munde selber weinte mit
und versprach, alles zu thun. Der Schaffner sah auf seine Uhr
und sagte: durch Buchenberg gehe erst morgen wieder ein Eil=
wagen, in einer Stunde aber gehe ein anderer nach G. ab,
und von dort aus könne Fränz leicht nach Buchenberg kommen.
Fränz eilte schnell auf ihre Kammer, holte ihre Kleider, und
trotz aller Einrede, daß sie doch den Abgang des Wagens im
Haus abwarten möge, blieb sie nicht und ging, von Munde
allein begleitet, nach dem Posthofe.

Wie träge schlug hier die Uhr; Fränz wollte fast vergehen
vor Hast und Verzweiflung, und Munde, der sie gar nicht be=
ruhigen konnte, sagte fast unwillkürlich:

„Wenn ich nur den bösen Gedanken aus dem Kopf bringen
könnt'!"

„Was? Was hast?" fragte Fränz, ihn am Arme fassend.
Munde sagte, daß es nichts sei, und er könne es nicht sagen,
es sei schlecht, und sie solle es ja nicht glauben, aber er sag's
ihr nicht.

Nun drang Fränz immer heftiger in ihn und schwur, ihr
Leben lang ihn nicht mehr anzusehen, wenn er nicht mitteile,
was er im Sinne habe. Da sagte Munde:

„Es ist einfältig, es wäre besser gewesen, ich hätt' dir gar
nicht gesagt, daß ich was weiß. Aber ich seh' schon, ich komm'
so nicht mehr los. Schwörst du mir, es nicht zu glauben und
keinen Haß auf mich zu werfen und mich gern zu haben, wenn
ich dir's sag'? Nein, nein, ich kann auch so nicht, ich bring's
nicht auf die Zung', nie."

„Ich schwör' dir alles, ich bitt' dich, lieber, lieber Munde, ich
hab' dich so lieb, ich bitt' dich, sag' mir's, was ist? Was weißt?"

„Es ist eigentlich dumm, und du könntest meinen, Wunder was es wär', drum will ich's sagen, aber du darfst's nicht glauben."

„Nein; aber sag's."

„Mein Medard hat einmal im Rausch gesagt, dein Vater woll' das Haus anzünden. Das ist alles. Nicht wahr, du glaubst's nicht? Ich bitt' dich nur, gib mir gleich Nachricht, wie es den Meinigen geht. Wenn ich Urlaub bekomm', komm' ich morgen nach. Was hast? Warum redest denn nicht? Steh doch auf."

„Ja, ja," sagte Fränz wie träumend und erhob sich von der eisbedeckten Staffel, auf die sie sich gesetzt hatte. „So, jetzt kommen die Pferde, aber wie langsam die machen. Gott im Himmel! Ich sterb', wenn das nicht schneller geht. Munde, was hab' ich sagen wollen? Ich weiß nicht mehr. Ja, sei mir nicht bös. Wenn nur meine Eltern noch leben, dann ist alles gut. Ich hätt's nie glaubt, daß ich so aus der Stadt weggeh', und da, Munde, da hast du auch noch Geld; das, was du gesagt hast, ist nicht gesagt und wird nie mehr gesagt. So, gottlob, nun ade," schloß Fränz, als der Schaffner „Eingesetzt" rief.

Der Postillon blies lustig, der Wagen fuhr ab, und Munde schlug sich davongehend auf die Stirne; es kränkte ihn, daß er so unbesonnen herausgeredet und den Schmerz des Mädchens noch grausam vermehrt hatte, und jetzt merkte er erst, wie er so unbewußt Geld angenommen. Er kehrte in den Rautenkranz zurück, um noch einiges zu besorgen, das Fränz in der Eile vergessen hatte.

Fünfzehntes Kapitel.

Unter klingendem Schlittenschellen fuhr Diethelm nach dem Dorfe hinab, er atmete tief auf in der scharfen Morgenkälte und starrte fast bewußtlos vor sich hin, beobachtend, wie die Rappen so rasch und gleichmäßig die Füße hoben, und wie sie so mutig die schellenumwundenen Köpfe warfen.

Während im Herzen ein jäher Schreck ausklingt oder wilder Schmerz rast, ist oft der äußere Sinn verloren und gefangen in der Betrachtung eines Farbenspiels, eines alltäglichen Creignisses, und verfolgt seine Wandlungen mit einer Stetigkeit und gesammelten Kraft, als wäre sonst nichts auf der Welt, und als müßte gerade dieser Vorgang in seinem innersten Wesen erforscht

werden. Erwacht dann das innere Bewußtsein aus solcher träu=
merischen Versenkung, so fährt der Gedanke an das erlittene Un=
heil wie mit tausend schneidenden Waffen aufs neue durch alle
Lebensnerven, durchzuckt das ganze Wesen, und ein lauter Auf=
schrei spricht es aus, was über das selbstvergessene Menschenherz
gekommen.

Diethelm fuhr so heftig auf, daß er mit dem Leitseile die
Rappen herumriß, so daß sie sich nur mühsam auf den Beinen
hielten, während der Schlitten in den Graben abrutschte. Diet=
helm sprang heraus, und es gelang ihm bald, das Fuhrwerk
wieder flott zu machen; er stieg aber nicht mehr ein, sondern ging
heftig trappend neben den Pferden her bis zur Schmiede im
Dorfe, wo er die Pferde frisch greifen ließ, während er nach dem
Waldhorn ging. Der Waldhornwirt war noch nicht zuweg, und
als er kam, war er überaus übellaunisch über die heutige Ausfahrt.

„Wir sollten heut lieber daheim bleiben,“ sagte er, „alle
Wege sind verschneit, der Wind treibt allen Schnee auf den
Straßen zusammen, und es ist heute so sträflich kalt, daß der
Hungerbrunnen zugefroren ist; das erinnern sich die ältesten
Leute nicht.“

Diethelm sah den Vetter starr an, preßte die Lippen und
sagte endlich:

„Wir müssen fort, da ist nichts mehr zu reden.“

Der Waldhornwirt holte sich eine große Schale Kaffee aus
der Ofenröhre, und während er auf das Erkalten wartete, dem
Diethelm mit schnaubender Ungeduld zusah, sagte er:

„Wenn heute das Unglück wollte, daß ein Feuer auskäme,
man hätt' keinen Tropfen Wasser zum Löschen, das ganze Dorf
wär' verloren.“

Diethelm kam es vor, daß der Vetter ihn bei diesen Worten
so seltsam anstierte, und er verfiel plötzlich in ein grinsendes
Lächeln; er überlegte rasch, ob er auf das Gehörte antworten
sollte, aber Schweigen konnte Mißtrauen erregen; darum sagte
er aufstehend:

„Glaubst du auch an die Prophezeiung?“

„Nein, aber möglich könnt' es doch sein.“

Das Zaudern und Trödeln des Waldhornwirts machte Diet=
helm alle Eingeweide kochen, er hielt es in der Stube nicht mehr
aus, sagte, er wolle nach der Schmiede gehen, und bis er zurück
käme, müsse der Vetter reisefertig sein. Diethelm war entschlossen,
wenn das Zögern noch länger dauerte, lieber allein abzureisen,
ohnehin war ja der Zweck erreicht, daß das ganze Dorf um seine
Abreise wußte. Als er aber vor die Thür kam, wo ihm ein

Wind so start entgegenwehte, daß es ihm den Atem benahm
und er sich umwenden mußte, spürte er plötzlich einen heftigen
Schmerz im Oberarm von dem Bisse Medards, den er fast ganz
vergessen hatte. Mit Mühe arbeitete er sich sturmentgegen nach
der Schmiede, und als er dort ankam, rief er dem Schmied zu:

„Nimm dich in acht vor dem zuderhändigen Rappen, der
beißt. Weißt kein Mittel gegen einen Pferdebiß?"

„Laß einmal sehen," erwiderte der Schmied.

„Es ist jetzt schon heil," beschwichtigte Diethelm in Furcht,
sich zu verraten, „aber fürs Zukünftige könntest du mir ein
Mittel geben."

„Da wendest du dich am besten an den alten Schäferle, der
hilft dir, daß es in einer Stunde vorbei ist."

Diethelm versprach, dies vorkommenden Falles zu thun. Wäh-
rend er am Feuer stehend den Schmerz verbiß, kam ein Trupp
Männer und Burschen wild lärmend nach der Schmiede, so daß
Diethelm erbebte.

„Komm, Schmied," hieß es nun, „es ist Befehl vom Amt
da, daß wir mit dem Bahnschlitten 'naus müssen, der Postwagen
kann nicht durch. Sollen wir gleich die Rappen da einspannen?"

Diethelm wehrte ab, und es gelang ihm, seine halb gegrifften
Pferde zu behalten. Der Trupp eilte nach dem Spritzenhäuschen,
wo der Bahnschlitten stand.

Im ganzen Dorfe war jetzt eine wunderliche Aufregung.
Die Nachricht, daß man von aller Welt abgeschnitten sei, durch-
drang alle Häuser, und die Menschen, die sonst nie daran dachten, daß anderswo auch noch Leute wohnen, thaten auf einmal,
als ob sie allstündliche Verbindungen nach außen hätten und gar
nicht leben könnten ohne deren ungestörten Bestand. Ueberall in
den verschneiten Gassen sah man mit dem Winde kämpfende
Menschen hin- und herrennen, Weiber grillten, wie sie unversehens in eine tiefe Schneewehe traten, Kinder jauchzten, Männer
schrieen; man lief nach den Nachbarhäusern zu Vettern und Verwandten, als müßte man sich vergewissern, daß der Weg dahin
noch offen sei, und Vorsorgliche eilten zum Krämer, um sich Salz
zu holen; denn es hatte sich das Gerücht verbreitet, daß der Salz-
vorrat bald erschöpft sei und man lange keines von außen bekommen könne. Vor allen Häusern wurde geschaufelt und Eis
gehackt und mancher Scherz dabei verübt, und die Kinder thaten
überall mit, denn in der allgemeinen Aufregung war ein glücklicher schulfreier Tag. In das verschlossene lautlose Winterleben
des Dorfes war plötzlich ein buntes lärmendes Straßentreiben
gekommen, in dem das damit verbundene Ungemach fast vergessen

schien, der Wirrwarr hatte seinen eigenen Reiz, und die Erwachsenen sind auch oft wie die Kinder, denen nichts lieber ist,
als eine tummelfreie Umkehr der gewohnten Ordnung.

Das meiste Leben war bei dem Bahnschlitten. Dieses noch
aus dem Urzustande herstammende Fahrzeug, aus starken in einen
spitzen Winkel gefugten Borden bestehend, einem in der Mitte
zerteilten Schiffe gleichend, dessen Kiel mit Eisen beschlagen,
wurde mit sechs Pferden bespannt, und mindestens dreißig Mann
stellten sich als Beschwerungslast auf denselben, johlten und schrieen.

Diethelm sah all dem Treiben mit unnennbarer Seelenangst
zu. Das Herz im Leibe drückte ihn wie ein Stein, bald schlug
es ihm wie Flammen zum Gesicht heraus, bald überrieselte es
ihn eiskalt; den Schmerz am Arme spürte er kaum mehr. Am
Bahnschlitten hörte er mehrmals den Namen Medards nennen,
der sonst immer bei dieser Ausfuhr gewesen war und sich heute
nicht sehen ließ. Diethelm sagte, der Medard müsse daheim bleiben,
da er verreise. Endlich fuhr das schwere Gefährt das Dorf
hinaus, und es trat eine Weile Stille ein. Diethelm kehrte in
das Waldhorn zurück. Der Vetter war froh, daß sich die Reise
noch verzögerte, während Diethelm vor Verzweiflung fast vergehen
wollte. Er stellte die Rappen im Waldhorn ein und wollte bis
zur Abreise nur die Rückkunft des Bahnschlittens abwarten, einstweilen ging er wieder — nach Hause. Es schauderte ihn innerlich, da er dieses Wort aussprach, er hatte ja kein Haus mehr,
es sollte nicht mehr sein. Dennoch ging er den Weg dahin,
aber an der Anhöhe hielt er an und konnte sich nicht dazu bringen,
hinauf zu steigen. Es kam ihm der Gedanke, Medard zu befreien, und wie von einem Bann erlöst, rannte er mehrere
Schritt hinan; aber plötzlich hielt er wieder inne: wenn er nun
Medard befreite, muß dieser ihn nicht auf den Tod hassen und
ins Elend bringen? . . . Diethelm kehrte rasch wieder um. Aber
noch einmal und noch einmal stieg er fast dieselbe Höhe des Berges
hinan, und wieder stand er still und fuhr sich mit totenkalter
Hand über die heiße Stirn, denn er dachte: Medard ist schon
erstickt, er muß schon erstickt sein. Was willst du dir noch den
grausenvollen Anblick machen, der dich nie verlassen wird, so
lang dir ein Aug' offen steht? . . . Der Wind im Rücken half
Diethelm rasch den Berg hinabspringen, und er kam eben ins
Dorf, als der Eilwagen glücklich durchfuhr. Nun war die Bahn
offen, es galt, keine Zeit mehr zu versäumen. Mit erheitertem
Antlitz kam Diethelm ins Waldhorn zurück, aber er mußte doch
noch dem Vetter nachgeben, daß man daheim Mittag machte.
Diethelm trank zwei Flaschen von seinem Leibwein und war über-

aus wohlgemut, als man über alle Hindernisse hinweg endlich
davonfuhr. Der alte Schäferle mit seiner dampfenden Pfeife
stand am Wege, nickte Diethelm und seinem Trompeter zu und
winkte mit der Hand, zeigend, daß er nach Diethelms Haus zu
seinem Medard gehen wolle. Diethelm wollte dies abwehren,
aber die Pferde waren so rasch im Zuge, daß man unversehens
weit vom Schäferle weg war, und als Diethelm den Vetter zwang,
anzuhalten, und sich umwendete, war der Schäferle verschwunden.
Diethelm ließ ihm nun durch ein Kind am Wege sagen, daß er
den Medard über Feld geschickt habe; er hatte nicht mehr Zeit,
dies bereuend, und eingedenk seiner widersprechenden Aussage beim
Bahnschlitten, zu widerrufen, denn der Vetter fuhr heute im
tollen Trab. Dieser Widerspruch ist auch gewiß ganz bedeutungs=
los, sagte sich Diethelm und nahm sich vor, fortan recht genau
auf alles zu achten, was er sage. Noch einmal wendete sich
Diethelm nach seinem Hause um, es tanzte ihm vor den Augen,
als käme das Haus den Berg herab. Er nahm dem Vetter die
Peitsche ab und hieb selber auf die Pferde ein, daß sie in ge=
strecktem Galopp davonrannten.

Man begegnete vor Unterthailfingen dem Bahnschlitten, und
der darauf stehende Trupp, der sich im Nachbardorfe erlustigt
hatte, brachte Diethelm in wildem Schreien ein Hoch aus. Dem
Trompeter schien heute sein Mundstück eingefroren, er redete kein
Wort; die Kälte war aber auch zu schneidend, wie scharfe Messer
fuhr sie ins Gesicht und schlüpfte unter dicken Schafpelzen durch,
auf alles Eisenwerk am Schlitten und Geschirr setzte sich immer
ein haarigkrauser Schneereif. Die Sonne war heute gar nicht
erschienen. Schneewolken jagten sich am Himmel, aber es war
zu kalt, als daß sie niederfielen. An der kalten Herberge öffnete
endlich der Vetter seinen Mund und sprach von Einkehr, auch
die Pferde schienen mit dem Vetter einverstanden und wendeten
sich ab des Weges; aber Diethelm peitschte sie ingrimmig durch
und jagte vorbei, es war ihm unmöglich, jetzt in dieses Haus
einzutreten, ja schon dessen Anblick sträubte ihm die Haare empor.
Der Vetter ward nun noch verschlossener und letzte sich nur bis=
weilen an dem mitgenommenen Kirschengeist. Es war schon lange
Nacht geworden, als man steif und starr in G. im Stern an=
kam. Mit gekrümmten Fingern griff sich Diethelm in die Tasche,
um nach seinen Papieren zu sehen. Plötzlich schrie er laut auf
und schlug sich auf die Stirn, er hatte die Staatspapiere ver=
gessen, die er in der Hauptstadt zu Geld machen wollte. Der
Vetter, seines Amtes eingedenk, tröstete ihn in seiner unfaßlichen
Verzweiflung.

„Die Staatspapiere verſchimmeln Euch ja nicht, und Ihr habt ja noch Geld genug.“

Diethelm konnte es ſonſt nie leiden, daß der Trompeter ſolche Reden an ihn allein verſchwendete, ohne daß ſie ſonſt jemand hörte; heute aber nickte er ihm ſchnell gefaßt zu, denn er überlegte raſch, daß das Aufgeben dieſer Wertpapiere, deren Beſitz er nachweiſen konnte, bei etwaiger Unterſuchung entſchieden zu ſeinen Gunſten ſprechen müſſe. Er rieb ſich gewaltig die Hände und ſetzte ſich behaglich an den Tiſch.

„Ihr habt's gut,“ ſagte der Vetter, deſſen Regiſter einmal aufgezogen war, „Euch fliegt der Reichtum nur zu, wo man gar nicht dran denkt.“

Diethelm beſtätigte den Gewinſt, den er durch Verkauf der Wolle mache, und erholte ſich immer mehr an dem Zutrauen, das ſeine Vorkehrungen einflößten.

„Das mein' ich ja gar nicht, Ihr machet ja die große Erbſchaft,“ entgegnete der Vetter.

„Red' nicht ſo. Von wem ſoll ich erben? Von den Unſrigen in Letzweiler?“

„Stellet Euch nur nicht ſo. Ihr wiſſet's wohl, und ich weiß nicht, warum Ihr ſo thut, als ob Ihr's nicht wüßtet; Eure Stieftochter auf dem Kohlenhof, die kommt nicht mehr auf, ſie ſagen ja, ſie ſei ſchon tot: Kinder hat ſie nicht, und da fällt wieder alles an die Mutter zurück.“

Gläſernen Blickes, mit offenem Munde und ausgeſpreizten Händen hörte Diethelm dieſe Worte.

„Dann iſt ja alles umſonſt!“ ſchrie er laut auf und faßte den Vetter an der Bruſt und ſchüttelte ihn, als wollte er ihn erdroſſeln. Der Vetter wehrte ab und ſagte:

„Was habt Ihr denn? Ihr thut ja wie von Sinnen.“

„Ich bin's, komm, komm da fort,“ ſtöhnte Diethelm, „nein, ich bin nicht närriſch, aber komm, einſpannen, ſchnell, heim, in mein Haus, mein Haus . . .“ Er richtete ſich auf, ſank aber wieder zurück auf den Stuhl und ſchlägelte mit den Händen, als hätte ihn der Schlag gerührt. Der Vetter ſchüttete ihm ſchnell Wein hinab, und Diethelm erholte ſich bald wieder, dann bat er mit weinender Stimme, daß ſie ſchnell wieder heimkehren ſollten, er müſſe zu ſeiner Frau. Der Vetter war gerührt, daß Diethelm der Tod ſeiner Stieftochter ſo nahe ging, er verſprach, alles zu beſorgen, und eilte hinaus. Diethelm faltete die Hände vor dem Munde und ſprach etwas wie ein Gebet, und ſo zutraulich auch heute wieder der Sternenwirt war, er gab ihm keine Antwort und eilte hinaus in den Stall und weinte dort ſo laut,

daß man meinte, es müsse ihm das Herz abstoßen. Er hatte
den Arm auf den Hals des Handpferdes gelegt und weinte so
heftig auf die Mähne und sprach unverständliche und doch flehend
klingende Worte, als wollte er die Pferde bitten, ihn mit schnellster
Macht heim zu bringen.

Er hatte Verbrechen auf Verbrechen gehäuft, um seine Ehre
zu retten, und nun war alles unnötig, die Erbschaft von seiner
Stieftochter stellte ihn ja hin, glänzender als je. Er zitterte am
ganzen Leibe, und nur e in Gedanke hielt ihn noch fest, daß daheim die grause That noch gut zu machen sei, und er faßte die
besten Vorsätze, die sollten das Schicksal zwingen, daß die böse
That ungeschehen sei. Gewaltsam ballte er die Fäuste und preßte
die Lippen, um sich nicht zu verraten, wenn es doch zu spät
wäre, aber nein, das darf nicht sein, das kann nicht sein. —

Jede Minute, die mit Festschnallen eines Riemens, mit An-
legen eines Stranges verging, deuchte Diethelm eine Ewigkeit;
er wollte Vorspann, er wollte frische Pferde nehmen, um mit
Windesschnelle heim zu eilen, aber er fürchtete wieder, daß ihn
jedes Wort verrate, und wagte nicht einmal mehr, die Einspannen-
den zur Eile zu drängen. Als der Vetter vorsorglich eine Laterne
mitnahm und sogar nach einem zweiten Licht als Ersatz schickte,
erschrak Diethelm, aber er hatte gelernt, zu schweigen. Er mußte
vor dem Vetter alles verbergen, er hatte ihn ja mitgenommen,
um ihn zum Zeugen seiner Unschuld zu gebrauchen.

Man fuhr wieder heimwärts, und Diethelm mußte davon
sprechen, daß er seine Frau in dem Schmerz um den Tod ihres
Kindes nicht allein lassen wolle.

„Warum hast mir denn nicht früher gesagt,“ fragte er,
„daß es so mit der Kohlenhofbäuerin steht?“

„Ich hab' gemeint, Ihr wisset's und wollet nicht davon
reden; ich hab' Euch ja oft darauf angespielt, daß Ihr wieder
doppelt reich werdet.“

„Ja wohl, ja wohl, fahr nur schärfer, noch schärfer, und
wenn die Gäul' morgen auch hin sind,“ drängte Diethelm.

In dem Banntreis des Verbrechens, in den er eingeschlossen
war, hatte er nichts gemerkt von dem, was vielleicht alle Leute
wußten und einander sagten; mit ihm sprach niemand davon,
und mitten in der Qual, die ihm die Brust zusammen preßte,
dachte er immer wieder, wie schlecht die Menschen sind, sie gönnten
ihm sein unverhofftes Glück nicht und redeten darum kein be-
stimmtes Wort davon.

Der Wind hatte sich gelegt, die Schneewolken entluden sich,
und Diethelm sah nach den halb verschneiten Bäumen am Wege

und streckte den Arm aus nach jedem, an dem man vorüber
war, als schiebe er ihn damit zurück; war man ja der Heimat
immer wieder um eine Strecke näher, aber es dauerte doch lang,
und ein tiefer Frost schlich Diethelm durch Mark und Bein. Er
glaubte, das Herz im Leibe gefriere ihm zu Eis, während der
Vetter doch sagte, die Kälte sei gebrochen. Diethelm dachte sich
die Pein Medards aus, der gefesselt am Boden liegt, die Flamme
immer näher knistern, die Schafe in der Ferne blöken hört, und
wie die Flamme immer näher heranschleicht, von allen Seiten
nach ihm züngelt und ihn still umfängt . . . wenn sie zuerst
seine Bande versengt — er hebt die gefesselten Hände den Flammen
entgegen, er macht sich frei . . .

„Du lebst," schrie er auf einmal unwillkürlich laut auf, und
der Vetter wunderte sich wieder über die so innige Liebe Diet=
helms zu seiner Stieftochter; nicht umsonst hieß er der Familienfürst.

„Wir kriegen wieder kalt, der Mond geht heute rot auf,"
sagte der Vetter, als man auf der kalten Herberge angekommen
war, „seht, dort, Buchenberg zu."

Diethelm spie das Blut aus, das er sich aus den Lippen
gebissen.

„Was ist denn das?" fuhr der Vetter nach einer Weile fort,
„ich höre die alt' Kathrin' brummen, und es riecht in der Luft
so greulich."

Diethelm erwiderte nichts.

Als man Buchenberg nahe war, schrie der Vetter: „Herr
im Himmel, Euer Haus brennt," aber Diethelm hörte es nicht,
und mit Mühe erweckte ihn der Vetter mit Schneereiben aus
dem Schlage, der ihn getroffen zu haben schien.

———

Sechzehntes Kapitel.

Lautlos und regungslos, weiß überschneit, stand die Menschen=
masse am Berge versammelt, und wie sie vom roten Glutschein
übergossen war, erschien sie wie von einem Zauber festgebannt.
Keine Menschenstimme ward hörbar, nur vom Turme dröhnte
die Sturm= und Sterbeglocke, die sogenannte alte Kathrin', und
aus der Flamme, die breit und still, von keinem Winde bewegt,
hochauf schlug, tönte ein tausendstimmiges Wehklagen, so dumpf
und tief und wiederum so gräßlich röchelnd, als hätten die auf=
lobernden Flammenzungen marterschütternde Stimmen gewonnen,

und über der Flamme glitzerte der fallende Schnee und verdampfte in seltsame Luftgebilde.

„Zu Hilfe! Rettet! Rettet!" schrie Diethelm vom Schlitten springend, „was steht ihr so müßig da? Rettet!"

Wie aus dem Zauberbann erlöst, wendeten sich alle plötzlich nach ihm und umringten ihn.

„Es ist nichts zu helfen," sagte der Schmied, „dein Haus ist an allen vier Ecken angegangen, eh' man's gewußt hat, und kein Mensch als dein Medard hat die Kloben aus der Spritze da 'rausgenommen. Wir können nichts machen."

„Wo ist der Medard?" fragte Diethelm.

„Das weiß kein Mensch, er hat sich heut vor niemand sehen lassen, der hat gewiß angezündet und ist vielleicht im Haus verbrannt; die wo zuerst kommen sind, sagen, sie hätten ihn schreien gehört."

„Rettet! Rettet!" schrie Diethelm und eilte nach dem Hause, aber von dorther kam eine Rachegestalt mit weißen Locken und zerfetzten Kleidern und warf sich auf Diethelm und wollte ihn erdrosseln.

„Mordbrenner! Mordbrenner!" kreischte der alte Schäferle mit schäumendem Munde, „wo hast du mein Kind? Wo? Gib mir mein Kind. Mordbrenner! Mein Kind! Mein gutes, braves Kind!"

Mit Gewalt wurde der rasende alte Mann von Diethelm losgerissen, er hatte mehr als jugendliche Manneskraft und hielt Diethelm wie mit eisernen Banden umklammert, und Diethelm ächzte laut auf, denn der Schäferle hatte ihn gerade an der Armwunde gefaßt, und als fräßen sich tausend schneidende Spitzen durch Mark und Knochen ein, so schmerzte bei der Berührung der Vaterhand der vom Sohne eingepreßte Biß. Das Blut rann Diethelm von der Hand herab, als er losgemacht war, er taumelte halb besinnungslos umher, aber der Vetter stand ihm getreulich bei. Jetzt hörte man deutlich, woher das Wehklagen kam: die Schafe im Stall, dessen Eingangswand bereits in Flammen stand, blökten so schmerzvoll klagend, daß es das Herz im Leibe erschütterte, es war nicht anzuhören. Diethelm brachte es mit dem Vetter und dem Schmiede dahin, daß sie eine Feuerwand einbrachen, um durch die Oeffnung die Schafe zu retten, und so viel auch die Umstehenden abwehrten, Diethelm konnte es nicht ertragen, daß auf einmal so viel Leben, und sei es auch nur das der Tiere, draufging. Er drang selber durch die eingerissene Wand ein: wie in einen Knollen zusammengepreßt, standen die Tiere, und von denen, die der Flamme nahe waren, sprang bald eines, bald das andere wie aufgeschnellt mitten in die Flamme hinein, that noch einen jämmerlichen Schrei, und die unversehrten blökten vor sich nieder. Mit Gewalt drängte sich Diethelm in die Mitte der Tiere und suchte sie hinauszutreiben, aber sie preßten sich immer wieder zusammen, und plötzlich fiel er nieder, und die Tiere standen auf ihm und um ihn, und mit halb ersticktem Schrei konnte er nur noch um Hilfe rufen. Es gelang dem Vetter, ihn zu retten, und bewußtlos, aus unsichtbaren Wunden blutend, wurde Diethelm nach dem Dorfe in das Waldhorn getragen, während gerade das Haus zusammenkrachte und der Dachstuhl in die Umfassungsmauern stürzte. Ein unerträglicher Geruch benahm allen Menschen fast den Atem, so daß keiner ein Wort sprach. Nur der alte Schäferle rief dem Davongetragenen nach: „Mordbrenner! du darfst nicht sterben. Du mußt noch am Galgen verfaulen."

Er wurde erst ruhiger, als eben Frau Martha kam . . . .

Es war Tag, als Diethelm erwachte, und vor ihm stand seine Frau und hob die gefalteten Hände zum Himmel, als er die Augen aufschlug.

„Du da?" fragte Diethelm, „ist sie tot?"

„Ach Gott, ja, und sie hat noch im Sterben das Unglück gesehen."

„Wer hat mir meinen Arm verbunden? Bist du schon lang da? Hab' ich im Schlaf was geredet?" fragte Diethelm wieder in fast zornigem Tone.

„Der Doktor ist mit mir herüber vom Kohlenhof, und der hat dir deinen Arm verbunden. Du bist von einem Schaf gebissen, ich bin grad kommen, wie sie dich fortgetragen haben. Du hast nichts im Schlaf geredet, als ein paarmal Medard gerufen."

„Weiß man nichts vom Medard?"

„Ach, lieber Gott, nein, der ist gewiß verbrannt."

Diethelm schloß noch einmal die Augen und schärfte still die Lippen, dann begehrte er aufzustehen, er sei wohl und müsse nach dem Schutthaufen sehen. Die Frau suchte ihm einzureden, daß er noch krank sei, und als er dies streng abwehrte, erklärte sie ihm, daß er dann vielleicht verhaftet und nach der Stadt abgeführt würde.

„Ist mir recht," sagte Diethelm trotzig, „dann nimmt die Geschichte bald ein Ende. Sie können mir nichts thun. Wer klagt mich an?"

„Der alt' Schäferle."

„Da hilft kein' Sympathie."

„Wie ich hör'," sagte die Frau zögernd, „will auch die Brandversicherung dich anklagen."

„Ho ho!" lachte Diethelm, „denen will ich's schon zeigen, die müssen mir blechen. Ich steh' auf, ich bin kerngesund."

Trotz aller Widerrede vollführte Diethelm seinen Ausspruch und zankte mit seiner Frau, daß sie so eine herzbrechende Miene mache. Erst als sie mit halbunterdrücktem Weinen sagte, sie habe ja auch gestern ihr Kind verloren, erwiderte er:

„Ja ja, das ist wahr. Zum Teufel, daß ich das auch immer vergeß. Ich will gleich einen Boten an die Fränz schicken, sie muß heimkommen."

Martha stand am Fenster und weinte in den schneeigen Tag hinaus. Erst als Diethelm leise vor sich hinpfiff, wendete sie sich um und sagte:

„Um Gotteswillen, Diethelm, was machst? Wie kannst du nur auch so sein? Was müssen die Menschen von dir denken, wenn du nach so einem Fall jetzt gar noch lustig thust?"

„Hast recht, hast recht, red' weiter nichts, hast recht," sagte Diethelm hastig. Er erkannte schnell, daß seine Frau ihn auf das Entsprechende hinwies; allzuviel Gleichmut war wiederum verdächtig.

Eine gewaltige Veränderung war in Diethelm vorgegangen. Nun die That geschehen war mit all' ihrem Schrecken, galt es, mit gefestetem Mute ihr Stand zu halten. Er verbannte alle Weichherzigkeit, und als er vor dem kleinen Spiegel stand und sein flockseidenes Halstuch umthat, hielt er die Zipfel derselben eine Weile ruhig in der Hand und betrachtete die stolzsichere Miene, die er allen Vorkommnissen gegenüber bewahren wollte.

In der Wirtsstube, wo der junge Amtsverweser mit seinem Aktuar und zwei Landjägern und noch viele aus dem Dorf sich befanden, schaute alles verwundert auf, als Diethelm freundlich grüßend und mit dem Ausspruche eines schmerzlichen Bedauerns eintrat. Diethelm wollte dem Amtmann, mit dem er am Markttag an einem Tische gesessen, die Hand reichen, aber der Amtmann wußte gewandt seine Hände mit einem großen vor ihm liegenden Bogen zu beschäftigen, und Diethelm zuckte mit den Achseln, als er die dargebotene Hand leer wieder zurückziehen mußte.

„Ihr seid gekommen," nahm Diethelm das Wort, „um mein Unglück in gerichtlichen Augenschein zu nehmen. Helfet nur auch untersuchen, wie das Feuer ausgekommen. Es ist leider nichts gerettet."

Der Amtmann erklärte, daß alles das späteren Verhandlungen vorbehalten bleibe; er schickte einen Landjäger nach dem

alten Schäferle und ersuchte die Anwesenden, außer dem Schult
heißen, das Zimmer zu verlassen.

„Ich hätt' eine Bitt', die Ihr mir wohl willfahren könnet,
wenn's nicht gegen das Recht ist," sagte Diethelm mit ruhiger
und doch weicher Stimme, „ich möcht', daß meine Mitbürger mit
anhören dürften, worauf ich angeklagt bin. Das öffentliche Gericht, das uns versprochen worden, ist noch nicht eingesetzt; drum
möcht' ich bitten, wenn's möglich wär', daß alle da blieben."

Der Amtmann willfahrte mit der Bemerkung, daß nur ein
vorläufiges Protokoll aufgenommen werde. Ein jeder suchte sich
nun einen guten Platz, und mancher sagte leise zu seinem Nachbar, wie der und jener sich ärgern werde, daß er nicht auch
dabei sei und das mit anhören könne.

Der alte Schäferle trat ein, bleich, mit weißen Haaren und
eingefallenen Wangen, eine bejammernswerte Gestalt. Alle
Blicke waren auf Diethelm gerichtet, und dieser wußte, daß dies
geschah; mit ruhigem Auge betrachtete er den Mann, in der
Wunde am Arme zuckten Pulse, als spürten sie die Nähe des
Rächers; in dem Gesichte Diethelms wollte sich's regen, aber er
beherrschte seine Züge, er sah gewaltsam starr drein, und kein
Nerv bebte.

„Sagt, was Ihr habt?" ließ sich Diethelm nach einer laut-
losen Pause vernehmen, in der man nichts als das Winseln von
Medards Schäferhund vor der Thüre vernahm.

„Das ist meine Sache," fiel der Amtmann ein, und oft
von Weinen und Schluchzen unterbrochen, erklärte der alte Schäferle, wie sein Medard ihm schon im Herbst gesagt habe, der
Diethelm habe nur eingekauft und versichert, um anzuzünden, er
habe sichere Anzeichen davon; wie der alte Mann jetzt klagte,
daß er nicht einmal die Leiche seines Sohnes habe, um sie zu
bestatten, fuhr sich mancher mit der Hand über das Gesicht;
auch Diethelm wischte sich die Augen. Als aber der alte Schäferle schloß:

„Wenn der Hund da draußen reden könnte, der wüßte mehr,
was vorgegangen ist," da spielte ein Lächeln auf dem Antlitze
Diethelms. Wieder entstand eine Pause, in der man nichts als
das Federkritzeln des Protokollanten und das Winseln des Hundes hörte.

„Soll ich was drauf antworten?" fragte Diethelm in höflich stolzer Weise den Amtmann, und dieser erklärte, daß er
vorerst gar nichts zu sagen habe. Der Schäferle erwähnte nun
noch, daß ihm Diethelm beim Wegfahren einen Knaben geschickt
habe, mit der Weisung, er habe Medard über Feld geschickt, und

der Vater möge ihn nicht besuchen, während Diethelm doch beim
Bahnschlitten gesagt habe, Medard müsse zu Hause bleiben.

Alle Zuhörer in der Stube nickten einander zu und deuteten
sich mit den Fingern, wie wichtig das sei.

„Soll ich darauf auch nichts sagen?" fragte Diethelm, den
Kopf zurückwerfend, „man soll den Buben holen lassen, er soll
sagen, was ich ihm aufgetragen hab', und da mein Vetter war
bei mir im Schlitten, der hat alles gehört."

„Ich hab' nichts gehört," platzte der Vetter heraus.

„Ruhe!" gebot der Amtmann, „ich weiß schon selbst, wen
ich zu verhören habe."

Er verkündete nun Diethelm, daß er verhaftet sei und nach
der Stadt abgeführt werde.

„Gut," sagte Diethelm aufstehend, „darf ich in meinem
Fuhrwerk fahren? Ich hab' einen bösen Arm."

Der Amtmann bewilligte dieses, und jetzt trat Martha vor,
die allem still zugehört hatte, und sagte:

„Ich weiß von allem so gut wie mein Mann, ich will mit
in den Turm, ich bleib' bei dir, Diethelm. Wir sind von Gott
zusammen gegeben, kein Mensch kann dich von mir trennen."

Jetzt erst sah Diethelm tief traurig drein, wie seine Frau
seine Hand faßte. Eine tiefe Bewegung bemächtigte sich aller,
und der Amtmann erklärte, daß Martha nicht bei ihrem Manne
bleiben, daß sie aber mit ihm selbst nachfahren könne, da man
ihrer nur als Zeugin bedürfe.

Als Diethelm von dem Landjäger abgeführt wurde, legte
er an der Thüre die Hand auf die Schulter des Schäferle, sah
ihn durchbohrend an und sagte:

„Du bist ein Vater, ich nehm' dir's nicht übel, was du
thust, aber du wirst's bereuen, was du an mir gethan. Wenn
ich mit meinem halben Leben deinen Medard wieder aufwecken
könnte, ich thät's; und da schwör' ich's vor allen Leuten, ich
laß dir's nicht entgelten, ich will dir helfen, wo ich kann, du hast
ja deinen Sohn verloren, und du könntest ja mein Vater sein;
ich will mich dünken lassen, mein Vater lebt noch einmal."

„Friedle, was hast du an uns than?" klagte die Frau,
und der Schäferle weinte, man sah es ihm an, wie weh es ihm
that ob dem, was er angerichtet, zumal um den Schmerz der Frau
Martha.

Selbst der Landjäger behandelte Diethelm mit Freundlichkeit
und redete ihm Trost zu, daß alles bald wieder aus sei.

Als Diethelm an dem Berg vorüberfuhr, auf dem nur noch
ein Schutthaufen rauchte, stieß er einen Schmerzensschrei aus;

dann schloß er die Augen wie zum Schlafe, aber seine Lippen
bewegten sich stets, als spräche er; in der That stand er auch in
Gedanken dem Untersuchungsrichter Red' und Antwort, und manchmal zuckte etwas wie ein Lächeln um seine Mundwinkel, wenn
ihm eines der Beweismittel einfiel, das jeden Verdacht abwälzen
mußte.   Der Landjäger schaute oft verwundert in das Antlitz
des Schlafenden, der nach so grauenvollen Ereignissen unter
peinlicher Anklage so ruhig träumte.   Als man der Stadt nahe
war, schlug der Landjäger den Mantelkragen Diethelms höher
hinauf, setzte ihm die Pelzmütze tiefer ins Gesicht, und Diethelm
dankte herzlich für die gutmütige Vorsorge des gegen Mitleid
abgehärteten Landjägers.   Erst am Gefängnißthore öffnete er die
Augen, und jetzt erst merkte er, daß der Paßauf, Medards
Schäferhund, ihm gefolgt war; der Landjäger scheuchte den Hund
zurück, der Diethelm in die Stube des Gefangenwärters folgen
wollte.

Zwei Stunden nach ihm fuhr der Amtmann mit Martha
im verschlossenen Wagen nach der Amtsstadt.

Siebzehntes Kapitel.

Die Sage vom Löwen und der Maus schien sich wieder zu
erneuern; das erste fremde Menschenbild, das Diethelm sah, war
der Zeugmacher Kübler, und jetzt erinnerte er sich, daß dieser ja
der Sohn des Amtsdieners sei.   Mit welch hochmütiger Gönnerschaft hatte Diethelm immer diesen armen Teufel betrachtet, und
jetzt überdachte er schnell, daß er ihm alles verdanken könnte
und, wenn alle Mittel zu Schanden werden — die Flucht.   Daran
aber war noch lange nicht zu denken.   Diethelm hob den Mantel
von den Schultern in die Höhe und wartete ruhig, bis der
dienstbeflissene junge Kübler ihm denselben ehrerbietig abnahm;
er streckte nun dem Amtsdiener die Hand entgegen und sagte
mit heller Stimme in herablassender Höflichkeit:

„Guten Morgen, lieber Amtsdiener.   Wollt Ihr einen abgebrannten armen Verwandten nicht ein paar Tage bei Euch
wohnen lassen?   Habt Ihr kein Zimmer frei?   Ich nehme mit
einem kleinen vorlieb."

Diethelm glaubte zu bemerken, daß diese Anrede den ver-
kehrten Eindruck machte; alles, was mit dem Kriminalgericht zu-
sammenhängt, schien keinen Spaß zu verstehen.

Wie ein gefangener Ritter empfahl nun Diethelm ſeine Roſſe der ſorgſamen Wartung. Waffen hatte er nicht abzuliefern, aber gewiß konnte Diethelm beſſer ſchreiben und leſen und war mindeſtens ſo verſchlagen und ehrgeizig als je ein Mann, der im Harniſch raſſelte; daß man aber in anderen Zeiten war, zeigte beſonders der Ofen, der war ſo winzig und windig, und ein Ritter, wenn er von einem Raubzuge in eine Herberge kam, fand einen Baumſtamm im breiten Ofen praſſeln. Wäre nicht eine abgeſtumpfte Sandſteinkugel auf dem Ofen gelegen, Diethelm hätte ſich nicht einmal die Hände wärmen können, und doch fühlte er von innen heraus eine unbezwingliche Kälte, als ob nicht Blut, ſondern Eiswaſſer ihm durch die Adern rinne. Er bat nun mit einer gewiſſen Demut, in der Stube bleiben zu dürfen, bis ſeine Zelle geheizt war. Der alte Gefangenwärter ging weg und ließ Diethelm mit dem Landjäger und ſeinem Sohn allein. Dieſem empfahl nun Diethelm nochmals ſeine Pferde und trug ihm auf, nach dem Waldhornwirt in Buchenberg zu ſchicken, damit er Roß und Schlitten abhole und gut imſtand halte.

„Soll ich den Hund hier behalten?“ fragte der junge Kübler den abgewendet Sprechenden.

Diethelm ſchüttelte den Kopf verneinend, dann wendete er ſich um und ſagte in heiterm Tone:

„Dein’ Braut iſt vor ein paar Tagen noch bei mir geweſen, ihr könnt euch drauf verlaſſen, daß ich euch auf den Tag hin, wie’s verſprochen iſt, Hochzeit mache, und Gevatter bin ich auch; dann wollen wir luſtig ſein, daß die Stern’ am Himmel zittern; der Vergeltstag bleibt nicht lang aus.“

Der Landjäger verbot eben Diethelm jedes weitere Reden, als der Gefangenwärter eintrat mit der Kunde, daß alles bereit ſei. Diethelm erzitterte jetzt vor Wut, als man ihm alles aus den Taſchen nahm, als man ihm das Halstuch abnahm und ſogar die Hoſenträger abneſtelte; dieſes letzte geſchah aus dem doppelten Grunde, damit der Gefangene nichts habe, um ſich dran zu erhängen, und bei einem etwaigen Fluchtverſuch durch die Nötigung, die Hoſen in der Hand aufzuhalten, gehindert ſei. Eine Minute lächelte Diethelm über dieſe Vorkehrungen, bald aber ward er des grauſamen Ernſtes bewußt, und mühſam ſchleppte er ſich die Treppe hinan nach ſeiner Zelle; der junge Kübler trug ihm noch mitleidig ſeinen Mantel nach. Erſt als ihn der Landjäger verließ, ſagte er:

„Ihr kennt mich wohl nicht. Ich bin von Grubenau bei Letzweiler gebürtig. Meinen Vater hat man den Schreiner-

hannesle geheißen, er ist ein guter Freund von Eurem Vater ge=
wesen. Ich hab' viel von Euch und Euren Guttaten gehört, wie ich
noch klein gewesen bin. Nun b'hüt Gott. Ich wünsch' alles Gute."

Diese Mitteilung des Landjägers machte einen eigenen
Eindruck auf Diethelm; daß der Mensch sich gedrungen fühlte,
sich ihm zu erkennen zu geben, und daß er von seinem Ruhme
sprach, wie traf das jetzt das Herz des Gefangenen.

Diethelm war nun allein. Er hatte sich vor niemand mehr
zu verstellen. Auf dem Stuhl vor dem Ofen saß er, und es
war ihm, als müßte sein Körper in Stücke zerfallen. In dem
Ofen brummte das Feuer, manchmal knallte ein Fichtenast und
zischte langsam ein grünes Scheit. Diethelm fühlte, wie ihm
alles Blut im Herzen zusammen gerann, aber Wärme verspürte
er nicht, kalt, unendlich kalt war es ihm; er hüllte sich in seinen
Mantel und wickelte sich in die wollene Decke, die auf der
Pritsche lag, immer war es ihm, als ob er in der so wohl ver=
schlossenen Zelle mitten in einem Luftzuge stehe, und plötzlich
fuhr er wie emporgeschnellt auf, die Wände dröhnten und
schmetterten, zitternder Drommetenklang umrauschte ihn von
allen Seiten. Erst nach geraumer Weile besann er sich, daß
die Stadtzinkenisten den Abendchoral bliesen, die Trompeten und
Posaunen schienen gerade nach seiner Zelle gerichtet, so un=
mittelbar, so gradaus strömten die Töne in dieselbe, und vor
allem stand jener Tag wieder vor Diethelm, an dem er sich
zum unmäßigen Einkauf verleiten ließ.

Was war seitdem aus ihm geworden! Ein Mordbrenner!
Diethelm hielt sich die zitternde Hand vor den schnell atmenden
Mund, daß er das Wort nicht laut ausrufe. Er warf sich auf
die Kniee, und ein heftiger Thränenstrom entlud sich aus seinen
Augen, er fühlte seine Wangen glühen, und plötzlich wurde es
ihm warm. Mit dem Antlitz auf dem Boden liegend, sprach es
in ihm, daß er alles bekennen müsse, und er streckte sich weit
aus, bereit, den Todesstreich zu empfangen, zu sterben ... Er
weinte aufs neue um sein verlorenes Leben; über ihm tönte der
wehklagende Grabgesang, ein schriller Drommetenton verwan=
delte sich in die Klagestimme seiner Martha und ein anderer in
die seiner Fränz ... Und die sind verloren auf ewig, und
du wirst nicht gleich getötet, du mußt wochen= und monatelang,
ja vielleicht deine ganze Lebenszeit auf deinen schandvollen Tod
warten. Mußt du das ertragen in Gefangenschaft und Elend,
warum kannst du es nicht auch in Freiheit und Ehre? ...
Diethelm richtete sich auf, und als jetzt von einer andern Turm=
seite der Choral erscholl, sang er die Töne laut mit, und seine

Stimme tönte so voll, fast wie Posaunenschall. Er sang so laut am Fenster, daß er nicht hörte, wie das Schloß hinter ihm knarrte, die Thüre sich öffnete und der Gefangenwärter eintrat, ihn zum Verhör abzuholen.

Um dieselbe Zeit war Martha in der Stadt angekommen; sie ging mit fest zusammengepreßtem Munde und thränenlosem Auge umher, das Schicksal ihres Mannes, der Tod ihrer Tochter, der sie nun nicht einmal eine eisige Scholle auf die Bahre werfen konnte, der gräßliche Tod des treuen Knechtes, das Verbrennen des Hauses, in dem sie so viele Jahre Freud und Leid verlebt, alles das bestürmte ihr Herz und machte sie dumpf und verwirrt. Ihrer Bitte, auch eingesperrt zu werden, hatte man nicht will= fahrt, und sie lief wie ein verirrtes verstoßenes Bettelkind in den Straßen umher, als müßte sie jemand finden, der ihr den Weg aus dem Wirrwarr heimwärts zeigte. Es dämmerte, in den Häusern wurden da und dort Lichter entzündet. Ach! Da wohnen überall Menschen, die daheim sind und wissen, wen sie haben. Martha fuhr vor Schreck zusammen, denn es sprang etwas an ihr herauf, sie erkannte bald den vor Freude bellen= den Paßauf.

„Ach, du bist's," sagte sie, den Hund streichelnd, „gelt, armes Tierle, es geht dir auch wie mir, du weißt auch nimmer, wo du hin gehörst. Bleib nur bei mir, komm mit, wir gehen zum Meister."

Eben als Martha an der Post vorüberging, kam der Eil= wagen unter hellen Posthorntönen angefahren. Was hat nur der Hund, daß er eine aussteigende verhüllte Gestalt anspringt und dann mit Freudenbellen zwischen der Gestalt und Martha hin und wider rennt? Wäre dort vielleicht der tot geglaubte Medard, der von seiner Flucht zurückkehrt? Martha fühlte, wie ihr die Haare sich emporsträubten, und wie ihr die Kniee fast brechen wollten. Mit wankenden Schritten ging sie auf den Posthof zu, sie hörte den Schaffner sagen: „Ich will Ihnen gleich ein Fuhrwerk nach Buchenberg verschaffen." Sie näherte sich der verhüllten Gestalt.

„Mutter!" rief es ihr entgegen.

„Du bist's, Fränz?"

Und mit wehklagendem und doch freudigem Schmerzens= ausruf lagen Mutter und Tochter sich in den Armen. Jetzt erst konnte Martha weinen. Fränz erholte sich rasch wieder, und wenn auch schmerzvollen Klanges, sagte sie doch mit fester Stimme:

„Mutter! Gottlob, gottlob und Dank, daß ich Euch hab'.

Mutter, ich möcht' Euch Abbitte thun für alles; ich hab' er=
fahren, was fremde Menschen sind, und da schwör' ich's unter
freiem Himmel, nie, nie, so lang Euch ein Aug' offen steht,
verlaß' ich Euch. Jetzt lasset mich nur Eure Hand küssen. Ich
kann alles wieder gut machen an Euch und am Vater. Ach
Gott, wie geht's ihm denn?"

Martha schwieg.

„Ist er verbrannt?" schrie Fränz so grell, daß selbst ein
losgespanntes Pferd, das an ihr vorbeiwollte, rückwärts wich.

Martha schüttelte den Kopf, und erst mit schwerem Atem
konnte sie die Worte hervorbringen:

„Er sitzt im Kriminal."

Die Postmeisterin, die Fränz noch vom Markte her kannte,
zog dieselbe in das Haus, und hier erfuhr sie nun alles. Fränz
küßte aber= und abermals die Hände der Mutter, dann legte sie
ihre heiße Wange an die eingefallene kalte Wange der Mutter
und sagte:

„Ach Gott, wenn ich nur mein warmes, junges Blut da
in Euch hinübergießen könnt'. Kommet nur jetzt gleich, wir
müssen sehen, daß wir den Vater sprechen können."

Martha erklärte, daß sie nicht mehr gehen könne, ihr seien
die Beine wie abgehackt, vom Totenbette des Kindes weg in
solch ein Elend hinein, das sei zu viel. Fränz befahl schnell
einen warmen Wein für die Mutter, sie lief in raschen Schritten
im Zimmer hin und her, das dauerte ihr viel zu lang, bis das
Befohlene kam; sie wollte selber hinab und das Angeordnete
bereiten, sie verstünden das hier nicht; aber die Mutter bat, sie
nicht zu verlassen, sie könne nicht mehr allein sein. Plötzlich
kniete Fränz vor der Mutter nieder und sah nach, ob sie warme
Füße habe; sie sprang rasch auf, als sie fühlte, wie dieselben
eisstarr waren, sie klingelte nach Branntwein, „aber rasch,
rasch!" befahl sie, und es war ihr eine innige Buße, als sie
nun der Mutter die Füße wusch und rieb. Die Mutter ließ
alles mit sich geschehen wie ein Kind; sie schlürfte dann den
warmen Wein, den ihr Fränz an den Mund hielt, und mit
schmerzlichem Lächeln sagte sie nach jedem Schluck: „Ah, das
thut gut. Versuch's nur auch, Fränz." Fränz nippte, und die
Mutter sagte wie halb träumend:

„Du bist so schön geworden, Fränz, und siehst mich so
getreu an, so . . . so . . . so hab' ich dich lieb. Wenn nur
der Vater auch so was Gutes hätt', und wenn er dich nur
auch sehen könnt'. Sein Herz hängt an dir, ach, und du bist
jetzt auch mein einzig Kind. Komm, leg' deinen Backen wieder

an meinen Backen. So. Jetzt sag', wie kommst denn du da=
her? Wie ist dir's denn gangen?"

Fränz schluckte die Thränen hinab, da sie die Mutter so
beruhigt sah und dieselbe nicht wieder neu aufregen wollte. Sie
erzählte mit möglichster Umgehung alles Erschütternden, wie sie
das Brandunglück erfahren, und sagte zuletzt:

„Den heutigen Tag, Mutter, den werde ich nie vergessen.
Was ich da alles gedenkt und erfahren hab'. O Mutter! und
die Menschen sind so gut, wenn sie einen im Unglück sehen;
alle, wo mitgefahren sind, und in allen Wirtshäusern haben sie
mir beigestanden und haben mich getröstet und hätten mir gern
in allem geholfen. Kommet, legt Euch ein bißle aufs Bett,
ich will Euch erzählen."

Fränz trug in starken Armen die Mutter auf das Bett,
dann setzte sie sich daneben, und ihre Hand haltend, begann sie
zu erzählen; aber bald merkte sie, daß die Mutter schlief. Sie
hielt noch lange still die Hand der Schlafenden und wagte es
nicht, sich zu bewegen; endlich legte sie die Hand auf das Kissen,
und leise auf den Zehen schleichend, hatte sie sich der Thüre ge=
nähert, als die Mutter rief:

„Kind, wohin willst?"

„Zum Vater."

„Da muß ich auch mit, ich bin ganz wohlauf."

Es half kein Abwehren, und nachdem Fränz die Mutter
wohl eingemummt, verließ sie mit ihr die Post.

Achtzehntes Kapitel.

Die Wintertage waren so kurz, und der junge Amtsver=
weser, der bald seinen Fehler erkannte, daß er die erste An=
tlage gegen Diethelm in dessen Beisein vernommen, wollte ihm
nicht Zeit lassen, sich ein Gewebe von Aussagen zu knüpfen.
Er nahm den Gefangenen daher noch am Abend ins Verhör,
und Diethelm war es allerdings schauerlich, als er durch matt=
erleuchtete schallende Gänge nach der Verhörstube geführt wurde.
Hier war es noch leer. Diethelm erhielt vom Landjäger den
Befehl, sich auf einen Stuhl an der Wand zu setzen, wo gerade
hüben und drüben Wandleuchter mit brennenden Kerzen ihren
Lichtschein ihm ins Gesicht warfen; er wollte wegrücken, erhielt
aber die Weisung, just hier sitzen zu bleiben. In der Stube

waren nur noch zwei Lichter, am Sitze des Aktuars hinter dem
Aktengestelle, an dem langen grünen Tische, und der Schatten
des Gestelles breitete sich weithin in die Stube. Diethelm wollte
dem Landjäger neben ihm sagen, daß er seinen Vater wohl
gekannt habe, aber der Landjäger wendete sich ab und winkte
ihm mit der Hand, nichts zu reden. So saß denn der Ange=
klagte, die Hände gefaltet, stumm vor sich niederschauend. End=
lich näherten sich Schritte aus der Nebenstube, der Amtsver=
weser und der Aktuar traten ein, ihnen folgten die beiden
Gerichtsschöppen, und diese waren niemand anders, als der alte
Sternenwirt und der pensionierte Kastenverwalter. Diethelm
war aufgestanden und sagte, mit dem Kopfe nickend: „Guten
Abend.“ Er erhielt keine Antwort; krampfhaft faßte er die
Stuhllehne, und seine Zähne klapperten, aber er biß sie aufein=
ander, und als der Amtsverweser ihm mit den Worten zuwinkte:
„Setzt Euch,“ that er dieses, räusperte sich und rieb sich hastig
die Hände. Nun begann ein kluges Verhör von Kreuz= und
Querfragen, und Diethelm war es, als umgäben ihn von allen
Seiten scharfe Schwertspitzen; aber er hielt sich ruhig, er ant=
wortete ohne Hast, aber auch ohne Zögern, es war fast, als
ob er dem schreibenden Aktuar Zeit lassen wolle, genau seine
Worte aufzuzeichnen. Auf manche Fragen antwortete er sogar
mit spaßigem und herausforderndem Lächeln, und die Anwesen=
heit des Kastenverwalters gab ihm den glücklichsten unvorher=
gesehenen Entlastungsbeweis an die Hand. Alles, was er so
klug vorher bedacht hatte, war minder durchschlagend als das,
was ihm eine unbedachte Vergeßlichkeit in die Hand spielte; der
Kastenverwalter mußte bezeugen, daß er Diethelm für sechs=
hundert Gulden inländische Staatspapiere geliehen habe; diese
nun nebst einem Hypothekenschein auf das Wirtshaus zum
Waldhorn waren verbrannt.

„Ich weiß wohl,“ schloß Diethelm, „daß das Verbrennen
der Hypothek nichts schadet, sie ist im Hypothekenbuch einge=
tragen; aber die Staatspapiere sind verloren, und diese hätte
ich doch gewiß leicht gerettet, wenn ich den schlechten Gedanken
an Anzünden nur eine Minute gehabt hätte.“

Als der Amtsverweser erklärte, daß man die Nummern
der Staatspapiere, die der Kastenverwalter noch in seinem Buche
verzeichnet hatte, in den Zeitungen bekannt machen und die
etwaigen Besitzer bei Vermeidung der Amortisation auffordern
werde, da sagte Diethelm:

„Was das ist, ich weiß es nicht, ich frag' auch nicht dar=
nach, es wird sich alles zeigen; wie es scheint, glaubt man mir

ja nicht mehr." Und das, daß man ihm das Wahrhafte an seinen Angaben bezweifelte, gab ihm immer mehr den Mut, mit lecker, herausfordernder Zuversicht aufzutreten. Zuletzt faßte er seine Aussagen dahin zusammen, daß er mindestens zehn Stunden abwesend war, als der Brand ausbrach, daß er gerade jetzt in der besten Lage war, da er nicht nur einen schicklichen Verlauf machen konnte, sondern auch durch den Tod seiner Stieftochter ihm eine reiche Erbschaft ins Haus kam, er habe daher nach der Hauptstadt reisen wollen, um den Handel abzuschließen und seine Fränz heimzubringen, damit die Mutter in ihrem Schmerz doch auch ein Kind um sich habe. Dem Vorhalt, daß er über den Aufenthalt Medards widersprechende Aussagen gemacht und wohl mit ihm im Einverstande gewesen sei, setzte Diethelm die Beteuerung entgegen, daß er im Gegenteil dem Knaben gesagt habe, der alt' Schäferle möge zu seinem Sohn hinaufgehen, da er daheim bleiben müsse und an seinem Weinbruche leide. An dieser letzten neuen Zuthat fand der Richter eine Handhabe, um Diethelm noch eine geraume Weile hin und her zu zerren, aber Diethelm riß sich endlich gewaltsam los und sagte aufstehend mit mächtiger Zornesstimme:

„Ein Ehrenmann wie ich braucht sich eigentlich gar nicht zu verteidigen. Ich bin seit fünfzehn Jahren Waisenpfleger und habe für die Waisen gesorgt wie ein Vater und nie auf meinen Vorteil gesehen —"

Diethelm hielt plötzlich mit einem Schrei inne, denn von der Höhe senkte sich eine Flamme und brannte ihm ins Gesicht.

„Was macht Ihr?" schrie er plötzlich laut auf und fuhr weit zurück, sank auf den Boden und starrte drein, als sähe er ein Gespenst.

„Was macht Ihr?" schrie er nochmals.

Der Richter sprang schnell von seinem Stuhl auf, faßte Diethelm an der Schulter und fragte mit gebieterischem Tone:

„Habt Ihr mit solch' einer Kerze das Haus angezündet?"

„Ich weiß nicht, was Ihr wollt. Ist das erlaubt? Ich will das zu Protokoll genommen. Darf man mich brennen?" schrie Diethelm sich aufrichtend.

Der Richter befahl dem Kanzleidiener, die Kerze, die Diethelm beim raschen Aufstehen von dem Wandleuchter gestoßen, wieder aufzustecken, und gebot Diethelm, ruhig auf seinem Stuhl zu bleiben und sein Handfuchteln zu lassen.

Sich am Stuhle aufrichtend, setzte sich Diethelm auf denselben und atmete laut.

„Warum seid Ihr wegen der Kerze so erschrocken?" fragte

der Richter nochmals, rasch und nahe auf Diethelm zutretend und die Hand gegen ihn ausstreckend.

„Nur gemach, nur gemach," wehrte Diethelm ab, „sind Sie vielleicht feuerfest, Herr Amtsverweser? Thut's Ihnen nicht weh, wenn Ihnen ein Licht ins Gesicht brennt und noch dazu den Tag, nachdem so ein Unglück über Sie kommen ist und man jedem Licht bös ist, weil es so was anrichten kann? Sie können, nein, beim Teufel, Sie müssen mich freisprechen, Herr Amtsverweser, aber die Schande, daß ich eingesperrt gewesen bin, ich, der Diethelm von Buchenberg, und die Qualen, die man mir anthut, die könnet Ihr mir nicht wieder gut machen. Mich tröstet nur eins: ich bin zu stolz gewesen, ich hab' mir auf meinen Ehrennamen vielleicht zu viel eingebildet, ich hab' gedemütigt werden müssen; aber so viel weiß ich, so gut gegen die Menschen bin ich nicht mehr, wie ich gewesen bin. Fraget in Letzweiler nach mir, fraget überall nach mir, und man wird Euch sagen, wer der Diethelm ist. Ich soll geholfen haben anzünden? Ja, das Beste vergeß' ich ja. Der Kastenverwalter da, und der Sonnenwirt und der Kaufmann Gäbler, die können mir alle bezeugen, daß sie mich überredet haben, zu versichern, ich hab' nicht gewollt. Thut das ein Brandstifter? Thut das ein Mordbrenner?"

„Sprecht nur leiser," ermahnte der Richter, und Diethelm fuhr fort:

„Sie haben recht, ja, aber ich möcht' laut schreien, daß es die ganze Welt hört, was man an mir thut. Jetzt will ich aber nicht mehr reden. Fragen Sie noch, was Sie zu fragen haben."

Der Richter stellte fast nur noch der Form wegen einige Nachforschungen an, dann fragte er Diethelm zuletzt, ob er in Bezug auf seine Haft noch etwas zu wünschen oder zu klagen habe. Diethelm erwiderte, daß er den Advokat Rothmann sich zum Rechtsbeistand nehmen wolle. Als der Richter hierauf entgegnete, daß dieser im Auftrage der Fahrnisversicherung sein Ankläger sei, schloß Diethelm:

„Dann will ich gar keinen Advokaten. Ich hab' aber noch eine Bitt', ich schäm' mich fast, sie zu sagen; man hat mir die Hosenträger genommen, damit ich mich nicht dran aufhänge, und ohne die Hosenträger ist mir's immer, als ob mir der Leib auseinanderfallen thät."

Der Richter klingelte dem Amtsdiener und befahl ihm, das Gewünschte Diethelm wieder zurück zu geben. Der Amtsdiener meldete leise etwas, und der Richter sagte:

„Diethelm, Ihr könnt Eure Frau und Eure Tochter sehen, wenn Ihr versprecht, nichts von Eurer Anklage mit ihnen zu reden."

Diethelm versprach und blieb auf dem Stuhl sitzen. Mit scheuen Bücklingen trat Martha ein, Fränz aber drang ihr vor: auf und streckte dem Vater beide Hände entgegen. Diethelm schüttelte sie wacker und reichte dann die andere Hand seiner Frau, die er aber bald zurückzog, um sich eine Thräne abzu: trocknen. Fränz berichtete, daß sie mit der Mutter in der Post wohne. Der Richter befahl, daß Diethelm abgeführt werde. Er sprach kein Wort mit den Seinigen und ging von bannen.

Der Richter sagte nun Martha, daß er sie auch gleich ver: hören wolle, da sie nun da sei; er bot ihr den Stuhl an, den Diethelm soeben verlassen, sie setzte sich und legte die Hände in: einander. Sie bat, ob nicht ihre Fränz bei ihr bleiben dürfe, der Richter verneinte dies mit Bedauern, Fränz könne indes im Vorzimmer warten.

Martha preßte die gefalteten Hände wie zu einem Dank: gebet zusammen, als ihr der Amtmann die schönmenschliche Gesetzesbestimmung erklärte, daß ein Angehöriger keinen Zeugen: eid zu leisten habe und es überhaupt seinem Belieben anheim: gestellt sei, Zeugnis abzulegen oder zu verweigern. Martha erklärte sich für ersteres, teils in der Hoffnung, ihrem Manne zu nützen, teils auch, weil sie den Mut nicht hatte, ohne Red' und Antwort das bestellte Gericht zu verlassen.

Martha war so offenbar ein Bild des aufrichtigen Jammers, daß der Richter sie nicht mit verwickelten Fragen quälen wollte. Sie konnte mit Fug beteuern, daß sie von der Handelschaft ihres Mannes fast gar keine Einsicht hatte, und als auf ihren Ehezwist wegen der Großthuerei und Verschwendung Diethelms die Rede kam, glaubte sie, daß Gott es ihr verzeihen müsse, wenn sie das nicht unter die Welt kommen lasse; sie bestritt daher jeden ehelichen Zwist und lobte ihren Mann aus Herzens: grund. Der Richter ging bald hiervon ab und fragte:

„Ist nie zwischen Euch und Eurem Manne davon die Rede gewesen, daß er brandstiften will?"

Martha war's, als schlügen ihr Flammen ins Gesicht. Was sollte sie darauf antworten? Zwar hatte damals am Ver: sicherungstage Diethelm die Sonne zum Zeugen angerufen, daß sie ihn nie mehr erwärmen solle, wenn er einen solchen Ge: danken habe, aber wenn sie das bekannte, wer weiß, was dar: aus gemacht wird? Aber sie hat doch versprochen, die Wahrheit zu bekennen. Zweimal ließ sich Martha die Frage wiederholen,

und schon stand ihr das Bekenntnis auf der Zunge, aber sie
schluckte die Worte hinab, und matt die Hände in den Schoß
sinken lassend, sagte sie:

„Nein, nie, niemals."

Ueber Medard befragt, erklärte sie, daß er ihrem Mann
schon lange gram war, weil er ihm manchmal im Zorn das
Zuchthaus vorgeworfen, und der Medard sei ohnedies aufsätzig
gegen den Meister gewesen, weil er seinen Bruder, den er lieb
hatte, wie sein eigen Kind, nicht vom Militär losgelaufen habe;
gegen sie aber sei er immer gut gewesen, er habe zwar manch=
mal Veruntreuungen gemacht, aber die könnten einmal die
Schäfer nicht lassen. Martha unterschrieb das Protokoll und
wankte hinaus zu ihrer Tochter. Im Amthause sprach sie kein
Wort mehr, auf der Straße aber sagte sie:

„Das sind Seelenverderber, die Amtleute, da droben haben
sie mir das Herz ausgeschnitten."

Fränz suchte die ungemein erregte Mutter zu beruhigen,
so gut sie konnte, aber noch im Schlafe schrie Martha oft wild
auf und warf sich im Bette hin und her.

Diethelm war indes mit triumphierendem Stolz in sein
Gefängnis zurückgekehrt. Von aller Unthat war keine Erinne=
rung in ihm; er gedachte nur seines Sieges, wie es ihm ge=
lungen war, sich so hinzustellen, daß der Richter ihm fast Ab=
bitte thun mußte. Seine Verteidigung war nun festgegründet,
dort stand sie verzeichnet und konnte nicht mehr ausgelöscht
werden. Diethelm freute sich über sich selbst, er hatte gar nicht
gewußt und erst jetzt erfahren, welch eine Macht ihm innewohnte.
Du wärst ein großer Mann geworden, sagte er sich, wenn du
auf dem rechten Platz stündest, es haben andere schon viel Aer=
geres gethan und sind doch ruhmvoll durch die Welt gegangen.
Jetzt fang' ich das Leben von vorn an. Ich will ihnen zeigen,
wer der Diethelm ist.

Der Amtsdiener, der das Gewünschte Diethelm übergab,
freute sich oft seines Frohmutes und erklärte schlau:

„Ich hab' Euch nur wie einen gemeinen Verbrecher be=
handelt, damit man kein Mißtrauen in mich haben soll, weil
wir so nah verwandt werden. Ich hab's wohl gewußt, daß Ihr
ein unschuldiger Ehrenmann seid, auf den wir stolz sein können.
Im Gesicht vom Amtsrichter ist deutlich geschrieben gestanden:
der ist freigesprochen. Es kann noch ein paar Tag dauern,
aber gewiß ist's, da verlaßt Euch drauf. Ich versteh' das."

Wie nach einer vollbrachten Großthat streckte sich Diethelm
auf die Pritsche, er befahl noch, tüchtig einzuheizen, denn es

fror ihn noch immer so mörderlich; wollte ihm auch manchmal
ein Gedanke dessen kommen, was er gethan, er verscheuchte ihn
und schlief ruhig ein.

Tief in der Nacht aber wurde er aufgeweckt, und im Scheine
einer Blendlaterne standen zwei Männer vor ihm.

Neunzehntes Kapitel.

Diethelm hatte dem jungen Kübler gesagt, er möge den
Vetter Waldhornwirt nach der Stadt entbieten, damit er die
Pferde hole. Das konnte offenbar nichts als ein versteckter
Auftrag sein, der eigentlich hieß: mach', daß ich den Vetter so
bald als möglich hier habe und spreche. Mit fröhlicher Eil-
fertigkeit — denn es liegt im Hilfebringen für einen Leidenden
oft eine Fröhlichkeit — eilte der junge Kübler selbst nach
Buchenberg, und unterwegs lächelte er oft vor sich hin, indem
er überdachte, wie klug er doch sei, daß er solche vermummte
Gedanken erkenne, und wie ihn Diethelm darob loben müsse.
Natürlich vergaß er dabei auch nicht, wie vielen Dank ihm
Diethelm dadurch schuldig werde, und das war ein Kapital,
das gute Zinsen trägt. In Buchenberg war schon alles zur
Ruhe gegangen; nur bei der Brandstätte, von der noch immer
ein zum Ersticken übelriechender Rauch aufstieg, wandelten einige
Wachhaltende hin und her. Der Vetter Waldhornwirt mußte
aus dem Schlaf geweckt werden, und unter Verwünschungen
machte er sich endlich bereit, mit Kübler nach der Stadt zu
fahren. Erst draußen vor dem Dorfe hängten sie dem Pferde
das Rollengeschirr um und fuhren dann mühselig und verdrossen
nach der Stadt, wo sie erst gegen Morgen ankamen. Der
junge Kübler zog seinem Vater die Gefängnißschlüssel unter dem
Kopfkissen weg, führte den Waldhornwirt die Treppe hinauf,
öffnete die Zelle Diethelms, und jetzt standen beide vor dem
grimmig Fluchenden, der sie nicht alsbald erkannte. Als sie sich
zu erkennen gaben und Kübler triumphierend berichtete, daß er
nach den Andeutungen Diethelms den Vetter geholt habe, rieb
sich Diethelm mehrmals die Stirn und fuhr dann zornig auf:

„Verfluchtes, blitzdummes Gethue! Kübler, was habt Ihr
gemacht? Ihr bringt mich nur in neue Ungelegenheit. Ich
bin freigesprochen, alles liegt sonnenklar am Tag, und jetzt,
wenn's herauskommt, und es kommt gewiß heraus, daß Ihr

meinen Vetter zu mir gebracht habt, wird das wieder einen
Verdacht auf mich werfen, und es geht neu ans Protokollieren,
und ich kann noch Tage und Wochen da hocken müssen, und
Euer Vater kann seinen Dienst verlieren. Aber mich geht's
nichts an, und wenn's darauf ankommt, ich kann's nicht anders
machen, ich kann's beschwören, und ich thu's, daß ich Euch das
nicht angelernt und nichts davon gewollt hab'."

Der junge Kübler stand wie vom Blitz getroffen, er hatte
mit Klugheit Dank und Lohn zu erwerben geglaubt und mußte
sich nun ausschelten lassen und fast noch bitten, daß man ihn
nicht verrate.

Diethelm rieb sich vergnügt die Hände, er war stolz auf
sich, mitten aus dem Schlaf geweckt, hatte er seine Besinnung
behalten und gegen zwei Menschen, deren er bedurfte, sich so
gestellt, daß sie ihm dienen mußten, ohne ihn dafür irgendwie
in der Hand zu haben. Es durfte niemand geben, der nicht
an seine Unschuld glaubte, oder gar Grund und Beweis gegen
ihn habe; dürfte das sein, so wäre ja alles mit Medard um=
sonst . . . Einlenkend reichte er nun dem Vetter die Hand
und sagte:

„Thut mir leid, daß du dir so viel unnötigen Brast machst,
und Ihr habt's auch gut gemeint, Kübler, das weiß ich wohl,
und ich bin auch erkenntlich dafür, wenn ich's auch nicht
brauch'. Ich mein', Vetter, es wär' am besten, wir reden gar
nichts, ich hab' dir ja nichts zu sagen, und du kannst ruhig
vor Gericht auslegen, was du weißt."

Der junge Kübler beteuerte wiederholt seine Wohlmeinen=
heit, und der Vetter sagte:

„Ja, ich kann mich mit Teufels Gewalt aber nicht mehr
besinnen, was Ihr zu dem Buben gesagt habt."

„Kann mir's denken," lachte Diethelm, „wenn du von
deinem Uhlbacher fernbigen trinkst, vergißt du leicht, daß du
Frau und Kinder daheim hast, geschweige was anderes, und
dann hast noch Kirschengeist darauf gesetzt, das thut nie gut.
Laß mir aber von deinem Uhlbacher noch was übrig, bis ich
heimkomm', und da der Kübler muß in Buchenberg Hochzeit
machen, ich zahl' alles, und da trinken wir das Faß voll aus.
Ja, was hab' ich sagen wollen? Ich hab's ganz vergessen."

„Von wegen dem Buben," bedeutete der Vetter.

„Richtig," nahm Dietelm unbefangen auf, „besinn' dich
nur, du mußt noch wissen, daß ich dem Buben deutlich gesagt
hab', der alt' Schäferle soll zu seinem Medard 'naufgehen, er
müss' daheim bleiben und leide an seinem Beinbruch."

„Vom Beinbruch, ja, das erinner' ich mich, das hab' ich
deutlich gehört, guck, das fällt mir jetzt ein, das ist das Wahrzeichen," frohlockte der Vetter und rieb sich immer die linke
Seite der Stirne, als weckte er ein Organ der Erinnerung.

Diethelm lächelte in sich hinein, daß der Vetter gerade
dessen sich erinnerte, was er erst vor Gericht zu seinem eigenen
Schrecken noch hinzugesetzt; er fuhr aber leichthin fort:

„Dann wirst dich auch an alles andere erinnern und daß
ich mein' Fränz hab' holen wollen, damit mein' Frau nicht so
allein ist, wenn ihre Stieftochter stirbt; aber ich brauch' dir ja
nichts sagen, du weißt alles allein und sag du's nur frei."

So fuhr Diethelm fort und wußte nach und nach in der
harmlosesten Weise dem Trompeter sein Stücklein auf Noten zu
setzen, daß es eine Art hatte.

Der junge Kübler drängte zur Trennung, da es Tag zu
werden begann. Diethelm reichte beiden wohlgemut die Hand,
und der Vetter entschuldigte sich noch, daß er sich nicht gleich
auf alles besonnen habe; der Schrecken beim Brand habe ihm
alles weggescheucht, aber jetzt wisse er jedes Wort. Diethelm
sah dem Vetter scharf ins Gesicht, um zu erkunden, ob ihn der
ausgefeimte Schelm nicht verhöhne, aber der Vetter sah in der
That mitleidig und treuherzig drein. Als die beiden fort waren,
streckte Diethelm die Zunge hinter ihnen heraus und sprach
dann in sich hinein: Neun Zehntel der Menschen sind nichts
als Hunde und Papageien, sie reden und thun, wie man sie's
anlernt, und schwören dann Stein und Bein, daß das aus
ihnen selber käm'. Alle, die oben dran sind und über andere
herrschen, verstehen nur die Kunst, die Menschen glauben zu
machen, was ihnen gut dünkt, und je mehr das einer vermag, um so größer ist er und führt die Welt am Narrenseil
herum.

Mit einem erhabenen Heldengefühle legte sich Diethelm
abermals zum Morgenschlafe nieder. Als die Stadtzinkenisten
wieder bliesen, suchte er sich zu bereden, daß das eine Musik
zu seiner Unterhaltung sei, und pfiff unausgesetzt ihre Melo-
dieen nach.

Diethelm glaubte schon am heutigen Tag freigelassen zu
werden, aber vergebens. Er wurde nachmittags noch einmal
zum Verhör geführt, der Trompeter hatte richtig sein Stücklein
getreu abgespielt, aber es war doch ein Ton darin, der Diethelm noch viel zu schaffen machte, nämlich die Kunde von
seinem heftigen Weinen bei der Nachricht vom Tode der Stieftochter und seine rasche, unmotivierte Umkehr. Diethelm hatte

hieran wohl gedacht und hätte dem Vetter gern Weisung ge=
geben, aber er wußte nicht, wie er das verdachtlos bewerk=
stelligen sollte, und hoffte auch, daß davon gar keine Rede sein
würde. Anfangs schwankend, dann aber immer sicherer erklärte
Diethelm, daß er den Tod seiner Stieftochter nicht so bald er=
wartet habe und nun heimgeeilt sei, um seine Frau nicht ganz
allein zu lassen und die Fränz später holen zu lassen. Befragt,
warum er dann nicht nach dem Kohlenhof gefahren sei, erklärte
er zuerst: er habe sich das nicht so klar gemacht, er sei vom
Schreck zu sehr ergriffen gewesen; dann aber setzte er hinzu,
er habe erwartet, seine Frau sei gleich nach dem Tode heimge=
kehrt, und er habe sie dort trösten wollen. Weiter befragt, wie
es komme, daß der Tod seiner Stieftochter ihn so furchtbar er=
greife, sah er eine Weile scheu vor sich nieder, dann erhob er
sein Antlitz und sagte:

„Ich hätt' nicht geglaubt, daß man mich das fragen darf,
aber ich seh' schon, wer einmal, und sei er noch so unschuldig,
in Verdacht steht, muß auf alles antworten. Nun denn, so
sei's," er atmete tief auf und fuhr dann fort: „So wisset
denn . . . ich hab' vor zweiundzwanzig Jahren mein' Stief=
tochter gern gehabt und hab' sie heiraten wollen, aber mein' Frau
hat's nicht zugeben und hat mich lieber selbst genommen."

Eine Pause entstand, der Aktuar schrieb, und der Richter,
betroffen von dem schmerzvollen Ton Diethelms, hielt eine
Weile mit Fragen inne. Diethelm aber fühlte einen innern
Schreck, als ob man ihm ein Stück aus dem Herzen reiße, es
deuchte ihn, als schände er seine Hausehre und alle Scham=
haftigkeit, da er auch dies dem Protokolle anvertraute; er hatte
so sorglich seine Hausehre gewahrt, und jetzt hatte er sie preis=
gegeben und noch dazu mit einer gräßlichen Lüge, denn die
Kohlenbäurin war schon seit Jahren nicht mehr für ihn auf der
Welt. Diethelm fühlte jetzt zum erstenmal, wie das Verbrechen
keinen reinen Fleck an dem Menschen läßt, wie es alles mit
sich hinabzerrt; er erhob den Blick lange nicht, es war ihm,
als stände seine Frau vor ihm, und er könnte sie nicht an=
schauen. Hätte er erst gewußt, daß er sie auf demselben
Stuhle verriet, auf dem sie ihm zu Liebe ihr Gewissen ge=
opfert!

„Das thut mir am wehesten, daß ich das hab' sagen
müssen," rief er endlich mit tiefschmerzlichem Tone. Der Richter
beruhigte ihn, daß das niemand erführe, er war aber Inqui=
rent genug, die weiche Stimmung Diethelms zu benützen, und
mit veränderten Fragen noch einmal das ganze Verhör von

vorn zu beginnen. Schlag auf Schlag gingen die Fragen.
Der alte Schäferle war dieſen Vormittag auch wieder im Ver=
hör geweſen, und im Schmerz um den Tod ſeines Sohnes, den
er rächen zu müſſen glaubte, hatte er ſich kein Gewiſſen daraus
gemacht, ſeinen Ausſagen eine noch entſchiedenere Faſſung zu
geben, und daß Medard geradezu die Woche bezeichnet, die
Diethelm ausdrücklich zur Brandſtiftung feſtgeſetzt habe, wenn
es ihm gelänge, ſeine Frau aus dem Hauſe zu bringen. Der
alte Schäferle hoffte, daß es vielleicht gelingen werde, Diethelm
zu einem Geſtändnis zu überrumpeln, wenn man ihm beſtimmte
Thatſachen vorhielt, und gleiches erwartete auch der Richter.
Diethelm merkte bald, was vorging, und war wiederum ſchnell
gewaffnet und berief ſich in den meiſten Antworten einfach auf
ſeine geſtrigen Ausſagen.

Nicht mehr ſtolz, innerlich geknickt, ſaß Diethelm in ſeinem
Gefängnis; er merkte wohl, daß ſich ein Punkt aufgethan, von
dem er in den Grund geſtürzt werden konnte. Jetzt bat er den
jungen Kübler, der in der Wartung der Gefangenen ſeinem
Vater beiſtand, ihm noch eine Unterredung mit dem Waldhorn=
wirt zu verſchaffen; aber der junge Kübler war deſſen einge=
denk, wie Diethelm ihn mit Undank angefahren und ſogar ge=
droht hatte, ihn zu verraten; er blieb trotz aller Schmeichel=
worte unerbittlich, und Diethelm, deſſen Furcht vor einem Mit=
wiſſer noch größer war, als die vor dem Gericht, fand ſich
endlich drein, alles geſchehen zu laſſen, wie es ſich von ſelbſt
machte, ja, es gab Zeiten, in denen er ſo zerknirſcht war, daß
er die Entdeckung wünſchte, nur um dieſer ſchwebenden Qual
enthoben zu werden. So zerknirſcht er aber auch in der Ein=
ſamkeit des Gefängniſſes war, ſo kampfgerüſtet und feſt erſchien
er jedesmal vor dem Richter; ſchon die Stimme desſelben er=
weckte ihn zu Mut und Trotz, und bald zeigte ſich, daß die ur=
ſächlichen Verbindungen zwiſchen allem Geſchehenen nur ihm
klar waren, den anderen zerfiel alles zuſammenhanglos.

Dies ſtellte ſich beſonders heraus, als der Amtsverweſer
die Fortführung der Unterſuchung dem neu beſtallten Richter
übergab. Man hatte geglaubt, daß ein neuer, in Kriminal=
ſachen gewiegter Mann Diethelm verblüffen und verwirren
würde; aber gerade das Gegenteil war eingetreten: dem frem=
den Manne gegenüber, der ihn nie weich geſehen hatte, fühlte
ſich Diethelm doppelt ſtark, und bei manchen Fragen zeigte
Diethelm ſein Uebergewicht, indem er ſagte: das hab' ich im
Protokoll von dem und dem Datum ſchon angegeben; ſeine
Gewandtheit im Kopfrechnen kam ihm jetzt in anderer Weiſe

zu ſtatten. Diethelm dachte gar nichts mehr als ſein Verhör,
er wendete es nach allen Seiten, und wenn er antwortete,
ſprudelte er die Worte ſo ſicher hervor, als ſtünden ſie vor ihm
geſchrieben.

Zwanzigſtes Kapitel.

In der Poſt lebte Fränz mit ihrer Mutter ſtill und ein=
ſam. Frühmorgens gingen ſie täglich nach der Kirche, wo die
Mutter immer ſo zerknirſcht betete, dann ging es jedesmal hinaus
nach dem Gefängnis, um von dem alten Kübler zu erfahren,
wie ſich der Vater befinde; er gab in der Regel einförmig guten
Beſcheid, nahm bisweilen auch Geſchenke an, ließ ſich aber nicht
herbei, Diethelm irgend eine Nachricht zu bringen, und ſo waren
Mutter und Tochter von ihm wie durch Meere geſchieden. Von
dem einzigen Ausgange abgeſehen, lebten ſie ſelber wie in Ge=
fangenſchaft, die Mutter ſaß in der Mitte der Stube und ſpann,
obgleich ſie immer klagte, daß ihre Spinnfinger wie abgeſtorben
ſeien. Sie hatte nicht Luſt, bei der Arbeit manchmal hinaus=
zuſehen nach den Vorübergehenden, ſie kannte niemand und
wollte niemand kennen, und oft, wenn ſie eine volle Spindel
abſtellte, klagte ſie über die ſchöne Ausſteuer der Fränz und
über die Tauſende von ſelbſtgeſponnenen Spindeln, die da mit
verbrannt ſeien. Fränz ſaß am Fenſter und ſtickte für den
Vater ſehr bunte Pantoffeln, ſie hatte das in der Hauptſtadt
trefflich gelernt; oft ſchaute ſie aber auch hinaus auf die Straße
und machte allerlei Bemerkungen über die Vorübergehenden. Die
Mutter verwies ihr das immer mit ſteter Wiederholung:

„Wir haben gar nichts zu ſpötteln über andere Menſchen,
wir müſſen froh ſein, wenn man nicht mit Fingern auf uns
weiſt.“ Nun verſchwieg Fränz meiſtens ihre Bemerkungen, ſie
hatte, wie ſie glaubte, die unſäglichſte Geduld mit ihrer Mutter,
die gar keine Zerſtreuung wollte und ſo gewiß als das Tiſch=
gebet jedesmal, wenn man ſich zum Eſſen ſetzte, ſagte:

„Ach Gott! jetzt muß der Vater allein eſſen, ich weiß, daß
ihm kein Biſſen ſchmeckt, er hat nie was allein eſſen mögen, ohne
dabei zu reden, und wenn er heim kommen iſt und ich ihm
Eſſen hingeſtellt hab’, hab’ ich mich immer zu ihm ſetzen müſſen,
und beim Tiſch hab’ ich nie aufſtehen dürfen, und wenn was
gefehlt hat, hat er immer geſagt: lieber kein Salz auf dem Tiſch,
als daß du mir fehlſt. Ach Gott! Wir haben doch ſo gut mit

einander gelebt, und wenn's auch manchmal ein bißle uneben
gangen ist, es gibt doch 'kein' bessere Ehe auf der Welt, und
alle Adern hätt' sich eins fürs andere aufschneiden lassen."

Fränz hörte das immer geduldig an und ermahnte nur die
Mutter, das Essen nicht kalt werden zu lassen.

Fränz trauerte auch aufrichtig um das Schicksal des Vaters,
aber sie konnte diese immerwährende Trauer nicht aushalten
und sehnte sich nach Zerstreuung, sie wollte von keinem Zweifel
mehr wissen, daß dem Vater etwas geschehen könne, und sprach
oft davon, daß sie gar nicht mehr in das Dorf zurückkehren
wollten; wenn der Vater frei sei, müsse er mit ihnen in der
Stadt bleiben. Martha wollte nichts davon hören, und Fränz
suchte ihr alle Schauer zu erregen, die man erleben müsse,
wenn man in einem Hause wohne, wo früher ein Mensch verbrannt sei.

„Wo nur der Paßauf hin ist?" fragte Martha ablenkend,
und Fränz erwiderte:

„Ihr könnet Euch darauf verlassen, der ist mit dem alten
Schäferle, wie er zum Verhör in der Stadt gewesen ist."

„Hast du den Munde in der Hauptstadt nicht gesehen?"
fragte die Mutter wieder.

„Freilich," erzählte Fränz, „er ist, wenn er nicht auf die
Wacht gemußt hat, jeden Tag und jeden Tag in den Rautenkranz kommen, er thut noch immer so narret mit mir."

Martha erzählte nun, daß der Vater ihr den Munde zum
Mann bestimmt habe, aber Fränz wehrte sich dagegen, daß sie
das „Opferlamm" sein solle; wenn sie einen Mann nehme, so
nehme sie ihn für sich und für niemand anders. Sie ließ sich
nicht dazu herbei, zu erklären, was sie mit dem Opferlamm gemeint habe, sie behauptete, das sei nur Redensart, in ihr aber
erwachte wieder der Gedanke, den sie auf der ganzen Herreise
gehabt, daß ihr Vater doch schuldig sei und daß es nur gelte,
sich hinaus zu reden. An jenem letzten Tage in der Stadt hatte
die Eröffnung Mundes, obgleich er sie so klug zu verhüllen
trachtete, einen gewaltigen Eindruck auf Fränz gemacht. Sie
kannte durch ihre öftere Begleitung die Verhältnisse des Vaters
besser als irgend jemand, sie wußte, daß er tief in Verlegen-
heiten steckte, auch klagte ihr der Vater öfters; sie gedachte
während der Fahrt jenes Augenblickes, da der Vater auf dem
Markte niedergefallen war, als ihm der Kaufmann Gäbler sagte,
daß er mit der Feuerschau käme, sie hatte den Vater dann auf
der kalten Herberge beobachtet, wie er mehrmals die Farbe
wechselte und dann wie besessen davon jagte, und jetzt war es

ihr deutlich, warum der Vater so klagend davon sprach, daß er
Armut nicht überleben würde, als die Deichsel gebrochen war; und als der Vater sie zum letztenmal in der Hauptstadt besucht, war er wieder voll Jammer und Klage gewesen. Darum glaubte Fränz schon auf dem Wege an die Schuld des Vaters, und als sie nachträglich erfuhr, daß er ihr den Munde zum Manne bestimmt hatte, kam kein Zweifel mehr auf. An einen vom Vater begangenen Mord dachte sie nicht, wohl aber, daß er mit Medard gemeinsam Feuer angelegt und daß Medard dabei verunglückt war.

Von allen Menschen auf Erden hatte Diethelms einziges Kind allein eine gegründete Ueberzeugung von dessen Schuld und erklärte sich ihren Zusammenhang, und Fränz allein war als durchaus unbeteiligt nie verhört worden.

Auf jener Nacht und Tag währenden Heimfahrt war eine große Wandlung mit Fränz vorgegangen, sie sah sich schon verstoßen und verhöhnt von aller Welt und war tief traurig und voll Demut gegen jedermann und empfing darum überall eine Behandlung voll Teilnahme und Rücksicht, die sie wieder mild stimmte. Als sie die Mutter sah, warf sie sich ihr mit Inbrunst entgegen, das war das einzige Herz auf der Welt, das sie nicht von sich stieß, und die in Trotz und Rechthaberei verhüllte Kindesliebe brach gleichzeitig mit der demütigen Milde gegen alle Menschen auf, zwei Lilien gleich, in einer Wetternacht aufgebrochen.

Als sie nun aber hörte, daß der Vater für unschuldig galt, und daß es nur darauf ankam, diese Geltung aufrecht zu erhalten, verwelkten die in Schmerz erblühten Blumenkelche wieder. Wer weiß, in Schmach und Not wäre Fränz vielleicht eine Heldin an Duldung geworden; jetzt war sie wieder in der Welt voll Lug und Trug, wo alles darauf ankam, sich in seiner Rolle zu behaupten, und Fränz wurde wieder die hoffärtige, alle Welt verhöhnende Tochter Diethelms; nur eine gewisse Umflorung, die aus dem Kummer um das noch nicht entschiedene Schicksal des Vaters entsprang, dazu eine Nachwirkung von jener immer mehr verklingenden Trauerstimmung, verhinderte, daß nicht mit einem Wort der leibhafte Nückel wieder da war.

Fränz ertrug den Schmerz um die sich in die Länge ziehende Gefangenschaft des Vaters leichter als die Mutter, weil sie ihn für schuldig hielt; von einem Morde an Medard ahnte sie nichts, und für einen Brandstifter gehalten worden zu sein, dachte sie, ist am Ende keine Schande, wenn man nur freigesprochen ist.

Seit mehreren Tagen hatte Fränz jedesmal um Mittag
gesagt: „Jetzt ist halb eins," und wenn die Mutter fragte:
„Warum?" antwortete sie lächelnd: „Weil der Amtsverweser
da über den Markt herkommt, er ist ein saubers Bürschle, er
speist unten an der Tafel." Die Mutter ermahnte sie, vom
Fenster wegzugehen, sie müsse sich ja schämen, wenn er sie sähe;
Fränz aber behauptete, daß das gar nicht der Fall sei, und bald
bemerkte der Amtsverweser, welche Augen nach ihm ausschauten,
und es entstand ein regelmäßiges und immer entschiedeneres
Grüßen herauf und herab am Mittag. Die Mutter ward auch
bald neugierig, den Mann zu sehen, den sie seit jenem schreck=
lichen Abend nicht mehr erblickt hatte, und von da an hatte
Fränz gewonnen Spiel; sie ließ nicht ab und hatte dabei will=
fährige Hilfe an der Frau Postmeisterin, bis die Mutter sich
entschloß, mit ihr an der Tafel zu speisen. Martha gab endlich
nach, besonders als ihr Fränz immer eindringlicher vorhielt,
wie gut das für den Vater wäre, wenn man mit dem Amts=
verweser bekannt sei, und wie man auch gesprächlich manches
von ihm erfahren könne über den Stand der Untersuchung. Das
leuchtete ein. Anfangs stand Martha oft viele Tage mit trockenem
Munde auf, sie konnte keinen Bissen hinabbringen, wenn sie
den „Herrn" ansah, der ihr so schweres Herzeleid angethan und
der ihren Mann auf zeitlebens ins Zuchthaus bringen konnte.
Es war ihr immer, als säße sie mit einem Henker am Tisch,
und sie begriff gar nicht, wie er so ruhig Speise und Trank zum
Mund führte, während er auf die Fragen seiner Tischnachbarn
erzählte, daß heute der und jener eingebracht oder daß dieser
und jener ins Zuchthaus abgeführt worden sei. Martha sah
dann oft nach seinen Händen, ob die nicht vom Blute rauchten.
Nach solchen Tagen hatte Fränz immer einen schweren Stand,
denn die Mutter wollte durchaus nicht mehr an die öffentliche
Tafel. Nun aber hieß es, das könnte dem Vater schaden, wenn
man jetzt zeige, daß man sich schäme, die Mutter verstand sich
mit schwerem Herzen dazu, und Fränz hatte oft aufrichtiges Mit=
leid mit ihr, wenn ihr der Gang zu Tisch so peinvoll wurde;
aber sie beredete sich, es sei nötig, daß sich die Mutter wieder
au die Menschen gewöhne, und sie vermochte die Postmeisterin,
sich mit an den Tisch zu setzen und die Mutter beständig im
Gespräch zu erhalten. Der Amtsverweser lehnte auch fortan
jede bezügliche Frage seiner Nachbarn ab, und man war fast
heiter. Die Mutter lebte sichtlich wieder auf. Fränz war in
der Wohnstube der Postmeisterin bald mit dem Amtsverweser
bekannt geworden, und dieser teilte ihr freiwillig, aber unter

dem Siegel der Verſchwiegenheit, frohe Kunde über den Vater
mit. Martha fand ihn nun gar nicht mehr henkergleich, ſondern
grundmäßig gut, man ſähe es ihm ja an den Augen an; ſie
ſegnete ihm jeden Biſſen und jeden Trunk, den er zum Mund
führte. Von nun an kam der Amtsverweſer jeden Tag ſpäter
als gewöhnlich in die Kanzlei, denn er trank ſeinen Kaffee und
rauchte ſeine Cigarre in der Wohnſtube der Poſtmeiſterin und
unterhielt ſich eifrig mit Fränz, die redegewandt und ſchelmiſch
war und der die verhüllende Trauer noch einen beſondern Reiz
verlieh. Dennoch kam es nicht weiter als zu einer gewiſſen
gefallſamen Annäherung zwiſchen Fränz und dem Amtsverweſer,
denn beide hüteten ſich in Betracht der Umſtände vor jeder aus=
geſprochenen Zuneigung. Was Wunder, daß unter ſolchen Ver=
hältniſſen die Unterſuchung gegen Diethelm nur mangelhaft ge=
führt wurde, zumal keine rechten Beweiſe vorlagen. Der Verweis,
den der Amtsverweſer darob von dem neubeſtallten Richter er=
hielt, nützte nicht mehr viel, und der Richter verſuchte nun ſelbſt,
den rechten Haken zu finden.

In der Wohnſtube der Poſtmeiſterin war große Trauer,
als der Amtsverweſer ſeine Verſetzung nach einem vielbeſuchten
Badeort ankündigte. Als er bald Abſchied nahm, reichte ihm
Fränz mit einem vielſagenden Blick die Hand; der Amtsverweſer
bot nun auch Martha die Abſchiedshand, ſie reichte ſie und
ſpürte dabei mächtig ein Jucken in der Hand, über das ſie ſeit
Wochen ſchon oft geklagt hatte.

Fränz war nun ſelbſt damit einverſtanden, daß man von
der Gaſttafel wegblieb, ſie war ungewöhnlich viel ſtill und
ſinnend; ſie ſang oft ſtill vor ſich hin und unterbrach ſich dann
plötzlich, wenn ſie dachte, in welcher Lage ſie war. Die Mutter
ermahnte ſie nun ſelbſt oft, zur Wirtin hinabzugehen, während
ſie einſam ſpann.

Eines Tages kam Fränz atemlos in das Zimmer geſtürzt.
„Mutter,“ ſchrie ſie, „Mutter, er iſt da!“

„Wer? Um Gotteswillen, der Vater?“

„Ja, der Vater,“ leuchte Fränz und wollte ſich eben wieder
umwenden, um dem Kommenden entgegen zu gehen, als die
Mutter mit einem Schrei vom Stuhl auf den Boden fiel. Sie
beugte ſich über ſie, als Diethelm eintrat, und kaum hatte er
mit ſeiner klangvollen Stimme die Worte geſprochen: „Was iſt
der Mutter?“ als die Ohnmächtige die Augen aufſchlug und in
ein krampfhaftes Weinen und Lachen ausbrach, daß Diethelm
mit zitternden Händen daſtand und gar nicht wußte, was er
thun ſollte; er fuhr ſeiner Frau mit der Hand über das Ge=

ſicht, und ſie faßte ſeine Hand und hielt ſie feſt an den Mund und konnte noch immer nicht ſprechen.

„Martha, ich bin frei,“ ſagte Diethelm, ſie aufrichtend, „nimm dich zuſammen und ſei froh. Es iſt ja alles wieder gut.“

Martha hielt immer noch ſeine Hand feſt, und das erſte Wort, das ſie ſprach, war:

„Alles, was ich auf dem Leib trage, ſchenke ich einer armen Frau und meinen Mantel auch, und ich will Gutes thun an der ganzen Welt. Komm, Diethelm, komm, weißt, was wir thun wollen? Wir wollen jetzt gleich in die Kirch’ gehen, komm, Fränz, komm.“

„Du biſt jetzt ſo ſchwach, laß es auf ein andermal.“

„Nein, nein, jetzt gleich, ich bin nicht ſchwach, es hat mich nur ſo angewandelt. Ich bitt’ dich, folg’ mir jetzt, ich will dir auch in allem folgen, was du willſt.“

Diethelm mußte willfahren und mit ſeiner Frau in die Kirche gehen. Es ſchauerte ihn und durchfuhr ihn eiskalt, als er in die hohe Halle eintrat; er warf ſich mit ſeiner Frau vor dem Altar nieder und bat Gott, ihn auf dieſer Welt um ſeiner Frau und ſeines Kindes willen zu verſchonen.

Als ſie aus der Kirche traten, wo ſich viel Menſchen ver- ſammelt hatten, ſchenkte Martha ſogleich einer armen alten Frau ihren Mantel und gab nicht nach, daß ſie den Mantel nur noch bis zur Poſt behalten möge. Dieſe Schenkung, ſowie der auf- fallende Kirchgang überhaupt, verbreitete ſich ſchnell, und Diet- helm hörte ſchon auf ſeinem Heimweg davon reden; viele Men- ſchen, die er ſtarr anſah, zogen den Hut vor ihm ab, und er ſah, daß er neue Ehre gewonnen habe, er war entſchloſſen, ſie zu behaupten.

Als ſie aus der Kirche zurückgekehrt waren und die Glück- wünſchenden ſich entfernt hatten, ſaß Diethelm lange am Tiſch, auf den er die Arme geſtemmt und den Kopf in die Hände gedrückt hatte, und als ihn Martha bei der Hand faßte, ſchaute er zu ihr auf, und große Thränen rollten über ſeine Backen. Zum erſtenmal in ihrem Leben ſah Martha ihren Diethelm weinen, ſie ſchrie laut auf, er aber beruhigte ſie, und es war die volle Wahrheit, als er ihr ſagte, daß dieſe Thränen ihn erfriſcht und ihm hellen Muth gegeben hätten.

Martha drängte, daß man noch heute heim nach Buchen- berg zurückkehre; Diethelm ſah ſie traurig an, da ſie vom Heim- kehren ſprach, wo waren ſie daheim? Er fragte nach ſeinen Rappen, und als er hörte, daß ſie in Buchenberg ſtünden, blieb er feſt dabei, erſt morgen abzureiſen; er ſchickte ſogleich einen

Boten nach seinen Pferden, das war das einzige, was ihm
lebendig von seiner früheren Habe verblieben war, und mit
ihnen wollte er stolz in Buchenberg einziehen.

Einundzwanzigstes Kapitel.

Nahezu zwei Monate hatte Diethelm im Gefängnisse gesessen,
es hatte mehrmals getaut, aber auch immer wieder frischen
Schnee gelegt, und heute war ein heller, mäßig kalter, echter
Schlittentag.   Diethelm hatte sich gewundert, daß nicht der
Better selber das Fuhrwerk gebracht, sondern einen Knecht mit
demselben geschickt hatte.   Die Rappen schienen ihren Herrn
nicht mehr zu kennen, sie senkten die Köpfe, so sehr auch Diet=
helm sie klatschte, mit ihnen sprach und ihnen salzbestreutes Brot
vorhielt, sie hatten eben jenen gejagten Brandabend noch nicht
vergessen und spürten ihn noch immer.   Diethelm dachte, daß
alle Welt verändert sei, und gewiß waren alle Häuser verschlossen,
und niemand drängte sich zu ihm und reichte ihm die Hand,
nicht einmal der Better war gekommen, ihn abzuholen.   Die
Menschen sind alle falsch wie Galgenholz, sie klagen und krächzen
um einen Toten, und wenn er plötzlich wiederkäme, sie wären
voll Zorn auf ihn, weil er sie um ihr Mitleid betrogen.   So
dachte Diethelm, als er mit der Wolfsschur angethan auf dem
Vordersitze saß und die Pferde lenkte, hinter ihm saßen die
Mutter und Fränz.   Diethelm nahm sich vor, nur noch einmal
nach Buchenberg zurückzukehren, allen seine Verachtung zu zeigen
und sie dadurch zu züchtigen, daß er den Ort auf ewig verließ,
sie waren es nicht wert, einen Mitbürger zu haben wie er.   Er
überlegte plötzlich, daß eigentlich niemand in Buchenberg sei,
bei dem es ihm der Mühe wert war, was er von ihm denke;
sie sollten aber einsehen, wer er war, wenn er nicht mehr in ihrer
Mitte sei.   Es that ihm nur leid, daß er nicht eine wirkliche
Rache an ihnen nehmen könne, der Better vor allem aber sollte
es büßen, seine Hypothek war gekündigt.

Während er aber noch den Rachegedanken nachhing, erhob
sich in ihm plötzlich der Zweifel, ob er ihnen Folge leisten dürfe.
Wohl war die ganze Welt sein Feind, aber er durfte ihr nicht
zeigen, daß eine Veränderung mit ihm vorgegangen sei, und
wenn alles stechende Blicke auf ihn richtete, so war es doch
klüger, zu thun, als ob man das nicht bemerke — falsch sein

gegen die falschen Menschen, das ist das Beste, um unversehens ihnen die Gurgel zuzudrücken; aber auch das muß vorsichtig und schlau geschehen.

Hin und her warf es Diethelm in Gedanken, denn so arg= wöhnisch gegen sich und gegen die Welt ist ein Herz, das Arges in sich verborgen hegt.

Eine Strecke ab von der kalten Herberge, Unterthailfingen zu, sagte Fränz:

„Vater, ich hör' Musik den Berg herauf, horchet, sie kommt näher. Was ist das?"

Auch Diethelm hörte es, das Leitseil schwankte hin und her, so zitterten seine Hände, er faßte es straff.

„Ich mein' immer," sagte die Mutter mit verklärtem Antlitz, „es sei alles nur ein Traum gewesen. O, das wär' doch prächtig, wenn unser Haus noch stünde, und alles wär' nicht wahr."

„Weibergeschwätz, es ist alles wahr, still!" sagte Diethelm zornig; die Kälte, die er immer innerlich spürte, fast wie einen gefrornen Punkt, so sehr er sich äußerlich erwärmte, rann ihm jetzt wieder durch Mark und Bein. Er hielt an und trank einen mächtigen Zug Heidelbeergeist. Die Musik kam immer näher. Man sah jetzt einen großen Trupp Reiter, und einer ritt im Galopp vorauf nach Diethelm zu, kehrte aber bald wieder um und ordnete die Zurückgebliebenen hüben und drüben an der Straße zu Spalier.

Was sollte das sein? Sollte Diethelm wieder gefangen genommen werden? Aber wozu war dann die Musik? Die Rappen, von den Klängen erweckt, hoben die Köpfe hoch und rannten wiehernd davon.

Fränz hatte das beste weitsichtige Auge, sie erkannte bald den Vetter Waldhornwirt, der nun ein wirklicher Trompeter war; auch andere Buchenberger erkannte sie, und Diethelm über= goß es wieder abwechselnd flammend heiß und schauerlich kalt.

Dort, genau an der Stelle, wo im Sommer die Deichsel gebrochen war, dort scholl Diethelm ein Trompetentusch und hundertstimmiges Hoch entgegen. Alles, was in Buchenberg be= ritten war, und eine große Anzahl von Unterthailfingen, die sich dazu gesellt hatten, hielt Diethelm einen feierlichen sogenannten Gegenritt und holte ihn im Triumphe ein. Diethelm fand nicht Worte, seiner Empfindung Luft zu machen; es bedurfte dessen aber auch nicht, denn unter beständigem Hochrufen und Trompeten= blasen und Peitschenknallen setzte sich der Zug alsbald in Be= wegung. Die Mutter weinte, und Fränz sah mit frohlockenden Augen drein, während Diethelm mit besonderer Sorgfalt die

Rappen lenkte; es war sein einziges Denken, daß in dem Wirr=
warr kein Unglück geschehe, das alle Freude in Leid verkehre.

Wie war Diethelm so plötzlich verändert; er, der noch vor
wenigen Stunden bittern Groll und Haß gegen seine Mitbürger
in sich erweckt hatte.

In Unterthailfingen standen alle Leute am Fenster und
auf den Straßen und grüßten. An der Gemarkung von Buchen=
berg hielt neben einem Schlitten der Gemeinderat und Bürger=
ausschuß und begrüßte Diethelm.

„Wo ist der Schultheiß?“ fragte Diethelm. Der Obmann
des Bürgerausschusses erwiderte, daß der Schultheiß schon vor
vier Wochen gestorben sei.

Der Gemeinderatsschlitten fuhr hinter dem Diethelms drein.
An der Anhöhe, wo einst Diethelms Haus gestanden und jetzt
nur noch verschneite Trümmer sich zeigten, bogen die Rappen
plötzlich um, und Diethelm wurde an den straffen Zügeln fast
vom Schlitten gerissen, aber der Vetter hatte dies wohl voraus=
gesehen; er war zur Seite der Rappen geritten und drängte sie
auf den Dorfweg.

Nun erst im Dorfe ging das Hochrufen von neuem an,
die Kinder schrieen mit, und die Weiber schlugen vor Freude
weinend die Hände zusammen. Am Hause des alten Schäferle
wurde plötzlich der Schlitten Diethelms gestellt, der Paßauf war
wie wütend an die Köpfe der Pferde hinaufgesprungen und ließ
sie nicht vom Platze, bis ihm ein Reiter mit der Peitsche eines
überhieb, daß er winselnd davonjagte. Drinnen in der niedern
Stube, die Stirne an die Fensterscheiben gedrückt, stand der
alte Schäferle, und aus seinem zerfallenen Antlitze sprach Kummer
und Klage, daß man einen Mann wie Diethelm wie einen alles
beglückenden Helden einholte. Diethelm sah nur einen Augen=
blick unwillkürlich hinüber, und Martha grüßte den so schwer
betroffenen Trauernden, dieser aber blieb starr und bewegungs=
los. Weiter ging der Zug und ordnete sich noch einmal unter
Trompeten= und Jubelschall.

Als Diethelm am Waldhorn absteigen wollte, stellte sich
der Wirt neben ihn und hielt ihn auf dem Schlitten. Er hatte
als dienstfertiger Marschall diese Huldigungen angeordnet und
verlangte nun auch deren richtigen Verlauf.

„Ihr müsset ein paar Worte reden,“ lispelte er Diethelm
zu und rief dann laut: „Ruhe! Stille! der Herr Diethelm will
reden.“

„Liebe Freunde und Mitbürger!“ begann Diethelm, und
nochmals wurde Ruhe geboten, worauf er wiederholte: „Liebe

Freunde und Mitbürger! Ich danke euch von ganzem Herzen für die Ehre und Liebe, die ihr mir erweist, ich werde sie euch nie vergessen, obzwar ich sie nicht verdiene. Was hab' ich denn Großes gethan? Ich bin kein Brandstifter, kein Mordbrenner, das ist alles. Mein Ehrenname steht wieder rein da. Ich will hoffen, daß ihr mich einstmals ebenso mit Ehren hinaustraget, wenn man mir ein eigen Haus anmißt. Haltet fest."

Dieser Gedanke schien Diethelm so zu übermannen, daß seine Stimme zitterte, der Vetter aber neben ihm brummte: „Wie kommen die Rüben in den Sack?" und Diethelm setzte noch hinzu:

„Ich dank' euch, ich dank' euch viel tausendmal."

Diethelm hielt inne, aber der Vetter drängte wieder:

„Noch was, so kann's nicht aus sein, saget noch was," und Diethelm fuhr fort:

„Viele von euch haben gehört, was man mich angeklagt hat, aber meine Freisprechung ist hinter verschlossenen Thüren vor sich gegangen. Freut euch, daß das bald ein Ende hat, wir bekommen das Schwurgericht, wo wir selber richten und alles öffentlich."

Diethelm hielt wieder inne und wollte absteigen, aber der Vetter ließ ihn nicht vom Platze und drängte: „Das ist nicht genug, ladet sie wenigstens zu einem Trunk ein." Diethelm fühlte, daß er jetzt keine Schmauserei halten konnte, es war schon zu erdrückend viel an dem Geschehenen, er schloß daher: „In vier Wochen halt' ich meiner Bruderstochter hier Hochzeit, ich lad' euch heute alle dazu ein auf meine Kosten. Nochmals sage ich euch meinen herzlichen Dank."

Diethelm drängte den Vetter fast zu Boden, als er abstieg.

Unter den Reitern zeigte sich aber eine offenbare Miß= stimmung. Es geht im Großen wie im Kleinen so, ein ver= sprochener Zukunftstrunk macht eher verdrossen als lustig, wer weiß, was dann ist, wenn die versprochene Zeit kommt; man will eben trinken, wenn Gemüt und Zunge einmal dazu vor= bereitet sind, heute, eben jetzt, und da hilft eine noch so sichere Vertröstung auf kommende Tage nichts.

Der Vetter sah schon, daß er etwas auf seine Kappe nehmen mußte, er war der nachträglichen Bestätigung sicher; er sagte daher jedem Einzelnen, daß es bei der Hochzeitseinladung ver= bleibe, daß aber heute jeder ein Halbmaß Wein auf Diethelms Kosten trinken könne, er habe das nur nicht laut sagen wollen, weil er glaube, es schickt sich nicht.

Nun war doch eine mäßige Beruhigung hergestellt, und im-

Waldhorn ging's hoch her in Schmausen und Unterredungen. Die eine Halbmaß zog Kameraden nach, und der Vetter hätte nichts dabei verloren, wenn er die Schenkung wirklich auf seine Kappe genommen hätte. Diethelm saß indessen in der obern Stube und hielt beide Hände vors Gesicht, die Augen brannten ihm, aber weinen konnte er nicht. Mitten unter dem Ehren= jubel, der ihn neu ins Leben zurückführte, konnte er den Ge= danken nicht los werden, daß das ein Leichenbegängnis wäre, sein eigenes, er war scheintot, und er konnte nicht aufschreien: ihr begrabt einen Mann, der lebt, nein, ihr begrüßt unter den Lebenden einen Toten. Hirnverwirrend drang es auf ihn ein, und er meinte, er sei wahnsinnig, er hätte gerne gesprochen, um vor sich selber sicher zu werden, wie er sei, aber der Lärm war so groß und Fahren und Reiten so wild. Darum freute er sich anfangs, als er seine eigene Rede vernahm, die so klug war, aber mitten in dieselbe sprang ihm unversehens der Todes= gedanke, und wie ein fester Stern, der aus der Irre führt, erschien plötzlich die Anrufung des Schwurgerichtes. Und doch war Diethelm eigentlich froh, daß dies noch nicht eingerichtet war.

Jetzt zum erstenmal fühlte Diethelm ganz deutlich, wie ein Scheinleben gewiß nicht minder gräßlich ist, als ein Schein= tod, aber er war entschlossen, ihm mit starkem Willensmut zu trotzen.

Die ganze Gemeindevertretung trat bald bei ihm ein, und der Obmann frug Diethelm geradezu, ob es wahr sei, daß er, wie der Waldhornwirt gesagt, vom Dorfe wegziehen wolle.

Diethelm gab ausweichenden Bescheid, denn er erkannte plötzlich, daß die Ehrenbezeigung nicht pure Huldigung war; man wollte ihn mit seinem Vermögen im Dorfe fesseln. Der Obmann erklärte, daß man mit der Schultheißenwahl auf ihn gewartet habe, er werde einstimmig gewählt, wenn er willfahre. Diethelm machte noch einige scheinbare Widersprüche, daß er jetzt zu viel mit Ordnung seiner Angelegenheiten zu thun habe u. dgl.; auf vieles Zureden gab er indes nach, er fühlte doch erst im Dorfe und so zu sagen in den niederen Stuben recht deutlich das Maß seiner Größe, und ihn erquickte der Gedanke, nun ein festes Ehrenamt zu bekleiden, bei dessen jedesmaliger Benennung ihm stets klar vor Augen liegen mußte, in welchem Ansehen er stand und wie kein Makel an ihm haftete. Er bedurfte dessen jetzt doppelt, denn seitdem er wieder ins Dorf zurückgekehrt war, fühlte er sich so bang, als ob ein Gespenst ihm auf dem Nacken sitze und ihn bei allen Ehrenbezeigungen auslache und heimlich zwicke und quäle. Und doch wollte er erst, wenn alles vergessen

war und seine Fränz sich verheiratet hatte, das Dorf verlassen;
vorher erschien es ihm verdächtig.

Ein großer Haufe Geld, wie ihn bar das Dorf noch nie
gesehen hatte, kam andern Tages an, es war die volle Versicherungssumme für die Fahrnis. Der überbringende Kaufmann
Gäbler war voll Unterwürfigkeit gegen Diethelm und empfahl sich
ihm zu jeglicher Vermittelung. Nun ging es an ein Abwickeln
der Schulden und zwischen hinein an Uebernahme der Erbschaft
vom Kohlenhof, und im Waldhorn war allzeit ein reges Leben.
Das Haus selbst, das in der Staatsbrandklasse versichert war,
wurde erst zur Hälfte bei Beginn und zur andern Hälfte bei
Vollendung des Wiederaufbaues bezahlt. Diethelm ließ schon
im Winter Steine brechen und fahren und verschaffte dem Dorf
und der ganzen Umgegend gesegneten Verdienst in einer sonst
kahlen Zeit; aber weder er selbst noch Martha besuchten je die
Brandstätte, nur Fränz war mehrmals dort gewesen. Es schien
alles wohl zu gehen, nur Martha klagte viel über das Leiden
in ihrer rechten Hand; die Mittel des oft herbeigerufenen Arztes
verschlugen nicht, der Daumen, Zeige- und Mittelfinger waren
wie abgestorben, leichenhaften Ansehens. Der Arzt behauptete,
diese Finger seien durch zu eifriges Spinnen mit der Spindel
abgetötet, und Diethelm bestätigte, daß ihm seine Mutter oft
erzählt habe, Spindeln seien giftig; aber seine Frau habe nie
nachgegeben und am Rädchen spinnen lernen wollen. Er klagte
nun auch, nachdem er Frau und Tochter fortgeschickt, sein eigen
Leid, wie es ihm stets mitten im Körper so kalt sei und es ihn
innerlich stets friere, wenn er am Ofen sitze und fast verbrate.
Der Arzt bedeutete, daß das vielleicht ein innerlicher Rheu-
matismus sei und daß es sich gerade schicke, Frau Martha
müsse im nächsten Sommer nach einem warmen Bade und der
Herr Diethelm auch."

Als Diethelm diese Botschaft seiner Frau verkündete,
sagte sie:

"Der Doktor versteht mein Uebel nicht, aber ich versteh's.
Sei nur nicht bös, ich muß es aber doch zu einem Menschen
sagen; guck, mir sind just die drei Finger abgestorben, mit
denen ich einen falschen Eid geschworen hätt', wenn ich hätt'
schwören müssen."

"Du? Wo denn?"

"Ich hätt' vor Gericht geschworen, daß nie vom Anzünden
zwischen uns die Rede gewesen ist, ich hab' gemeint, ich bring'
dich damit in Ungelegenheiten, wenn ich's sag."

"Dummes Zeug, das hättst du wohl auch mit einem Eid

sagen können, ich hab' noch ganz andere Sachen zu Boden geschlagen," polterte Diethelm; als er aber das schmerzzuckende
Antlitz seiner Frau sah, setzte er begütigend hinzu: „Red' dir
nur nichts ein von einem falschen Eid, du hast ja gar nicht
geschworen, und hättest du auch, wär's auch nicht falsch gewesen,
du hast ja bloß etwas verschwiegen, und wenn alle Menschen,
die falsche Eide geschworen haben, tote Finger bekämen, es gäb'
wenige, die eine Prise nehmen könnten."

Martha schwieg, ein schwerer Gedanke stieg in ihr auf, den
sie aber mit aller Macht bannte. Wie verwildert, wie jähzornig
und bald wieder so viel alleinredend war ihr Mann!

Mehr als je standen diese Menschen in Reichtum und Ueber=
fluß, aber Kummer und Schmerz verließ sie nie — Martha
konnte nichts mehr arbeiten und wurde immer trübsinniger,
tagelang saß sie in sich zusammengekauert und betrachtete stieren
Blickes die toten Finger an ihrer rechten Hand; nur Fränz war
glücklich, zumal da sie hörte, daß man im Sommer nach dem
Bade reiste, und zwar gerade nach dem Orte, wohin der Amts=
verweser versetzt war.

Martha hatte insgeheim und durch dritte Hand dem alten
Schäferle manche Gabe zukommen lassen, aber er wies alles
zurück; er war den ganzen Tag beim Abräumen des Schuttes
und suchte nach den Gebeinen seines Sohnes, von denen er
nichts fand, als den halbverbrannten Schädel und ein Stück
des Oberarmes.

Martha wagte es eines Abends, den verlassenen Mann
aufzusuchen.

„Ich will nichts von Euch," rief der alte Schäferle der
Eintretenden entgegen.

„Aber ich will was von dir," entgegnete Martha, „da sieh,
was ich für tote Finger hab'. Du mußt mir helfen."

Der alte Schäferle, dessen geheime Kunst aufgefordert war,
die er an seinem Vater, an Freund und Feind zu üben versprochen
hatte, näherte sich, wenn auch langsam, betrachtete die Hand
lange, hauchte dreimal darauf und murmelte dabei unverständ=
liche Worte. Martha bewegte schon die Finger besser auf und
zu, und der Schäferle sagte:

„Der Hund da, der Paßauf, kann Euch helfen. Lasset
ihn nur bei Euch im Bett schlafen."

Martha wehrte sich gegen dieses Mittel, gerade der Hund
des verbrannten Medard war ihr ein Schrecken, und sie dachte
nicht, daß ein' anderer kurzhaariger ebenso dienlich gewesen
wäre; sie verstand sich eher zu den andern Mitteln, die darin

beſtanden, Turteltauben im Zimmer zu halten und im Neumond
drei Blutstropfen aus den drei Fingern auf Baumwolle auf=
zufangen und ſolche in eine junge ab dem Wege ſtehende Weide
einzuſpunden.

In der That wurde Martha von nun an viel belebter und
heiterer, und ſie riet oft ihrem Manne, wegen ſeines Fröſtelns
den alten Schäferle zu befragen, ja, ſie befragte dieſen von ſelbſt
über den Fall; aber der alte Schäferle, der wußte, wem es galt,
behauptete, nicht helfen zu können, bevor der Mann ſelber zu
ihm käme. Diethelm aber wollte ſich nicht dazu verſtehen, und
wenn ihn ſeine Frau über ſeine unruhigen Nächte ausfragte,
redete er ihr ein, das viele Geld im Hauſe mache ihm bange;
er durfte ihr ja nicht ſagen, wie nicht die Sicherung ſeines
Geldes, ſondern die Wahrung ſeines Geheimniſſes ihn oft in
der Nacht aufſchreckte, und wie es ihm oft war, als hörte er
Peitſchenknallen, Wagenraſſeln, und als kämen plötzlich die Häſcher,
um ihn aufs neue einzufangen. Jedesmal in der Nacht, wenn
der Eilwagen durch das Dorf fuhr, erwachte er; er hoffte, wieder
Ruhe zu finden, wenn er aus dem lärmenden Dorfe weg ſei
und wieder auf ſeinem ſtillen Berge wohnte.

Zweinndzwanzigſtes Kapitel.

An der Hochzeit des jungen Kübler mit der Bruderstochter
Diethelms, die dieſer reichlich ausſtattete, zeigte ſich, was die
berittene Mannſchaft zweier Dörfer verpraſſen kann, und noch
dazu, wenn es auf fremde Koſten geht; dem Diethelm war nichts
zu viel, und er ermunterte noch jeglichen zu Eſſen und Trinken.
Das Faß Uhlbacher wurde richtig ausgetrunken, und Diethelm,
dem der Arzt ſeinen Leibwein verboten hatte, machte heute eine
Ausnahme und half wacker mit, denn er verband mit dieſem
Tage noch ein zweites Feſt.

Seit acht Tagen war Munde vom Militär heimgekehrt, er
war frei und hatte nur noch drei Jahre die gewöhnlichen Herbſt=
übungen mitzumachen. Da Diethelm Schultheiß geworden war,
mußte ihm Munde ſeinen Urlaubspaß übergeben; er wartete
ab, bis Diethelm mit dem Gemeinderat auf dem Rathaus war,
übergab dort das Schriftliche, ohne aufzuſchauen, und nannte ihn
ſtets „Herr Schultheiß“. Diethelm hielt gerade ein Anſchreiben
vom Amte in der Hand, als Munde eintrat und ſprach. Von

heftigem Schreck erfaßt, starrte er eine Weile hinein in das
Papier, auf dem die Buchstaben seltsam in einander krochen.
Der Klang der Bruderstimme hatte Diethelm mächtig erschüttert.
Die Einbildungskraft kann sich zu Leid und Freud das ganze
Wesen und Gehaben eines Verstorbenen in die lebendige Erinnerung stellen, eines aber vermag sie nicht aus sich zu erwecken: es ist der Klang der Stimme des Abgeschiedenen, nur
ein Ton von außen ruft ihn wach. Und wie jetzt Diethelm die
Bruderstimme hörte, drang sie ihm ins Herz, so daß plötzlich alles Verborgene und gewaltsam Zurückgedrängte vor ihm
stand.

Diethelm faßte sich und sprach endlich, das Papier nieder-
legend und sich zurücklehnend:

„Was willst du jetzt anfangen, Munde?"

„Ich werd' schon sehen," antwortete Munde und grüßte
soldatenmäßig. Diethelm aber rief ihm noch nach:

„Komm zu mir ins Waldhorn, Munde, ich hab' dir was
Gutes zu sagen."

„Das Gescheiteste wär', du gäbst ihm dein' Fränz," sagte
der Schmied hinter dem Weggegangenen, „sie haben sich von
je gern gehabt, und es schickt sich grad für dich, einem, der nichts
hat, deine Tochter zu geben, und einen bräveren und schöneren
Tochtermann kannst du nicht kriegen."

Diethelm schwieg und nahm die Gemeindeverhandlungen
wieder auf. Am Mittage erzählte er seiner Frau, daß er den
Munde herbestellt habe, und es sei wohl möglich, daß er seinen
Vorsatz ausführe und ihm die Fränz gebe. Martha war glückselig mit diesem Vorhaben und sagte, daß dann gewiß wieder
alles gut werde und daß auch die Seele des verstorbenen Medard
Ruhe haben werde, wenn sein liebster Wunsch erfüllt sei. Diethelm nickte zufrieden, aber drei Tage lang ließ sich Munde nicht
sehen, und Diethelm war voll Zorn gegen ihn und verbot Frau
und Tochter, ein Wort „mit dem Bettelbuben" zu reden. In
sich aber überdachte er, daß es wohl klüger sei, dem Munde
die Fränz nicht zu geben, diese Großmuth könnte leicht verdächtig
erscheinen und als Gewissensangst gedeutet werden; dennoch
mutete ihn der Gedanke einer Sühne in Erfüllung des Ver-
sprechens gegen den Toten tröstlich an. „Dann ist ja nichts
geschehen — sagte er sich — als ein paar Jahre verkürzt, und
das hätte sich der Medard gern gefallen lassen für das, was
seinem Bruder zukommt, er hat ihn ja immer so gern gehabt."
Ueberdem war es Diethelm unerträglich, daß noch irgend ein
Mensch außer dem altersschwachen Mann an seine Schuld glaubte.

Solange noch ein ſolcher Menſch auf der Welt lebte, meinte
er keine Ruhe zu finden.

Munde hatte ſeinem Vater erzählt, wie zutraulich Diethelm
gegen ihn auf dem Rathaus geweſen.

„Ich weiß, was er vorhat," ſagte der alte Schäferle, „er
will dir ſeine Fränz geben."

„Vater, was machet Ihr?" rief Munde hochentflammt.

„Kannſt dich drauf verlaſſen," fuhr der alte Schäferle gelaſſen fort, „er will ſich loskaufen."

Munde mußte aber und abermals hören, wie unerſchüttert
der Vater an die Schuld Diethelms glaubte, er wehrte ſich mit
aller Macht dagegen, aber der Vater blieb ſtandhaft und ſagte:

„Ob er Blutſchuld auf ſich hat, weiß ich nicht gewiß, aber
ſo gewiß als der Himmel über uns iſt und nichts auf der Welt
verborgen bleibt, hat er mit angezündet. In alten Zeiten hat
ein Bruder nicht geruht, bis er für das Blut ſeines Bruders
Rache genommen hat. Kannſt du hingehen und die Tochter von
dem heiraten? Nein. Weißt was, komm her," ſagte der alte
Schäferle aufſtehend, und holte einen Rock aus dem Schranke,
von jenen Kleidern, die ihm Medard zur Herbſtzeit in der erſten
Furcht übergeben hatte, „da, komm her, zieh den Rock an und
ſetz' den Hut auf und geh hin zum Diethelm und betracht' dir
ihn genau, was er macht. Du ſiehſt dem Medard gleich, wie
er vor Jahren ausgeſehen hat, geh, mach's."

Munde ließ ſich nicht dazu bewegen, er faßte den weißen
rotausgeſchlagenen Rock des Bruders und weinte bittere Thränen
darauf, indem er dem Vater erzählte, daß auch gegen ihn
Medard den Verdacht ausgeſprochen und daß er mit einem
Schlag ins Geſicht von ihm geſchieden ſei. Dieſes letzte beſonders that ihm ſo weh, daß er ſo grimmzornig von ſeinem Bruder
auf ewig geſchieden ſei. Munde hatte ſein weiches ſanftes Gemüt bewahrt, und er ſtreichelte den Rock, als deckte er noch
den, der ihn einſt trug. Drei Tage kämpfte Munde einen
ſchweren Kampf mit ſich und mit dem Vater. Der Gedanke,
Fränz zu beſitzen, entflammte ihn; und wenn er wieder dachte,
daß er ewig um den Mann ſein und ihn Vater nennen ſolle,
der vielleicht am Tode ſeines Bruders ſchuld war — die Aſche
des Bruders lag auf all dem großen Beſitztum. Aber was
kann Fränz dafür? Es iſt nur eine alte Dorfgewohnheit, daß
das Kind die Schande erdulden muß, die auf dem Vater ruht,
und iſt nicht Diethelm freigeſprochen und hochgeehrt?

Am dritten Abend, als Munde das Dorf hinaufging, begegnete er Fränz, ſie reichte ihm froh und innig die Willkomms-

hand, aber es mochte seine ganze Gemütsverfassung zeigen, daß das erste, was Munde sprach, dahin lautete, er müsse ihr das Geld wieder geben, das er, ohne zu wissen, bei ihrer Abreise aus der Hauptstadt von ihr genommen habe. Er überreichte ihr das Geld, das er in einem Papiere wohl verwahrt hatte, sie empfing es mit den Worten: „Sonst hast du gar nichts zu sagen?"

Die troß aller Tändeleien und Anknüpfungen nie völlig erstorbene Liebe zu Munde erwachte in ihr, dabei die Erinnerung an jenen Schreckensabend und etwas von der Milde und Demut, die damals in ihr aufgesproßt war. Nach einer stummen Pause setzte sie daher hinzu:

„Kannst dir denken, wie hart es uns allen zu Herzen geht, daß dein Medard dabei verunglückt ist. Wir sind ja alle zu ihm gewesen, als wenn er das Kind vom Haus wär', und dein Vater hat schweres Herzeleid über uns gebracht."

„Mein Medard hat ihm das Gleiche gesagt, wie mir. Weißt wohl?"

„Und du denkst noch daran?" sagte Fränz schaudernd. In ihrem Wissen um das Geschehene fühlte sie, daß noch nicht alles gesühnt war, und auch in ihrem Herzen kämpfte nun Liebe zu Munde und Furcht vor ihm; sie setzte aber schnell hinzu:

„Mein Vater ist freigesprochen, und es darf niemand mehr so was reden und denken. Sag' das deinem Vater. Es steht Zuchthaus drauf."

„Auch aufs Denken?" fragte Munde, und Fränz erwiderte unwillig:

„Ich hab' nichts mehr mit dir zu reden, wenn du so bist. Ich glaub' an keinen Menschen mehr, weil auch du schlechte Gedanken hast. O Munde, ich könnt' mir die Augen ausweinen über dich. Ich hab' dich so gern gehabt. Jetzt darf ich's sagen, es ist ja vorbei."

„Nein, es ist nicht vorbei," rief Munde aufflammend, „ja du hast recht, es ist schlecht, so was zu denken. Gib mir dein' Hand, komm, wir gehen zu deinem Vater, er hat mich kommen heißen. Fränz, hast mich denn wirklich noch so gern?"

„Es kommt darauf an, wie du bist. Allem Anschein nach hast du dich verändert. Du hast doch immer so ein gutes Gemüt gehabt."

„Und ich hab's noch, wenn du mich lieb hast, komm, Fränz, komm."

Hand in Hand gingen beide in das Waldhorn zu Diethelm.

Jede andere Empfindung wurde bei Fränz von dem Triumphe
übertragt, daß sie den Munde hinter sich drein ziehen könne,
wohin sie wolle.

„Hast dich besonnen?" fragte Diethelm nach den ersten
Begrüßungen.

„Auf was?" erwiderte Munde stotternd, indem er schnell
umherschaute und vor sich niederblickte. Diethelm ertrug jetzt
seine Stimme schon gleichmütiger und sagte daher achselzuckend:

„Das ist dein' Sach. Ich will dir nur sagen, daß dein . . .
dein Medard noch vierzig Gulden Lohn bei mir stehen hat.
Kannst sie jeden Tag holen, wenn du was damit anfangen
willst."

„Damit kann ich nicht weit springen. Der Herr Schultheiß
hat mir ja aber auf dem Rathaus gesagt, daß er mir was
Gutes mitzuteilen hat."

„Nun? Ist denn vierzig Gulden nichts? Und zwei Jahr
Zins ist auch dabei. Ich will dir's aber nur sagen, ich hab'
was anders mit dir vorgehabt, aber du hast dich drei Tage
besonnen, bis du zu mir kommen bist, und derweil sich der Ge-
scheite besinnt, besinnt sich der Narr auch."

Munde sah wohl, daß ihn Diethelm schrauben wollte;
daran, daß er ihn tief zu demütigen suchte, um ihn dann vielleicht
großmütig zu sich zu erheben, dachte er nicht, er sagte daher:

„Ihr wisset, was ich denk', Ihr kennet mich ja."

„Ich kenn' dich nimmer. Du bist zwei Jahre Soldat gewesen, da wird der Mensch ein anderer."

„Wen ich damals gern gehabt, hab' ich noch gern."

„Das ist brav. Du hast immer ein gut Herz gehabt.
Jetzt muß ich aber da Schreibereien machen. Komm morgen
wieder, Munde."

Schon beim Eintritte Mundes hatte sich Fränz entfernt,
und als dieser jetzt auch wegging, begleitete ihn die Mutter und
sagte ihm noch auf der Treppe:

„Munde, sei nur heiter. Ich darf nichts sagen, aber
glaub' mir, er hat's gut mit dir vor. Komm nur morgen
wieder. Es fällt kein Baum auf einen Schlag. Grüß' mir
deinen Vater und sag' ihm, es ging' mir viel besser, aber
spinnen kann ich noch nicht. Und sieh, daß du von deinem
Vater ein Mittel kriegst gegen böse Träume und gegen das
Frieren; darfst aber nicht sagen, für wen es ist."

„Für wen ist's denn?"

„Es ist besser, wenn du's nicht weißt, dann brauchst du
es nicht zu sagen."

Munde wußte es aber jetzt, und die anfangs tröstliche Zu=
sicherung der Frau Martha hatte einen bittern Nachgeschmack.
Diethelm hatte böse Träume und fror, er war also doch schuldig;
er durfte es aber jetzt nicht mehr sein, gewiß nicht am Tode
Medards. Munde hatte Lust, jeden zu Boden zu schlagen, der
so etwas dachte, und protzte mit seinem Vater, der immer dar=
auf zurückkam. Der alte Schäferle hatte bald heraus, wo sein
Munde trotz des Verbotes gewesen war, und blieb dabei, daß
Diethelm ihm die Fränz geben wolle und ihn nur zappeln
lasse, um jeden Anschein von sich zu entfernen. Als Munde
wie zufällig um ein Mittel gegen böse Träume und Frost fragte,
frohlockte der alte Schäferle:

„So? Hat er auch böse Träume? So ist er doch nicht los,
wenn er auch freigesprochen ist." Der Stolz auf seine sympa=
thetische Heilkunst verleitete ihn aber doch zu dem Zusatze:
„Gegen böse Träume gibt es ein altes untrügliches Mittel:
man muß auf einem Schaffell schlafen und vor Schlafengehen
Thee von Brennesselwurzel trinken, und gegen Frost gibt es
nichts Besseres, als morgens vor Tag sich in Wasser waschen,
das man vom Menschenblut abgenommen hat, dann drei Stun=
den, vor die Sonne im Mittag steht, und drei Stunden nachher
ohne Ausschnaufen Erlenholz sägen, das man im Vollmond
geschlagen hat."

Diethelm war andern Tages viel zuthätiger und herab=
lassender gegen Munde, er saß in seine Wolfsschur gehüllt am
Ofen und fror heftiger, als je. Er hatte mit Fränz gesprochen,
und in der Art, wie sie einwilligte, den Munde zu heiraten,
und dabei das unerhörte Verlangen stellte, daß der Vater bei
Lebzeiten sein Besitztum ihr abtreten müsse, erkannte er nicht
undeutlich, daß sie an seine Schuld glaubte. Er that, als ob
er das nicht merkte, und doch fraß es ihm das Herz ab, daß
sein einziges Kind das Schlimmste von ihm dachte. Beim Ein=
tritte Mundes war er rasch aufgestanden und schritt stolz die
Stube auf und ab, dann hieß er Munde sich neben ihn setzen
und fragte ihn, wie er ein großes Vermögen umwenden und
zusammenhalten wollte. Munde gab fröhlichen und zufrieden=
stellenden Bescheid. Als Diethelm jetzt plötzlich wieder fror,
gab er ihm das Mittel an, das er vom Vater erfahren; Diet=
helm aber fuhr stolz auf:

„Ich bin der Diethelm, ich hab' mein Bauerngeschäft
nicht aufgegeben, um Holzhacker zu werden. Ich brauch' kein
Mittel."

Munde beging den Unschick, mindestens die Anwendung des

Mittels gegen böse Träume anzuraten, aber kaum hatte er das Wort Schaffell gesagt, als Diethelm laut aufschrie:

„Ein Hund und ein Fuchs ist dein Vater, ratet der mir das, weil er weiß, daß mir so viel hundert Schafe jämmerlich verbrannt sind. Aber wer hat dir gesagt, daß ich bös träume?"

„Niemand, ich hab' nur so davon gesprochen, weil das beim Frieren ist."

„Bei mir nicht. Ich schlaf' wie ein neugeborenes Kind. Aber, Munde, ich will dir auch gut betten, sag's frei, was du willst," wendete Diethelm, um alles andere vergessen zu machen.

Munde brachte nun im glückseligen Ueberströmen seine Bitte um Fränz vor. Diethelm solle freier Herr bleiben, solang er lebe, er wolle nur die Fränz. Diethelm nickte zufrieden, aber plötzlich sagte er:

„Ich nehm' gar nichts an, du hast nichts gesagt, es muß beim alten Brauch bleiben; dein Vater muß für dich freiwerben, eher geb' ich kein Jawort. Verlaß dich drauf."

Das war nun aber ein schwer Stück Arbeit, den alten Schäferle zu diesem Gange zu bewegen, er ließ sich nicht erbitten, weder durch Munde, noch als Frau Martha ihn selber darum anging; er wiederholte stets: Munde könne thun, was er wolle, er selber aber bleibe davon, er thue dem zulieb nicht die Pfeife aus dem Maul und gehe auch nicht mit zur Hochzeit.

So kam in betrübter Unentschiedenheit die Hochzeit des jungen Kübler heran, aber mitten im Schmausen und Lärmen faßte Diethelm einen andern Gedanken, er überrumpelte Fränz mit ihrem unkindlichen Verlangen nach Güterabtretung, und Munde war ihm nicht nur eine Sühne für das Vergangene, sondern auch der bequemste willfährige Tochtermann, der ihn frei schalten ließ. Er verkündete daher plötzlich die Verlobung von Fränz und Munde, und alles war voll Jubel und Lobpreis über Diet=helm. Darum half er heute trotz ärztlichen Verbotes den Uhl=bacher Fernbigen rein austrinken.

Als man davon sprach, daß Munde noch drei Jahre Soldat sein müsse, beklagte Diethelm, daß er nicht Landtagsabgeordneter geworden sei, er hätte nicht geruht, bis die verdammte allgemeine Wehrpflicht wieder aufgehoben und das Einsteherwesen hergestellt sei. Wer nichts habe, solle Soldat sein. Die fetten Bauern stimmten mit ein, schimpften und klagten, wie sehr sie ihre Söhne vermißten, und mitten unter Schmausen und Zechen wurde eine Eingabe an die versammelten Stände um Wiederherstellung des Einsteherwesens aufgesetzt und unterzeichnet.

———

Dreiundzwanzigstes Kapitel.

Diethelm hatte auf den Abend die Stadtzinkenisten zur Tanzmusik bestellt. Diese Menschen mit ihren Trompeten und Posaunen hatten ihn so oft erschüttert, und nun sah er, daß es keine Engel vom Himmel, sondern nur arme Schlucker mit langgestrecktem und gewundenem Messingblech waren. Wußte er das auch schon vordem, so that es ihm doch wohl, es so deutlich vor sich zu haben und die Zinkenisten nach seinem Gelust aufspielen zu lassen, was er ihnen angab und manchmal sogar vorpfiff. Mitten zwischen den Tänzen mußten sie ihm sogar einmal einen Choral blasen, worüber viele Leute den Kopf schüttelten und sich entsetzten; Diethelm aber ließ an den Schlußton schnell einen Tanz heften und tanzte mit seiner Martha den Siebensprung wie ein junger Bursch. Es war spät in der Nacht, und Diethelm ließ allen Gästen warmen Gewürzwein auftischen, er selber aber stand bald auf, es fehlte ihm noch jemand, und der mußte herbei; alle Welt sollte seiner Ehre voll sein, keiner ausgenommen.

Es war mondhell. In seine Wolfsschur gehüllt, ging Diethelm das Dorf hinaus nach dem Hause des alten Schäferle. Vom Waldhorn herab, das glänzend in die Nacht hinein-schimmerte, klangen bisweilen noch verlorene Töne; hier war alles einsam und dunkel. Das Haus des alten Schäferle stand am Ende der sogenannten Lustgasse, die heute mit doppeltem Recht so hieß, denn der Wirbelwind tanzte gar lustig mit dem Schnee und machte sich selbst Musik dazu. Die Hausthür war offen, Diethelm schritt durch den Hausflur, der zugleich Küche war, in die Stube, auch hier öffnete sich die Thüre, aber nie-mand regte sich, nur der Paßauf kam still herangeschlichen, und Diethelm fühlte erschreckt die kalte Schnauze an seiner Hand.

„Ist niemand daheim?" rief Diethelm jetzt laut.

„Ja freilich," ertönte eine dumpfe Stimme. Der alte Schäferle auf der Bank hinter dem Tische rauchte einsam, und die Pfeife im Mund haltend fuhr er fort:

„Ich weiß, warum der Diethelm kommt, aber er kann unverrichteter Sache wieder fortgehen."

Diethelm setzte sich auf die Bank und redete dem alten Manne zu, seinen einfältigen Haß fahren zu lassen und glück-lich zu sein mit den Glücklichen.

Der alte Schäferle antwortete nichts, legte die Pfeife auf den Tisch, ging nach dem Schranke, brachte einen weißein-

gebundenen Pad und legte ihn auf den Tiſch, auf den ein
ſchräger Mondſtreif fiel.

„Wenn du das nimmſt, geh' ich mit," ſagte er.

„Was iſt's denn?" fragte Diethelm.

„Mach's auf."

Diethelm öffnete und ſchrie laut auf, daß der Hund bellte.
Er hatte einen Schädel mit halbverbrannten Haaren gefaßt.
Der alte Schäferle packte ihn am Arme und rief:

„Da, da leg' deine Hand drauf, das iſt mein Medard, da
leg' deine Hand drauf und ſchwör', daß du unſchuldig biſt an
ſeinem Tode. Schwöre, ſchwöre, ſo wahr dir Gott in deiner
letzten Stunde beiſtehen mag. Schwöre, und ich will dir Ab=
bitte thun. Red'! Jede Minute, die du ſchweigſt, ſchreit, daß
du doch ein Mordbrenner biſt. Medard, ſprich du! da iſt dein
Mund. Schwöre, Diethelm, ſchwöre!

Diethelm war's, als ob alle Höllengeiſter ihn umzingelten,
ſeine Hand war wie gelähmt, er konnte ſie nicht zurückziehen
von dem Totenſchädel des Ermordeten, aber plötzlich ſtieß er
auf, daß der Schädel die Stube hinabkollerte.

„Du biſt ein liederlicher Lump. Mich verhexeſt du nicht,"
ſchrie er, und ſeine ganze Kraft kehrte wieder.

„Woher haſt du dieſe Sachen? Die Ueberreſte Medards
müſſen ehrlich begraben werden."

„Nimm ſie mit, nimm ſie mit, wenn du kannſt," kniriſchte
der alte Schäferle. Diethelm ſtand auf und ſagte mit feſter
Stimme:

„Ich hab' dir ſchon einmal geſagt, ich verzeihe dir, du
haſt deinen älteſten Sohn verloren, ich mache deinen jüngſten
glücklich. Ich verzeihe dir. Morgen ordne ich an, daß alles
begraben wird; gib acht, daß ſich alles wiederfindet, oder du
ſollſt ſpüren, wer ich bin."

Stark auftretend, ſchritt er hinaus auf die Straße, und
als er ſich mit der Hand über das Geſicht fuhr, merkte er
einen Modergeruch. Er wuſch ſich die Hände lange im Schnee.

Im Waldhorn wunderten ſich die Leute, wie blaß Diet=
helm ausſah, und wie er große Gläſer warmen Weines hinab=
ſtürzte, als wäre es kühles Quellwaſſer.

Freude und Trauer folgten ſich auf dem Fuße. Am andern
Tage ließ Diethelm die Ueberreſte des Entſeelten, die der Vater
willig hergab, feierlich begraben, und die Menſchen, die Diet=
helm immer als harten Mann gekannt hatten, lobten ihn ſehr,
weil er bei dem Begräbniſſe ſo heftig weinte.

Die volle Kraft war wieder über Diethelm gekommen, er

besuchte die Brandstätte und ordnete den Bau und fuhr oft mit
seinen Rappen über Land. Draußen fühlte er sich erst recht wohl.
Zwar blieb es eine Widrigkeit, daß er von jedem neu Begeg=
nenden eine Beileidsbezeigung anhören und darauf mit einer
schmerzvollen Miene, oder auch mit einem Ausruf der Trauer
dankend erwidern mußte; war aber dies vorüber, hatte man
hin und her den Heuchlerzoll bezahlt, dann überließ man sich
ohne Scheu der Freude und dem Glückwunsche. Diese immer
wiederkehrende Wahrnehmung, wie lügnerisch die ganze Welt
sei, da man Mitleid darlegte, wo man keines hatte und im
Gegenteil fast Neid empfand, da man Klagen auspreßte, wo
man Freude vermuten mußte, dieses ganze jämmerliche Possen=
spiel war für Diethelm fast ein Labsal. Es war ihm recht,
daß die ganze Welt schlecht war und es keinen ehrlichen Men=
schen gibt.

Die ganze Welt verachten, das ist im Bauernrock wie in
der Gala=Uniform das beste Mittel, um nicht zur richtigen
Schätzung seines eigenen Wertes zu gelangen.

Diethelm gewöhnte sich an das Bewußtsein seines Ver=
brechens, wie man sich an ein untilgbares körperliches Leiden
gewöhnt; anfangs will sich die gesunde Kraft nicht drein fügen,
immerdar eine Behinderung zu finden, nach und nach aber setzt
sie sich damit zurecht. Wir sind allzumal gebrechlich und sünd=
haft, das lernt der Stolz der übermütigen Kraft einsehen, und
es fragt sich nur noch um das Maß des notwendigen Mangels.

Während Diethelm sich draußen tummelte, war Munde
daheim viel beschäftigt und viel bewegt. Er war gerade in
entgegengesetzter und doch nicht unähnlicher Lage wie Diethelm.
Jedermann glückwünschte ihm zu seiner so überaus günstigen
Lebenswendung, und er wollte diese gutherzige Freude der
Menschen nicht dadurch stören, daß er ihnen sagte, wie tief er
den gräßlichen Tod seines Bruders betraure, und daß ein so
schwarzer Fleck auf seinem Andenken ruhe; er glaubte, das
nicht aussprechen zu dürfen, daß er, wie der Vater ihm täglich
vorhielt, aus der Asche seines Bruders sich sein Glück erbaue.
Munde war ein seltsamer Bräutigam: es freute ihn, daß Diet=
helm wieder von Auswanderern ein stattliches Bauerngut zu=
sammenkaufte, aber wenn er Diethelm dann so im Gelde wühlen
sah, war es ihm oft, als müsse er aus einer Verzauberung über
alle Berge entfliehen, und ihm schauderte vor jedem Kreuzer,
den er davon in die Hand nahm, als könnte er sich plötzlich
in brennende Kohle verwandeln. Er half den Bau leiten. Im
Frühlingstauen, das jetzt begann, wurden die Grundmauern

gegraben, und es schien in der That, daß Diethelm nicht prahlte, wenn er sagte, daß er ein kleines Schloß baue.

Wenn Diethelm über Land fuhr, spannte ihm Munde ein, hielt ihm oft eine Stunde lang die Pferde vor dem Hause und benahm sich überhaupt wie ein Knecht, nicht aber wie der Sohn des Hauses. Darüber hatte er viel bei Fränz auszustehen, die jetzt die ganze Schärfe ihres Wesens offenbarte; sie verlangte, daß er sich gegen den Vater ganz anders stelle, der müsse unterducken und dürfe nicht mehr den Herrn spielen, das Sach' gehöre jetzt den jungen Leuten und nicht mehr den alten; wenn Munde nicht den Mut und das Geschick habe, solch ein großes Anwesen in die Hand zu bekommen, hätte er davon bleiben sollen. Es gab oft die ärgerlichsten Auftritte zwischen Munde und Fränz, und wenn dann Munde das Wasser in den Augen stand, lachte ihn Fränz schelmisch aus, faßte ihn am Kopfe, küßte ihn wacker ab und sagte: „Munde, du hättest sollen ein Klosterfräulein werden, du bist so windelweich; fluch' einmal recht wetterlich, ich glaub's gar nicht, daß du's kannst. Sei froh, daß du nicht in Krieg kommen bist, du hättest keinen erschossen. Mach', fluch' einmal so recht mörderlich. Ich hab' dich nachher noch einmal so lieb." In solcher Weise zerrte Fränz ihren Munde hin und her und machte aus ihm, was sie wollte. Diethelm war oft jähzornig gegen ihn, weil er die Arbeitsleute beim Baue nicht scharf genug anhielt; nur die Mutter war stets liebreich und mild gegen ihn und erfreute ihn oft durch Vorzeigung der schönen Aussteuer, die sie für ihn und Fränz bereiten ließ.

Fränz hatte nicht nachgelassen, bis Munde einmal das Fuhrwerk für sich nahm und mit ihr eine Lustfahrt nach der Stadt machte.

Munde hatte sich nie dazu verstehen wollen. Jetzt aber ergab sich eine besondere Veranlassung; nicht Diethelm, sondern das junge Brautpaar stand Gevatter bei dem Erstgebornen des Zeugmachers Kübler in G.

Es war ein linder Morgen des ersten Frühlings, als Munde mit seiner Braut dahinfuhr, er hatte an die schwanke Spitze der Peitsche und die Messingrosen der Pferdezäume rote Bänder geheftet als bescheidene und doch kenntliche Fahnen ihres bräutlichen Glückes. An seinem väterlichen Hause wollte ihm der Paßauf folgen, aber der alte Schäferle pfiff ihm zornig, und er kehrte zu ihm zurück. Munde wußte, daß sein Vater niemand mehr um sich haben wollte, als den Hund des verstorbenen Medard, mit dem er oft stundenlang sprach. Munde kümmerte

sich des nicht mehr und fuhr wohlgemut hinaus in den früh=
lingsjungen Tag. Die Sonne stand nicht am Himmel, nebel=
haft verschwommene Wolken umzogen ihn, und ein leiser Duft
wob über den kaum ergrünenden Feldern, daraus sich einzelne
Lerchen noch zaghaft zwitschernd emporhoben, um bald wieder
niederzusinken.

„Fränz, ich freu' mich doch, aber lach' mich nicht aus,"
sagte Munde.

„Warum?"

„Guck, ich kann mir's gar nicht denken, daß das Fuhrwerk
mein eigen sein soll und daheim noch so viel, ich mein' immer,
es sei nur geliehen, ich bin bei euch zu Gast, und ihr könnet
mich morgen fortschicken."

„Du bist ein schrecklich guter, aber auch zum Verzweifeln
weichmütiger Mensch. Du bist ein gutes Schaf, aber du mußt
anders werden. Wir zwei haben unsern Alten am Bändel, er
merkt wohl, was wir zwei von ihm wissen."

„Meinst du, er hab's wirklich than?"

„Es ist brav von dir, daß du mir's jetzt ausreden willst,"
sagte Fränz; „aber ich weiß es nicht von dir allein. Ich könnt'
auftreten, wenn ich wollt'. Das weiß er. Und so wirst du doch
nicht auf den Kopf gefallen sein, daß du nicht merkst, er hätt'
uns nicht zusammen geben, wenn ihm nicht das Gewissen
schlagen that? Wir zwei sind unschuldig. Uns geht's nichts an.
Drum mußt du dabei bleiben, daß er vor der Hochzeit alles
Vermögen an uns abtreten muß. Es soll ihm nichts abgehen,
er ist ja der Vater, aber wir sind die Meisterleut', so muß
es sein. Kinder haben nichts darnach zu fragen, woher die
Eltern das Sach haben, in zweiter Hand ist es redlich Gut,
und es muß ihm auch recht sein, daß er nichts mehr damit zu
thun hat."

Die Raben, die im ersten Frühling immer so laut krächzen,
flogen über den Weg hin und her, und Munde war's plötzlich,
als schrien sie Rache und wäre die ganze Welt um ihn verkehrt.
Er faßte sich aber und sagte endlich, nachdem er Fränz lange
an sich hatte hinreden lassen:

„Du willst mir nur die Zunge heben. Es kann nicht sein,
daß du das glaubst."

„Ich erkenn' deine Gutheit wohl," erwiderte Fränz, „aber
wir zwei brauchen uns nichts vor einander zu verhehlen. Es
hat schon mancher Aergeres gethan, als mein Vater, und daß
dein Medard verunglückt ist, dafür kann er nicht. Aber dabei
bleiben mußt, daß wir die Meisterleut' sind, er ist mit seinem

Großthun imſtand und ladet den Wagen noch einmal zu hoch,
daß er umſchmeißen muß."

Munde hieb gewaltig auf die Pferde ein, als müßten ſie
ihn ſchnell an dem Abgrunde vorüberführen, in den er plötzlich
hinein ſah. So hatte der alte Schäferle recht, und war vielleicht
das Gräßlichſte wahr?

Hätten ſie nicht zu Gevatter ſtehen müſſen, Munde wäre
vielleicht gleich umgekehrt. Aus allem dem nahm ſeine Gemüts-
art eine unberechenbare Wendung.

Die Scheidekünſtler wiſſen zu beſtimmen, welche Wirkung
ein Stoff auf den andern hervorbringt; welche Wirkung aber
ein Wort in fremdem Gemüte verurſacht, iſt nicht ſo leicht in
ein Geſetz zu faſſen.

„Das freut mich, du biſt nicht ſo ſtolz, wie ich glaubt
hab'," ſagte Munde endlich.

„Warum? Wie meinſt?" fragte Fränz verwundert.

„Wenn du ſtolz wärſt, hätteſt du mir das nicht geſagt
und hätteſt mich auf dem Glauben gelaſſen, daß mir eine beſondere Gnade damit geſchieht, des Diethelms Tochtermann zu
werden. Aber jetzt iſt mir's faſt lieb, daß du mir's geſagt
haſt. Ich ſeh', ich geh' dir über Vater und Mutter, und du
haſt mich an mir ſelber gern und willſt nichts vor mir voraus."

Fränz rieb ſich anfangs betroffen die Stirne. Sie hatte
mit ihrem loſen Herausplaudern, ſtatt dem Vater einen Fall-
ſtrick zu legen, ſich ſelber gefeſſelt. Sie hatte nicht den Mut,
zu thun, als ob ſie alles nur im Spaß geredet, und als ſie
zuletzt hörte, wie gut der Munde ihre Rede auslegte, bewältigte
ſie dieſe Macht der harmloſen Treuherzigkeit. Der Munde war
doch ſo ohne Falſch und ſo ſeelengut, daß ſie ihn in dieſem
Augenblicke mehr liebte als je, und ſie gab ihm von ſelber
einen Kuß.

Munde war ein finſterer Gevatter von gar nicht bräutlicher
Laune, und als ihn der Geiſtliche um den Namen des Täuflings
fragte, gab er nicht, wie verabredet, den Diethelms an, ſondern
rief zitternd: Medard! Er bebte in der Kirche, denn er dachte,
daß einſt ſeine eigenen Kinder einen Großvater lieblos ſollten,
der ſo Arges gethan. Beim Tauſchmauſe ſchnitt es ihm anfangs in die Seele, da man ihn als glücklichen Schwiegerſohn
Diethelms laut pries und der junge Kübler ihm ein Hoch aus-
brachte, daß er ebenfalls ein Familienfürſt werden möge, wie
ſein Schwäher. Nach und nach — die Huldigung hat allezeit
ihren verführeriſchen Reiz — beſchwichtigte Munde die Gewiſſens-
ſchreie in ſeinem Innern; zumal er Fränz ſo überaus glücklich

sah. Fränz war es gewohnt, sich in den Familien der von
ihrem Vater Beglückten preisen und erheben zu lassen, und wie
sie Geschenke ausbreitete und alles voll Dank und Lob war,
zeigte sie wirklich eine hohe Freude und Gutherzigkeit; sie suchte
an sich herum, ob sie nichts mehr zum Verschenken habe, und
löste ihre Korallenschnur ab. Unter all dem verworrenen Ge-
sträuppe blühte doch in ihr die Blume wirklicher Milde und
Freigebigkeit.

Im Nachhausefahren umarmte Munde seine Fränz voll
Glückseligkeit, da sie sagte, wie gut sie es doch hätten, da sie
so vielen Menschen Gutes thun könnten. Das war jetzt auch
für Munde ein Trost, in dem er zu vergessen suchte, wie
schreckenvoll alles um ihn sei.

Es sollte ihm aber nicht ganz gelingen.

Vierundzwanzigstes Kapitel.

Die Landstände hatten glücklich das alte Einsteherwesen
wieder hergestellt. Zum großen Pferdemarkte, der alljährlich in
der Hauptstadt abgehalten wurde, schnallte sich Diethelm eine
vollgestopfte Geldgurte um, er wollte sich ein neues Gespann und
einen modischen sogenannten Charabank kaufen und dann seinen
Schwiegersohn vom Militär losmachen. Munde verließ nur
ungern jetzt seinen Vater, der fast nicht mehr vom Bette herunter
kam und zusehends abfiel; der alte Schäferle wollte aber nichts
von ihm wissen und sagte immer: „Laß du uns beide — er
meinte sich und den Paßauf — nur allein, geh' du deiner
Wege, sei glücklich, so gut du's kannst. Du bist jung, bei dir
verlohnt sich's noch, der Diebshehler zu sein, ich bin schon zu
alt, ich wär' ein Narr, wenn ich erst so spät anfangen thät."
Martha versprach, des kranken Mannes zu warten, Fränz ließ
sich nicht davon abbringen, mit nach der Hauptstadt zu reisen;
was sie einmal wollte, das mußte auch geschehen.

Am Morgen, als Munde kam, schickte sie ihn noch einmal
nach Hause, er mußte die neuen Kleider anziehen, die sie nach
städtischer Tracht für ihn bestellt hatte. Als er wieder kam,
knüpfte sie ihm das Halstuch nochmals anders und sagte dann
frohlockend, sich vor ihn hinstellend.

„So. Siehst du? so, jetzt bist ein Mann, der sich sehen
lassen darf."

Schon beim Einsteigen gab es Streit. Fränz behauptete,
ein Brautpaar gehöre zuſammen und der Vater ſolle auf den
Vorderſitz und kutſchieren; aber Munde willfahrte ihr nicht, und
Fränz beruhigte ſich erſt, als ihr Munde ſagte, daß die Herren
in der Stadt oft ſelbſt fahren. Draußen vor dem Dorfe gab es
abermals Händel. Diethelm wollte, daß Munde die Geldgurte
umſchnalle, und ſetzte ſelbſtverräteriſch hinzu: „In der Stadt
kannſt mir ſie wieder geben."

„Das leid' ich nicht," ſchrie Fränz, „entweder — oder,
entweder behaltet Ihr die ganze Zeit die Geldgurte, oder mein
Munde behält ſie; er iſt nicht Euer Knecht, er iſt wenigſtens
grad ſo viel wie Ihr. Ihr könnet ja das Geld ins Kutſchen=
truckle thun."

Das wollte aber Diethelm nicht, ſei es, daß er das
Kutſchentruckle noch ſcheute, oder daß er ſein Geld auch zeigen
wollte.

Wo man einkehrte, hatte Fränz bei der Ankunft und bei
der Abfahrt noch manchen Zank mit dem Vater und mit Munde.
Sie wollte es nicht dulden, daß dieſer ſich als Knecht benahm,
ja, ſie weinte vor Zorn, als Munde ihr nicht nachgab, und
ſprach oft ſtundenlang kein Wort mit ihm.

Im Oberlande war es noch ziemlich rauh und kalt, je mehr
man aber nach dem Unterlande kam, zeigte ſich der wonnige
Frühling; man fuhr durch Buchenwälder, die in dem erſten ſo
zarten knoſpenfeuchten Grün prangten, und bald fuhr man
zwiſchen blühenden Obſtbäumen, die hüben und drüben am Wege
ſtanden; aber in den Herzen der drei Menſchen, die da hin=
fuhren, war Widerſtreit und Trübſinn mancher Art. Dazu kam
noch, daß es Diethelm nicht laſſen konnte, Munde über die Art,
wie er die Pferde führte, zurechtzuweiſen, und es gibt vielleicht
nichts, was leichter zu Zorn aufreizt, als ein Dreinſprechen
beim Pferdelenken. Wenn es einen kleinen „Stich" hinabging,
rief Diethelm jedesmal: „Sperr' die Mick[1] und fahr Trab,
dreh' noch beſſer." Munde ließ es an heftiger Widerrede nicht
fehlen, peitſchte oft gefliſſentlich die Pferde und fuhr im Zorne
in der That ungeſchickt, beſonders beim Ausweichen, ſo daß es
mehrmals ein Unglück gegeben hätte, wenn ihm Diethelm nicht

---

[1] Mick nennt man den neuen Erſatz des Radſchuhs, wo man vermittelſt
einer zugedrehten Walze die Räder hemmt. Es iſt erfreulich, daß das Volk
die durch das Maſchinenweſen eingeſchleppten Benennungen ſich erfinderiſch
mundgerecht macht. Das Wort Mick iſt eine Zuſammenziehung von Mecha=
nique. Wäre es aus der Analogie von Bremſe entſtanden, müßte es im
Oberdeutſchen wenigſtens Muck heißen.

in die Zügel gefahren wäre. Fränz wartete immer darauf,
daß Munde einmal tapfer aufbegehren und die ganze Geschichte
hinwerfen werde; als es aber immer nicht geschah, biß sie sich
auf die Lippen und murmelte still vor sich hin Schimpfworte
auf Munde, die sie hinter seinem Rücken sprach.

Man* kehrte in der Hauptstadt im Rautenkranz ein, und
Fränz war wenigstens einigermaßen zufriedengestellt, als Munde
beim Absteigen sagte:

„So, jetzt beim Heimfahren könnet Ihr kutschieren, Schwäher,
nicht um ein Königreich fahr' ich noch einmal so. Komm, Fränz,
wir zwei wollen zusammenhalten. Weißt noch, wie oft ich da
bei dir gewesen bin? Ich freu' mich, grad hier zu zeigen, daß
wir doch noch ein Paar geworden sind."

„Siehst jetzt, daß ich recht hab'?" entgegnete Fränz, als sie
mit ihrem Bräutigam allein war, „mit meinem Vater kommt
kein Tochtermann aus, der ihm nicht den Meister zeigt."

Sie blieb stets bei diesem Gedanken.

Im Rautenkranz war schon heute ein buntes Gedränge
von Menschen in Trachten aus allen Landesgegenden, und dazwischen sah man Soldaten von allen Waffengattungen, die
sich hier bei Angehörigen und Bekannten gütlich thaten; aber
mitten im Gewoge beharrte die stattliche Rautenwirtin an der
Anrichte, wie ein Fels im Strome, und je lärmender und unruhiger es um sie her wurde, um so bedachtsamer und ge-
messener erteilte sie ihre Befehle und zählte alles genau nach,
was aufgetragen wurde. Dazwischen fand sie immer noch Zeit,
auf Nachfragen der Gäste bündigen Bescheid zu geben. Als sich
Fränz mit Munde zu ihr hindurchgedrängt hatte, wurde erstere
mit besonderer Freundlichkeit bewillkommt. Die Rautenwirtin
sagte, daß der Schaffner, mit dem sie damals gefahren sei,
Fränz nicht genug habe rühmen können, und wie man ihr überhaupt viel Gutes nachsage, daß sie Vater und Mutter so getreulich pflege. Fränz war stolz und hochfahrend, und doch
war's ihr beim Lob der Frau Rautenwirtin, als setzte man ihr
eine Krone auf. Diese Frau hatte es durch Schweigsamkeit und
Zurückhaltung dahin gebracht, daß schon eine freie Anrede, um
wie viel mehr ein Lob von ihr als Ehrenschmuck galt, und
sammelte sich hier gute Nachrede, so war man deren im ganzen
Lande gewiß. Mit seltsamer Befangenheit sagte nun Fränz,
daß sie mit Munde verlobt sei. Die Rautenwirtin zog nur ein
wenig die Brauen ein und sagte: „Das ist schnell gangen.
Ich wünsch' Glück." Dann wendete sie sich um und gab anderen
Gästen Bescheid.

Munde saß verdrossen bei Fränz, die Eifersucht hat einen raschen Scharfblick, er behauptete, Fränz schäme sich seiner, und durch diesen offenen Ausspruch wurde die noch halb schlummernde Empfindung der Fränz plötzlich geweckt.

„Und wenn's wär'," sagte sie aufbegehrend, „wenn ich ein Mann wär', ich thät mir eher die Zung abbeißen, ehe ich einem Mädle sagen thät, es kann sich meiner schämen. Aber du, freilich, du bist dagestanden wie der Bub, der die Milch verschüttet hat. Ich sag' dir's noch einmal, du mußt ganz anders werden, oder du bringst's dahin, daß ich mich deiner schäm', ja, dahin bringst's, ja, daß du's nur weißt."

Munde behielt nur die ersten Worte der Fränz, und er fühlte, daß sie recht habe. Die gereizte Seelenstimmung hat aber etwas wahrhaft Ansteckendes. Munde war von Fränz gedemütigt worden, und nun mußte er ihr Gleiches entgelten; mit fast schadenfroher Miene sagte er: „Mir hat's für dich einen Stich ins Herz geben, wie die Rautenwirtin dich gelobt hat, daß du so ein gutes Kind gegen deinen Vater bist. Wenn die Leute wüßten, wie's eigentlich ist . . ."

Fränz knirschte die Zähne übereinander und sah Munde mit einem zermalmenden Blicke an; hätte sie ihn damit in Stücke zerreißen können, sie hätte es gethan. Sie wollte aufstehen, aber Munde hielt sie fest und sagte begütigend: „Die Fahrt mit dem ewigen Gezerr hat uns alle miteinander dumm gemacht. Wir wollen gar nichts mehr reden. Ich geb' jetzt noch vor dem Appell ein bißle in die Kasern' zu meinen Kameraden. Vergiß alles und denk' gut an mich. Gib mir ein' Hand. So, b'hüt dich Gott."

Munde ging nach der Kaserne. Er war jetzt ein ganz anderer Mensch, als vor wenigen Monaten, da er diesen Weg so oft abgeschritten. Zuerst, als ihm der Vater das Erbe der Rache aufdrängen wollte, und dann, als er von Diethelm das Erbe des Verbrechens überkam, war in sein träumerisches, still umfriedetes Wesen eine gewaltige Gärung gekommen, er war zaghafter und kraftloser als je. Er war überhaupt nicht geschaffen, sich mit fester Hand ein Schicksal zu bereiten: von Kindheit auf war Medard sein Führer und Ratgeber in allem, als Hirte führte er ein fast gedankenloses Leben, pfeifend und rauchend, und als er Soldat wurde, brachte auch dies keine bedeutsame Wandlung in ihm hervor; er war anstellig und pünktlich, als stiller, allzeit wohlgemuter Bursch beliebt, aber ohne sich irgend eine besondere Geltung zu verschaffen; nur mit seiner Kunstfertigkeit im Pfeifen hatte er sich bei der Kompanie beliebt gemacht und davon den Beinamen Pfifferling erhalten. Jetzt, so plötzlich in die Erfüllung seines einzigen und höchsten Wunsches eingesetzt, ging er oft wie traumwandlerisch umher, und nur der Gedanke an das geschehene noch so dunkle Verbrechen schreckte ihn oft auf. Er freute sich, daß er Fränz gewonnen und all' das große Gut dazu, er wäre aber am liebsten Hirte gewesen, träumend wie in alten Tagen bei seiner Herde. Das viele Gut und die tausend Thätigkeiten dafür, die er übernehmen sollte, erdrückten ihn fast. Darum konnte er dem Wunsch der Fränz nicht nach= geben, ihm war es ja lieb, wenn Diethelm so lang als möglich alles unter seiner Obhut behielt.

Jetzt, auf dem Wege nach der Kaserne, sagte er sich, daß Fränz doch recht habe, er müsse anders auftreten, lecker und umsichtiger. Nicht nur seine Liebe zu Fränz stieg aufs neue in ihm auf, er empfand auch eine große Hochachtung vor ihrem energischen Wesen, das, allzeit gewedt, den Dingen scharf ins Auge sah und sie frei beherrschte. So kam er zu den Kame= raden und erzählte ihnen, daß er sich andern Tages vom Mi= litär loskaufe, und was aus ihm geworden sei; er wußte seine künftige Thätigkeit bereits so lebendig als wirkliche darzustellen, daß alle staunten, wie sich der Pfifferling, der stille Munde, dem man das gar nicht zugetraut, verändert hatte. Als er zuletzt sagte, daß er morgen auf dem Markt vier Pferde ein= kaufe, beschlossen unter Jubel der Feldwebel und einige Kame= raden, auch auf den Markt zu kommen, um zu sehen, wie der Pfifferling das mache.

Stolz aufgerichtet, mit gespanntem Selbstgefühle kehrte Munde in den Rautenkranz zurück, er wollte seiner Fränz Ab= bitte thun, daß er so bös gegen sie gewesen sei, und ihr sagen, wie er sich nun wacker ins Geschirr legen wolle, daß es ihm landauf, landab keiner voraus thun könne.

Als er in den Rautenkranz trat, hörte er in der Küche die Stimme der Fränz, sie sagte:

„Das ist ja prächtig, daß Sie Kellner im Wildbad geworden sind. Ich komme diesen Sommer mit meinen Eltern auch dahin.“

„Aber Sie sind Braut,“ sagte eine Männerstimme.

„Ja, mit mir,“ sagte Munde eintretend, er sah einen Mann — es war der älteste Haussohn aus dem Rautenkranz — der die Hand der Fränz hielt.

„Ich gratuliere,“ sagte der Nebenbuhler, schnell die Hand loslassend, und Munde erwiderte:

„Dank' schön. Komm mit, Fränz, in die Stube.“ Er faßte sie nicht eben zart am Arm, und Fränz machte große

Augen, als er ihr allein sagte, daß das Scharmutzieren ein
Ende habe, und ob sie mit den Eltern ins Wildbad gehe,
darein habe er auch noch ein Wort zu reden. Fränz wider=
sprach heftig, und Munde erklärte, daß er von dieser Stunde
zu regieren anfange über alles, was ihm gehört, und das sei
vor allem seine Frau, es müsse ja Fränz recht sein, daß er sich
als Mann zeige.

„Zeig's zuerst beim Vater. Bei mir brauchst nicht an=
fangen," stachelte Fränz, der diese Wendung gar nicht lieb war.
Munde sprach wiederholt und in verstärkter Weise seinen Herrscher=
plan aus, und der Abend dieses unruhvollen verhetzten Tages
schien doch noch erwünscht auszuklingen.

Schon am frühen Morgen jedoch hatte Munde einen ge=
waltigen Zank mit seinem Schwäher, er wollte sich die Geld=
gurte umschnallen, Diethelm aber lachte ihm ins Gesicht.

„Dann reiß' ich sie Euch auf öffentlichem Markt vom Leib
herunter, wenn Ihr mich so gehen lasset und ich Euch damit
seh'," drohte Munde und ging hinab in die Wirtsstube.

Diethelm schaute hoch verwundert dem so plötzlich Ver=
änderten nach, und Fränz sah mit Schrecken die böse Saat auf=
gehen, die sie gesäet; sie wußte aber den Vater noch dahin zu
beschwichtigen, kein Geld mit auf den Markt zu nehmen, die
Leute könnten es für Prahlerei ansehen, und das müsse man
vermeiden nach so einem Unglück. In der Wirtsstube übergab
hierauf Diethelm der Rautenwirtin die Geldgurte zum Aufbe=
wahren, und Munde lächelte vergnügt zu seinem Siege. Diet=
helm traf hier viele Bekannte, unter denselben auch den Reppen=
berger und den Steinbauer. Reppenberger war ebenso zuthu=
lich und redselig, als der Steinbauer unachtsam und maulfaul;
er erzählte, daß er einen umfangreichen Branntweinhandel be=
treibe, er habe den Vertrieb übernommen und fahre mit seinem
Einspänner im Lande umher, während sein Geschäftsgenosse das
Brennen aus dem Grunde verstehe.

Munde trat auf Diethelm zu und wiederholte in entschie=
dener Weise einen früher gemachten Vorschlag, daß man die
Rappen gegen gute Ackerpferde vertausche, sie brauchten ja keine
Kutschenpferde mehr.

Diethelm widersprach heftig, und der Steinbauer, der sich
sonst nicht in fremder Leute Sachen mischte, ließ sich doch zu
den Worten herbei:

„Dein Tochtermann hat recht, Gäule, die gewohnt sind, in
der Kutsch' zu laufen, gehen zu Grund, wenn sie wieder Zacker
fahren müssen."

Der Steinbauer sagte das mit so schelmisch zwinkernden Augen, daß eine Bezüglichkeit seiner Worte auf die Lebensweise Diethelms kaum zu verkennen war. Diethelm merkte das auch, aber er that, als ob er's nicht verstände; ihm war das versessene Wesen des Steinbauern in der Seele zuwider, aber er vermied doch jede offene Feindschaft mit ihm. Er schüttelte lächelnd den Kopf und gab lang keine Antwort, bis er endlich zu Munde gewendet sagte:

„Das ist mein' Sach', Punktum."

Der große Umzug der Marktpferde, der eben an dem Rautenkranz vorüberkam und alles an die Fenster und auf die Straße lockte, unterbrach den Streit, Munde folgte seinem Schwäher auf den Markt. Mitten im Gewühle wurde er von seinem Feldwebel und mehreren Kameraden angehalten, die, wie versprochen, gekommen waren und nun aufs neue ihr Verlangen aussprachen, den Pfifferling einlaufen zu sehen.

„Ist der bärenmäßige Bauer dein Schwäher?" fragte der Feldwebel.

„Ja, der ist's." Aber Diethelm war verschwunden. Munde suchte ihn mit seinem Geleite hin und her, ohne ihn finden zu können, und mußte manchen Spott darüber hören, daß er sich nicht getraue, einen Pferdeschwanz allein einzulaufen.

Munde ließ sich diese Neckereien gefallen und schwieg, er wollte nicht weitergehen, als ihm eigentlich zustand; etwas von der alten Zaghaftigkeit seines Wesens kam wieder über ihn. Er verwünschte es, daß er sich im Uebermut Wächter seiner Ehrenstellung zugesellt hatte, und hoffte, sie in guter Weise wieder los zu werden. Der Feldwebel war ein Pferdeverständiger und that sich was darauf zu gute, er suchte ein Viergespann gleichgezeichneter Braunen aus, Munde ließ sie sich hin und her vorführen, holte die Rappen aus dem Rautenkranz zum Vertauschen und war eben daran, unter Bedrängen des Feldwebels und der Kameraden in die dargebotene Hand einzuschlagen, als Diethelm herzutrat. Munde hielt ein und rief ihm zu:

„Schwäher, ich hab' einen Handel gemacht."

„Du? Hast ein' Geiß gekauft?"

Munde schoß alles Blut zu Kopf, und Diethelm fragte wieder:

„Wie kommen die Rappen daher?"

„Ich hab' unsere Rappen vertauscht," berichtete Munde.

„Unsere?" lachte Diethelm. „Vorderhand sind sie noch mein und ist keine Red' von unseren, was hast du von unseren zu sagen?"

„Schwäher, was machet Ihr? Jeder Knecht ſagt zu ſeines
Herrn Sach' ,unſer', und ich bin kein Knecht. Sehet nur das
Viergeſpann an. Ich bin ſo viel als handelseins."

„Du? Was nimmſt denn du dir 'raus? Wenn man dich
auf den Kopf ſtellt, und es fällt dir ein Guldenſtückle 'raus, ſoll
man mir die Augen mit ausſtechen. Und du willſt vier Roß'
laufen?"

„Schwäher, das geht über den Spaß, redet nicht ſo. Ich
hol' gleich unſere Geldgurt aus dem Rautenkranz. Beſehet Euch
nur die vier Roß'."

„Daß ich ein Narr wär'. Wenn du allein Meiſter biſt,
ſo bezahl's auch."

„Schwäher, ich weiß nimmer, was ich thu, wenn Ihr ſo
fort machet."

„Das glaub' ich. Du haſt keinen Groſchen zum Einkaufen.
Ich will dir zeigen, wer die Geißel in der Hand hat."

„Schwäher," kreiſchte Munde heiſer vor Wut und ballte
beide Fäuſte, „Schwäher, redet anders, oder ich . . ."

„Weg da, führ' die Rappen in den Stall und red' kein
Wort mehr."

„Ich will nichts von deinem Brandgeld, nichts von deinen
Sachen, du biſt unterm Galgen weggelaufen, aber du bleibſt
doch noch einmal dran hängen. Laſſet mich los," ſchrie Munde,
den ſeine Kameraden feſthielten, daß er nicht auf Diethelm
einbrang.

Eine große Menge Menſchen hatte ſich um die Streitenden
verſammelt, Diethelm hatte ſich raſch entfernt, Munde riß ſich
von ſeinen Kameraden los, und mit geballten Fäuſten und ſchäu=
mendem Munde eilte er nach dem Rautenkranz: Fränz mußte
ihm Genugthuung verſchaffen für die unerhörte Schmach, die ihm
der Vater angethan, und dann mußte ſie noch zur Strafe ihren
Vater verlaſſen, nichts von ſeinem Sündengute annehmen, er
wollte Tag und Nacht arbeiten, um ſein Brot in Ehren zu ver=
dienen. — Als er in die Wirtsſtube trat, ſah er Fränz, die
Hand in Hand neben dem Rautenwirtsſohne am Tiſche ſaß.
Sie heftig ſchüttelnd, fuhr er auf:

„Lumpenpack! Hundebagage ſeid ihr alle. Da ſitzt du bei
einem andern, derweil dein Vater mich vor aller Welt be=
ſchimpft." Der Zorn gab ihm plötzlich höliſche Gedanken ein,
und er fuhr fort: „Du haſt mich angeſtiftet, ich ſoll deinem
Brandſtifter=Vater Widerpart thun, und ihn haſt du angeſtiftet,
daß er mich beſchimpfen ſoll, damit du mich los wirſt. Du
haſt ſchon einen andern. Jetzt ſeh' ich, du biſt das ſchlechteſte

— ich kann's gar nicht sagen, was. Aber warte nur, du hast
mir selber gesagt, was du von deinem Vater weißt. Verflucht
ist dein ganzes Haus. Ich will nur so lange leben, bis du
mit deinen Kindern vor meiner Thür um Brot bettelst. Ich
bin froh, daß ich nimmer so schlecht bin und von eurem Sünden=
gut was mag. Fresset's allein und ersticket dran."

Fränz stieß den Munde weit von sich, und er stürmte fort
die Stadt hinaus der Heimat zu. —

So unverhofft, als die Verlobung geknüpft war, ebenso
sollte sie auch zerrissen werden.

Mit dem Abschied vom Militär hatte Munde heimkehren
wollen, jetzt rannte er dahin, wie aus der Welt verstoßen, er
wußte gar nicht, wohin er sich wenden sollte. Die blüten=
duftigen Bäume standen so still selig im Sonnenschein und
ließen die Bienen in ihren Blütenkelchen sich erlaben, die Vögel
sangen so wonnig, und alles freute sich des Daseins, nur sein
Herz war zum Tode betrübt. Stundenlang war er unaufhalt=
sam gerannt, immer vor sich hin fluchend und alles verwün=
schend; als er jetzt durch das Dorf Breitlingen schritt, stand er
vor dem Wirtshaus still, suchte in allen Taschen nach Geld und
fand in der That keinen Heller; mit einem selbstverachtenden
Lachen schritt er weiter und legte sich draußen vor dem Dorf unter
einen blühenden Birnbaum am Wegrain. Beim Niederlegen ge=
dachte er der schönen Kleider, die er anhatte, und er schämte sich
derselben, sie waren von Diethelms Geld, und Fränz hatte sie ihm
gegeben. Er wollte nur noch heim, den Brandstiftern die
Kleider mitsamt der Trau (Verlobungsgeschenk) schicken und
dann fort, weit fort.

Die Bienen summten und schwirrten im Baume, und Munde
spielte mit dem Brautring, den er vom Finger gezogen, und ein
abgerissener Klang aus dem alten Liede vom Teufel, der die
untreue Braut holt, zog Munde durch den Sinn:

> So komm nur her, du schöne Braut,
> Du hast deinen Himmel in die Hölle gebaut.

> Er nahm sie bei der linken Hand
> Und führte sie in den feurigen Tanz . . .

Bald aber hörte Munde weder eine Stimme im Innern
noch etwas um sich her.

———

Fünfundzwanzigstes Kapitel.

Die beiden Rappen waren zu großer Verwirrung los und
ledig auf dem Markt umhergelaufen, der Schmied von Buchen=
berg, der ein Pferd eingekauft hatte und eben davonreiten wollte,
fing sie ein und brachte sie dem Diethelm, der darob ganz ver=
wundert schien; er übergab dem Reppenberger die Pferde, um sie
nachzubringen, und eilte voraus durch Nebengäßchen und Durch=
häuser nach dem Rautenkranz. Als er hier von Fränz hörte,
was geschehen war, erschrak er anfangs, so weit hatte er's mit
Munde nicht treiben, er hatte ihm nur den Daumen aufs Auge
halten wollen. Bald aber sagte er: „Es hat sein müssen, drum
ists besser heut als morgen." Fränz war nicht so leicht zu be=
ruhigen, sie nahm den Vater aus der Wirtsstube fort nach dem
stillen Zimmer und sagte hier, daß man nicht wissen könne, was
Munde vorhabe, er wisse alles, Medard habe ihm das Gleiche
gesagt, wie dem alten Schäferle.

„Das ist vorbei," beruhigte Diethelm, „davon bin ich frei=
gesprochen; was gemäht ist, ist gemäht. Red' mir heut nichts
mehr von der Geschichte."

„Ja, Vater, aber er wird mich deswegen vor Gericht
fordern."

„Dich? Warum? Was hast denn du dabei?"

„Ich hab' ihm alles gesagt," erwiderte Fränz mit nieder=
geschlagenem Blicke.

„Was? Was hast ihm gesagt? Was weißt denn du? Ich
versteh' den blauen Teufel von all deinem Geschwätz."

„Vater, ich hab' gemeint, er sei mein Mann und ihm darf
ich alles sagen, und da hab' ich ihm erzählt, wie Ihr damals
auf der kalten Herberge die Farb' gewechselt habt, wie der Wirt
erzählt hat, und wie Ihr mir hier in diesem Zimmer vier
Wochen vor dem Brand gesagt habt, Ihr wisset nicht mehr,
wo aus noch ein. Vater, ich hab's ja nicht bös gemeint, ich
hab' ja nie daran denken können, daß uns der Munde ver=
raten könnt'."

Diethelm schnaubte wild vor Zorn und Schreck, er ballte
die Faust, als wollte er Fränz zu Boden schlagen: sein eigen
Kind wußte um seine Schuld und hatte sie preisgegeben; aber
schnell entballte er seine Faust wieder, spielte in der Luft mit
den Fingern wie auf Klaviertasten und sagte bitter lächelnd:

„So? Also du bist so gescheit und willst deinem Vater
was zusammenzwirnen? Aber du bist zu dumm, daß dich die

Gänſ' beißen. Ich ſollt' eigentlich kein Wort mehr mit dir
reden und dir die Peitſche anmeſſen. So denkſt du von deinem
Vater? Du biſt's nicht wert, daß ich dir einen Groſchen hinter-
laſſe. Geh nur vor Gericht. Kannſt alles ſagen, alles. Aber
gedenken will ich dir's, was du gethan haſt. Jetzt weiß ich,
warum der Lump ſo frech gegen mich geweſen iſt. Mein eigen
Kind, mein einzig Kind hat's ihm eingeben. Ich will hinaus
und will die ganze Welt fragen, ob das noch einmal vorkommt,
ſoweit der Himmel über der Erde ſteht."

„Vater, verzeihet mir. Ich denk's ja gewiß nicht mehr,"
bat Fränz weinend.

„Schlecht genug, daß du's einmal gedacht haſt. Wenn du
von heut an, hör' zu, was ich ſag', und guck' nicht unter ſich,
ſieh mir ins Geſicht, ſag' ich," knirſchte Diethelm ſeine Tochter
ſchüttelnd, „wenn du von heut an nicht demütig und gehorſam
biſt, wie's einem Kind zukommt, nein, ich will dir nicht ſagen,
was ich thu', ich behalt's bei mir, aber vergeſſen werd' ich's
nicht, verlaß dich drauf. Jetzt komm, hinter mir drein gehſt
und machſt ein heiter Geſicht, das ſag' ich dir, und red' mir
kein Wort mehr davon."

Diethelm war es gelungen, den ſchlimmen Sinn ſeiner
Tochter zu bezwingen, ſie ging hinter ihm drein wie ein Lamm
und erſchrak bei jedem ſeiner Blicke, wenn er ſich umwendete.
Was war aber damit gewonnen? Handhaben für erneute Anklagen waren in fremde Gewalt gegeben und noch dazu in die
eines aufs äußerſte Erbitterten. Soll denn die That nie ruhen?
Brennt das Feuer immer wieder auf? Nur eines tröſtete Diethelm, und dies war der weichmütige Charakter Mundes. Aber
hatte er ſich nicht ſeit geſtern ſo auffallend verändert? Nein, er
iſt noch derſelbe, ſonſt wäre er ja nicht davon gelaufen, ſtatt
Diethelm und Fränz ſogleich den Gerichten zu überliefern.
Dennoch ſchickte Diethelm ſogleich den Reppenberger nach Buchenberg, teilte ihm oberflächlich mit, was geſchehen war, und gab
ihm den dringenden Auftrag, zu erforſchen, was Munde vorhabe, und es ihm durch einen Eilboten nach der Stadt mitzuteilen. Der Reppenberger verſtand den Vorgang, wenn auch
nur halb, und ſagte:

„Ich hab's bald gemerkt, das thut kein gut. Man kann
ein Roß und ein Schaf nicht zuſammenſpannen." Diethelm
lachte über dieſen Vergleich und gab dem Reppenberger ein
gutes Zehrgeld mit auf den Weg. —

Beim Namen angerufen, erwachte Munde unter dem Birnbaum bei Breitlingen, der Schmied von Buchenberg hielt mit

seinem Pferd neben ihm und hieß ihn aufsitzen, wenn er müd
sei. Munde nahm das gern an. Der Schmied wußte nur von
Händeln, die Munde mit seinem Schwäher gehabt, und Munde
war nicht geneigt, viel zu sprechen. Nur als der Schmied sein
Glück rühmte und ihm anriet, klug zu sein, die paar Jahre
noch den Diethelm den Herrn spielen zu lassen, sagte er:

„Ich bin nicht klug und will nicht reich sein."

Die ganze Nacht hindurch rastete man nicht, und bald saß
der eine, bald der andere zu Pferde.

Es war bald Mittag, als man sich Buchenberg näherte.
Es hatte hier im Oberlande geregnet, und Blüten und Blätter
waren an den Bäumen hervorgebrochen, so plötzlich wie ein bereit
gehaltenes Feuerwerk, das nur des zündenden Funkens wartet.

Munde war ganz ausgehungert, denn er hatte sich geschämt, dem Schmied zu bekennen, daß er keinen Heller Geld
bei sich habe.

Als er in die väterliche Stube eintrat, rief ihm der alte
Schäferle, die Pfeife im Mund haltend, vom Bette herab zu:

„Grüß' Gott, Munde, ich weiß, wie's dir gangen ist.
Komm her, gib mir die Hand."

So zutraulich war der Vater seit lange nicht gewesen, und
die Hand reichend, sagte Munde:

„Was wisset Ihr? Von wem? Sind schon Marktleute vor
uns angekommen?"

„Kein Mensch. Ich weiß es von mir. Du hast mit dem
Mordbrenner Händel gehabt. Ich weiß das so gewiß, als wenn
ich dabei gewesen wär'."

Munde starrte drein vor dieser prophetischen Sehergabe
des Vaters, und dieser fuhr fort:

„Ich hab's schon lang kommen sehen. Es ist mir aber
lieb, daß ich's noch erlebt hab'. Ich treib's nimmer lang.
Von heut in sieben Tagen seh' ich meinen Medard, und der
muß mir sagen, wie er so schnell von der Welt kommen ist,
und wenn ich dir's berichten kann, thu' ich's. Setz' dich zu
mir aufs Bett. Jetzt bist du wieder mein. Gelt, jetzt bist
wieder mein? Gehst nicht mehr zu dem Mordbrenner? Ich
kann dir auch was geben, daß du nicht mehr an die Fränz
denkst. Und ich sag' dir all' meine Mittel. Ich hab' dem
Medard schon viele gesagt gehabt, und ihm gehören sie auch,
aber du bist jetzt mein Einziger."

Munde weinte laut und erzählte dann alles, wie es ihm
ergangen. Der alte Schäferle richtete sich auf, nahm die Pfeife
in die linke Hand, hob die Rechte in die Höhe und rief:

„Ich schwöre, so wahr ich bald vor Gott komm', der Diet=
helm ist nicht unschuldig an dem Tod deines Bruders, wie,
das weiß ich nicht, das weiß Gott allein. Munde, leg' deine
Hand auf meine Herzgrube, dir vererb' ich's, daß du nicht
ruhst, bis der Diethelm seine Strafe hat. Willst du mir schwören,
nicht zu ruhen und nicht zu rasten, bis der Tod deines Bruders
gerächt ist?"

„Ich kann's nicht, Vater, ich kann's nicht, ich thät' Euch
ja alles so gern," rief Munde, dem plötzlich davor graute,
diese schwere Last auf sich zu nehmen, „aber das sag' ich, ich
will dem Diethelm, so lang ich lebe, zeigen, daß ich ihn für
einen schlechten Menschen halte."

„Gut, das ist mir genug, du hast ein weiches Herz, du
kannst nicht mehr."

Der alte Schäferle begann nun, Munde alle seine sympa=
thetischen Mittel zu sagen, wie er sie vom Vater ererbt; er
wollte es anfangs nicht dulden, daß Munde sie aufschrieb, das
sei gegen das Herkommen und töte vielleicht ihre geheime Kraft,
aber Munde behauptete, nicht alles so schnell behalten zu können.
Das Zaubermittel gegen angethane Liebe schrieb Munde nicht
auf. Er saß nun bei seinem Vater wie in einem Zauberberg,
umgeben von geheimnisvollen Mächten, und wußte nichts mehr
von der Welt, bis Martha mit dem Reppenberger kam.

Munde that es wehe, auch gegen die Meisterin feindselig
zu sein, der Reppenberger sprach von einer Abstandssumme, die
Diethelm dem Munde bezahlen wolle, wenn er sich zur Aus=
wanderung entschließe, aber Munde wies alle Anerbietungen
von sich, und der alte Schäferle war glücklich, als er hörte, daß
sein Sohn die erledigte Stelle als Gemeindeschäfer in Unter=
thailfingen annehmen wolle.

Auf den Tag hin, wie er es vorausgesagt, starb der alte
Schäferle. Als ihm Munde noch am Morgen die gestopfte
Pfeife übergeben wollte, schüttelte er den Kopf verneinend und
sagte: „Es ist vorbei."

Munde überließ alles seiner Schwester und nahm sich nur
die Kleider des Medard.

Er saß am Weg und hütete die Schafe, als Diethelm
vierspännig mit seiner neuen Kalesche daherfuhr, er schaute auf,
und blitzschnell durchzuckte ihn der Gedanke, welch ein großes
Leben er hätte führen können; aber er drückte den Hut ins
Gesicht und pfiff dem Paßauf, während Diethelm und Fränz
rasch vorbeirollten.

Nicht ohne Befriedigung hörte Diethelm, daß der alte

Schäferle geſtorben und begraben ſei, und daß der Geiſtliche
an deſſen Grabe ſagte, Gott möge ihm vergeben, wie ihm der
vergeben habe, dem er ſo ſchweres Leid angethan. Den Munde
fürchtete Diethelm nicht mehr, weil er nicht im erſten Zorn
gehandelt hatte, in dieſem war er des Schlimmſten von ihm
gewärtig, jetzt in Ruhe, dachte er, wird die Schaffeele es nie
dazu bringen, als Ankläger aufzutreten. So fühlte ſich Diethelm von dieſer Seite gedeckt, aber der Geiſt der Widerſpenſtig-
keit und Aufſätzigkeit, den er in Fränz niedergerungen hatte,
ſchien in Martha jetzt neu zu erwachen, wenngleich gemildert
von ihrem an Ergebung gewohnten Weſen. Mit Ruhe ertrug
es Diethelm, daß ſie ihm heftige Vorwürfe machte, weil er mit
Fränz in der Welt umherfuhr und ſeine Frau daheim vergaß,
„wie ein im Stall angebundenes Stückle Vieh". Er verſprach,
ſie nie mehr allein zu laſſen.

Eines Tages ging er mit ihr nach dem Bau, der ſtaunens-
wert raſch vorrückte, die Sonne brannte ſtechend und gewitter-
verkündend nieder, und Diethelm ſagte:

„Ich weiß nicht, wie mir's iſt, ſeitdem ich im Gefängnis
geweſen, bring' ich eine Kellerkälte nicht aus mir heraus; es iſt
mir, wie wenn ich einen Eisklumpen im Herzen hätt'. Ich
hab' gemeint, im Sommer wird's beſſer, aber es iſt nicht.
Du ſagſt jetzt, dir ſei heiß, und ich werde die Gänshaut
nicht los."

„Herr Gott! das ſind meine toten Schwurfinger," ſchrie
Martha gellend und ſtreckte die leichenhaften Finger Diethelm
ins Geſicht.

„Was haſt? Was machſt?" fragte Diethelm erſchrocken,
und Martha erklärte, indem ſie ſich auf einen Steinhaufen am
Wege ſetzte:

„Diethelm, was haſt du gemacht? Weißt du's denn nicht
mehr? Du haſt ja geſchworen, die Sonne ſoll dich nicht mehr
erwärmen, wenn du ans Brandſtiften denkſt, dort am Fenſter-
ſims haſt's geſchworen, und jetzt iſt's ja wahr geworden, die
Sonne wärmt dich nicht, und ich hab' einen falſchen Eid auf mich
nehmen wollen, und meine Finger ſterben mir ab. O gerechter
Gott, was machſt du aus uns? Gerechter Gott, was ſoll aus
uns werden?"

Diethelm ſuchte zu tröſten, ſoviel er vermochte, er wollte
jetzt leugnen, daß ihn friere, und behauptete, die Wunde an
ſeinem Arm ſei noch nicht völlig geheilt; da faßte ihn Martha
gerade an der wunden Stelle, daß er laut aufſchrie, ſie aber
ſagte:

„Gesteh ehrlich, beichte, nur mir sag's, nur mir, woher du das hast. Der Doktor hat immer gesagt, das säh' aus, wie ein Biß von einem Menschen. Wer hat dich gebissen?"

Diethelm hatte Geistesgegenwart genug, seine Frau tapfer auszuzanken mit dem Zusatz, daß, wenn sie noch ein einzig Mal von toten Schwurfingern rede, er sie auf immer verlasse, möge daraus werden, was da wolle.

Martha schwieg, aber ihre schweigend trauervollen Mienen, ihr stilles, stundenlanges Betrachten der abgestorbenen Finger sagte Diethelm, was sie für sich sinne und was sie von ihm denken möge.

Als das Haus gerichtet war und der bänderverzierte Maien vom Giebel prangte, machte sich Diethelm mit den Seinen auf nach dem Wildbad, die warme Quelle sollte Diethelm von seinem Frost und der Wunde heilen und sollte die tote Hand Marthas neu beleben. Am hoffnungsreichsten aber war Fränz, sie bedurfte der warmen Quelle nicht: ihrer harrte dort der Rautenkranzsohn und, nicht zu vergessen, auch der Amtsverweser.

Sechsundzwanzigstes Kapitel.

Der stattliche reiche Bauer von Buchenberg mit seiner Familie und seinem eigenen Gefährte war wochenlang eine der bemerktesten Erscheinungen im Wildbad. Schon der frappante Gegensatz, den man sich von ihm erzählte, daß er sich beim Brande eine schwer zu heilende Erkältung zugezogen, machte ihn zum Gegenstand des Gespräches, dazu sein gemessenes Benehmen, weder zudringlich noch schüchtern, machte ihn zu einem Urbild jenes stolzen, selbstbewußten Bauerntums, das man sogar in der sogenannten guten Gesellschaft anziehend findet, so lange es in ästhetischer Buchferne verharrt und der eigenen Ueberhebung nicht zu nahe tritt. Martha und Fränz waren weniger bemerkt. Martha hielt sich vorzugsweise zu einigen alten Frauen, die im Armenbad eine Freistelle genossen, und ließ sich von ihnen ihre Leiden und ihre Schicksale erzählen. Fränz aber war seltsam verscheucht und zurückgezogen. Wir werden bald erfahren, warum. Wir müssen nur noch erzählen, daß Diethelm die Spitze seines Ruhms erreichte, als eine regierende Fürstin in der Allee durch den ersten Kammerherrn ihn sich vorstellen ließ. Diethelm war beseligt durch diese Auszeichnung, er gab auf alle Fragen bescheidene, und, wie es schien, genehme Ant-

worten; er widersprach nicht, als man ihn für einen großen
Hofbesitzer hielt, und nahm sich nur vor, diese Voraussetzung zu
einer Wahrheit zu machen; dabei schaute er oft wie verlegen
um, er wollte sehen, ob niemand bemerke, welche Ehre ihm zu
teil wurde. Es gingen aber Menschen vorüber, die ihn nicht
kannten. Dennoch sah er wohl, daß sie in der Ferne stehen
blieben. Als er entlassen wurde, ging er aufgerichtet durch die
Alleen heimwärts, die Bäume waren noch einmal so grün, der
Himmel noch einmal so blau, und die Vögel sangen so lustig,
wie noch nie. Zum erstenmal spürte er die Wirkung des Bades,
eine wohlthätige Wärme überströmte sein ganzes Wesen, und
als er zu Frau und Tochter kam, war er glückselig und wieder=
holte immer und immer, daß dieser Tag sein höchstes Glück sei.
Er mußte sich niedersetzen, so hatte ihm die Freude, fast wie
ein Schreck, die Kniee angegriffen, diese Ehre schien zu schwer
für ihn, und als jetzt ein erwünschter Besuch, der Vetter Wald=
hornwirt eintrat, blieb Diethelm auf seinem Stuhle sitzen und
sagte mit verklärtem Lächeln:

„Wärst du nur um eine Stunde früher gekommen, da
hättest du sehen können, wie die Fürstin von * * mit mir ge=
sprochen hat, grad' so, wie ich jetzt mit dir, so freundschaftlich,
so herztreu. Ich hätt' einen Finger von der Hand drum geben,
wenn ich ganz Buchenberg hätt' daneben stellen können. Aber
erzählen mußt's. Sie müssen's alle wissen."

Der Vetter versprach, zu erzählen, andern Tages aber wurde
er auch von der Wahrheit überführt, denn vor dem Kurhause,
vor allen Leuten, winkte die Fürstin den Diethelm zu sich und
unterhielt sich lange mit ihm. Sie fragte nach seiner Unter=
suchungshaft, und Diethelm, der anfangs erschrak, richtete sich
an einer alten Erinnerung auf und beteuerte, wie er ein treuer
Unterthan sei und nichts von den Grundrechten wolle, aber das
Schwurgericht, das sei doch gut, da werde man auch öffentlich
freigesprochen. Mit einem freundlichen Lächeln entließ ihn die
Fürstin, und der Vetter Trompeter, der von ferne zugesehen,
faßte seine Hand, als er zu ihm trat, und rief:

„Was meinet Ihr, Vetter, wenn das Euer Vater gesehen
hätt', der Krattenmacher von Letzweiler?" Diethelm schien diese
Erinnerung nicht genehm, denn er erwiderte:

„Was redest du wie ein Mann ohne Kopf?" Der Vetter
verstand und fuhr fort:

„Ich hab's nicht allein gesehen, dort steht der Kastenver=
walter von G. Gucket, er kommt schon her und will Euch
Glück wünschen."

In der That geschah dies auch, und nicht nur der abge=
stellte Kastenverwalter, viele andere hohe und niedere Beamte,
ja sogar Adelige behandelten Diethelm mit Auszeichnung, und
zum darauffolgenden Ball im Kurhause erhielt Diethelm mit
seiner Familie eine Einladung. Martha sagte sogleich, daß sie
daheim bleibe, sie sei krank und nicht zum Tanzen da, Fränz
aber hüpfte vor Freude, als hörte sie schon die lustigen Tanz=
weisen.

Fränz war, wie gesagt, während des Badeaufenthaltes
noch nie zu rechter Freude gekommen, sie fühlte sich nicht recht
heimisch in diesen Umgebungen, sie hatte zwar die Bauern=
haube abgelegt, die kaum zu bewältigenden Haarflechten auf=
genestelt und sich einen farbenschillernden Sonnenschirm ange=
schafft, aber erst durch einen Geistlichen erhielt sie eine gesell=
schaftliche Firmelung. Ein junger Missionär aus der Schweiz,
der in einem zierlichen Rollwagen umhergeführt wurde, war bald
der Schützling aller Frauen und Mädchen, auch Fränz wurde
durch eine priesterlich zuvorkommende Ansprache in seinen Kreis
gezogen und verlor bald jede äußere Schüchternheit, indem sie
gleich den übrigen dem Kranken, der noch dazu ein geweihter
Priester war, sich dienstgefällig erwies. Die Hilflosigkeit des
Kranken ließ jede Scheu verschwinden, man durfte ihm die
Hand reichen und gefällig sein wie einem Kinde. Der junge
Mann, ein wirklich eifervoller Priester, mit seinem blassen Ant=
litze, das durch die beständige weiße Halsbinde noch gehoben
wurde, war eine anziehende Erscheinung, und sein brennendes
Auge, das er wundersam zu heben und zu senken verstand,
zeugte von innerem Feuer, das auch hervorbrach, wenn er an
stillen, schattigen Plätzen dem Frauenkreise vorlas. Er hatte
eine wohltönende, ins Herz bringende Stimme. Fränz hatte
in der Stadt die Kunst gelernt, Pantöffelein zu brodieren, und
sie saß nun mit den anderen Frauen mit ihrer Arbeit um den
heiligen Mann und hörte die ergreifenden Vorlesungen und
eifervollen Vorträge; sie verstand es, wie die anderen, mitunter
aufzuschauen, einen verständnisreichen Blick zu thun, bedeutsam
mit dem Kopf zu nicken oder gar die Hände ineinander zu
legen und unverwandt auf den Redner zu schauen. Mitunter
war sie auch wirklich ergriffen, und der Spruch: Rette deine
Seele! schauerte ihr durch Mark und Bein. Sie erkannte mit
Schrecken, wie sie ihr Seelenheil bisher verwahrlost und war
geneigt, dem Jungfrauenbunde, für den schließlich geworben
wurde, beizutreten, aber ein äußerlicher Grund half ihr, sich
von den schweren Opfern zu befreien. Sie glaubte zu bemerken,

daß einige, und zwar die Vornehmsten und Manierlichsten, von dem weihevollen Manne vorgezogen wurden, die Eitelkeit regte sich, und gewohnt, daß alles in der Welt nur zum Schein geschehe, forschte sie auch hier den Täuschungen nach und glaubte solche immer mehr zu finden. Dennoch war sie bereits so sehr im Bannkreise des jungen Priesters, daß sie ihm reuig und zerknirscht diese ihre Sünde offen beichtete, aber die Mahnung, ihre Eitelkeit zu besiegen, machte sie stumm und im Innersten widerspenstig, zumal diese Aufforderung gerade mit der Ehre zusammentraf, die ihrem Vater durch die Fürstin von * * geworden war.

Die Leichtigkeit, mit der sich ein Verhältnis im Badeleben knüpft, zeigt sich auch im Lösen desselben. Fränz hatte immer mehr Abhaltungen, im Schatten der wilden Kastanien unter dem andächtigen Zuhörerkreise des Missionärs zu erscheinen. Wenn sie dorthin ging, hatte sie den stillen, bescheidenen Gang und den niedergeschlagenen Blick, wenn sie aber bei den Musiken im Freien erschien, hatte sie, man kann fast sagen, etwas schäkernd Hüpfendes, wobei sie den Kopf in den Nacken warf.

Und diese letzte Haltung gewann die Oberhand, als der Priester, bald geheilt, im blumenbekränzten Wagen abreiste.

Fränz wollte, rund heraus gesagt, sich hier einen Mann erobern.

Den Munde bei seinen Schafen hatte sie längst vergessen, ja, sie sah jetzt, daß er nie zu ihr gepaßt habe; aber hier that ihr die Wahl weh zwischen dem Rautenkranzsohn, der hier Kellner war, und dem Amtsverweser. Der Kellner war eine gutartige und heitere Erscheinung, aber es hatte doch etwas Abstoßendes, daß er hier jedermann bediente und gegen alle Welt freundlich und unterwürfig sein mußte. Das behagte dem hoffärtigen Wesen der Fränz durchaus nicht. Wenn er ihr bei Tafel eine Schüssel reichte und dabei einige freundliche Worte sprach, schämte sie sich fast, ihm zu antworten; zwar erinnerte sie sich wieder, was er daheim zu bedeuten habe, und wie er mehr sei, als viele, die er hier bediente; aber eben dieses Bedienen gefiel ihr nicht, und dann konnte der Kellner nie einen Spaziergang, viel weniger eine Ausfahrt mitmachen, er mußte froh sein, wenn eine Stunde von fünf bis sechs Uhr nachmittags erübrigte, um, an den Hauspfosten gelehnt, eine Cigarre zu rauchen, die er schnell verbarg, wenn ein Gast kam. Dennoch hatte Fränz nicht recht den Mut, sich von ihm abzuwenden, ja sie dachte sich aus, wie alles schon anders würde, wenn sie einmal ein eigenes Wirtshaus hätten. Der Amtsverweser war äußerst zurückhaltend, obgleich er mit an derselben Tafel speiste; er schien mehreren Damen den Hof zu machen, die er oft auf Spazier= gängen begleitete. Glücklicherweise aber — man konnte nun nicht sagen, daß die Ansprache der Fürstin von * * daran schuld sei — hatte der Amtsverweser sie und den Vater just den Tag vorher begleitet und viel mit Fränz gelacht; er setzte nun diese Annäherung mit großer Beständigkeit fort, überbrachte selbst die Einladung zum Kurhausball und schickte am Abend desselben den erlesensten Blumenstrauß, eine Aufmerksamkeit, mit der ihm jedoch der Rautenkranzsohn zuvorgekommen war. Es waren beide wohl zu beachtende Bewerber. Der Rauten= kranzsohn war jünger und farbiger, in seinem vollen, wohl= gekämmten braunen Haar sah man stets die frischen Furchen der Bürste und den weißen Scheitel; der Amtsverweser war blasser und mit einer avancierenden Glatze versehen. Fränz hielt die beiden Sträuße der Bewerber in der Hand und betrachtete sie lang, sie überlegte, welchem Strauß und welchem Geber sie den Vorzug gönnen solle, ihre Wangen glühten, sie war nicht dem Zufall ergeben genug, um eine Blume mit „Liebt mich" und „Liebt mich nicht" zu zerzupfen, sie bedachte, daß der Rautenkranzsohn allerdings seine Vorzüge hatte, er stand ihr näher, sie kannte seinen Lebenskreis genau und konnte sich frei darin bewegen, auch war er gut geartet und leicht zu beherr= schen, nicht so sehr wie Munde, aber doch lenksam genug, und sie hatte sich's ja einst als schönstes Ziel gedacht, Frau Rauten= wirtin zu werden; aber Frau Amtmännin und in Zukunft Frau Regierungsrätin — das ist doch schöner, und ein Narr ist, wer das Höhere erreichen kann und sich mit Geringerem begnügt. Fränz war entschlossen, den Blumenstrauß des Amtsverwesers zu nehmen; aber während des langen Besinnens hatte sie ver= gessen, ob der in der Rechten oder in der Linken von ihm kam, sie waren so ähnlich. Jetzt erinnerte sie sich, daß der in der Rechten der gültige war, aber in der Verwirrung hatte sie die Sträuße niedergelegt und dieses Merkmal zerstört. Wenn aber kein rechtes Kennzeichen war, so konnte ja der Amtsverweser nichts merken? Wer weiß indes, ob er nicht doch ein geheimes Kennzeichen hat. Fränz war ganz berauscht von der blumen= duftigen Werbung, sie eilte die Treppe hinab und wollte den Kellner fragen, welcher Strauß von ihm sei, aber nicht der Gedanke, welch eine tückische Härte hierin lag, hielt sie plötzlich fest, sondern die Erinnerung, daß sie ja dann eine offenbare Entscheidung machen müsse und einen Freier aus der Hand gebe, bevor sie des andern gewiß sei, und jetzt that sich ein neuer

und glücklicher Ausweg auf, ſie wollte gar keine Blumen mit=
nehmen und dem Amtsverweſer ſagen, ſie habe deren ſo viele
von unbekannten Verehrern bekommen, daß ſie alle daheim ge=
laſſen. Das wird ihn kirren und raſch zugreifen machen, und
dann iſt die Entſcheidung da.

Und ſo geſchah es auch.

Wieder unter rauſchender Muſik wurde Fränz zum zweiten=
mal verlobt. Der Amtsverweſer hatte in unerklärlicher Zag=
haftigkeit gewünſcht, daß die Verlobung noch einige Zeit geheim
gehalten werde, mindeſtens bis er ſeine täglich erwartete Be=
ſtallung als ſtellvertretender Staatsanwalt erhalten habe, aber
Diethelm war nicht gewillt, nur einen Tag der Ehre verluſtig
zu gehen, die ihm aus dieſer Verlobung ſeiner Tochter ent=
ſprang; er faßte den Einwand ſeines Schwiegerſohns, daß er
wegen des neu zu übernehmenden Amtes vor kommendem Früh=
ling nicht heiraten könne, dahin feſt, daß Fränz während dieſer
Zeit noch in ein Erziehungs=Inſtitut, eine „Schnellbleiche“, wie
er es ſpöttiſch bezeichnete, gethan werde, um ihrer neuen Stellung
gerecht zu werden. Bis dahin wollte er auch ſein neues An=
weſen in Buchenberg verkaufen und, wie er doch ſchon lange
vorhatte, nach der Kreisſtadt ziehen.

Die warme Quelle hatte weder Diethelm von ſeinem Froſte,
noch ſeine Frau von der Abgeſtorbenheit ihrer Finger befreit,
man getröſtete ſich der Nachwirkung.

Nur Fränz hatte erreicht, was ſie wollte, und die Eltern
erfreuten ſich bei der Heimfahrt im Sprechen über das Glück
ihres Kindes und vergaßen darüber alle Körperleiden und alles
Leid in der Seele.

Siebenundzwanzigſtes Kapitel.

Wie ein Menſch aus höheren Regionen, der ſich beſcheidentlich
herabläßt, mit niederen Erdgeborenen zu verkehren, ſo ging
Diethelm durch Buchenberg; er hatte mit fürſtlichen Perſonen,
mit hohen Staatsmännern verkehrt, und ein Staatsanwalt —
denn das war er geworden — war ſein Schwiegerſohn! Es
dünkte ihn wie ein Traum, daß er ſein einziges Kind einſt
einem armen Schäfer hatte geben wollen. Wenn er ſeiner
That gedachte, war ſie ihm wie längſt abgethan, und die Gunſt
der Großen, denen er ſo nahe geſtanden, erſchien ihm als Schild
und Schirm, daß nie mehr auch der leiſeſte Verdacht ſich gegen

ihn erheben dürfte. Wenn der Eilwagen durch das Dorf fuhr
und bald darauf Briefe kamen, sah Diethelm immer, ob keiner
mit einem großen Siegel darunter sei, der ihm einen Orden
zubrächte oder irgend eine andere unverhoffte Auszeichnung. Es
kamen aber meist Bettelbriefe von allen Orten, von den ent=
ferntesten Verwandten, von Schulmeistern geschrieben, die in
hochtrabendem Tone den hochverehrten Herrn Vetter um Gaben
und Darleihen baten. Diethelm glaubte genug gethan zu haben
und ließ sie unbeantwortet. Am erfreulichsten waren noch die
Briefe von Fränz; zwar waren sie in steifer ungelenker Rede=
weise, aber diese erschien Diethelm gerade recht schön und er=
baulich, und von Brief zu Brief ward die Schrift zierlicher und
geläufiger. Diethelm konnte nicht umhin, manche davon, be=
sonders aber auch die Briefe des Staatsanwalts, durch den
Vetter im Waldhorn vorlesen zu lassen.

Die Verehrung im Dorfe schien ihm indes doch minder
bedeutend, als die in der Stadt sich darthat. Mit Martha,
die er nun nicht mehr allein ließ, fuhr er oft dahin, um allerlei
Hausrat zu kaufen. Er richtete sich nur notdürftig ein, da
er ja bald wieder verkaufen wollte.

Alles ließ sich zu größter Beruhigung an, nur Martha
war nicht aus ihrer beständigen Trauer und Kümmernis zu
reißen, und wenn Diethelm sie damit abwies, sagte sie klagend:
„Ich hab' ja sonst niemand, dem ich mein Herz ausschütten
kann, und mir bangt vor dem neuen Haus, wo der Medard
verbrannt ist."

Diethelm hörte sie geduldig an, aber dieses ewige Klagen
machte ihn stumpf gegen die Vorhersagung der Frau, daß sie
den Einzug ins Haus nicht erleben werde.

„Nur nicht prophezeien," war seine beständige Rede, „das
ist das Schlechteste, was man thun kann. Ich hab' dir ver=
sprochen, daß ich dich nie mehr allein lasse, aber du treibst mich
aus dem Haus, wenn du so fort machst."

Martha hatte in der That falsch prophezeit: der Sommer
ging zur Rüste, und im Herbste zog sie, abgesehen von ihrem
beständigen Leid, wohlbehalten in das wochenlang durchheizte
neue Haus ein, und nachdem das erste Mißbehagen überwunden,
schien sie sich dessen zu freuen; zumal da Diethelm die junge
Frau Kübler mit ihrem Kinde während der Abwesenheit der
Fränz zu sich ins Haus genommen hatte.

Nun erlaubte er sich auch allmählich, seinem Versprechen un=
treu zu werden, und buchstäblich hielt er es doch, wenn er wieder
Tage und Nächte über Land blieb: Martha war ja nicht allein,

die junge Frau mit dem Kinde war bei ihr. Wenn Martha ihn
dennoch an sein Versprechen gemahnte, war er ungehalten und
voll Jähzorn über diese unerträgliche Sklaverei und über dieses
ewige Erinnern an ein Versprechen, das er schon von selbst
halte und viel lieber, wenn er nicht daran gemahnt werde. Er
blieb nun mehr als gewöhnlich zu Hause, und jetzt erkannte er
deutlich, was er schon oft flüchtig wahrgenommen: wenn er im
lebhaften Verkehr mit Menschen, und zwar mit recht vielen war,
wich das Frösteln von ihm, in der Einsamkeit aber war es
immer wieder da, unabwendbar. Diethelm knirschte über die
neue Gefangenschaft, in der er sich befand, und jetzt fiel ihm
das Mittel des alten Schäferle ein. Er kaufte Erlenholz und
sägte tagelang, als müßte er sein Brot damit verdienen. Der
stolze, in grünen Saffianpantoffeln stolzierende und alle schwere
Arbeit verhöhnende Diethelm war in das Los eines armen
Taglöhners verfallen, aber er war dabei doch froh, denn er
fühlte in der That eine lange nicht empfundene Wärme; das
Holz, das, haufenweise in den Ofen gesteckt, ihn nicht von seinem
Frösteln befreit hätte, erwärmte ihn jetzt bei dessen Verarbeitung.
Vom Morgen bis zum Abend arbeitete er im Schuppen und
lauschte dann oft selbstvergessen den wunderlichen Tönen der
Säge; wie das klingt und schrillt beim ersten Einschnitt und
dann zum Kern des Scheites gelangend so dumpf tönt und
wieder ins Schrille, Kurzatmige übergeht beim Ende des Durch=
schnittes. Mochte es aber klingen, wie es wollte, wohlige Wärme
durchströmte den Körper. Die Leute sagten, der Diethelm sei
geizig geworden, seitdem sein Reichtum gestiegen sei; er ließ sich
diese Nachrede, die ihm wieder zukam, gern gefallen, denn auch
im Geiz liegt ein gewisser Ruhm, da seine unbezweifelte Voraus=
setzung der Reichtum ist.

Wenn er manchmal einen Tag in seiner mühseligen Arbeit
aussetzen wollte, kam wiederum das Frösteln über ihn, als wollte
sich alles Zurückgedrängte auf einmal geltend machen: er mußte
aufs neue wider Willen an die unscheinbare und doch so müh=
selige Arbeit, als hätte ein Zauber ihn darin festgebannt. Es
half nichts anderes.

Da kam ein neues Ereignis, das ihn von dieser Arbeit
und seiner häuslichen Gefangenschaft befreite, ohne daß Martha
zu einer Einsprache berechtigt war.

Das Schwurgericht, das man in stürmischen Zeiten ver=
heißen hatte, wurde jetzt nach Herstellung der nötigen Bauten
in der That eingesetzt. Der veränderten Zeitrechnung zufolge
wurden aber die Geschworenen nicht nach allgemeinem Wahl=

rechte frei gewählt, sondern die Amtsversammlung, bestehend
aus den meist gefügigen Schultheißen und einem Teil der Ob=
männer des Gemeindeausschusses, wählte einen sogenannten
Siebenerausschuß, und dieser ernannte die Geschworenen aus
der Zahl der Höchstbesteuerten und Nichtdemokraten. Eines
Tages kam der Vetter Waldhornwirt hastig mit der Landes=
zeitung in der Hand und sagte zu Dietelm:

„Da kommet Ihr in der Zeitung, Vetter.“

„Ich? Wie?“ erwiderte Dietelm, sich verfärbend, und nahm
mit Zittern das Blatt in die Hand. Er las die Liste der Ge=
schworenen, und als dritter stand sein Name. Lange starrte er
darauf hin und rieb sich mehrmals die Stirn, er wollte den
Schreck vergessen, den er gehabt hatte, und jetzt war es ihm
doch eine Freude, sich gedruckt zu lesen; er äußerte dies aber
nicht, sondern sagte nur, daß er um Dispensation bitten werde,
da er in seinem Anwesen noch viel zu thun habe, und daß er
auch seine Frau nicht verlassen dürfe. Martha entgegnete rasch:

„Meinetwegen kannst du's schon annehmen, im Gegenteil,
mir ist's lieb, wenn du ein paar Wochen fortgehst, lieber, als
wenn du so all Ritt verschwindest, wie in den Boden ge=
sunken.“

Der Vetter sagte, daß Dietelm gar nicht ablehnen dürfe;
man wisse nicht, was die Menschen denken könnten, wenn er sich
davon losangle; das ginge ihn zwar nichts an, aber er dürfe
es auch ohnedies nicht, er habe das Schwurgericht zu allen
Zeiten gepriesen, und jetzt müsse er auch dabei sein.

Dietelm schäumte innerlich vor Wut. So hatte seine Frei=
sprechung, hatten alle die hohen Ehren, die er genossen, nichts
genützt; die Menschen, die so unterwürfig waren, hegten noch
immer Verdacht gegen ihn, der allzeit bereit war, loszubrechen.
Der erstickte Argwohn in den Gemütern glich der Flamme in
einem niedergebrannten Hause, die immer wieder aufschlägt, so=
bald man einen Balken weghebt. Dietelm verfluchte die ganze
Welt und zankte mit dem Vetter, als dieser entschuldigend sagte:
er habe noch nichts gehört, von niemand, er habe nur so
gemeint.

„Was hast du vorzudenken, was andere Leute denken
können? oder bist du schlecht genug und bläsest den Leuten selber
ein, daß sie mich verunehren?“

„Ihr wisset ja, wie ich zu Euch bin.“ sagte der Vetter mit
schelmisch bedeutungsvollem Blick. Dietelm sah das, und wieder
kam ihm die Vermutung, daß der, den er sich am nächsten
glaubte, schlimmen Verdacht gegen ihn hegte; aber das Klügste

war doch, immer zu thun, als ob er das nicht glaube; er
sagte daher:

„Wenn's nicht anders ist, nehm ich's an. Hast recht, Vetter,
es kann mir eins sein, was die Leut' denken, und ich freu mich
auch, bei meinem Schwiegersohn zu sein. Weißt was, Frau?
Geh mit."

Martha verneinte, und Diethelm wiederholte seinen Vorschlag nicht. Denn wie alles in der Welt seine vielfachen Gründe
hat, so ging es auch hier. Diethelm wollte nicht nur zeigen,
daß er keinen Gerichtshof scheue, er wurde auch von der Oede
im Hause und den ewigen Klagen seiner Frau erlöst, wenn er
sich davon machte.

Diethelm hatte bei der bald darauf folgenden Amtsversammlung die Genugthuung, vom Amtmann Niagara — der
so genannt wurde, weil er im Gespräche immer ein mächtig
schetterndes Gelächter erhob — mit besonderem Ruhme er-
wähnt zu werden, während den anderen mit Recht vorgehalten
wurde, daß sie gern freie Staatseinrichtungen hätten, aber dafür
keinen Tag aufwenden wollten, so daß ihnen schon jedes Wählen
zu viel Mühe sei.

Diethelm sah stolz und selbstbewußt drein, und bei dem gemeinsamen Mahle, das nach der Amtsversammlung gehalten
wurde, erhielt Diethelm den Ehrenplatz neben dem Amtmann
Niagara und half ihm tapfer lachen. Es gab besonders viel
Witzreden über diejenigen, die da gehofft hatten, daß den Geschworenen reiche Taggelder aus der Staatskasse ausgesetzt würden;
der Steinbauer vor allem mußte sich viele Neckereien gefallen
lassen, weil er auf sein Dispensationsgesuch einen abschlägigen
Bescheid erhalten hatte. Der Angegriffene wagte es nicht, den
Spässen des freundlichen Amtmanns entsprechenden Widerstand
zu leisten, und ohne sich auf eine nähere Erklärung einzulassen,
behauptete er, daß er doch noch frei werde.

Noch nie kam Diethelm frohgemuter nach Hause, als von
der heutigen Amtsversammlung, und er wünschte sich, daß die
Gerichtssitzungen nur bald beginnen möchten. Die Ehrenbezeigungen von den Beamten thaten ihm gar wohl.

Als der Tag der Abreise kam, wollte es Diethelm wiederum
bange werden, es erschien ihm als ein gefährliches Spiel, das
er mit sich treibe. Er nahm sein Gefährte nur bis G. mit,
dort gesellten sich im Eilwagen die anderen Geschworenen zu
ihm, der Sternwirt und der Steinbauer waren auch dabei.

Es war das erste Schwurgerichtstagen seit undenklichen
Zeiten, und alle Mitwirkenden waren in feierlich gehobener

Stimmung, der der Vorſitzende des Gerichtshofes und der Staats=
anwalt wie der Altmeiſter der Rechtsanwälte beredte Worte
gaben. Beſonders ein Wort des Vorſitzenden drang Diethelm
ins Herz, denn er hatte geſagt: Ein Verbrechen, das unge=
ſühnt in der Seele ruht, gleicht dem Brand in einem Kohlen=
bergwerke; man ſtopft es zu und will das Feuer erſticken, aber
es brennt weiter, unterirdiſch, ungeſehen, und eine Oeffnung,
die ſich aufthut, läßt die Flamme emporſchlagen.

Diethelm fühlte bei dieſen Worten, wie es wirklich in ſeinen
Eingeweiden brannte, er hätte laut aufſchreien mögen vor Schmerz,
aber er bezwang ſich. Als jetzt die Rechtsgelehrten der ver=
ſchiedenen Stellungen geſprochen hatten, trat eine Pauſe ein.
Man erwartete eine Anſprache aus der Mitte der Geſchworenen.
Einer ſtieß den andern an, er möge reden, und doch hätte jeder
gern ſelbſt geſprochen, die Pauſe dauerte peinlich lange, da er=
hob ſich Diethelm. Er glaubte gerade beſonders zeigen zu
müſſen, wie ſehr er die Bedeutſamkeit der neuen Einrichtung
erkenne, die Worte des Amtmanns bei der Wahlverſammlung
kamen ihm wohl zu ſtatten, und hatte er ſich vordem nicht ge=
ſcheut, mit fremdem Geld und Gut groß zu thun, ſo hatte es
mit einem fremden Gedanken gewiß viel weniger auf ſich. An=
fangs bebend, dann aber mit feſter Stimme wiederholte er, in
ſeine Weiſe übertragen, jene Worte; und alle ſtanden auf, als
er plötzlich ſtotternd abbrach und die Hände faltend mit ge=
haltenem Tone das Vaterunſer ſprach.

Bevor die Namen der Geſchworenen verleſen wurden, ließ
der Vorſitzende durch den Gerichtsſchreiber ein ärztliches Zeugnis
vortragen, das der Steinbauer beigebracht hatte und das ihn
befreien ſollte. Nach kurzer leiſer Beratung erklärte der Schwur=
gerichtshof, daß die Befreiungsgründe nicht zureichend ſeien.
Diethelm ſchaute mit triumphierendem Lächeln auf den Stein=
bauer, der aber keine Miene zuckte.

Nun ging es an das Verleſen der Namen. Der Vor=
ſitzende nahm bald rechts, bald links die Zettel auf, die ihm
die beiden Schwurrichter reichten, und warf ſie in die Urne.
Dieſes Aufraffen, Ausrufen und Verſenken der Namen hatte
für Diethelm etwas Eigentümliches, bang Rätſelvolles, es war
ihm, als wäre er wie ſein Name in fremde Gewalt gegeben.

Als jetzt die Namen aus der Urne gezogen wurden, ballte
Diethelm bei jedem, der ausgerufen wurde, die Fäuſte, um
keinen Schrecken zu zeigen, wenn er den ſeinigen hörte, aber
er kam nicht. Beim Namen des Steinbauern ſprachen Staats=
anwalt und Verteidiger zugleich: Abgelehnt! worüber ein Lächeln

in der Versammlung entstand, und der Verteidiger mit höflicher
Handbewegung die Ablehnung dem Staatsanwalt überließ. Der
Steinbauer schaute herausfordernd auf Diethelm, seine Mienen
sagten: ich hab's gewußt, daß ich frei werde.

Die zwölf Männer waren ernannt, Diethelm war nicht
unter ihnen; er atmete frei auf. Nun aber erklärte der Vorsitzende, daß er noch zwei Ersatzgeschworene auslose, und der
erste Name, der jetzt erschien, war der Diethelms. Als er mit
schweren Schritten nach der Geschworenenbank an dem dicht-
gefüllten Zuhörerraume vorüberging, hörte er dort sagen: Schade,
daß der nur Ersatzgeschworener ist, das wäre ein tüchtiger Obmann geworden. Diethelm schloß die Augen, als er in seinem
Armstuhl saß: der Ehrenzuruf aus den Zuhörern hatte ihm
sein fast stillstehendes Herz freudig bewegt. Durch ein Geräusch
wurde Diethelm aus seiner inneren Versunkenheit erweckt, die
Stühle rutschten und brummten, die ganze ruhige Versammlung
kam plötzlich in Bewegung, dort auf der Erhöhung, wo das
Gericht saß, war es dunkel geworden, denn die Mitglieder des
Gerichtshofes, hinter deren Rücken die Fenster waren, hatten
sich erhoben, und nun sprach der Vorsitzende den Geschworenen
mit feierlicher Stimme ihren Eid vor, und einer nach dem
andern erhob die Hand und sprach: „Ich schwör' es, so wahr
mir Gott helfe." Es waren ruhige überzeugungsfeste Stimmen,
und jeder, der es hörte, wie hier die innere Wahrhaftigkeit sich
laut beteuerte, mußte ergriffen und erschüttert werden; es war
eine rechtsprechende Gemeinde, darin ein jeder aus Herzens-
grund sein Bekenntnis aussprach, und über der ganzen Versammlung ruhte eine ernste Gehobenheit, denn die Heiligkeit
des Beginnens, der Geist der Wahrhaftigkeit schwebte darüber.

Diethelm sprach den Eid, und wie er die Hand empor-
hob, fühlte er's, wie wenn eine unsichtbare Macht seine Hand
faßte, er senkte sie nicht, bis er sich niedersetzte und jetzt erst
eine Müdigkeit fühlte, als wären ihm die Kniee zerbrochen.

Auf der Anklagebank saßen zwei junge Männer, des Kom-
plott-Diebstahls beschuldigt. Der verlesenen Anklage gemäß erschien dennoch der eine mehr als Verführter. Der Staatsanwalt begründete in scharfsinniger Weise die Anklage, seine
Stimme hatte etwas zitternd Melancholisches, und dieses sowohl
wie seine Beweisführungen hatten so viel Bestimmendes, daß
der Nachbar Diethelms, der Schultheiß von Rettinghausen, ihm
zuraunte: Die sind schuldig. Diethelm antwortete nicht. Mit
eingekniffenen Lippen und weit aufgesperrten Augen betrachtete
er die Angeklagten: diese finster blickenden Augen, die nur

bisweilen zuckten, diese starren Züge, diese ineinander gelegten
Hände, diese Gestalten mit ihrem ganzen Leben sind in fremde
Gewalt gegeben.   Dort hinter den Angeklagten sitzt der Landjäger, das gezückte Schwert in Händen. Wie es so gierig blinkt!
Das ist das Schwert der Gerechtigkeit über den Angeklagten
schwebend. Immer und immer mußte Diethelm denken, wie es
diesen Menschen zu Mute sei, wie die Blicke der Anwesenden
sie treffen müssen wie scharfe Schwerter; er konnte diese Gedanken nicht los werden, bis er endlich die Hände zusammen-
preßte, ein Schauer durchrieselte ihn, und zum erstenmal betete
er in innerster Seele voll Reue über das Geschehene. Vor
seinen dreinstarrenden Augen verschwammen die Menschen-
gestalten, nur das blanke Schwert dort an der Wand blinkte,
und die Stimme des Staatsanwalts tönte. Da erklärte der
Vorsitzende die Verhandlung für diesen Morgen als geschlossen
und beraumte eine zweite Sitzung auf Nachmittag.

Als jetzt alles sich erhob, rieb Diethelm sich lange die Stirn,
und wie taumelnd verließ er den Saal und drängte sich dann
hinaus, als würde er festgehalten. Erst in freier Luft fand er
sich selber wieder, er trat fest auf und schaute zurück nach dem
Gerichtssaal, wie ein Angelandeter dem schwankenden Schiffe
nachschaut, das er eben verlassen.

Die Mehrzahl der Geschworenen hatte sich einen gemeinsamen Mittagstisch in einem ihnen genehmen Wirtshause angeordnet, und wie von selbst war Diethelm hier der Vorsitzende,
zumal da die wenigen „Herren“ unter den Geschworenen sich
in einen vornehmeren Gasthof begeben hatten. Diethelm fühlte
sich ganz wohlgemut: er war fest überzeugt, daß er heute alles
Peinliche seiner Lage überwunden habe und daß nichts mehr
über ihn kommen könne.

Es waren hier die gewichtigsten Bauern eines ganzen
Kreises versammelt, die sich zum Teil noch nicht persönlich
kannten, sie fanden aber schnell eine Einigung und sogar ein
allgemeines Gespräch; denn nichts vereinigt die Menschen so
leicht als eine Anhänglichkeit oder ein Widerspruch gegen eine
Persönlichkeit. Gegen den Steinbauern, der sich bald nach
seiner Erledigung heim gemacht hatte, brannte wie beim Scheiben-
schießen ein jeder seine Kugel los. Man erzählte sich, daß der
Steinbauer das Gerücht verbreitet habe, er werde jeden unbedingt für schuldig erklären, und darum werde er stets abgelehnt
werden und könne daheim ausdreschen. Diethelm fand in dem
Schultheiß von Rettinghausen und in einem jungen Manne
zierlichen Angesichtes, es war der Gemeindeschreiber von Rein-

dorf, fertige Beihilfe, die mit ihm die Gewissenlosigkeit und
Niedrigkeit eines solchen Gebarens brandmarkten, und schon jetzt
zeigte sich die unverwüstliche Ehrenhaftigkeit des Volkscharakters,
die nur der rechten Erweckung bedarf: ein jeder beteuerte mit
aufrichtigen Worten, daß er sich nicht um vieles von einer so
schönen Ehrensache losmachen möchte, und wenn nur die Schwurgerichte besonders zur Winterszeit wären, möchten sie immer
dabei sein.

Das Gespräch verlief sich nach allen Seiten, und Diethelm
ärgerte sich, daß seiner Rede bei der Eröffnung des Schwurgerichtes gar keine Erwähnung geschah; er war nicht der Mann,
der eine glorreich vollbrachte That gern unbeachtet sah. Nach
Tische hatte er indes die Genugthuung, daß sein Schwiegersohn,
der als Assessor bei dem Gerichtshof war, zu ihm kam und
sich zu ihm setzte; bald drängte sich eine große Menschenmenge
aus allen Gegenden zu ihm, teils alte Bekannte, teils neue,
die ihn wegen seiner ergreifenden Rede kennen lernen wollten.
Diethelm klagte indes seinem Schwiegersohn, daß ihn die Sache
doch mehr angreife, als er erwartet habe, besonders das lange
ruhige Sitzen werde ihm peinlich; der Assessor getröstete ihn
aus eigener Erfahrung, daß er sich schon daran gewöhnen werde,
und Diethelm lächelte, als er hörte, daß er als Ersatzgeschworener
nicht mit zu urteilen habe.

„So bin ich nur Vorspann für die Gefahr," sagte Diethelm, und dieses Wort setzte sich fest, und seit jener Zeit nennen
die Geschworenen die Ersatzgeschworenen „den Vorspann."

Als man am Nachmittag wieder in den Gerichtssaal kam,
war die Weihe des ersten Eindruckes zwar verschwunden, aber
der Ernst des Unternehmens blieb. Diethelm fühlte sich noch
besonders beruhigt, da er nicht zu urteilen hatte; er lehnte sich
bequem in seinem Stuhle zurück, er betrachtete sich den Saal,
der sich in einem alten Deutschmeisterhause befand, aber aus den
übereinanderpurzelnden Genien und halbnackten Kriegern an dem
Deckengemälde, sowie aus den Stuckarbeiten an den Wänden
konnte man nicht klug werden. So oft ein neuer Zeuge be-
eidigt wurde, schreckte Diethelm zusammen, dieses plötzliche ge-
räuschvolle Sicherheben der ganzen Versammlung machte immer
von neuem einen gewaltigen Eindruck. Ueber die Zeugen aber
war Diethelm meist sehr ungehalten; das war ein unbehilf-
liches Hinstellen und ein Stottern, als ob sie nicht drei Worte
zusammenhängend sprechen könnten. Diethelm fühlte, daß er
mit Recht eine bevorzugte Stellung in Anspruch nahm. Hätte
der Vorsitzende nicht mit Milde und Klugheit und unverwüst-

licher Geduld, sowie besonders durch Erfragen unverfänglicher
Gegenstände, die Zeugen zum Sprechen und zur Sicherheit des
Sprechens gebracht, man hätte kaum etwas erfahren.

Dem Benehmen der Angeklagten widmete Diethelm dabei
eine besondere Aufmerksamkeit; bald der eine, bald der andere
vergaß sich und schaute sorglos und keck darein, bis er sich oft
plötzlich besann und sich faßte, und während des Zeugenverhörs
schärfte sich oft der Hauptangeklagte die Lippen, indem er mit
der Zunge dazwischen hin und her fuhr; dann stemmte er die
Hand in die Seite, raffte sich zusammen und richtete sich auf.

Was geht in diesen Menschen vor?

Mitten durchs Herz fühlte Diethelm einen Stich, als er
hörte, wie die beiden Angeklagten, die doch Genossen bei der
That gewesen, jetzt vor Gericht als die bittersten Feinde einander
gegenüberstanden und sich wechselseitig anklagten.

So wären Diethelm und Medard einander gegenüber gestanden. Diethelm zuckte zusammen und fuhr sich mit der Hand
über das Gesicht. Er schaute frei umher und auf seine Mitgeschworenen; er erinnerte sich, wo er saß.

Drei volle Tage mit doppelten Sitzungen dauerte die erste
Verhandlung, und bei aller ehrenhaften Anhänglichkeit an das
Gerichtsverfahren klagten die Mitgeschworenen doch auch manchmal über das fremde Leben in fremder Stadt. Sie fühlten
sich unbehaglich, beständig in Sonntagskleidern und der Hand-
arbeit ledig umher zu gehen; dennoch beteuerte jeder, daß er
nicht davon sein möchte, und Diethelm hatte nur gegen die Behauptung Einsprache zu erheben, daß man die Sache zu weitläufig
behandle. Der Schultheiß von Rettinghausen, der gleich anfangs
sich für ein Schuldig entschieden hatte, erklärte jetzt, daß dieses
genaue Erörtern doch einem erst die Augen öffne, und jene seltsame Seelenstimmung trat in vielen zu Tage, wo man bald mit
Bestimmtheit ein Schuldig aussprechen möchte, bald zweifelvoll
ist und wiederum ein Nichtschuldig sich herausstellen will.

Der Schultheiß erwarb sich das Lob eines gutherzigen
Menschen, da er darlegte, daß man sich nicht, um zeitig zu
seinem Mittagessen oder zu seinem Schoppen zu kommen, verleiten lassen dürfe, über das ganze Lebensschicksal eines Menschen
rasch den Stab zu brechen.

Diethelm wurde staunend angesehen, als er sagte, ihm gebe
es jetzt, wie ihm der Doktor von G. einmal erzählt habe. Als
dieser zum erstenmal von der Anatomie kam, sah er immer
nichts als aufgeschnittene Menschen vor sich, und so gehe es
ihm jetzt auch.

Als endlich am dritten Abend die Verhandlung geschlossen wurde und die Geschworenen sich mit den Fragen zurückzogen, war Diethelm froh, daß er nur Vorspann gewesen war und zurückbleiben durfte. Die Geschworenen kamen bald zurück. Der Schultheiß von Rettinghausen war Obmann, er erklärte die beiden Angeklagten für schuldig.

Als die Verbrecher abgeführt wurden, machte sich Diethelm rasch davon; aber unversehens war er an den unrechten Ausgang gekommen und sah plötzlich den Landjäger mit bloßem Schwerte hinter sich. Glücklicherweise klopfte ihm sein Schwiegersohn auf die Schulter und nahm ihn mit durch die Gerichtsstube.

Am andern Tage bei einer neuen Verhandlung blieb der Name Diethelm in der Urne, und der Steinbauer wurde richtig wiederum abgelehnt.

Diethelm wußte zwar nicht, was er zu Hause beginnen sollte, aber weil er auf mehrere Tage frei war, kehrte er doch heim. Verwundert sah er auf dem Wege, wie das Leben der Menschen draußen, die das nicht miterlebt haben, seinen geregelten Gang fortgeht; sie alle dachten nicht an die drohenden Gerichtsverhandlungen und wie jetzt zwei Männer auf Jahrzehnte aus der Mitte der Menschen gerissen waren.

Still und in sich gekehrt weilte Diethelm daheim, und nur abends beim Spiel war er lebendig. Die Leute wunderten sich, warum er so wenig vom Schwurgericht erzählte, er aber wollte es sich aus dem Sinne schlagen und kehrte mißmutig wiederum am zweiten Dienstag nach der Kreisstadt zurück.

———————

Achtundzwanzigstes Kapitel.

Der erste Mann, der Diethelm begegnete, war der Steinbauer, er schien ihn nicht mehr zu kennen, und in der That hatte sich die Erscheinung Diethelms auffallend verändert. Er trug jetzt einen dunkelblauen Rock mit Kummetkragen, Watten und dunkeln seidenbesponnenen Knöpfen, dazu eine schwarze, bis an den Hals geschlossene Atlasweste und lange dunkelblaue Hosen, nur der Hut war der alte geblieben. Teils um selber die kennzeichnende Bauerntracht los zu sein, teils auch um, wie er hoffte, sich seinem Schwiegersohn genehmer darzustellen, hatte Diethelm seine Erscheinung verändert; überhaupt aber wollte er in jeder Weise ein anderer Mensch sein, er hatte sich genugsam über die Weichmütigkeit geärgert, die ihn an dem Schicksal der abgeurteilten Diebe so besonderen Anteil nehmen ließ, daß er noch tagelang dachte, wie sie auf den Schub gebracht, im Zucht= haus eingekleidet und in ein fremdes Dasein gebracht werden. Er suchte gewaltsam seinen alten Stolz wieder hervor und stellte sich hoch über „das Lumpenpack, das nichts hat und nichts vermag".

Als er zu seinem Schwiegersohn kam, bedauerte dieser, daß Diethelm seine ihm wohl anstehende Tracht abgelegt habe. Er ging aber bald davon ab und berichtete mit dem freudigen Bangen, das ein Offizier vor der ersten Schlacht empfinden mag, daß er andern Tags stellvertretender Staatsanwalt sein werde, und zwar in der Angelegenheit Reppenbergers, der erst vor kurzem eingebracht, aber noch in dieser Gerichtsperiode ab= geurteilt werde, sowohl um ihn nicht noch auf ein Vierteljahr im Salz liegen zu lassen, als auch um rasch ein abschreckendes Beispiel gegen das überhand nehmende Verbrechen zu geben.

„Ich kenn' den Reppenberger, was hat er denn? Ich hab' noch gar nichts davon gehört," sagte Diethelm.

„Die Sache war schlau angelegt," erwiderte der stellver= tretende Staatsanwalt, „er hat eine Branntweinbrennerei, hat sie hoch versichert, angezündet und sich davon gemacht; er hat aber nicht an den Zugwind gedacht, und das Feuer ist zu früh ausgebrochen, am hellen Tag, man hat gelöscht und gefunden, daß die Fässer, in denen Branntwein sein sollte, nichts als Wasser enthielten. Zwölf Jahre Zuchthaus sind ihm gewiß. Es ist Brandstiftung und Betrug."

„Das ist ein schöner Spaß."

„Wie so Spaß?"

„Ich hätt' nicht glaubt, daß Sie mit mir so einen Spaß machen. Das lassen Sie sich gesagt sein, das ist ein Punkt, wo man mich nicht anfassen darf, da bin ich kitzlig und hau' um mich, sei es, wer es wolle, da versteh' ich keinen Spaß."

Der Schwiegersohn beteuerte, daß er nur ernste wirkliche Thatsachen berichtet habe, und sah Diethelm verwundert an; dieser erkannte schnell, daß er sich anders gebaren müsse, und seine geübte Verstellungskunst kam ihm zu statten, er that, als ob er den Vorgang mit Reppenberger schon längst kenne und nur darüber gescherzt habe, da der Schwiegersohn voraussetzen könne, daß er sich von dieser Sache dispensieren lasse; denn diese Verhandlungen griffen ihn überhaupt zu sehr an und zumal die bevorstehende gegen den Reppenberger, der ein alter Be= kannter von ihm sei. Der Schwiegersohn bemerkte, daß es Aufsehen machen werde, wenn sich Diethelm gerade hiervon dispensieren lasse, er solle vielmehr ihm zulieb dabei sein.

„Warum Euch zulieb? Habt Ihr auch noch was im Hinter-
ling gegen mich?" fragte Diethelm, und seine Augen rollten.

„Ich meine: mir zulieb, weil ich gern möcht', daß mein
Schwiegervater dabei wär', wenn ich zum erstenmal im Feuer stehe."

„Ich kann ja auch als Zuhörer dabei sein," schloß Diethelm, brach ab und plauderte mit seinem Schwiegersohn über
allerlei voll heiterer Laune.

Am Abend machte sich Diethelm auf zu dem Rechtsanwalt
Rothmann, der der bestellte Verteidiger Reppenbergers war;
dieser mußte ihm den Gefallen thun und von seinem Rechte
Gebrauch machen, die ihm nicht genehmen Geschwornen ab-
zulehnen und dafür aus der Ueberzahl einen andern zu nehmen.
Erst im Zimmer Rothmanns fiel ihm ein, daß solch eine Bitte
gefährlich und nutzlos sei. Gerade weil er ein alter Freund
Reppenbergers war, mußte dessen Verteidiger ihn festhalten. Er
sprach daher auch mit Rothmann allerlei, aber nichts eigentlich
über die Angelegenheit Reppenbergers. Nur beiläufig bemerkte
er, daß die Geschwornen bös gestimmt werden, wenn man
Sachen, die nicht daher gehören, anbringe. Er hoffte, daß ihn
Rothmann verstanden habe und von dem ihn betroffenen Fall
nichts erwähnen werde. Rothmann nickte still. Es kam Diethelm der Gedanke, zu dem Vorsitzenden zu gehen und ihm zu
sagen, daß er heim müsse, seine Frau sei todtkrank, aber er
wagte es doch nicht, dies auszuführen. Er ging noch in das
Wirtshaus, wo sich in der Regel die Geschwornen versammelten,
und hier kam es endlich zu heftigem Streit zwischen ihm und
dem Steinbauer, dessen sicherer, aber auch boshafter und ver-
urteilungssüchtiger Charakter ihm stets zuwider gewesen war.

Mit besonderem Behagen und listigem Augenzwinkern spielte
der Steinbauer wiederholt darauf an, daß sie morgen einen
Schwarzkünstler (so nannte er stets spöttisch die Brandstifter)
einthun wollten, damit die Brandsteuer nicht immer wachse.

Anfangs hörte Diethelm ruhig zu, bis er glaubte, daß
Stillschweigen ihm mißdeutet würde, und bald war er mit dem
Steinbauer im heftigsten Streit. Der Steinbauer, der stets so
kaltblütig und wortkarg war, zeigte sich unbändig wild, wenn er
in Zorn gebracht wurde. Er ließ es an gedeckten und doch bitter
hässigen Reden gegen Diethelm nicht fehlen, und nur dem Schultheiß von Rettinghausen gelang es, Thätlichkeiten zu vermeiden.

Als trüge er noch all das Lärmen und Schreien im Kopf,
so wirr kam Diethelm endlich in seinem Quartier an und faßte
den festen Vorsatz, noch das letzte zu thun und ohne ein Zeichen
der Betroffenheit den morgigen Verhandlungen beizuwohnen.

Mitten in der Nacht erwachte er, er war an einem Schrei aufgeschreckt, den er noch wachend zu vernehmen glaubte. Er hatte im Traume seine Frau krank gesehen, und sie rief ihm mit so jammervoller Stimme, daß sein Herz noch laut pochte. Er machte sich rasch auf, verließ das Haus und die Stadt und eilte heimwärts. Immer fester glaubte er daran, daß seine Frau mit dem Tode ringe und nicht sterben könne, bis er bei ihr sei, und daß sie noch im Tode ihn so sehr liebe, daß sie ihn wegrief von all den Schrecken, die seiner harrten und denen er vielleicht doch nicht Trotz bieten könne. Die nie ganz erloschene Zuneigung zu seiner Frau flammte in ihm auf, und weinend wie ein Kind rannte er dahin. Am Herbsthimmel schossen Sternschnuppen in weiten Bogen hin und her, mit vertrauender Innigkeit sprach Diethelm beim Aufblicke den Wunsch aus, daß seine Frau leben bleiben und alles mit ihnen gut sein möge.

Kaum eine Stunde war Diethelm gegangen, als er vor einem Berge wie festgewurzelt stand. Wehe! Von der Bergesspitze herunter kam wie aus dem Himmel heraus eine Herde Schafe, die blökten so jämmerlich, wie damals in den Flammen. Diethelm setzte sich nieder und wusch sich die Augen mit dem Tau, der auf dem Grase lag, er wollte gewiß sein, daß er nicht träume. Er schlug die Augen auf, aber immer näher, immer näher kam es wie ein Hirt und eine Herde, und aus der Brust Diethelms rang sich der Schrei los:

„Was willst du?"

Keine Antwort. Im Laub auf dem Wege raschelten Schritte. Ist das der Gang des Geistes? Es nahte sich, und jetzt stand es vor ihm.

„Seid Ihr's, Diethelm?" sprach eine Stimme.

„Bist du's, Munde?" rang Diethelm heraus.

„Ja. Wie kommt Ihr daher? Was habt Ihr? Aber das geht mich nichts an. Eure Frau schickt mich zu Euch, Ihr sollet gleich heimkommen, sie liegt schwer krank. Jetzt hab ich's ausgerichtet, und nun red' ich kein Wort mehr mit dem Diethelm, so lang er lebt."

„O Himmel! O Himmel! Ich hab's geahnt, daß meine Frau todkrank ist," schrie Diethelm. „Hilf mir auf, Munde, ich kann ja nicht aufstehen."

„Meinetwegen. So," sagte Munde, ihn aufrichtend, „Ihr seid mein Feind, aber ich will's doch thun."

„Ich bin nicht dein Feind, gewiß nicht, gewiß nicht, Munde, glaub' mir. Meine Frau weiß das auch. Warum hat sie just dich geschickt?"

„Sie hat mich grad in der Stunde, wo ich zum Manöver fortgewollt hab', rufen lassen und hat mich noch gebeten, Euch gut Freund zu sein. Ich hab's ihr aber nicht versprechen können. Nie, nie werd' ich Euch gut Freund, so gern ich auch Eurer Frau noch was Gutes gethan hätt'. Ich muß meinem Vater vor allem Wort halten, und lügen kann ich nicht, auch nicht zu einem, das stirbt. Ich hab' Eurer Frau versprochen, Euch gleich zu melden, daß Ihr heimkommen sollet. Ich hab' mein Versprechen gehalten und will nicht danach forschen, warum Ihr in einsamer Nacht da umherlauft. Daneben leg' ich Euch nichts in den Weg, vor mir kann der Diethelm ruhig sein, wenn er's vor sich auch kann."

Schnell eilte Munde davon und hörte nicht darauf, daß ihm Diethelm noch nachrief, er möge ihn begleiten.

Wie traumwandelnd ging Diethelm in die Stadt zurück. Im Umschauen gewahrte er wieder die zerstreuten weißen Punkte auf dem Berge, und jetzt erinnerte er sich, daß das ja nur Kreidefelsen waren, die hier zu Lande auf den Bergen liegen gelassen werden, um die Dammerde vor Abschwemmungen zu wahren. Im Wirtshaus schrieb er einen Brief an den Vorsitzenden und schickte ihn doch nicht ab; er wartete mit Ungeduld auf den Morgen und eilte in aller Frühe zu dem Vorsitzenden, ihm ankündigend, welche Botschaft ihm ein Soldat gebracht, den er genau bezeichnete. Der Vorsitzende entließ ihn, und Diethelm hörte kaum, daß heute ohnedies keine Sitzung sei. Noch einen Augenblick sah er seinen Schwiegersohn und bat ihn, Fränz von dem Geschehenen zu benachrichtigen, dann fuhr er mit Extrapost heimwärts, er fand aber seine Frau nicht mehr am Leben und hörte nur von der Frau Kübler, wie innig sie seiner gedacht und immer gerufen habe: „Du bist unschuldig. Du bist mein braver Diethelm."

In seinem aufrichtigen Schmerze tröstete ihn der Gedanke, daß sie in diesem Glauben gestorben war. Er machte eine namhafte Stiftung zu ihrem Andenken und war überaus mild und freigebig.

Neunundzwanzigstes Kapitel.

Von Fränz war ein Brief aus der Kreisstadt gekommen; sie hielt sich dort bei den Eltern ihres Bräutigams auf, hatte die Todesnachricht erfahren und fragte, ob sie nun dennoch heimkommen solle, und wenn dies der Vater wünsche, möge er ihr jemand zum Geleite schicken, da es nicht mehr für sie passe, allein zu reisen. Dieser Brief war für Diethelm voll Betrübnis, er sah darin aufs neue die Herzlosigkeit seines Kindes, das nicht über alles hinweg zu ihm eilte, um ihn nicht allein seinem Schmerze zu überlassen und am Grabe der Mutter mit zu weinen. Ja, Diethelm fühlte, daß er in seiner Frau nicht nur eine treue Ehegenossin, sondern auch eine mütterliche Sorgfalt verloren, die allezeit fest und unbeirrt ihm sich zuwendete. Er ging im Dorfe mitten unter den Menschen umher wie ein in Waldesdunkel verirrtes Kind, so verlassen, so hilflos erschien er sich. Was nützte ihm all die Ehrerbietung und zuthunliche Teilnahme der Menschen? Das waren doch nur Bettelpfennige, die man dem Hilflosen am Wege zuwirft, und ein jedes ging schließlich doch seinem eigenen Lebenskreise und seiner Lustbarkeit nach und ließ ihn mit sich allein. Mit der jungen Frau Kübler zankte Diethelm stets, sie machte ihm nichts recht, das war alles anders gewesen zu Lebzeiten der Meisterin.

Der Vetter Waldhornwirt hatte ihn gar noch gekränkt, denn als ihm Diethelm über das herzlose Wesen der Fränz Klage führte, hatte er gesagt:

„Ich wüßt', was ich thät', das hoffärtige Mädchen bekäme mir eine junge Mutter. Ihr seid ein Mann in den besten Jahren, und ich will für Euch freiwerben, ich weiß, wo ich anklopfe, wird mir aufgemacht, ein neues Haus und eine neue Frau.“

Diethelm schrieb der Fränz, sie solle an einem bestimmten Tag in der Kreisstadt seiner warten, und er bereitete nun alles vor, um Buchenberg auf ewig zu verlassen; einstweilen, bis er einen schicklichen Käufer gefunden, übergab er dem Vetter Waldhornwirt alles zur Ueberwachung. Es gingen aber doch noch Tage darauf, bevor er fort kam, da waren noch hunderterlei Sachen abzuwickeln, und diese Tage wurden ihm zur höchsten Pein; der Geist, der aller gewohnten Umgebung bereits Ade gesagt und doch noch mitten in ihr steht, erschien wie ein ruheloses Gespenst, das noch umwandeln muß. Endlich am zehnten Tage nach seiner Rückkehr fuhr Diethelm allein mit seinen Rappen davon. Er drückte den Hut tief in die Stirn und schaute nicht rechts und nicht links, und erst als er die kalte Herberge hinter sich hatte, atmete er frei auf.

Das Reisen im frischen Herbsttage, das Fahren im eigenen Gefährte belebte ihn wieder neu, und am zweiten Mittage kam er wohl gekräftigt in der Kreisstadt an. Fränz, die er bei den Schwiegereltern traf, klagte und weinte viel, und doch schien es Diethelm, als ob sie manches nur erkünstle, um vor den

Schwiegereltern als gute Tochter zu erscheinen; sie ging so straff
und aufrecht umher, ihre Trauerkleidung war so wohlgeordnet,
sie erschien daher schöner als je und trug gekräuselte Scheitel=
haare. Diethelm betrachtete sie oft still forschend, als wäre sie
gar nicht seine Tochter, und in der That war Fränz eine zierlich
schlanke Dame geworden; nur die breiten Hände, die sich noch
durch Flormanschetten besonders hervorhoben, zeigten die ehe=
malige Bäuerin. Als sie einen Augenblick mit dem Vater allein
war, sagte sie schnell:

„Der Munde ist auch in der Stadt, er ist beim Manöver,
ich hab' ihn gesehen."

„Was geht dich der Munde an?" entgegnete Diethelm zornig,
und noch ehe etwas erwidert werden konnte, trat der Schwieger=
sohn ein; er trug einen Flor um den Hut und sprach aufrichtige
Worte des Mitgefühls um den Tod der Schwiegermutter.

Diethelm schwieg, und lange redete keines der Anwesenden
ein Wort. Der Staatsanwalt hielt still die Hand der Fränz,
die auf dem Tritt am Fenster saß. Diethelm fragte endlich nach
den Gerichtsverhandlungen, von denen er gar nichts mehr gehört,
und wie die Sache Reppenbergers ausgegangen sei.

„Die ist noch nicht aus," erhielt er zur Antwort, „sie ist
die letzte Tagesordnung für morgen. Der Schelm hat sich krank
gemacht, er hat den Kalk von seinen Gefängniswänden abgefressen,
so daß er ganz schwarz wurde; es ist möglich, daß er sich töten
wollte, es kann aber auch sein, daß er nur seine Untersuchungs=
haft noch um ein Vierteljahr hinauszuziehen hoffte; aber wir haben
ihn so hergestellt, daß er morgen vor die Bank der zwölf Männer
kommt, und Sie müssen dabei sein, Schwäher, Sie müssen."

Diethelm preßte die Lippen fest zusammen und träppelte
mit den Füßen rasch auf den Boden. Hatte denn der Teufel
sein Spiel mit ihm, daß er ihm diese Geschichte aufbewahrte
und sie ihm wie einen Fallstrick abermals vor die Füße warf?

„Ich muß? Warum muß ich? Wer kann mich zwingen?
Ich bin dispensiert. Wer will mich zwingen?" sagte er endlich
und bebte in allen Gliedern.

Der Staatsanwalt erwiderte, es sei gut, daß das niemand
anders gehört als er; er ließ die Hand der Fränz los und fuhr
fort, zu berichten, daß der Advokat Rothmann, der Verteidiger
Reppenbergers, darauf bestehen werde, Diethelm auf der Schwur=
bank zu sehen; lasse er es darauf ankommen, daß der Gerichtshof
darüber entscheide, so mache das großes Aufsehen und rühre Altes,
Eingeschlummertes wieder auf, das ohnehin sich schon wieder geregt
habe, drum sei es am besten: Diethelm melde sich freiwillig.

„Das thu' ich aber nicht," ſagte Diethelm aufſtehend, „ich nehm' meine Fränz mit und reiſe noch in dieſer Stunde nach Buchenberg. Was redet man von mir? Sagt's frei heraus."

Mit der größten Behutſamkeit erzählte der Staatsanwalt, daß, ſchon als Diethelm ſo raſch abgereiſt war, ſich von Bös: willigen ein verdächtiges Gerede über ihn kundgegeben habe, für deſſen erſten Urheber er den Steinbauer halte. Als ſich nun herausgeſtellt, daß die Schwiegermutter wirklich geſtorben ſei, habe alles geſchwiegen. Wenn er aber jetzt abreiſe, gerade bevor man die Thüre zu dieſer Verhandlung öffne, werde ſich der Verdacht wieder regen, und er ſei es ſich und ſeinen Kindern ſchuldig, gerade zu⸗zeigen, daß er jeder Oeffentlichkeit ſich mit freier Stirn bloßſtellen könne. Diethelm weigerte ſich noch immer, und Fränz ſtellte ſich auf ſeine Seite, indem ſie zu ihrem Bräutigam ſagte:

„Guſtav, du biſt ſonſt ſo lieb und gut und biſt ein Herzen⸗ kenner, aber du kannſt nicht ermeſſen, wie ſchwer das Gerichthalten dem Vater ankommt. Du biſt es das ganze Jahr gewöhnt."

„Ja, ihr ſeid Menſchenmetzger und habt kein Mitleid mehr," fuhr Diethelm auf.

Der Staatsanwalt ſchluckte den Aerger über dieſen Vorwurf hinab und ſagte, die Hand Diethelms faſſend:

„Jetzt ſag' ich wirklich, thun Sie es mir zulieb, ich kann es um Ihrer und meiner Ehre willen nicht dulden, daß nur ein Augenblinzeln meiner Kollegen den beleidige, den ich Vater nenne. Thun Sie es, ſo hart es Sie auch ankommt, um un⸗ ſerer Ehre willen. Ich bitte dringend."

„Brauchet nicht ſo bitten," ſagte Diethelm mit gepreßter Stimme, denn es wollte ihn bedünken, daß ſein Schwiegerſohn auch nicht frei von Verdacht war, „brauchet nicht ſo bitten. Ich thu's, ich thu's."

Der Staatsanwalt wollte ihn umarmen, aber Diethelm wehrte ab.

Alles war nun ſo heiter, als es die Trauerpflicht zuließ, und ohne noch irgend ein Bedenken in ſich aufkommen zu laſſen, ging Diethelm zu dem Vorſitzenden und meldete ſich freiwillig. Es wird ja noch immer geloſt, und er kann frei werden, und iſt es nicht, ſo wollte er ſich als Mann zeigen, beſchwichtigte er ſich. Seine ganze trotzige Kraft war wieder in ihn zurückgekehrt.

Am Morgen, als die Gerichtsverhandlungen begannen, wurde Diethelm von ſeinen Schwurgenoſſen herzlich bewillkommt; nur der Steinbauer blickte vor ſich nieder, und Diethelm heftete ſeinen Blick ſo lang auf ihn, bis er aufſchaute und dann wie

getroffen das Haupt wieder senkte. Das war ein Triumph, der
schon viele Beschwerden aufwog. Auch der Rechtsanwalt Rothmann bewillkommte Diethelm herzlich und lobte ihn wegen seines
Wiederkommens. Bei jedem Namen, der aus der Urne gezogen
wurde, war Diethelm voll Spannung, und er hatte wirklich die
Freude, daß schon die Zahl elf voll und er noch nicht unter den
Gezogenen war; aber nun machte Rothmann von seinem Ab-
lehnungsrecht Gebrauch und verwarf sechs der Ausgelosten, bis
Diethelm endlich als letzter doch noch unter die Zahl der Geschwornen kam. Er nickte ruhig und setzte sich auf seinen Platz.

Im Gerichtssaal war der Zuhörerraum, der nur durch ein
Gitter abgeschieden war, gedrängt voll, und in der Loge der
Schwurbank gegenüber saß ein Mädchen in Trauerkleidern: es
war Fränz, die mit doppelt bangen Gefühlen Vater und Bräutigam in öffentlicher Wirksamkeit sah.

Sie hatte sich kindisch gefreut, als dieser am Morgen bei
ihr eingetreten war in der schönen Uniform, sie hatte den blauen
Militärfrack mit amarantrotem Kragen, das Bandelier mit dem
goldgefäßigen Degen und den Tressenhut mit wahrem Jubel
bewundert.

Die Anklageschrift wurde verlesen, und der Staatsanwalt
schilderte mit hinreißender Beredsamkeit die Verruchtheit eines
Verbrechens, das immer mehr überhand zu nehmen drohe, Eigentum, öffentliches Vertrauen und öffentliche Moral zerstöre; und
beschwor die zwölf Männer aus dem Volke, durch ihr Schuldig
dieser alles verheerenden Ruchlosigkeit einen Damm zu setzen.
Fränz beugte sich weit heraus, die glänzende Rede ihres Bräutigams sowie seine Erscheinung mußten ihr sehr gefallen. Neppenberger benahm sich klug und gewandt mitten in allem Kreuz-
verhör und wußte alles auf die unschuldigste Weise zu erklären,
ja, er verstand es sogar, mehrere Zeugen durch Fragen, die er
an sie stellte, zu verblüffen. Den Betrug schob er auf seinen
Geschäftsgenossen, der, vor kurzem entflohen, ihn betrogen habe,
und nun hätten schlechte Menschen ihm Feuer angelegt. Gegen
Diethelm und die Geschwornen überhaupt schaute der Neppenberger kaum auf, er hielt den Blick fast ausschließlich auf die
Richter gewendet, und nur manchmal beugte er sich hinter die
Brüstung nieder und nahm eine Prise aus seiner bekannten
birkenrindenen Dose. Eine große Zahl von Belastungs- und
Entlastungszeugen wurde verhört, und Diethelm stellte an diese
selbst einige sachgemäße und entscheidende Fragen.

Mittag war längst vorüber, als das sogenannte Plaidoyer
begann. Rothmann schilderte in ergreifender Rede das Los des

Angeklagten, der sich redlich wieder emporgearbeitet habe und nun, weil er einmal in Elend versunken gewesen war, dem lauernden Verdacht und der boshaften Schadenfreude nicht entgehe. So eifrig auch Rothmann seinen Schützling verteidigte, er ließ sich doch nie zu jener heillosen, alle Sittlichkeit verkehrenden Weise verleiten, wo es immer heißt: „Es ist meine heiligste innigste Ueberzeugung," während dies keineswegs immer der Fall ist. Er verhielt sich ganz gegenständlich und suchte nur die Möglichkeit eines andern als verbrecherischen Vorganges ins Licht zu setzen. Es war nicht minder klug als ehrenhaft, daß er die überhand nehmende allgemeine Entsittlichung durch die mutwilligen Brandlegungen schilderte: wie der erste Gedanke beim Vernehmen der Sturmglocke nicht mehr Mitleid, sondern im besten Falle Zorn sei, in der Regel aber ein teuflisches Frohlocken, daß es gelinge, den Staat zu Gunsten eines Schurken zu betrügen, wie das alles müßig umherstehe und oft die Zimmerleute noch in Hoffnung auf Verdienst durch den Neubau und den Dank des Abgebrannten dem Feuer Luft machen.

Vom aufrichtigen Beklagen dieser Entsittlichung ging er auf die Unschuld seines Schützlings über, und jetzt wendete er sich an die Schwurbank und rief den Ehrenmann dort, der selbst einmal unter so nichtiger Anklage gestanden, auf, bei seinen Mitgeschwornen auf eine leidenschaftslose Prüfung der vorliegenden Umstände hinzuwirken.

Der Staatsanwalt unterbrach den Verteidiger und verlangte von dem Gerichtshof, solche unangemessene Anrufung als unerlaubt zurückzuweisen und dem Verteidiger eine Rüge zu erteilen. Rothmann widersprach, und der Gerichtshof zog sich zurück; es entstand eine Pause, in der Diethelm starr dreinschaute, keine Miene zuckte. Der Gerichtshof trat bald wieder ein und erklärte, daß dem Verteidiger für das Gesagte keine Rüge zukäme, daß er aber solche persönliche Anrufung fortan unterlassen müsse. Rothmann fuhr nun fort, mit großem Geschick die Schuld von dem Angeklagten zurückzuweisen. Der Staatsanwalt entgegnete mit gesteigertem Eifer, und besonders eine Hinweisung machte Diethelm den Kopf schütteln, da der Staatsanwalt sagte: der Angeklagte hat gleichsam als Sühne für sein Verbrechen an einer Menschenwohnung sich aus den Kerkerwänden den Tod geben wollen.

Der Vorsitzende faßte endlich alles klar und übersichtlich zusammen, worauf er die Fragen stellte. Rothmann griff die Fassung derselben an, und es begann bereits zu dämmern, als die zwölf Männer sich in ihr Beratungszimmer zurückzogen.

Einſtimmig und vom Steinbauer zuerſt vorgeſchlagen, wurde
Diethelm zum Obmann gewählt. Er widerſprach und verlangte,
daß ein anderer für ihn einſtehe, da er ſelbſt in die Verhandlung gezogen ſei; aber der Steinbauer widerſprach mit lauernd
frohlockendem Blick. Diethelm wollte den Gerichtshof entſcheiden
laſſen, er wollte hinaus, er hatte vergeſſen, daß die Thüre hinter
ihnen geſchloſſen blieb, bis ſie den Wahrſpruch gefällt hatten,
wenn ſie nicht über die Frageſtellung ſich eine Erklärung holen
wollten. Plötzlich war es ihm, als wäre er mit wilden Tieren
eingeſperrt, die ihn zerfleiſchen wollten. Er verlangte nach einem
Schluck Wein, nach einem Biſſen Brot, aber dies war den
Schwurrichtern verſagt, bevor ſie ihr Amt vollendet. Diethelm fühlte ſeine Wangen brennen, ein Hungerfieber machte ihn
zittern. Sich aufrichtend und mit gewaltiger Stimme las er die
aufliegenden Anweiſungen für die Geſchwornen vor und leitete
die Verhandlung. Auf dem Tiſche lagen die Akten des Ver-
weiſungserkenntniſſes. Der Steinbauer ſagte, man möge doch
wenigſtens die Aktenſchnur aufmachen, damit es nicht den Anſchein
habe, als ob man ſich gar nichts um die Akten gekümmert habe.
Es war Diethelm gelegen, dieſe kindiſch heuchleriſche Anforderung
zu züchtigen, er erklärte, daß man nur nach dem zu urteilen habe,
was man ſelbſt gehört. Die Verhandlung war bald geendet,
und Diethelm ſammelte die Stimmen; er ſelber ſprach: Schuldig.

Nach einer gräßlichen halben Stunde trat er an der Spitze
der Geſchwornen in den Gerichtsſaal. Er war erleuchtet, und
alles ſah doppelt feierlich aus; ein Ziſcheln ging durch die Zuhörer, der Gerichtshof trat von der andern Seite ein, und der
Angeklagte wurde wieder vorgeführt; hinter ihm blitzte das
blanke Schwert. Totenſtille herrſchte, Diethelm ſtand, die rechte
Hand auf das Herz gelegt, und wollte eben den Wahrſpruch
verleſen. Da drängte ſich ein Schäfer im weißen, rot aus-
geſchlagenen Zwillichrock an das Gitter der Zuhörer; er erhob
den Arm weit hinüber über das Gitter, und auf Diethelm
deutend, hörte man ihn laut ſagen:

„Ich will ſehen, wie der Diethelm einen Brandſtifter verurteilt.“

Mit einem Schrei des Entſetzens rief Diethelm: Du da?
Du da? Medard? Ja, ja, ich;“ er ſchlug ſich auf die Bruſt,
daß es dröhnte. „Ich, ich, ich bin ſchuldig, hab’ dich verbrannt,
alles verbrannt. Ich, ich, ich bin ſchuldig.“

Er brach in die Kniee, die Schwurgenoſſen wichen von ihm
zurück; von oben hörte man einen Hilfeſchrei, eine Frauengeſtalt
in Trauerkleidern wurde ohnmächtig weggetragen.

Die Schwurbank wurde zur Bank der Angeklagten.

Der Vorsitzende erklärte die Verhandlung aufgelöst, zwei Angeklagte wurden abgeführt, es waren der Reppenberger und Diethelm.

Dreißigstes Kapitel.

Das Herbstmanöver war zu Ende, und Munde hatte seinen Schäferrock angezogen, ohne daran zu denken, daß ihm sein Vater einst befohlen, in diesen Kleidern des ermordeten Bruders vor Diethelm hinzutreten und ihm das Geständnis abzupressen. Er hatte gehört, daß eben die letzte Gerichtsverhandlung stattfinde, und sich zu derselben gedrängt. Fast unwillkürlich hatte sich sein lang verhaltenes feindliches Grollen in jenen Worten Luft gemacht, die Diethelm so plötzlich zum Geständnis seiner Schuld brachten. Er mußte nur in der Stadt bleiben, um bei der wieder aufgenommenen Untersuchung gegen Diethelm als Zeuge zu dienen. Er machte nun die Angabe von dem, was ihm sein verstorbener Bruder gesagt, von den Mitteilungen der Fränz schwieg er; denn er hatte trotz des sympathetischen Gegenmittels noch Liebe genug zu ihr, um nicht auch sie ins Elend zu stürzen und sie zu zwingen, gegen den Vater Zeugnis abzulegen.

Fränz erhielt noch am Abend einen Besuch von ihrer Schwiegermutter, ihr Bräutigam ließ ihr auf die schonendste Weise, die aber doch nicht minder schmerzte, lebewohl sagen. Der in Diethelm ertötete Haß gegen die Welt setzte sich nun in Fränz fest.

· Diethelm gestand im ersten Verhör seine ganze That mit allen ihren wechselnden Stimmungen bis in die Einzelumstände hinein, aber manchmal sprach er doch verworrene Worte, über die er jedoch bald wieder hinweg kam. Er klagte jämmerlich über die unvertilgbare Kellerkälte, die ihn so sehr plage, und verlangte den rotausgeschlagenen Rock Medards, der ihm allein warm machen könne und in dem er zum Richtplatze gehen wolle.

Die scheinbare Geistesverwirrung Diethelms löste sich wieder. Er verzichtete ausdrücklich auf die Verhandlung vor dem Schwurgericht, wurde aber, da diese Bestimmung der Grundrechte noch galt, nicht zum Tode, sondern zu lebenslänglichem Zuchthaus verurteilt.

Im Zuchthause zu M. saß drei Jahre ein zusammengeschnurrtes Männchen, dürr und gebeugt, das immer fror und sich die Hände rieb und mit den Zähnen klapperte; es war schwer,

in diesem Männchen den einst so stattlichen Diethelm wieder zu
erkennen.   Dumpf und lautlos verhielt sich der Sträfling, und
nur manchmal bat er mit aufgehobenen Händen um die Gnade,
Holz hacken zu dürfen, da diese Arbeit allein ihn vom Froste
erlöse.   Erst nach drei Jahren des Wohlverhaltens wurde ihm
diese Gnade gewährt, und nachdem er die ersten Splitter von den
zähen Baumstümpfen gelöst und die Keile eingetrieben hatte,
fuhr er sich mit der Hand über die Stirn und betrachtete frohlockend die Schweißtropfen, die er abgewischt hatte.   Aufs neue
erhob er mit Macht die Axt, und die zusammengeschrumpfte Gestalt wurde bei jedem Schlage größer und gewaltiger.   Das war
wieder der Diethelm von Buchenberg.   Plötzlich schrie er laut
auf: „Heraus, heraus will ich!" und zerschmetterte sich mit dem
Beile das Hirn.

Eine Leiche sank unter die Splitter der Baumstümpfe.

Der anfängliche Wahnsinn Diethelms gab dem Advokaten
der Fränz Gelegenheit, die Ansprüche der Feuerversicherungs-
gesellschaft in Frage zu stellen, und ein langwieriger Rechtshandel
schien sich daran zu knüpfen, den Fränz mit eiserner Unbeugsamkeit und mit Dransetzung eines großen Teils ihres Muttergutes
fortführte.

Sie wohnte allein mit einer Magd in dem großen neuen
Hause in Buchenberg, kleidete sich wieder in Landestracht und
that lustig; sie behielt die Rappen ihres Vaters und fuhr oft
damit nach der Stadt zur Betreibung ihres Rechtshandels.

Rothmann brachte noch vor der Wiederherstellung Diethelms
einen Vergleich zustande, der Fränz noch immer zu einer der
reichsten Erbinnen im Oberlande machte.   Man sagte, daß sie
doch noch den Munde heirate.   Dies trat aber nicht ein.

Die Missionen kamen in das Oberland und wühlten alle
Herzen auf.   Ergreifend vor allen wirkte jener Missionär, den
Fränz im Wildbade kennen gelernt hatte.   Fränz war die
Stifterin eines Jungfrauenbundes in Buchenberg und die erste
Schwester desselben.

Auf den Bahnhof in Friedrichshafen am Bodensee kam
eines Tages ein großer Zug von jungen Burschen und Mädchen,
sie weinten alle beim Abschiede von einer abgehärmten Mädchen-
gestalt, die eine Nonne geleitete, und schauten ihr noch lange
traurig nach, als sie mit dem Dampfschiff nach der Schweiz fuhr.

Das schöne Haus in Buchenberg gehört jetzt dem Kloster
Einsiedel in der Schweiz.   Wer weiß, welche Bestimmung es
haben soll.

Hopfen und Gerste.

1. Der Faulenzer.

Auf der Schnitzelbank vor seinem Hause saß rittlings ein junger Bursch und hob von Zeit zu Zeit aus einer großen Schichte zu seiner Rechten einen langen Tannenzweig auf, preßte ihn zwischen den Kloben und drehte ihn zu leichter Biegsamkeit, schnitzelte das dicke Ende und flocht einen Strohzopf daran; was zubereitet war, legte er sorgfältig zu seiner Linken nieder, wo bereits mehrere solcher Garbenbänder, sogenannter Wieden, wohlgeordnet lagen. Trotz des lustigen Parademarsches, den der Bursche pfiff, hatten seine Mienen doch etwas Verdrossenes, und er warf oft wie unwillig das Haupt zurück, auf dem eine Soldatenmütze mit rotem Vorstoß prangte.

Der Dorfschütz, ein alter Soldat, der ein kupfernes Ehrenzeichen auf seinem blauen Rock trug, kam vom Rathaus herunter; er hielt bei dem Arbeitenden still und sagte:

„Buschur, Kamerad." Der Angeredete dankte stumm, und der Schütz fuhr fort: „Warum bist nicht bei der Zehentversteigerung gewesen?"

„Ich bin noch nicht Bürger," erwiderte der junge Soldat, „das Sach gehört noch meiner Mutter und meinen Geschwistern."

Der Schütz setzte sich auf die fertigen Wieden und berichtete: „Es ist ein Generalspaß gewesen. Seit Jahren haben die drei fetten Schwäger den Zehnt gepachtet, sie mögen's nicht leiden, daß der Zehntknecht auf ihre Aecker kommt, und wollen da freie Herren sein. Aber diesmal hat der Wasserstiefel immer höher geboten, und zuletzt ist ihm der Zehntbestand zugeschlagen worden. Dein Schwäher, der Schlägelbauer, der hat seinen Koller kriegt vor Zorn und Gift, daß man gemeint hat, er erstickt, und mit Fluchen und Schelten sind sie alle davon. Das führt noch einmal zu bösen Häusern, du wirst sehen, Franzseph."

Franz Joseph oder, wie er in der Abkürzung hieß, Franzseph nahm eine neue Wiede auf und entgegnete:

„Es ist und bleibt nicht recht, daß das ganze Dorf und

vorab der Schlägelbauer ſo einen hirnwütigen Haß auf den
Faber geworfen hat, und weiß kein Menſch recht warum. Der
Faber iſt hier fremd, er hat des Luzians Gut um ſein ehrlich
Geld gekauft und thut niemand was zu leid; daß er ſich herriſch
kleidet, geht ja niemand was an, und er kann darüber lachen,
daß ſie ihn den Waſſerſtiefel heißen. Der Schlägelbauer iſt
auch ſchon an mir geweſen, ich ſoll' nichts mit dem Faber reden;
aber ich weiß ſelber, was ich zu thun hab', und ließ' mir von
meinem eigenen Vater, wenn er noch leben thät', nichts drein
reden, mit wem ich Freundſchaft haben darf oder nicht. Und
gerade weil ſie ihn alle den Waſſerſtiefel heißen und niemand
gut gegen ihn iſt —"

„Du biſt halt ein guter, guter Kerle, das ſagen alle Leut'!"
unterbrach der Schüß.

Dem jungen Mann ſchoß bei dieſer Anrede alles Blut zu
Kopfe, er würgte eine Wiede ganz ab, warf die Stücke weit
weg und rief voll verbiſſenen Ingrimms: „Sag' das nicht.
Ich bin kein guter Kerl, ich will nicht. Fahnenmaleßbonner!
Ich möcht' euch zeigen, daß ich kein guter Tralle bin. Sag'
das nicht noch einmal, oder ich vergreif' mich an dir zuerſt."

„Das wär' am unrechteſten Orte angefaßt. Du biſt ja
wie ausgewechſelt. Was haſt denn? Gibt des Schlägelbauern
Madlene nach, und heiratet das bildſaubre Mädle des Schult=
heißen Klaus?"

„Wenn die Kuh einen Baßen gilt," entgegnete Franzſeph
plößlich lachend, und über ſein Antliß zog eine Beſänftigung
des Friedens, daß es zu leuchten ſchien.

„Du biſt aber doch ſeit Oſtern," fuhr der Schüß fort,
„ſeit du mit dem Abſchied vom Regiment heimkommen biſt,
wie verhext. Was haſt denn? Freilich, kann mir's denken, du
kannſt dich nicht wieder ins Bauernleben gewöhnen; mußt den
Paradeſchritt verlernen und den Ochſenſchritt einexerzieren. Hab'
ich recht? Iſt's das, warum du immer ſo maßleidig ausſiehſt?"

„Kann ſein," erwiderte Franzſeph nach langer Pauſe und
fuhr dann ſich aufrichtend fort: „Ja, du haſt mit meinem Vater
in einer Kompanie geſtanden und biſt ſein beſter Kamerad ge=
weſen; ich will mich dünken laſſen, ich red' zu meinem Vater.
Guck, wie ich mit dem Abſchied heim bin, da hab' ich gemeint,
ich könnt' es gar nicht erwarten, und das ganze Dorf muß grad
ſo ſein wie ich, und jedes muß weiter nichts denken und ſagen
als wie: der Franzſeph iſt da. Ich hab' mir oft denkt, daheim
da iſt das helle Paradies, und ich hab mir mit Gewalt wieder
vorrechnen müſſen, wie viel Feindſchaft und Hazard auch da

iſt und wie eines ein Auge drum gäb', wenn's andere keins
hätt'. Ich bin freilich nie gern Soldat geweſen, aber es iſt
doch eigentlich das ſchönſte Leben, und jetzt wünſch' ich mir des
Tags tauſendmal, daß ich's noch wär'."

„Ja, es iſt jetzt ſchlimmer hier als je. Denk' daran, was
ich ſag': es thut kein gut, bis die Hopfenſtangen draußen
an der Geißhalde noch zu einer Generalsprügelei verwendet
ſind."

„Wegen dem Hopfengarten," nahm Franzſeph wieder auf,
„haben meine erſten Händel mit dem Schlägelbauer angefangen.
Ich hab' mich gefreut, daß der Faber den verrutſchten Berg
ſo gut ausnutzt, und der Schlägelbauer hat grad darüber losgezogen; er verſteckt ſeinen einfältigen Haß hinter der Gemeinde-
ehre. Früher, ſagt er, ſei unſer Dorf berühmt geweſen, daß
wir den beſten Spelz bauen, jetzt werde ſich's umkehren, und
man wird ſagen: die Weißenbacher bauen den ſchlechteſten
fuchſigen Hopfen. Und wenn ich meine Aecker krieg', bau ich
ſelber auf dem Buckel im Speckfeld auch Hopfen; es iſt dort
gerade der rechte warme Lehmboden und liegt prächtig gegen
Mittag. Die alten Bauern, die nie über ihres Vaters Miſte
'nauskommen ſind, die meinen: ſchaffen wie ein Vieh, damit
ſei alles gethan; man muß ſchaffen wie ein Menſch, mit Verſtand und Bedacht. Ich bin nicht umſonſt beim Regiment geweſen und weiß von der Welt. Der Schlägelbauer giftet auch
darüber, weil ich den Knecht nicht aus dem Haus thue, den
meine Mutter für meine Soldatenzeit genommen hat; ich kann
ihn nicht ſo von heut auf morgen fortſchicken, und ich muß mich
auch erſt wieder ins Feldgeſchäft gewöhnen, und ich bin ein
Kerl, der Ehre im Leibe hat, und wenn mich einer zum Schaffen
ermahnt, da thu' ich grad' nichts; ich weiß ſelber, was ich zu
thun hab', und es ſoll keiner meinen, ich hätt' darauf gewartet,
bis er mich richtig anſtellt und das Lob gehört ihm."

Unter dieſem Geſpräch war die Herrichtung der Wieden
vollendet. Franzſeph rief ſeinem Knecht, der auf der Haus-
ſchwelle die Senſe dengelte, und befahl ihm, die Wieden nach
dem Bach zu tragen; er ſelber folgte mit der Hakengabel, und
die Art, wie er dieſe nicht auf die Schulter nahm, ſondern
als Spazierſtock gebrauchte, zeigte die ſeltſame Stimmung des
ſich ſtolz tragenden ſtattlichen jungen Mannes.

Viele Menſchen, wenn ſie zu einem Rechtsanwalt kommen
und ihren Streit vortragen, wollen von den Gegengründen ihrer
Widerſacher faſt gar keine Kunde oder doch nur augenſcheinlich
unhaltbare mitteilen; ſie meinen dadurch ihren Streit bereits

gewonnen zu haben. Aehnlich erging es dem Franzseph bei seinen Mitteilungen an den Dorfschützen.

Aus dem Soldatenleben zurückgekehrt und nicht unter der Botmäßigkeit eines Vaters stehend, fand der junge Mann sich nur schwer in die Obliegenheiten der mühseligen Arbeit. Er schloß sich um so lieber an Faber, den sogenannten Wasserstiefel, an. Faber war weder ein bloßer Gutsbesitzer noch ein Bauer, und schon seine Kleidung zeigte seine Stellung zwischen beiden. In der Ackerbauschule gebildet, mit mäßigem Vermögen aus- gerüstet, das sich durch die Heirat einer Wirtstochter aus der Hauptstadt noch beträchtlich vermehrte, gehörte Faber zu jenen Männern, denen keine sogenannte niedere Arbeit zu gering ist, die aber auch mit überschauendem, offenem Geist ihre Thätigkeit erweitern und wohl mit der Zeit die Erneuerung des starken in sich gefesteten Bauerntums darstellen. Faber sah es gern, daß Franzseph an seinen Versuchen und Studien zur bessern Ausnutzung der vorhandenen Bodenkräfte teilnahm, und Franz- seph war gern mit ihm, teils um der besondern Ehre willen, teils auch weil Faber mit einer noch immer fremd bleibenden Zurückhaltung nie ermahnend in seine Angelegenheiten eingriff, während er sonst überall mehr oder minder grobe Sticheleden über seinen halben Müßiggang hören mußte.

Lässige Menschen — und ein solcher war Franzseph — suchen vornehmlich Umgang mit Halbfremden oder unterthänig Schmeichlerischen; für Franzseph gehörte Faber zu den ersteren und der Dorfschütz zu den letzteren. Darum schloß er sich fast nur diesem an und schien heiter und wohlgemut. Dennoch fehlte ihm die rechte Herzensfreudigkeit, alles war ihm wie mit einem trägen Nebel verdeckt, durch den nur die Liebe zu des Schlägel- bauers Madlene zuweilen wie ein heller Stern hindurch schim- merte; manchmal fürchtete er aber fast die Vereinigung mit Madlene und sah sich einer Sklaverei entgegengehen, in der er über jede Stunde und ihre Arbeitspflicht Rechenschaft geben müsse, manchmal hoffte er auch wieder, wenn er erst Madlene ganz sein nennen werde, müsse wieder frische Regsamkeit in ihn kommen und die oft unerklärliche Trübsinnigkeit schwinden. Diese Hoffnung stand nun aufs neue im weiten Feld, denn der Schlägelbauer wurde von Tag zu Tag unwirscher, wollte von Verspruch nichts wissen und verlangte vor allem ein Aufgeben der Kameradschaft mit Faber. Franzseph sah darin nur eine Beschönigung der Feindseligkeit, da der Schlägelbauer behauptete, ein Bauersmann, der keine Kapitalien habe und von der Ernte leben müsse, könne sich nicht in solche Sachen einlassen wie der

Wafferftiefel. Franzfeph antwortete hierauf kaum, er wußte es
ja beffer, daß er mit feinem jeßigen fcheinbaren Nichtsthun mehr
gewinne, als wenn er fich Schwielen an die Hände und Schweiß
auf die Stirn arbeite. In läffigem Troß ritt und fuhr er um
jede Kleinigkeit in die Stadt und machte daheim immer ein
faures Geficht, als fuche er etwas oder als plage ihn ein ge=
heimes Leiden. In der That hatte er immer einen fo roten
Kopf, daß man meinte, das Blut würde ihm zu den Adern
herausfprißen. Die Mutter wollte den Arzt darüber befragen,
und als fie dies einft ihrem Vetter Schlägelbauer klagte, hörte
Franzfeph, der in der Kammer feine Cigarre rauchte, diefen fagen:

„Schneid ihm die Blutadern aus feiner Soldatenmüße
heraus, dann ift dein Franzfeph gefund. Leid's nicht, daß er
Cigarren raucht; dazu braucht man eine dritte Hand und kann
nichts dabei fchaffen. Aber da ift alles kurz bei einander, dein
Franzfeph ift halt ein Faulenzer, der kehrt fich morgens fieben=
mal im Bett und wendet dem Teufel den Braten.“

Schnell riß Franzfeph die Kammerthür auf und rief:

„Saget mir das noch einmal ins Geficht hinein, frei
heraus.“

„Kannft's haben; ja, du bift ein Faulenzer.“

„Wenn Ihr nicht der Vater von der Mablene wäret, läget
Ihr jeßt am Boden.“

„Da müßt' ich auch dabei fein. Freilich, du haft deine
Kräfte gefpart, du bift ausgeruht; aber wegen meiner Mablene,
da thu' dir keinen Zwang an, auf die Art ift's mit euch aus,
daß du's nur weißt.“

Der Schlägelbauer bekam wieder feinen fchweren Huften,
und die Mutter befchwichtigte den Streit und hieß Franzfeph
wieder in die Kammer gehen; fie geleitete dann den Vetter bis
vor das Haus, und Franzfeph hörte noch, wie fie fagte:

„Mein Franzfeph ift ja der befte Menfch von der Welt.“

„Das ift wahr,“ erwiderte der Schlägelbauer, „er wär'
mir lieber ein bißle fchlimm. Ich brauch' keinen fo Gutedel.“

„Ich bin ein Faulenzer!“ rief noch Franzfeph zum Fenfter
hinaus und hoffte mit diefem Selbftbekenntnis einen großen
Sieg gewonnen zu haben, die ganze Welt follte es hören, welch
ein himmelfchreiend Unrecht ihm gefchah, und alles, vorab der
Schlägelbauer, follte ihm Abbitte thun.

Aber der Schlägelbauer fchaute fich nicht um, und Franz=
feph betrat die Schwelle feines Vetters nicht mehr; er fah nur
noch verftohlen feine Mablene, die aber meift fchweigfam und
betrübt war. Was follte aus der Feindfeligkeit Franzfephs

mit dem Vater werden? und wenn ihr jener klagte, daß ihm alles so schwarz vorkäme und er keine rechte Lustbarkeit in sich spüre, mußte sie die wahre Tröstung verschweigen, denn sie hatte einst gesagt:

„Ich mein' auch, du schaffst nicht genug."

„Ich bin halt ein Faulenzer," knirschte Franzjeph.

„Das sag' ich nicht," entgegnete Madlene, „aber" —

„Genug," unterbrach Franzjeph, „da drüben wohnt die Vroni, frag' deinen Vater, woher sie Witwe ist. Ihr Mann liegt in der Ernte krank im Bett, da geht sie zu ihrem Vater und sagt: ‚In der harten Arbeitszeit will er jetzt ins Bett liegen.‘ — ‚Da will ich schon helfen,‘ sagte der Alte, nimmt seine Peitsche und haut auf den kranken Mann los, bis er zum Bett herausspringt — und zwei Tage darauf hat man ihn begraben. Wie meinst, Madlene, soll' ich mir's auch so machen lassen?"

„Du bist ja aber nicht krank," entgegnete Madlene.

„Das ist all' eins, es darf mir niemand sagen, ob ich schaffen soll."

Von jener Zeit an hatte Madlene hierüber kein Wort mehr gesprochen, und Franzjeph fühlte wohl selber, wie er sich anders rühren müsse, aber konnte sich nicht dazu bringen, daß er den Schein auf sich lade, auf fremde Ermahnung arbeitsam zu sein; fast nie ging er mit dem Geschirr ins Feld, trug nie etwas über die Straße, ging immer los und ledig einher und gebarte sich überhaupt, als wäre er nur auf Urlaub daheim und als sei jede Arbeit, die er verrichte, besondern Dankes wert.

Ein geheimer Segen der Arbeit ist allerdings zerstört, wenn sie nicht aus eigenem Antrieb, sondern auf fremde Ermahnung erfolgt; aber Franzjeph konnte nicht über den kindischen Stolz hinauskommen, der ihn eben darum auch gegen seine Pflicht widerspenstig machte. — Wie er eben jetzt wieder nicht selber die Wieden nach dem Bach trug, sondern mit der Hakengabel spazierend daherschritt, kam ihm der oft unterdrückte Gedanke, geradeswegs zu dem Schlägelbauer zu gehen und ihm zu sagen: „Vetter, Ihr habt recht, und Ihr werdet sehen, ich bin fleißig ..." Aber sein Atmen ging schneller schon vor Zorn über diesen Gedanken, den er doch nicht bannen konnte, und heftig schlug er mit der Hakengabel auf, denn es wurde ihm klar, daß seine bisherige Lässigkeit ihn in eine verkehrte Lage gebracht: wie tapfer er auch künftig sich rühren möge, der Schlägelbauer wird ihm immer mißtrauisch aufpassen, und er gerät dadurch in eine unerträgliche Botmäßigkeit, über die alle Menschen spotten müssen; hätte er nie den Namen eines Müßiggängers auf sich geladen, da stünde er ganz anders da. Der Schlußpunkt dieser Wahrnehmung waren folgerecht immer Zorn und Reue über die vergangenen und schlaffer Mißmut, ja Verwünschungen über die kommenden Tage, wobei er sich jedesmal wünschte, wieder unter den Soldaten zu sein; da steht man doch unter einem festen Kommando, dem folgt man und hat sich nicht von dem Blick eines jeden befehlen zu lassen. Diesmal aber konnte er nicht hierbei beharren: am Montag begann die Ernte, und die verschlossene Trutzigkeit, der Hader mit sich und der Welt mußte auf eine oder andere Weise geändert werden.

Franzseph schickte den Knecht nach Haus und weichte mit der Hakengabel die Wieden im Bach ein. Er hatte sich hierzu eine recht bequeme Stelle ausgesucht, da, wo auf eingerammtem Balken ein Brett befestigt war und eine Art Landungsbrücke bildete. Von hier aus konnte man auch ungesehen beobachten, wer beim Schlägelbauern aus= und einging. Jetzt sah Franz= seph Mablene mit dem Vater daher kommen, sie konnten ihn nicht bemerkt haben, er hatte sich schnell hinter den Weiden versteckt; dennoch hörte er, wie der Schlägelbauer über den Bachsteg gehend und oft vom Husten unterbrochen sagte:

„Ein gesunder Mensch, der faul sein kann, ist der lieder= lichste. So ein lotteriger Tagdieb meint wunder, wie gut er sei, weil er niemand was stiehlt, er legt sich auf die faule Haut und schreit immer: Ich bin ja so gutmütig, ich bin ja so brav."

Franzseph ballte beide Fäuste und wollte schreien und fluchen, aber der Laut erstickte ihm in der Kehle und drohte, ihn fast zu erwürgen. Er starrte in den Bach hinein und wußte nicht, wie ihm geschehen, ihm war so dumpf, als hätte plötzlich ein schwerer Hammerschlag ihn auf den Kopf getroffen. Endlich raffte er sich auf, und nur der eine Gedanke lebte in ihm, wie er Rache nehmen könne für die erlittene Unbill; er konnte nichts finden, und doch wollte er durch eine gewaltige That zeigen, wie himmelschreiend unrecht ihm geschehen sei. Noch einmal durchblitzte ihn der Gedanke, durch rastlose Emsig= keit darzuthun, wie sehr man ihn verkannt habe; aber schnell verwarf er diese Demut wieder. Sollte er jeden zum Zeugen seiner Rührigkeit aufrufen und sich von ihm den Stempel seiner Geltung aufprägen lassen? — Franzseph war ein Soldat, dürfen diese verfessenen Bauerntölpel über seine Ehre richten? Freilich mußte er unter diesen Menschen leben, aber sie mußten einsehen lernen, daß er etwas Besseres sei als sie. Darum erschien es ihm zuletzt am genehmsten, in trotziger Verachtung den Unver=

stand herauszufordern. Mitten in der Ernte, die übermorgen
beginnen sollte, wollte er, sonntäglich geschmückt, müßig und
Cigarren rauchend, auf den Feldern und im Dorf umher-
schlendern, bis alle ihm Abbitte thun, daß sie das ihm in-
wohnende Streben nach Arbeitsamkeit so grausam verkannt
hatten. Aber woher sollten die Menschen an eine Tugend
glauben, von der sich ihnen gerade das Gegenteil unter die
Augen stellte? Sie müssen es dennoch, denn was ist das für
eine Achtung und Liebe, die erst Beweise verlangt, daß man
sie verdiene?

„In der Seele dieses jungen Mannes erhob sich ein Widerstreit, den er in Worten nicht hätte darlegen können, und doch
bewegte sich's in ihm, und die Leidenschaft erschloß ungeahnte
Quellen.

Weit hinein stieß Franzseph die Wieden, daß sie den Bach
hinabschwammen, als stieße er damit jeden Gedanken an Arbeit
von sich, und er freute sich seines Nichtsthuns auch für die
kommenden Tage wie einer Lustbarkeit.

Es liegt in der Trägheit eine eigene Wollust, ja man
möchte sagen, eine Art Leidenschaft voll unergründlicher Macht;
wie im halbwachen Schlummer überstürzen sich in ihr Gestalten
und Empfindungen und begraben in ihren Wellen das selbst-
mörderisch hingegebene Leben. Auch von Mahlene wollte Franzseph nichts mehr wissen, wie von sich selbst nichts mehr. Eben
wollte er auch die Gabel den davonschwimmenden Wieden nach-
werfen, da rief eine Stimme:

„Franzseph, was machst?“ und Mahlene stand vor ihm.

„Ich faulenze,“ entgegnete der Angeredete trotzig; das
Mädchen aber faßte seine Hand und wehrte ab:

„Sag' das nicht, du thust dir unrecht.“

„Ich? wer thut mir unrecht? Ich heiß' das Liederlichste
auf Gottes Erdboden und will's auch sein. Glaubst du nicht
auch, daß ich faul bin?“

„Nein, Gott ist mein Zeuge, daß ich das nicht glaube.
Laß du die Leut' sagen, was sie wollen, ein Wort beißt nicht.
Ich weiß besser, wie du bist. Du kannst dich nur vom Soldatenleben her noch nicht wieder ins Bauerngeschäft finden.
Ich seh' dir's schon seit ein paar Tagen an, du willst jetzt in
der Ernt' zeigen, was du vermagst; aber ich bitt' dich, über-
schaff' dich nicht, du bist's ungewohnt, und man hat eine
Krankheit weg, man weiß nicht wie, thu's mir zulieb und
schon' dich.“

Im Innersten betroffen und erschreckt schaute Franzseph

auf. Noch vor wenigen Augenblicken hatte er in selbstzerstören-
dem Unmut diese Liebe verleugnet, und ihre Zuversicht richtete
ihn jetzt straff auf; er blinzelte mehrmals rasch mit den Augen,
und wie angerufen sprang er dann plötzlich den davon ge-
schwommenen Wieden nach, watete in den Bach und holte sie
auch richtig ein. Jetzt konnte er sich das Angesicht von den
aufgespritzten Tropfen abwischen, und alle Düsterheit war plötzlich davon weggenommen. Madlene hatte diesem verwunder-
lichen Thun betroffen zugesehen; sie litt unsäglich unter der
Feindseligkeit zwischen Franzseph und ihrem Vater. Sie verkannte das herrschsüchtige und geizige Wesen ihres Vaters nicht,
aber auch das müßige Gehenlassen Franzsephs war ihr klar,
und so sehr auch Feindschaft zwischen den beiden waltete, sie
mußte doch, daß sie in Gedanken nicht voneinander lassen, denn
beide waren stolz, und das verband sie doch. Der Vater verbot ihr nie ausdrücklich den Umgang mit Franzseph und that,
als ob er von den heimlichen Zusammenkünften nichts wüßte,
und Franzseph suchte trotz allen Tobens doch bloß nach einer
Gelegenheit, um in Lob und Ehre vor dem Vater dazustehen.
Lachend stand Franzseph bald wieder bei seiner Madlene, und
sie sprachen traulich, wie in vergangenen Tagen, miteinander.
Sie mußte ihm, obgleich widerstrebend, jedes harte Wort berichten, das der Vater über ihn gesagt, und diese Vorwürfe,
die ihn sonst zum Toben und Rasen gebracht hätten, hörte er
jetzt so heiter lächelnd an, als wären es lauter Lobeserhebungen.
Nur als das Mädchen berichtete, daß ihr Vater nichts von
ihm wissen wolle, so lange er die Soldatenmütze auf dem Kopf
habe, da preßte er die Lippen zusammen, nahm die Mütze ab,
betrachtete sie eine Weile und setzte sie wieder keck auf. Madlene erzählte hierauf, daß des Schultheißen Klaus, der sie immer
von ihm abspenstig machen wollte, sich bei ihrem Vater gut
Kind mache, besonders dadurch, daß er dem Wasserstiefel, wo
er nur könne, eine Tücke anthue, und daß der Vater sie immer
bereden wolle, der Werbung des Klaus nachzugeben. Selbst
das hörte Franzseph mit unveränderter Miene an und sagte
endlich, er wolle den Schlägelbauer auf einmal zu ganz anderer
Meinung über ihn bringen. Er ließ sich aber nicht bewegen,
zu erklären, wodurch er dies bewirken wolle.

„Wohin ist dein Vater gegangen?" fragte Franzseph
zuletzt.

„Auf das Speckfeld, dort wollen wir am Montag —
will's Gott — anfangen Wintergerste schneiden."

Die Sonne stand eben im Scheiden, und ihr roter Wider-

schein glänzte im Bach und im Antlitz der Liebenden, die Hand
in Hand dastanden. Die Lippen Franzsephs zitterten, es lagen
Worte darauf, die er nicht aussprechen durfte, und ehe er's
gekonnt hätte, schied er schnell von Madlene, denn sie sahen
den Schlägelbauer von der Höhe jenseits herabkommen. Franz=
seph nahm die Wieden auf und trug sie nun selbst nach Haus;
dennoch machte er einen Umweg, um dem Schlägelbauer nicht
zu begegnen.

2. Ein Sommernachtswerk.

Zu Hause war Franzseph voll Unruhe, die Mutter über=
raschte ihn, als er sich eben ein großes Stück Brot abschnitt
und in die Tasche steckte; er erwiderte auf ihre Frage, was er
damit wolle, daß ihn oft in der Nacht ein Jähhunger plage,
dem er vorsorgen müsse. Die Mutter schüttelte den Kopf über
das so auffällig veränderte Wesen ihres Sohnes und sprach
wieder vom Arzt, aber Franzseph hörte nicht darauf und hatte
noch allerlei in der Scheune herzurichten, als ob es früher
Morgen wäre und nicht einbrechende Nacht. Er wich den
Fragen hierüber aus und bat um die Kappe des verstorbenen
Vaters, die er zum Andenken in seiner Kammer haben wolle;
die Mutter brachte sie schnell, setzte sie ihrem Sohn aufs Haupt
und beteuerte, daß sie ihm viel besser stehe, als die steife Sol=
datenmütze, der sie höchst unehrerbietige Namen gab. Franz=
seph riß hierauf rasch die Kappe ab und setzte seine gewohnte
auf, aber er gab die alte doch nicht wieder zurück. Er ging mehr=
mals durch das ganze Dorf, und es kam ihm wunderlich vor,
daß die Leute noch immer zögerten, zur Ruhe zu gehen. Wie
gern hätte er den Zapfenstreich schlagen lassen und den Leuten
kommandiert: „Licht aus! ins Bett!" Aber hier führte jeder sein
eigen Regiment und kannte kein allgemeines Gebot. Jedem,
der noch eine Weile vor dem Hause gesessen und sich dann
hinein unter Dach begab, wünschte Franzseph in besonders nach=
drücklicher Weise eine gute Nacht. Es war, als ob er jedem
besonders dankte, der nur die Augen schloß, um sein Vorhaben
nicht zu sehen.

Endlich war Stille im Dorf, über dem eine sternglitzernde
Nacht stand, der Mond kam heute erst um Mitternacht herauf.
Die Thüre an Franzsephs Hause, die nach dem Garten ging,
öffnete sich unhörbar, aber es trat niemand heraus, nur eine
tuchumwickelte Sense wurde behutsam und geräuschlos auf den
Boden gelegt; erst nach geraumer Weile kam ein Mann zum

Vorschein, schloß die Thüre, stand eine Weile still horchend, nahm die Sense auf und schlich durch den Garten hinaus ins freie Feld. Es war Franzseph; er hatte aber, wohl um sich nicht so rasch kenntlich zu machen, eine andere Kopfbedeckung, als gewöhnlich, und zwar die pelzverbrämte Pudellappe seines Vaters. Er atmete laut und hielt auf seinem raschen Gang oft an, hinaus lauschend, ob er nicht fremde Schritte höre; aber es ließ sich nichts erkunden, nur Heimchen und Heuschrecken in Busch und Gras hörten in der milden Nacht nicht auf zu zirpen. Gegen Norden stand die Nachtdämmerung, deren lichter Schein von der Mitte Mai bis Mitte August am Himmel nicht ver= schwindet. Franzseph ging nach dieser Seite hin, und es war ihm, als schritte er hinein in den Tag, und nur wenn er sich umkehrte, sah er die volle Nacht. Franzseph nahm die Sense, die er bisher in der Hand tief am Boden gehalten hatte, frei auf die Schulter und schritt mutig vorwärts. Wie leise flüsternd wiegte sich das Korn am Weg und sog den Nachttau ein, der ihm nur auf kurze Zeit noch beschieden war; das wächst und gedeiht still, während die Menschenhände ruhen, die es ge= säet und bald wieder einsammeln. Was raschelt dort in den Halmen und kollert jetzt den Wegrain hinab? Es ist wohl ein Igel, der nächtig auf seine Nahrung ausgeht. Dort im Ge= büsch winselt und klagt es, das sind Stimmen verscheuchter Vögel, denen ein Marder, ein Wiesel Eier oder Junge geraubt. Das ganze Leben der Tiere ist Suchen nach Nahrung, der Mensch aber bereitet sich diese durch Arbeit. Franzseph faßte seine Sense fester. Jetzt ging der Weg eine Strecke über die Landstraße, wo hüben und drüben reichgestützte Obstbäume standen, und wie von unsichtbarer Hand gepflückt, fiel bald da, bald dort ein frühreifer oder wurmstichiger Apfel nieder, kollerte auf der harten Straße oder fiel dumpf in das weiche Gras. Die Obstbäume, deren fester Stamm das Menschenleben über= dauert, bedürfen nur Schutz und Stütze von Menschenhand und erzeugen von selbst die Frucht; das Brot aber, des Menschen vielbereitete Speise, reift nur auf mühsam bearbeitetem Boden am alljährlich sich erneuenden Stengel.

Wie war's jetzt in einsam stiller Nacht, als ob alles Ge= wohnte rings umher seltsame Worte spreche, und eine Offen= barung ging aus von Halm und Zweig, die das Herz erbeben machte. Denn des Menschen Sinn fühlt ein Beben beim Nahen des Allgeistes. Worte und Gedanken, die Franzseph ehedem wie halb träumend von Faber vernommen hatte, erwachten jetzt wie mit heller Stimme und klaren Augen. Franzseph pfiff nur

ſich ſelber hörbar vor ſich hin. Endlich führte der ſchmale Fuß=
weg mitten durch die Kornfelder. Franzjeph fühlte bald die
eine, bald die andere Hand im Tau, der auf den Halmen lag;
er ſah hinüber nach dem Hopfenacker, deſſen lange Stangen
wie ein getöteter Wald mitten im Felde ſtanden. Er mußte
lächeln bei der Erinnerung an die Prophezeiung des Dorf=
ſchützen, daß dieſe Stangen noch zu einer Generalprügelei ver=
wendet würden — aber plötzlich hielt er an, er hörte in der
That Schritte, die hinter ihm drein kamen; ſchnell ſprang er
in das Kornfeld, lauerte in den hohen Halmen nieder und hielt
den Atem an. Die Schritte kamen immer näher, und jetzt hielt
der unſichtbare Wanderer an der Stelle, wo Franzjeph ver=
ſchwunden war, und dieſer überlegte raſch, wie er ſich verhalten
müſſe, wenn er entdeckt würde; aber der Suchende ging vor=
über, und der Verſteckte atmete frei. Der Flurſchütz hatte wohl
noch ſeinen nächtlichen Rundgang gehalten; es war nun ſicher,
daß er in der heutigen Nacht nicht mehr in dieſe Gemarkung
käme. Noch eine Weile verharrte Franzjeph in ſeinem Verſteck,
dann wendete er ſich ſorglos rechts nach dem Speckfeld. Im
Umſchauen deuchte es ihn einmal, als ob die Stangen im
Hopfengarten ſich bewegten und ein Kniſtern und Knarren von
dorther dringe; aber das war gewiß nur Täuſchung, wie ſollten
die feſten Pfähle ſich jetzt beugen, da ein leiſer Windhauch
kaum die Spitzen der Halme bewegte. Franzjeph ſchritt fürbaß
und gelangte endlich zu ſeinem Ziel, er nickte mehrmals, denn
er fand die Merkzeichen, daß er am Gerſtenacker des Schlägel=
bauern war. Er nahm die Einhüllung von der Senſe und
ſtrich mit dem Wetzſtein ſo leiſe als möglich über die Schneide.
Als aber jetzt die Turmuhr im Dorf zehn zu ſchlagen begann,
wagte er es, gedeckt von dieſem Klange, kecker die Senſe zu
wetzen, und nun ging's friſcher ans Mähen, daß die Halme
rauſchend zu Boden fielen; dabei war er aber noch ſo haſtig,
daß er mehrmals die Senſenſpitze in den Boden bohrte, er
zwang ſich nun zu gemäßigter Thätigkeit, und ruhig vorwärts
ſchreitend, legte er die Halme nieder. Die Schwingung hin
und her ging ſo geruhig und faſt mühelos, es war, als ob in
die Senſe ein eigen Leben gefahren wäre, ſie bewegte ſich wie
von ſelbſt in ſeiner Hand, mähte die Halme und zog ihn all=
mählich nach. Vom Wald herüber hörte man das Krächzen
und Winſeln junger Eulen, die ſich wohl um eine Beute
balgten. Was kümmert den Thätigen all' das Geſchrei um ihn
her? Nur der Arbeitsledige horcht überall hin und findet darin
willkommene Zerſtreuung. Erſt als Franzjeph die volle Acker=

lange durchgemäht hatte, gönnte er ſich ein Aufatmen, und die
Art, wie er ſich reckte, zeigte jetzt, daß nicht Müdigkeit ihn
lähmte, ſondern neue Lebenskraft ſeine Glieder durchſtrömte.
Es duldete kein langes Ausruhen, und rückwärts ging's in
gleicher Thätigkeit, die ſo gleichmäßig im Takt fortſchritt, daß
ſich Franzſeph eine Art Melodie dazu dachte. All das Denken,
das am Tage und jetzt in der Nacht durch ſeinen Sinn gezogen, ruhte nun im tiefſten Grunde ſeiner Seele wie ein ver-
borgenes Labſal.

Wie bald aber ändert ſich Denken und Thun. Wieder auf
dem erſten Ausgangspunkt angekommen, fühlte Franzſeph einen
Hunger, wie er ihn ſeit lange nicht gekannt hatte, aber er blieb
bei ſeinem Vorſatz, erſt nach drei vollen Mahden ſich eine Erholung zu gönnen, und nun dünkte ihn nicht mehr, daß die
Senſe ſich von ſelbſt bewege, und pfiff er auch keine Melodie
mehr zur Arbeit; als gälte es, einen Widerſacher zu legen, ſo
ernſt und mit angeſpannter Kraft ſchritt er mähend vorwärts.
Die Aehren rauſchten nieder, und es ſumſte und ſchwirrte gar
ſeltſam am Boden. Franzſeph hatte gegen ſeine Mutter mit
dem Jähhunger geſpaßt, jetzt ſchien er ihn wirklich zu über-
kommen, jedes Ausholen mit der Senſe ward zur Beſchwerde,
aber er ließ nicht ab und langte endlich von Schweiß triefend,
zum drittenmal an ſeinem Ziel an. Er ſetzte ſich auf den
Markſtein nieder und wiſchte den Schweiß von der Stirn.
Das iſt ein Tau, der die Menſchenkraft gedeihen macht, und
das Brot, das der Einſame jetzt zum Munde führte, war
nährenden Segens voll. So hatte noch nie ein Biſſen ge-
ſchmeckt.

„Fleiß iſt Tugend,“ hat Faber einmal geſagt, und jetzt
tönte das Wort wie ein Segensſpruch von unſichtbaren Lippen
um den jungen Mann, der allein in ſtiller Nacht ſein Brot
verzehrte. Wohl gibt es einen Fleiß, der der Habgier und
allen ſchlechten Trieben dienen muß, und doch iſt Fleiß, die
lebendige Bethätigung der Kraft, Grundlage alles echten
Thuenden, aller Tugend.

Vom Dorf herüber ſchlug es zwölf Uhr, und der Nachtwächter rief die Stunde. Franzſeph konnte es kaum glauben,
daß er ſchon ſo lange gearbeitet habe, er hatte ja keinen
Glockenſchlag gehört; aber hört denn der Emſige die Stunde
ſchlagen, und rinnt ihm die Zeit nicht ungezählt dahin?

Franzſeph kam ſich wie verzaubert vor. Das war ein
Klingen und Singen und Summen in der Luft und auf den
Feldern, wie von zahlloſen unſichtbaren Weſen. Franzſeph

fühlte eine unwiderſtehliche Schlaſſucht, aber er bewältigte ſie
doch; umherſchauend zwang er ſich, die ganze Umgebung im
lichten Sonnenſchein zu denken, und jetzt kam der Mond rund
und groß hinter dem Wald herauf und übergoß alles mit
mildem Schein. Feld und Wald und Dorf lag im weichen
Dämmerlicht ausgebreitet, und aus dem Bach blinkte es da und
dort hell herauf. Franzſeph richtete ſich raſch auf, und die
Senſe glitzerte im Mondſchein, wie er ſie aufhob und unter-
ſuchte, er verbarg das verräteriſche Blinken ſchnell unter den
Halmen, und mit neuem Mut ging's an die Vollführung des
Werkes. Er gedachte, wie der Schlägelbauer und mit ihm das
ganze Dorf ſtaunen werde, wenn es ſich zeigt, daß der Faulenzer, während alles ruhte, einen Morgen Gerſte niedergemäht,
und wie freudig Madlene jauchzen müſſe, daß ihre Zuverſicht
ſich ſo beſtätigte. Er bedurfte dieſer Aufmunterung ſehr, denn
immer mühſamer wurde ihm dieſe Arbeit und ſolch einſame
Verkehrung der Nacht in Tag. Er wetzte die Senſe öfter als
ſonſt und nicht mehr ſo behutſam. Der Nachtwächter, dachte
er, glaubt freilich nicht mehr an den Dengligeiſt, aber er wird
doch morgen allen berichten, daß er ganz gewiß in vergangener
Nacht den verſchollenen Erntegeiſt im Felde habe die Senſe
wetzen hören. Er wird dann dem Orte nachforſchen, von wo
er den Klang vernommen, und dadurch wird die Sache am
ſchnellſten offenbar, denn ſelbſt kann ich ſie doch nicht verraten,
und bis zum Montag warten könnte ich auch nicht.

Wieder wetzte Franzſeph die Senſe anhaltender als je und
ließ ſie dann noch faſt gefliſſentlich im Mondſchein blinken, er
fürchtete nicht mehr, vom Flurſchützen überraſcht und geſtört zu
werden, dies wäre ihm wohl eher erwünſcht geweſen. Er hatte
ein gut Teil des Ackers gemäht und war ſo überaus müde, aufhören konnte er aber nicht, denn was ſollte die halbe Arbeit?
Wurde er aber verſcheucht, ſo war es ja nicht ſeine Schuld,
daß noch etwas rückſtändig blieb, auch dieſes mußte ihm als
vollbracht angerechnet werden, er hätte es ja ohne die Störung
gewiß vollendet. So ſehr auch Franzſeph wetzte und endlich
ſogar zu dengeln anfing, es ließ ſich niemand ſehen noch hören,
der ihn ſtören wollte, und eine Zeitlang mähte er im Zorne fort
und horchte auf jede Viertelſtunde, die es im Dorfe ſchlug.
Endlich aber wurde er auch dieſer Mißſtimmung Meiſter, und
je mehr es gegen Morgen ging, deſto mehr erfreute er ſich
ſeines Thuns. Mit dem erſten lichten Grau, das im Oſten
aufdämmerte, belebte ihn ein neuer Gedanke, der ſich immer
mehr geltend machte: nicht das Staunen und die Bewunderung

des ganzen Dorfes erquickte ihn, er freute ſich über ſich ſelber,
er hatte vor ſich bewieſen, daß er einen ſchweren Vorſatz vollführen könne. Jetzt war er auch des Zweifels ledig, ob er in
den Tag hinein arbeiten wolle, bis man ihn bemerke, er war
entſchloſſen, ſich davon zu machen, ehe man ihn ſah. Die
Morgenwolken, die ſich immer mehr lichteten, warfen ihre
Strahlen hinein in den Mond, und es war, als ob zu dieſem
Sonntag eine doppelte Sonne über der Welt aufgehe. Hier
und da zwitſcherte eine Lerche am Boden, und ein Rabe flog
krächzend waldaus, als wäre er der Bote der Nacht, der ihren
Rückzug verkünde. Jetzt ſchwang ſich dort aus der Ferne eine
Lerche keck empor, und aus den taufeuchten Halmen ſchwirrten
ihr andere nach, vom Walde her und in den Hecken begann es
zu zwitſchern und zu ſingen, die Sonne ſtieg in voller Pracht
empor, und mit freudigem Siegesgefühle ſchaute Franzſeph zu
ihr auf. Er hatte in ſtiller Nacht ein friſches Herz gewonnen.
Er mähte noch den Acker bis zu Ende. Nur noch eine Spreite
ſtand. Sollte er ſein Werk im Tageslicht vollenden? Er hob
die Senſe hoch hinauf ins Sonnenlicht, und in ihm ſprach der
Vorſatz, daß die Sonne immerbar ſeine emſige Arbeit erſchauen
und ſie ſegnen möge; dann verbarg er die Senſe in einem
noch hell grünenden Haberfelde und eilte davon; aber er kehrte
nicht ins Dorf zurück, er ſchritt nach dem Walde, er ſuchte nicht
lange und hatte den Schlaf nicht anzurufen, bald war er auf
dem Mooſe unter einer mächtigen Tanne eingeſchlummert.

3. Ein Feldfrevel.

Im Hauſe des Landwirts Emil Faber, genannt der
Waſſerſtiefel, war noch alles in lautloſer Ruhe, nur die Tauben
in ihrem Schlage gurrten nach Freiheit, und der Hahn krähte
aus ſeiner Verborgenheit immer anhaltender. Mit Ausnahme
des offenen Schuppens war das Haus noch ganz dasſelbe, wie
es Luzian verlaſſen; nur hatte alles eine friſchere Farbe, und
hieländiſch fremde Pflüge und eine große Häckſelmaſchine zeigten,
daß eine junge Kraft hier walte. Das Schlafzimmer der jungen
Eheleute war nach dem ruhigen Grasgarten gelegen, wo ein
Apfelbaum mit ſeinen rotbackigen Früchten faſt in die Fenſter
hineinragte. Der luſtige Pfiff einer Grasmücke hatte von dort
aus den jungen Mann geweckt, der eben im Ankleiden begriffen
war, als er das Erwachen ſeiner Frau wahrnahm.

„Guten Morgen, Pauline,“ rief der junge Mann, „es iſt

noch früh, ſchlaf noch einmal und freue dich mit mir, heut iſt
Sonntag."

„Ja, guter Emil, und heut gehſt du mit mir in die Kirche?"

„Auch, aber ich freue mich auch mit dem Sonntag, weil
es an dieſem ſchönen Tag neubackene Bretzeln gibt," erwiderte
der Mann mit kindiſchem Humor.

Die Frau erzählte, daß ſie einen ängſtlichen Traum ge=
habt: die wegen des Zehntpachtes aufrühreriſchen Bauern hätten
das Haus angezündet, und niemand hätte retten und löſchen
wollen als der Franzſeph, der endlich in den Flammen ver=
ſchwunden ſei.

„Ach," ſchloß ſie klagend, „ich habe mir das Landleben
doch anders gedacht, und du biſt auch ſo unnachgiebig und
forderſt durch den Zehntpacht noch die Tücke dieſer rohen
Menſchen heraus. Du wirſt ſehen, ſie bereiten uns irgendwo
ein Verderben."

„Das iſt auch meine Anſicht, und eben darum hab' ich
den Zehnt gepachtet. Man muß den Menſchen einmal Gelegenheit
geben, allen verſteckten Groll, den ſie in der Seele hegen, los=
zulaſſen. Ich bin der kleinen Plänkeleien, Tücken und Bein=
ſtellereien müde, ſie müſſen mir eine offene Schlacht liefern, ich bin
darauf gefaßt. Wegen Brandſtifterei ſei ruhig, ſie wagen nichts
ſo Keckes und wiſſen auch, daß ich gut verſichert habe und
gern neu bauen möchte. Mit dem Franzſeph werde ich aber
in dieſen Tagen ein ernſtes Wort reden; er muß ſeinen dummen
Soldatenſtolz abthun."

Der junge Mann, eine ungewöhnlich große Geſtalt mit
flachsblondem Haar, trat an das Bett ſeiner Frau, ſtrich ihr
mit der Hand über die Stirn und beruhigte ſie durch trauliches
Zureden, dann verließ er das Zimmer, ging hinab nach ..m
Hof, wo ihn der große Kettenhund mit Winſeln und Sprüngen
begrüßte, er band ihn los und ſah nach dem Treiben der
Knechte und Mägde, die ſich mittlerweile auch aufgemacht hatten
und ſich zwiſchen den Tauben hin und her bewegten, die gurrend
auf und niederflatterten. Eben ſtand Faber bei einem neu ein=
getretenen Knechte und lehrte ihn die Häckſelmaſchine beſſer
handhaben, als der Dorfſchütz militäriſch grüßend in den Hof trat.

„Was gibt's ſchon ſo früh?" fragte Faber.

„Euer Hopfenacker iſt verruiniert. Soeben berichtet's der
Flurwächter. Es ſteht kein' Stang mehr, und alle Ranken ſind
zerſchnitten."

Obſchon der junge Landwirt ſoeben noch ſich auf Tückiſches
gefaßt erklärt hatte, ſo verfinſterten ſich dennoch plötzlich ſeine

Mienen; er hätte vielleicht einen persönlichen Angriff leichter
ertragen, als diese ruchlose Zerstörung einer mit besonderer
Liebe gehegten Pflanzung. Der Hund schaute bald in das
Antlitz seines Herrn, bald in das des Botschafters, gewärtig,
den Befehl zum Angriff zu vollziehen; brummend und mit auf=
gesträubten Rückenhaaren umkreiste er den Dorfschütz, bis ihn
sein Herr zur Ruhe verwies. Nachdem Faber auf die Frage,
ob die Sache bereits amtlich angezeigt sei, bejahende Antwort
erhalten, kehrte er zu seiner Frau ins Haus zurück, und bald
sah man ihn, mit den hohen Wasserstiefeln angethan, der Hund
voraus, hinaus auf das Feld wandern. Die Kunde von dem
Geschehenen hatte sich rasch verbreitet und das Dorf frühzeitig
geweckt, denn überall an den Fenstern und vor den Häusern
machten Männer und Frauen Zeichen des Mitleides und be=
zeigten bedauernd ihre Schuldlosigkeit gegen Faber, der ohne
Anhalt mit großen Schritten fürbaß ging.

Bald sammelten sich Gruppen Lautredender auf den Straßen,
und alle schimpften auf den Feldfrevler, den man entdecken
müsse, damit er für den Schaden einstehe und nicht die Ge=
meinde dafür büßen müsse. Eine lärmende Gruppe hatte sich
nicht weit von des Franzsephens Haus bei dem Brunnen ge=
bildet, und hier hörte man vor allem die Stimme des Schult=
heißen, der unnachsichtliche Strenge verkündigte und alles auf=
bieten wollte, um den Missethäter zu entdecken. Der Schlägel=
bauer, der daneben stand, suchte ihn zu beruhigen und die
Sache ins Spaßhafte zu ziehen, indem er schadenfroh lächelte;
der Schultheiß aber rief:

„Und wenn du's selber than hast, laß' ich dich gleich ein=
sperren."

Die Mutter Franzsephs, von dem frühen Lärm erschreckt,
kam herbei, ging auf die heftig Redenden zu und fragte, was
geschehen sei, ob man von ihrem Franzseph etwas wisse, der
heute die ganze Nacht nicht heimgekommen sei. Der Schlägel=
bauer winkte, aber die Mutter verstand ihn nicht, und jetzt
schrie alles über den versteckten Faulenzer, an dem nun das
Unglück hinausgehen werde, das er über das ganze Dorf bringen
wollte. Während noch so alles untereinander tobte, sah man
den Franzseph, mit der ungewohnten Pudelkappe auf dem Haupt,
vom Berge herabkommen. Der Schultheiß befahl schnell dem
Dorfschützen, ihm entgegen zu gehen und ihn gefangen zu nehmen,
aber ein Kamerad Franzsephs war rascher als der nur langsam
schlendernde alte Soldat, er sprang voraus und rief Franzseph
zu: „Lauf davon, du wirst eingesperrt."

Franzseph aber schien diesen Zuruf nicht als ihm geltend zu betrachten, er schritt ruhig weiter, und als ihm der Dorfschütz, der jetzt bei ihm angelangt war, seine Verhaftung verkündigte, fuhr er sich mit der Hand über die Stirn und lächelte ungläubig.

Der Schlägelbauer hatte die Mutter überreden wollen, nach Hause zu gehen und sich auf ihn zu verlassen, aber die Mutter ließ nicht von der Rotte, die sich auf jedem Schritt vergrößerte, den sie dem Franzseph entgegenging. Als sie ihn endlich vor sich hatten, wollte der Schultheiß in laute Schmähungen ausbrechen, aber der Schlägelbauer unterbrach ihn, bat ums Wort, ging auf Franzseph zu, faßte seine Hand, daß er in sich erbebte, und sagte fast ganz ohne Husten:

„Franzseph, ich hab' dir unrecht than, ich schäm' mich nichts und sag's frei vor allen Leuten. Ich hab' gemeint, du seist bloß ein so guter Tralle, der kein' Schneid' hat; jetzt hast du zeigt, daß du die rechte Schneid' hast. Dein Sach' mag jetzt ausgehen, wie sie will, wenn du wiederkommst, weißt du, wo ich wohn'! Verstanden? Jetzt fürcht' dich nichts und sei standhaft."

Die Mutter stand weinend neben ihrem Sohn und hielt ihre Hand auf seine Schulter gelegt. Franzseph wußte nicht, wie ihm geschah, ein Frösteln überkam ihn, daß er am ganzen Leib zitterte.

„Gestehst du, was du gethan hast?" fragte der Schultheiß.

„Ich weiß nicht, was es Euch angeht," entgegnete Franzseph, und der Schlägelbauer trat wieder vor und sagte:

„Mein Franzseph leugnet nichts. Er ist ein Mann, der Courage hat, und versteckt sich nicht hinter der Heck'. Gesteh du's nur. Ja, ich sag's für ihn, ja, mein Franzseph hat heut Nacht des Wasserstiefels Hopfenacker abgeschnitten und umgestürzt und hat rechtschaffen recht daran gethan. Wir sind Manns genug, für den Schaden aufzukommen, wir brauchen den Gemeindebettel nicht, und die paar Wochen Straf' bringen ihn auch nicht um. Mein Franzseph hat Schneid' und ist kein guter Tralle. Jetzt laß ihn frei, Schultheiß, er entlauft dir nicht."

Die Brust Franzsephs hob und senkte sich mit schwerem Atem, er drückte sich mit der Hand die Augen zu, als müsse er sich besinnen, ob er nicht träume.

„Du kannst nicht für ihn reden," entgegnete der Schultheiß, „er wird selber das Maul bei sich haben; red' du selber, Franzseph, du bist immer ein guter Kerle gewesen, ich kann's noch nicht recht glauben."

„Er ist kein guter Kerle," unterbrach der Schlägelbauer.
„Ins Teufels Namen, laß ihn selber reden," kreischte der
Schultheiß, „ich will kein Wort mehr von dir."

Franzseph schaute jetzt mit zusammengepreßten Lippen
starren Blickes auf den Schlägelbauer; offenbar hat dieser in
seinem Haß den Feldfrevel begangen und verlangt nun, daß
sein Schwiegersohn für ihn einstehe. Franzseph war bereit
dazu, obgleich er nicht recht wußte, was daraus werden solle,
und es ihm tief wehe that, daß er, der allein Fabers Freund
war, in dessen Augen als hinterlistiger Heuchler erscheinen
müsse. Als aber jetzt auch der Schultheiß auf die Gutmütigkeit
anspielte, regte sich ein seltsamer Stolz in Franzseph, und er
rief laut: „Ich bin kein guter Kerle, ja, ja, ich hab' alles than,
was der Vetter Schlägelbauer sagt." Alles war stumm vor
Entsetzen, nur des Schultheißen Klaus, der eben mit einem
Landjäger herzugetreten war, lachte laut auf.

Franzseph wurde dem Landjäger übergeben und nach der
Amtsstadt abgeführt, der Schlägelbauer geleitete die weinende
Mutter tröstend nach Hause.

4. Fremde That.

Als der Landwirt Faber nach Hause kam, hörte er zu
seinem Entsetzen, wer die ruchlose That vollbracht habe, und
die neubackenen Bretzeln, auf die er sich so kindisch gefreut hatte,
wollten ihm gar nicht munden. Die Frau, die sich dem heiß=
blütigen Manne gegenüber auf ihre ruhige Menschenkenntnis
viel zu gute that, behauptete, daß sie schon lang etwas Heim=
tückisches und Hinterlistiges an Franzseph bemerkt habe, daß sie
aber geschwiegen hätte, um nicht wieder für mißtrauisch zu
gelten. Faber bestritt das Vorhandensein dieser Weltklugheit,
und wie das so leicht geschieht, eine Unbill von außen erzeugt
leicht Mißstimmung und Streit zwischen den Betroffenen; das
gekränkte Herz heischt oft, ohne es gestehen zu wollen, eine
Tröstung, und jede ungeschickte oder unerwartete Berührung wird
zu einer Mißstimmung. Faber behauptete streng verweisend,
daß niemand dies habe von Franzseph voraussetzen können, und
die Frau suchte versöhnend abzuschließen, indem sie die Furcht
vor neuer, nicht so leicht zu verschmerzender Unbill darlegte
und ihren Mann bat, die Beschädigung ungesühnt zu erleiden,
den Franzseph frei zu machen und durch diese Hochherzigkeit
das ganze Dorf zu beschämen und zur Freundschaft zu zwingen.

Das war aber gerade ein neu aufreizender Vorſchlag, und Faber
ſchwur und beteuerte, daß er unnachgiebig den ſtrengen Rechts=
weg in dieſer Sache verfolge, von dem ihn nichts abbringe.
Er ſetzte eilig eine Klagſchrift an das Amt auf, in der er ge=
nauen Augenſchein forderte.   Er ſchrieb noch mit fliegender
Feder, als Madlene mit verweinten Augen eintrat.   Faber
kannte das Mädchen wohl, dennoch fragte er nach Namen und
Begehr, und ohne ein Wort zu erwidern, ſchüttelte er auf die
Bitte, „Gnade für Recht ergehen zu laſſen,‟ verneinend den
Kopf, ſiegelte die Schrift, verließ die Frau, die Madlene zu
tröſten ſuchte, ging nach dem Hof und ſchickte ſogleich einen
reitenden Boten mit der Schrift nach der Stadt.   Bald kehrte
er wieder in die Stube zurück und fragte Madlene, ſeit wann
der Franzſeph Nägelſchuhe trage.   Das Mädchen behauptete,
daß er nur Stiefel mit eiſenbeſchlagenen Abſätzen habe, und
ſprach, ermutigt durch dieſe Mitteilung, daß man die Spuren
von Nägelſchuhen im Hopfenacker gefunden habe, die Ueber=
zeugung aus, daß Franzſeph unſchuldig ſei; zwar habe er ſelbſt
geſtanden, aber wer wiſſe, was ihn dazu veranlaßt habe.

    „Dann hat er fremde Schuhe geborgt oder Helfer gehabt,
es muß ſich alles erweiſen,‟ entgegnete Faber, verließ abermals
in Unruhe das Zimmer und ſchickte einen zweiten Knecht als Wache
nach dem verwüſteten Hopfengarten, damit niemand hineintrete
und die ganz deutlichen Fußſtapfen verwiſche.   Während er dem
Knecht noch ſein Verhalten genau vorſchrieb, ſah er Madlene das
Haus verlaſſen; ſie ging zu der Mutter Franzſephs, die wegen des
Geſchehenen ganz untröſtlich war und immer behauptete, ihr guter
Franzſeph müſſe zu dem Schelmenſtreiche verführt worden ſein,
denn ſo etwas käme nicht aus ſeinem braven Herzen, und zu einem
ſolchen Streiche könne er nicht des Vaters Pudelkappe aufgeſetzt
haben.   Sie hatte die Soldatenmütze ihres Sohnes auf den Tiſch
geſtellt und ſah immer weinend und händeringend darauf, als
würde ſie nie mehr das Haupt ſehen, das damit bedeckt war . . .

    Unterdes ſchritt Franzſeph, von dem Landjäger gefolgt, laut=
los die Straße dahin.   Als ſie an der Anhöhe vorüber kamen,
wo das abgemähte Gerſtenfeld war, deuchte ihn, es müſſe ſich
von dort irgend ein Zeichen für ihn erheben; aber wer konnte
ſprechen, wer Zeugnis ablegen für ihn?   Ueber den Spitzen der
Kornfelder wob ſich ſchwebend ein funkelnder Duft, und aus dem
Thal und von der Höhe klangen die Morgengloden.   Franzſeph
ſchritt ruhig weiter und gedachte der hellen Stunde, da er froh
begrüßt und geehrt dieſen Weg heimwärts ziehen werde.   Mit
wachen Augen ging er halb träumend hin und konnte ſich nicht

klar machen, was geschehen war und noch geschehen sollte. Als
man endlich in der Amtsstadt angekommen war und alle Leute
nach dem jungen Verbrecher ausschauten und der Hausknecht des
Greifenwirts, ein ehemaliger Kamerad, ihn mit seltsamem Lächeln
bei Namen rief und grüßte, da fing es ihm an, doch bange zu
werden; aber immer noch deuchte ihn alles nicht wahr, und erst
als er allein im Gefängnis stand, erwachte er plötzlich und ballte
beide Fäuste und schlug gegen die ungerechten Mauern und schrie
laut auf. Die Mauern wichen nicht, und der Schrei verhallte von
niemand gehört. — Was nützte jetzt alles Besinnen und Ueber-
denken? Es ließ sich nichts herauspressen. Endlich legte sich Franzseph beruhigt nieder, mit der festen Zuversicht, daß der Schlägelbauer der Sache bald ein Ende machen werde. Man brachte ihm
Essen, er ließ es unberührt stehen. Die gebrochene Nachtruhe,
die ungewohnte Arbeit, die Gemütsbewegungen und der Weg,
alles machte sich geltend, um Franzseph in einen bleiernen Schlaf
zu versenken. Als er erwachte, mußte er sich besinnen, wo er war;
dunkle Nacht und Einsamkeit umher. Das ganze Leben war verändert, die Nacht war zum Tage, der Tag zur Nacht geworden.
Ein zerschnittener Lichtstreif des Mondes fiel in seinen Kerker und
leuchtete Franzseph beim Verzehren des kalt gewordenen Mahles,
über das er sich rasch hermachte. Er fühlte sich neugestärkt und
meinte, er müsse jetzt gleich erlöst werden; es war genug des
schlimmen Scherzes. An dem hohen Fenstergitter sich mit beiden
Händen anhaltend, schaute Franzseph hinein in die Mondnacht.
Plötzlich war's ihm, als ob er einen Schlag an den Kopf bekäme,
so nahe dröhnte die Turmuhr der Stadt, die in gleicher Höhe
mit der Gefängniszelle war. Es schlug eins. Das war ein
anderes Warten auf den Tag als in vergangener Nacht im freien
Feld. Jede Viertelstunde, die es schlug, klopfte mit leibhaftigem
Pochen an das Haupt Franzsephs und durchdröhnte seinen ganzen
Körper, und selbst als er sich wieder auf die Pritsche legte, hörte
das nicht auf, und durchbebt von diesen Klängen mußte er der
vielen Stunden gedenken, die er in halb stolzer, halb feiger Lässigkeit verträumt und vertrödelt hatte; er sprang oft auf und streckte
die Hände empor voll heißen Verlangens nach Arbeit. Heute
wollte er ja rüstig ans Werk und nimmer lässig werden, warum
war er gefangen?

Ein bläulicher Schimmer zeigte sich am Himmel, kein Lerchen-
ton war vernehmbar, nur der ächzende Pendelschlag der Turmuhr
hin und her. Ein heller Tag brach an, ein echter gesegneter Ernte-
tag. Je weiter die Stunden vorrückten, um so lebhafter dachte
sich Franzseph, wie jetzt alles daheim sich zur Arbeit rüstet; nur er

allein mußte träge ruhen, und als eine Seligkeit erſchien es ihm
jetzt, die Senſe zu handhaben, er ſehnte ſich nach dem Griff der
Senſe wie nach der Hand eines Freundes; weinend vor Zorn
und Wehmut wälzte er ſich auf ſeinem Lager, da öffnete ſich
endlich die Thüre, und der Gefangenwärter trat mit dem Landwirt
Faber ein.

Der erſte Anblick erſchreckte Franzſeph ſo, daß er ſtarr da
ſtand, aber raſch ſtreckte er dem Faber die Hand entgegen, die
dieſer indes abwies, indem er mit ruhigem Ton erklärte: er habe
ſich von dem Unterſuchungsrichter eine Unterredung erbeten, bevor
das Verhör beginne, es ſei ihm noch unfaßlich, daß gerade der
einzige, der ſich ihm vertraulich angeſchloſſen, den Frevel ausgeführt habe; Franzſeph ſollte daher bekennen, wer ihn dazu ver-
leitet und wer ihm dabei geholfen habe. Franzſeph ſtarrte lautlos
drein und ließ ſich trotz allen Drängens zu keiner Antwort herbei.
Als indes Faber auf die Stiefel deutend ſagte:

„Solch eine Fußſpur findet ſich gar nicht in meinem Hopfenacker, Ihr müßt alſo bloß Wache geſtanden und andere müſſen
Euch geholfen haben,“ da zuckte Franzſeph zuſammen und ſagte
endlich:

„Lieber Herr Faber, wenn ich ſagen könnte, wem die andern
Fußſpuren gehören, verſprecht Ihr mir, die Sache aus und vorbei ſein zu laſſen um eine billige Entſchädigung?“

„Nein, und wenn ich den Menſchen an den Galgen brächte,
ich könnte ihn mit Luſt baumeln ſehen.“

„Dann hab' ich's gethan und ſonſt niemand,“ fiel Franzſeph ein.

„Das geht nicht mehr, wir haben das Bekenntnis, daß Ihr
anders ausſagen könnt, wenn Ihr wollt.“

„Ja, wenn ich will,“ entgegnete Franzſeph halb trotzig, halb
wehmütig. Faber ſuchte ihn nun mit aller Güte zu bereden, den
wahren Sachverhalt zu bekennen, er werde als Verführter nur eine
geringe Strafe bekommen, und beſchwor ihn zuletzt aus Achtung
vor ihrer ehemaligen Freundſchaft, ihm nicht das Leid anzuthun,
daß er nun an keinen guten Menſchen mehr glauben dürfe.

Dieſes Wort „gut“ machte aber wieder die verkehrte Wirkung
auf Franzſeph, und er verfiel in erzwungenen Trotz und Starrſinn,
der ſich nur zu den Worten verſtand, daß er dem Unterſuchungsrichter allein Antwort ſchuldig ſei. Faber mußte ſich zwingen, noch
weiter zu ſprechen, und in den Mienen Franzſephs zuckte es, als
er hörte, daß im Dorfe geſtern jeder dem andern auf die Schuhe
geſehen habe, daß man am Abend an des Schultheißen Haus
einen brenzlichen Geruch wahrgenommen habe, der vielleicht davon

herkäme, daß des Schultheißen Klaus seine Schuhe verbrannt habe. Auch hierauf schwieg Franzseph, lachte aber in sich hinein.

Eben wollte Faber weggehen, als Mablene eintrat, sie konnte vor Weinen erst gar nicht reden, dann klagte sie durcheinander über das Zuchthaus, dem Franzseph entgegen gehe, und dann wieder über ihren Vater, der sie nun doch zwingen wolle, des Schultheißen Klaus zu heiraten, der ihn ganz umgarnt habe und durch einen Streich, den man nie von ihm geglaubt hätte, den Vater ganz gewonnen habe.

„Was sagt denn dein Vater über mich?" fragte Franzseph.

„Ja, ich sag' dir's frei," erwiderte Mablene, „er schimpft auf dich und sagt, du habest den Hopfenacker nur verwüstet, damit man dich einsperrt und du in der Ernte faulenzen kannst."

„Da thut er nur so, er weiß besser, wie's steht," entgegnete Franzseph lächelnd, aber diese versteckte Bosheit that ihm doch weh und war unbegreiflich. „Warum ist denn der Klaus so wohl dran? Was hat er denn gethan?" fragte er dann wieder.

„Denk' nur, der hat, um zu zeigen, was er vermag, Samstag nacht einen ganzen Morgen Gerste im Speckfeld abgemäht."

„Das hat der Klaus gethan?"

„Ja, er hat meinem Vater bewiesen, daß er die ganze Nacht nicht daheim gewesen ist, und jetzt möcht' der ihn auf Händen tragen."

Franzseph jauchzte laut auf, die Umstehenden sahen ihn betroffen an, als wäre er plötzlich wahnsinnig geworden, denn Franzseph schnalzte mit beiden Händen und tanzte im Gefängnis umher. Auf die ängstlichen Bitten Mablenes beruhigte er sich wieder und fragte:

„Paß auf, was ich sag': war dein Vater Samstag nacht daheim?"

„Ja, er hat seinen bösen Husten gehabt und hat fast kein Aug' zuthan."

Wieder jauchzte Franzseph hell auf und umarmte seine Mablene und den widerwilligen Faber und erzählte endlich den ganzen Hergang: wie seine Sense noch im Haberfeld liegen müsse, und wie er die That nur für den Schlägelbauer übernommen habe. Er bat dann vor allem den Faber, ihm wieder gut Freund zu sein, was dieser auch gewährte. — Vor dem Richter wurde nun nochmals alles klar dargelegt und Franzseph auf die Bitten Fabers entlassen.

Franzseph und Mablene fuhren mit Faber in dessen Kutsche nach dem Dorf zurück, aber ohnweit des Dorfes beim Speckfeld stieg Franzseph ab, und Mablene folgte ihm. Sie fanden bald

die Sense im Haberfelde, und Franzseph mähte jetzt noch schnell
unter dem Blicke der Geliebten die noch stehende Spreite des
Gerstenfeldes nieder. Mit der Sense auf der linken Schulter
und seine Mablene an der rechten Hand führend, kehrte Franz=
seph wieder in das Dorf zurück . . . .

Es ist nicht mehr viel zu erzählen. Die Nägel von den
verbrannten Schuhen des Klaus fanden sich richtig in der Asche;
im Zuchthaus trägt der Klaus jetzt Holzschuhe.

Wer weiß, ob der tückische Schlägelbauer den Franzseph nicht
lieber ins Unglück getrieben hätte, als daß er ihm, wie jetzt ge=
schah, seine Tochter geben mußte. Freilich ein volles Glück war
das, trotz der Liebe Mablenes, doch nicht. Schwäher und Tochter=
mann lebten nicht gütlich miteinander. Franzseph arbeitete für
zwei, und doch mußte er fast täglich von seinem Schwäher hören,
daß er ein Faulenzer sei; jetzt aber lächelte er darüber, es machte
ihn nur zornig, so lange es eine Wahrheit gewesen, den unge=
rechten Schimpf hörte er ruhig an, und das verdroß den Schlägel=
bauer so sehr, daß er sich ein Leibgedinghaus baute. Aber er bezog
es nicht mehr, und Franzseph ist Schlägelbauer. Die Soldaten=
mütze hängt über dem eingerahmten Abschied als Andenken,
Franzseph und seine Buben tragen Pudelkappen.

Fabers Hopfenacker ist wieder im besten Gedeihen, und Franz=
seph hat richtig einen eigenen ergiebigen im Speckfeld angelegt.

Kein Weg ist betretener als der Gartenweg von des Schlägel=
bauern Haus zu dem Fabers, und wenn Pauline Faber von ihrer
raschen Menschenkenntnis spricht, sagt ihr Mann neckend: Denk'
an Franzseph. — —

An des Schlägelbauern Haus aber sind zum ewigen Ge=
denken Hopfen und Gerste angemalt.